KB151634

역사소설

서산대사

최 명 익

한국문화사

력사 소설

서 산 대 사

최 명 익

조선 직가 동맹 출판사

1 9 5 6

저　자

차 례

장정……리 석 호

1. 이야기의 시초

임진년 五월 초 닷샛날—

이튿 새벽부터 대동문과 장경문 밖의 나루터에서 강을 건너 동대원에 집결했던 평양 군사 三천여명이 평안 감사 송 언신(宋言愼)의 령솔 하에 장림벌을 지나 남으로 행군했다.

지난 四월 그믐날 서울을 내놓고 떠나서서 개성을 거처 엊그제는 벌써 황해도 땅에 들어 섰으나 왕의 행차를 맞으려 가는 길이다.

『왕이 종시 이 평양까지 오구야 말겠다 되였다!』 혹은 입밖에 내서, 혹은 속으로들 이런 말을 되씹는 평양 사람들의 얼굴에는 한결같이 어두운 그림자가 비끼였다.

남쪽 한 끝 안 부산 앞바다를 수천 척의 병선으로 뒤덮어 온 일본군이 우리 조선 땅에 발을 붙인 것이 四월 一三일—그 날로 부산진이 함락되고, 그 이튿날은 동래(東萊)—또 그 다음날은 밀양(密陽)이…이같이 단 며칠동안에 여러 고을과 많은 진영(鎭營)이 함락되고 무너졌다.

이것이 그후 정유년에 이르기까지 전후 七년간에 걸쳐 우리 나라가 일본의 침략을 당하게 된 이른바 『八년 풍진 임진 왜란』의 시작이였다.

고려의 뒤를 이어 리씨 왕조가 창건된된지 二백년— 이 동안이 리씨 왕조로서는 『태평 성대』라는 시기였였다. 대륙의 국경을 맞대고 있는 명나라와의 관계는 평온무사했다. 또 그 당시의 형용사를 빌어 『원양만리(遠洋萬里)』에 있는 일본은 그들이 이르는바 『전국 시대(戰國時代)』로서 저의 나라가 어지러워만치 그 먼 바다를 건너 남의 나라를 엿볼 겨를이 없었다.

먼 고구려 시대로부터 몽일 신라, 고려에 이르기까지 력대의 왕조가 자주 외적의 침략을 받아온 예비하여 이 二백년간의 경온무사는 리씨 왕조로 하여금 일종의 『잠병』이라고도 할 『태평 성대』주의에에 떨어지게 했다고도 할 수 있다. 물론 이 동안에도 약간한 변란들이 없지는 않았다. 첫째로 일본의 해적들—저의 섬나라에서 부족하고 구할 수 없는 물자를 정당한 통상으로써보다도 밀천 안 드는 략탈로써 꾸려는 일본은 국가적 기업으로까지 해적선을 꾸려 내세우기도 했다. 다음은 리 시애(李施愛)란, 림 격정(林巨正)란 같은 국내의 반란들을 볼 수 있다.

그러나 이러한 변란들은 모두 그때그때에 어렵지 않게 진압할 수 있은 사소한 일들에 지나지 않았다.

이리하여 리씨 왕조의 정권을 둘러싸고 넘나드는 량반과 봉건 관료배들의 『태평성대』의 꿈은 더욱 짙어갔다. 말하자면 국내 국외에 별로 경제할 적도 근심할 사변도 없이 이백년을 평온 무사히 지내왔으니 앞으로도 역시 이 『태평성대』는 계속하리라고 믿는 꿈이였다. 이들에게 바쁜 일은 오직 더 많은 로지를 얻고 내지는 정권을 독점함으로써 그 『태평성대』를 자기네의 일문 일당의 『태평성대』로 만들기 위한 책동과 음모였다.

그중에는 그 『태평성대』가 오래 가지 못할 것을 알고 一〇만 양병설을 제창한 현명한 사람도 없지는 않았다. 그러나 이백년 동안이나 계속해 온 『태평성대』는 앞으로도 영원히 계속될 것이라고 믿는 『태평성대』 주의자들에게는 망발이였고 자기네의 단꿈을 어지럽게 하는 불길한 잠꼬대로밖에는 들리지 않았다.

그러나 그것은, 망발도 잠꼬대도 아니였다. 오히려 너무 뒤늦게 울려진 경종이였다.

오랜 동안의 『전국시대』가 끝나고 국내를 통일한 일본 사무라이의 원흉 풍신 수길의 눈이 조선과 대륙으로 뻗혀진지 이미 오랬다.

동남 해안에는 조수를 따라서 대패밥, 자구밥 같은 생생한 나무 기저귀들이 밀려 오는지 오랬다. 그것은 풍신 수길이가 조선 침략의 준비로서 저의 나라 해안에서 많은 병선을 만드노라고 깎는 나무 기저귀였던 것이다.

임진란이 일어 나기 六년 전이였다. 그후에 도여 머번 그런 일이 있었지만 그때 풍신수길은 『일본 국사』라는 명목으로 다찌바나라는 자를 럼람군으로 조선에 보낸 적이 있었다. 명목이, 『국사』라. 조선 조정에서는 그를 정식으로 맞아들일 밖에... 외국 사신을 맞는 데는, 대접겸 또 이편의 위풍도 보일겸 의장병이 필요했다. 부랴부랴 농민들을 동원하여 창을 들려서 걸거리에 늘여 세웠다.

『일본 국사』다 찌바나는 자기를 환영하기 위한 조선의 장병들을 둘러보면서

『당신네 나라의 창대는 왜 이다지도 짧은가?』 하며 웃었다. 또 이자는 자기를 위하여 차린 연회 석상에서 그 주인인 상주 목사(尙州牧使)에게

『나는 수십년 동안을 창검 속으로 달려다니기에 머리가 세였거니와, 당신은 한평생 기생의 노래와 풍

악 속에 묻혀서 아무런 근심 걱정이 없으려던 왜 그렇게 머리가 셌느냐?」고 했다. 상주는 거진(巨鎭)이요 상주 목사는 병마첨절제사를 겸하여 린근 여러 진의 병권을 잡은 사령판이다.

풍악과 기생들의 웃음 속에 묻혀 있는 사령관、우습팡스러울만치 빈약한 무기— 이것만으로도 그 당시의 리씨 왕조의 허실을 알기에 족했을 것이다.

그후에 리씨 조정에서도 일본의 정세를 알아 볼 필요가 있다하여 사신들을 파견한적이 있었다。갔다온 사신중의 한 자는 그 눈이 록록지 않은 야심가의 눈이라 했고、한 자는 그 반대로 보잘 것 없는 지게끼 눈이라고 해서 한때 그런 관상론으로 조선 조정에서 론난이 많았던 일본 관백(關伯)、풍신수길의 눈은 이러한 정보에 미상불 득의의 웃음으로 빛났을 것이다.

드디어 일본은 수세기의 『전국 시대』를 거쳐 동원 태세로 있던 대군을 몰아 조선에 대한 침략 전쟁을 일으켰다. 부산에 발을 붙인 二〇만 일본군은 천리에 걸쳐 기치 창검을 번뜩이며 낮에는 포성으로、밤에는 불로써 三군이 서로 호응해 가며 서울을 향하여 육박했다.

이리하여 리씨 왕조의 『태평 성대』주의 자들이 량반 관료배들의 꿈은 삽시간에 부서졌던 것이다.

二八일에는 충주(忠州)가 함락되고 그곳을 지키던 대장 신립(申砬)이 전사했다. 충주가 함락되었다는 것은 곧 적이 조령(鳥嶺)을 넘었다는 것을 말하는 것이다. 조령은 그 지형이 한 군사로써도 능히 만명의 적을 막을 수 있다고 할만치 지키기 쉽고 치기 어려운 요해처였다. 그러나 신립은 그것을 지키지 않았다. 신립으로서는 그래만한 리유가 없지도 않았다.

그는 왕한테서 직접 출전 명령은 받았으나 군사는 한 명도 받지 못했다. 군기고의 무기들은 녹이 쓸고 병영들은 텅 비였던 때라 주어 보낼 군사가 없었다. 신립은 천지에 와서야 이 고을 저 고을의 군사를 七-八천명 그러모았을 뿐— 그러한 적은 오합지중을 가지고 큰 적을 막기 위해서는 비상한 각오가 필요하다고 생각했다. 그는 조령을 내놓고 충주로 물러와서 달천강을 등지고 소위 배수진(背水陣)을 쳤다. 그리고 조령에다가는 조선 군복을 입힌 허수아비를 세워 놓았을 뿐이였다.

조령 밑에다 와가지고도 사흘석이나 넘지 못하고 처다만 보고 있던 일본군은 조선 군사의 머리에까다다 까치들이 앉아 노는 것을 보았다. 과연 아무런

저항도 받지 않고 조령을 넘어산 일본군은 신 입의
배수진을 돌파하고 곧 서울의 직통로로 들어 섰다。
조령을 끝내 지킬 수도 없었으려니와 설사 그럴
수 있었더라도 그때의 관군을 뒤집어 놓을 수야 있
었으랴마는 그러나 적이 그렇게까지는 빨리 서울로
육박해 오지 못했을 것이다。 적이 조령을 넘었다
는 소식에 서울 장안은 물끓듯 했다。 또 뒤이어, 충
주 싸움에서 구사일생으로 살아났다는 순변사(巡邊
使) 이일(李鎰)이 한데서 『왜적이 오늘내일중으로
서울을 침범하게 되리라』는 장계가 왔다。
왕선조는 백여명의 조정 신하들과 왕자와 후궁들
을 메리고 四월 그믐날 새벽에 궂은비를 맞아가며
서울을 떠났던 것이다。

평양에는 전부터 『서울 소식 가마구비에서 먼저
안다』는 말이 있다。 이때도 어느 풍편에 들어온 소
식인지— 개성에 머물러 있던 왕의 조정에서는 『왜
적이 아직도 한강을 건너지 못하고 있거늘, 적이 한
강 근처에 오기도 전에 왕으로 하여금 기연히 왕성
을 떠나게 한 것은 국왕의 위의을 손상할 뿐 아니
라, 나라를 그르친 것이라』하여 당시의 령의정이던
리산해(李山海)를 파면시켰다는 것과、 그뿐 아니라
다시 돌아 가서 서울을 지키자는 공론이 일어 났다는
것이었다。

이것은 뜬소문만이 아니라 사실이었다。 이러한
소식을 듣고 기뻐한 것은 어찌 평양 사람들 뿐이였
으랴。 왕과 조정이 다시 돌아가 서울을 지키게 된다
면、 얼마나 기쁜 일이랴。 실로 그렇게 되기를 바
랬었。 그러나 그 역시 한낱 헛소문이나 다름이 없
었다。 서울은 지난 오월 초사흘날 함락되고 말았다。

2. 석장군 앞의 전 주복
이와 중 법근이

『왕이 종래 우리 평양엘 오구야 말게 됐다?』
새 풀잎으로 푸른、 양지바른 잔디밭에 번듯이
누웠다가 일어나 앉으며
『나 원 어떻게 되는 놀음인지·』
또 이렇게 중얼거리는 것은 맨상투 바람의 한 젊
은이였다。
『어떻게 되긴… 그담엔 란리가 뒤따라 울지두 모
로지。』
갈이 누웠다가 이런 대꾸를 하며 일어나 앉은 것

논한 결론 중이었다。

『얘, 제발 그 따위 방정맞은 소린 하지 말아. 정말
그렇게 되문 어떻게 되니?』

『어떻게 되긴? 란리지! 어즈러울 란자(亂), 떨어
질 리자(離)— 모두 풍비박산…』

『듣기 싫어야. 너이 절간의 부체님이 그렇게 탐삭-
람삭 새없던?』

『하하하… 부체님이 새없다!』

『너는 우스우니? 정말 너처럼 무이밑 같은 중놈은
웃을 일인지 모르갔다 해두…』

하는 젊은이는 상루 밑에서 빼낸 작은 나무 살작
으로 뒷자분이를 득득 긁어 올리기 시작했다.

『부체님은 사람의 모양이기나 하지. 네 봐라— 지
서장군(石將軍)은 그저 저 생길 대루 생긴 우뚝한
바위라두 이번 란리가 날 줄 알구 피를 흘렸다지 않
던?』

『또 한다는 소리가! 누가 그런걸 봤다던?』

『본 사람은 없어두, 세상이 다 그렇다면 그린 줄
알려무나.』

이들이 지금 그것을 건너다 보며 이런 말을 하는
『서장군』은 평양서 순안으로 가는 십오리쯤 되는
큰 길가에 서 있는 바위였다. 이번 임진란이 시작되
기 전에 그 큰 바위에서는 피가 흘러, 십리길을 적시
였다는 이야기가 퍼졌다. 그것은 물론 누가 제눈
으로 보았다는 사람도 없고, 또 누가 처음 그런 말을
지어냈는지도 알 수 없는 하나의 잡작 전설이었다.
이번 란리에 여기까지도 사람의 피로 땅을 적시게
될지 모른다— 는 불안에서 생겨난 그 잡작 전설은
더욱 인심을 불안케 하면서 퍼졌던 것이다.

『서장군』이라는 바위에서 피가 흘렀다는 이야기는
나라에 큰 변란을 당하게 되매 우리 조국 강로의 한
돌까지도 무심치 않았다는 것을 말하는 것이다.
이와 마찬가지의 이야기로서 천고(天皷)가 울었다
는 전설도 있다. 즉 일본 침략군이 나고야(名古屋)
에서 조선을 향하여 떠나는 날 우리 나라 상공에서
는 둥둥 울리는 북소리가 났다는 것이다. 앞으로
큰 국란이 있으리라는 것을 하늘이 경고했다는 전
설이다.

『들리는 소리란 소리는 다 그 따위 소리만이니 정
말…』

『맥이 나?』

『듣기 싫어. 누굴 비술 빽이누라구 그러니?』

하는 젊은이는 벗어 놓았던 무명 수건을 질군 동여
매 쓰며 두덜거렸다.

『비가 와두 한몸 넝기새미 아래루 늘어만 서면

비서, 가 다 되는 너 같은 놈은 모르갔다 왜 무…」

「에이, 이자식 ― 떠돌아 다니는 중놈이라구 너무 수

모하지 말아. 나두 리별하면 속에서 간장피 날 님

이 있어! 알았니?」

「흥, 그림의 떡?」

「어디서 상루가 수펌의 동사루 같은 자식이, 무식

두 하다. 같은 값이면 「그림의 선녀」라구나 하

려마.」

「바라보기만 하기야 떡이면 떨하구 선녀면 별하

니 ―」

「거 누가 아니? 사파세계 한모룽이에다 바늘 하나

세워 놓고, 사천왕 하늘에서 겨자씨 한알 던졌더니

고놈이 그 바늘에 꼭 깨운 것 같은 인연이 있을지

혹시 알겠니?」

젊은 중은 대낮 별에 반뜩거리게 밀은 머리에다

송락을 올려 놓으며 이런 말을 했다.

「응, 그래 어서 바람 먹구 구름동이나 싸라. 난 상

게 보지는 못했다 해두, 그 「고려접」 큰애긴가 하

는 처녀는 꿈자리가 사나울게다.」

「왜?」

「너 같은 돌중놈이 소매불망 못 잊어하니 안 그렇

구 월하겠니.」

「모르는 소리. 꿈에라두 서루 마음이 비치우기만

하면야. 사납긴 왜 사나와… 주북아! 별과 말이지

난정 죽갔다.」

하는 젊은 중은 덜썩 쓰러지듯이 다시 잔디 판에

누워 버렸다.

「너 정 그러면 머릴 기르겠므나.」

주북이는 한결 멀 룽명스러운 소리로 이런 말을

했다.

「그래 가지구 한번 혼사말을 벼보자꾸나.」

「나더러 환속(還俗)을 하라구? 내가 이제 이 먹베

장삼을 벗구 다시 속인이 된다 해두 또 고리백정 밖

엔더 될 것이 없다.」

젊은 중은 금시 또 벌떡 일어나 앉았다.

「한애비쩍부터 천대 받는 고리백정이. 돼서 난 세상

에 미운 놈이 많아.」

불쑥 어성울 높여 이런 말을 하는 그의 부리부리

한 눈방울에는 금시 붉은 실이 어리는 듯도 했다.

그러나 그는 또 금시 퍼뎌리고 있는 제 무릎을 치

며 큰 소리로. 너털웃음 쳤다.

「허허허, 그런 속세의 인연율 다 끊어 버리자구 중

이 된이 법군(法根)이가 무슨 소리를 하는가 ―!」

이갈아 제 일을 남의 말하듯 하던 젊은 중 법군이

는 얼굴을 쳐들인 채 하늘을 쳐다보며 잠잠해 버렸다.

「할 수가 없거던!」

이번에는 마치 잠에서 깨난 사람 같이 나직한 소리로 중얼거렸다.

「저렇게 종달새는 지저귀구, 아즈랑이는 가물거리구! 취할 것 같다.……얘 주복아, 너는 자랑하는 너의 색기 자랑이나 한번 더 해라. 나두 미운 놈은 미워두 고운 사람은 곱다. 풍년이·들면 나두 기뻐구…」

「풍년! 풍년이 들면 뭘해? 왜 놈들은 왜 오구, 또 얼마나 오기에 나라에서는 그것두 왜 못 막는 기야. 량반 대갑들은 다 명주 자루의 개똥인가?」

「건 그럴 듯한 소리다!」

「에이, 속이 상해서. 어데 보자!」

하며 벌떡 일어선 주복이는 법군이가 베고 누웠던 무명 필을 집어 들자 길을 께긴너 맞은편 억더으로 성큼성큼 올라 갔다.

「쿵—」

엇뗐다 내려치는 주복이의 주먹 소리가 울리자 늘 각담이 무너지못이, 어석더석한 석장군 바위의 뿌다귀 하나가 부서져 내렸다.

「저런 놈의 육장군 봤나! 한대는 춧이!」

어안이벙벙해서 허물 쭉 뺐던 법군이는 큰 소리로 웃었다.

「그러문 그렇지. 편 무슨 놈의 피야!」

거머럭퍽하게 이끼가 앉은 바윗돌의 한쪽이 이지미져서 허옇게 드러난 상처를 만지며 이런 말을 한 주복이는 무명필을 법군에게 던졌다.

「정말 피가 나면 싸매 줄렸더니ㅡ, 엣다. 받아라.」

「그래 가서 술이나 먹자.」

무명필을 받아든 법군이는 강삼자락을 너풀거리며 신바람이 나서 앞장을 섰다.

그 무명은 부산(釜山) 장거리의 씨름판에서 받아 온 것이다.

이번·단오에 평양에는 씨름판이 없었다. 이런 란시에 무슨 씨름이냐. 그럴 경황들이 없었던 것이다.

그러나 평양서 二·三〇리라도 떨어져 있는 외촌 장거리들에서는 작게나마 역시 씨름판을 차렸다.

주복이는 단오에 씨름을 못하면 몸살이 나는 성미지만 그번 촌 장거리의 작은 씨름판에는 삐치고 싶지 않았다. 그러나 법군이하도 조르는 바람에 부산 장거리로 갔던 것이다. 아니나 다를가 그 씨름판에서는

「평양 전 추복이가 왔다.」

「뭘? 그 쇠추머구가?」

어느새 짜짜하니 소문이 돌았다. 그래가지고는 어제
인지 집안 사람들은 모두 『왜 어느새들 오노!』하
는 눈치였다.

첫날도 비교 씨름을 했다는데 오늘따라는 총각 씨
름, 초립동이 씨름으로 시작된 씨름이 ㅎ낮이 되
여도 마루씨름으로 클 줄을 못랐다.

『아즈마니, 이번엔 송아지는 못 끌어 왔어두 살바
한번 안 쥐보구 상목이 한 필 생겼쉐다.』

하는 법군이의 말에는, 대답하는 이도 없었다. 늙
은 아버지는 작두간에서 썰어 두었던 조짚 여물을
일부러 죽으로 적여서 소궁이에 나르노라 바쁜체 하
는 모양이 분명했고, 부엌 문으로 한번 깔것 내나
처는 부뚜막의 바가지들을 일부러 소리 나게 되었는

『벌써 상송아지 임자가 와 있는데 대해 봐야 소용
있나.』

괜히 땅바닥이나 지구 일어설라구.』

『어서 니 이 방으루 들어들여라.』

하는 어머니는 으시시한듯이 활쌍을 찌르고 뜰악
에서 서성거리고 있었다.

『남 길 걸어서 더운데 왜 방으루 들어 가라구. 그
머우.』

모두 을시년 같애하는 눈치에, 저마자 릉명스러운
대답을 하며 뜰안에. 들어선 주복이는 웃간방 댓돌
앞에서 주춤했다. 그 문턱에는 때가 오른 갓을 숙여
쓴 웬 낯모를 사람이 걸터앉아 있었다. 남의 집
문턱에 좌이부동으로 걸터앉아서 코밑의 노랑수염
을 이편 저편 갈라 붙이듯 쓰다듬고 있던 그 사람은

『이집 젊은 천인가!』

하여존 마루씨름꾼들은 실바를 꺼볼 생각도 안했
다. 단오에 한몫 보자고 실도 했던 씨름광이 초판에
파장이 될 념려가 있어서 주복이를 기권시키려고 장
사치들이 따로 벼름해서 두자 상목 여섯필내기 무
명한 끝을 내놓았다. 이번에 주복이가 끌어 오는
상송아지는 꼭 잡아 먹는다고 별렀던 법군이는

『약소한대루…』

이렇게 제 편에서 생색을 내며 받았던 것이다.

3. 노루 꼬리가 「있다」 「없다」

전주복이네 집은 바로 칠성문밖 성낭 밑에 있었
다. 마당에 들어서자 바룩한 두 귀와 탐스러운 꼬리
를 말아세운 삽살개는 반갑게 마주 나오는데 웬 까닭

하고 단박에 하게로 말은 부친다.

『예 그렇쉐다.』

주복이는 로지방에 걸터앉으며 대답했다.

『나는 애련당골 박 참봉댁에서 왔는데 빚을 회계하자구 온 길일세.』

『빚이라니요?』

주복이는 금시 눈이 휘둥그래졌다.

『뭐? 빚이라니? 하 이거 큰일 낼 사람들 아닌가! 아니, 애련당골 박 참봉 나리는 님자네 전주님이지?』

『에, 그래요.』

『그런데 작년 겨울에 그댁에서 벼 두 섬을 장리루 갔다 먹은걸 모른다?』

『그 빚이요? 그 빚은 금년 농살 해가지구 섣달에 가서 물기루 한 빚이니 그래서 하는 말 아니웨까.』

하는 주복이는 『이 무슨 영문인가?』하는 얼굴이였다.

『안뭬 제 기한에 가서 받을래문야 이 분주통에 왜 신발 처치구 받으려 다니겠나. 님자네만이 아닐세. 박 참봉 나으리 댁에서는 엊그제 준 장리까지두 다 받아 들이는 터이니 지금 회곌 하야 하네.』

『지금이라니요?』

주복이는 또 눈떴다.

『그러게 내 말을 다 들어. 님자네 늙은이들과는 이미 한 만일세마는… 작년 동짓달 스무날부터 금년 정월, 이월…』

『오늘까지 여섯달반이 아닌가. 五푼 달변으루 매달 손가락을 꼽아 보이며 그는 말했다.

꺾어 돌려서 변상가리하면 열닷말 두섬에, 그동안 리자가 엿두말 하구, 아홉 되수가 달리네만, 참봉 나으리 말씀이 아홉 되수의 귀기리든 메구 회계 마감을 하라는 걸세.』

그 빚은 주복이가 장가들 때 폐장과 잔치에 드는 비용이 모자라서 껄그랑벼 서른 말을 장리로 가져다 쓴 것이었다.

『이제두 말했쉐다. 한테 그건 금년 섣달에 가서 물기루 하구 쓴 빚인데요.』

『그러길래 참봉 나으리께서두 우수리 리자는 탕감해 주신다구까지 않던가.』

『탕감이나 마나, 지금 물 수 있대문 그 때 빚을 내지부러 않았을거, 아니웨까.』

하는 주복이는 속이 좀 다는 모양이였다.

『그럼 안 물잤다.』

『못 물지 왜 안 물갔소.』

주복이의 이번 말은 좀 웅명스러웠다.

『빚진 종이라는 말두 없잖아 있는데 되려 제편에서 말이 거칠어진다? 하― 인심이 이렇게 변할 수가 있나? 아무리 란리기무서니…』

『변한건 누군지 모르갔소. 기한두 되기 전에 빚채군을 하니, 나 원!』

하는 주복이는 쓰겁게 한번 허를 찼다.

『뭐? 그래 진 빚울 안 물겠다?』

노랑수염은 버럭 어성을 높였다.

『애야, 너 왜 벌씨 와강지구 그러니.』

그동안에도 팔짱을 끼고 서성거리던 늙은 어머니가 댓돌 앞에 와 서며 말했다.

『점두룩 하야 그 말씀인데… 우리 애는 너무 의젓해서, 자꾸 그머시문…』

『아니, 의젓해서 빚진 놈이 배내미나? 허 참!』

『애야, 넌 좀 가만 있가랴. 그러다가는 너 또 몸살한라.』

또 뭐라고 대구을 하려는 주복이를 타이른 어머니는 쫓겨난 달래알 같이 빨장게 토라진 노랑수염을 한번 처다보고 나서 눈을 내려 깔며 혼잣소리 같이 말했다.

『답답이 없어서 그머지 않소. 있으문야 왜… 그런 걸 가지구 자꾸 부활 돔구문이 의섯한 것이 또…』

『아즈마닌, 이러 오시우.』

불쑥 법근이가 찾았다. 그동안 뜰악에 펴놓은 밀짚 장석에 주복이의 아버지와 같이 앉아 있던 그는 모인을 처다보며 말했다.

『아즈바니 제 이야기 한마디 할껜 들어 보실라우?』

『대낮에 이야긴 또 무슨 이야길―』

앞채 외양간 지붕에 오르기 시작한 박넝쿨을 나보며 한심해 앉았던 로인은 금시 태평인양・호호 웃었다.

『이건 엣말이 아니라 바루 얼마 전에 있은 일이웨다.』

법근이는 이야기를 시작했다.

『얼마 전에 맹산 군수가 양덕 군수를 찾아 갔더랬는데, 두 량반님이 이런 말 저런 말 하다가 맹산 군수는 노루 꼬랭이가 있다구 하구 양덕 군수는 노루는 꼬랭이가 없다구 해서 아옹당 말다툼이 났더래요.』

『호호호―、 노루의 꼬랭이가 있다? 아무런들이 사람아.』

『아즈바니 정말이웨다. 그래서 그 고을 좌수 늙은

이가 듣다 못해 「아뢰옵기 황송하오나 본읍 양덕 노루는 꾀리가 없사외도 맹산 노루는 꾀리가 있는 줄로 아뢰오」 했답니다. 그래서야 두 군수 나으리는

「글쎄 그러면 그렇잖지!」 했다나요.
「아이구 맙시사. 그런 것들이다! 그러니끼니 세상이 왜...」

「하― 쓸데 없는 소릴, 입새없이, 원―」
마누라를 막지른 로인은 여전히 남의 집 문턱에 좌이부동으로 걸터앉아 있는 박 참봉네 차인을 한번 흘금 쳐다보고 끌끌 혀를 찼다.
「가만들 계시우. 이 얘기가 그것만이 아니웨다.」

법군이는 또 말을 이었다.
「그담엔 그 좌수 늙은이가 하는 말이 「제 사위놈이 웬일인지 오늘 세배를 오지 않았겠습니까」 이렇게 한번 떠봤답니다. 했더니 한 군수 나리는 하는 말이 「八월 추석인 줄 알구 온게지」 하구 또 한 군수 나리는 「아니지, 五월 단오니까 세뻘 왔겠지」 하더랍니다.」

「호호호 五월 단오에 세배? 잘들 해!」

「웬걸요. 그런 칠부지들은 추석이나 단오니까 세뻘 다닌다는 놈들만이 아닌가봐요.」
법근이는 시차미를 따고 이런 말로 이야기를 끝났다.

「제 잡담허구 회계나 끝냅세. 박 참봉 나으리 말씀 두―」
박 참봉네 차인은 책상 다리를 바꿔 얹으며 제 말을 되살렸다.

「벼가 없으면 상목(常木)으루라두 회겔 할텐, 벼 한섬에, 쌀 엿말 두되씩 쳐서 두섬에 열두말 너되하고, 리자 열두말에, 닷말되수 해서 쌀이 합쳐 열일곱말 가웃이 아니겠나. 그런데 그걸 상목으로 회겔 하면 온군 한필에 닷말씩 쳐서 세필하고, 두자 자투리 일곱끝으로 타첩해서 청장을 하구 말라는 걸세.」

「그건 너무합습디.」
이번에는 주복의 아버지가 말참견을 했다.
「뭣이 너무하단 말인가?」
「그 껄끄랑벼 한섬에 쌀이 나야 고작 닷말 이편저편이구. 또 요새 시세루 말쓰하면 상목 온군 한필이면 쌀이 엿말인데 지금 전주님댁 말씀대로 하면 우린 안퐈으루 솔 그니 하는 말씀입디.」

「안퐈으루 솔 그나마나 아버진 웬 상목이 있긴들 하웬까?」

「정말 령감은 무슨 상목이 있다구, 괜히 술마리 무당의 만수받이 하듯 하우.」

이 같이 모자가 물아 세우는 바람에 로인은

『회켈 바루하자문 말인즉은 그렇다는 말이야』

하고 돌아 앉았다.

『하 이거 정말 큰일 별 사람들 아닌가? 있구두 없다?』

『있으문야 왜 그러갔쉐니까. …정말 버선목이라구 뒤집어두 못 보이구…』

하던 주복의 어머니는 몽당치마자락으로 식은 콧물을 훔쳤다.

『버선목? 저건 뭔가? 씨름판에서 타왔다는 저건 빗 못 물건가?』

하는 노랑수염은 법근이 앞에 놓인 무명필을 채기라도 할듯이 궁둥이를 들먹거렸다.

『아니, 이건 소승의 물건이올시다』

중 법근이는 무명필을 한번 들었다가 제자리에 다시 놓으며 말했다.

『이놈에 집엔 아까부터 별것이 다 오리발의 샛가죽처럼 끼워나서 가지구 말썽이 아닌가.』

『뭐 이놈에 집?』

그자를 한번 힐끗 노려보며 이렇게 뇌까린 주복이는 다시 머리를 숙이고 앉아서 두 주먹을 쥐락펴락하면서 길게 한숨을 지을 뿐이었다.

『애야 넌 들어 가렴. 하야 그 말인데 그러다가 또 몸살할라.』

어머니는 애가 탔다.

『아사리 모르디 하갔쉐다. 이번 란리롱에 우리가 그 빗을 꽂 갚구 다 죽을지는—』

이번에는 아버지가 말을 시작했다.

『그렇기 전이야 기한만 되면야 그 빗을 어련히 갚소오리. 혹시 전주님네는 우리두 어메루 피란을 가서 없어질 것 같애서 미리 빗을 받자는 거지만 우리 같은 농사꾼이 어멜 가갔소. 란리롱을 만나두 제 손으루 가꾸던 낟알 포기를 쥐구 죽소옵디.

『아즈바니 걱정 마시오. 여기까지는 란이 안 날 것 같습메다.』

로인의 말에 좀 처량하게 가라앉은 분위기를 휘저어 놓듯이 법근이가 또 받을 꺼냈다.

『그러문야 작히 좋으리. 어드래서?』

법근이가 하는 말이면 혼이 웃으며 들을 말이라 로인은 듣기도 전에 먼저 호호 웃었다.

『석장군 바위에서 피가 흘렀다구— 그래서 여기까지두,』란이 날거라구를 떠들지 않았소?』

『그래, 구런 말이 도나보드군.』

『그런베 이제 오다가 밤 꽃같은 색시 비려다가 께

가 쏟아지게 살래는메 란이라니! 하구 주복이가 화

가 나서서 그 바위를 주먹으로 한대 멕여댔더니 큰 방

치물만큼씩 으스러져서 와르르 무너졌는데 그래두

피 한방울 안 났거던요.』

『우리 저눔이 또 그따위 짓을 했나?』

하며 로인은 주복이를 한번 돌아 보고 나서 웃

었다.

『어비손 좀 보자. 정말 시퍼렇게 피가 졌구나.』

아들의 손을 만져 본 어머니는 허를 차면서 말

했다.

『그래 속이 좀 씨원하더냐? 넌 그렇게 해서라두

성풀일 하야 몸살을 안 하는데, 천하 의젓한 것이

사람한데야 누가 아무런대두 그런 화풀일 하긴들 하

나...』

이런 어머니의 말은 좀 서글펐다.

그러자 저도 주복이의 손을 넘석해 보면서 반치나

되게 길은 새끼손톱으로 제 콧등을 긁적거리고 있

던 박 참봉네 차인은 웬일인지 문력에서 내려 토지

방에 쪼그리고 앉았다. 그런 양을 본 법군이는 턱으

로 문력을 가리키며 주복이에게 눈끼를 했다. 주복

이는 육중하니 몸을 일어 그 문력에 철러앉았다. 그

머차 또 노랑수염은 일어 나서서 로방 아래로 내려

갔다.

『그럼 언제 또 올가?』

『또 오시지 않아두 기한만 되면야 어련히 갖다가

갚지 않소 오리.』

하며 일어 서는 로인에게

『그렇게 말씀은 드려는 보갔소만 이편두 알아채려

서 처사를 하우.』

이번에는 말루까지 고쳐서 뒤를 누르는 셈으로 말

한 그자는 총총히 돌아서 나갔다.

칠성문통으로 사라지는 그자의 뒤불을 바라보다가

어깨를 훈들며 한번 크게 웃은 법근이는 상목필을

절반 쭉 찢어 들고

『새아즈머니』

하고 찾았다. 그동안에는 바가지 소리도 안 내고

조용하던 부엌에서 아직도 새색시 티가 가시지 않은

젊은 아낙네 하나가 나왔다. 단래풀 각시 같이 윤이

흐르는 없은 머리에서는 향긋한 장풍 냄새가 풍기었

다. 그 머릿봉 우에서 한들거리는 빨간 꼬둘채 댕기

가 더욱 새색시 티를 돋우었다.

『이건 나하구 주복이 몫이구, 이건 새아즈만 몫인

데, 이 아즈바니 술 한잔 받아다 드리시우.』

하며 일어 섰다. 무명필을 받아든 색시는 덕스러운

얼굴 대 안에 부침부침이 오붓이 둘어 앉은 낯을
붉히며

『저녁은 어떡하라우?』

하고 물었다.

『저 돌중놈이 이제 란이 나면 또 못 볼지두 모른다
구, 한턱 빈다네.』

하며 주복이도 따라 일어 섰다.

4. 평양 거리의 생불

칠성문으로 둘어서서 만수대 고개를 넘어 영문 뒷
둥성이에 이르기까지는 한성안이기는 하나 무인지경
이였다. 성밖의 동북쪽에 있는 가차린의 연장인 송
림이 영문 바로 뒤에 이르기까지 그 일대를 뒤덮어
웅경했다. 그때의 평양 시가는 영문 동쪽의 담장을
끼고 남쪽으로 돌아가 있는 포정문(布政門) 밖의 하
마비(下馬碑) 앞에서부터 시작된다.

거리의 집들은 모두 문들이 닫혀 있었다. 벌러서
잘 쉬고 즐겁게 놀 수 있는 四명절의 전례대로 철시
는 했으나 이번 단오따라 싸움판도 없고 동산에 오르
는 녀인네도 없는 평양 거리는 그저 쓸쓸할 뿐이였

다. 거리에는 사람 래왕조차도 드물었다. 간혹 길
골목에서 풍겨 오는 부치개(지짐) 기름 냄새와 혹시
어느 집 울 넘어로 보이는 단장 그네에서 호느적이
는 제집애들의 붉은 댕기가 고작 명절맞이요, 단오
빛이라고나 할가?

보룡문과 빗둘린 엿본 앞거리를 지나 사창고(司倉
庫) 앞에서 꺾이여 종로로 둘어서는 큰 거리에도 역
시 사람들의 래왕은 드물었다. 오직 대동관(大同館)
에서만은 사람들이 법석했다. 우선 그 드높은 지붕
에 올라 가서 기와골의 풀을 뽑고 룡마루의 기와와,
추녀끝의 막새들을 고쳐 놓는 사람들이 띄였다.

또 환히 열린 문안으로는 떨어진 담모퉁이의 회를
다시 바르는 미쟁이들과 새 황로를 날라다가 뜰을
고루는 인부들이 띄였다. 또 일변 새로 창호지를 한
문짝들을 떠이고 다니는 사람도 띄였다. 왕의 행차
를 맞을 차비를 하는 것이다.

『차부를 하기는 단단히 하긴 하나 브군!』

주복이는 잠시 걸음을 멈추고 문안을 들여다 보
며 중얼거렸다.

『이사람아! 그럼 상감넘이 오시는데!』

옆에 따라 선 법군이는 어서 가자고 팔꿈치로 재
촉했다.

『아니 내 말은 꼐 질구하니 차불 한단 말야。』

『이사람아, 질구하게 아니면 또 평양까지두 내 놓는 단 말인가?』

『진수착 말두 그게 제법이란 말야。』

역정을낸 법군이는 어깨까지 걸어부친 장삼 소매를 너풀거리며 앞장을 섰다。 부산히 걸어 가던 법군이는 마치 산속에서。 뜻밖에 잠든 범을 만나기나 한 듯이 주춤했다가 큰 나무 등걸에 몸을 감추듯이 두리두리한 주복이 곁으로 바싹 붙어 섰다。

지금 이들이 걸어가는 법수머리도 방금 지나온 앞의 종로와 마찬가지로 큰 거리지만 이쪽 저쪽의 가겟방에 나앉은 사람들이 좀만 긴 담뱃대를 내밀면 대통을 맞대고 맞불질도 할만한 정도의 넓이 밖에는 안 되었다。 물론 이때는 담배가 우리 나라에 들어오기 바로 몇달 전이지만 형용을 하자면 그렇다는 말이다。 그폭 밖에 안 되는 거리 저편쪽에 법수머리 다리의 돌란간에서 그린듯이 앉아 졸고 있는 사람이 있었다。 누더기가 다 되게 처진 옷을 걸치고 있는 한 중년의 중이었다。 그의 옆에는 몽들이 빈 물지게가 놓여 있었다。 법수머리 돌다리 건너로 림룩로문 선창에서 불어 오는 강바람에 다릿목에 서 있는 버돌가지가 흔들려 얼굴과 어깨를 건드리건만 중은 역시 그린듯이 앉아 조으는 모양이다。 그의 뒷모양이 돌아 보이게쯤 지나쳤어야 큰 숨을 내쉰 법군이는 잠시 걸음을 멈추고 합장하고 머리를 숙였다。 여전히 졸고 있는 그 중은 편석(鞭石)이라는 선승(禪僧)이였다。 사명당(泗溟堂)과 함께 서산 대사(西山大師)의 제자인 편석 대사는 오래전부터 산에서 나와 이 평양 대동문 읍호루(把灝樓)에서 혼자 선(禪)공부를 하면서 이른바 급수공덕(汲水功德)을 하고 있었다。 말하자면 그는 언제나 홀로 대동문 루각의 기둥과 마주 앉아 눈을 감고 있지 않으면 물지게로 대동강 물을 길어다가 이집 저집의 물독을 채워 주는 것이 일이였다。 그것 뿐ー 물을 길어다 주는 집의 사람들과도 그는 아무런 인연도 맺으려 안 했다。 늘 물을 길어다 주는 것이 고마워서 혹은 먹을 것을 주거나 또는 옷이나 신발을 주어도 받는 법이 없었다。 그는 언제나 누더기를 걸치고 제 손으로 따고 캐들인 솔잎 가루와 도토리와 침뿌리 같은 것들을 먹고 살았다。 그렇기 때문에 사람들은 그를 『누더기 중』이라고는 하지만 『거지 중』이라거나 『동냥 중』이라고는 안 했다。 누더기 중은 고맙다는 말 인사조차도 받으려 안 했다。 그런 말에는 뭉

대답도 들은 체도 안했나.

혹시 어떤 집의 마음 애린 아낙이 『늘 미안해서 저걸 어떡허나?』 걱정을 하면 『처음엔 미안두 했지만 저 좋아서 하는 노릇 어떠히겠소』하는 남정들이 많아졌다. 물지게를 지고 어느 집 부엌 문턱을 드나들든 언제나 인기척도 없이 연히 나타났다 표연이 사라지는 편석 대사는 무슨 그림자 같기도 한 사람이였다.

사람들은 그런 편석·대사를 두고 『사람이 그만큼 욕심이 없어지고 보면 육중한 맛도 없어져서 발소리조차 안 내게 되는 모양이라』고들 했다. 그런 말이 퍼져서 나중에는 『간밤에 어느 집에서는 인기척이라고는 도무지 몰랐는데 아침에 일어나 본즉 물독이 가득 차 있더라』고—! 마치 복도깨비 장난이라도 있은 듯한 이야기가 떠돌기도 했다.

그머한 편석 대사는 또 잘 자는 중이였다. 지금같이 물지게를 지고 다니다가 저 편한 데 앉아서 조을고 있는 편석 대사는 여기서 뿐 아니라 강뚝에서도, 살전골 앞의 떡물 우에서도, 애련당골 풍월지(風月池) 연못가에서도 볼 수 있다. 아무리 분비고 떠들썩한 거리에서라도 그같이 한가히 조을고 있는 그는

千峰頂上一間屋

浮世穿鑿不相關

이라는 격일가? 비록 만여 가호가 사는 평양 성내에 있으면서도 그만은 첩첩산중의 그 어느 한 봉우우의 한채 집에서나 이러쿵저러쿵하는 『허망』한 세상사는 내 알바 아니라는 듯이 살아가는 사람이였다.

사람들은 그리 한 그를 생불(生佛)이라고도 했다. 따라서 그를 『누더기 생불』혹은 『누더기 신선』이라고도 불렀다. 속세의 무진한 번뇌를 다 해탈한 듯한 그들 — 그를 존경은 하면서도 기가 계면쩍기도—하고 또 좀 입이 험하기도 한 평양 사람들이라 일부러 비꼬아서 하는 말이였다.

『이 돌중놈아, 넌 언제나 저런 생불이 되니.』

주복이가 지꼿게 일부러 큰 소리로 하는 말이였다.

『가만 있거라, 스님 들 갔다.』

엄한 훈장 앞을 몰래 피해, 나온 글방 애놈 같이 비로소 기를 폈던 법군이는 다시 그쪽을 돌아 보았다. 젊은 중 법군이는 춘경하는 서산 대사 큰 스님과 그 밑의 사명당 같은 스님들보다도 편석 대사를 더 무서워하는 편이였다. 그렇다고 편석이 가래침을 돋구는 루로 『카ー그』일같(一喝)을 하며 법장(法杖)을 울러메는 성미는 결코 아니였다. 다른 스님들

은 타이르는 적이나 있지만 편석은 불립문자(不立文字) 그대로 통 말도 없었다. 오직 저 자신 계율(誠律)을 지키고 고행(苦行)을 쌓는 데만 용수가 없다고 할 만치 엄격할 뿐이었다.

법근이는 그러한 스님 앞에 서기가 더 무서웠다. 자기를 대하는 편석의 눈이 못마땅하는 눈이기 때문에 그런 것도 아니었다. 편석은 그런 눈치도 보이지 않았다. 그러나 머리 깎고, 장삼 입고 가사를 수한(메인), 같은 중이면서도 도무지 중답지 못한 제 행실이 스스로 보기에도 못마땅하기 때문에 그 스님 앞에 서기가 무서운 것이다.

『…「一衣一鉢絕人情, 飢飽無心道自高」! 허허허…』 혼자 중얼거린 법근이는 또 혼자 껄껄 웃었다.

『왜?』

『한심해서 말이다.』

『뭐가?』

『음… 나두 철들어서 중이 될 때는 저 편석 스님같이 한 벌 장삼에 한 벌 발웃(鉢盂)대만 가지구 나서면 시끄러운 속세 인정 다 끊어버리구 굶으나 먹으나 도를 닦아—「전미개오(轉迷開悟)」—한번 깨쳐 보자던 기다.』

『그래서?』

『그런데— 그런데 말이다. 이 중 법근이는… 아』 하던 말을 내 던지듯이 법근이는 쓸허를 차고 말았다.

『너두 물지개를 못 져서 그러니?』 주복이는 싱글거렸다.

『이놈아, 저렇게 물지게를 지기까지는 이만저만 맘 공부를 해가지구는 되는 법이 아니다. 너 같이 무식한 놈은…』 하던 법근이는 문득 혹 느껴운듯이 숨을 들이키면 서 코를 벌룸거렸다. 이때 마침 한 수모(手母)인 듯한 늙은 로파를 앞세우고, 색동다리 빈 소매들이 필럭이는 색스러운 장옷들을 쓴 젊은 아낙네들이 몇이 웃으며 재걸거리며 스쳐 지나갔다. 동산에는 못 올랐으나 단오는 명절이라 역시 음식을 차리고 찾아 가고 찾아 오는 어염집 부인네의 나들이가 분명했다.

『아 그 동배기름 냄새! 내 이래서 사파세계를 못 잊거든. 미운 놈두 있지만 고운 것이 더 많거든. 미운 놈은 고우니, 그래 그것이 무슨 죄구, 무슨 잘못이라? 홍 또 맛있는 건 맛있구.』

하는 법군이는 또 한번 코를 벌름거렸다.

5、두엄 냄새 구수한 소발통

남문거리 이편의 옥골과 그 엇맞은 쪽의 구골 골목 어구에서는 여러가지 음식 냄새가 풍겼다. 우선 시큼한 김치 냄새가 앞서는 끌목들에서는 이집 저집의 굴뚝 모롱이나 뒷담 밑에 붙여 놓은 딴 솥들에서 선지, 곱밸 같은 술국이 끓고, 지짐 부치개들이 우질거리고, 그 옆에 놓인 옹배기 함지에서 김이 오르는 삶은 수육과 제육과 혹은 순대 또는 그릇 그릇에 모밀 묵을 띄운 깨국과, 진 그릇 자라병이나 혹은 유지배접을 한 버들 방구리에서 풍기는 소주、탁주 냄새가 한데 뒤섞여서 식욕을 충동했다.

그런 음식 그릇과 술방구리 앞에는 여러 모양의 사람들이 모이고 둘러 앉았다. 그중에는 한자리에서 같이 명절을 지낼 처자도 집도 없이 떠돌아 다니는 막벌이꾼인 듯한 맨상루바람의 사람들이 많았다. 그중에는 뒷머리를 한줌 듬뿍 놓고 친친 땋서 늘어뜨렸거나 채두머리를 한 나먹은 총각들도 끼여 있었다.

혹은 무슨 급한 길인지 짚신 감발은 가뜬히 한 보행군이 있는가 하면、풀대님 한 무명고의 가랑이를 무릎까지 걷어 올린 외촌 농군들도 있었다. 그중에도 눈에 띄이는 것은 시커먼 털벙거지에 당홍동다리 야청 군복을 입은 군교(軍校)들이였다. 당시(當時)의 그 풍경의 하나로 요새는 외읍에서까지 모여드는 그런 복색들을 많이 볼 수 있다. 혹은 또 잔등에 횡십자로 걸친 멜방으로 표가 나는 보교군도 보이고、광무늬에 채찍을 지른 마삿군들도 있었다. 어떤 술국 솥 앞에는 갓망건에 행전까지 친 중추막 짜리가 선 채로 수염에 탁주 방울을 흘려가며 긴 목젓가락을 엎진 손으로 술보시기를 기울이고 있는 것도 볼 수 있다.

비록 씨름판도 동산에 오르는 사람도 없는 단오지만 그래도 명절이라 냉면집、장국집、상술집 같은 데는 문을 닫았으므로 이런 골목의 로접들에서 흥정이 싸는 판이다. 비좁은 골목길은 먹고 마시고 떠드는 사람들로 와자했다.

그런 골목안에 들어 서서 기웃거려 보는 음식지와 옹배기 곁에서는

「대추 차 다 박은 중편이요.」

「훔훔한 소발통이요.」

『문문한 엿이요。』

『달사한 물구지 짐이요。』

하고 주서섬기는 소리들을 듣게 된다。 혹시 처음
들어온 사람으로 보이면—

『단 오에 한몫 본다구 잔뜩 했던 놈의 거 마 늑게
팔갔소。』

『오늘 머구 래일 죽을지두 모르게 된 세월인데 애
꼈다 뭘 하갔소。 실컨들 자시구나 가소。』

『상목 작은 한필(두자)이면 두셋이 술에 고기에
실컨 자시두룩 드릴테니 어서들 자시소』

이런 루의 환영도 받게 된다。

『그 아즈마니 음식은 못 사먹갔군。』

주복이와 법군이의 등뒤에서 이런 말이 들렸다。

그러자

『왜요?』

하는 것은 『오늘 먹구 래일 죽을지두…』 하던 중
년 아주머니였다。

『우린 잘 먹구 래일두 모레두 살아서 기운을 써야
할 사람들이니 말이웨다。』

『아니 그럼 내 말이 새없었소? 말 곤칩세다가며。』

별장님 같은 이가 잘 자시구 정말 이 란시에 이소
힘줄 같이 힘울 써 주시문야 얼마나 좋갔소 늑개

해 드릴테니 넘겨 맡구 자시오。』

『별장님』이라는 것은 벙거지 쓰고 군복 입은 사람
이면 군교나 하졸들에게라도 듣기 좋게 하는 말대
접이였다。

『그러다 보니, 훔훔하게 무르질 않은 모양이웨다
그려。』

이번에는 또, 이렇게 타지를 잡는 루로 말하며 함
지 않에 나앉아 보자기를 들석해 보는 사람은 눈에
띠이게 장대하고도 퍼 부드러워 보이는 군교였다。

『왜 안 물렀갔소。』

하는 아주머니는 소발롱 하나를 들어서 엄지가락
손롭으로 가죽을 밀어 보이며 말했다。

『자 좀 보시오。 이만하면 장옷 쓴 새색시는 시에
미 몰래 먹기 좋구, 초상난 상주님두 방립 쓰구 남
몰래 먹기 좋게…』

입담 좋게 주서섬기던 아주머니는 장삼 소매가 불
룩하게 큰 술병을 감추어 들고 서 있는 법군이를 처
다보며 또 말을 이었다。

『저런 대사님베두 장삼 소매루 입만 한번 가리웠
나면 언제 넘어 갔는지 모르게 물렀쉐다。』

그러다 보니, 그 아즈마니 입이 패 험하댔다。 저

「대사를 돌중놈이라구 슬그니 욕하는거 아닌가。」

「그러지 않아두 평양 성중 모르는 이 없는 난봉중 인데 그래。」

「저 아즈마니가 한가지만은 몰랐쉐다。 저 대사는 익은 고기보다두 생쌀은 더 좋아 한답디다。」

여기저기 술관들 중에서 이런 힘담이 나와서 웃 음판은 더욱 와자했다。

「가세。」

입심이 남한데 지지 않던 법군이도 좀 무춤했던지 주복이의 소매를 당기며 돌아 섰다。

「가만 이거 두어개 사가지구 가세나。」

주복이는 함지 앞에 다가 앉았다。

「살 것이 없어서 그런걸 사?」

「소반통이 왜 어드래서。두엄 냄새가 구수하니 얼 마나 좋게 그래。」

이런 주복이 말에

「말씀이 더 구수하웨다。 나두 그 구수한 맛이 좋아 시…」

그 낮모를 군교가 이런 투로 말을 부쳤다。

「초면이지만 우리 같이 한잔 안 하갔소? 나는 평양 이 처음은 아니라두 하두 오래간만에 왔더니 아는 사람두 없구 그렇다구 혼자 먹기는 슴슴하구、 그래 서 쪄빗저빛하구만 있던 차이웨다。」

하는 군교는 초면이지만 낮이 익어 보이게 붙임이 좋은 사람 같았다。 그래서

「고마운 말씀이기는 한데…」

하는 주복이는 진심으로 미안했다。

「우리는 어떼 좀 가볼 데가 있어서 그렇쉐다。」

「아 그러시우。」

「방색하는 건 아니나 나삐 알지는 마시소。평양 계 시문 또 만나게두 될거웨다。」

「그럼 어서들 가보시소。」

이렇게 그 군교와 작별한 주복이와 법군이는 이것 저것 익은 음식들과 술을 사가지고 골목 밖으로 나 왔다。

6. 함구문 밖의 고충경 이네 집을 찾아서

진진 해도 어느덧 기울었다。 평양 거리 여기저기 의 좀만 집들이 트인 베면 어떼서나 볼 수 있는 아 톱드리 버드나무 그림자들이 길걸이 행걸에 가로ㆍ걸 처 맞은편 집들의 담장울 넘어 지붕을 덮었다。

구불서 반마장쯤 더 내려가면 거리는 바른손 쪽으로 활짝 갈이 구부러진다. 거기서부터는 한성안이지만 거리랄 것도 없을만치 인가도 드물고 사람왕래도 적은 테다. 함구문(含毬門) 못미처 있는 청석다리(靑石橋)에서부터는 바람조차도 신그러운 맛이 난다. 그 밑을 흐르는 물은 빕수머리 다리의 물과 한줄기인 평양강(平壤江)물이지만 제법 산개울 갈이 물도 정하거니와 그 우에 실실이 드리운 수양버들 잎들도 도시의 때가 끼지 않고 눈부신 신록으로 푸르렀다.

어기뿐 아니라 성안 전체를 신록으로 덮는 그 많고 큰 버드나무들은 평양이 얼마나 오랜 도시인가를 말하는 것이다. 평양성의 남문인 함구문 밖으로부터 서문인 보통문 안으로 해서 북문쪽 칠성문안의 만수대 고개에 이르기까지 기자림과 련달린 창창한 송림역시 그렇다.

태고적 신화 시대는 차치하고라도 고구려 장수왕(長壽王)이 국내성(國內城)에서 이곳으로 천도해 온 이래 一천一백 六○어년— 이동안에는 일시 황패한 적도 있었으나 고려의 서경(西京)으로 다시 복구된 이래 지금에 이르기까지 오랜 고도 평양이었다. 이곳 사람들은 대대로 자기네의 성 안팎에다 나무를 가꾸어 왔다. 천여년의 기나긴 려사 중에는 무참한 병화(兵火)로 여러번 겪었었다. 그때마다 집들과 함께 나무도 불탔을 것이다. 그러나 그들은 다시 자기네의 성시를 이룩함과 함께 또 나무를 심었던 것이다. 서북쪽의 성 주변에는 언제나 굴한 적이 없는 그들의 기개를 상징하듯 사시로 창창한 송림으로 방풍장을 이루었고 성안에는 부드러우면서도 탄력 있고 풍성한 록음을 주는 버들을 심었다. 성 동남쪽을 유유히 감돌아 흐르는 대동강과, 지금은 없어졌지만 성내를 꿰흐르던 평양강과 또 시내 곳곳에 파놓은 풍월지 영월지 같은 련못가에 류록장을 이루어 아름다운 그림자를 호늬이는 평화스러운 운치를 사랑하는 그들은 자기네의 성시를 불러 류경(柳京)이라고도 했다.

청석다리를 건너 함구문을 나서면 거기서부터는 완전히 전원이다. 서쪽의 보통강과 동쪽의 대동강이 합수치는 사이에 삼각주(三角洲)를 이문 십리허 넓은 벌판의 기슭도리에는 옛날 고구려 시대의 토성이 그냥 남아서 쟁반의 체두리 같이 둘려 있고 그 안의 평란한 전원은 기자때의 정전(井田)이라는 전설 그대로 장기판 갈이 째이게 깔려 있다.

그 전원 가운데 혹은 두세 집 혹은 네댓집씩 모여

앉은 늙은 마을들도 우물뚝과 마당귀에 실실이 쭈
론 늙은 버드나무들어 둘러서서 역시 그들의·선조들
이 만들어 준 평화로운 ' 늘 속에 깃들어 있다.

함구문은 나선 주복이와 법군이는 성문밖 초입수
에 가까운 마을로 찾아 가는 중이였다. 거기는 젊은
중 법군이가 오매불망 못 잇는다는 처녀의 집이 있었
다. 그 처녀의 집을『고려집』이라고 한다는 것은 주
복이의 말로써 우리가 이미 들은 바다. 혹은『개성
집』이라고도 한다.

그 집의 현재 주인인 고 충경(高忠敬)이까지 개성
에서 이곳으로 와서 사는지는 벌써 四―五대째나 된
다. 그런데 아직도『개성집』혹은『고려 집』이라는
이름이 마치 택호(宅號)나 같이 붙어 있다는 것은
좀 괴이쩍은 일이라고도 할 수 있다. 왜냐하면 그래
만한 무슨 특색이 아직도 남아 있어 그런가 하면 그
렇지도 않기 때문이다. 또 그 집의 래력을 지금도
누가 기억하고 있어 그런가 하면 역시 그런 것도 아
니였다.

고 충경이네 래력을 새삼스럽게 캐본다면 그의·조
상은 개성 두문동(杜門洞) 七二현(賢) 중의 한 사
람이였다는 것이다. 즉 고려 왕조의 벼슬아치의 집
안으로서 불사이군(不仕二君)이라는 고집을 세워 리

씨 왕조에서는 벼슬도 과거도 하려하지 않는다는―
말하자면 새 왕조를 보이코트한다는―리유로써 리
성계대게 가혹한 박해를 받아온 일흔 두 사람 중의
하나였던 것이다.

이러한 래력이 이 경양으로 이주해 왔던 고 충경
의 조상에게는 하나의 꼬리표로·달려 왔던 것은 사실
이였다. 그러나 그것도 그 당시의 경양 사람으로는
영문이나 본부의 관속들이나 아는 정도지 일반 사
람들은 별로 아는 이가 없었다. 더우기 지금 와서
는 그런 먼 옛날 일을 념두에 두고서『고려집』이라
고 하는 사람은 없을 것이다.

그 주손들이 四―五대째나 여기서 장가들어·살아
온만치 그 집 세간이나 살림살이에 이곳 사람들과 다
른 무엇이 있는 것도 아니였다. 말의 사투리가 다르
지도 않았다. 색다른 점을 찾자면 二백년 동안에
혹은 깨지고 혹은 잃어지고 남은, 비취빛 나는
청자·반상기가 아직도 몇 개 남아서 고 충경의 밥
상에 오르는 것일가― 그것은 지금 우리가 박물관에
서나 볼 수 있는 출로품이 아니라 그의 조상들이 쓰
던 세전품으로 남아 있는 것은 물론이다. 이런 이야
기는 二백년 동안 그 깨지기 쉬운 사기들이 세전품
으로 남아 있다는 것으로써 그의 집안이 지조 있는

사람들이라는 것을 말하기 위해서다.

고 충경은 바로 얼마 전까지도 남문 거리에서 송방(松房=상전방)을 보던 한 상인이다. 『평양지(平壤誌)』에 의하면 그는 문무가 겸전한 사람으로 알려져 있다. 글도 잘 하거니와 활을 잘 쓰는 사람이였다. 지금의 고 충경이 뿐 아니라 그의 집안은 대대로 장사를 하면서도 자식들은 반드시 딸자식까지도 집에서 글을 가르쳐 왔다. 이 한가지만으로도 이웃 사람들은 『고려집』은 지조 있는 집안이라고들 했다. 이 지조는 일종의 고집으로 통하는 말인 듯도 하다. 대대로 성안에서 장사를 해오지만 어떤 『고집』에선지 그의 살림집은 역시 이 문밖에 있었다. 이웃 사람들은 그 까닭을 『살림까지 성안에서 하면 아이들이 받그라질가봐 그런 모양이라』고들 했다. 또 오랜 장사치 집안이면서도 그 살림은 별로 느는 것 같지도 않았다. 그 당시의 치부는 땅으로 나타나는데 그 집에서 어데다 땅을 많이 샀다는 소문이 나본 적은 없었다. 그 역시 어떤 고집이탈가 그 집 터 오래에 예전부터 집안 일손으로 다룰수 있는 정도의 채전이 있을 뿐이였다. 오히려 이번에는 큰 방해를 보게 된 것이였다. 본시 큰 장사도 아니였지만 남도에서 모시와 종이를 무역해다가 도매상을

해온 그는 지난 봄에 갈은 상인들과 어우름으로 물건을 사러 보냈던 것이 벌써 올 때가 지났건만 사람도 물건도 종적이 없어지고 말았다. 불의에 일어난 란리로 길이 막혔거나 무슨 변이 생긴 모양이였다. 그래서 모자라는 것을 장리로 돌려서까지 환을 잡아 보냈던 것이 지금은 빚만 남게 된 형편이다.

그런 가위에 고 충경이로서는 또 참을 수 없는 일이 하나 있었다. 장리로 무명을 돌려 주었던 채권자서 그의 누이동생을 저의 둘째 아들의 첩으로 달라는 교섭이 왔다. 그것이 이십여일 전이였다. 그때 그 매과 할미를 곱게 돌려보내고 난 고 충경은 남모르게 이를 갈고 가슴을 치기까지 했다. 그는 당장에 가게방과 재고를 그저 버리나 다름 없이 족쳐 팔아서 빚을 청산하고는 집에 들어 앉고 말았다. 그런 일이 있었다는 것은 그의 누이동생 보패도 모른다. 만일 법군이가 알았다면 그 역시 분개했을 것은 물론 주복이조차도 주먹을 쥐락펴락했을 것이다. 남의 집 곱다운 규수를 첩으로 달라는 자는 애련당 꿀김 감역의 둘째 아들이였다.

그런 일이 있은 것을 통 모르는 법군이는

『댁의 선조께서는 아조(我朝)의 한양 근처까지도

걸이 발라서 이리로 내려 오셨던 모양인데 지금은

상감께서 이 평양으로 오신다니 어떻시오?』

하고 충경에게 한번 이런 롱담을 걸어보리라고 속

으로 벼르며 걸었다. 무관한 사이어니 한수 있는 롱담

이기는 하지만 혹시 좀 찔리는 말일는지도 모른다.

고 충경은 어찌 보면 한 오세객으로 자처하는 사

람이 아닌가 싶기도 했다. 봄 가을 철이면 그를 어

면 절에서나 암자에서 볼 수 있다. 법군이도 그를 어

모향산 절에서 처음 보았을 때는 한 유발승(有髮僧)

으로 알았다. 어떤가 속인 같지 않게 표일한 데가

있었다. 그러나 그는 불도를 숭상해서 절을 찾아 다

니는 것은 아니였다. 산수가 좋다는 데치고 절이나

암자가 없는 데가 별로 없었으므로 경치를 찾아 다

니는 사람들은 자연 절에 들리게 마련이였다.

철 따라 간혹 한 유산개의 행색으로 나타나는 때

의고 충경은 속인은 속인인데도 어덴가 탈속한 데

가 있었다. 그보다도 하나의 시정배나 백면 서생에

게는 있을 법도 않은 일종 거만에 가까운 패기와 오

연한 맛도 있었다. 그것은 어떤 한가지에 통한 일에

일능지사(一藝一能之士)의 품격과 같은 것이어서 보

는 이의 눈에 따라서는 반감이 아니라 존경도 할 수

있는 오연한 맛이였다.

법군이는 그 맛에 초면이면서도 고 충경에게 끌렸

던 것이다. 절에서부터 사귀게 된 법군이는 평양 온

때면 그의 상전방이나 집으로도 찾아 가게 되였다.

고 충경이도 그 젊은 중을 흔연히 맞아 주었다. 법

군이는 한날 고리백정이지만— 이때는 이런 신분의

차이가 교우 관계에도 하나의 장벽이 되지 않을 수

없었다— 그리고 또 지금도 절의 불목지기만은 바

로 아닌 정도의 중에 지나지 않지만 비굴하거나 하

소한 데가 없이 분방한 일면이 있는 법군이를 고 충

경은 언제나 웃음으로 맞아 주었던 것이다. 그뿐아

니라 둘이는 서로 통하는 이야기끼리도 있었다.

지금까지 법군이는 『돌중』『란봉중』으로만 소개

되였다. 이 외에도 『평양지』에 의하면 법군이에게는

『승검술(僧劍術)』이라는 별명이 또 하나 있었다.

까놓고 말해서 법군이는 하나의 파계중이라고도 할

수 있다. 제 말대로 천대 하대 받는 고리백정의 신

세가 싫어서 한벌 장삼과 가사로써 그런 신분을 가

리울 수 있는 중이 되였으나 또박또박 불경을 외우

고 꼬까다라운 금욕의 계행을 지키기에는 그의 젊

은 육체와 정신은 너무나 정력이 넘쳤던 것이다. 그

가 검술을 배운 것도 이질애질한 데서 시작된 것이

였다. 또 밑지 않은 三○년 전에 한때의 풍운아로

나타났던 림 꺽정이가 같은 천민이였던 까닭이말가, 깊은 산속의 젊은 중들 중에는 그 어풍을 따른달가, 저희끼리 칼장난을 하는 패들이 있었다.

그중의 하나였던 법근이는, 그 역시 젊은 때에 한 소일꺼리로 배워서 활을 잘 쏘는 고 충경이와 마주 앉으면 무예(武藝)에 대한 이야기꺼리가 있었다.

그런 이야기에 또 한잔 술까지 있어 마침내는 나직이 읊조리는 노래에 가만가만 드노는 무릎장단으로 가락을 맞추는 때의 고 충경은 하나의 탈속하고 표일한 오세객의 풍모가 더욱 뚜렷해 보이는 것 같았다. 대대로 내려오는 시정배이면서도 오세객의 풍모를 지녔다기보다 타고났다던가 감추지 못한다고도 할고 충경은 그 역시 『두문동』적의 저의 조상 같은 사람이 아닐가?

이런 생각에 아까 말한 것 같은 롱담으로, 혹시 좀 찔리는 말일지는 모르나 한번 웃을 수 있는 이야기꺼리를 삼자는 법근의 생각은 좀 엉뚱하달가 일종 시인다운 비약적인 착상이라고도 할 수 있다. 여기서 그 집을 아직도 『고려집』이라고 부르는 그 까닭이 설명될는지 모른다. 왜냐하면 하특 법근이만이 아니라 민중은 누구나 다 시인나운 일면을 가지고 있기 때문이다.

그리고 단아한 열굴이, 새까만 나비수엽과 빛나는 눈으로써 좀더 날카로워 보이기도 하는 고 충경이 어떤 대꾸를 할가?

이런 생각을 하는 법근이는 지금 또 그 누이동생을 보게 될 기쁨도 물론 잊을 리가 없었다. 그러나 실은 법근이는 한번도 보래와 말을 해본 적도 없었고 그 얼굴을 익히 볼 기회도 없었다. 간혹 그 집에 갔을 때 달혀 있는 장지문 저쪽에서 고 충경의 말에 대답하는 극히 짧으나 랑랑히 울리는 말소리를 들었을 뿐이였다. 또 간혹 오라버니가 시키는 대로 주안상을 웃간 문턱 안에 들여놓을 때에 잠간잠간 보군했을 뿐이였다.

그런 기회에도 법근이는 그 처자를 마음껏 불수는 없었다. 어쩐지 눈이 시우린듯도 했다. 그보다도 제가 너무 뻔뻔스러운 놈 같이 생각되기 때문이였다. 보패가 들여 놓는 담소한 주안상의 그릇들 중의 어떤 것은 비취빛 하늘에 백학이 날았다. 그들은 만져보기도 하나 그 처녀는 저 같은 사내가 바라보는 것만으로도 더럽을 탈것 같았다. 그만치 법근이는 그 처녀를 눈부시게 본다. 그만치 그 처녀를 모르기도 한다. 말하자면 법근이는 그 처녀를 잘알아서보다도 잘 알고 존경하는 고 충경의 누이동생이므로 사모한다는 편이 맞을 것이었다.

7· 승검술 법근이의 검

법근이는 가슴을 두근거리며 갔으나 고 충경이도 보패도 만날 수는 없었다.

모꺾어 앉힌 대여섯 간되는 깨끗한 초가였다. 안 뜰을 ...러싼 숫대 바자 밖에 덧바자 같이 둘러 심 은 앵두나무들은 홍보석 같이 무르익은 열매로 가 지가 휘였고, 마당 기슭의 질은 버드나무 그림자 아래는 노란 씨암탉 두세 마리가 병아리들을 품고 앉 아 있었다.

「아버지 계시냐?」

바자문 안에 들어 서며 법근이가 묻는 말에 맞은 편 로지방에 걸터앉아 있던 열아홉 살짜리 어린놈 은 도리도리 고개를 흔들 뿐이였다. 그리고는 엿 마 주난 부엌문 안을 보면서

「중이야, 늘 오던…」

했다가

「응 대사, 그 대사야.」

한다. 부엌에서 누가 「중이 뭐냐, 대사라구 하지.」

이렇게 타이르는 모양이 분명했다.

「어데 가셨니?」

「촌의 우리 외추 할머니 집에요.」

하고 또

「래일이나 모레 오신대요.」

이렇게 그 애놈이 대답하는 것은 부엌에서 도란 란 나는 녀자의 말을 받아 옮기는 것이 분명했다. 그 어린놈은 고 충경의 아들인데 부엌에서 나는 소리의 주인은 보패가 분명했다.

「잘 됐다—난 낯선 사람하구 술을 먹으문 취하질 않아서 싱겁더니…」

하며 먼저 돌아서서는 주복이를 따라 나갈 밖에 없었 던 법근이는

「가만 좀 있으래요.」

이런 뜻밖의 말에 되돌아 섰다.

이편 되로 건너 와서, 방문밖에 조개비만한 삼메 루리를 벗어 놓고 방으로 들어 갔던 애놈이 조금 후 에는 제 키만치나 긴 것을 부둥켜 안듯이 들고 나오 며 말했다.

「이거 찾으려 오시면 내드리라구 우리 아버지가 이르구 가셨대요.」

그것은 작년 봄에 법근이가 고 충경에게 맞저 두

었던 검이였다. 그때 묘향산에서 순안(順安) 근처에 있는 동금강암(東金剛庵)으로 옮아오게 되었던 법근이는 그만해도 생소한 편인 작은 절에서는 그런 물건을 간직해 두기가 비편도 했고 또 찾아가는 고충경이와 한때 이야기꺼리가 되기도 할 것이므로 가져다가 맡겨 두었던 것이다. 이때의 일반 백성들에게는 환도 같은 무기는 금물이였다. 보통 량민들도 좀만큼 장도칼을 차고 다니다가는 관속들한데 빼앗기고 뺨개나 걷사하기가 일수였던만치 항차 덮어놓고 사람 값에 치지도 않는 중이 검을 가졌다거나 칼윤 쓸 줄 안다는 소문이 나면 어데서 민란이 나든가 불한당 사건이 일어난 때면 비명에 걸려들기가 십상팔구였다. 이러한 일은 림꺽정란이 있은 후부터 더욱 심했다.

유지에 싸서 여러 매끼 동여맨 검을 받아든 법근이는 잠시 어리둥절했다.

『대체 웬 일일가?』 누가 언제 찾아 간다고 말이나 했던가 — 혹시, 란시가 되니까 어지러워가는 세월에 이런 것을 — 이런 생각이 들기도 했다. 그러다가 곧 법근이는 이런 생각을 건사했다가 — 머리를 흔들었다.

『고 충경이는 그런 얄팍하고 초라한 사람은 아니라.』

이런 생각에

『오냐, 내가 와서 찾아 가더라고 말씀 드려라.』

하며 장삼자락을 들치고 검을 허리머리에 찌르고 나섰다.

『이제는 우리두 이런 검을 쓰게 될때가 왔나브네.』

법근이는 이런 말을 하며 주복이와 같이 함구문 안으로 들어 갔다.

8. 인민들의 존경을 받는 사람들

왕이 평양에 들어온 것은 五월 七일이였다. 대동관에 대가(大駕)를 머물은 왕은 이튿날에는 평양성중의 나 많고 점잖다는 선비들을 불러서 평양성을 끝까지 지키겠다는 의사를 표명했다. 그러한 왕파 조정의 의사는 선비들을 몽하여 널리 백성들에게 전파되였다. 또 그 이튿날은 조정의 문무 제관을 거느리고 몸소 함구문루에 거동한 왕은 평양의 지형을 손수 가리켜가며 적을 막아 성을 지킬 공론들을 했다. 또 며칠 후에는 각 고을과 읍들에 명을 내려 땅은 군량을 평양성으로 날라들이게 하는 한편, 일본군이 거처울 수 있는 지방의 창고들의 곡식은 오는 가을에 회수할 것을 조건으로 하여 그곳 백성들에게 나누어 줌으로써 적이 락탈하거나 불사를 것이 없도록 했다。 다음에는 금년의 전세(田稅)는 란시니만치 다시 답험(踏驗)하는 거폐를 덜고 작년의 례에 준해서 반도록 명을 내렸다。 이같은 조치들은 평양을 지키기 위한 장구지책이요, 또 그러한 장구지책을 쓸 수 있는 가능성과 자신을 보이는 것이라고도 할 수 있는 일들이였다。

그뿐만이 아니였다。 림진강의 방비를 강화하기 위해서 강변군(江邊軍) 三천여명을 추려 보냈다。

또 왕은, 앞서 말한바 당시의 령의정으로서 국왕으로 하여금 거연히 서울을 버리게 했다는 책임문제로써 파직시켰던 리 산해를 이번에는 또 강원도의 평해(平海)로 정배를 보냈다。 이런 거조는 왕과 조정이 다시는 적 앞에서 더 물러서지 않겠다는 의사를 더욱 선명히 한 것이라고도 할 수 있었다。

평양 백성들은 마음을 놓았다。 기뻐했다。 자기네의 고향을 왕과 그의 조정과 함께 지키게 된다는데 더욱 마음이 든든했고 기뻤던 것이다。 한대『왕이 종시 이 평양까지 오구야 말게 되였다?』는 원망을 겸한 불안감이 사라지기도 했던 것이다。 그들은 왕

이 거둥하는 길거리에 펴놓은 재 황토를 필수록 아 더럽히지 않도록 삼가기까지도 했다。 장기네가 존경해만하다고 생각하는 이에게 대해서는 이런 데까지도 마음을 곱게 쓰는 것이 백성들이다。

그러나 왕과 그의 조정은 오래지 않아서 동요하기 시작했다。

림진강의 방어선이 무너졌다。 五월 二七일에 림진 강을 지키던 우리 군사가 허무하게도 전멸되다 싶이 패했다는 소식이 전해 온 것은 二九일이였다。

그 직후에 충청, 경상, 전라 三도의 련합군 五만 여명이 룡인(龍仁)에서 괴멸된 사실도 있었지만, 적이 림진강을 건너게 되였다는 소식은 그보다도 더 큰 동요를 조정에 일으켰다。 림진강을 무사히 건너 서면 적은 또 이 평양의 직통로로 들어서게 되는 것이다。 그러니만치 왕과 조정은 전날 적이 조령을 넘었다는 소식을 들은 때와 마찬가지로 당황하고 떨었다。

평양성 안팎외 민가에서들도 처처에서 곡성이 일 어 나고 그들의 슬픔을 말하는 흰 댕기가 녀인과 아이들의 머리에서 많이 보이게 되였다。 림진강 방어 선으로 뽑혀 나갔던 평양 군사들 중에는 돌아 오치 못한 사람이 태반이였다。 요행 살아서 몰아온 군사

『머리를 땋고부터 군사노릇을 해온 내가 이제 내 한 목숨이 아까와서 그런 것은 아니요. 나딴은 나라 일을 그르칠 것이 걱정돼서 하는 말이었소』

이런 말을 한 뮤 극량은 누구보다도 앞장서서 배에 올랐다. 이때 마침 당도 했던 평양 군사들은 신 길의 재촉에 밥도 번번히 먹을 사이가 없이 전루에 참가하게 되었다.

강을 건넜다. 곧 적들이 파놓은 함정으로 뛰어드나 다름이 없었다. 진루 서렬을 펼 여유도 없었다. 천지를 진동하는 조총(鳥銃)소리와 번뜩이는 창검과 함성이 넓은 강변을 뒤덮어 일어 났다.

한 내장의 경망하고. 무모한 오산 때문에 위경에 빠지기는 했으나 조선 군사들은 용감히 싸웠다. 그 중에도

『한평생 군사로 늙어 온 내가 사내 대장부답게 죽을 데는 여기다.』

하며 적진 중으로 돌진한 늙은 별장류 극량이 끝까지 용전 분투하는 모습은 더욱 장쾌한 것이였다. 활로써 십여명의 적을 죽인 뮤 극량 별장은 화살이 떨어지자 말을 몰아 창검이 별 겹듯한 적진중으로 달려들어 한칼로써 수십명의 적을 무찌르고 죽었다. 이러한 림진강 싸움의 소식은 구사일생으로 살아

들의 말에 의하면 림진강의 패전은 어처구니가 없다고 한만치 허무맹랑한 일이기도 했다.

아무런 저항도 받지 않고、피를 흘리지도 않고서 울을 점령한 일본군은 조선 왕을 추격하여 또 북으로 진군해 오던 길에 림진강에 걸려서 주저않게 되었다.

두어서 이편 북쪽 강변에 붙들어 매두고 있는 도원수 김 명원(金命元)의 군대와 한줄기 강을 사이에 두고 一〇여 일이나 마주 노리고만 있던 일본군의 선봉장 소서행장(小西行長)은 마침내 한 꾀를 냈던 것이다. 즉 자기 진에 늘어세웠던 기치와 창검을 걷고、군막들에 불을 지르고 뒤로 물러갔다.

김 명원 도원수의 막하에 있던 경기 감사(신 길(申硈)은 곧 강을 건너 피각하는 적을 추격하자고 했다. 그것은 한 기회라고 본 것이였다. 도원수는 반대했다. 그것은 기회가 아니기 때문이였다. 역시 그렇게 생각했기 때문에 신길의 부하인 뮤 극량(劉克良)이라는 한 로련한 별장(別將)도 반대했다. 그러나 이 「기회」에 한번 큰 공을 세우겠다는 야망만이 앞서서 도원수의 말도 듣지 않는 신길은 전루를 기피한다는 리유로써 뮤 극량의 허옇게 세인 머리를 베이려고까지 했다.

돌아온 군사들의 이야기로써 널리 퍼졌다. 이야기를
서로 옮기고 전하는 백성들은 무모한 신 길이따위나
무능한 김 명원 같은 관료들의 오산이나 실수를 원
망하고 비난하기 위해서가 아니라 (물론 그점도 없
지는 않았다. 있었다.) 그보다도 헌헌 대장부류 국량
의 영웅적인 모습을 즐겨 묘사하여 서로 전하고 들
어가며 간탄하기 위하여서였다. 이러한 경향은 누가
그런 것이 마땅하다고 해서 그런 것이 아니라 그들
의 본능이다 싶이한 대중의 흥미였고 그들의 지향이
였다.

이보다 앞서서 더욱 백성들의 존경과 사랑을 받게
된 이름이 있다. 그것은 리 순신이다. 지난 五월 七
일 八일 량일간에 옥포 (玉浦)에서 일본 병선 四○
여 척을 섬멸했다는 리 순신 장군의 첫첩보는 평양
뿐 아니라 온 조선 백성들의 감격과 환성을 불러 일
으켰고 기백을 북돋우었다. 옥포의 첫승리는 임진
조국 전쟁 전기간에 걸쳐 리 순신 장군이 쟁취한 위
대한 승리와 공훈 중의 한 부분에 지나지 않는
다. 그러나 그것은 위대한 승리와 공훈의 서막
이였던 것은 물론이요, 앞으로 七년간에 걸친 국란
을 승리로써 총결한 조선 인민의 영웅성과 애국주의
의 표본이였고 따라서 승리에 대한 자신심의 첫싹

이였던 것이다.

이때 백성들이 애석하게 아끼는 또 하나의 이름이
있었다. 그것은 양주 (陽州)에서 일본군을 맞아 싸워
서 六○여 급을 베이고 적은 격퇴한 신 재(申恪)이였
다. 물론, 한날 작은 승리에 지나지 않는 것이였다.
그러나 일본군이 부산에 상륙한 이래 팔도 강산이
반 이상이나 적들에게 강점된 륙지에서의 첫승리였
던 것이다. 말하자면, 그 역시 옥포 바다에서와 같이
륙지에서도 승리한 조선 인민의 승리의 첫서막을
뵈여준 사람이였다. 그러나 그는 비명에 죽었다.
신 각은 도원수 김 명원이 한강을 지킬 때에 그 막
하의 부원수로 있었다. 한강을 버리고 물러설 때 그
는 도원수를 따라 가지 않았다. 그때문에 조정에서
는 그의 목을 베여 올리라고 선전관을 파견했다. 파견
된 사형리와 길을 어기여 신 각의 승전을 알리는 첩
보가 왔다. 조정에서는 그의 형(刑)을 취소하기 위
해서 부랴부랴 사람을 띄웠다. 이번에는 그 사람과
길을 어기여 신 각의 머리가 왔다.
이같이 애석히 죽은 신 각의 이름도 역시 백성들
사이에 널리 전해졌다. 이 역시 조정의 경솔한 조치
를 원망하거나 비난하기 위해서보다도 (물론 그런
점도 없지는 않았다. 있었다.) 그가 뵈여준 승리의

서막에서 백성들은 승리에 대한 자신과 회망의 서광을 느꼈기 때문이었다. 그렇다고 이때의 백성들이 전체 전국의 위기를 몰랐다거나、 또는 주책없이 동요하는 조정의 귀족 관료배들의 무능 무모하고 경솔한 처사에 대하여 무조건 관대하거나 무관심하고 단지 어떤 자그마한 승리와 장쾌미에 취하여 그것을 례찬하는 것으로만 만족하는 뼈빠진 락천가들이어서 그런 것은 결코 아니었다.

오히려 그들은 자기네의 고향을 몸소 지켜야 할 사람들의 누구보다도 절박한 처지에서 전국을 보고 있었고 따라서 동요하는 대동관을 감시하는 눈으로 지키고 있었던 것이다.

사실 대동관 안의 왕의 조정은 술렁술렁 끓고 있었다. 만바로 어찔 출을 모르고 허둥지둥하는 대신들과 그 이하의 관료들— 대신들 중의 한 사람인 류성룡(柳成龍)은 자기의 란중 일기 징비록(懲毖錄)에 서림진강의 패보가 이르렀을 때에 얼마나 놀랬는가를 말하면서 그 일례로 평안 감사 송언신 같은 사람은 『혼불부체(魂不附體)』였다고까지 묘사했다. 물론 송언신 한 사람만이 아니었다.

9 대동관의 왕과 조정 대신들

왕의 행궁(行宮)인 대동관을 중심으로 그 좌우에 있든 동헌(東軒)、 서헌(西軒)과、 련광정 뒤의 풍월정(風月亭)과、 대동문 뒤의 신관(新館)과、 지금의 서문통 근처에 있었던 청화관(淸華館) 등등의 객사들은 물론、 민가들에까지도 사처를 정하고 고관 대작들이 황로길을 짓이기며 대동관으로、 감영으로 부산히 드나드는 그 황황한 꼴이란 보기에도 딱할 지경이었다.

그들은 무엇이 그렇게 급했던가? 지금의 그들은 이 평양성을 어떻게 지킬 것이냐 하는 것이 아니라 이제는 또 어데로 피해야 할 것을 공론하기에 바빴던 것이다. 평양성을 지키자면 어떻게 지켜야 할 것이냐 하는 문제는 그전에도 별로 의논한 적이 없었다. 그렇다면 적이 림진강을 건너선 지금에라도 진급 로의 해야 할 것이였다. 그러나 지금의 조정 공론은 그것이 문제가 아니였다. 지금의 조정 공론은 평양을 지킬 것이냐 말 것이냐 하다가 어느새 평양을 떠나는 것은 기정 사실로 하고、 떠나가는 데는 함경

도로 갈 것이냐 의 주쪽으로 갈 것이냐 하는 문제만

이 잠론을박의 중심이 되고 말았다.

그중에는 아직도 평양을 지켜야 한다고 고집하는

이들이 없지는 않았다. 그것은 바로 며칠 전에 령

의정이 되었다가 그날로 물러나게 되었던 류 성룡과

좌의정 윤 두수(尹斗壽)와 리조(吏曹) 판서 겸 평안

도 도순찰사인 리 원익(李元翼)같은 몇 사람 뿐이였

다. 이밖의 원임(原任) 대신 정·철(鄭·澈)을 비롯

한 다수의 조정 대관들은 하루 바삐 평양을 떠날 것

만을 주장하고 있었다. 그 리유는 현재 우리는 새로

군총을 초모하고 훈련하는 등 군사를 근본적으로 재

건해야 할 처지니 만치 지금 강 하나를 사이에 두

고 적이 바로 성밑에까지 육박해 있는 이 평양에

서는 그런 일이 잎의 톱지 못할 뿐 아니라 이 위태한

곳에 『대가를 모시기 황송하므로』 하루 속히 의주로

가거나 내지는 압록강을 건너가 앉아서 여유를 두고

완완히 권토중래할 대책을 세우도록 하자는 것이

였다.

왕도 이 다수의 편이였다. 그가 평양 백성들에게

같이 성을 지킬 것을 어약하고 또 그러기 위한 대책

을 세우노라 한 것은 불과 한달 전의 일이다.

그러나 지금의 그는 이 평양성을 떠나기가 누구보

다도 급한 사람이였다. 일이 이렇게 되고 보면 조정

의 공론은, 정 철 이하의 나수는 전제 군주인 왕의

뜻을 받들어 정정당당히 주장하는 편이 되고 류 성

룡과 윤 두수 등 몇 사람은 구구히 찬해 보기나 하

는 립장에 서게 된다.

그같이 불리한 립장에 서게 된 류 성룡과 윤 두수

와 리 원익은 왕의 뜻과 조정 공론을 그리기 위해서

한번 더 왕에게 간해 보기로 했다. 그들은 지난 초

하룻날 (六월)에 당한 일을 생각하면 더우기나 지금

의 조정 공론을 그대로 따라 갈 수는 없었던 것이

다. 당한 일이라는 것은 이렇다.

명나라의 료동도사(遼東都司)가 조선의 사태를 알

아보기 위해서 림 세록(林世祿)이라는 한 무장을 보

내왔다. 류 성룡은 조정을 대표해서 그를 맞았다.

왕도 그를 만나보았다. 그런데 림 세록와의 만에 의

하면 일본군이 쳐들어 온지 불과 二○일이 되나마나

해서 조선 왕이 서울을 버리게 되었다는 것은 알 수

없는 일이라는 것이다. 그래서 지금 명나라에서는

일본이 조선을 처들어 온 것이 아니라 조선이 명나

라를 치려는 일본군을 향도해 오는 것이라는 소문이

파다하다는 것이다.

딱한 일이다. 류 성룡은 그 오해를 풀기 위해서

무척 애를 썼다. 그러나 림 세록은 여전히 서연치
않은 모양으로 돌아 가고 말았다.

이러한 오해는 지금 구원병을 칭하는 중인 명나라
와의 교섭에 큰 지장이 아닐 수 없는 것이다. (이에
관한 것은 후일에 자세한 이야기를 할 기회가 있을
것이다)

류 성룡과 윤 두수는 이러한 사태를 진제로 하면
서 명나라의 구원병이 올 때까지 이 성을 지켜야 한
다는 말을 또 시작했다.

때는 삼복 더위가 시작되는 六月 초순— 더우기
거의 한탈 동안이나 내려 가무는 날씨는 대단히 뜨
거웠다.

왕은 대청마루 한가운데 북쪽 담에 기대듯이 남향
하고 나앉았다. 서울 왕궁이 아닌 이 대동관에 룡상
이 없는 것은 물론이다. 그나마 호상 (胡床=교의)
조차도 내놓지 않았다. 그저 마루바닥에다 돗을 편
우에 얄파한 수방석 하나를 깔았을 뿐이다. 왕의 의
관도 익선관이나 곤룡포가 아닌 것은 물론이었다.
모르고 보면 왕이 전좌했다기보다 어떤 집 큰 사랑
에서 혼히 볼수 있는 한 소탈한 선비의 행색이나
다른 바 없었다. 그만치 왕의 위의를 갖추었다고 할
만한 것은 아무 것도 없었다. 오직 그의 앞에는 신

하들이, 그나마도 전보다는 수가 퍼 쩌어진 신하들
이 부복해 있을 뿐이 였다.

모두 큰 옷이 껴배게 많이 훌렀다. 왕궁이면 이런
여름날에는 어메를 가나 왕의 등뒤에서는 쌍학선
(雙鶴扇) 긴 부채가 흐느적일 것이다. 그러나 지금
그의 결에는 방안을 식히기 위한 얼음 한 덩어리 놓
여 있지 않았다. 무덥지만 대신들이 부복해 있는
자리라 왕은 손수 할 수 있는 부채질도 하지 않았
다. 그의 앞에 좀 동안을 두고 좌우로 모꺼어서 직
품과 위게를 따라 차례로 없드려 있는 사람들의 사
모와 전립 (戰笠) 밀의 이마에서는 구슬땀이 훌렀다.
란시니만치 이때의 대신들 중에는 문관이지만 전립
에 구군복을 한 사람들이 많았다.

일본군이 림진강을 건너섰지 벌써 열흘이나 되는
지금 또 해야 그 소리인 것을... 하는 사람들에게는
더욱 지난스럽게 더운 날씨었다.

「...기뉴 아뫼옵기 황송하오나 사태가 이러하온즉...」

좌의정 윤 두수가 먼저 시작했던 말을 다시 이었
다. 이미 의논이 맞았던 류 성룡이의 말을 다시으
나 언제든 자기 조신이 앞서는 편인 류 성룡이 또
나뒤끝을 재는지 좀해서는 입을 떼지 않을 모양이므
로 제가 먼지 말을 시작했던 윤 두수는 이제나 하고

류 성룡이 나서기를 기다려서 잠시 말을 끊었던 것
이었다.

『사태가 이러한만치 이 곳을 떠날 것이 아니와다.
지금 기다리는 명나라 구원병도 우리가 이 성을 지
킴으로써 더욱 속히 나오리라는 것은 명약관화한 일
인 줄로 아뢰오.』

『……』

왕도 또한 말이 없었다. 또 들어야 그 소리… 하는
듯한 태도였다.

『또 지금 이 곳의 사태는 서울과도 다른 줄로 아
뢰오.』

마침내 류 성룡이도 입을 열었다. 이같이 시작만
하면 총명한 그는 사리에 맞는 말을 하는 편이었다.

『앞에 큰 강이 있어 그 지형만으로도 이 성을 지키
기에 유리할 뿐 아니오라, 서울에서는 충주의 패
보가 이르자 성안 백성들이 다 흩어져 지킬래 지킬
수 없었으나 이 평양 백성들은 동요하지 않고 있사
오니 가히 머물러 이 성을 지킬 수 있는 줄로 아
뢰오.』

『……』

왕은 역시 말이 없었다. 그는 얼마 전까지도 『경
들이 의논 뜻아 하오』이런 우유부단한 태도의 대답
쯤은 해왔다. 그러나 지금의 왕은 완전히 이 곳을 떠
나기로 결심한 것이었다. 그래서 이미 후궁과 왕자
들을 함경도 쪽으로 떠나보내기까지한 그는 아직도
이 평양성을 지키느니 마느니하는 공론은 한갓 시끄
럽기만 했다. 지금 급한 것은 오직 함경도로 가느냐
의 주축으로 가느냐를 결정하는 것 뿐이다. 그렇거늘
이왕하고도 남은 말을 지금 왜 또 지굿지굿하게 그
집어 내는가?

왕은 이 자리가 초조하리만치 성가시기만 했다.
그러나 ·흉에 그런 내색을 할 수도 없어 그저 밖을
내다보고만 있었다. 안뜰을 가로막아선 큰 문간 지
붕 넘어로 바라보이는 대동문—리씨 왕조의 하나
의 미신이다 싶이 그 성질이 아주 강파롭다고 알려
진 이곳 서도 사람의 기질을 그대로 나타낸듯이 날
카롭게 쳐들린 대동문의 추녀끝을 바라보는 왕은
이 평양이 새삼스럽게 더 생소한 곳으로 느껴지기
도 했다. 따는 서울이 위태해서 이리로 피란을 왔다
가 또 여기가 불안해서·다시 딴데로 자리를 뜨려는
하나의 피란객이 잠시 머물러 있던 곳이 생소하다는
것쯤 새삼스러울 것도 없는 일이다.

이런 말은 구태여 왕 선조(宣祖) 한 사람을 爲하
기 위해서 일부러 비꼬아 하는 말이 아니다. 봉건군

35

주라는 사람들은 자기가 나라의 주인이라고는 하면
서도 대개는 자기 궁중에서 한걸음만 나서면 모두가
생소한 곳이요, 그뿐 아니라 그 자신이 모든 백성에
게 생소한 사람이 아닐 수 없는 존재였다.

『신도 같은 뜻으로 아뢰오. 이제 대가(大駕) 이곳
을 버리고 떠나시면 장차 어느 성을 의지하여 적을
막사오리까?』

윤두수가 류성룡의 말을 받아서 또 말을 시작
했다.

『혹시 대가를 받들어 압록강을 건너자는 말도 있었
사오나 신이 짓사옵기는 그런 불충불신(不忠不臣)한
말이 더는 없을 줄로 아뢰오.』

이때 『으흠』 하는 신음에 가까운 기침 소리가 났
다. 그것은 원임 대신 정철이었다. 윤두수의 말에,
두 손을 안으로 옥여 잡고 엎드려 있던 그의 남색
사천립(紗天翌)이 처끈 난라붙은 큰 솔뚜껑만한 잔
등은 한번 큰 경련이 지나가는듯이 꿈틀하고, 안을
림 벙기지 밀의 반백이 다된 머리는 들먹거렸다. 얼
마 전에 자기가 했던 만을 더할나위 없는 불충불신
이라는 데 불끈하는 것을 참노라니 자연 신음 소리
조차 나왔던 것이다.

윤두수는 임금 앞이라 감히 얼굴을 들어 건너

보지는 못하나 그런 기침 소리로써 정철이 얼마나
부르 뒀다는 것을 짐작은 했다. 그러나 할 말은 하
야겠다고 생각해서 또 말을 이었다.

『한번 우리 강토 밖으로 발을 내드디오면 구차한
목숨은 부지할지 모르오나 그밖에 더할 일이 무엇이
오니까? 그렇게 되면 모르옵거니와 구원병도 없을
것이외다. 이 평양성은 그 지형됨이 금성탕지(金城
湯池)라 할만치 지키기, 섭사옵고 또 군사가 많고,
군량도 족하오니 여기서 더는 한걸음도 물러설 것이
아니외다.』

윤두수의 말은 일단 끝났다. 무기라야 활과, 창、
점、또 고작 조총뿐이던 그당시로서는 평양성의 파
연 금성탕지라고도 할 수 있었다. 이점만으로 류성
룡과 윤두수 일파의 말은 옳았다.

이런 말을 지금 처음 하는 것도 아니었고 또 처음
듣는 것도 아니었다. 그러나 이제 그 말에 대해서 누
가 뭐라고 대답할가? 서로 밀고 기다리기라도 하
는 듯이 만좌는 잠잠할 뿐이었다. 그린 중에

『경의 말은 너무 답답하오.』

하는 왕의 한 마디가 들리였다. 그러자 만좌는 더
욱 숨소리조차 죽은 듯했다. 그중에도 윤두수
와 류성룡의 머리는 더 푹 수그러질 밖에―

무릇 우에서 바르르 떨리는 자기 손 끝을 굽어 보는 듯한 왕의 머리도 역시 숙어 있었다. 실로 답답한 모양이었다. 그는 자기 감정을 끝까지 감추는 모르는 사람이었다. 소위 태평성대의 군주로서의 교양을 쌓아서, 시를 짓고, 사군자(四君子)도 칠 줄 아는 그는 오히려 자기 감정에 부처· 사람이었다.

에 들어 오자 이 성을 지키겠노라 하고 또 그러기 위한 조처를 하노라 한 것도 실은 그 때문이었다.

굿은 비를 맞아가며 서울을 떠나서 五백 五○리 길을 달려 오노라 七─八일 동안을 난생 처음 당하는 고생을 겪다가 평양성에 들어서고 보니 대동강과 청류벽은 천작으로 금성탕지를 이루었고 라락장송에 둘리우고 수양에 그늘진 성시는 아름답고 번화하고 사람들은 많고 씩씩해 보이고, 가옥 제도 살만한 테 그는 우선 살았다! 는 안도감을 느꼈던 것이다. 따라서 『이 성은 꼭 지켜야 하겠다』는 생각도 안 한 바는 아니지만 그보다도 『이만하면 지킬 수 있지 않은가─』하는 자신이 먼저 앞섰던 것이다. 이러한 자신은 물론 자신이라기보다는 일시적인 기분에 지나지 않는 것이다. 그러나 그는 그런 「자신」인 줄은 자기는 몰랐다. 그랬기 때문에 불과 한달 전에 백성들에게 했던 자기의 언약을 다 잊어버린듯이 지금은

이 곳을 떠날 생각만이 굽했던 것이다. 혹시는 백성을 속이려던 것은 아니나 자기 기분에 떠서서 했던 언약이기 때문에 그 기분이 다 사라진 지금에는 잊어버린듯이가 아니라 참말 다 잊었으나 는지도 모른다. 이런 점까지는 천착해 볼 길이 없으나 하여간 그는 그런 기분에 하나의 변덕스러운 사람이 될 밖에 없었던 것만은 사실이다. 아무리 변덕스럽더라도 왕은 왕이라, 더우기 진로한 왕의 앞이라 모두 숨도 크게 못 쉬고 엎드렸을 때에

一좌상(左議政)의 말이 비록 옳다 하더라도…」

이런 말이 떨리는 소리로 울려 나왔다. 정 철이였다.

일단 말을 끊고 기침을 한번 하고 나서 계속하 그의 격분한 말소리는 더욱 떨리고 높았다.

아무리 옳은 말이라손, 신자(臣子)의 도리로서 그런 법이 있소. 신자로서 어찌 감히 성의를 거슬려서까지 대가를 이런 위경에 만류한단 말이요. 그 방자한 기조·죄 주어 벌하실이 바명한 줄로 아뢰오.

정 철의 이런 말에 불복해 있었던 사람들의 체지들은 더욱 가볼어들고 움츠러들었다. 전제 군주의 뜻을 거슬렀으니 마땅히 주어야 한다는 벌은 결코 혈한 것이 아니기 때문이였다. 만일 이 자리가 임금 앞이 아니였다면 그 말을 하는 정 철이는 손세 잘하

는 제 버릇대로 손을 들어서 제 목을 도리는 형용까

지도 해보였을는지 모른다.

어떤 처분이 내릴가? 왕은 그저 잠잠했다. 이상

더 가만히 앉아 있기가 난감했던지 왕은 소매를 떨

치고 일어나 편전으로 들어 가고 말았다. 비로소 대

신들은 긴 한숨을 내쉬고 일어를 났다. 내시(內侍)

가 부채를 몇 자루 가져다 놓았다. 부채가 몇에 돌아

온 사람들은 소매 속으로 바람을 부쳐 넣으며 서성

거렸다. 어떤 사람들은 뜰로 내려 갔다. 한낮이 기울

가 말가한 폭양은 처마 그림자조차 린색하게 짧은

뜰 안을 자글자글 끓이는듯 했다. 그러나 지금까지

긴장해 있던 자리보다는 역시 자리를 옮겨 거니는

편이 좀 나을 것 같았다.

『판서 령감, …리 판서 령감.』

공조(工曹) 참판 리 덕형(李德馨)이가 이렇게 재차

불러서야 돌아 보는 병조(兵曹) 판서 리 항복(李恒

顧)은 『웬 실없은…』 하듯이 싱그레 웃었다. 며칠

전까지도 도승지이다가 왕의 특별한 처분으로 벼슬

다리를 한둘쯤은 건너뛰여 일약 병조 판서가 된 리

항복은 『판서 령감』이 아직 자기 갈지가 않아서 어

색도 하려니와 더우기 무관한 자리에서는 『이사람

아―』『사게―』로 통하는 죽가고우인 리 덕형이가 그렇

개 부르는 데는 웃지 않을 수가 없어

『그래 참판 령감 무슨 말씀이요?』

하며 마주 쳤다. 갈이 되약별의 뜰을 거닐다가 저

편 앞채의 처마 그늘 밑에 들어선 때였다.

『가부간 결말은 속히 나게 됐네.』

『어째서?』

리 덕형의 말에 리 항복이 되물었다.

『어째서냐 마나 그만하면 나올 말은 다 나오지 않

았나.』

하는 리 덕형은 여전히 빙긋이 웃었다. 三〇이 갓

넘은 당상관 리 덕형은 풍신이 맑고 준수한 편이였

다. 말바로 관옥 같은 그 얼굴의 빙그레한 웃음을

보는 리 항복은 어려서부터 잘 아는 만치 『또 무슨

실없은 소리를 하려구…』하면서 물었다.

『나올 말이라니?』

『아 그 한마디면 그만인 말이 있잖어? 「신자의 도

리로서…」 하는…』

『쉬―, 대체 령감께서는 모가지가 몇이나 되시길래

그따위 소리를…』

하고 쯧쯧 허를 차는 리 항복은 말은 롱쪼였으나

그 눈은 날카롭게 주위를 살폈다. 그리한 리 항복

역시 리 덕형 못지않게 독설가라면 독설가요 풍자객

이라면 풍자객이였다。

「자네나 내나 다 목이 하나 밖에 없길래 지금은 개 구를 안 하지 않소。」

이번에는 정색하고 이런 말을 하는 리 덕형 역시 한때는 정 철이와 함께 생양을 떠나자고 했던 사람 이였다。 그때문에 리 항복이 한태서 사사로이나마 록록이 꾸중을 듣기도 했던 그는 혼잣소리 같이

「좌상의 말씀이 옳기는 한데…」

하며 또 기닐기 시작했다。

아직 三〇 소리하는 이 두 사람은 소위 당상관(堂 上官)이라는 조정의 고급 관료치고는 가장 젊은 축 이였고 또 한때는 그 재질과 바른말을 능히 하는 패기로써 일찌기 이름을 날렸던 소장파였다。 그러나 행이란가 불행이란가 소년 등과해서 조정에 선지 一 〇년 경험은 이들로 하여금 조정 공론의 귀결은 누구 의 옳음은 주견으로보다도 누가 잡드리를 잘 하는가 못 하는가에 달렸고。 또 어느 편이 민저 「신자의 도 리」라는 것을 울러메고 저편을 내려치는가에 달렸다 는 것을 잘 알게 된 사람들이였다。 그리고 또·자기 들은 조정에 선 신하로서 도리상 옳다고 생각하는 바를 건의는 하되 잡드리는 안 하는 사람으로 자처 하는 것만치 조정 공론의 대립이 격화된 때면 언제나

구성하는 「립장」으로 물러서는 것이 현명하다고 생각 하는 사람들이였다。

「사과의 당부당은 고사하고 말문을 막는」 탄핵부터 나오너니…」

같이 기닐던 리 항복이 역시 이런 말을 중얼거 렸다。

이때 문득 대청마루에서 큰 소리가 났다。 좌상윤 두수의 소리였다。

「아욱— 차 검— 참령신윤!」

목청을 돋구어 길게 뽑아 읊조리듯이 웨치는 『我 欲借劒斬佞臣』이라는 그 시구절은 『내드는 검을 빌 어 아첨하는 간신을 베이과저!』하는 뜻이다。

서성기리던 사람들의 발걸음도 흔들리던 부채도 일시에 딱 멎었다。 긴장한 몇 순간이 왔다。

「이허—!」

너털웃음의 한토막 갈기도 하고、혹은 큰 신음소 리 갈기도 한 정철의、소리가 들린다。 합죽선을 딱 접어 덜령 내던진 정 철윤 마주 섰다。 다 같이 六순이 가깝지만 아직도 정정하니 허위대가 좋윤 그들은 키내기라도 하듯이 너웃더 허리를 펴서、뒤로 잡아 재끼면서 몇 순간 서로 마주 노리였다。 이때

「두분 대감— 이 무슨 일이오니까 수룡스럽소이

다。그만들 허시오。」

하며 두 사이에 나선 것은 루 성룡이였다。접었던 합죽선을 좍—펴서 노발이 상지한 두 대감의 열을 식혀주듯이 활활 부치면서 그는 호탕히 웃기도 했다。이런 때의 그의 버릇인 약간 체머리를 흔들듯이、그 봉긋한 수염을 좌우로 흔들며 랑랑히 웃는 웃음이 더 효과적이여 두 사람의 열을 식히는 듯도 했당。

「어허 참! 해괴한 일이로고。」

마침내 이런 한마디를 던진 정 철은 늘 빼뚤어지는 자기 사모(紗帽)를 바로 앉히군 하던 습관대로 두 손을 들어서 안올림 빙거지를 만지면서 허전히 전한 걸음거리로 댓돌을 내려 섰다。그러한 그는 지금도 취하지나 않았는가? 묻었다。정 철은 안 취한 때보다 취한 때가 많은 사람이였다。취하기만 하면 자작지은 시가를 읊조리며 (그는 『관동별곡』이니 『사미인곡(思美人曲)』이니 하는 시가를 남긴 시인이다) 고담준론을 늘어 놓을 때는 사모나 갓이 바로 앉기보다 빼뚤어지는 때가 많았다。그러나 지금은 취해서가 아니라 윤 두수 한태서 당한 모욕으로 겨분한 때문에 진립도 빼뚤어지고 걸음도 허든거리는 모양이였다。

후세 사람인 우리가 그 당시의 문헌들에 나타난 바써 미루어 보건대 정 철은 『관동별곡』『사미인곡』등 고전적인 시가를 우리에게 끼쳐준 훌륭한 시인으로 존경할 수는 있으나 이러한 큰 국란에 처하여 국가를 담당해 나갈만한 정치가는 아니였다。

그같이 정 철에게 모욕을 준 윤 두수는 아직도 대청에서 뒤짐을 지고 왔다갔다 거닐고 있다。그 역시 정 철이와 마찬가지로 안올림 빙거지에 구군복을 하고 있었다。저번 개성에서 어영대장으로 임명된 그는 지금은 좌의정을 겸한 장군이였다。장군인 윤 두수가 자기네의 주장을 반대하는 정 철이를 베이고 싶다고 한 것이다。

그런데 그는 『드는 검을 빌어서…』라고 했다。왜 하필 남의 검을 빌어야 했을가? 하기는 그가 웨쳐 읊조린 그 시 역시 옛날 사람의 것을 빈 것이다。남의 말을 빌어서라도 자기의 진정을 곧대로 말했다면 상관은 없다。그러나… 왜 이런 것까지를 꼬치꼬치 따지게 되는가 하면、정말 그가 자기네의 주장을 반대하는 자들을 제거하기만 한다면、그래서 반대하는 자들이 없어진다면 자기네의 주장을 꼭 관철할 수 있는 무엇이 있었던가 하는 의문이 없지 않기 때문이당。이 『무엇』이라는 것은 그들이 주장하는 비 경영을 지키기 위한 어떤 명확한 성산이나 계획을 말하는 것이다. 우리는 어떤 기록에서든 그래만 한 것은 찾아 볼 수는 없다. 그뿐 아니라 오래지 않아 그들이 한 일로 보아서 이 의문은 더욱 풀리지 않는다. 아니 검소한 필요 없이 말한다면 그런 계획이나 성산 같은 것은 있었던 것. 같지도 않다.

그러니까, 말하자면 자기네의 주장이 그렇게 확고한 것이 못되고 한낱 미동거동한 것이니만치 그 반대자를 제거했으면 하는 것도─혹시 누가 겸을 빈며 까놓고 말하면 이때의 윤두수가 정말 자기네의 반대자를 제거할 필요를 절실히 느끼거나 했던지? 만일에 윤 두수가 그런 엿시 구절을 몰랐다면 그래서 자기의 말만을 가지고 말해야 했다면 정철을 그렇게까지 모욕할 용기가 있기나 했을는지?

이 당시의 윤두수 같은 사람들은 (통털어 유식하다는 사람들은) 그런 시 구절을 잘 따로외이기 때문에 그것을 빌어서 자기네 생각을, 혹은 자기 감정을 적절히 표현했다기보다도 오히려 그런 엿날의 시구절에 저 자신이 구사되여 자기 생각 이상으로 허장성세를 하는 것은 물론 남을 폄하는 데 지나치게 독설을 하는 경우도 많았다. 이것이 그 당시 문사태번

(文辭太繁)이라는 일종 문자 시대를 이루었던 이 시기의 사람들의 한 고약한 버릇이기도 했던 것이다.

각설!─이런 이야기는 그만하고 이때에─평양을 먼저 떠나갔던 정천이는, 지금 허든거리는 걸음걸이로 평양을 향하여 나가는 중이였고, 그보다는 며칠 더 평양에 남아 있었지만 역시 결국은 떠나가고 말았던 윤두수는 아직도 대칭을 거닐고 있는─이때에 조정 대신들에게는 한가지 놀라운 일이 일어 났다.

10. 장사 임욱경과 평양 사람들

대동관 문지기 사령이 원임대신 정철 대감 앞에 큰 문을 환히 열어 잡았을 때 사창고 앞에서 꺾인 저 편 영문 앞 거리로부터 종로 일관이 록 머지게 떠들며 조수 같이 밀려 오는 백성들의 행진이 나타났다.

행진은 행진이지만 어떤 모양으로든 정제하게 대렬을 지은 것은 아니다. 그저 이거리 저골목에서 따라 나선 가지각색의 평양 사람들이 군중을 이루고, 또 재기기 떠들고, 웃는 소리가 한베 어울려서 하나의

우렁찬 목소리 같이 와—와— 기세를 올리는 행진이였다. 그 떠들썩한 소리에 맞은쪽 대동문 거리와 저편 법수머리까지도 어느덧 백차일을 친듯이 사람들이 모여 들었다.

행진의 선두는 벌써 대동관 앞에 이르렀다.

「대체 웬 변일가?」

큰 문간을 나서다 말고 주춤한 정 철이와、소란한 소리에 놀라서 달려 나오기는 하고도 역시 문안에서 기웃거릴 뿐인 대신들 중에는 「혹시 민란이냐?…」 하는 불안이 없지도 않았다.

「저렇게 백성들한테 떠들리운 긴 대체 어떤 자일가?」

「저건 한 토병이 아니겠소。」

「그게 말이외다。」

그들은 이렇게 쑤군거렸다. 토병(土兵)이라는 것은 같은 군사지만 서울 영문들에 있는 경군(京軍)이라는 군사와 구별하여 시골 군사를 이르는 말이다.

큰 거리가 꽉 차서 내려 오는 행진의 선두에는 백성들 우에 덩그렇게 떠들리워 오는 한 군교가 있었다. 그는 인두판만치나 넓고 투박한 오동나무 집에 꽂은 검을 무릎에다 비스듬히 뉘여 쥐고 여러 사람들이 손과 어깨로 떠받들고 있는 가게 문짝 우에서

얼굴을 숙이고 의젓이 앉아 있었다.

「옳지、저 토병은 어떻선가 왜적을…」

「글쎄 그랬단들 법성들은 이 웬 일이란 말요?」

그들이 또 이렇게 쑤군거리는 대동관 큰문 앞에서 백성들의 행진은 맞다 싶이 했다. 법수머리와 대동문 거리에서 아랫물이 치밀어 오는 사람들을 헤날 수가 없었기 때문이였다.

「이 별장님 말이요?」

그 군교 앞으로 모여들어 웅성거리는 사람들 가운데서는 뛰여나게 큰 소리로 웨치듯 말하는 사람이 있었다.

「이 별장님은 황주서 왜놈하구 싸워서 그놈들을 죽이구、그놈들한테 끌려 가던 우리 사람의 젊은 아낙네들을 구해 준 장사요。」

모여든 사람들 중에는 「무슨 일이야?」「저건 누군데?」하는 사람도 있었기 때문이였다.

「이 임욱경(任旭景) 별장이 잘라 온 왜놈의 대가리를 볼래면 영문 앞에 가보소。」

또 다른 사람은 이런 말도 했다.

임욱경의 당홍 동다리 야청 군복의 어깨와 소매에는 확 뿜어지는듯이 점점이 뛰여 있는 말라붙은 피흔적이 삐였다. 그뿐 아니라 그가 쓰고 있는 벙거지

의 냥태의 한쪽이 갈라져 있었다。 그것은 칼과 칼! 그보다도 몸으로써 맞부딪쳐가며 싸운 장렬한 정경을 말해 주는 것이었다。

『과시 장사다!』

『떠받들만 하다。』

『우리 사람이 다 저러문은…』

『여기서두 보이게 그 별정님을 좀 더 버쩍 들어주소。』

이갈은 새로 새 사람들의 찬성과 갈채로 백성들의 행진은 더욱더 기세가 높아졌다。

『왜놈이 어떤건가 좀 가보자。』

하며 영문쪽으로 달려가는 사람들도 있다。 거기는 임욱경이가 베여 온 일본군의 수급이 효수되여 있었다。

임 욱경이가 병사(兵使)의 령을 받아 황해도 쪽으로 렴탐하러 떠난 것은 어제 새벽이였다。 림진강을 건넌지 열흘이나 되는 일본군이 지금 어데까지나 왔는가？ 알려고 영문에서 보냈던 것이다。

황해도 땅에 들어 서서부터는 두셋씩 몇 패로 갈려 서수탐하며 나갔다。 임욱경은 봉산읍에서 일본군이 들어 온 것을 알았다。 돌아올 때는 아직 채 밝기

전 새벽이였다。 지름길로 들어서 산을 넘는데 밑에서 원 녀인의 곡성이 들렸다。 달려가 본즉 환갑도 더 지났음직한 피부장한 할머니가 홀로 최묵에 쓰러져서 롱곡하고 있었다。 사연을 들은즉 갈이 살던 작은아들은 며칠 전에 군총으로 뽑혀 나가고 왜척은 바로 옆동네까지 들어 오고 해서 젊은 머느라며 한 딸을 베리고 중화 고을에 있는 맏아들네를 의지하려고 피난을 가는 길이였다。 급해서 세간도 다 버리다 싶이 하고 새벽길을 떠나오는 중인데 난데없이 귀신 같은 놈들이 여라문놈 쏠어오더니 딸과 며느리를 채가지고 방금 저 뒷산으로 끌고 갔다는 것이다。

이런 사연을 말하고 또 땅을 치며 울던 늙은이는

『좌우간 그 놈들이 사람이요 귀신이요？』

했다。 왜냐하면 여기서는 그런 불한당놈들은 『뒷더수기가 서뿜만큼썩한 놈』이라고 하는데 『그 놈들은 상관대기가 서뿜만이나 해 보이더라』는 것이였다。

·귀신이건 사람이건 어쨌든 임 욱경은 그냥 둘 수는 없었다。 그는 자기 동행을 베리고 놈들이 방금 갔다는 뒷산으로 달려 갔다。 와연 얼마 안 가서 악을 쓰고 몸부림치는 두 아낙네를 끌고 나무숲 속으로 들어 가는 한떼의 일본 군사들이 바라뵈였다。

어떻게 한 것인가? 놈들은 여라문 놈이나 되는데 이편은 활을 가진 군사가 단 한명뿐이다. 활을 쏘재도 잘못하면 끌려 가는 우리 아낙네들을 상할 념려가 없지도 않았다. 그래서 궁수(弓手)에게는 잠수을 보아가면서 결창질로 할진을 하라고 이른 임 욱경은 우선 벽력 같이 고함을 지르면서 검을 빼들고 달려 갔다.

「이놈들아 섰거라―」.

깊은 끝짜구나가 찡― 울리는 고함소리에 이쪽을 돌아보는 놈들은 주춤했다. 그 순간을 놓치지 않고 비호 같이 뛰여 든 임 욱경은 번쩍 꼽아들었던 칼로 한놈의 대가리를 내려쳤다. 그놈이 석류 같이 갈라진 대가리를 메치며 저회 앞에 쓰러지는 것을 본 군사들은 몇 걸음씩 물러서면서 긴 칼들을 뽑아 들었다. 그중의 두목인 듯한 놈이 뭐라고 지껄이자 놈들은 두 패로 갈렸다. 네댓놈은 불을 끄고 있던 아낙네들을 끌고 가고 나머지 네댓놈이 임 욱경이 앞을 마아 섰다.

임 욱경은 그동안에도 검을 멈추지 않았다. 놈들이 칼을 들어 자기를 겨눌만한 짬도 주지 않으려는 듯이 휘둘리는 그의 검은 전좌우로 둘러선 그 어느 놈의 칼과도 단 두 합을 련해 부

딧친 적은 없었다. 보기에는 제 기운만 믿고 되는대로 휘두르는 것 같기도 했다. 앞의 놈의 칼과 쟁그렁 소리를 낸 그의 검은 어느새 또 등뒤에서 번갯불을 그리었다. 동에 번쩍 서에 번뜻하는 동안에 그의 바른쪽을 노리던 놈의 손목이 칼을 쥔 채로 떨어졌다. 그러자 비출거리며 물러서던 그놈은 날아온 화산에 옆구리를 맞고 쓰러졌다. 어전히 검을 마구 휘두르듯 하면서도 임 욱경이가 정작 노리는 것은 적의 괴수였다. 놈들 중에 뛰어나게 장대한 그자는 긴 칼을 뽑아 들기는 하고도 한결음 물러서 있었다. 놈이제만은 단칼에. 요정낼 수 있는 결정적 순간을 고른다는 눈치다. 한놈의 팔목이! 떨어지자 놈들에게는 동작에 한 매듭이 지듯이 주춤하지 않을 수 없는 한 순간이 있었다. 임 욱경에게는 기회였다. 전좌우에 육박해 있는 놈들의 칼날 가운데로 짚이 뛰여 들면서 엇비듬히 내려쳤다. 거의 같은 순간에 놈들의 칼도 그를 향하여 내려졌다. 그때는 마치 좁은 곬목에서 길을 어기듯이 저편으로 몸을 날리는 임 욱경이와 이쪽으로 기울어지는 괴수놈의 몸뚱이가 스치며 엇갈리는 순간이였다. 한놈의 칼이 임 욱경의 벙거지의 냉태를 끊었을 뿐 다음 순간에는 큰 기둥 하나가 넘어지듯이 일본 군사의 괴수가 모짜로 쓰

떨어졌다. 단지 동가슴만이 아니라 그 속의 내장까지도 드러내놓고 넘어진 저의 피수를 보자 놈들은 달아나 기 시작했다.

이때 또 벽력같은 임 욱경의 고함이 들렸다. 우 리 아낙네를 끌고 가던 놈들은 얼마 더 가지 못하고 있었다. 두 녀인은 끌려 가던 숲속에서 잡히는 대로 나무 하나씩을 팔 다리로 감듯이 그러안고 놓 지 않았다. 그들을 끌어 가던 놈들도 이편에서 벌어 진 겨루에 너 정신이 쏠렸던 것이다. 아차아차 하는 동안에 한 놈의 팔이 떨어지고, 종당은 저의 피수가 넘어가고, 그러자 또 산이 쟁 울리게 고함을 지르며 달려 오는 조선 장사 앞에 기가 질린 놈들은 걸음아 날 살려라 하는듯이 달아 나기 시작했다. 이 편에서 는 우리 궁수의 화살이 날아 가기 시작했다. 무세 놈이 맞았다. 그러나 놈들의 옷은 원체 치수라는 것이 없 이 후렁후렁한 후루매라 달아나는 바람에 등바닥에 바람이 풍겨서 뒤로 날아간 화살은 잘 안 받는 모양 으로 살이 끗혀가지고도 나무짝 속으로 달아나 버리 고 말았다.

두 녀인을 궁수와 함께 먼저 보낸 임 욱경은 적들 의 수급을 셋 중의 둘만을 베였다. 첫번 놈은 끝이 갈라져서 지저분하기 때문에 그냥 버려두고 말았다.

성하다는 것도 꿈자리가 사나울 것이었다. 상륙발을 미 노라하기는 한 모양인데 이마 간지, 살작거리 할 것 없이 통 내려 밀어 놓은 놈들의 상관은 정말 서뿔만 이나 해 보이는 것이 아주 숭했다.

임 욱경이와 궁수는 중화읍까지 안동해 온 세 아 낙네들과 작별하고 돌아왔다. 그들이 대동문 나루를 건너서부터 우리 군사가 일본 군사의 수급을 가져 왔다는 소문이 퍼졌다. 임 욱경이가 영문에 들어 가 서다녀온 보고를 하고 나왔을 때는 그 앞의 거리에는 이미 터지게 사람들이 모여 있었다. 저마다 가까이 가서 보려는 사람들은 밀고 당기고 분비였다.

『그 별장님을 다 보게 어느 지붕에라두 좀 올려 세 울 수 없소?』

저편 끝에서 이렇게 웨치는 사람들이 있었다.

『정말 그렇게라두 합세다.』

『그렇지 않으면 길을 틔워서 우리 앞으루 지나가게 라두 하든지, 무슨 변통을 대야갔소.』

이같이 들고 일어 나듯이 여기저기서 떠들었다.

『저건 뭐냐?』

『거 참 굿하다 팽이 다리 아닌가.』

또 이런 소리들이 났다. 사람들의 머리 우로 쏜

가게 문짝 하나가 둥둥 나뜨못이 앞으로 나가는 것이 뵈었다.

「이재 저, 가개 문짝에다 그 별장님을 올려 앉혀서 며밭든댄다.」

앞에서 이런 말이 전해 왔다.

「거 누군지 그럴 듯한 수를 냈다.」

「참 고마운 사람인데—!」

하며 사람들은 받뜸음을 하고 기다렸다. 그러나 그 군교가 속히는 미오르지 않았다.

임 욱경이가 그럴 수 없다고 고집하기 때문이었다.

「아니 이건 우리 몇몇 사람만이 설도한 일은 아니왜다.」

가게 문짝을 가지 온 사람들의 말이였다.

「별장님이 정 그렇게 고집할테면 이 사람들한테 다 물어 보구 하소.」

임 욱경은 더 사상할 수 없었다. 마침내 그는 사람들 우세 덩그랗히 떠올랐다. 환성이 일어 났다. 결양 사람들의 행진은 이렇게 시작된 것이였다.

라 순식 장군을 존경하고 신 각을 액서히 여기고 류 국량을 청찬해 온 사람들은 지금 또한 쨰하고미 더운 사람을 지접 가기네가 맞이하게 된 것이 기뺐던 것이다. 그 뿐만이 아너었다. 한갈피 더 빈지고

보면 지금 동요하는 대동관에 대한 겨려요, 겸교요, 시위라고도 할 수 있었다.

서울의 소위 구충궁혈이였다면 모를가— 받닥한 대동관의 동향은 어느 대신이 어떤 말을 했다는 것까지도 곧 알려지는 형편이였다. 물론 지금 그런 말은 입밖에 내는 사람은 없었다. 자기네가 지금 대동관 사람들에게 「좀 봐라!」하기 위해서 하는 일이라고 생각하는 사람도 없었다. 그러나 이들의 마음속에는 그런 의식이 없을.타가 없었다. 그렇기 때문에 단지 임 욱경을 칭찬하는 환호만이 아니라 환호성을 올리는 중에 문득문득 뜨거워지는 눈시울을 비쳤는 사람들도 적지 않았다. 그들은 감격이 지나쳐서 그렇다고 생각하는지는 모른다. 물론 그렇기도 했다. 그러나 그들의 눈물은 「우리 백성들은 이렇건만…」하는 울분과 흥분 때문에 더욱 뜨거운 것이 아널 수 없었다. 그들의 감격과 아울러 이같은 울분과 흥분으로써 그들의 행진은 더욱더 활기를 띠고 기세가 오르게 된 것이였다.

도중에서는

「자, 나구 한컷 합세다.」

하며 임 욱경을 떠받들러 나서는 사람이 뒤둘이 었다. 종로로 떠어드는 어룸에서

「이번엔 중두 한몫 나섰다!」

하는 소리가 났다. 우선 그 복색이 표가 나서서 이야기꺼리가 되는 모양이다.

「거 생불인가?」

「아니 돌중이요?」

사람들이 이렇게 주고 받는 말로 떠드는 중에 그 양천대소한다는 격인 법근이의 뇌락한 웃음소리가 크게 들렸다.

「그 대사가 수굴 하는데 주머니에 솜이나 두툼히 뒤서 하나 기워 주아갔다.」

누가 또 이런 말을 해서 사람들은 더욱 웃었다.

이 행진에는 이런 롱담과 웃음도 있었다.

지금 행진이 멋다싶이한 관앞 거리에서는 사람들의 머리 우로 허연 사기병과 꺼먼 질그릇 병들이 몇이 떠들어 왔다.

「우리 별장님한테 술 한잔 드리게 길 좀 내주쇼.」

술병을 치켜들고 땀을 뻴뻴 흘리며 사람들 름을 헤치고 앞으로 나오는 그들의 손엔는 긴 문어 발이나 넓적한 암치 같은 마른 안주감도 들려 있었다.

임옥경의 앞에는 저마다 빨아서 내미는 술보시기들이 많았다. 임·옥경에게 권할 차례가 오지 않는 사람들은 그를 떠받들고 있는 사람들에게 먼저 잔을 주기도 했다.

「여기서 이럴 것이 아니라」는 한가지 새로운 공론이 일어 났다. 사람들이 철을 틔여서 행진은 다시 앞으로 나가기 시작했다.

「주복아, 너두 오나라. 이 별장님은 너두 알지 않니?」

임 옥경이를 떠메고 걸어가면서 일변 큰 보시기의 술을 들이키던 법근아가 웨쳤다. 앞에는 전 주복이가 있었다. 칠성문 밖에서 뒤늦게 소식을 듣고 구경왔던 주복이는 아닌게 아니라 떠받들리운 군교가 낯이 익어서 더 자세히 보려고 앞으로 나서었던 것이다. 지난 단오날 구골에서 초면이지만 같이 한잔 하자던 그 사람이였다. 주복이는 한번 괴춤을 추켜 올리고 법근이와 나란이 들어 섰다.

행진은 법수머리를 지나 묵로문 선창 안의 넓은 마당으로 들어 갔다. 거기는 뱃길로 오는 외곳 사람들을 맞는 려라과 큰 주막들이 있었다. 산골서 내려 온 동나무, 장작 배와, 바다에서 들어 오고깃배의 뱃사람들이 많았다. 양덕 맹산서 내려온 뗏목군들도 있었고 사투리 다른 남도 뱃군들도 있었다.

임옥경을 들어 앉힌 三간 통간의 큰 술청은 앞뒤 뜰에까지도 사람들이 꽉 찼다. 멍석과 섬거적 같은 것으로 있는 이것은 자리를 만들었다。 그래도 자리가 모자라서 맨땅에 앉거나 선 채로 술잔을 돌리는 사람들도 많았다。 이렇게 안팎에서 술잔을 드는 사람들은 대개가 두자짜리 상목을 한끝이나 혹은 두끝색 술청 부엌과 통하는 샛문턱에다 얹어 놓았다。 거리에서 좌고를 보는 장사치들이 많았다。 보통벌과 강건너 동촌에서 몰어 온 농군들도 적지 않았다。 그 중에는 · 개켰던 자리가 노랗게 쩔은 중추막을 떨쳐입은 늙은 생원님들도 있었다。 또 상목 한끝을 갖다 놓고 문밖에서 임 욱경을 한참 들여다 보기만 하고 돌아 가는 할머니들도 있었다。 어떤 깐깐한 사람이 부엌을 들여다보며

「나두 상목 한끝 났으니 별장님이랑 오늘 수구한 장사님네한테 한상 좋이 차려 드리소。」

하는 말에 무치는 고기를 주물던 주모가

「걱정 말소。 우리두 이 손님네한텐 장사루 안합네다」

해서 술청 안팎이 웃었다。 누가 누군지 모르게 뒤섞여 돌아가는 틈에 한몫 끼여물어 잘 먹고 입맛 씻고 돌아 서는 사람도 없지는 않았지만 술도 고기도 풍족했다。

11. 팔 씨 름

진진 해도 기울었다。 사람들은 흩어지기 시작했다。 술청 안에도 사람이 그리 많지 않았다。 남은 사람 중에는 그나마도 여기저기 쓰러져 · 드르렁드르렁 코를 고는 사람이 많았다。 법군이도 쓰러진 축의 하나였다。 임 욱경이와 한번 검술을 겨루어 본다고 뽐내던 것도 다 잊어 버리고 코를 골았다。

임 욱경이도 어지간히 취한 모양이었다。 돌아 오는 잔을 사양치 않고 받아 온 그는 지금은 잔을 받아 든 채 고개를 푹 숙이고 앉아서 혼잣소리로

「이런 고마울 법이… 이런 고마울 법이…」

하고만 있었다。 그때

「별장님! 우리 팔씨름이나 한번 합세다。」

하며 나앉은 사람이 있었다。 전 주복이였다。 사람들이 하나둘 물러앉고。 빠져 나가서 지금은 거의 맞받이질이나 다름없이 큰상에 마주 앉아 임 욱경이와 잔을 주고 받던 전 주복이는 잔을 든 채 고개를 떨어뜨리고 앉아서 어깨를 후두두 떠는 임 욱경이가 금시 또 흑흑 느껴울 것 같기도 해서 몹시 송구해졌던 것이다。

『팔씨름? 그래봅세다。』

하는 임육경이는 금시 희죽이 웃으며 들었던 잔을 쭉 들이키고 나서 주복이와 같이 큰 상을 맞들어 치워 놓았다。

『야ー、임별장하구 최주머구하구 팔씨름이다ー』

문밖에서 기웃거리던 아이들이 떠들었다。우선 동네 아이들이 말려 왔다。취해서 쓰러졌던 사람들 중에도 퍼떡퍼떡 정신을 차리고 일어나 앉는 이들이 있었다。이웃 아낙네들까지도 주인댁네와 같이 부엌 문설주에 삐쳐서서 둘여다 보게 되었다。어느덧 앞 뒷문에는 들여다 보는 사람의 얼굴들로 꽉 차게 되었다。

三간 통간방이 좀다하니 다리들을 내뻗고 임육경이와 진 주복이가 마주 엎드린 방 한가운데는 맞기머쥔 두 주머이 한덩어리가 되어 불끈 솟았다。목이점점 다발아지고 굵어 가는 두 사람읜 머리는 차차 수그러졌다。그대신 녀옥 높이 솟아 오르는 주먹과 팔뚝에는 맥풀이 진 침녕줄 같은 핏대가 톡톡 튀어 올랐다。비끼서서 구경하는 사람들도 못지않게 팔힘이 쮜였다。통나무를 걸어 토는 듯한 두 팔뚝은 어느 하나른 으적 소리든 내며 룽지지고야 결판이 날 것 같았다。삑 견인 두 팔뚝은 움직이지 않았

다。누가 꿍소리를 내지도 않았다。그런 침묵에 오히려 어떤 긴장을 느꼈던지 코를 끝던 사람들까지도 기진 다 일어나 앉았다。범군이만은 눈을 껬다가

『아자식 한다는 짓이…』

하고 뜻뜻 혀를 차면서 돌아 누웠다。

마침내 일시에 큰 숨을 내쉬는 사람들의 와ー소리가 났다。

『겠소。』

하며 임육경이가 던저 일어나 앉았다。그는 또

『저리 너가봅세다。』

끝 일어 서며 말했다。

주복이는 그를 따라 안뜰로 나갔다。뜰 한가운데 놓여 있는 떡돌을 임육경이가 먼저 들었는다。전 주복이도 들었다 놓았다。이번에는 임육경이가 들고 허리를 폈다가 놓았다。주복이도 그렇게 했다。임육경이가 이번에는 떡돌을 번쩍 들어 머리 우에까지 추켜 올렸다가 내려놓았다。주복이도 지지 않았다。결국 비기고 만 셈이다。

구경하는 사람들이 이번에는 그리 긴장하지 않았다。떡돌이 번쩍번쩍 들릴 때마다 혀를 차고 웃기도 했다。구경군들은 『자 이번엔…』『또 이번에두…』하

논 듯한 임 옥경이보다도 그에게 지지 않을 뿐 아니
라 오히려 더 강{가분}히 쳐드는 주복이에게 더 잘
책를 보냈다.

그러나 사람물은 다시 긴장했다. 닝큼 방안으로
뛰여 들어 갔던 임 옥경이가 검을 들고 나왔다. 그는
재 승벽을 누를 수 없는 모양이었다.

「자―」

하며 검을 뽑은 그는 그 것을 전 주복이에게 들려
주고 자기는 옆에 빨랫줄은 펼처 세운 장대를 지곤
분질러서 한토막을 들고 마주섰다.

주복이는 어리둥절했다. 재·손에 둘린 검날과 멸
직이 둘러선 사람들을 번갈아 보매

「이자식아! 이번엔 네가 쳤다 저시―」

하는 범군이의 큰 소리가 들렸다. 범군이가 떠돌
에 놓여 있는 집에 검은 끗이 돌릴 때 임 옥경이도
껄껄 웃었다. 방안으로 돌이간 그물은 다시 검을 돌
리기 시작했다. 몇 순배째 돌아 오는 검을 받아든 법
군이는 문득

「아뿔사―」

하고 무릎을 쳤다.

「깜박 잊었었군. 임 별장과 한번 겨뤄 본다던걸… 아
까는 그만 임 별장이 남은 검을 주고 이천은 나무

때기물 들고 나서는 바람에·기가 눌러서 그린 생각
두 못했소.」

「아까는 내가 정말 어눔들 같이 승벽을 부렸나부
웨다.」

하는·임 옥경은 주복이를 보며 웃었다.

「너는 검을 물려 주는테두 한번 내려처 보지두 못
해?」

범군이는 주복이를 보며 핀잔을 주듯 말했다. 주
복이는 손부터 내저었다.

「그러다 사람을 조금이라두 다치면 어떻할라구…
만 말이. 난 김매다 호미날에 지렁이만 적히두
밥맛이 없다.」

「거 희게 나와 같소우다!」

이러한 사루리를 쓰는 임 옥경은 압록강변의 벽동
(碧潼) 사람으로 전 수복이와 같은 한 농민의 아들
이였다. 이러서부터 군적에 들어 소위 강변·로병이
된 그는 에전부터 압록강을 넘나들미 우리 국경지
대를 뢰탁전하는 녀진(女眞)물과 비록 규모는 작으
나 자주 얼어 나는 많은 전투에서 단련된 우리 군사
중의 한 사람이였다.

12. 서산 대사

오늘이 초복이다. 초복물을 낸다는 시늉이라도 하는 셈인지 어젯밤에는 오래간만에 한 소나기 비가 왔다. 오랜 가물에 시들었던 동금강암(東金剛庵)의 동구 안팎의 나무숲은 어제 본 그 숲이언만 한밤 사이에 더욱 짙어진 듯 청청한 록음으로 소생했다. 이제 떠오르는 아침볕을 받으면서 잎잎이 청롱의 비늘같이 빛날 때 추나무 숲에서는 보이지 않는 꽃향기가 그윽하고도 한층 더 신그럽게 풍겼다. 산새들은 숲속에서 가지와 잎 갈피갈피로 스며드는 맑은 려명의 빛을 반겨 지저귀였다.

마침내는 훤히 안계가 트이는 동녘의 먼 산마루로부터 금빛 화살 같은 광명이 구름을 꿰뚫어 퍼지기 시작하자 어둠과 안개 속에 잠겼던 지상에는 간밤의 비로 먹감은 산과 들이 눈부신 연두색으로 드러나기 시작했다. 재로 창조된 듯 청신한 아침 풍경이였다.

그렇듯 많은 산과 넓은 들에 생기를 돋우는 재 햇발은 이쪽 산 중턱에 자리잡은 동금강암 암자의 열어 첫힌 법당 안에도 비껴들어서, 마치 태고적부터 셰보고 꼽아 보아도 셈이 안 닫는 무엇이 있어서 언제까지나 그 한가락은 눌러 쬐고 궁리하는 듯한 불상의 금박 올린 손은 더욱 커 뵈였다. 중물은 그 앞에서 넘주알을 세여 넘기면서 일종의 애수를 띤 나직한 소리들로 불경을 외이고 혹은 「관세음 보살!」을 찾기도 했다. 그물이 피우고 뚜드리는 목탁 소리와 목향 냄새까지도 역시 창엄하고 태고연한 감각이였다.

그 법당 앞뜰에서 돌층계에 올러 놓은 한 발의 신물메를 매고 허리를 펴고 일어서는 한 로승이 있었다. 그의 등뒤에서 머리를 숙이고 합장했다가

「서산 스님께서 떠나시오.」
하며 고개를 쳐든 것은 편석 대사였다.

법당과, 큰방에서 뜰로 내려와 합장하는 승려들에게 마주 합장하고 돌아선 서산 대사는 좁은 마당귀에서부터 바위잠을 아루새겨 난 비탈길에 지팡이를 가분가분 옮겨 짚으며 내려 갔다. 비록 학(鶴) 같이 수척하고, 키도 자그마한 편이지만 살대 같이 바른 자대와, 너그러운 장삼으로써 오히려 풍채가 표일한 그의 행보는 지금 일흔 세 살의 로인이라고는 할 수 없을만치 한발 걸음의 서슴도 뒤뚝임도 없이 진중하면서도 가벼웠다.

동금강암의 동구는 한가닥 냇물을 아홉번 건넌다

는 겨의 구곡양장(九曲羊腸) 깊은 산속은 아니나 역시 될수록 인가 근처와는 멀리 절러를 잡는 중들의 취미에 맞는 동구였다. 한가닥 오솔길을 두고 좌우에 우거진 나무숲ㅡ 그 밑에는 지금이 당절인 도라지、 취、 싸리 같은 소탈한 야생 꽃들이 피고、 그 우에서는 갖은 산새들이 남남히 지지키는 소나무、 대추나무、 떡갈 같은 나무숲으로써 산은 은은하고、 산개울 장류수는 잔잔히 흘렀다.

이 남화(南畵)적인 풍경 속에서 안개빛으로 담한 수묵색 장삼에다 짤막한 비색(緋色) 가사를 수하고、 송락을 쓴 한 로승ㅡ 이따금 지팽이를 멈추고 서서 동천의 구름을 헤치고 떠오르는 붉은 해를 바라보는 그의 눈 우에는 백설 같이 흰 눈섭이 실실이 드리워 있었다. 눈을 내려 덮은 긴 눈섭이 만일 그같이 맑지개 회지 않았다면 철순이 넘은 로인의 얼굴은 눈섭만이다 싶이 탁하고 음험하게 뵈였을 것이다. 그러나 은실 같이 흰 그 징미와、 그 그늘 밑에 마치도 깊은 샘물에 하나씩 던저진 별 그림자 같이 빛나는 눈으로써 그의 얼굴은 더욱 많은 혈색이 어리운 동안(童顏)이 되였다.

동금강암 동구 밖에서 순안읍을 돌리지 않고 바로 평양으로 갈 수 있는 지름길로 들어선 서산 대사는

앞의 고개를 넘으면서 잠시 뒤를 돌아 보았다. 동구 밖 대추나무 밑에는 아직도 한 중이 이편을 향하여 합장한 채서 있었다. 그것은 편석 대사였다. 한창록음이 무성한 때에도 그 원체만은 고목이나 다름 없이 깨칠한 대추나무 밑에서 먹배 장삼을 걸치고 그린 듯이 합장하고 있는 그는 거기서 돈아난 바위 모양으로 언제까지나 움직일 것 같지 않았다.

「이런 분요한 때에 산을 떠나심은 어떠한 뜻이 온지?」

편석 대사는 엊그제부터 끈히 물어 왔다. 그는 지금도 그런 자기의 의혹을 깨쳐 주기를 바래서 서산의 한마디를 기다리는 것 같기도 했다.

「그저 한번 가 보고 싶으니 가는 길이오.」

서산 대사의 대답은 이것 뿐이였다.

서산이 묘향산 금선대(金仙臺)에서 내려 온 것은 그저께였다. 보현사를 지나 십리쯤 온 길에서 편석 대사를 만났다. 서산이 평양으로 나가는 길이라는 만에 편석은 놀랬다.

「어떤 뜻이 온지?」

그때부터 그는 이렇게 물어 왔다. 며칠전까지도 평양서 『누데기 중』 혹은 『누베기 생불』로 호가 가게 금수 공덕을 해온 그는

「지금 평양 형편이 어떻소?」

묻는 서산에게

「그런 것은 소승이 알 수 없었더니까.」

했을 뿐이었다. 사실 모르기도 했다. 거리'가 나타

너기는 하지만 오직 보시(布施)니, 인욕(忍辱)이니,

정진(精進)이니 하는 분승의 여섯가지 계율을 상정

하는 여섯총배기 육바라밀(六波羅密)이라는 제깐

신망을 굽어보며 물지게를 지고 이집저집의 부엌을

드나들지 않으면 어쩌 주저앉아 조을기만 해온 그

는 평양에 있으면서도 평양 형편을 알리가 없었다.

뿐만 아니라 그런 것은 선승이 알 바가 아니라고도

했다. 그러나 임육경이가 넘어 온 수금과 백성들의

행진에 분요와 내지는 피비린내 나는 살벌은 느꼈던

것만은 사실이었다. 그러한 평양은 더 있을 곳이 못

된다고 해서 총총히 떠나 다시 산속으로 찾아 오던

만치

「그 분요한 평양에를 가신다니 어떠한 뜻이온지?」

하는 편석 대사는 단지 자기 스님의 뜻을 알아 보

고 싶어서만이 아니라 "가시지 맙시사"고 만류하고

반대하는 뜻이기도 했다.

그러면서도 모향산까지 다 갔던 걸은 되돌아 서서

스님의 뒤를 따라 왔던 것이다.

산주(安州)성을 서쪽으로 바라 보며 지나 오던 때

였다. 내내 서산의 그림자를 밟자 않을 정도로 따라

오던 편석 대사가 문득

「스님!」

하고 부르며 합장 정성으로 비껴서서 합장을 했다.

「스님!」

그는 돌아 보는 서산에게 이렇게 물었다.

「스님께서 지금 만큼하신 것은 소승에게도 알려 주

신수 없사올까?」

「…호ー내가 그만 입맛이 없어서…」

하는 서산은 스스로 허점 것 없다는듯이 웃으며

만했다.

「언제가 지었던 내 과향시(遠鄕詩)가 생각나서ー아

마 그것이 중얼기려졌나보오.」

「예? 환향시오니까.」

편석 대사는 자못 의외인듯이 그 숫한 눈섭은 치

뜨며 물었다.

「아직 그린 이야기른 안 했던가?」

一行女兒窺窓紙 鶴髮降翁問姓名

乳貌方通相泣下 碧天如海月三更.

「이런 시었소.」

나직이 읊은 서산은 돌아서서 도 걸으며 말을 이

었다.

『옛날 고향 근처를 지나노라니 그런 생각도 나나보오... 늙었으니까!』

그의 말끝에는 나직한 한숨이 따랐다.

적삼 대사는 더 묻지 않았다. 묵묵히 고개를 숙이고 따라가는 그의 얼굴에는 뜻밖이라는 것만이 아니라 실망한 빛까지도 뵈었다.

(허잘것 없이 늙은 한 행객의 신세로 떠돌아 다니던 길에 고향의 어느 한 주막에 들러서 백발이다 된 이웃집 늙은이와 한담을 하던 중에 피차 아명(兒名)을 대고 본즉 같이 자란 어릴적 동무랑 애놈들이 창구멍으로 들여다보며 키득거리는 것도 상관않고 두 늙은이는 하도 반가운 김에 덧없이 늙은 서글픔에 눈물을 흘려가며 구회를 푸노라 바세는 줄 몰랐다)는 환향시는 서산 대사가 三年 전에 지어 거도 모른 역적 루명을 쓰고 서울로 잡히 갔다가 돌아 오던 길에 이 안주 땅인 고향 근처를 지나면서 읊었던 시였다.

실지 그런 일이 있었던지 없었던지는 모르나 어쨌든 그 몇자 안 되는 글에서 옛날 고향과 친구를 그다는 늙은이의 애수를— 그뿐 아니라 인생이란 가다가 그런 뜻밖의 반가운 회우도 있으니 역시 살집지 않으냐고 웃을 수 있는 한 극적 장면까지도 뵈어주는 시였다.

서산 자신도 그 시를 사랑했다. 혼자 읊조리고는 혼자 웃어도 보고 또 한숨을 짓기도 했다. 그뿐아, 나라 목은 이미 고목이요 마음 또한 재 같이 식었다 (서산은 늙은 자신을 쪽히 이렇게 만했다)고는 하나 그 시를 읊조릴 때면 가슴속 어떤가 온기를 느끼는 것이었다. 아직도 그런 온기를 지닐 수 있는 자신이 비록 머리는 생을 망정 마음까지는 세지 않았다(髮白非心白—이 역시 서산의 글이다)는 생각에 스스로 미덥기도 했던 것이다. 그러면서도 또 한갈으로는 『이제 내게 무슨 고향 생각이랴』하고 웃기도 했다. 중이 된지 五○여년— 산중에 들어 앉아 일책속 속세의 인연에서 해탈한 분보살의 마음을 내 맘으로 하기 위한 선(禪) 공부를 쌓아 왔다. 그러나 아직도 매로는 그러한 회고와 추억으로써 창연해지는 옛수를 느끼기도 되는 로승은 『내 이 무슨 잡념과 번뇌냐?』하는 생각에 스스로 꾸짖게도 된다. 그리면서도 한편으로는 『두어라』하기도 했다. 『정 그리는 것은 사람의 상정이 아니겠는 단들 못한들 그리는 그 회상반으로도 그윽하지 않은가! 고향은 그렇기 때문에 그는 자기의 회상과 번뇌를 제자 앞에서 숨기려고 안 했던 것이다.

적석 대사는 이러한 서산의 심정을 몰랐다. 그때

가 때문에 의외이기도 했고 불만이기도 했다

서산 스님의 씨라면 일찌기 그가 되여 주었던 자

라가〈自樂歌〉와 같이

「어데가 머물러도 그만, 또 가도 천천히. 하늘을 우러러 웃고,' 땅을 굽어 한숨 들이나 천지가 다 내 집이라, 뜰고 나인들 문인들 따로 있으랴!〈其止也如 其行也徐徐. 仰之而笑 俯之而噓 出入兮無門 天地兮 蓬廬〉」

응당 또 이런 것이려너 했던 것이다.

서산 스님은 이미 속세의 인연을 다 끊고 오직 서방정토 극락 세계에 왕생할 것만을 념원하는 날반의 경지에 든 대선사 스님이 아니겠는가. 응당 「나」라고 하는 아상〈我想〉을 다 버리셨거늘 어찌 「내 고향이라는 것이 따로 있긴들 하며 항차 그런 것에 대한 집착과 번뇌가 있어 될 말인가?」 편석 대사는 이렇게 생각했던 것이다.

그뿐 아니라 편석 대사는 자기가 존경하고 아끼는 스님이 이 분분하고 살벌한 때에 평양으로 나가는 것을 만류하고 싶었다. 그래서 다 갔던 향산 길을 되짚어 따라 오면서 「어떤 뜻이온지?」 굳히 물었던 것이다.

이에 대하여 서산은 그저 「한번 가보고 싶은 길이

니 긴다」는고 했다. 사실 그랬다. 이런 까닭 저런 리유가 있어서보다도 서산은 이 국란에 깊은 산속에만 들어 앉았을 수가 없었던 것이다.

「하고 싶은 대로 해서 잘못될 것은 없다. 가는 것이 부질없지는 않으리라」

서산은, 이같이 자기를 믿는달가ㅡ, 혹은 유가〈儒家〉에서 말하는 종심소욕〈從心所欲〉이라도 불유규〈不踰規〉라는 자기의 칠십 고령을 믿었는지도 모른다. 어쨌든 「하고 싶은 대로 해서 별로 후회할 일은 없다」는 자신만은 있었다.

이러한 서산 스님에게서 자기의 의혹을 깨뜨릴만한 대답을 들을 수는 없이 오히려 뜻밖의 「아상」과 「집착」과 「번뇌」만을 듣고 본 듯한 편석 대사는 선승이 거처할 때가 못된다고 생각해서 떠나온 평양으로 스님을 모시고 다시 갈 생각은 없었던 것이다.

서산은 편석 대사의 불만을 모르지 않았다. 그러한 편석 대사를 보는 서산은 사명〈泗溟〉을 생각했다. 사명 대사와 편석 대사는 나이도 비슷하고 또 한 무렵에 서산 문하에 들어 온 제자였다. 그러나 그들은 같은 서산 문하의 제자라기에는 너무도 그 곁과 풍이 달랐다. 그보다도 우선 같은 선승이라기 힘들었다. 선승다운 중이라면 누구나 편석 대사를 먼저

꼽을 것이다. 그러나 중도 사람이라는 눈으로 보면

사명당은 사람중에도 사내로 태여났고, 편서 대사는

뱃속에서부터 장삼 입고 합장하고 나온 중이라고도

할 것이였다.

서산 대사는 대낮 폭양이 내려 쪼이기 전에 길을

조금이라도 더 추려두리라는 생각에 바삐 지팽이를

옮기면서 걸음을 재촉했다.

13, 왕 선조와 서산 대사

이런 시골길에서는 볼수 없었던 행차가 나타났

다. 우선 눈에 띠이는 것은 그 울긋불긋한 복색들이

였다. 시키면 털벙거지에 달린 시뻘건 상모를 너풀

거리는 구종들이 견마를 잡은 네댓 필 말 우에는 공

작 꼬리를 늘어뜨린 안올림 전립에다 울긋불긋한 동

다리 사천릭을 떨뜨린 장령들이 앉아 있었다. 그런

데 그 행차 맨 앞에는 그 뒤의 일행과는 달리 소탈하

게 차린 한 선비가 있었다.

큰길까지 다 갔던 서산 대사는 그것이 왕이라는

것을 알았다. 역시 한 구종에게 견마를 잡혔을 뿐

왕의 위의를 갖출만한 절월도, 일산도 없었고, 호위

하는 군사는 키녕 길잡이 전배 하나 세우지 않았지만

그는 역시 왕이 틀리지 않았다.

보통 갓에다 굵다란 모시 직령을 입은 왕 선조는

붉은 술띠만 아니면 한날 유생의 행색이나 다를바

없었다. 오히려 그가 탄 말의— 굴레 좌우에 세층으

로 늘어뜨린 붉은 술과, 역시 붉은 실로 수놓은 뚜

른 가죽 다래와, 은입사(銀入糸) 쇠등자 같은 치장으

로써 왕의 기마(騎馬)라는 것을 알릴 뿐이였다. 어

제밤 소낙비에 평양 성안은 몹시 질었던 모양으로

행전과 발막신에 진흙이 뗜 발로 은입사 등자를 눌

러 잦고 안장 앞턱의 은매미를 두 손으로 잡고 앉은

왕은 무슨 생각에 잠긴 모양으로 눈앞에서 까부는

말갈기만을 굽어 보고 있었다.

몇 이랑 안 되는 조 밭을 사이에 두고 서서 합장하

고 섰던 서산이 꼬개를 든 때에는 행차중의 맨 끝에 섰

던 서산이의 말이 지나가고 있었다. 역시 전립이 빼뚜

룸하니 기울어진 머리를 들어 사면을 둘러보던 그의

눈은 한순간 서산 대사의 시선과 마주쳤다. 지금도

취안이 몽롱해서 서산 대사를 못 알아 보는지 혹은

「이놈! 언감생심 량반을 마주 봐? 패씸한 중놈

같으니—」해서 그런지 흘기듯 무자위를 돌리고 말

았다.

지금 우연히 눈앞을 지나가는 왕과 정 철을 보게

된 서산은 三년전의 일을 생각하지 않을 수 없었다. 아까도 잠간 스친 바이지만 그것은 기축년에 빌어졌던 소위 정여립(鄭汝立)의 반역 사건이라는 것이었다. 물론 여기서 그 이야기를 자세히 할 필요는 없다. 그러나 우리의 주인공 서산대사와 왕선조와의 교섭이 그때 시작되었고 또 앞으로도 있는 만치 극히 간단하게나마 이야기해 둘 필요는 있다.

한때 벼슬을 하다가 무슨 불만이 있었던지 호남의 자기 고향으로 돌아가서 재야의 불평객과 검객력사들을 규합하기 시작한 유림 출신 정여립이란 자가 있었다. 그의 공모자라는 것이 뚱딴지로 황해도 어느 고을에서 드러났다는것이 사건의 발단이였다. 그러니만치 정여립의 일당은 잡으라는 왕명을 가지고 달리는 선전관들의 말발굽 소리는 저 호남 한 끝에서 이서도에까지도 요란히 울렸고, 금부라줄은 안가는데 없이 八도에 퍼졌다.

정여립은 잡으러 간 금부도사 앞에서 자결하고 말았다. 그러나 사건은 그것으로써 끝나지 않았다. 오히려 더욱더 확대되었다. 근 二三년간에 걸쳐 수천명의 회생자를 내게까지 그 사건을 확대시킨 것은 동인(東人)이니 서인(西人)이니 하는 당파싸움이 아닐 수 없었다. 역옥(逆獄) 사건의 장본인인 정여립이 동인이였던만치 물고 일어난 서인들은 불는 불에 끼집운 하는 격이였다. 서인의 거두로서 추관(推官)이 된 정철은 하나의 염라대왕으로 나타났던 것이다.

二三년간이나 끄으서 나날이 확대된 살륙의 참화는 마침내 동인에게만 한한 것이 아니였다. 말바로 봉건적 암흑 시대 중에도 피비린내 나는 공포 시대의 막이 열리였다. 사람의 운명은 조석을 헤아릴 수 없었다. 더우기 다소나마 누구라고 세상에 알려진 사람의 생명은 보장하기 어려웠다. 누구와 사협이 있었거나, 먹혀서 끌려갈지 몰랐다. 언제 누구한데 시기를 받아 온 사람이면 『저자도 그 일당이라』는 고자질 한마디로써 당장 염라대왕의 손으로 넘어간 폐도 얼마든지 있었다.

서산대사도 그네의 하나였다. 무업(無業)이라는 중의 무고를 받아 서울로 잡혀 갔다.

금부라줄들에게 꺼둘려 밭이 땅에 닿는둥 마는둥 끌려 물어간 대궐 안의 한 전각ㅡ그것은 이번 반역 사건의 범부자들을 왕이 친히 국문하기 위해서 좌기를 차린 국청(鞠廳)이었다. 문간에서 기직을 씌워 묶어내는 시체와 길을 어기며 들어선 넙은 뜰ㅡ그

뫼와 은빛 금빛으로 번득이는 『도끼를』을 든 금부라줄과 군사들이 늘어 있다. 삼엄한 국청의 위의라기보다도 인간 도살장의 끔찍한 광경이었다. 물어 서자 우선 코를 찌르는 것은 피비린내었다. 세모래를 쉬어 편 황토와 박석들에는 끼엇게 멍이 들었은 뿐 아니라 아직도 생생한 선지와 살점들까지도 넘려 있는 것이 뵈였다. 물메진을 하듯이 아닌게 아니라 더고 통을 주기 위해서 사람의 몸에 물을 끼얹어 가며 칩색철색 내려 패는 곤장끝에서 뛰어난 것이다.

서산은 거기서 피에 젖은 형틀 우에 동그라니 올려 매인 몸으로 왕을 보게 되였던 것이다.

왕은 쳐다보이는 전각(殿閣) 대청 한가운데 놓인 호상에 걸터앉아 있었다. 정 철이도 그때 본 사람이다. 그는 사헌부(司憲府) 사간원(司諫院) 형조(刑曹)의 당상관들과 또 한옆에 지필묵을 갖추어 놓고 있는 문사랑(問事郎)과 형조 승지들과 같이 분합 밖에 부복해 있었다.

문초는 시작되였다. 국청 돈대 우에 대령한 선전관이 전상의 말을 받아서 『네 듣거라』『바로 아뢰여라』고 편거퍼 내리는 호령 소리는 사람의 혼을 얼를 만치 말바로 추상같았다.

추관 정 철은 처음부터 서산에게 있을 리 없는 정 여럼파의 관계를 추궁했다. 그러다가 홀출 『이 시는 어떤 심술에서 나온 것이냐?』고 묻기시작했다.

萬國都城如蟻垤 千家豪傑若醯鷄
一窓明月淸虛枕 無限松風韻不齊

그것은 서산이 젊었을 때 금강산 향로봉에 올라가서 읊은 한 수의 즉흥시였다.

일찍부터 한 신승으로 또 한 시승으로 명성이 높앗던 서산을 시기해 온 중 무업은 서산이 역모에 참가했다는 증거로서 그의 『향로봉 시』를 들었던 것이였다.

추관 정 철은 그 시의 『만국의 도성은 개미집 같고, 백으로 천으로 꼽는 못 호걸이라는 것들은 초파리 같다』는 구절에는 서산의 반골(反骨)이 드러났다는 것이였다. 그러니까 그런 반골이 있는 자가 이번 역적모의에 참가하지 않았을 리가 없다는 것이다.

국문은 여러날 끌었다. 그 동안 서산의 어원 봄에는 곤장이 여러번 내려지기도 했다. 혹시 왕이 자리를 떠난 때면 정 철은 느물거리는 태도로 제 모가지를 도리는 손짓을 해보이며 죽음으로써 위혁을 하기도 했다.

추관 정 철은 위시해서 이번 역옥 사건을 말아 치

휘하는 조정의 관료들이 서산을 다루는 데는 단순히 역모의 한 혐의자로서만이 아니라 인간 이하의 천인으로 대했던 것이다. 그것은 그럴 밖에 없는 일이기도 했다. 리씨 왕조에서는 제도상 중의 신분은 천인이였다. 三국 시대로부터 고려말에, 이르기까지 봉건량반 계급의 지배적 이데올로기였던 불교를 그 지위로부터 끌어내리고 그 대신 유교를 지배적 이데올로기로 대치하기 위한 정책은 리씨 왕조 五○년간의 일관한 정책이였다. 그러기 위해서는 불교의 사찰을 축소하고, 그 물질적 기초인 토지를 박탈하고, 승려의 수를 제한하고, 심지어는 중들로 하여금 서울에는 발을 못 들여놓게 하고, 중 아닌 속인에게는 어린애받을 못 들여놓게 하고, 중 아닌 속인에게는 어린애까지라도 허리를 굽혀 절을 하도록 강제했다.

서산도 그러한 천인의 신분에 속하는 중인 것은 물론이였다. 그러므로 중 서산을 치죄하는 정철을 비롯한 유림 출신의 관료 거두들은 우선 자기네와 적대되는 이교도를, 그리고 또 량반으로서 천인을 대하는 팀장이 아닐 수 없었다. 그렇기 때문에 서산이 한날 동냥중이였다면 또 모를가— 그렇지 않고 그는 불문의 한 거두일 뿐 아니라 그 덕망으로, 그 인품으로, 그 시문(詩文)으로, 일반 사람들에게까지도 명성이 높다는 것은 아니꼽고 괘씸한 일이기도 했던

것이다. 그러니만치 서산을 다루는 데는 더 엄혹했을 뿐만 아니라 자연히 야유와 랭소가 없을 수 없었던 것이다. 그같은 야유와 랭소는 정신적 고문이 아닐 수 없는 것이다.

그러한 국청에서의 서산의 태도와 초사에는 이채가 있었다. 그의 대답은 대개가 짧았다. 묻는 사실이 있으면 있다, 없으면 없다는 단마디뿐이였다. 왜 없을 밖에 없다든가, 그래만한 리유가 있다든가 하는 설명이나 변명 같은 군말은 한마디도 없었다. 그뿐아니라 그의 태도는 지금 자기가 친국을 당하는 자리에서 피에 젖은 형틀에 매여 있다는 것을 잊는 듯한 때가 많았다. 그렇다고 망연자실한 상태가 아니라 묻는 말에 대답한 다음 순간에는 곧 자기 세계로 돌아 가서 그때까지 해온 생각의 실마리를 다시 이어 가는 듯한 태도였다. 또 그렇다고 고개가 숙거나 표정이 심각해지는 것도 아니였다. 오히려 그는 많이 하늘을 우러러보는 편이였다. 그렇다고 만사를 다 허무에 돌린다거나 혹은 허회자탄하는 표정도 아니였다. 때마침 가을 하늘은 높고 푸르렀다. 형틀 우에서 그 백설 같이 흰 눈섭을 들어 맑은 하늘을 쳐다보는 서산은 지금도 지팽이를 들어 가볍게 옮겨 놓으며 유산길에 나서기나 한듯이 담담한 얼굴이

였다.

그 같이 하늘을 많이 보는 것은 진상의 왕이나 짐이지 감히 불궤(不軌)를 꾀했느냐?」

문초에는 매매 이런 말이 되풀이되었다. 그 때마다

「소승은 념두에도 없은 일이외다.」

이같이 단마디 대답만을 해 오던 서산이 한번은 문득 말문이 열린 듯한 적이 있었다. 「향로봉시」로 또 추궁을 받던 때였다.

그때도 잠시 하늘을 처다보던 서산이 진상을 바라보며 말을 시작했던 것이다. 추관들의 심문에 답변한다기보다도 조용한 자기 승방에서 손님을 대하여 자기가 사랑하고 반한 명산(名山) 이야기를 하는 듯한 말이었다. 그는 금강산과 모향산이 그 얼마나 아름답고, 장하다는 것을 저 자신 스스로 황홀한 경지에서 이야기했다.

지금 그 잔잔하고도 또렷한 어음과, 많의 억양과 또 이따금 자기 만에 스스로 웃는 나직한 웃음소리를 그대로 전할 수 없는 이상 그의 말은 다 옮기는 것은 무의미한 일이다. 그는, 산을 사랑하는 사람이였다.

독자들 중에는 서산 대사의 사산찬(四山讚)을 아시는 이는 아실 것이다. 산중에도 금강산과 모향산

그 같이 사람들의 노리는 시선을 피하기 위한 것도 아니었다. 그의 젊고 맑은 눈은 시름없이 진상의 사람들을 주시하는 매도 있었다. 그런 매면 마치 서안에 세운 손으로 턱을 고이기라도 한듯이 얼굴도 시선도 꼬딱없이 상대방을 응시하듯 바라보았다. 그렇더라도 그 얼굴과 시선에는 당돌하거나 오만한 기색 같은 것은 없었다. 무엇을 찾아 볼 수 있다면 어머한 치지에서라도 흔들리지 않고 담담할 수 있는 만만한 자신이랄가? 아니 그 만만한 자신 그것도 그대로 로출된 것이 아니라 그런 자신으로써 안받침된 태연이라는 것이 더 정확할 것이다. 그같은 태연은 금시 사라지고 바뀌는 표정이나 작태가 아니라 일종의 정신적인 체중(體重)이라고도 할 것이었다.

「듣기라. 일찌기 선릉(宣陵=제九대 왕 성종)께서 「불도의 폐해를 뉘 모르랴. 인륜(人倫)을 몰각하고 백성의 재물을 탕진하는 그 폐해는 양주(楊朱)묵더(墨翟)보다 우심한 바 있다. 그러나 그러한 이단을 숭신치 않도록 하면 그만이지 축일 것까지는 없다」 하신 전교를 내리시와 너의 불도들의 명맥이 상금까지 부지해 오거늘, 그 망국한 성운을 저 바리고 베

을 사랑하는 그는 또 그 중에도 역장역수(亦壯亦秀)한 묘향산이 더욱 좋았으므로 그 이름을 따서 스스로 서산(西山)이라고 불렀다.

살벌한 국청에서 형틀에 결박되어 앉은 서산이 문득 금강과 묘향의 례찬을 시작했다. 그것은 「홀출금강산」이라고도 할 수 있는 일이였다. 그러나 국청의 사람들은 자연스럽게 귀를 기울였다. 그만치 담담한 그의 이야기는 결코 장황하지도 않았다. 그러면서도 그가 말하는 산의 웅건한 규모와, 구름 우에 솟은 만장봉상에서 굽어보는 천인 계곡과, 광활한 전망은 듣는 이들의 눈앞에도 방불히 떠오르는 듯했다.

그같이 수려하고 웅대한 산속에 들어 가는 사람이면 누구나 한번쯤은 스스로 겸허할 줄 아는 더을배우게도 되지 않겠는가? 이러한 여운이 물리는 듯도 한 서산의 이야기에 누구보다도 움직인 것은 그때의 문사랑리 항복이였다. 그는 우선 놀랐다. 또 한끝 서산이라는 중이 패셤하기도 했다. 어느 앞이라고 감히 그렇게 태연할 순물 있으며, 게다가 또 「홀출금강산」으로 국청을 우롱하다 싶이 하는가? 그만치 담대한 위인인가? 혹은 교활하달만치 높은 중놈인가? 어쩠든 보통은 아니다. 역모라는

죄명을 쓰고 그 피에 젖은 형틀에 올려 매우기만 하면 누구나 낯빛이 흙빛이 되고 반주검이 되다 싶이 기가 꺾이는 것이 보통이다. 그도 그럴 밖에 없는 것이, 죄가 있건 없건간에 그 형틀에 올라 앉았다가 산아 나간 사람이 별로 없기 때문이다.

그런데 한날 중인 서산의 그 배짱은? 쉽게 대담 혹은 로회라 하더라도 그것은 놀라운 로회요, 무서운 대담이 아닐 수 없는 것이다. 그렇지 않으면 천치 바보든가! 물론 그를 천치 바보로 볼 사람은 저 자신 천치가 아니면 없을 것이다. 어쩠든 당당했다. 매질을 하는 집장사령들을까지도 함부로 치기어려운 눈치였다. 그래서 때로는 「홀장(歇杖) 말고 용대 없이 치렸다」하는 엄포까지도 내렸다. 그러면서도

「어느 모로 보나, 헛되이 늙은 인간은 아니구나!」

왕을 비롯하여 전상에서 내려다 보는 사람들은 이런 생각을 아니 할 수 없었던 것이다.

그때만 해도 지금보다 더 젊었던 리 항복은 류성룡을 찾아 가서—일생을 산중에서 늙어온 중이 역모가 무슨 역모며 그의 몇십년전 시를 지금에다 끌어 붙이려는 것은 억지도 푼수가 있지 않으냐고 분개했다.

류 성룡이도 처음에는 고개를 끄덕였다. 그러나 퍼뜩 정신을 차린듯이 정색한 그는 ― 국청의 문사랑은 그같이 흥분하거나 펀벽되어 누구를 두던하는 법이 아니라고 준절히 일렀다.

『항차 지금이 어떤 때라고 ―』
뒤를 누르기까지도 했다.

그후에도 얼마 더 끌기는 했으나 서산은 결국 무죄로 석방되었다. 왕의 처분이었다. 그뿐 아니라 왕은 서산을 불러 보기까지도 했다. 왕도 이전부터 글 잘하는 시승(詩僧)으로서 서산 대사의 이름을 익히 들었던 것이다.

편전에서 서산을 불러본 왕 선조는 한폭의 대(竹)를 그려서 그에게 주기까지도 했다. 그 자리에 입대해 있던 대신들은 이때에 또 한번 눈래지 않을 수 없었다. 천안(天顏)을 지척에 뵈입고, 왕의 진필을 받았다 ― 그것은 궁중 부중의 측근자 중에도 혹치 못한 영광이었다. 항차 이제까지 대역 죄인으로 치죄 받던 중 서산의 처지로서는 마치도 석씨 우에서 타 죽어 가던 한마리 고기새끼가 퍼뜩 구름 우로 뛰여 올라 롱이 된 것이나 다름 없는 일이라고도 할 것이였다. 그것은 놀랠만한 운명의 장난이라고도 할 것이였다. 그러나 그보다도 더욱 놀라운 겄은 지금

까지 죽음 앞에서 그랬던 것과 마찬가지로 역시 그 같은 영광 앞에서도 담담한 서산의 태연이었다. 서산 대사는 물론 어전에서 갖추어야 할 례법대로 숙연히 절하고 받들었다. 그러나 그뿐 ― 당연히 그래만한 감격, 감읍의 눈물도, 이마를 조아리는 소리도 없었다. 선가(禪家)에서 이르는 바 『불립문자(不立文字)』 그대로랄가? 이렇다 ― 자기의 소회를 사뢰는 충언부언 같은 것도 없이 담담히 물러나갔을 뿐이였다. 그렇듯 표연히 사라지는 그의 먹베장삼 자락은 『성황, 성공, 돈수백배』식의 번례다의(煩禮多儀)와 문자들로 가득 찬 듯한 이 궁중에다 한가닥 청량한 산바람을 풍겨놓고 가는 듯도 했다.

만일 이때 왕이 서산을 알아보았다면 행차를 멈추고 그를 불러 보았을 것이다. 서산은 좀만 더 걸음을 빨리했으면 앞으로 나가서 왕 앞에 부복할 수도 있었을 것이다. 그러나 왕의 행차를 멈추고까지 할 말이 없었으므로 그저 동안을 두고 경의를 표했을 뿐이였다.

『왕과 조정이 참말 평양을 떠나는구나.』
서산은 묘향산에서, 또 어제 류한 동금강암에서도 이미 들었던 것이다.

말했다. 주복의 어머니는 실은 낯선 외간 남정이 들어 온다는 바람에 자리를 일려다가 들어 오는 것이 중이라 그냥 눌러 앉았던 것이다. 중이라면 사람대접을 않는 풍습이라 내외 여부도 없었다.

옷간 문턱을 베고 누워 있던 주복이도 고개를 넘씻해 보고 다시 누우려다가 다 늙은이지만 어덴가 보는 눈에 정신이 드는 듯한 그 모습이 보통 누베기 중 갈지는 않은데 호기심이 나서 방문턱에 걸터앉았다.

이때 주인 늙은이와 법군이가 서산 대사에게 물려준 이야기는 독자들도 알 필요가 있으므로 여기서 작자도 한몫 들어서 좀 더 자세한 이야기를 할 필요가 있다.

오늘이 六월 열하루─ 사흘전 초여드렛날 아침부터 동대원 일대에는 일본 군사가 들이 밀리기 시작했다. 기기는 우리 군사라고는 한 사람도 없었다. 아무런 저항도 받지 않고 대동강에까지 나다른 적들은 눈앞에 평양성을 건너다 보면서 넓은 벌판에 대오를 흩으리고 다리쉼을 하는 판이었다. 그들은 우선 군마들을 발으로 몰아 넣어 아직 청초나마 제법 곡식꿀이 나는 낟알들은 먹였다. 또 장림벌 나무를 울 떡어다 세우고 솥가마를 매달아 놓고는 군처의

집물을 털어다가 불을 때서 밥을 짓는 한현, 저마다 벌거숭이가 되여 대동강으로 뛰여들었다.

이편의 우리 군사와 백성들은 성첩에 붙어 서서 처음 보는 참 왜적들의 모양을 구경하게 되였다. 강에서 물장난을 치던 일본군들은 이쪽 사람들을 보자갖출 데를 우야더 드러내가지고 원숭이들이 혼히 하는 몸짓을 해 보이기도 했다.

그중의 한자가 무엇인가 글자를 쓴 나무패를 대동문 맞은편에 드러난 모래불에 세우고 손질을 했다. 련광정에 있던 우리 평양 수성군의 수뇌부에서는 한 군사를 시켜 배를 타고 가보게 했다. 글발 하나를 가지고 돌아 왔다. 그 내용은 일본군 장령의 하나인 평조신(平調信)이라는 자와 적진중에 따라다니는 중 천소(玄蘇)라는 자가 조선 조정의 대표로서 리 덕형을 만나 보자는 것이였다.

지난 아흐렛날 리 덕형은 대동강 한가운데서. 그 자들은 만났다.

(임진란에 관한 것이면 소설이전, 단순한 기록이전, 대개는 다 이 장면을 때놓지 않고 이야기를 해 온 것이기 때문에 여기서는 자세한 묘사는 그만두고 끝자만을 추리기로 한다)

리 덕형은 사모 관대로 한척 편주게 올랐다. 동행

이리고는 지필묵을 갖추어 든 박 성경(朴成景)이리는 한 군관과 배를 젓는 군사 한 사람 뿐이었다. 저편에서도 우리가 보내준 배를 타고 마주 왔다. 련광정 앞의 강 한가운데서 뱃전과 뱃전을 맞대게 되었다. 왜장 평조신과 외승 현소는 四ー五명의 군사들에게 옹위되여 있었다.

리덕형은 그자들과 구면이라고도 할 수 있었다. 그자들은 일본 국사라는 명목으로 두번씩이나 서울애 왔던 일이 있었다. 그때마다 리덕형은 접반사로서 그자들을 대해 왔던 것이므로 그자들도 조선 조정의 대표로서 잘 아는 리덕형을 만나자고 한 것이였다.

「다시 만나게 된 그대들을 전날 같이 두 나라의 친선을 의논할 수 있는 사신으로서 융성히 맞을 수 없는 것을 유감히 생각한다. 이러한 리유는 그대들이더 잘 알 것이다. 문노니 일본은 어찌하여 전날의 친선교린의 맹약을 저바리고 군사를 들어 이렇듯 전란을 일으키는가?」

리덕형이 먼저 써보인 것은 대개 이러한 뜻이였다. 이에 대한 대답으로서 왜승(倭僧) 현소가 써보인 글은 다음과 같다.

「우리 일본은 당신네 나라와 서로 통할 의사가 있었으나 동래 부산서부터 서울에 이르기까지 말을 전해 주는 자가 없어서 전전하여 사태가 오늘에 이른 것이다.

만일 그랬다면 지금은 두 나라 사이에 의사를 소몽할 길이 열렸은즉 곧 군사를 거둔 후에 의논할 것이 아닌가?」

「우리 일본국이 조선에 요구하는 바는 오직 명나라애 조공할 길을 빌자는 것 뿐이다.」

「이에 대한 우리의 대답은 동래 부사 송 상현(宋象賢)이가 이미 명백히 한 바 있었다.」

이같은 리 덕형의 답변에 팔덮은 잠시 끊어졌다.

이미 명백한 송 현의 대답이라는 것은 「死易假道難」이라는 것이였다.

지난 四월 一五일에 일본군이 동래성을 공격하면서 「길을 빌리기만 하면 무사하리라」고 써보인데 대하여 「죽기는 쉬우나 길을 빌리기는 어렵다」는 이 다섯자로써 대답한 송 상현은 끝끝내 굴하지 않고 싸우다가 전사한 것이였다.

리 덕형의 글발을 받아든 늙은 중 현소는 평조신과 한동안 뭐라고 씨부렸다. 글을 모르므로 지금까지 오가는 필담에는 마이동풍입양 먼눈을 팔아 평양성율 건너다 보고만 있던 평조신은 현소의 말을 들

자제 울깃불깃한 갑옷 같이 낯빛이 변하면서 흥분
한 어조로 지껄였다. 그 앞에서 백포 장삼에 금빛가
사를 걸친 몸을 하소하게 쪼그리고 있던 현소는 마
침내 다음과 같이 썼다.

『우리 일본 군사는 오직 앞으로 나갈 줄만 알고
한 걸음도 물러갈 줄은 모른다.』

리덕형은 들고 있던 붓을 놓았다. 그러자 배창날
이 움직거리는 인기척을 등뒤에 느꼈다. 『일은 틀
렸다』고 본 군관 박 성경이가 곧 칼을 빼려는 기세
를 보이고 있었다. 리덕형은 눈짓으로 말렸다. 현
소는 글을 좀 아는 까닭에 비서격으로 따라 다니는
한날 늙은 중이요, 평조신은 적의 한 무장이기는 하
나 일본에 조공을 바치면서 풍신수길의 앞잡이 노릇
을 하는 대마도 해적의 한 두목에 지나지 않는 위인
이였다. 리덕형은 그 맛것인 이자들을 죽여서 적에
게 타격을 주기보다 이편의 신의를 떨어뜨리는 손실
이 더 클 것이라 생각했기 때문이였다.

어쨌든 담판은 결렬되였다. 량편의 배는 강상에서
갈라졌다. 그때부터 일본군은 평양성애 대고 조총질
을 시작했다.

15. 일본 사무라이의 원흉 풍신수길의 몇가지 문건

『명나라에 조공할 길을 빌리라.』

일본이 이러한 요구를 이번에 비로소 처음 제출한
것은 아니다. 풍신수길은 번색부터 소위 『국서』라는
것으로써 그것을 강요해 왔던 것이였다. 단순히 명나
라로 왕할 길을 빌자는 것만이 아닌 것은 물론이
다. 그리면에는 어떠한 야망과 흉책이 숨어 있었
던가?

여기서 몇 가지의 문건을 들어 보기로 하자. 다음
의 문건들은 이번 전쟁을 일으킨 일본의 의도가 어데
있다는 것을 수천만어의 해설이나 묘사보다도 더 명
확히 형상적으로 보여 주는 것이기 때문이다.

소위 『국서』

신묘년 (선조 二四년) 三월에 보내온 풍신수길의

日本國關白奉書朝鮮國王閣下 吾國六十餘州比
年分離亂國綱廢世禮故予方託胎慈母日輪入懷中相
士曰日光所及無不昭臨壯年必八表開仁聲四海蒙威
名籍此奇異自然戰必勝攻必取旣天下大治撫育百姓

矜悶孤寡故民富財足本國開闢以來未有盛於此日也
人生一世不滿百齡焉能鬱鬱久居此乎直欲超入大明
國易吾朝風俗於四百餘州施帝都政化於億萬斯年貴
國先驅入朝有遠慮無近憂乎予入大明之日將卒壁軍
營則彌可修隣盟余願無他只願顯佳名於三國而已

대강한 뜻은 우리 만로 옮기면 다음과 같다.

일본국 관백(풍신수길)은 조선 국왕에게 글을 올리노라. 우리 나라의 六〇여주는 오래 동안 서로 쪽나고ㆍ싸워서 나라는 어지럽고 강상은 없어졌더니、바야흐로 이 내가 어미 뱃속에 잉태하매 내가 어미 품속에 들어 보이는지라 관상쟁이 하는 말이 『햇볕이 밑는 곳에 비치우지 않는 데가 없으므로 이 아이 자라매 장차 그 어진 이름과 위풍이 사방에 미치리라』 이렇듯 기이한바 있었으므로 자연히 싸우면 이기고 치매 반드시 얻는 바 있어 천하가 이미 평정되고 우매한 백성을ㆍ어루만지고 고아들과 짝 잃은 자들을 궁휼히 여겨서 백성은 가멸코 나라의 재물은 풍부하여 천지 개벽 이후 오늘 같이 흥성함이 없음지라— 사람의 일생은 백년도 다 못살기늘 내 어찌 이대로 울울한 세월을 보내고만 있으랴. 내 이제 곧 명나라로 뛰여 들어가서 중국의 四百여주 억만 백성으로 (하여금) 그 풍속을 우리 나라의 풍속으로 바꾸게 하고 우리의 교화를 받도록 할지니、그때에 당신네ㆍ나타나는 앞장서 들어가도록 하라. 머리 면 앞날 일을 넘려 하면 가까운 근심이 없는 법이라 내가 원하는 바는 오직 내 아름다운 이름을 三國에 떨치려는 것 뿐이외다.

신묘년 一월 一八일에 풍신수길이가 일본 전국에 내린 명령서.

谷鎭兵共五十餘萬限來年壬辰春啓程。列國各辦三年之糧。先征高麗盡移日本之民於麗地耕種以爲敵唐之機(中略)。唐之天下在吾袖內也。

전국 각 진영의 군사 五〇여만명은 래년 임진년 봄까지 떠나도록 할 것. 모든 제후들은 각각 三년 먹을 군량을 마련하라. 먼저 고려(조선)를 정복하여 그 곳으로 일본 백성을 다 옮겨서、갈고 씨 뿌리게 하여 장차 당(중국)을 칠 기틀을 삼은 것이다. (중략) 당의 천하는 내 소매 속에 있다.

또 다른 하나의 명령서。

日取高麗暮夜築城 不許少停一刻 拾取一芥
陣不許一人回頭 遇山則山 遇水則水 遇罪則落陷罪
不許開口等足 進前死留此後 退後者不論王侯將相
斬首族滅。

막론하고 한 사람도 집에 남아 있지 못하리라」는 것
이다.

또 다른 문건에는 이런 것도 있다.

於是歐國人皆生屍變各議欲反故闕自不親行.

즉 자기네 몇 개인의 야망을 충족시키기 위하여
침략 전쟁을 일으키고 전국 백성을 깡그리 전쟁마
당으로 내몰려는 풍신수길이에 대하여 반감을 가진
여러 곳 제후들은 모두 이것이 무슨 짓이냐? 하여
관백에게 반기를 들고 일어날 쑥덕공론을 하개까지
되였으므로 풍신수길이는 제자리를 비여 놓을 수가
없이 제가 친히 군사를 이끌고 조선으로 건너오지
는 못했다는 것이다.

낮에는 고려의 성을 빼앗고 빼앗은 성을 든
든히 쌓는 일은 밤에 하라. 한시각이나마 잠시
라도 머무는 것은 허락지 않는다. 겨자 한 알까
지도 다 주으랑. 싸움터에 나서서는 한 놈이
라도 뒤를 돌아 보아서는 안 된다. 산이거든 산을
넘고, 물이거든 물을 건느되 비록 함정을 만나
시 빠지는 한이 있더라도 뭐라고 개구를 하거나
발걸음을 멈추는 것을 용서치 않는다. 오직 앞
으로 나갈 따름일 뿐, 죽은 자만이 뒤에 남으
랑. 만일 뒤로 물러서는 자가 있기던 왕후장상
이라 한지라도 그 목은 베이고, 그 권속들은 지
멸하리라.

그해 一二월에 풍신수길은 또 다음 같은 명령을
내렸다.

擧國而行 父子兄弟不許一人留後。

우 나라를 통 기울여 다 갈 것이다. 부자 형제를

16. 행궁 앞의 평양 인민들

일본군은 활, 칼, 창 이외에 우리한테 없는 조총
이라는 것이 있었다. 새를 쏜다고 해서 조총이라고
하는 화승총이였다. 이전에는 우리도 있었다. 고려
만엽에 최 무선(崔茂宣) 장군이 자기가 손수 만든 화

포로써 일본 해적을 소탕한 것은 너무나 유명한 사실이다。 그뿐 아니라 고려 군대에는 화룡도감(火爐都監)을 두어 군사를 훈련했던 것이다。 리조 초기에도 역시 그랬다。

지금도 ㅇ 순신 장군의 통솔하에 있는 우리 수군에는 대포 · 지도 있다。 그러나 그 외의 일반 군사들은 없기도 하려니와 어떻게 쓴다는 것조차도 몰랐다。 이러한 사실에 대하여 당시의 사람들은 二백년 동안이나 『태평성대』가 계속하는 바람에—(民不□兌)즉 『백성들은 병쟁기를 익히지 않았다』고 자랑인지 한탄인지 모를 소리들을 했다。

마른 벼락이라도 치는 듯한 소리를 내는 일본군의 조총알은 강을 건너 대동문과 련광정 기둥에 두세치씩이나 들어박히기도 하고 더 밀리 날아가 대동관의 기왓장을 부시기도 했다。

이미 행장을 다 차리고 발을 저겨졌고 있던 왕은 더욱 바빴다。 그는 일본군이 동대원으로 들어 오기 시작한 여드렛날 떠나려고 했다。 그러나 백성들이 길을 막아서 못 떠났다。

「이 성을 끝까지 지키자고 하여 피란 갔던 사람들까지도 도루 들어 오게 해놓고 이제는 우리를 버리고 떠난다니 그럴 법이 있소。」

이같이 항외도 하고 탄원도 하면서 길을 막는 백성들에게 왕은 『안 가겠다』는 언칠을 주었던 것이다。 그러나 뒷구멍으로 령을 내려 자기네의 길을 막았던 백성들 중의 주동자라고 지목할만한 세 사람을 잡아 목을 베이게 한 왕과 그 측근자들은 어제 열흘날 또 떠나려고 했다。

식전부터 거리에 군교들이 설레더니 구종들이 안장을 지은 말들을 채질해 가는 것을 본 성안 백성들은 또 왕의 행궁 앞으로 모여들기 시작했다。 『왕이 또 떠난다』는 소문이 삽시간에 퍼졌다。 성안 성밖에서 흥분한 사람들이 쏟어 들었다。 『제발 떠나 가시지 말고 우리 백성과 함께 이 성을 지켜지이다』라고 란원하는 백성들에게 『안 간다』는 언약을 하고는 사람을 셋씩이나 죽이더니 이제 또 떠나고야 만다? 백성들은 격앙하지 않을 수 없었다。

행궁앞 거리에는 창운 든 군사들이 좌우로 늘어 서 있었지만 사처에서 밀려 드는 사람들의 물결은 막을 수는 없었다。 벌써부터 몇몇 금관자 옥관자짜리들이 말을 타고 나선 행궁 문앞에는 중추막 소매끔을 당겨진 두 손을 땅에 짚고 꿇어 앉아서 갓쓴 머리를 조아리며 중언부언 탄원하는 사람들이 있었다。 그중에는 왕이 평양에 오자 불러 보았던 늙은 선비들도 있었다. 또 그 등뒤에는 치마자락으로 눈물을 씻으며 넘두리를 해가며 우는 할머니들도 있었다.

「어드러니 이때껏 피란두 안 가구 하늘 같이 믿구 있는 우리 백성을 버리구 간단 말이요.」

「나라님(왕)이 아니구 백성이 아니구 그저 도행장 사람들의 처지기루서니 이럴 법이 있소?」

이러한 할머니들의 넘두리에 그 등뒤에 백백히 둘러선 사람들 중에서는

「그 할머니 말 잘했소!」

하기도 하고

「량반놈들, 너희두 같이 죽자꾸나야—」

하는 악에 바친 고함소리가 나기도 했다. 저마다 웨치고 떠드는 수많은 사람의 소리는 하나의 거창한 아우성으로 화하여 마치 바다 우를 불어 가고 불어 오는 회오리바람 같이 사람의 물결을 더욱 격동시켰다. 그런 중에

「너 회놈들은 뭘 하느냐!—」

하는 불호령이 떨어졌다. 문밖에 나선 관원들 중에 맨 앞에 서 있던 선전관이였다. 혁운 당겨진 마상에서 한 손에 도채를 들고 있는 그자는 자못 귀찮다는듯이 량미간을 찌프리고 백성들을 흘겨보면서

「썩썩 길을 내도록 쓸어버리지 못하느냐!」

고 군사들에게 버럭버럭 고함을 질렀다. 어쩔 수 없어 한동안 머즉했던 군사들은 할 수 없이 이번에는 사정을 안 본다는 루로 창날을 휘두르기 시작했다. 그야말로 아부리까부리로 눈을 감고 내두르는 창날에 사람들은 뒤로 움치기 시작했다. 그러나 관원들 앞에는 얼마의 공간이 생겼다. 그러나 물이 찐 자리에 우둑우둑 남아 있는 큰 돌들과 같이 그 자리에 그냥 남아 있는 것은 몽둥이나 도끼, 혹은 검을 뽑아든 몇몇 장정들이였다.

휘두르는 군사들의 창끝이 그들에게로 육박해 갔다. 덜렁 몽둥이를 떨어뜨린 한 장정의 소매 속에서 피가 손등을 적시며 주루루 흘려 내렸다. 그러자 피 물 보고 무춤한 사람들 틈에서 결쨰기로 달려 나온 한 검이 그 창날을 창대로부터 뭉청 잘라 버렸다.

「잘한다!」

「가 씨원하다.」

「승검술 돌중이 오늘은 쓴다!」

몇순간 무춤했던 군중들 속에서는 금시 또 이렇게 웨치고 떠드는 소리가 나기 시작했다.

그러나 그 웨치는 소리들에는 살기는 없었다.

「승검술(僧劍術)」 법근이가 찍은 것이 사람을 찌른

군사! 꽐이나 목이 아니고 그의 창대였으므로 그
투철 사건을 한날 실수로 만들었다. 우선 사람들을
웃기었기 때문이다. 누구보다도 재 팔의 상처를 이
편 손으로 눌러잡고 서있던 갓점부터간 창날이 문
청 발아난 자무만을 뜯고 무리기러는 짧은 군사를
보고 허허히 웃었다. 군중들도 따라 웃었다. 실수가
아니라고 멋적고 미안한 낮으로 올가망이 되다싶
이 하고 서 있는 군사를 용서하는 웃음뿐이었다. 번
군이도 한번 크게 웃고는 다시 군중속으로 사라
졌다.

그런데 이잔은 웃음으로 흥분과 겨양과 산번을 풀
어버리는 군중들의 허심한 상태를 기화로 삼으려는
자가 있었다. 바로 선전관 다음에 있던 관원이었다.
그자는 겨마잡은 수증에게 말을 몰라고 재촉했다.
말은 몇걸음 나갔다. 그러나 길은 퇴지 않았다.
웃던 군중들은 행차가 움직이는 것을 보자 다시
앞을 막았다.

「썩썩 길은 퇴지·못할가—」
버럭 호통을 뽑은 그자는 선전관의 손에서 도채를
앗아 들자 사람들을 후려치기 시작했다.
「아이구구—」

넓무러를 하며 울던 한 할머니가 문득 비명을 지
르며 두 손으로 얼굴을 싸쥐고 그자의 말 앞에
주저앉았다. 그리었다. 저마다 큰 소리, 긴 사선,
의마다 소리로 웨치고. 머뭇던 군중이 일시에 한입
으로 지르는·듯한「와—」소리가 터졌다.
만 우에 덩그러니 앉았던 그자가 한 손에 도채를
든 채 우에 짜배기로 뜨기나 한듯이 공중에
재쳐진 말거미 같이 팔 다리를 허위적거
리는 그자의·머리에서는 탱랭한 사모가 떨어져서 망
에 굴렀다. 맨상투바람이 되여·망건의 옥관자 더
욱번적이는 관원은 두 팔로 추커든 주복이는·어떻
게 해야 화풀이가 될지 몰라 절절매는 눈치었다.
재 앞에서 한 로파가 채적에 맞아 쓰러지는 것은 보
자 눈에 횃불이 서는 듯한 주복이는 저도 모르게
손이 나가서 그자의 뒷덜미를 우쩍 잡아 들었던 것
이다.
「쇠주머구다!」
「잘한다!」
「이번엔 공동뱅지개로구나!」
「주복아— 그 옥관자짜리가 지금까지 도적해 먹은
국록을 다 게우두룩 까꾸루·처들어라.」
사람들은 소리소리 질렀다. 그렇지 않아도 성이

난·주복이는 목덜미와 잔허리를 움켜쥐고 쳐든 그놈
을 두 손으로 맞접어서 쑤셰미 같이 비벼서 육개놓
든가 육장이 되재 태질을 하고 싶었다. 그러나 그렇
게 하면 사람은 상하겠고… 그래서 별꼴이를 못해
어찔 줄을 모르는 주복이는 마당밭의 열가락이 날날
이다 짚신 총을 깨뜨고 나가개 번디다고 신채 제폴
에 후두두 떨면서 답을 뻘뻘 흘리고만 있었다. 만일
이때 말리는 사람이 없었으면 주복이는 화는 나고
어쩔 줄은 모르고 해서 울었을지도 몰랐다. 마침 임
육경이가 나서서 말렸다.

「이사람—놓게—이래가지구 일 초갔나? 이러
저러쿵해두 다 우리 사람 아닌가」

주복이는 말없이 내려 놓았다. 그리고는 임육경
이가 어떤가 같이 가자는 것도 (아마 어데 가서 술
이라도 같이 한잔 하자는 뜻이였을 것이다) 못들은
척하고 단둘이 패듯이 집으로 돌아 오고 말았던 것이
다. 나흘전에 넓은 마당 술청에서 팔씨름을 한 후부
터 주복이는 임육경이와 퍽 친해졌던 것이다.

이현다」

하는 로인은 문턱애 걸터앉아서 선하품을 하고있
는 아들은 바라보며 혼자 흐흐흐 웃었다.
임육경이가 왜적의 수급을 벤은 이야기와 또 껑
양 사람들이 임육경이를 떠받들었던 이야기까지도
끝났을 때

「오시는 길에 왕의 행차를 보셨다지요?」
법근이는 처음 이야기를 시작할 때 물었던 말을
또 물으면서 말했다.

「그럼 스님께서 한번 「가시지 맙시사」구 말씀해 보
실걸 그랬습니다」
「………」

서산은 들을 막하고 대답이 없었다.
「스님은 이정에 뵈여서 잘 아시는 터에, 잘 말씀을
하시면 상감님께서 들었을지 모를기 아니왜까」
또 이던 만큼 하는 법근이는 실은 서산대사에게
보다도 열의 사람들에게 「우리 스님은 왕도 친히 알
아주는 사람」이라는 것을 자랑하고 싶었던 것이다.
그때는 이집 식구들만이 아니라 옆집 사람도 몇이
와 있었다. 때가 때니만치 손에 일도 잡히지 않거니
와 또 뉘집에 낯선 사람이 왔으면 특여 무슨 새로운
소식이나 얻어 들을 수 있지 않을가 하는 기대로 자

「우리 저놈은 묵힌을 좀 쓰는 놈이 천생의 짓은 하
구— 그래서 누가 싸우재두 사람 다칠가바 대처은
못하구 그래 그만 제 역정에 며칠씩 몸살은 하는 놈

연 모이게 되는 사람들이였다.

이전에 본 적이 없는 로승― 지금.

으면 왕까지도 알아 준다는 로승― 그러고 보면 서산

대사라는 이름은 전부터 익히 들어 ○ 이롬이기도 했

다, 혹은 무슨 별다른 말이나 … 하는 사람들은 무

슨 구경꺼리나 같이 물러서서 서산을 보고 있었다.

「이 성안 사람들이 다 나서서 만류하는 간청두 안

뜰으셨다지 않느냐.」

또렷하나 좀 잠긴 듯한 음성으로 나직이 대답하는

서산의 말에는 은근이 ○ 였다.

하는 여운이 불리였다.

「대사가 서산 대사라지요?」 「부질없은 말윤 왜 하느냐」

이때껏 아무런 말참견도 않고 그저 뒷자분이에

살작질을 하거나 그렇지 않으면 먼산바래기를 하

머 선하품만 하고 앉았던 주복이가 불쑥 말을 꺼

냈다.

「그럼 도술두 하구 앞일두 알갔는데 세월이 어떻

게 될 것 같소?」

그 음성을 따라 주복이를 바라보던 로승의 얼굴에

는 표나게 흰 눈섭이 약간 치떠지며 엷은 물살 겹운

웃음이 지나갔다.

「오라 간만에 산에서 내려와서 지금 일도 잘 모르는

산승이 앞의 일을 알 리가 있습니까. 그것은 도리여

소승이 여러분께 묻고 싶은 말씀이올시다.」

이같은 대답을 한 서산은 이제 나올 사람들의 말

을 들을랑으로 귀를 기울이듯이 잠잠했다. 사람들도

잠잠했다. 마침내 「가보지 않으려느냐?」 하는 눈

으로 법근이를 본 서산은 지팽이를 짚고 일어 섰다.

오래 앉았던 무릎에서 우적우적 소리가 나는 몸을

바로 세운 로승은 도중을 향하여 합장하고 바자문

밖으로 나섰다.

「거리에 나다녀두 무사할가?」

주복이 아버지가 로승을 따라 나서는 법근이를 보

며 물었다. 법근이가 어제 행궁 앞에서 칼을 뺐던

까닭에 하는 걱정이였다.

「조정 량반들두 렴치가 있지― 지회는 갈대루다

가놓구… 이제두 또 사람을 죽이갔소.」

법근이는 이렇게 두덜거리면서 서산을 따라 갔다.

나간 주복이 아버지는 웨쳤다.

「욕심 없이 늙은 대사로군!」

혼잣소리로 이런 말을 중얼거리며 마당까지 따라

「대사― 이담에 지나거든 또 들리우.」

17. 동대원의 일본군

칠성문 안의 창창한 송림 속 오솔길을 따라 만수
대 고개를 넘어서자부터 간간이 요란스러운 조총 소
리가 들리기 시작했다. 그때마다 어깨가 쭈벗거리게
놀래지 않을 수 없었다. 울창한 소나무 가지의 산새
들도 지저귀던 소리를 삼키고 소스라치는 날개를 떨
치며 이리저리 옮아 앉는 눈치였다.

「어제는 단군전 앞에서, 나무를 싣고 왔던 촌사람
의 황소가 죽었답니다.」

잠시 걸음을 멈추고 시가를 내려다 보고 서 있는
서산에게 법군이가 말했다.

「저......의 철환(총알)은 언제 어데가 떨어질지 모릅
니다. 하늘에서 떨어진 비수 같이 황소의 모가지를
깊이 꿰렸답니다.」

이같이 조총의 뮤탄의 위험을 말하는 법군이의 말
에 고개를 끄덕이며 서산은 또 걷기 시작했다.

영문앞 하마비(下馬碑) 앞에서부터 시작되는 거
리의 좌우쪽의 집들은 모두 문이 닫혀 있었다. 종
로 큰거리도 역시 철시되여 있었다. 가장 번화하던
판앞 대동문 거리가 가까울수록 사람의 래왕은 더욱
드물어졌다.

추녀 끝이 맞닿게 큰 기와집들이 줄비하게 들어 앉
은 평양성의 중심 지대인 종로의 이 때아닌 정적―
해가 좀 기울었다고는 하나 뜨겁게 타는 듯한 장장
하일의 별은 아직도 대낮이였다. 큰 상전방 앞마다
또 걸골목 어구마다 대개 한쌍씩 서 있는 아름드리
수양버들들은 어제밤의 소낙비로 더욱 청신해진 록
음을 길거리에 치렁치렁 드리웠다. 그러나 그 풍성
한 그늘을 즐길 사람이 이 성시에는 없는 듯했다.

서로서로 부딪치는 어깨를 모으고 세우고야 길을 어
길만치 사처에서 모여 드는 사람들―혹은 오래간만
에 만난 반가운 인사 소리, 혹은 금사를 다루어가
며 흥정하는 소리, 같이 한잔 하자거니, 점심을 먹
자거니 서로 끌고 혹은 사양하는 소리―푸수전,
맨상루바람, 정짜관, 재파란 초립, 골목이 비좁아
나오는 방립, 고동색이 다 되게 절은 평량자, 별을
따라 깜했다 하는 진사립, 수목적삼 등받이에
때가 앉게 늘이뜨린 떠꺼머리, 색동다리 연두색장
옷, 혹시는 대낮에도 사츠롱을 앞세우고 가는 납채집
바리, 호랑이 가죽을 씌운 가마를 앞세우고 권마성
따라 말방울 소리 요란한 신행 행차―이같이 분
비고, 흥분하고, 법석하고, 혹은 싸우고 혹은 웃고

애 놈들이 재잘대고、 먼지가 일고、 풍풍 생활의 냄새
가 풍기던 이 거리거리의 버드나무 그늘 밑에는 지
금쯤은 한창 서뇌하는 사람들의 대군섬、 산부채、 합
죽선불이 나비깃 같이 관려일 것이었다。 그러나 아
무런 소리도 색갈도 인간의 냄새조차도 가신듯이 싹
쓸어진 거리의 그 아까운 록음 밑에서는 간간이 기
지개를 키고 하품을 하다 만고、 지나가는 두 중을
향하여 컹컹 짖는 개소리가 날 뿐이었다。

온 성안의 사람들은 깊이 들어 앉았다。 대문과 가
게문들을 닫아 걸었다。 생활들은 접어 놓은 것이다。
갈수록 강 건너 일본군의 조총 소리만이 잦아졌
다。 보이지 않는 몽둥이로 갈기듯이 용마루의 기왓
장을 부시고、 날아 다니는 비수 갈이 소름 죽이기
도 했다。 그것은 오늘 처음 시작된 일이 아니다。 어
제도 그제도 그랬다。 그러나 어제까지도 이곳 사람
들은 문을 닫거나 생활을 접어버리지는 않았다。 그
들은 왕의 행궁으로 달려 갔던 것이다。 행궁의 기왓
장은 그때도 부서졌다。 그렇더라도 성안 성밖의 사
람들은 그때로 모여들었다。

「이 성을 버리지 맙시사」고 울며 빌기도 하고 혹은
악에 바쳐 웨치기도 했다。 한 젊은 중과 칼질에 웃
기도 하고 격분한 한 농군의 「공중배지개」에 재재

물 부르르기도 했다。 그리고 마침내 왕이 「안 간다」는
뜻으로 써내보이는 「停行」 두 자를 보고야 해여져
몰아 갔던 사람들이었다。
ㅡ 오늘 새벽에 왕이 또 떠난다는 소문이 또 돌았다。
이번에는 그들은 나가지 않았다。

경양 백성들이 자연 발생적으로나마 군중 운동을
일으켰던 것은 입 욱경을 떠받든 것을 비롯하여 지
난 여드렛날、 또 어제 열출날 ㅡ 세번씩이나 있었다。
그것은 왕과 조정의 힘만을 힘입자는 것은 결코 아
니었다。 왕과 조정이 이 성을 지키라고 자기네에게
명령해 주기를 바랐던 것이다。 그리고 왕이 자기를
중심으로 백성들로 하여금 이 성을 지킬 수 있는 힘
으로 조직해 주기를、 즉 왕이 자기네 백성들을 거느리고 왜적
과 싸우는 령수가 되여 주기를 바랬던 것이다。 아니
왕이 손수 백성을 거느리고 진두에 나서지 않아도
좋았다。 그지 이 성중에 태연히 남아 있어 주기만
해도 좋았을 것이다。

얼마 전에 왕은 자기는 이곳을 떠나지만 세자로 하
여금 경양을 지키게 하겠다고 말한 적이 있었다。 그
때 류성룡은 비록 세자가 남아 있더라도 임금이 떠
난다면 이곳 백성의 민심을 수습하지 못하리라ㅡ고

말했던 것이다. 잘 알고 한 말이었다. 안 듣는
는 나라님의 외공론도 한다는 말도 있지만 어쨌든
백성들은 왕을 크게 알았다. 왕은 백성의 어버이라
고까지도 믿는 백성들이 없지도 않았다.

왕은 그러한 백성들의 찬칭을 듣지 않고 떠나고
말았다. 「무가내하다!」 백성들은 더 붙잡으려 안
했다. 지금의 그들은 이제는 어떻게 할 것이냐? 또
어떻게 되느냐? 하는 것 뿐이었다. 이것은 누구나
지마다 다 하는 걱정이었다. 천이면 천 만이면 만
사람이 다 그런 걱정에 싸여 있었기 때문에 저마다
깊이 들어 앉게 되었다. 자연히 대문은 닫혀졌다. 거
리에 나다닐 일조차도 없는 사람들이 되었다.

주 「왕은 떠나갔더라도 상관 없다.」 하고 나서는
사람이 아직은 하나도 없었다. 그렇기 때문에 성안
사람들이 뿔뿔이 피란질을 꾸리 가지고 흩어진대도
누구 하나 나서서 막을 사람이 없지 않으냐? 하는
걱정은 또 지저마다 하게 되었다. 또 이런 걱정 끝
에는 왕도 정승들도 질겁(?)에 빼지듯 빼제
가는데 구태여 나라고 이 험난한 조석의 운명조차
도 해아릴 수 없는 이 성안에 남아 있을 것은 뭐
냐? 하는 결론이 나오게 되었다. 아닌게 아니라 그
물은 저마다 대문들을 닫아 걸고 피란 보따리들을

구리기 시작했던 것이다.

집집이 저의 안뜰에서만 충분하고 바쁜 평양거리
는 쓸쓸했다. 쓸쓸하다가보다도 처량했다. 그렇게도
번화하던 평양 종로가 ― 이 대동문 거리가 ― 하면
그런 정적이 축축한 공포감으로 느껴지기도 했다.
실로 대동문통에는 그 많던 물지게꾼 하나 없었다.
석양이 가깝게 기운 별에 긴 그림자를 끌며 대동
문 거리로 지쳐 이를 숨겨 놓는 서산 로송은 몇번인
가 모르게 한숨을 지으며 럼광정 쪽으로 갔다.
대동문과 련광정 사이의 성첩에서는 이쪽 좌우의
성벽과 강 건너 대안의 적진들이 한눈에 보일만치
안개가 넓었다.

우선 이편의 대동문으로부터 서남쪽의 성첩을 지
키는 평안 감사 송 언신과 잣경문으로부터 부벽루
에 이르는 동북쪽의 성첩을 맡은 평안 병사 리윤
덕등이 거느린 三一川천명의 평양 수성군 중에는 제
대로 군복과 군기를 갖춘 군사들보다도 집에서 입던
옷 그대로 나선 사람들이 더 많았다. 거의가 다 풀
대님 동저고리바람에 그들은 활, 창, 검 같은 병기는
열에 하나도 쉽지 않고 그저 몽둥이를 하나씩 들었
거나 그렇지 않으면 맨손만을 들고 있는 군사(?)

물이였다. 그나마도 대오가 고릅지 못해서 어느 한 곳에는 덧개피게 모여 있는가 하면 또 한편에는 누구 하나 지키는 군사가 없이 렁 비인 성첩들도 있었다. 근처에는 소나무 가지에 옷들을 걸어 놓았다. 신립이가 조명에다 허수아비들을 세웠던 본을 따서 강건너 왜적들에게 그 바지 저고리를

조선 군사로 알아 달라는 소위 의병(疑兵)이였다. 련광정에는 강건너 적진에서 바라볼 수 있는 앞면과 좌우쪽에다 두터운 나무로 만든 방패들을 세워 놓았다. 방패로 병풍을 둘러친 듯한 그 안에는 몇몇

종사관과 비장들의 응위하에 류 성룡과 윤 두수와 도원수 김 명원과 새로 임명된 도체찰사 리 원익 같은 대관들이 있었다.

왕선조는 평양을 떠나면서 이들에게 평양성을 지킬 임무를 주었던 것이다. 그중에도 윤 두수는 평양 수성군의 대장으로 임명되였다. 그러니까 이들이 좌정하고 있는 련광정은 평양 수성 작전의 총본영 이였다.

「가만… 저것은 서산이란 중이 아닌가?」

늘어 세운 방패짬으로 대동문 쪽을 내다보던 류 성룡이 혼잣소리 같이 말했다.

「참 그렇소이다.」

「그 친 장미(薔薇)가 여전히군요.」

윤 두수와 김 명원이도 름사리로 내다보며 말했 다. 이때 서산은 법군이와 같이 좀 사이가 트이게 지키는 군사가 없는 성첩에 다가 서서 동대원쪽을 바라보고 있었다.

푸른 바위 이끼 갈은 송락 아래 비록 수척은 했으 나 원체 단아한 데다 아직 동탁한 맛도 있는 로승의 얼굴은 때마침 비껴드는 석양별에 산호빛이 나는 듯했다. 동안백발의 로선이나 갈이 흰 장미는 이 때에 더욱 인상적이였다. 그 은실 갈은 장미만으로 도 三년전 국청에서 보았던 로승을 곧 알아볼 수 있었다. 그때 서산 대사를 본 관료들은 비단 「정상

의 호랭이」 소리를 들어 온 정 철이 뿐아니라 류 성 룡, 윤 두수, 김 명원이도 례외가 아니게 서산이 태 연하면 할수록 「한낱 중놈이—」 하는 경멸과 반감 이 없을 수 없었던 것이다.

그러면서도 공명정대하려고 노력하는 편인 류 성 룡은 젊은 리 항복이 갈이 정의감으로 흥분은 안 했 지만 어떻든 서산이라는 중의 무죄를 인정했고 또 「하나의 인물이 서산이 아닌가?」도 생각했던 것이다.

「저 늙은 중이 이란시에 무엇 허려 산을 내려 왔

율가?」

또 이같이 중얼거린 류성룡은 기독 「혹시나?...」
하는 소스로도 놀라울만치 엄청난 생각이 돌기도 했
다. 이러한 『혹시나?...』는 류성룡 만이 아니었다.
입밖에 내지만 않았을 뿐은 두수도 김명원도 다
같이 그런 생각을 했고 그뿐 아니라 그 중이 반가운
생각조차도 없지 않았다.

지금 그들은 좀 과장해 말하면 『사면초가』와도 같
은 외로운 처지에 있었다. 일완 평양 성중 백성들의
자기네에 대한 노여움을 느끼지 않을 수 없었던 것
이다.

이제까지 두빈씩이나 김운 백성들의 야료와 행패—

(그들은 이렇게 생각했다. 물론 그래만한 리유가 백
성들에게 없지도 않았다는 것을 모르는 바 아니지만 조
정에 선 대관의 처지로서는 이렇게 지목해서 말해
야 하는 것은 물론 생각까지도 그렇게 해야 한다고
생각하기 때문이다) 행궁 문운 부시고 궁중을 침범
한 듯한 백성들의 기세— 아니 백성들의 반란—
그들에게는 생각만 해도 모골이 송연한 무서운 일이
아닐 수 없는 것이다.

그러나 그러면서도 . 그 위험천만한 백성들의 겨앙'
과 행패에는 왕과 조정에 대한 그들의 기대와, 관심'
파, 내지는 뜨거운 인정머리까지도 느낄 수 있는 것

이었다. 그 일례로서 류성룡이 자기가 백성들 앞에
(지난 어드뎃날) 나서서 타일렀을 때 그렇게 저상
하고 행패하던 백성들은 순순히 물러갔던 것이다.

그 까닭은 이 평양성을 지키느냐 마느냐 하는 분분
한 조정 공론 중에서 류성룡은 지키자는 편에 선한
사람이라는 것을 백성들이 알기 때문이었다. (류성
룡은 자기의 『징비록』에서 이점을 자랑스럽게 만
했다.)

그만치 백성들은 왕과 조정을 크게 알았고 따라서
그 동향에 큰 관심을 가졌던 것이다.

그런데 지금은? 성내 백성들의 집접은 처첩이 문
들이 닫혀 있었다. 백성들은 나다니지도 않는다. 이갈
이 자기네 고관 대작들이 파정한 군처애서는 의례히
잡인을 금하는 군교 라졸들의 벽세 소리가 력해 들
리는 법이언만 지금은 그런 필요도 없이 검둥개 한
마리 얼씬 않는 보양이다.

이러한 정적— 백성들의 침묵— 그것은 백성들
이 이편에 등을 돌리고 있다는 증좌가 아닐 수 없
다. 백성들의 노여움— 구 노여움은 흥분하고 겨앙
한 노여움이 아니라 신뢰와 기대와 런고와 내지는
관심까지도 다 떨어버리고 오직 경멸과 랭소만을 끼
없는 듯한 노여움이 아닐 수 없다. 고관 대작들은

이렇게 느꼈다.

이런 처지에서 비록 한낱 산승이기는 하나 일찌기 『한낱 인물이나 아닌가?』고 까지 류의해 보았던 사람이 뜻밖에 나타났을 때 일종의 반가운 정을 느꼈다는 것은 비단 류성룡 이하의 고관들만이 아니라 사람이면 흔히 그럴 수 있는 한 본능적인 감정이기도 한 것이다.

그러나 보통 사람들과 다른 점은 곧 뒤이어 그들의 마음 속에 머리를 쳐드는 『체신』『체통』이였다. 허허 누구를— 더우기나 이렇다할 지위도 직함도 없는 야인이나 중을 반기거나 반색해 맞는다는 것은 자기의 체통을 손상할 뿐 아니라 잘못되면 정치적 생명에까지도 타격이 미칠지 모르리라는 채심이 또 하나의 본능이 되다 싶이 한 판료 류성룡은

『하나의 인물 같은데—』

하는 三년 전의 생각을 되씹는 것으로써 금방 반잡게 느꼈던 자기의 감정을 변호했달가、수정했달가、혹은 정치가적 도량으로 바꾸었달가? 어쨌든 이런 전제로써 그는 잠시 열은 사색을 시작했던 것이다. 그는 우선 한때 고서(古書)를 섭렵하는 취미로 읽었던 률재집(訥齋集) 중의 군정편(軍政編)을 회상하기 까지도 했다.

즉 옛날 고구려에서는 당태종의 침략군을 막을 때 승병(僧兵) 五만을 동원한 사실이 있었고、고려 시대에는 거란군이 처들어 왔을 때 역시 많은 승병들이 활약했다는 기록이다.

『아조(我朝)에서도 「승병」이라는 명목은 안 붙였지만 중들로 하여금 산성을 지키게 하지 않는가. 그렇다면 지금도…』

이런 생각을 하는 류성룡은 아까와 같이 『혹시나?… 저 로승 서산도 그런 포부가 있어 산을 내려온 것이나 아닐가?』하는 생각도 해보았다.

서산은 연산군(燕山君) 이래 오랜 동안 폐지되였다가 명종(明宗) 七년에 다시 시작했던 첫 승과(僧科)에 급제하여 한때는 선교량종(禪敎兩宗)의 판사(僧科)를 겸해서 전국의 사찰과 승려들을 장악하고 지도한 적이 있었다. 그것은 서산이 서른 여섯살 때의 일이였다. 그러한 경력만으로도 서산은 일찍부터 불교도 간에는 명망이 높았다. 불교도간에만 아니라 일반 민간에까지도 그의 이름은 널리 알려져 있다. 터글 잘하는 시승(詩僧)으로 또는 더행이 가룩한 선승으로 서산의 이름을 아는 이도 많았다. 그보다도 「상감님까지도 알아 주는 도승!」으로 더욱 널리 알려쳤던 것이다. 아직도 그 전전긍긍했던 기억이

새로운 정 여림의 옥사를 모르는 이가 없는만치 그 때의 한 에피소드로서 서산의 이야기도 널리 퍼졌던 것이다. 八도의 방방곡곡에 목탁을 뚜드리며 다니는 동냥중을 까지도 이야기할 기회만 있으면 언필칭자 기는 서산의 제자라 했고 또 『우리 스님』의 이야 기를 과장함으로써 자기의 『위신』은 물론 리조에 를 어와서 땅에 떨어진 불교의 위신을 높이고 선전하기 에 입에 침이 마를 지경이였다.

이러한 선전으로서 민간에서 아는 서산 대사의 이 름에는 흔히 신비로운 후광이 따르기도 했다. 불가 에서는 본시부터 륙통(六通)이라는 말이 있어 왔다. 도를 통하기만 하면 가만히 앉아서도 천리 밖의 일 도 환히 내다볼 수 있는 눈이 열린다는 천안통(天 眼通)、 눈을 내려 깔고 있어도 남의 가슴에다 청경 을 불인듯이 그 마음속은 꿰뚫어 볼 수 있는 타심 통(他心通)、 비록 쩔쩔 맡은 안 하더라도 십년, 백 년 후의 앞일이 어떻게 되리라는 것까지도 다 알 수 있는 숙명통X宿命通) 등등— 서산 대사가 바로 그러한 도승이라는 것이다. 그뿐 아니라 서산 대사 는 조화를 부리는 신통력도 가졌다는 것 이다. 그 일례로 그의 수제자인 사명당은 닭알을 외 벌출로 스물네 알이나 치울려 쌓는데 서산 대사는 그 반대로 첫알을 공중에 매달듯이 우로부터 내려 고인다는 것이다.

서산 대사에 대한 민간의 이러한 랑설들은 결코 옷어버리고 말 심상한 일은 아니였다. 류 성룡은 이 렇게도 생각했다. 왜냐하면 비록 허망한 랑설이지 만 일면 서산 대사에 대한 민간의 숭앙과 인기를 말해 주는 사실이기 때문이였다. 충분히 리용할 가 치가 있는…

류 성룡의 이러한 사고 방식은 『백성들을 가까이 이끌라, 그러나 그들의 이목을 가리워 몽매케 하라』 즉 백성들을 오직 리용할 뿐이라는 봉건 전제 정 치가들의 공통한 사고 방식의 일면이였던 것이다.

어쨌든 류 성룡은 한번 그 로승을 불러 보고 싶었 다. 그러나 그럴 용기가 썩 나지 않았다. 그 첫째 리유는 앞서 이미 말한 바다. 다음 리유는 불러 올린 그 로승에게 일왈 왜 불렀다고 할 것인가? 구면이 라 반가와서? 말이 안 된다. 혹은 『로장께서 이처럼 먼 길을 수고롭다 안 하시고 오셨으니 혹여 우리 나 라에 도움이 될 일이 있사오니까?』 이것은 량혜왕 (梁惠王)이 자기를 찾아 온 맹자(孟子)에게 했던 말 이다. 그 비슷한 말이라도 그것은 자기로서는 참람 된 말이 아닐 수 없는 것이다. 그뿐 아니라 우선 저 로숭을 불러 운린마면 앉은 자리를 줄 것인가? 물론 경국대전(經國大典)에 그런 조항이 있을 리 없다. 그만치 파격적인 일이다. 오직 왕한 사람만이 할수 있는 과격이다. 중운 불러 보았다! 자칫하면 른 말썽이 생길 일ㅡ

그러므로 다음 입대하는 기회에 『상께 아뢰기로 작정하는 것으로써 류성룡은 자기의 사색을 끝내기로 했던 것이다.

이때 성첨 밑에서 강 건너쪽을 바라보고 있는 서산의 뒤에 한 걸음쯤 물러서 있던 법군이는 번써 몇번째나 저 『아수라를! 아수라들! 』하고 입밖에 내서 중얼기리는 로장의 말을 들었다. 아수라(阿修羅)는 싸움을 일삼고 살륙을 즐기는 악귀 같은 패류들을 이르는 불경의 말이다.

어제밤에 지나간 한 소나기비에 물이 좀 붙기는 했으나 역시 넓게 드러난 맞은편 나루터 모래불에서부터 강뚝을 따라 난 장림번 큰길과 그 건너편의 들에는 신로 그 『아수라』들이 욱실기리었다. 동대원에서 남쪽 연천교까지의 넓고 탄탄한 길은 에로부터 므우주(老牛走)라고 하는 길이다. 무연한 벌에 강바람은 거칠 베 없이 생생 불고 하우에 늘어선 버드나무 느티나무는 무르익은 록음으로 길을 덮어 주므

로 아무리 삼복 더위의 "늦다리" 나도 걸음이 성큼성큼해진다는 베나.

일본 군사들은 산로 형형색색으로 아수라의 모양을 하고 『아수라』의 행동을 하고 있었다. 그늘 밑에서 다리를 뻗고 앉았거나 집깍을 베고 사지를 내던지고 자거나 입파 코로 푸른 연기를 뿜으면서 서성기리는 한가한 놈들도 있었지만 대개는 저마다 물어 붙어서 장림번 일대를 적지를 만들기에 곤몰한 중이었다. 꼭식밭에 군마를 놓아 먹이는 것은 말할 것도 없고, 놈들은 아직 이삭도 패기 전인 수수감, 조갈을 하는 중이었다. 몇백 놈이 긴 칼을 뽑아 들고 해과리 같이 퍼져서 깡낫으로 과동새를 배듯이 청초 꼭식들을 후리며 나갔다. 그 뒤에는 몇백 놈이 따라가며 단을 묶고 날랐다. 푸르던 벌판은 눚벌레가 지나간 것 같이 금시 붉은 동촌(東村) 흙빛으로 드러났다. 적지가 되는 것은 꼭식만이 아니었다. 장림의 그 호불 좋고 운치 있는 나무들까지도 겪던이다. 일본군은 도끼 톱 칼로 그 나무들을 찍고 자르고 있었다.

장림번ㅡ 지금까지도 그대로 전해 오는 그 이틈에 우리는 그 나무숲을 보지 못하고도 아름다움과 운치를 느낀다. 그 운치, 그 멋을 위해서 우리 조상들은

장림을 가꾸었던 것이다. 그런 장림이 일본군이 물어 온지 사흘이 머다해서 벌써 불꼴이 없이 되고 말았다. 결단을 내고 격지를 만든 나무와 곡초물은 날라다가 그들은 강쭉을 따라 가며 초막들을 짓는 중이였다. 이미 세워 놓은 초막들도 많았다. 초막을 세운 진지에는 울깃불깃한 깃발들을 무수히 늘어 세웠다.

이 늘어선 듯도 했다. 더욱 그렇게 보이는 것은 홍물만장 같이 길게 드리우는 오색 깃발이 강바람에 뒤쉬여서 너울기리는 강안 일대는 마치 큰 장사 행렬스러운 방상씨(方相氏) 같은 탈바가지들이였다. 일본군은 그런 짓을 해서까지 저희들의 무위를 뽐내고 이편을 위압하려는 심사일 것이다.

지금 강변 모래불에서 혹은 말을 달리기나 혹은 그저 멉박질을 하는 일본 군사들 중에는 형형색색으로 흥물스러운 탈바가지들을 쓰고 뭐노는 자들이 많앗다. 옷대유를 내서 새까맣게 번들기리는 것, 원숭이 불기짝 같이 새빨간 것、 도금을 해서 싯누렇게 번쩍이는 것、 풀빛으로 초록색이 나는 것、 또 그런 색갈들이 한관에 뒤섞인 것—— 그 색갈만도 각색인데다가 또 그 모양도 각가지였다.

큰 랄바가지가 온통 다 눈이다 싶이 왕방울 눈이 뫼둑거리는 놈、 그런 눈꾸리가 곤두서듯이 치째진 놈, 반대로 눈알이 흘러빠질듯이 처진 놈、 혹은 상판 한가운데 뻥한 눈이 하나 밖에 없는 놈, 이마에 뿔이 돋친 놈、 질병자루 같은 코가 하늘을 향하여 거들먹거리는 놈、 귀밑까지 쩃어진 아가리에 주홍 갈은 헛바닥이 넘늠거리는 놈、 멧돼지 어금이 같은 잇발이 허주가리까지 내려 뻗은 놈… 이런 탈바가지들이 뒤쉬여 돌아가는 일본 군사들의 진지는 이승에서 볼 수 있는 갈산지옥의 한 장면이기도 했다. 그 갈은 악귀、 아수라의 모양을 한 일본 군사들은 갈과 칭불을 휘둘러 당장 사람을 적고 찌르는 시늉들을 하며 돌아 가기도 했다. 그들은 대개 엄청나게 큰 갈들을 가지고 있었다. 긴 자루끝에 날 우에 날이 덧불은 것을 울러메고 다니는 큰 갈은 더 말할 것도 없고 허리띠에 한두 자루씩 찌르고 다니는 칼들도 무척 큰 것이 많았다. 어떤 것은 사람이 칼을 찼는지? 칼에다 사람을 붙들어 맷는지? 또 괴상한 것은 물론 더위서 하는 짓은 짓인데、 벗으면 혼히 옷통을 벗긴만 일본 군사들은 반대로 아랫도리를 다 드러내 놓은 데다 모자까지 쓰고 다녔다. 동국통감(東國通鑑)에「왜는 옷이 우의 것만 있고 아랫것은 없어서 (共衣有上無下) 거의 벗다싶이 한다」더니 사실이였다。그 모양을 하고 껍적거리고 백사장을 거닐던 일본 군사들 중에는 무슨 생각에서인지 꺼꾸러 서서 제사다구 밑으로 이쪽을 건너다 보며 뭐라고 소리 소리 지르면서 하늘로 치킨 재 날강등이를 천석천석 뚜들겨 보이기도 했다. 물론 이편을 경멸하노라는 짓인데 그보다 제가 먼저 경멸을 받을 짓인 줄은 모르는 모양이었다.

「스님, 련광정에서 스님을 내다봅니다.」 아마 류 성룡 대감인가봅니다.」

법근이가 나직이 하는 말이었다. 법근이는 이리로 오는 길에 지금 련광정에는 어떤 사람들이 있다는 것을 말했던 것이다. 그러면 혹시 스님이 그들을 찾아 보지나 않을가? 하는 억측 뿐 아니라 호기심과 기대까지도 가졌던 것이다. 이런 란시에 늙은 서산 스님이 산을 내려 온 것은 결코 우연한 일은 아닐 것이라고 법근이는 생각했다. 더우기 떠나오던 길에서 편석 대사를 만났다고 하지 않는가— 편석 대사는 의례히 만류했을 것이다. 편석 대사 늙은이의 이번 길은 다 말렸을 것이다. 그런데도 이렇게 온 것은 무슨 까닭이 있지 않을가?

전부터 그 앞에서는 바로 서기조차 조심스러운 로 스님이라 감히 물어볼 생각을 못 하는 법근이는 그 까닭이 더욱 궁금했다.

「어쨌든 앞으로 무슨 일이든 있기는 있을 것 같다!」

어떤 일이던 전에 없이 새로운 일이면 희한하고 더구나 저도 한몫 들어 덤벼볼 수 있는 일이면 더욱 좋아하는 점은 이 답게 법근이는 저도 모르게 흥분도 했다. 더우기 지금까지 향산 금선대에서 깜짝 안 하던 서산 스님이 이런 란시에 자리를 떴다면 필시 어떤 큰일, 나라 일을 위한 어떤 포부와 경륜이 있어서 산을 내렸을 것이라고까지 생각하는 법근이는 한날 돌중인 제가 지금 서산 스님을 모셨다는 것이 자랑스럽기도 하고 용기가 나기도 했다. 법근이는 지금도 장삼 속에 감추어 가지고 있지만 전날 충경의 집에서 찾아 온 검을 왜적의 싹이 보이가 시작하자부터 늘 숨겨 가지고 다니다가 어제는 그만 도인 중에서, 더구나 행궁 앞에서 앞뒤 일을 재지 못하고 뺐던 것이므로 어떤 죄책이나 밎지 않을가 해서 지금도 뒤가 매려운 중이기도 했다.

「스님, 류 성룡 대감께서 또 내다보십니다.」

법근이는 또 이렇게 서산의 등뒤에서 속삭이듯이 말했다. 「혹시 저분들을 만나보실 일은 없으십니까?」하고 묻거나 재촉하는 듯한 말이였다.

아까부터 물을 만하고 여전히 강건너를 바라보고만 있던 서산은 이번에도 한두번 가볍게 고개를 고

「아내 이 무슨 비불사도(非佛邪道)의 생각을 하는

덩였을 뿐이다。 그러나 법군의 말에 지금 서산의 마음속 에는 약간의 파문이 없지도 않았다。 법군의 의 뜻을 짐작하는 서산은 『이녀석 나더러?…』하는 무춤한 생각이 솟기도 했다。 그러나 그는 곧 그런 생각을 하는 자기 마음이 아팠다。

이때의 서산의 심정을 좀 더 자세히 말한다면 우선— 지금 내가 무두무미하게 그를 앞에 나선다면 그들은 까닭 없이 저희들 앞에。 하정배를 해가며 접근하려는 한 늙은 중놈의 아첨으로 밖에는 더 달리 생각할 꺼리가 없지 않으냐— 하는 것이었다。 그뿐 아니라 사람을 보면 먼저 량반이냐 상놈이냐부터 가려 가지고야 대하는 사람들— 부귀로써만 사람을 저울질할 줄 아는 소인들— 소위 량반이라는 저희들 외에는 안하에 사람이 없는 자들— 그렇긴만 지런 『아수라』들 앞에서는 완전히 무능한 등신들— 백성들의 고혈을 빨아 저희들의 배를 불리기만 위주하는 탐관오리들— 그럼으로써 이런 국란에 처해서는 왕도(王道)는 『이민위천(以民爲天)』이 한다는 말은 알면서도 백성의 힘을 힘으로 해서 이 국란에 당하려는。 생각조차도 못 하는 한심한 정승들— 불현듯 이런 타매가 끓어 넘치는듯 하던 서산은

가?」

다음 순간 그는 이렇게 스스로 전률했던 것이다。

『저 아수라들 앞에서— 저 아수라들을 저주하던 내가 저 아수라들을 닮았단 말인가?』

이같이 반성하는 서산은

『부체님의 게(戒)를 범치 않으리라— 높은 이에 대하여 교만한 생각을 일으키지 않으리라— 하는 십 대수(十大守)조차 나는 잊었는가? 그런 불계(佛戒)는 차치하고라도 七〇이라는 나이가 있지 않은가!

또 이같이 자신을 책했다。

『내가 저분들을 지금 찾아 보지 않는 것은 이렇다 할 말이 없기 때문이 아니냐。 즉 내게도 이렇다 아무런 주책이 없기 때문이 아니냐。 나는 먼저 이렇게 생각했어야 할 것이냐。

이같이 돌이켜 생각하는 서산은 자기가 너무도 그 릇이 작다고도 생각되었다。

18、대동강 싸움에 나선 고 충경

「아— 스님—」

문득 법군이의 착급한 소리가 서신의 생기을 까ᄆ
떴다. 여전히 그 흉물스러운 탈바가지를 쓴 일본
군이 우실거리는 모래불에서 하나、둘、셋、넷으로
늘은 숨뭉치 같은 연기가 불쑥불쑥 뿜어지는 것이
뵈였다. 그러나 난데없는 태풍이 몰아치듯이 련광정
앞면을 막았던 방패들이 혹은 쓰러지고 자빠지며
사람들의 비명이 뜰렸다. 련달아 생벼락을 치는 듯
한 폭음이 울려 왔다. 종사관 두 사람이 경상을 당했
다. 그들을 부축해 낸 련광정에서는 편전(片箭)을
쏘기 시작했다. 그러나 화살들은 강 가운데 떨어져
흘러갈 뿐이였다. 그 이상으 더 가지 못했다.

대안의 일본 군사들은 더욱 기세를 올려 머물었
다. 그중의 몇 놈은 조총을 가지고 물가로 더 가
까이 나서서 불질을 계속했다.

도원수 김 명원은 우리 궁수들에게 배를 타고 강
한가운데까지 나가서 활을 쏘라는 령을 내렸다.
련광정 밑에서 전룡을 메고 활을 잡은 五ㅣ六명의
궁수들이 쾌속선 두 척에 갈라 탔다.

성천에 붙어 서서 내려다 보던 법군이가 부지중
「아ㅣ」 소리를 질렀다. 병거지에 야청 군복을 입은
군사를 사이에 갓 망건에 흰 직령으로 평복을 한 사
람이 하나 끼여 있었다.

「고공! 여보슈 흥경공ㅣ」

법군이가 웨쳐 부르는 소리에 활과 전룡을 들여 놓
은 맥생이에 막 올라 타려던 그 사람은 돌아서서 이
쪽을 쳐다본다. 천 얼굴에 새까만 나비수염이 표나
게 뵈였다.

「나ㅣ 같이 잡세다. 스님 지두 갈랍니다.」

하며 법군이는 미역춤가리 같이 꾸기고 찌든 껑정
가사와 장삼을 빗기 시작했다.

「아는 사람이냐?」

「예.」

「너는 한두 없이 가면 어떡헐테냐?」

서산은 법군이의 허리의 검을 보면서 물었다.

「배라도 도웅 저주지요.」

「그 맛일로 저 위험을 무릅쓴단 말이냐?」

하는 서산의 말은 격정만이 아니라 책망하는 언사
이기도 했다. 적들은 지금도 계속 불질을 하고 있다.

「?‥‥‥」

법군이는 미처 대답을 못 했다.

「지분은 혼자서도 할 수 있길래 혼자 나섰갔게 하
는 말이다.」

「그래두 곱 도움이 되겠지요.」

법군이는 장삼 소매에서 꺼낸 수긴으로 머리를 싸

매며 대답했다.

「………」

서산은 다시 말이 없었다. 그러나 다심하달가?
지금 그의 얼굴에는 전에 없이 착잡한 주름살이 얽
히는 표정이 나타났다.

말잔뜩에 겹러앉듯이 성첩을 넘으면서 서산의
얼굴을 다시 보는 법군이는 문득 속이 뜨거워지는
듯 했다. 그 맑던 흰 눈섭 사이의 미간이 흐려진 듯
도 한 서산의 얼굴에서 법군은 지금 「나」를 그냥 보
넬 것이냐 말 것이냐 하는 다심한 걱정을 보았던 것
이다. 그것이 법군이는 기뻤다. 비단 존경하는 스
님이 아니라도 누구든 그렇게 자기를 아끼고 걱정해
준다면 마음이 뜨겁고 기쁜 법이다. 또 한끝 최송하
기도 했다. 실은 「그래두 좀 도움이 되겠지요」한 것
은 후에 보태서 생각한 말이다. 우선 오래간만에 뜻
밖에 만난 고 충경이가 반가왔고 그를 따라지도 한
번 모험을 해보고 싶었던 것이다. 어쨌든 기쁜 법군
이는 한층 더 용기가 나기도 했다.

서산은 법군이가 내려 가는 것을 굽어보면서 혼자
고개를 끄덕이었다. 우선 그 몸이 경첩한 데ㅡ 또
그 몸과 같이 그 마음까지도 날렵한 데ㅡ. 앞뒤를 재
노라기에 굼뜬 늙은이들이 따를 바 아니게 발랄하고
담대한 행동이 하여튼 가상했다.

법군이는 성돌 짬에다 손톱 발톱을 박듯이 더듬어
가며 반쯤 내려 가서는 훌쩍 몸을 날려 강변에 내려
섰다.

「고공께서 이 웬일이시오?」

「법군 대사는 또 웬일이요?」

이미 매생이에 올라 앉아서 이렇게 되묻는 고 충경
은 빛나는 눈을 가늘게 뜨고 버릇대로 두 손바닥을
마주 비비며 소리 없이 웃었다. 법군이 역시 별보
대답할 말이 없는 듯이 따라 웃었다.

「매생이를 저주실테요? 그럼 나가봅시다.」

하며 고 충경은 자리를 옮겨 앉으로 나앉았다. 끝
을 잡은 법군이는 앞선 두 척의 배를 따라 저어 가기
시작했다.

기와장을 부시고 성돌을 깨뜨리던 천환이 지금은
나추 날기 시작했다. 매번 화약을 다리고 알을 쟁여
야 하는 화승총물이라 련발로 콩볶듯 하는 불질은
아니지만 四ㅡ五명이 쏘는 총알은 련달아 강물에
어졌다. 서양 바람에 약간 출렁거리는 잔물결을 채
는 소리가 차차 가까와지기도 했다. 왕청같이 빛나
가는 놈도 있지만 어떤 때는 바로 등뒤에서 큰 고기
가 뛰노는 듯이 물결을 룽기기도 했다.ㅡ

『몇일 찾아 가서두 못 뵈였는데 그새 어델 가섰소?』

법근이는 불쑥 이런 말을 꺼냈다. 실은 제 맘이
혹시 떨리지나 않을가 해서 바짝기도 했지만 가만
있기는 더욱 싫어서 위정 한담 같은 말을 시작했
다. 그리고는 만족했다. 제 맘소리가 제법 태연했
기 때문이다.

『말씀 들었소. 살림이라구 하댔으니까… 가만 있
자!』

뻣머리에 나앉어 앉을 바라보며 차근차근한 소리
로 만하던 고 충경은 홀연이 자욱한 적진으로 역시
얼굴을 돌린 채 덧신걸부터 하며 만을 이었다.

『배를 좀 아래루 출려 저시우. 앉의 배를 따라 가면
충알받이가 더 심할 것 같소. …벌써 그랬유걸 그
댔군.』

끝의 만은 혼잣말로 중얼거리는 고 충경은 무척
긴장해 뵈었다. 본시 칼칼한 낯이 더 해쓱해지고 얼
굴 도래의 선이 더욱 날카로워졌다. 그의 말대로 매
생이를 엿비슷이 흘려 저어 가는 법근이는 『그 생긴
대루 암전하고 차진 샌님이였구나』 생각했다. 지금
갈이 긴장하고 흥분하게 되는 경우에는 오히려 저곳
게너스레를 꺼내는, 말하자면 일부러 허풍을 떨이
보이는 제 성미를 잘 알기 때문이였다. 그러나 이번

엔는 허풍을 떨어볼 사이도 없이 홈칫 목이 졸아들
게 창안이 정신은 소처 났다. 열리대왕의 시저란 놈
이 한떤 쩟긋 추가른 해보이며 휙·휘파람연·불고
지나간 듯도 했다. 다시 고개를 문자 한번 하늘을
우러러 크게 웃어 보고 싶기도 한 법근이는 뒤를 돌
아 보았다.

성첩 우에 자그마한 로인의 얼굴만이 바라보인
다. 그보다도 친 나비 한쌍 같은 눈섭만이 보이는
듯도 했다. 원인무목(遠人無目)이라지만 그 은실 같
은 눈섭말의 눈까지도 보이는 듯했다. 그뿐 아니
라 아직도 이편을 바라보는 스님이 그 뜻밖의 다심
한 시선이 몸에 느껴지기도 하는 법근이는 숙연한
생각이 들기도 했다. 중들은 연필청 일체 중생의 인
연은 끊어야 한다고 말한다. 실은 끊어버릴 인연도
별로 없는만처 인정에 굶주린 것이 많은 중들의 신
세있다.

그동안 고 충경은 갓과 중추막을 벗었다.

찰 한바탕 거리가 되게 강심에 나뜬 두 커의 매속
선은 동안을 추고 나란이 맥은 세웠다.

『자 우리누 이쯤 대를 세울가요.』

고 충경이가 돌아 보며 말했다.

고 충경의 바람결 따라 내운
화약 냄세가 풍겨 왔다. 고 충경이 보양대로 이쪽에

는 총알이 확실히 덜 왔다.

주위에 총알이 자주 떨어지는 저편의 두 쾌속선에서는 벌써 활질을 시작했다.

「배가 돌지만 않도록 하시구 젓지는 마시우.」

하는 고 충경은 활에 살을 먹어 물었다. 살이 날았다. 그러나 맞지 않았다. 다음 살도 총수 한놈의 머리 우를 스쳐 지나갔을 뿐이었다. 활을 밟던 손을 내리고 머리를 흔든 고 충경은 한번 큰 숨을 내쉬며 앞을 응시하고 앉았다.

「배가 흔들려서 그럴가요?」

그의 관자눕이에서 진뜩이 흘러 내리는 땀방울을 본 법군이는 실수가 제게 있은 것 같이 물었다.

「아니」라는 뜻으로 고개를 흔든 고 충경은 역시 적들을 바라보면서 제 나비수염은 몇번 감빨았다. 무엇이 난처하거나, 깊이 생각할 때 하는 비롯이였다.

저편 쾌속선에서는 계속 활질을 했다. 그러나 이편 사람이 먼 댓썩 한꺼번에 날기도 했다. 화살이 네지 하나 상했다. 바람결에 돌아 가는 배를 바로잡으려고 일어 섰던 군졸이 어깨에 천화을 맞았다.

고 충경은 활을 다시 물었다. 물결에 드노이는 매생이와 호흡을 맞추듯이 만궁으로 밟아든 채 까딱 않고 있던 그의 활줄이 핑— 울었다. 살이 날았다. 그러자 뒤의 련광정, 대동문, 장경문과, 그 사이의 성첩들에서 「와—」웨치는 환성이 일어 났다. 모래불에 한 무릎을 세우고 앉아서 금방 발포하려던 한놈이 울꾸리에 살이 박히서 번뜻 자빠졌다. 그 옆에서 장약을 하던 놈과, 장약이 끝난 총을 들고 목표를 살피던 적들까지도 주춤했다. 적들의 허한 몇순간이였다. 이쪽· 궁수(弓手)들의 시위 소리가 련해 났다.

그 어느 화살엔가 또 한놈이 어깨죽지를 맞고 조총을 떨어뜨렸다. 적들은 지껄이며 달아 나기 시작했다. 모래불은 비었다. 그러나 아주 달아난 것은 아니였다. 이편 화살이 못 미칠만큼 물러선 적들은 풀관에 없드러시 다시 불질을 시작했다. 이제는 맞은쪽으로 더 다가 올지 않으면 활질을 해도 소용이 없있다.

련광정애서 청을 울렸다. 군사를 기두라는 신호였다. 두척 쾌속신이 돌아 섰다. 이쪽에서도 매생이를 돌렸다. 저어 가던 법군이가 문득 큰 소리로 웃었다.

「왜 웃으시오.」

「잔등이 선뜩하는 걸 보니 나는 집맘이 간 모양인데 고공은 어떻소.」

「사실 퍽 피로한 모양으로 배 창날에 내려 앉아 다

리를 빨고 있던 고 충경은 강물에 한 손은 잠그며 말했다.

「본시 서툰 솜씬 데다 손이 떨리기까지 하더네요.」

하며 웃은 고 충경은 금시 또 정색하고 말했다.

「우리가 활 한바탕 안에 다거들이기만 하면 장악하는 품이 안 들어서 빨리 손쓸 수 있기 때문에 저놈들의 조총 두 그리 무서울 것은 없을 것 갔소.」

이메 어면 보이지 않는 손이 와락 밀떼린듯이 매생이가 흠칫하고 한발쯤 앞에서 물이 룽겨졌다. 까맣게 물복이 앉은 뱃전에 한번 줄칼질을 한듯 쌩쌩한 자국이 드러났다. 또 적의 화살이 날아 오기 시작했다. 모래불에 적의 궁수가 수십명이나 나섰다. 밀리서 계속 불질을 하는 몇 놈의 철환보다도 화살이 더 어지럽게 날아 왔다.

고 충경은 다시 활을 잡았다. 두 척의 패속선에서도 다시 환질을 시작했다. 고 충경이가 활을 쏘는 동안 법군이는 한 손으로 매생이를 저으면서 한손으로는 빼든 검으로 날아 오는 화살을 후려 분질렀다. 일번 물러서며 일번 활질을 하던 대동강의 작은 접전은 곧 끝났다. 이편의 배들이 밀어지자 적들의 총과 활질도 그쳤다.

배물이 대동문 앞에 닿자 면팡정에서는 돌아 오는

그들에게 큰문을 열어 주라는 분부를 내렸다. 협문이 아니고 큰문으로 맞으라는 것이다. 그리고 패속선으로 나갔던 군사들을 불렀다. 두 사람도 응당 불렀을 것이었다. 그러나 한가지 걸리는 점이 있었다. 알고 본즉 두 사람 중의 하나가 바로 어제 행궁 앞에서 검을 뽑았던 중이라는 것이다.

어제의 일은 그전 어드렛날 일 같이는 추궁을 안 했다. 그러나 범인이 목전에 나타난 이상에는 그저 둘 수는 없는 일이다. 지금 그를 불러 본다면 그 가상한 의기를 먼저 칭찬을 하더라도 다음에는 죄를 주어야 할 것이였다. 그렇게 된다면… (류 성룡은 생각했다.) 혹시, 아직도 저기 서있는 서산 로승에까지도 루가 밋게 될지도 모를 것이다. 그 젊은 중이 서산을 따라 온 중인 것도 알기 때문이였다. 이 일은 있었지만, 없었던 것으로, 설혹 있었더라도 이편에서는 모르는 것으로 멎어두는 것이 현명한 처사였던 것이다.

19. 차돌이와 보패

밤·二경(一〇시)을 알리는 인정이 난지 이미 오

래다.

한척의 작은 매생이가 이편 북쪽 기슭에 뱃전을
스치다 싶이 강둑을 따라서 대동문 앞으로 올라 가고
있었다. 희뭅은 구름에 덮힌 하늘은 젖빛으로 흐렸
다. 충천에 열이틀날 달이 떠 있으나 희뭅은 구름보
다도 더 해쓱하게 흰 형태만이 보일 뿐ー 또 낮의
폭양을 받아온 대동강 역시 젖빛 안개 속에 잠겨 있
었다.

가만가만 저어가는 끝이 뱃전에 닿는 삐그덕 소리
가 야간 날 뿐, 기름처럼 고요히 흐르는 물 우를
미끄러지듯 기슬러 올라 가는 매생이에는 아직 애티
물 벗지 못한 두 남녀가 타고 있었다. 흰 모시 적삼
에 역시 흰 무명 치마로 가뜬히 감싼 세운 무릎 우
에 한쪽 겨드랑이로 돌려 낀 머리채를 올려 놓고 붉
은 갑사 댕기 코를 만지작거리는 것은 열일여덟 살
나 보이는 처녀였다. 그 앞에서 귀밑채까지도 굵직굵
직하니 친친 땋은 머리채로 체두머리를 하고 남은
끝을 한 옆에 질끈 쩔려서 까만 댕기가 그쪽 귀뿌리
를 스치며 몸은 일면서 노질을 하는 것은
역시 그 처녀와 나이 비슷한 총각이였다.

「이제는 때 무던히 왔다. 한참만 더 가면 된다.」

하는 눈앞에 우중충 솟아 안개 속에 은은히 잠긴 듯한

대동문을 쳐다보며 총각이 말했다.

「정말!」

처녀도 대동문을 쳐다보며 말을 시작했을 때

「거 누구가?」

웨치는 소리가 들린다. 성벽 그늘 밑에서 저벅거
리는 신발 소리가 나며 어스름 달빛에 번들거리는
창끝이 어청어청 다가 온다. 기찰하는 우리 군사
였다.

「우리는… 우리 사람이요.」

총각이 더듬더듬 대답했다.

「뭐? 우리 사람?」

「예」

「웬 사람들인데 이런 데서 배질을 하는 기야?」

「예, 저기 저쪽 성밖엘 갔다가 늦어서 매생일 타고
와요.」

「어데 좀 보자구.」

꺼먼 벙거지의 윤곽이 크게 보이게 강기슭으로 나
선 군사는 매생이를 굽어 보며 말했다.

「아니 게다 또 웬 처자(처녀)까지… 저놈들이 총
질을 하든지 하면 어떡헐 작정인가?」

하는 기찰군의 말은 반은 걱정으로 하는 꾸중이
였다.

「그러게 아야 여차즉하문 올라 틸라구 기슭으루 내
내 붙어서 와요。」

총각은 기찰꾼은 저다보며 말했다。

「집이 어덴데?」

「흥복(興福=지금의 홍부)이야요。

「흥복이? 그럼 상게두 한참길이게?」 하기는 뭉라
도까지만 가면 좀 낫기는 하갔군。 조심해서 물 가
다구。」

나이 지긋한 기찰꾼은 실로 걱정해서 말하고는 돌
아 섰다。 총각은 노질을 게속했다。

「하 이거 벌써 몇 번째야。」

하는 총각의 말은 좀 귀찮았다는 루였다。

「정말 오늘은 너 나 때문에 수구한다。」

몽롱한 안개 속에서 맑은 이슬 방울 같이 빛나는
눈을 들어 총각을 마주 보며 처녀가 치하하는 말이
였다。

「애 난 너하구 이렇게만 가자면 이말음으루 앙머
맹산까지두 가갔다。」

총각은 처녀의 치하를 이런 루로 받았다。 처녀는
고개를 숙이고 댕기를 만지던 손으로 뱃전에 찰라
이는 물에 금을 그을 뿐이였다。

「남들은 위정 피란들두 가는데…」

「엇그제 우리 오라버니가 왜 늘 돌하구 겨루어 본데
가 여기 어데 아니냐?」

문득 처녀는 이런 말전으로써 총각의 말을 잘라버
리듯 했다。

렁 광정 앉은 지나서서는 핀편히 드러난 조천석(朝天
石)바위를 에둘러 매생이를 강 가운데로 내저어야
했다。

「아마 그렇갔지。」

총각은 좀 혈끔해진 모양으로 짧은 대답을 했다。
한동안 침묵이 흘렀다。 조금이라도 강둑이 멀어진
때라더 불안하기도 했고 긴장도 했다。 다시 강둑으
로 나불은 쪽배는 미끄러지듯이 강경문 앞으로 기슬
러 올라 갔다。

「거 누구가?」

또 기찰하는 소리다。

「우리 사람이야요。」

이번애는 처녀가 먼저 대답했다。 녀인의 음성이면
저편에서 곧 안심하리라 생각했기 때문이였다。 역시
이 험난한 때 웬 일이냐? 집이 어데냐? 물은 기찰
꾼은

「철딱서니들이 없지― 지금이 어드런 때라구―어
서 썩썩, 조심해서를 가라구。」

했다. 다시 노질을 하려고 할 때 문득 어데선가
울부짖는 사람의 비명이 들렸다.

「저놈들이 또 한놈 끌어 내다 죽이는 모양이군.」

기찻꾼이 맞은편 강뚝을 건너다보며 하는 말이
었다. 여기저기에 불그스레하개 보이는 우둥불 사
이를 거쳐서 앞의 모래불로 우뚝우뚝 걸어 오는 모양
인셈끼만 그림자들이 어렴풋이 바라보였다. 그중
액서 몸부림치는 양이 보이는 듯도 하개 울부짖는
소리가 들린다. 알아 들을 수 없는 말이지만 애원도
했다 반악도 했다 하는 소리다.

철썩— 강에 큰 돌을 던지듯 물소리가 나자 비
명은 뚝 끊쳤다.

처녀는 제 가슴에 얼굴을 묻었다. 희미하지만 우
둥불 빛에 분명히 진 검날이 번뜩였고 그러자 철
썩— 소리와, 침묵—

「저민 놈들. 지희눈의 모습은 저렇게 자르거던.」

우리 군사의 말이다.

「왜 저희끼리 죽일가요?」

총각이 물었다.

「지놈들은 아마 싸움에 상한 저희 군새가 낼태낫
지않으면 귀찮아서 죽이는 모양이야. 접대두 몇놈
끌어내다 죽이는배 대구 앓는 소릴 하는 걸 보니.

모르긴 해두 지금 죽인 놈은 어제 우리 편 활에 책
죽지 않고 상했던 놈인지두 모르지.」

「어제 그 활 잘 쏘던 사람 누군지 아시우?」

총각이 자랑스럽게 말을 꺼냈다.

「그건 우미…」

하던 총각은 처녀의 깔깃한 눈머에 규시 말문이
막히고 말았다. 따는 고 충경이와 한동네 산다면 굼
방집이 충복이라고 한 만과 외착이 날 것이다.

「우리 잔 아는 사람이라우. 아즈바니 수구하시소.」

하고 매생이를 짓기 시작한 총각은 실은 자랑이
하고 싶었던 것이다. 이왕이면 지금 저와 매생이를
같이 탄 처녀가 바로 그 명궁수의 누이라는 것까지도
말하고 싶었다.

매생이는 청류벽 그눌 밑으로 끌어 섰다. 마침내는
반월도에 가리워서 일본군의 초막들도 그 앞에 피워
놓은 우둥불도 보이지 않개 되었다. 오직 간간이
그 알아 들을 수 없는, 마치 무슨 산집승들이나, 윈
승이 메가 싸우고 지낄이는 듯한 소리가 들릴 올뿐
이다. 이제는 일본군의 진지가 마주 보이는 위험한
베는 벗어 났다. 숨이 나갔다.

「애, 네 고집두 정말 무던하더라.」

총각이 분쭉 이런 말을 꺼냈다.

「내가 무슨 고집?」

처녀는 놀랜 눈을 뜨며 물었다. 그런 눈에 재

눈이 시우린듯 총각은 마주 보던 시선을 거두었다.

그는 청류벽 그늘 밑으로 접어들면서부터 배를 중류

로 띄웠던 것이다. 여기는 누가 남의 말을 사

람이 없는 데다. 총각은 여가를 별렀던 것이다. 더

욱 대답해질 수 있는 기회가 이때였던 것이다. 그러

나 총각은

「고집 아니구. 내 맘을 그렇게두…」

했을 뿐 말문이 막힌다. 가슴만이 울렁거렸다.

「차돌아! 너 좀 가만 있으렴.」

불쑥 보채는 소리로 말을 시작했다.

「지금 난 징 맘이 아파 죽겠다.」

「……」

「지금이니 말이지, 내가 오죽해서 남의 총각한테ー

너한테 이런 수굴 시키면서 이 밤에 여길 오갔너?」

처녀의 음성은 차차 눈물이 배기 시작했다. 마침

내는 치마폭에 얼굴을 묻고 제 무릎에 엎드렸다.

「오죽하면… 남물이 알면 이 나를 뭘루 알라구…」

보패는 느껴 울기 시작했다.

「내가 잘못했다. 안 그러마. 정말 내 안 그러마.」

총각의 말소리도 비감해졌다. 부끄러웠다. 제가

모질었다는 생각이 들었다. 그렇게도 사모해 온 보패

물 슬프게 했다. 무섭게도 했다. 이 나를 무엇으로

알가? 총각은 이걸이 후회 했다.

보패는 지금 영명사로 제사를 지내려 가는 길이

다. 오늘이 죽은 올케의 대상날이였다.

고 충경은 二년전에 상처를 했었다.

벌써부터 사돈댁 장인 장모는 어린 자식 남매는

맡아서 길러 ……더러이니 재취를 하라고 권해 온지 오

랬다. 그러나 고 충경은 그매 첫먹이였던 딸만은 외

가에 맡기고는 지금 아홉 살짜리 사내놈과 안살림을

똥 누이동생인 보패의 손에 맡겨 놓고 재취할 생각

은 않는 모양이였다. 사돈댁의 권고뿐 아니라 여기

저기서 혼처물이 떠들어 오기도 했다. 그 혼처들이

그리 기우는 것도 아니였다. 三○이 넘어서 중년상

처한 홀아비의 후취로서는 과남하다고 할만한 데도

있었다. 그러나 고 충경은 번번이 응하지 않았다.

그런 오라비의 처사를 제 탓이 아닌가?

생각해 왔다. 철들기 전에 아버지를 여의고 아홉살

때 어머니마저 여읜 보패는 오라버니가 아버지 대신

이였고 올케가 어머니 대신이였다. 그런 올케를 잃은

실로 어머니다 왔다. 착한 올케는 어린

두 아이들보다도 보패의 정상이 더 보기에 딱했다.

이제 새댁을 맞아 들인다면 ' 어린 자식들에게 보다
도 우선 철든 보패에게 더 계모가 될 것이 아닌
가! 오라버니는 이렇게 생각하는 것이나 아닌
가? (고 충
사실 보패제 자신의 생각이 우선 그랬다. (고 충
경이도 그 점을 잘 알았다. 그렇기 때문에 보패가
나이 차기를 기다려서 출가식킨 후에 차차 재취를
하리라고 생각해 왔다) 그러나 이차피 언제든 그래
야 한 바에는 조카들이 한 울이라도 더 어려서부터
새어머니의 손을 타도록 하는 것이 좋으리라고 생
각하는 보패는 아무리 오라버니 일이라도 혼인반사
에 처녀가 참견할 수 없어 만은 못하나 마음으로는
급하기도 해서 오라버니 눈치만을 살펴 왔었다. 그
러면서도 또 한 끝으로는 그런 생각은 집안 모양이라
던가를 생각해서 하는 생각이지 어린 조카와 물샐틈
없이 지내는 지금이 그대로 좋기도 했다. 사람 나
류이겠지만 어떤 사람이 물이 울는지 모를 새 오라범
댁 생각을 하면 보패는 저 먼지 불안해지기도 했
다. 그만치 보패는 어린 조카가 귀여웠다. 그런데
일전에는 그 조카와도 리별한개 되였다. 룡강서는
맘처남이 와서 하루 밤을 새수다 싶이 무슨 의논을
하던고 충경은 어린 아들은 외가로 보냈다. 그때
고 충경은 보패도 같이 따라가라고 했다. 어린 조카

물 아무리 저의 외가지만 남에게만 맡기가 안심이
안되고 떨어지기도 싫은간해서는 저도 따라 가고
싶었다. 그러나 과년한 처녀로서 올케도 없는 사든
댁에 가서 신세를 끼칠 생각이 태산같았다. 또 이
란시에 오빠의 결을 떠나서는 못살 것만도 같았다.
오빠의 보호 없이는! 어련히 오빠가 사리를 잘 가려
서 처신하랴. 오빠의 그늘 밑에 있자. 또 내가 떠나
면 오빠의 상답을 누가 보며 옷을 누가 시봉하랴!
고 충경이도 보패에게 당장 가라고
는 안 했다. 차차 가도 좋으리라고 했다. 어쨌든 어
린 조카마저 떠나보낸 보패는 이 며칠 동안을 남모
르게 눈물로 보냈다. 열여덟 짧은 반생이나 어머니
그리고 어머니 대신이던 올케의 죽음으로 아프고 외
롭던 많은 슬픔이 다시 생생한 추억으로 설어졌다.
설음 속에 또 이 슬픈 기억의 남이 온 것이였다.
고 충경은 모르는 듯했다. 왜 모를리 있으랴만 그
멋말도 안 했다. 자식들이나 장발했다면 몰라도 이런
란시에 망처의 제사를 제가 차릴 생각은 않는 모양
이였다. 보패가 그런 맘은 비치웠을 때 「그만뒤라」
한마디 했을 뿐 그는 오늘도 어녜온가 나가고 없
있다.

그래도 보패는 그만둘 수는 없었다. 어머니의 소

상매Д운치 모르고 지냈던 한까지 겹처 보패는 집
에서 재사는 못 지낼망정 저 혼자서나마 그 혼백 앞
에ー 그보다도 제 마음 속에 색어진 죽은 이의 기억
앞에 한 잣루의 촛불을 밝히고 그 앞에 꿇어앉고 싶
었다.

고 충경은 그 자신 섬비었고 대대로 유생 집안이라
절에 가서나 중을 불러서나 재를 올리는 가풍은 아
니었다. 그렇건만 제사도 못 지낼 형편이라 궁리한
끝에 생각난 것이 시식(施食)이었다. 절에 가서 시
식을 지낸다면 제문은 아니나마 그래도 중들이 고인
의 혼을 부르고 명복을 비는 진언(眞言)이라도 읽어
줄 것이 아니냐.

생각이 이에 미친 보패는 나중 오빠의 책망은 들
을 셈 하고 절로 찾아갈 결심을 했던 것이다. 혼자
힘으로 마련할 수 있는 껏의 제물을 장만하기도 했
다. 대추, 밤, 배 같은 과일과, 초와 백지와 몇가지
나물을 장만하고 매를 지었다. 이제는 영명사까지
가는 것이 문제였다. 걸어서 성내를 꿰간다면 영명
사에 다 가기도 전에 저편 성문이 닫힐 것이요. 따
라서 시식을 지내고 밤으로 돌아 올 수도 없을 것
이였다. 보패는 여기서 더 큰 과오가 필요했다. 오
빠가 알게 되면 꾸중을 물을 셈하고 차돌이에게 부

탁해서 매생이로 가기로 했다. 보패는 이런 사정을
나같은 집안 아주머니한데만 말했다. 그 아주머
니는 꼭 충경이가 그네 한데마다 와서 보패와 같이
집을 보아 주는 늙은이였다.

한사정(開思亭) 근처에서 매생이를 띄운 것이 초
경(初更) 좀 전이었다. 저편에는 숭냥인지 귀신인지
모를 왜적의 떼가 득실거리고, 이편에는 우리 사람
들이기는 하지만 청검을 번득이는 군사들이 우뚝우
뚝 서있는ー만 하자면 등등한 살기보 가득한 강을
한밤중에 남의 총각과 단 둘이 ● 매생이를 타고
간다는 것이 처녀의 몸으로서는 ...마나 무서운 모
험이요 또 얼마나 수통스러운 일이라는 것을 모르는
바 아니였다. 그러나 보패는 그보다도 더 애끊는 슬
품과 추억을 이겨낼 수가 없어서 이 길을 떠났던 것
이다.

총각도 처녀의 그런 심정을 모르지는 않았다. 사
랑하는 만치 사랑하는 처녀의 슬픔이 곧 자기의 비감
이기도 했다. 그러면서도 가슴 속에서 용솟음치는
청춘의 피는 그런 동정이나 사리보다도 더 뜨거워서
처녀를 실은 이다람으로 어데로든지 가서 마음껏 품
어 안아 보고 싶은 욕심도 없지는 않았다.

피차 침묵중에, 더우기 혼잣생각에 잠겼던 보패

왜 귀에는 백은탄 여울물 소리가 여기까지 잡자기

아지기라도 하는듯이 소란스러웠다. 충천의 달도

안 보이게 까아지뭇듯 삿은 청류벽의 한없이 깊고

질어 보이는 그림자 속으로 그들의 쪽배가 물어섰다.

청류벽 중려에 재비 둥지 같이 불어 있는 산수암(山

水庵)에는 불빛도 목탁 소리도 없다.

「애 보패야ㅣ」

「왜ㅣ」

깊은 그림자, 소란한 물소리에 휩싸여 무시무시

하면 보패는 차돌이가 정답게 불러 주는 소리가 이

번에는 미덥고 정답기도 했다. 그렇지 않아도 노상

마음이 안 끌리는 바도 아닌 총각이였다. 아니 내심

으로는 사랑하는 차돌이였다.

「너 내 맘만은 알지?」

다시 말을 시작한 총각의 떨리는 소리다.

「………」

보패는 또 물에 금을 그을 뿐.

「이러다가 란이 나서 이제 너이는 너이대루, 또 우

리는 우리대루 떠나가구 말게 되문 풍비박산 섭가랑

잎 같이 산산이 헤져서 서루 보지두 못하구 쌕구 말

지누가 아닌。」

「넌 왜 또 그런 슬픈 소릴 하니。」

추연한 보패의 말이다。

「너두 슬프니?」

「………」

「그림 네 맘두 내 맘하구 갈구나。너무 기뻤던 것이

다. 침묵 중에 백은탄 여울물 소리가 한층 더 높아

졌다. 지금 청춘의 심장을 억세게 고동시키는 이들

의 피가 되여온 대동강 물의 소리인 것이다。

「애 난 아무데두 안 가갔다。」

내려쏘듯 하는 백은탄 급한 문살을 거슬러 억세게

노질을 하며 총각이 또 말을 시작했다。

「지금 생각하니 너이 오라버니두 여길 안 떠날 생

각인가보더라。」

「글쎄?」

「굴쎄가 아닌가보더라。그러게 난생 처음으루 제

포제를 그 많은 사람 앞에서 보란듯이 내논거 아

니가?」

「활 말이시?」

「그래。그 선산님이 이번에 활질을 한건 앞으루두

왜놈하구 해본다는 제 마음보를 내놓은 게 아니갔

네? 그럴래문 여기 있을기구, 그러문 너두 여기 있

울기구。그럼 나두 이베 안 간다。」

우리 오라버니가 여기 계시문야 나두 어데안 가지.

「애 보패야, 남의 속 좀 작작 태우렴. 차돌이 너 안 가면 나두 안 간다구는 말 못 하니?」

「전 이담에.」

「그래라. 모르갔다. 그런데 제길할거ㅡ 나야 활을 쏘나, 검을 쓸 아나. 석전 갈으문, 위ㅡ여, 떡ㅡ 하니 한번 해보갔는데.」

「물물매는 왜 어드래서? 참ㅡ 우리 오라버니하구 우리 집에 간혹 오는 중하고 이야기하는데, 왜 놈이 조총을 가졌대두 매번 장약하는 품이 물어서, 이편에서 가까이 가기만 하면 련방 쏠 수 있는 활이 더 빠르다구 하시면서, 그러구 보면 물질 잘하는 석전꾼 두 한몫 할거라구 하시던데.」

「글쎄.」

이번에는 제편에서 「글쎄」한 차돌이는 잠시 말을 끔었다가 이었다.

「애, 난 그 법군인가 하는 중이 너이 집에 자주 다니는 것이. 싫더라.」

「왜?」

「누가 아니? 혹시 너 때문에 다니는지.」

「너는 그저… 그 사람은 중 아니네?」

「충두 충나룸이지. 여북해서 사람들이 난봉중이라구 할라구?」

처녀는 말없이 총각을 책하듯 눈은 흙길 뿐이었다.

맹생이는 이미 청류벽 질은 그림자를 벗어났던 것이다.

이때는 전금문(轉錦門)과 을 좌우로 련달린 성녀이 없었다. 그래서 이쪽 장경문에서 시작된 청류벽이 끝나고, 또 저편에는 훙부쪽에서 뻗어 온 금수산(錦繡山)이 모란봉으로 뫳히고 뚝 떨어져서 그 밀의 부벽루가 눌러 앉은 언덕으로 끝나고 만 그 두사이에는 그저 친히 토인 동구로 남아 있었다. (즉 지금 우리가 보는 바와 같이 능라도 다리에서 전금문윤 기처 모란봉을 둘러싸고 을밀대로 련결된 북성(北城)이라는 것이 그때는 없었다)

동구 저편에 솟은 을밀대 우의 달빛은 받아서 지금까지 어둡던 강물과는 달리 동구 앞의 강물은 은색 고기비눌을 깔아 놓은듯 친 파문을 그리는 잔물도 굼실거렸다.

총각은 새삼스럽게 다시금 보패를 쳐다보지 않을 수 없었다. 흰 김이 깔린 듯한 엷은 구름 속의 은은 달빛을 받아. 더욱 회고 맑은 갸름한 얼굴. 반듯한 아마에 푸른 눈섶은 청삼을 그린듯 엷은 쳐다보는 고렷한 두 눈에는 별빛을 담았다. 그 아름다운 마음 속까지도 꿰보이는듯 얼마나 맑은가! 얼마나 정숙한 처녀인가. 좀 더 구수한 맛이 있었으면 싶었다. 너무 점잖아서 그럴가 좀 차겹게도 보인다. 지금까지 그만치나마 따스운 말을 해준 것은 저 도톰한 입술 탓이 든가? 그러나 그 입술마저 좀 부드럽기는 하면서도 또 얼마나 단정히 맺힌 것일가!

「내가 행실머리 없이―」

총각은 문득 이런 생각이 들었다. 「제발 대비 없이 자란 후레자식 소리만은 안 듣도록 해다고」노걱정하시는 늙은 어머니의 말이 귀에 울리는 듯도 했다.

흔히 「깜정 차돌이」라는 별명으로 불리우는 이 총각 현 수백(玄受白)이는 고 충경이네 이웃에 사는 늙은 과부의 외아들이었다. 몇해 전에 아버지가 작고하기 전까지는 현 수백이도 서재에서 글을 읽었다. 발날같이나 되는 채진을 뜯어 겨우 식속이나 해가는 구차한 살림이지만 늙은 두 내외는 만득으로 본 외자식을 기성명이나는 하게 한다고 글방에 보냈던 것이다. 아버지가 작고한 후에는 서재는 못 가고 농사를 하게 되었지만 그래도 책을 아주 집어 치운

것은 아니었다. 글것은 어머니의 성볏 때문이거도 했다. 어머니가 늘 이르는 말은 「너두 고 충경이만큼 처신을 해라. 그 사람이 정말 쳐다보이는 사람이니라」하는 것이었다. 이 「쳐다보이는 사람」이라는 것은 고 충경이가 벼슬을 한다거나 세도를 쓴다거나 해서 하는 말이 아니라 오직 점잖다는 뜻이다. 그런 어머니의 생각과 말은 아주 단순한 것이었다. 대를 두고 이웃에 살아 오지만 언제 고 충경의 의관이 삐뚤어진 것을 본 적이 없고 또 그 집안에서 큰 소리가 나본 적이 없다는 것―이것은 한 집안의 안해로서, 어머니로서는 그 이상 더 기쁘고 그윽한 것이 없는 집안의 화목을 말하는 것이다.

시골 농가의 아낙네로 늙어온 차돌이 어머니에게는 벼슬이니, 세도니, 큰 재물이니 하는 것은 엄두에도 없는 일이였다. 그런 것은 모르기도 했다. 고 충경이네는 대대로 탕건 하나 울려 놓은 사람이 없었다. 부자라고 할 것도 없었다. 그러나 그것이 차돌이 어머니에게는 문제가 아니였다. 오히려 집에서는 자기네 터발의 밭이랑을 타기도 하는 고 충경이 더 가룩하고 더 가깝게 생각되는 사람이였다. 자기 아들도 더 바랄 것 없이 그저 고 충경이를 닮았으면

98

하는 어머니는 겨울 농한기마다 서재에서 채 메지
못한 책은 가지고 쌈쌈이 고 충경이한테 가서 배
우라고 했다.

그렇게 지내오던 중에 늙은 어머니에게는 한가지
뜻하지 않았던 근심이 생겼다. 얼마 전까지도 한이,
불 안에서 채워온 아물의 잠꼬대 중에 간혹 보패의
이름을 듣게 되는 것이다. 명절에 보패가 지은 재
옷을 입었을 때마다는 「보패야!」 부르는 아물의 잠
꼬대물더 자주 듣게 된다. 보패가 차돌이와의 옷을 짓
게 되는 것은 차돌이와의 품앗이였다. 고 충경이의
처가 죽어서 일손이 하나 없어진고 충경이에는 간
혹 남의 손을 빌어야 하는 메가 있었다. 그런 때마
다 차돌이가 그집 김을 매는 바느질을
해주었다. 눈이 어두운 어머니는 같은 감이지만 바
느질만이라도 매스럽게 해서 입히고 싶은 아물의 명
절빔 옷을 부탁해 온 것이었다.

같은 열여덟 살 — 앞뒷집에서 자라온 총각 처녀.
있어만한일, 또 그래만한 일 — 그러나 그런 말을
비춰 보기조차 용기가 안 날만치 집이 기우는 혼처
같이만 생각되는 어머니였다. 여니때는 제법 가깝
게 생각해온 「점잖은 집안」고 충경이네지만 혼처로
생각할 때는 과한독히 될 것만 같았다. 더우기 보

패 — 그 애는 너무 얌전하고, 폐절답고, 범절이 까
다롭고, 그뿐 아니라 지나치게 예쁜 것이 흠인 것도
같았다.

그러면서도 어머니는 또 달리도 생각해 본다. 지금
까지 「고려집」에서는 어떤 가문에다 혼사물 맺어 왔
던가? 일왈 고 충경이의 망처의 친정을, 보자면 룡강
어느 촌의 한 농가였고, 보패 고모의 시댁도, 왕고모
의 시댁도 역시 그 비슷한 지처 밖에 안 된다. 이렇게
꼽아 보는 늙은 어머니는 「우리두…」 하는 용기가 안
나는 바도 아니었다.

그러면서도 고 충경이 같은 사람, 더우기나 한팔
자식」하면 고 충경이
접어보지나 않을까 하는 생각에 주눅이 물고 마음이
아프기도 했다. 실상은 어머니의 눈으로 보기에는
어느 한곳 나물데 없이 귀한 아들이기는 하면서도.
「재발 남한테 후레자식 소리만은 안 든도록 해라.」
항상 이르는 말이 그 말이면 어머니는

「더구나 점잖은 사람은 이편에서도 점잖은 대접을
해야 하느니라.」
「남이 보는 데서 인사나 깍듯이 한다고 접잖게 대
접하는 보람이 아니니라.」
이렇게도 타이르던 어머니것. 언젠가는

「남의 가문에 체면 차리는 일은… 더구나 남의 집

「밥설 잡음, 차자에게 더끔만치라두 흠절이 될만한 소
문이 나게 하든가 해서는 못 쓰는 법이니라. 그건 큰
적악이니라. 그런 적악을 해서는 구만리 같은 네 전
정에 두 해로우니라.」

이갈이 멉도 끝도 없이 말을 비약시킨 적이 있었
다. 그것은 지난봄이였다. 차돌이는 놀랬다. 얼굴
이 화끈거렸다. 어머니 앞에 그냥 앉아 있을 수 없
어서 강가로 달려 나간 차돌이는 그 흔한 자갈돌을 가
지고 한사정 석주(石柱)돌에 몃다메듯 하는 솜씨의
돌팔매질로 그날 남은 햇구멍을 막았던 것이다.
「—남녀 유별이라? 개결한거!」

속으로 투정을 하는 차돌이는 『七세에 부동석』갈
은 문자가 단순히 레모에 관한 말만이 아니라 지한
데는 마치 『못 올라갈 장나무는 처다도 보지 말라.』
고 억누르는 말 갈기도 했다. 『어머니의 말씀도 그
런 뜻이 아닐가?』하면 더욱 언짢았다. 어쟀든 이
머니의 말대로 채심을 하노라니 보패를 대하는 태도
가 자연 비성겨질 밖에— 그러나 그것은 걸 뿐이지
차돌이의 맘속은 더욱더 짚이 품는 것도 살았다.
그래오던 차에 이밤에 영명사까지 데려다 달라는
보패의 부탁을 받았을. 매 차돌이의 마음은 막·난았
다. 하도 기쁜 검에 보패의 슬픈 심정은 미처 생각

도 못했다. 이 기회에 그저 대담해지며 제 (마음에)
채쩍질을 했을 뿐이였다. 그래 놓고 지금 생각하면
저는 모질었고 보패는 애처로웠지만 어쨌든 제게 향
한 보패의 마음만은 알아 젼 듯했다. 『그건 이담
에—』했던 보패의 그 한마디!
지금 차돌이는 배에서 내리기 전에 보패의 그런
말을 한번만 더 듣고 싶었다. 그러나 지금 또 보패
의 그 말을 자아내려면 저는 더 지싯지싯한 총각이
되고 말 것이였다.

20, 영명사에서

차돌이는 매생이를 댔다. 지금으로 이르면 룽라도
다리 아래를 지나 전금문 앞에다 배를 멘 것이다.
제물을 넣은 채롱을 들고 민지 내려서서 닻줄을 당
겨 전 총각은 한 손을 내밀었다. 되뚝거리는 매생이
에서 몸을 가누며 한 발을 내디디려는 처녀의 손을
잡아 줄 의사였다. 그러나 보패는 치마폭을 가누는
펑게로 두 손을 다 뒤로 돌리고 내렸다.
강뚝에서 전금문을 지나 좀 올라가면 청운교(靑雲
橋), 백운교(白雲橋)라는 두 돌층계가 있고 그 높
은 돌층계를 추어 올라가면 곧 영명사의 앞뜰이다.

사위는 고요했다. 중이 근 백명이나 있다는 영명

사절앞에도 인기척이 없는 듯했다. 언제 보나 라

라장송 우기진 소나무 우에서 금방 날개를 떨치고

날아 날 듯한 울밀대로부터 바로 눈앞의 모란봉까지

동구 안을 뒤덮은 송림에서도 산새소리 하나 들리지

않았다. 三경(三二시)이 가까우니 여름밤이 깊기도

한때였다.

어데로 가서 누구한테 말을 부쳐야 하나? 차돌이

는 이런 때 제가 사내 싸게 주변을 내야 하리라고는

하면서도 처음 일이라 어떻게 해야 좋을지 선뜻 발이

내키지 않았다. 경소에는 『그 까짓 중놈들…』해왔

지만 절에 와보니 절은 역시 중이 주인으로 우선

기웃해 보는 문간의 금강력사(金剛力士)부터 속인을

달갑게 받자하지 않는 모양 같았다. 그 빈적거리는

불상들이 들어앉은 대웅전(大雄殿)을 중심으로 기창

하게 판국을 벌인 가람이 압도적이기도 하려니와 우

선 그 문밖에서부터 일종의 신비감으로 느껴지는 목

향 냄새만으로도 속인에게는 민 타항을 갈았다.

이때 마침 저편 부벽루의 추녀 그림자로부터 한

중이 나타났다. 달빛 아래 나선 그 중은 마치 대낮

에 눈이 쌓인 듯한 눈섭이 먼저 보이는 로승이였

다. 그 앞으로 달려간 차돌이는 법근이를 만날 수

없겠는가 물었다. 파, 마늘 냄새에 고기 누린내까지

피수는 법근이지만 중은 중이라 질간에 있음직했

다. 있기만 하면 제 서투른 말솜씨로 낯선 중을 붙

들고 긴말을 해야 한 꿈만이라도 덜민 것이였다. 그

러나 법근이는 없었다. 나상 만을 꺼낸 차이라 차돌

이는 같이 온 처녀가 이제 대동강에서 조총젤하는

왜적들과 활로 겨루었던 명궁수 고 충경의 누이동생

이라는 것까지 자랑스럽게 밝혀가면서 이 밤중에

위험을 무릎쓰고 절을 찾아온 사연을 말했다.

지팽이끝에 두 손을 얹고 서서 총각의 말을 들은

로승은

『그러시오너까. 날 따라 오시오.』

하며 앞서서 절로 들어 갔다. 대웅전 옆에 있는

방 뒤에 별당 같이 따로 떨어져 있는 작은 방장으로

들어간 로승은 젊은 중을 불러서 로전승(爐殿僧)에

게 시식 지낼 차비를 하게 하라고 일렀다. 그리고는

보패가 꺼내 놓은 백지로 손수 위패(位牌)를 접기시

작했다. 그 동안에 보패는 머리말에 있는 경상(經床)

옆에 놓인 벼루에 먹을 갈았다. 까맣게 손때가 올라

반들거리는 경상 한귀퉁이에 문바람을 외해 세워놓

은 사기 촉대에는 반나마 닳은 촛불이 가물거렸다.

그 앞에 몸집이 차그마한 로승이 퍼놓은 백지를 이

모저므 눈겨냥을 해가며 접고 있었다. 촛불로 모여 든는 날벌레들이 눈앞에서도 사물거렸다. 무슨 날카로운 쇠끝을 퉁기는 듯도 한 모기 소리가 귓전을 스치기도 했다. 그래도 로승은 끄개 한번 외치는 법 없이 이약간 떨리는 손으로 종이를 접어 가기에만 실로 일심정력인듯 했다. 오래간만에 하는 일인지 서투른 것 같기도 했다. 접어가던 손을 멈추기도 하고 다시 펴서 고쳐 접기도 했다.

먹을 갈며 그런 양을 보는 보패는 부채가 있으면 모기를 날려 드렸으면 했다. 그렇게 해도 체모에 어그러질 것 같지 않았다. 아무리 까파 로승이라도 처음 보는 외간 남자— 그러나 그 옆에 앉기가 그리 수집거나 송구스럽지도 않은 것은 웬 까닭일가?

『오 저 눈섭!』

문득 이러한 제 마음 속의 믿음을 들은 보패는 『아버지가 살아 계시다면 저렇게 고결한 장미를 가지신 어른이 아닐가? 이전부터 제가 늘 이런 생각을 해온 것 같기도 했다. 그러고 보면 로승의 머리도 이제는 삭발이라기보다 이마가 확히 트이게 벗어진 머리였다.

마침내 서산은 다 접은 종이 위패를 경상에 세위

본다. 그러는 양이 다심한 로인이기보다 깨어슬아 린이 같은 데가 있는 것은 또 웬일일가? 단순히 접잡다거나 고결하다고만 할 것이 아니라 준엄하고 할 그 눈섭의 대조로 그것은 더욱 이상한 일이기도 했다.

보패는 먹을 다 간 벼루를 로승 앞으로 돌려 놓았다.

『왜 제가 쓰지—』

이때 문밖 쪽마루에 앉아서 들여다 보던 차돌이가 뽁 하는 루로 이런 말을 했다. 보패는 금시 빨개지도록 당황했다.

『쓸 줄 아시면야 손수 쓰시는 것밖에 더 있겠소.』

하며 서산은 연상에서 꺼낸 붓과 위패를 앞에 놓았다. 기가 차는 간책서는 차돌이에게 매운 눈총을 주고 싶기도 했으나 그멸 수도 없었다. 마지못해 붓을 들었다.

이미 한 말이지만 딸자식까지도 집에서 어느 정도의 글은 가르치는 것이 『고려집』의 가풍이랄가— 역시 어려서부터 오빠한테 글을 배우고 글씨도 써본 보패는 부엌일을 하다가도 어린 조카가 잘못 읽는 글을 뙤처 주고, 바느질손을 놓고 어린 조카의 붓 잡은 손을 잡아 운필과 선후 획을 가르치기도 했다.

대, 저에서 간소한 시식이 시작되었다. 이런 일을 은 오히려 보잘 것 없이 간소하고 재주(齋主)도 오 직 어린 처녀 하나 뿐이지만 서산 스님이 몸소 끝까 지 참여했다는 것을 말하는 것이었다. 분상 앞의 재 가 끝나고 제불을 옮겨서 위패를 세운 령단(靈壇) 앞 에서 지내는 시식이 끝날 때까지 서산은 보패 뒤에 서 합장하고 있었다.

서산은 이 영명사에서는 이런 일에 아무런 책임 도 있을 리 없는 한낱 객승(客僧)이였다. 그뿐 아니 라 더우기 그는 선승(禪僧)이였다.

한마디로 『불교』라고 말하지만 불교에는 크게 나 누어 선종(禪)과, 교종(敎)의 두 교파가 있다. 이런 것도 잠시 이야기할 필요가 있을 것 같다. 『교시불 지언(敎是佛之言)』 ― 즉 『교는 부체의 말씀』이라고 하는, 교종에서는 석가여래를 비롯한 력대의 고승들 의 언행목과 그들이 만든 경전들을 읽고 연구함으 로써 불(佛)의 경지에 들어가기를 념원하는 것이라 면 『선시불지심(禪是佛之心)』 ― 즉 『선은 부처의 마 음씨』라고 하는 선교대서는 그런, 경전이나 언행록 같은 글과 말로 된 것에 의존하지 않고 스스로 마음 을 밝힘으로써 자기 마음 속에 부처의 마음 을 찾자는 것이다. 즉 선종에서는 부차의 마음자리를 밖에서 배우려는 것이 아니라 자기 마음 속에서 찾

전문으로 하는 늙은 로진승은 그 굵직하고 여 오르는 목향 연기로써 혼탁리고 뒤섞이는 음영이 더욱 현란스러운 분상 앞에서 그 비둔한 몸집을 매 번 꿍꿍 소리를 내듯이 일으켰다 하며 혹은 요 령을 흔들고 혹은 목타울 쳐가며 경문을 읊는다. 그 뒤에는 보패가 오른편 무릎을 꿇고 왼편 무릎을 세 우고 고개를 숙이고 앉았다. 또 그 뒤에는 서산이 합 장하고 서있었다. 또 그 뒤에는 영명사 중들이 통 떨 어나다 싶이 문밖은 에워섰다. 물론 그중에는 차돌 이도 있었다.

『실없이 큰 제(齋)가 되는데!』
『그러게 말이여.』
『서산 스님께서 웬일이실가?』
『글쎄 웬일이셔.』

문밖의 중들은 이렇게 쑤군거렸다. 이들 중에는 주지(住持)는 물론 좀 해서는 자리를 뜨지 않는 것이 겨오로 되어 있는 선방(禪房)의 조실(祖室=참선을 지도하는 선승)까지도 구경을 나와 있었다. 『실없이 큰 재가 되었다』는 것은 부처 앞에 벌여 놓은 공양 (供養)이 풍부하고 값지다거나 또 손님들과 구경꾼 이 많이 모였다는 것을 의미하는 것은 아니다. 공양

자는 것이다. 그러니만치 그들은 한날 물체로 된 불상을 다른 교파의 불교도는 같이는 숭상하지 않는다. 『아불례불이나 아불경불(我不禮佛 我不敬佛)』이라는 말도 그들이 하는 말이다. 혹은 『밤이면 부처와 같이 자고 아침에는 같이 일기를(夜夜抱佛眠朝朝抱共起) 하될 금박 한꺼풀만 벗기면 진흙덩어리인 통신 앞에 절을 할 것이 뭐냐』하기도 한다.

선승 중의 선승인 서산이 오늘 따라 웬 일일가?

이렇게 생각하는 중 그들 역시 진 같으면 재를 올리거나 시식은 지내는 것쯤 구경끼리가 아니었다. 더우기 이란시에 물려 먹을만한 공양도 없는 초라한 시식쯤 일부러 나와 볼 것도 없었다. 지금 나와서 보는 것은 시식을 구경하기 위해서였다.

늙은 로진승 역시 그 비슷한 심정이었다.

이 밤중에 귀찮은 일이었다. 그래서 외우는 진언도 또박또박 다 할 것 없이 요새 말루로 『대강 자세히』해비리고 만 작정이었다. 그러나 뜻밖에도 서산 스님이 참가한 시식이라, 그렇게 마구 해치울 수가 없었다. 오히려 조심스러워서 빠가죽이 늘어진열 이였다. 물론 비문한 잔등에서도 많이 철칠 호를 지경이였다. 레식 절차와 외우는 진언에 외착이 날가 해서가 아니라 오히려 너무 직접적으로, 익숙한 일이라

진언 같은 것은 입만 빌리면 얼음에 박 밀것해게 되므로, 정성을 표시하기 위해서는 일부러 좀 더듬기도 하고 억양도 좀 달리해야 했기 때문이었다. 그래서 좀 더 엄숙하게도 되고 길어도져서 실없이 큰 재가 되었다고도 할 수 있었다.

21. 을밀대 아래 집결한 우리 군사들

전날 고 충경이의 의로운 용기와 지금 그 누이동생의 에리고 아름다운 마음씨 앞에 숙연히 합장했던 서산은 절 문밖까지 배웅해 나왔다.

그런데 웬일일가? 앞의 길이 꽉 막혔다. 영명사 뜰앞 청운교、백운교의 돌층게로부터 저편 윤밀대 밑의 기린굴 끝짜기에 이르기까지 사람들이 들어 찼다. 우선 웅성기리는 인기척ー 그리고、한밤중 싸늘하게 식어 가던 동구 안이 훗훗할반치、사람들의 살김과 땀내가 풍기었다.

을밀대에서 동남쪽으로 뻗은 성벽에 빠~히 열린 암문(暗門)에서는 지금도 계속 사람들이 나와섰ー좁은 비탈길을 따라 동구 안으로 밀려드는 ー것이 바라

보인다. 그 외발자국 같에는 달빛에 번들거리는 청

끝들모 술을 이루었다. 이쪽 돌충계와 그 밑의 골짜

기에도 삼으로 묶어 세운 듯한 창난들이 번득이였

다. 우리 군사들이다.

「큰 번이 나나부구나!」

앞서서 나오다가 이런 생각에 등골이 으쓱해진 차

돌이는 돌충계 우에서 걸음을 멈출 밖에 없었다.

발을 내짚을 틈이 없었다. 돌아 보는 보패의 눈에는

금시

「어떡허나!」

하는 걱정이 서리였다. 그 뒤의 로승도 「웬일일

가?」 불안한 낯색이였다.

딴길은 없을가? 차돌이는 저 혼자만이면 부벽류

아래 버랑으로라도 내려갈 수 있지만 보패가 걱정이

였다.

「자 좀 잡세다.」

차돌이는 망서리고만 있을 수 없어서 도중에 대고

청하듯이 말했다.

「어델 가?」

「지금이 어드런 때기에 어델 가누라구. 그머나— 총

각?」

「집에? 집이 어데게?」

총각 뒤에 서 있는 처녀와 로승은 번갈아. 보면서

군사들은 한마디씩 묻고 만했다.

「뭐 한사정 근쳐?」

「더구나 배루? 아이구 안 되갔는데.」

「지금 갈길은 금잡인(禁雜人)이야. 일왈 이편이

위태해서 못 가.」

이런 말들을 들으며 두리번거리던 차돌이는 청운

교 쪽으로 달려 갔다.

「보통벌 아즈바니 아니 왜까?」

「차몰이 `네녀석이 여기 웬일이냐?」

「아즈바닌 어떻게 된 노릇이요?」

「어떻게 되긴— 스런 머사니 아니가.」

「머사닌 줄은 아는데 대판절 어떻게 되는 일이요?」

「일? 일이야 우린 머사니니낀 거식하는 기갔지.」

이런 루로 말하는 그 늬수그레한 군사는 처다보면

군졸이지만 그저 농군 그대로인 『아즈반』이였

다. 말하자면 흙물이 누렇게 든 푸고이 잠방적삼에

다시 꺼면 벙거지를 써서 머리만은 군사의 모양이지

만 그 아래는 농군 그대로였다. 손에 든 것도 가래

장부였다. 단지 그 끝이 넘적한 가래날이 아니고

꽐죽하게 버린 쇠꽃— 즉 창날이 박혔을 뿐이였다.

그 옆의 다른 군사들도 거의가 다 어슷비슷한 차림

들이였다. 뱅거지만을 썼거나, 그 반대로 당홍 동다
리 야청 군복만을 걸치고 머리에는 수건을 동인 사람
물도 많았다. 군복에 전립을 제대로 갖춘 군사는 그
리 많지 못했다. 원체 모자라는 것이라 혹은 군복만
을 입히고 혹은 뱅거지만을 씌워서 얼숭덜숭하게나
마 조금씩은 군사 모양을 만들기 위한 것이였다. 그
물의 병장기 역시 그랬다. 『보뭉벌 아즈바니』 모양
으로 가래장부에 쇠꼬치를 박은 창이 아니면 보뭉
식도보다는 좀 긴 것을, 집도 없이 허리띠에 꿸렀거
나, 그렇지 않으면 번덩의 새를 베던 장낫을 그대로
들고 나온 농군들도 있었다.

『우린 머사니너끼 그런데, 넌 웬 일이가?』

『보뭉벌 아즈반』은 또 이렇게 못되었다. 그의 별명이
『보뭉벌 머사니』이기도 한데다 더우기 지금은 자기
네 군사에 관한 일을 내놓고 말하는 것이 어떨가 해
서 일부러 더 『머사니』 『거시기』로 말을 꾸려 가기도
했다. 번역하면 『우리는 군사니까 싸우려 가는 것이
지만...』 하는 뜻이다.

『총각— 저기 서있는 처자(처녀)가 고 충경이의
누이동생이란 말인가?』

차돌이와 『보뭉벌 아즈반』이와의 이야기를 듣고
있던 얼숭덜숭한 군사를 중에 군복, 전립을 갖추고

『에』

하는 차돌이의 대답에

『고 충경이를 한번 만났으면 했던데...』
군교는 혼잣말 같이 중얼거렸다.

『고생원을 잘 아시나요?』

『몰라. 그분이 전날 대동강에서 활루 왜적의 조총
하구 겨룬 명궁수라는 말만은 들었지.』

『누구신가요? 제가 가서 말씀하지요. 바루 우리
옆에 사는데요.』

『말해두 그분은 날 모를걸세. 이제 만나게 되면 만
나지.』

하는 군교는 시각을 헤아려 보는 모양으로 말을
이윽히 쳐다보고 있었다. 三경이 지났는지 오래다.

『말씀만 하문야 별장님을 왜 모르겠소. 차돌이 너
두 알갔구나. 접대 왜놈의 모가지를 물색이나 머사
니 해온...』

『아— 저 임 육경 별장님이요?』

차돌이는 반갑게 임 육경을 쳐다보며 왜치듯 했
다. 그때는 같이 김매던 어머니에게 불들려서 성안

에 들어가 보지 못하는 것이 한스러웠던 차물이었다.

요.

「깜덩 차물」이는 해내기 석전군이기는 해두、 먼 눈전두 머사나하지만 맞세서 댓다매는 너는 열펭이웬다.」

「총각이 그렇게 석전을 잘 하나?」

「보뭉벌 머사나」의 만에 임 옥경이가 물었다.

「뭘이요.」

차돈이는 어색했다.

「그런 포재가 있으면야… 이런 란시에는 더 귀하지.」

「잘 할 줄두 모르지만 돈이나 가지구야 뭐…」

차돈이는 얼굴을 붉히며 엄버무렸다.

「물질이 어드래서! 가까이 다거들기만 하면야 활보다두 루석군(投石軍)이 더 무섭지.」

「……」

「고 충경이 고생원을 잘 안다지? 그럼 그분한베 와 논해 보게.」

「글쎄요.」

이쪽에서 이런 말들을 할 때 차돈이 뒤로 몇 걸음 다가 선 보패가

「우리 오라버닌 여기 안 계실가?」

속삭이 듯 조심스러운 소리로 물었다. 그저께 일도

있는만치 보패는 지금도 이 군사들 중에 어떤가자기 오라버니가 꼭 껴여 있을 것만 같았다. 두루 살퍼보는 것만으로는 안심이 안 되던 차에 이쪽 사람들의 이야기 중에 고 충경이가 어떻다는듯이 들리기도 했으므로 더 참을 수가 없어서 도인중이지만 채모불고하고 총각에게 물었던 것이다.

「고 충경씨 말이요? 여긴 안 계시오. 여기는 우리 군사들뿐이웨다.」

총각 대신 임 옥경이가 대답했다. 대답하면서 처녀를 눈여겨 보는 임 옥경의 걸음한 봉(鳳)의 눈이 한순간 커졌다. 처녀의 아름다움에 눈맨 모양이다. 둘러선 사람들 중에는 부지중 『아―』하고、한숨을 짓는 듯 하는 이도 있었다.

「분명히 여기는 안 게시웨다.」

또 다짐하듯이 말하는 임 옥경은 처녀의 근심을 잘 알 수 있다는듯이、그러나 안심하라는 뜻으로 입가장자리에 너슬너슬한 누런 채수염이 혼들리게 고개를 고덕이기도 했다.

「아、참 총각、」

조금 후에 그는 물었다.

「저 칠성문밖의 전 주복이라는 사람 모르나.」

「씨름꾼 쇠주머구 말이웨까? 왜 몰라요. 말은 못

해 파서두 잘 알아요. 작년에두 여기서 마뭇솔 탔는 메요」

하며 찬돌이는 부벽루 아들은 가리켰다. 부벽루와 영명사 사이에 있는 공러가, 단오마다 평양 씨름판 이 벌어지는 메당. 일반 사람들은 그 뒤의 모란봉에 올라서 내려다보고, 평안 감사, 평양 부윤 같은 판 속들은 부벽루에 자리를 차렸다. 그 한편에는 기악 이 있꼬 때로는 봉산 탈춤이 벌어지기도 했다.

「일이 이렇게 급히 될 줄은 모르구, 오늘 저녁엔 내 가 눌려 가마 했댔는데 그만 이렇게 돼서… 언제 전 서방을 만나거든 내가 그러더라구 말해 주게」

「예」

「참말 그 사람네 말이 났으니 말이요…」

차돌이와 함께 임 옥깅이 옆에 서있던 젊은 군교 가 말했다.

「혹시 이런 줄 알았으면 오늘두 집 서방이랑, 고 충 경이랑 또 중두 나섰을지 모를거웨다」

「나서길널터. 의레 나서지」

「그 군들이 나섰으면, 밤중이 돼서 활짇은 어드럴지 몰라 두 숭검술이랑 최주머구 전 서방이랑은 한바탕 찌연쩨연히 들구 버릴개요」

「참, 헛그처께 일만해두 그 군들이 창판이드니!」

임 옥경이 앞에 모여선 사람들이 이런 말들을 할 때 그 옆에 한 걸음 떨어저 있던 쪽에서는

「이사람, 김 패두, 여기서는 이제 행궁 앞의 이야기 들을 하는데, 자네는 그배 창날이 뭉청 날아났던 이 야기나 좀 하게나」

누가 이런 말을 꺼냈나.

「이사람은, 또 남 망신스머운 소릴 못해서 그 머 나?」

「혼났지? 서룰게 네두다가—」

김 패두라는 젊은 군사의 말에 갑자기 와—웃음이 터졌다.

누가 또 이런 말을 해서 웃음소리가 한층 더 높아 젔을 때

「참 그매는 내가 큰 실술 해시—」

젊은 김 패두가 시무룩했다기 보다 연숙하게 하는 만에 웃음소리는 금시 가라앉았다.

「내가 뭐 그릴 생각이야 꿈에니 했나! 한태 그 만…」

김 패두의 침통한 말이었다.

「좌우간 나두 안타까운 만이요—. 뭐이 안타까운 가 하면, 떠나갈 사람들은 누가 아무런대두 가구야 할건 뻔한베, 그린메두 여기서들은 다차꾸 짇을 막

구모여는 둔지— 저편에서는 어...촌 안되운다 구욕사무지루 호령호령하지—... 일두 있잖아? 이번에두 그 따윗축...

람이 또... 하는 생각두 둔지—, ...서 안타잡기 보다두 정말 둔둥이 버쩍 달다, 화가 거던—,

하던 그는 『에이, 참, 내—』 이런 한마디로써 그 『좌우간 갈 사람들은 다 가서두 오늘 우리는 벌렀

때의 안타갈 심정을 뱉아버리듯 하고 던 저놈을 한번 다 과치게 됐으니 그머문 됐지, 뭐

이같이 의기헌양했다. 다른거 있소?』

『정말 오늘은 우리 평양 군사들이 별머온 월꿀일 하게 됐소.

누가 또 이런 말을 하자 『당신에 성안 사람들은 원꿀일 하게 됐다구들 하오

만 우린 월쏠 잡아갔소.』 이런 말을 하는 사람이 있었다.

『강건너, 동촌서 왔소?』 누가 물었다.

『그렇쉐다.』 대담한 동촌 사람은 먼지 입안의 침을 모아 삼키

며 말했다.

『좌우간 저 놈들은! 저 왜 놈들은 말할 수 없이 붉 칙한 놈들이요. 인골은 쎘다구는 해두 하는 짓이 사 람이라구는 할 수 없소. 략탈질하구, 불지르구, 집

란하구, 산 사람의 ...를 베구, 하는건 더 만한 나위 두 없구— 사람을 무이 대가리 처 갱가치듯 하는 놈들이요. 좌우간 인명이 귀한 줄 모르구 사람 죽이

길 식은죽 먹듯 하는 놈들이요.』 『댁에서두 누가 어떻게 됐소?』

동촌 사람이 목의 침이 말라서 잠시 말을 끊었을 때 옆의 사람이 물었다.

『우리 집에서는 요행 손잡아 매는 어린것들두 없었 구 늙은이들두 없어서 빨리 피했기 때문에 그런 화 는 바루 면했소. 하나 그렇지 못했던 사람네는 다

몰사 죽음을 당했소. 글쎄 저놈들 하는 짓이... 만을 할래두 잇새에 신물이 나서 다 못하갔소. 좌우간 저 왜놈들이 어쩌나 잔인한 놈들인지, 이제

겨우 벌레벌레 기기나 하는 것끝의 것을 잡아가지구 는 그것의 부모 앞에서 두 다리를 찟소. 우리 사람들 의 생간을 먹는 놈들두 있소.』

동촌 사람도 하던 말을 끊었고 듣던 사람들도 잠

잠했다. 물론 저금 처음 듣는 이야기가 아니다. 벌써부터 들어온 말이다. 일본군이 대동강 건너편까지 들어온 후부터는 그런 소문이 더 자주 전해왔다. 그때마다 우리 사람들은 저금도 그렇듯이 한참씩은 말을 못했땅. 마음이 열어 붙는 듯 했기 때문이었다.

『그런걸 내 눈으루 보구눈, 내가 그 원쑤를 갚지 않구는 이 세상에서 더 살 렴치가 없다는 생각이 들었소.』

동촌 사람은 또 말을 시작했다.

『그 원쑤를 갚지 않으면 내가 사람이 아니라구두 생각했소. 내 뼈가 가루가 되는 한이 있어두 저에 저눔운 내 손으루 다문 몇이라두 죽이구 죽어야 내가 사람이 갔소.』

또 몇 순간의 엄숙한 침묵이 흘렀다.

『맘씀 잘하셨소.』

군부만운 입고 수건을 쓰고 젊은 청대를 듣고 섰던 한 중년 군사가 조심조심 하듯이 나직한 말로 침묵을 깨뜨렸다.

『저금 형편이 이렇게 뢰구 보면 이제는 왜적이 우리 나라 땅에서 한 발자구를 더 내닸으면 그만차 또 우리 백성의 인명이 상하게 된 형편인데, 창칼 잡은 군인들이 이렇게 머사니 안 했으문 내 손으루 뜯어서 먹게는 해놨댔소.』

좀 독의연하게 말하던 『보통범 머사니』는 문득

『애, 차돌아!』

하고 했었다.

는 열 사람, 백 사람이 죽게 될게웨다.』

『안할 말루 만약에 저 눔들이 대동강을 건너게 돼 보소. 우리 평양이 어떻게 되갔나─』

『일이 그렇게 되문야, 평양 뿐이요?』

『아스소─ 그런 말씀은 정 머사니구 웨다.』

『보룡벌 아즈반』은 차마 못 듣겠다는듯이 말했다.

『왜 눔들이 우리 아이들을 머사니했다는 만만 듣어두 오금이 다 재리뤠다.』

또 잠시 침묵이 흘렀다.

『그머다 보니 「보통벌 머사니」가 아이들이 많은가 부지.』

『……』

침묵한 분위기를 좀 헐하게 했으면 하는 모양인 누가 이런 말을 했다.

『울망울망한 것들이 한 대여섯 됩데다.』

『아이구─ 그럼 책실히 벌어야 갔는걸.』

『착실히 비누라는게 농사 밖에 없쉐다. 하기는 이렇게 란만 머사니 안 했으문

우리가 재한목숨 애낀라구 물며섰면 그 뒤에서

「차··아니 너 언제 우리 동네 걸 일 없너? 나 좀 머사니 한 것이 있는네.」

「뭐요? 진한 말씀이 있으믄 우정이라두 가지요.」

「지난 봄에 만이야. 내가 뭐이 좀 욕심 나는 일이 있어서 그걸 머사니하누라구 우리 아이 오마니두 모르게 남의 빗을 좀 졌는데 그 빗이 그냥 있구만.」

「아니, 이펀은 영 접엔 안 갈 작정인가? 남보구 그런 전갈까지 해달라게.」

차돌이가 대답할 사이도 없이 누가 걸다리를 들었다.

「그건 넘자 모르는 만이웨. 셍지에서두 라상한다논 말이 있는데 지금 우리가 머사니할래는 메가 어드런 건이와? 그머니끼니 내가 남의 빗을 졌다는 걸 우리 집의 사람이 알기나 했다 가야 머사니할기 아니갔나.」

「대관절 그렇게 꼭 잡아야 할 빗이 어드런 빗이게 그머시우? 루전을 했소?」

한 젊은이는 「머사니 아즈반」이가 겨정하는 내막이나 좀 알자고 했다.

「루전이라니?」 하듯이 고개를 흔드는 「머사니」가 빗을 지게 된 래력은 대강 이런 것이였다. 바로 지이 동네 앞에 피발치고도 진펄이 낮은 발 한 때기가 있는데 「머사니」제가 가지기면 그 앞의 보통강 출기의 물을 바가지로 꺼서라도 베댓마지기 논은 풀 수 있는데, 성안에 사는 그 발임자는 한 때기 외따모 떨어져 있는 것이라 별로 돌보지도 않았다. 그머 너만치 싸게 살 수 있을 것 같아서 막상 흥정을 하자고 한즉, 그 며을 아는 명임자는 꼼값을 불렀다. 안해는 논 아니라 친하없는 것이라도 남의 빗을 지고는 못 산다고 「도랑개지 멀듯」 말렸으나 제 머밭 논을 가져 보겠다고 한번 내켰던 마음을 다시 돌이킬 수가 없었던 「머사니」는 안해에게는 제값에 샀노라 속이고 몰래 빗을 지고 사서 기어이 논을 풀고야 말았다는 것이다.

「그래서 접대는 돌피물 출라구 들어 섰더니 벼이꽈리가 눈을 찌를만큼 크는 재밀 보구 왔는데… 하기는 내가 없으면 농사두다 머사니하구 말게야.」

「머사니」의 빗 래력 이야기 외 끝은 어갈이 호젓했다.

「왜 집의 마누라가 있지 않나?」

누가 묻는 말에

「아니」

고개부터 혼든 「머사니」는

「우리 네펜네라는 게, 올망졸망한 새끼들만 머사니하누라구ー 나 없으면 품앗이꾼 하나두 제때두 못

연구 쌀이 떨어져서 쌀 한 됫박 꾸려 가는 것두 내가
다니야 하는 맹꽁이가 돼서 웬걸 뭐…」
하다가 또 머리를 혼든고 마는 그의 말은 마음 속
에 그득했던 말인 듯도 했다.

「그야말루 란나는 해에 과거한 셈이로군.」
옆에서 누가 중얼기렸다.

「이사람 「머사니」— 세월두 세월이베만 자네가
논을 좀 늦게 풀었네.」

「그렇지ー 할우버지 저에 했으야 할걸 그랬네.」
또 이런 말을 하는 사람도 있어서 모두 웃었다。

「그거야 안 그렇지。」
하는 『미사니』는 고집스럽게 머리를 혼들고 떠듬
떠듬하는 소리로 이런 말을 했다.

「우리만 머사니하다 마는 세상은 아니니까니, 우리
손주처에 가면야, 그때는 정말 한우버지가 머사니 한
걸루 될거 아니갔소?」

「과시 무서운 말씀이로군。」
이매 임 옥경이는 이런 말을 했다. 그는 또 강건
너 쪽을 바라보면서

「너 회눔들이 좌우간 무서운 코에 걸렸느니라。」
하고 허허허 웃었다. 따라 웃던 사람들 중에 젊은

집 패두는

「이거 무슨 일일가? 이렇게 낮어져서야 되나?」
하며 말을 쳐다보고 또 맞은편 암문을 바라보았
다. 이제는 그 문으로 나오는 사람도 없었다.

「참 三경이 지난지는 오랬갔소。」
동촌 사람 역시 걱정스럽게 말했다. 이미 三경이
치난지 오랬다. 어볘선가 들려 오는 닭의 소리는 벌
써 몇번째였다.

「얘 너 잡손이 아니가?」
문득 차돌이가 반갑게 웨쳐 부르는 소리였다.
혼자서 날쌘한 허리물 회청거리며 휘까람을 불며
부벽루 쪽으로 가던 한 소년이 돌아섰다.

「오ー 너 차돌이로구나!」
역시 반가운 소리를 지르며 마주 오는 소년의 머리
에는 아직도 애티가 흐르게 호리호리한 몸집에는 어
울리지 않게 큰 벙거지가 올려 놓여 있었다.

「잡손이 너 어떻게 된 노릇이가?」

「어떻게 되긴, 뭐이 어떻게 돼。」
잡손이는 정색하고 하는 말루로 대답은 하면서도
생글거리는 웃음을 감추지는 못했다.

「너 언제부터 군총이 됐니?」

「나? 벌써 오래다야。」

「오래다니 어제부러게?」

「벌써 반 달이나 된다야。」

하는 잡손이의 대답은 어지간히 빼기는 루었다。

옆에서는 「반달?」 하고 웃는 사람도 있었지만 차돌
이는 더 커진 눈으로 뭇밖에 만난 동무의 모양을 흠
어볼 뿐이었다。까맣게 쩌든 끈으로 볼록한 두 볼이
잘룩하도록 졸라매 쓴 서커먼 산수털 벙거지뿐、
그리 깨끗지도 못한 푸잠방적삼에 군복도 없이、맨
발에는 짚신을 신고、그 역시 칼집이 없는 자그마한
검을 허리띠에 찌르고 있는 잡손이의 모양은 볼수록
뜻밖이었다。

「좌우간 너 어떻게 된 노릇이가?」

차돌이는 또 묻지 않을 수 없었다。

「나 군총으루 들어 간거 말이가?」

「그래。」

「나는 왜 못 된다든? 처 어떻게 되면 되는 거지 뭐
별다루게 되나。」

잡손이는 여전히 생글거리며 이런 대답을 했다。

「아니 너두 나 갈애서 말어야─ 그래서 묻는 기
아닌가。」

하는 잡손이가 좀 얄궂기도 한 모양이었다。

차돌이는 제가 곰배님배 묻논데도 생글거리기만
하는 잡손이야─

「응、그것─」

잡손이는 말귀를 이제야 알아 들었다는 듯이 한번
피 웃었다。

「처음애는 일이 좀 우습게 되기두 해서。너 우리
주인집、김 감역네 알지?」

「그래。」

「처음에는 정말 내가 어처구니가 다 없었다야。」

하는 잡손이는 역시 생글거리는 얼굴로 옆의 사람
들을 둘러보·이야기를 시작했다。

「김 감역 ─ 두상놈네 바깥 사랑방에서 자는데 말
이야、아닌밤중에 누가 혼들어 깨우지 않겠나? 그래
벌떡 일어나서 보니、웬 사람들이 우둑우둑 섰는데、
다 군교들이야。군교들이 나더머 다짜고 짜루 가자구
썩썩 나서라거던。그래서 내가 무슨 죄가 있어서、
어밀 가자구 그러는가 물었더니 뭐 내가 군총으루
뽑혔다나─ 그래서 나는 아니라구 그랬지。나는 남
의 외아들이 돼서 군적에는 들지부터 않았다구─
그랬더니 군교 하나가 척 하는 말이 「우리가 다 이
댁 김 감역 나으리의 둘째 자제분인 줄 알구서 베리
려 왔는데 이 왜 이러우─」하지 않아? 능청스럽게
말이야、그 소릴 듣구 보니 정신이 퍼뜩 뜬다구나。

「읍지─그저 능청스럽게만 문을 멀이 아니냈구나。

어천우니가 없단 말이야!(뭐인가 하면 김 감역 가

놈네가 날 보쌈에 닐 작정이드구나. 김 순량(金順良)이라는, 그 두상놈의 몰째 아들놈이 스물 여섯인가 일곱엔가 난 놈인데 군적에 들어가지구두, 이리 피탈, 저리 피탈 하구 군영에·들어갈걸 안 둘어가구 있더니 종내 슬쩍 때돌리구는 나를 대신 집어널때는 거야. 뻔하지 않아?」

「저런 분칙한 놈들이 안 있나!」

「그래서?」.

소년의 이야기에 주의가 끌려서 듣고 있던 사람들 중에는 끌끌 혀를 차기도 하고 이야기를 재촉하는 이도 있었다.

「그런데 말이요.」

하는 잡손이는 밝은 만빛에 더욱 맑은 맵시로 통탁한 소년다운 얼굴에 웃음을 띄우고 사람들을 한번 둘러보고 나서서 또 이야기를 계속했다.

「김 감역, 그 두상이 돌아가면서 맥일 놈 멕여구, 군정을 모으려 다니는 군교들한태두 코아래 진상을 해 가지구는 나를 저의 몰째 아들루 만든 거야. 그런 줄 알구 보니 어처구나가 없어서, 난 아니라구, 나 오댔는베 말이야, 이번엔 내가 또 어드러니 안 나간다구 하는 걸 생각하니 나두 우섭잖아? 그런데다 으니깐 이집의 사환꾼 아인데, 지금 열일곱 살 밖에 안 났는

밤을 부치면 쥔인의 아들인데·연두살 때 어머니가 죽어서 우리 아버지가 흔애비루 나 하나 메리구 농사를 하다가 전주베 빗은 자꾸 늘어만 가구 부역두 많아지구ー 그래서 우리 아버지는 하다 하다 못해서 三년전에 나를 이 집에다 뗄기구는 어베루 떠나가구 말았다구ー그래서 내가 빗갚에 사환군으로 오기는 해서두 우리 아버지가 좋문서물 넘구 나를 이집에다 팔아 먹은 건 아니니까 이집 주인이 나를 그렇게 맘대루는 못 한다구. 그래서 난 안 간다구 그랬지. 그랬더니 처음에는 눙청맞게 얼리기두 하구, 썩썩 나서라구 으르떽떽거리구 잡아 꿀기구 하던 군교들두 더 할 말이 없는 모양이야. 슬며시 놓구 말지 않아? 내 우서 워서! 우섭기두 하구, 또 저따위 놈의 두상 봤나! 끌두 나서, 한번 김 감역 두상한베 해볼생 각두 났단 말이야. 그래서 안방으루 막 뭐쳐 들어갈래다가 가만히 생각을 하니 나두 우섭거던. 남들은 다 군총으루 나가는데 저만 빠져 불라구 비실비실 피해 다니는 김가놈의 몰을 늘 저 개자식ー 하구 봐다구 하는 김가놈의 몰을 늘 저 개자식ー 하구 봐 오던는베 말이야, 이번엔 내가 또 어드러니 안 나간 다구 하는 걸 생각하니 나두 우섭잖아? 그런데다 또 그 재쌘 김 감역 집에서 그냥 심부롬이나 하구 있으면 나두 그놈들 몸사 밖엔 안 회했다는 생각

두 둘더구나. 그래서 대문간으루 나가는 군교들 보
구 「여보 나두 같이 가갔세다」 하구 불렀지. 그랬더
니 갑자기 웬일인가 하는 눈치야. 그래서 「내가 뭐
군종으루 나가기가 싫거나 무서워 그랬던 건 아니우
다. 탁없이 남의 대신으루나 끌려 가기가 싫어서 그
랬지. 그러니까니 지금 내가 가는 건뒤 대신이 아
니구 나는 나대루 가는 거니 맘요. 그것만은 우...

똑똑히 밝히두룩 합세다」 하구 나섰지.」

「거 참 말이 됐는데.」

「과연 똑똑하다!」

「똑똑만 해가지구두 안 될 일이웨다. 경하웨당 그
생각부터가...」

둘러선 사람들은 이런 말을 했다.

「그런데 말이야 내 또 우서워서...」

잡손이는 한번 또 피식 웃으며 말했다.

「아마 김 감역의 로택이 사랑문 뒤에 페치구서서
우리 하는 말을 다 듣던 모양이야. 불시루 안방엘
들어갔다가 새 잠방적삼 한 벌을 들구 나오더니 나
더러 갈아 입구 가라는 기야. 그러면서 하는 수작이
「잡손아, 너 이번에 가서 란리만 잘 치르구 오나
라. 그러면 그때는...」 어찌구 하지 않아? 그래서
「여보 내가 뭐 당신네 아들 대신으루 가는 줄 아

이건 아마 당신네 아들이 입구 간걸 내가 대
신 가는 것 같애서 날 입으라는 모양이지만 나는 나
대루 가니까니 그애두 로택이 그냥 뭐라구 하갔...이 안 받소」 그러는메두
요? 그 말은 잘 했어? 당신네처럼 이편네 아들은 매
돌리구 남의 자식은 대신 보낼 궁리나 하는 사람들
이야 백년 가니 이 란리를 치러 보갔소? 비끼·소·,
어서 비끼라구요. 당신네 같은 사람들은 우리 되선
땅에서다 없어지라구요...」

잡손이의 말에 사람들은 서로 얼굴을 마주 보며
고개들을 끄덕이였다.

「그때 총각이 바루 그렇게 말했나?」

「정말! 그따위 눔들만 있으면야 백년 가니 이 란리
를 치를 수 있을라구.」

얼마 후에 군사들은 이런 말들을 했다. 누구는

「그런길래 당신네 같은 사람들은 우리 되선땅에서
잃어지라구요, 했다지 않소?」

이렇게도 말했다. 그러나 이때 잡손이는 아니라는
뜻으로 고개를 혼들었다.

「그 만은 그냥에 가서야 생각난 말이야요. 정말
그 말이 그때 생각나서 그렇게 말했으면 내 속이 좀
더 씨원했을 텐데... 불해서!」

이러한 갑손어의 말에 사람들은 웃었다.

『우리 듣기엔 그때 했으나 지금 하나 마찬가지루 씨원하다.』

『좌우산 상태!』

사람들이 이런 말을 할 때는 갑손이는 벌써 제가 한 말은 다 잇고, 또 옆에서 청찬하는 말도 들리지 않는 듯했다. 오직 소년다운 호기심으로 젊은 김패두의 군복을 만져 보다가 차돌이를 돌아 보며

『나두 이런 군복이나 하나 척 입었으면 좋갔다야.』 하고 웃을 뿐이였다.

『글쎄, 그랬으면 좋았을걸 그랬구나.』

이렇게 대답한 것은 차돌이가 아니라 입 욱경이였다. 그리고는 제 군복의 앞길을 굽어 보면서

『우리 해는 너무 키서 안 되갔구…』

하는 입 욱경은 어린 사람의 원대로 해줄 수 없는 것이 실로 딱한 모양이였다.

『아니야요. 패난 소리야요.』

갑손이는 얼굴을 붉히며 손을 내젓기까지도 했다.

입 욱경 별장이 너무 고지식하달만치 걱정을 해주는 데 송구해진 소년은 그 앞에 그냥 있기가 미안한 모양으로 돌아 서서 아까와 같이 휘파람을 불어가며 부벽루쪽으로 갔다. 차돌이도 따라 갔다. 그러나 채

가기 전이였다.

『자, 이제는 다들 나서소.』

하는 고함소리가 돌충계 밑에서 들려 왔다. 그러자 어기저기서 『떠나게 됐답네다』 『그럼 잡세다』 하는 소리들이 났다. 내려다 보는 골안에서는 뭇어 운듯 했던 창대들이 움직이고 팍 막혔던 앞이 풀려 나가기 시작했다. 웅성거리는 말소리, 기침 소리, 병정기들이 부딪치는 소리, 저벅저벅 걸어 가는 신발 소리들과 함께 혹은 내달고, 혹은 서로 비끼고, 에 물러 소용돌이치는 물결 같이 움지이는 사람들로 써 동구 안은 금시 끓어번지는 큰 솔과 같이 술렁거렸다. 술렁거리는 하나 그것은 무거운 침묵으로 느껴지기도 하는 소리요, 움지임이였다.

『차돌아, 나, 가―』

그런 광경에 잠시 정신이 팔렸을 때 어느새 달려 갔는지 모르게 돌충계로 달려 내려 가는 갑손이의 소리였다. 차돌이는 미처 대답도 못하고 쫓아 갔다. 그러나 벌써 사람들의 물결 속으로 뛰어든 갑손이를 가려볼 수는 없었다.

『갑손아―』

한빈 불렀다. 대답이 없다. 앞이 퇴여서 나가기 시작한 군사들의 발걸음은 더욱 빨라졌다. 달빛에도

알아볼 수 있게 먼지를 일으키며 우리 군사 대렬의 선두는 강묵을 향하여 전진한다.

차돌이는 『보통벌 아즈반』을 찾아 보았다. 그역시 보이지 않았다. 임 옥경 별장도, 김 패두도, 동촌 사람도 다 안 뵈였다. 청운교 백운교의 돌충계는 이미 드러났다. 지금 골바닥에서 엉겨돌며 풀려 나가는 군사들은 차림차림은 재각기 다르지만 그중에서 누구를 가려볼 수는 없었다. 차돌이는 다시 잡손이를 불러 보고 싶었다. 그러나 부르려는 제 소리가 입안에서부터 떨리는 것 같았다. 떨리는 소리를 절면서는 잡손이뿐 아니라 다른 사람들이 들어도 좋지 않운 것 같았다. 그뿐 아니라 지금따라 제가 지하나 구실을 못하는 것 같은 생각까지도 들어서 잡손이와 『보통벌 아즈반』이는 물론, 임 옥경 별장운 비롯한, 그 이름조차 알지 못하는 여머 아저씨를 한베까지도 죄스럽고 부끄럽기도 해서 나무 그림자 밑으로 들어서고 말았다. 이때 본즉 서산 모숭은 지팽이를 명에 눕혀놓고 떠나가는 군사들을 향하여 합장하고 있었다.

참말 작자는 여기서 그 여머 사람들의 이름을 일일이 밝히지 않았다. 그맛 수고를 아껴서 그런 것은 아녀당ㅡ 그들은 이 이얘기에 다시는 둥쟝하지 않기 때문이다. 이름은 밝힌 잡손이, 『보통벌 머사니,』 임 옥경 별장도 역시 그렇다.

22. 동대원의 전투

울밑대, 모란봉 뒤쪽에서 벌써 몇해째인지 모르게 우는 닭의 소리를 들으면서 부벽루 밑에서 백여 척 배에 갈라 타고 청류벽 질은 그림자 속으로 소리 없이 흘러 저어 가다가 마침내는 강을 건너 저신을 습격했던 그들은 산아 돌아온 이가 별로 없었다.

이 야습전은 그 결과로 보아서, 만일 도원수 김 명원과 평양 수성대장 윤 두수 등의 지휘판들이 좀만 더 용의주도하게 작전 계획을 세웠더라면, 결정적이라고까지는 할 수 없더라도 적에게 좀 더 큰 타격을 주었을 것이였다.

류 성룡 (그는 명나라의 응원군을 맞으러 가노라 전날 떠났기 때문에 이때는 여기 없었다)의 징비록만을 보더라도 그렇다.

김 명원과 윤 두수 등이 련광정에서 바라보매 벌써 며칠째 강을 건너지 못하고 있는 일본군의 경비가 자못 태만하므로 밤을 타서 한번 엄습해만하다고 생각해서 어 송병운 결행했다는 것이다. 즉 적청운

알기 위한 정찰 같은 것은 해보지도 않았다。또 三
경에 거사하기로 했던 것이 어찌어찌하여 시각을 놓
처서 금기야 강을 건너고 본즉 날이 벌써 밝기 시작
했으므로 처음 계획했던 야습전도 안 되고 만았던 것
이다。

그 결과는 어찌 되였던가?
우리 군사의 전멸이었다。그뿐 아니라 탈출한 몇
명의 군졸들로 말미암아 적에게 걸어서 건널 수 있
는 왕성탄(王城灘=지금의 옷바위 앞)의 어울목을
알려 주게 되었던 것이다。

이러한 정형을 련광정에서 바라본 윤 두수 김 명
원 등은 그다람으로 성안에 남아 있던 무기를 죄다
애련당 련못에 처넣고, 평양 사람들은 속히 성을 떠
나 피란하라는 한마디를 남기고 말을 달아나고
말았던 것이다。전날에 『我欲借劍斬儆臣』운운했던
그 『기백』은 어데 갔던가? 마는 제 말이 아니라 남
의 것을 빌었던 것이다。
그렇건만、즉 윤 두수、김 명원 등 지휘관들은 그
같이 무능 무모했건만 우리 군사들은 용감하게 싸웠
다。그 결과 소서행장군에게 적지 않은 타격을 주
었다。
우리 군사들은— 아니 군사라기보다도 불과 며칠

내외간에 평양 부근에서 나선 농군들과 시정인딸음
만 그대로 결사진을 했던 것이다。실로 장렬한 격전
이였다。전투 훈련도 없이、또 무기다운 무기도 별
로 없었지만、오직 조국과 향토를 수호하려는 단단
일념으로써、또 원쑤에 대한 복수욱으로써 육탄전을
한 그 싸움은 비장한 것이기도 했으나 그 결과 삼천여
명이나 적은 살상하는 큰 전과를 쟁취할 수 있었다。

장렬히 싸운 중에도 장렬했던 것은 임 욱경이였
다。부하들과 같이 초입수에서부터 적을 무찌르면서
나아간 그는 전부터 노려온 적진 중의 가장 큰 초막
으로 돌진했다。

그 초막 앞에는 차일까지도 치고 주위에는 만장
같은 극채색의 깃발과 은빛 금빛의 의장 절월들이
늘어섰다。그것은 평양성 공락군의 총사령인 소서행
장의 군막이였다。

그 앞으로 비호 같이 돌격하는 임 욱경이 앞에는
어데보다도 적의 반돌격이 더 완강했다。자기 부하
들의 선두에 나선 임 욱경은 좌충우돌— 검을 휘둘
러서 앞을 막는 적들을 쓸어 눕히면서 일본군의 총
사령부인 군막으로 육박하는 참、발길로 그 담을 이
문 방패들을 걷어찼다。풍비박산、방패들이 날아나
고 쓰러져서 길이 트이는 대로 뛰어든 임 욱경은 몇

놈인 모르게 창간을 들고 막아서는 적들과 칼을 어울으면서 군막 안을 살폈다. 과연 눈들의 우두머인 듯한 한자가 저편에 놓인 경상에 걸터앉아서 춘춘들의 시중은 받아가며 겹치는 잠옷 끈을 드노이는 손으로 매고 있었다. 그 요란스러운 차림차림만으로도 지피 소서행장인 것이 분명했다. 노리고 온 그놈운 밭견한 임 욱경은 눈앞에 더 딴놈은 없었다. 앞을 막는 놈들과는 싸운다기보다도 앞길을 열도록 휘두르는 칼로 몇 놈을 쓰러뜨리면서 돌입했다. 그 서슬에 소서행장은 루구도 미처 받아 쓰지 못하고 저편 방패 짬으로 빠져 나갔다.

『네 뒤면 어델 뛸래냐!』

소리를 벽력 같이 지른 임 욱경은 뒤뒤로 달려드는 놈을 또 몇놈 찍어버리자 소서행장을 쫓아 나갔다.

소서행장은 군막 뒤에 등대해 두었던 말을 집어 타고 내닫기 시작했다. 쫓아 나간 임 욱경은 마상에 서 창창을 휘두르며 앞을 막아서는 한 겨장의 복통에다 검끝을 처박아 떨구고 말을 빼앗았다. 「끼랴—」 소리와 함께 처문아서 내닫기 시작한 말잔등에 몸을 날려 올라탄 임 욱경은 소서행장을 추격하기 시작했다.

날은 이미 훤히 밝았다. 적들은 둥뒤에서 한과 조 총일을 하기 시작했다. 폭음과 핑—핑— 퉁겨지는 환시위 소리를 따라 철화과 화산이 빗발치듯 귓전을 스친다. 임 욱경은 검난 등으로 채쩍질해서 말을 몰았다. 앞에서 쫓기는 소서행장은 한두번 이쪽으로 고개를 돌렸다. 그러나 만머리를 돌려서 마주 설 생의는 못내는 눈치다. 비꺼들었던 장창까지도 내던지고 말갈기 속에 구겨박히듯 엎드려서 내달을 뿐이였다. 미처 루구를 못 쓴 머리의 상루가 뿔어져 산받이 된 그자의 고대기가 거슬리는 바람에 어지럽게 흘날린다. 임 욱경의 눈에는 그자의 대가리만이 보이는듯 했다. 노리는 것이 그것이기 때문이었다. 좁만더! 한걸음만더! 속으로 재추며 말은 채쩍질 하던 검을 돌려, 임 욱경은 눈앞에 한일자(一)의 번개를 그었다. 아아! 분한 일이였다. 흙날리던 소서행장의 머리깐 한 모숨이 허공에 날았을 뿐— 그 순간이였다. 어느새 그렇게 가까와 쳤던가? 눈앞이 어뜩하게 마주서는 머구리산(木九山=지금의 문수봉)이 꿩그로 돌지 않는가! 임 욱경은 이를 새려물며 금시 맥이 탁 풀리는 손의 검을 소서행장의 뒷더수기를 겨누고 던지자 달리는 마상에서 굴머 떨어져서 절명하고 말았다.

대흥산(대성산) 마루에 새벽 붉은 빛이 어리우기

시작하고 룡악산 저편으로 기울며 지새는 달은 더욱 해쓱하게 빛을 잃어 가는데 하늘을 뒤덮은 만장홍진 속에 동대원 일대의 싸움터에서는 함성과、 만반의

소리와、 총성만이 들려 왔을 뿐이었다.

마침내는 함성이 그치고 적들의 조총 소리도 뜸어지고、 먼지도 가라앉기 시작했다。 모란봉 뒤의 금수산 넘어로 비껴드는 햇발에 동대원과 장림벌 일대는 사람의 시체로 덮이고 사람의 피로 걸든 주검의 황야로 드러났다。 일본군의 진지는 여지없이 유린되어 있었다、

군막들은 짓밟혀 무너지고 진지를 장식했던 기치와 절월들은 쓰러져 피에 잠겼다。 우리 군사들의 공격이 그 얼마나 치렬 장렬했던가를 과시하고도 남음이 있다。 그러나 잘했다 못했다 할 무엇도 없이 애초에 작전 계획이라는 것이 없었고、 야습을 한다던 시각조차 지키지 못했고、 또 적의 력량에 비하여 이편은 우선 숫적으로까지도 엄청나게 미약했기 때문에 용전 분투한 우리 군사는 전투에는 이기었으나 개신해 돌아온 사람은 없었던 것이다。 지금 그 진루 마당에서 횡행하는 것은 적들 뿐이었다。 일본군은 혹은 말을 달리며 혹은 뛰여다니며 창과 칼로써 부상한 군사들을 살륙하고 있었다。

그 꼴은 아수라들이 피물 탐내여 날뛰는 악귀도의 한 장면이 아닐 수 없는 것이다。

23. 서산이 울다.

날이 밝아 오고、 강건너의 소란한 함성과 말발굽 소리가 멎고 총소리도 좀 적어지고 먼지도 가라앉기 시작한 때였다。

「대사님、 죄송하지만 저물 지의 집까지 좀 데려다 주실 수 없으실가요?」

지금까지 부벽루의 한 기둥에다 이마를 기댄 얼굴을 두 손으로 가리우고 쪼그리고 앉아 있던 보패가 역시 한 기둥 옆에 서 있는 로송앞으로 가서 말했다。 한밤 사이에 백지장 같이 해쓱해진 얼굴에 몇오리 흐르러진 머리카락을 떨리는 손으로 쓰다듬어 올리는 처녀를 한번 쳐다본 로송은 말없이 고개를 끄덕이였다。

「스님」

역시 이때까지 어느 한 기둥 뒤에 붙어 섰던 한 중년의 중이 합장하고 나서며 불렀다、

「이제부터 어떻게 하면 좋으리까?」

서산은 이렇게 묻는 그의 앞으로 돌아섰다。 그들

은 서로 마주 보았다。여러 중들도 모여와서 서산을 처다 보았다。모두 온 한밤중 악몽에 시달린 사람들 같이 붉어지고 행해진 눈들이였다。

서산은 자기의 대답을 재촉하는 모양인 여러 눈동자를 피하듯이 된 눈섭밑의 눈을 내려 깔았다。

「이제부터는 어떻게 하면 좋으리까?」이 마당에 처한 지금 이는 지당한 물음이였다。어찌 산중의 중들 뿐이랴。

실로 어떻게 할 것인가?

그렇건만 이 물음에 대해서 지금 누가 명확한 대답을 할 수 있을 것인가? 답답한 서산은 내려 깔았던 눈을 감기까지 했다。몇 순간의 침묵이 흘렀다。

「어떻겠소」

마침내 눈을 뜬 서산은 이런 물음으로써 말을 시작했다。

「저 아수라 왜적들과 한하늘을 이고 같은 땅을 밟으며 살 수 있겠소? 나는 그럴 수 없을 것 같소이다。」

「저희들 생각도 그래서 여쭙는 말씀이 아니오니까。」

「그렇다면 우선 저 아수라들을 피할 것이요。그렇지 않으면 죽거나 - 혹여 구차히 잔명을 부지한대도 저 왜적의 손밭이 되여 여생이 욕될 것이요。」

「그러면 스님께서는 향산으로 들어 가시렵니까?」

「……」

「그러시다면 저희들도 모시구 가겠습니다。」

잠시 말이 없던 서산은 또 이런 말을 하는 중들을 보며 말했다。

「이제 왜적이 강을 건너선다면 향산이 여기서 멀진들 하며 또 그 산속인들 무사하겠소。」

「그러면 더 멀리로 가시렵니까?」

「어떼가더 멀겠소。멀다면 또 얼마나 멀겠소。」

이러한 서산의 대답은 남의 말에 대한 대답이라기보다도 남의 말을 뇌까려 타박하는 연사 같기도 했다。그러나 그의 태도며 음성은 결코 그렇게 들리지 않았다。도리여 온공히 묻는 듯한 말이였다。물론 그 속이 타는 듯한 신경질은 느끼졌다。또 몇 순간의 침묵이 흘렀다。

「생각해서 다시 의논합시다。내 성안엘 좀 다녀오리다。그동안에도 사태가 위급하거든 우선 동굼강압으로 가는 것이 좋을 듯하오。」

이런 말을 남기고 서산은 한 젊은 중이 내다주는 조그마한 바랑을 지고 지팽이를 옮기기 시작했다。그러나 몇 걸음 안 가서 그는 지팽이를 세우고 귀를 귀울였다。

하 퉁 챗은 울라도、듣기에는、저 왜인들은 우리

"불도를 세워서 많이 숭상한다지 않았소?"

등뒤에서 이런 말이 들렸던 것이다. 그것은 분명히 어젯밤에 시식을 지내준 늙은 로전승의 유성이었다. 그 말에 걸음을 멈추고 흰 눈섭이 떨리개 미간이 어두위진 시산은 돌아서 있다.

"그 어찌 하시는 말씀이오니까?"

모진승을 바라보는 시산이 이같이 따지듯 했다.

"만약에 저 왜적들이 진정 불제자라면 우리는 그런 불제자이기를 그만둬야 할 것이 아니겠소. 모르시는 말씀이요."

잔잔하나 쟁 울리는 음성으로 이런 말을 하는 로승의 얼굴에는 마주보기 어려울만치 엄숙한 노기가 떠올랐다. 그 단아한 얼굴이 전에 없이 붉어지기도 했다. 그는 다시 지팽이를 옮기기 시작했다.

보패와 차돌이는 로승의 뒤를 따라 기린굴 앞의 꼬불기를 지나 가파롭고 초천한 언덕길로 올라갔다. 열린 채 있는 암문에는 군사도 없었다. 뒤에서 차돌이가 이슬에 젖은 발을 탕탕 구르는 소리에 보패도 제 신발을 굽어보았다. 버선 뿐 아니라 치마 기슭에까지도 이슬에 젖은 누런 몽당물이 배였고 흙이운 풀물로 어기저기 시퍼런 얼룩이 갔다.

범치붙고하고, 당돌함을 무릅쓰고 로승에게 동행해

주기를 청한 겅은 역시 잘한 일이라고 생각했다. 우선 처녀의 몸으로 이런 새벽에 남의 집 총각과 같이 자기 마음로 들어갈 수는 없었던 것이다. 따로따로 떨어져 간대도 역시 마찬가지다. 이런 옷주제를 하고서는… 로승이 동행해 준다면 이런 찬길에서부터도 누가 보나 보는 사람들이 우선 안심할 것 같았다.

한편 차돌이는 처음에는 좀 불만했었다. "설마 한들 내가 이런 때까지두 저한테 지싯거릴라구?" 하진만 보패는 자기를 믿어 주지 않는 것 같아서 불만이였다. 그러나 곧 보패의 마음을 짐작할 수 있었다. 그 얌전한 보패가 어북해서 처음 보는 로승에게 그런 부탁을 했으랴. 이런 경우 보패 뿐 아니라 체면과 사리를 생각하는 처녀들이면 의례히 다 그럴 것이다. 남의 총각—이나 때문에… 이런 생각을 하게 된 차돌이는 제가 무안스럽기도 했다. 처음에는 저 혼자 매생이를 타고 돌아갈가 하기도 했다. 밝은 매생이지만 버리기가 아깝기도 했다. 그러나 위험한 일이였다. 왜군들은 지금도 총질을 한다.

동쪽에 을밀대 고개를 등진 골찌기(지금의 경상골)의 송림 속은 아직도 침침했다. 한밤동안 식은 밤

기운이 가라앉은 물속의 이슬방울은 아직도 차겁게 빛났다. 울창한 나무 가지에 깃들었던 산새들은 이제야 깬듯이 푸득거리고 그 밑에서는 여물지 못한 풋벌레들이 아직도 씨르름거렸다. 바위 밑에서 이쪽을 엿보는 듯한 다람쥐끝 만나게도 된다. 동행이 있어도 호젓한 길이다. 이때 보패는 차돌이가 뒤따라오지 않는다면 더욱 호젓할 뿐 아니라 불안했을 게도 같았다. 지금 앞장선 로숭만이라면 인간 근처와는 반대로 멀고 먼 구름 서리운 산속으로 들어가게 될는지도 모를 것 같았다. 지금 여기도 높은 소나무 가지 사이로 비꺼드는 새벽 빛이 푸른 구름으로 서리운 듯 했다. 보패는 자기 오라버니가 간혹 문잡에서 꺼내서 벽에 걸어 놓는 신선도(神仙圖)를 생각하기도 했다. 지금 옆으로 쳐다보는 로숭의 모습 — 그 긴 눈섭은 달빛에서보다도 더 은실 같이 희였다. 그 머리의 송라은 바위에 돋친 이끼와도 같았다. 수묵색 장삼이 우선 바위 빛이다. 그리고 보면 로숭이 하나의 이끼 돋은 파리한 바위로 보이기도 했다.

여기서 서산에 대한 처녀의 수집은 관찰과 감상을 작자가 대신 좀더 보충해서 말하면 이렇다. 보패는 이런 깊은 송림 속에서 보는 로숭이 · 현실적 인간이기보다도 신선도 그림 속의 인물 같이 비였던 것이다. 혼히 신선들을 그리는 선비들은 신선 역시 사람이기는 하지만 될수록 그 배경의 고삭은 나무드덜기나, 이끼 돋친 바위 맛이 나도록 그린다. 즉 배경도 고목한암(枯木寒岩), 그 가운데 신선도 고목한암 같은 인물로 — 그렇기 때문에 삼복 더위에라도 땀냄새나, 산 사람다운 온기조차도 있을 것 같지 않은 로숭하고만 동행이 됐더라면 인간 세상과는 멀리 깊은 산중으로 가게 될 것 같기도 했던 것이다. 이같은 생각은 안 했지만 차돌이 역시 서산 대사를 (고 충경이네 사랑방에 갔을 때 간혹 보았던) 신선도의 사람 같이 보기는 마찬가지였다.

마침내 송림을 벗어 났다. 자그마한 언덕에 올라섰다. 성안이 바라보인다. 그것은 놀라운 광경이였다. 말바로 발짝 뒤집힌듯 했다. 부벽루에서 바라본 강건너의 수라장이 성안으로 옮아온 듯도 했다. 성안은 충천한 먼지 속에 힙싸여 있었다. 그 먼지 속으로 큰 거리, 좁은 꼴목 할것 없이 쏟아져 나온 사람들이 복작거리고 분비는 양이 바라보인다. 저저마다 꾸러미와 보따리들을 이고 지고, 늙은이들을 부축하고 어린것의 손목을 잡은 사람들이 서로 엇갈리며 반 달음박질로 오고 간다. 황황한 그들의 얼굴이 날날이 보이는 듯도 했다. 서로 찾고 쉐치고 울고 한

숨짓는 그들의 아우성소리가 충천한 먼지와 함께 하늘에 사무친듯 했다.

그런 광경에 넋을 잃다 싶이 시었던 보패와 차돌이는 불현듯 옆에서 누가 북바치는 통곡을 참노라 「으흐흐」 느끼는 듯한 소리에 소스라치게 놀라서 돌아 보았다.

지팽이 끝에 얹은 두 손등에 턱을 고이듯 하고 서 있는 로승의 긴 눈섭으로 내려덮인 눈에서 굵은 눈물 방울이 뚝뚝 떨어지고 있었다. 붉은 가사를 수한 그의 척한 어깨는 소스라지게 떨렸다. 끓어 오르는 울음을 참기에 숨이 꺽꺽 막히는 듯도 했다.

보패와 차돌이는 더욱 놀라운 눈으로 마주 보았다. 땀도 안 흘빌 듯한, 신선도 속의 로인의 뜨거운 눈물과 북바치는 롱곡으로 온몸을 떨고 있는 것이 놀라웠던 것이다. 그러나 그런 눈으로 마주 본 것은 한 순간일 뿐, 다음 순간 보패는 차돌이의 눈에, 차돌이는 보패의 눈에도 뜨거운 눈물이 넘치는 것을 보았다. 더 참을 수 없는 보패는 로승 곁에 쪼그리고 앉아서 흐느꼈다. 이쪽 풀판에 두 다리를 내던지고 주저앉은 차돌이는 흐르는 눈물을 씻을 생각도 않고 성안을 내려다 보고 있었다. 문득 잡손이를 왜처 불러 보고 싶기도 했다. 그리고 보통벌 「머사니」

아즈바니도, 임옥경 별장도… 또 뭐라고 어둡 저어 부를지는 모르나 지금 내려다 보이는 온 평양사람들은 다 한꺼번에 목청이 터져라고 웨처 불러 보고 싶기도 했다.

아아 어떻게 하면 이 속이 씨원할 것인가?

저렇게 황황히 분비고 애타하는 사람들— 지금 보면 그 어느 누구나가 다 남이 아닌 것 같았다. 할머니, 아버지, 어머니, 동생이라고 부르면 그 누구돈 조금도 이상해 않고 『오냐!』 대답하고 껴안고 같이 울 사람들이 아니겠는가—

이런 느꺼움으로써 다시 서산을 쳐다보는 차돌이는 그 로승 역시 정다운 할아버지였다. 그 뿐 아니라 그의 뜨거운 눈물로써 제 마음이 정하고 맑게 씻기우고 또 넓게 트이는 것도 같았다.

24. 평양성을 떠나는 사람들

다시 지팽이를 옮기기 시작한 로승을 따라선 보패의 뒤로 따라가는 차돌이는 보패에게 「이제는 우리 끼리 가두 되지 않아」 하고 싶기도 했다. 공연히 나

많은 이를 수고시킨다는 생각도 생각이려니와 그 보
다도 지금까지 보패물 두고 품어온 애정을 지금은
비단 보패에게만이 아니라 누구에게나 다 느낄 수
있기 때문이었다. 누가 알면 부끄러울 단 둘이만의
애정이 아니라 모든 사람이 다 측은하고 그래서 또
다정답게도 느껴지는 심정이었다. 보패도 그중의
하나인데야 부끄러울 것이 있는가? 무슨 상관이겠
는가? 이러한 자신이었다.

『종각,』

서산이 문득 뒤를 돌아 보며 불렀다.

『에?』

차돌이는 그의 곁으로 갔다.

『어제 밤에 총각과 이야기하던 「보통벌 아저씨」네
집이 저 보통벌 어데라지?』

『에, 보통문에서 보통벌 건너 바루 마주 보이는 산
이 봉화대가 있는 잡약산(雜藥山)인데요, 그 산밑
에 있는 한 어라문 집되는 동네야요.』

『그 사람의 이름은 뭐지?』

『어룽의 이름이 돼서 모르갔는데요. 그 동네 가서
그저 「보통벌 머사니」라구만 찾아두 다 알아요.』

『그 잡약산인가 하는 산에 봉화대가 있어?』

『에 있어요.』

『그럼 거기서는 아 성안이 잘 바라보이겠군.』

여전히 진 눈섭을 드리우고 지팽이를 옮겨짖는 서
산의 말은 혼잣말 같기도 하고 묻는 말 같기도 했다.

『에 그래요.』

차돌이는 로승을 처다보며 말했다.

『전에 우리 외가집이 그동네에 있어서 늘 눌려가더랬
는비 그 봉수대에 올라서기만 하면 보통벌 어데 안
보이는 데 없이 다 봬요.』

『……』

말없이 고개를 끄덕일 뿐인 로승을 다시 처다보는
차돌이는 『왜요?』하고 로승이 물은 까닭을 되묻고
싶기도 했다. 그러나 마침 들어서선 골목 안은 헤나기
조차 힘들게 오고 가는 사람들로 분비고 소란했다.
사람 뿐 아니라 집집의 대문밖과 차면바자 앞에
부이로 내놓은 세간과 묶어 놓은 짐짝들로 앞이 막
힌 듯도 했다. 이리 피하고 저리 에둘러가며 골목을
처나갈 때 밭은편의 차면바자도 없이 댕그라한 외
채 초가 마가리의 찌그러진 부엌 문이 절삭 열리자
햇결로 또 절삭 내던져지는 것이 있었다. 바로 그 앞
을 지나가던 한 중년 아낙네는 주춤 물러서서 받앞
에 허옇게 쏟아진 것과 제 치마자락을 굽어보다가
물이 면 신발을 몇번 구르고 나서 부엌문쪽을 보며

『아니 어드러뇨…』

하고 끌끌 혀를 찼다.

『보손이나 마추지 않았소?』

미안해서 묻는 말소리와 함께 반백이 지난 머리를 끌댕기도 없이 물레줄 같은 노끈으로 맷어서 조그맣게 머릿봉을 울린 로파가 나왔다.

『아니 웬일이요, 이 많은 두부를 비주기채 내치니―』

지나가던 아낙네는 좀 마춘 제 신발은 물째로, 길바닥이 허영게 한벌 깔리다 싶이 한 두부와 박산이 나게 부서진 버주기가 웬일이냐는듯이 말했다.

『내니 아깝지 않아 그댔갔소。…최년 과부루 하나 받아 기른 아들아이 잔치랄라구 했던 두부웨다。』

로파는 기슭도리가 다 피게 해진 몽당치마 자락으로 콧물을 훔치면서 이런 말을 했다.

『날을 잘못 받았는지, 세월을 잘못 만났는지 이런 란리통에 잔치니 하갔소. 그러니 또 어네루 가게 될지두 모르는 피란길에 두부 버치를 이구 가길 합네까, 그렇다구 그냥 두구 가자니 왜놈의 살이나 할 것 갚구… 그런 생각을 하문 아깝기는 고사하구, 저두 모르게 심술까지두 곳어지시 그멋쉐다.』

이런 말을 한·로파는 코를 훔치던 치마자락으로 눈섶을을 닦으며 돌아섰다.

잠시 걸음을 멈추었다가 다시 걷기 시작한 서산이 애런당을 좀 지나온 때였다. 등뒤에서

『저 이보십쇼. 서산 대사님이 아니신가요?』

하는 랑랑히 울리는 말소리가 들리었다. 서산은 걸음을 멈추었다.

저편 골목 어구에서, 멀리서도 향기가 느끼질만치 동배기름으로 결태를 낸 큰 머릿봉우에 얹힌 붉은 교둘채 댕기를 나풀거리며 연두색 꽃당해 마론신 뒤축을 찰라찰라 끌면서 한 젊은 녀인이 반 달음질로 좇아 왔다.

웬 일일가? 모두 초조하게 분비는 사람들로 법석하는 민지 속에 감겼던 좁은 골목 안이 금시 밝아지고 한유해지는 듯도 했다. 그 녀인의 차림이 꽃답기도 하려니와 그 얼굴이 환히 빛난달만치 아렷다 왔던 까닭이다. 맑고 그윽한 향기가 풍기기도 했다.

『뉘시온지?』

마주선 서산이 나직한 소리로 물었다.

『지, 저에요. 저는 이전에 간혹 뵈였는데요.』

숨이 좀 찬 모양이나 역시 랑랑히 울리는 소리로 만하는 녀인은 모승이 저를 못 알아보는 것이 좀야속도 하고 부고럽기도 한 얼굴이었다.

지난·봄에두 칩산 허잖 오섯구 향상왔흘 편휘여

서 ᄆ 로장님을 잘 아는데요.」

「아 그러시오니까. 소승은 다 늙은 것이 정신이 사

나와서…」

하고 머리를 끄덕이기는 하면서도 역시 기연가미

연가 하는 모양인 로승의 얼굴을— 그 한편 뺨의 보

조개만이 더욱 깊어지는 엷은 미소로써 좀 더 사물

거리고 가늘어진 눈으로 바라보던 젊은 녀인은

「전 본부 부기(府妓) 계월향이야요.」

하고 제 본색을 밝혔다. 계월향! 계월향!— 과시 명불허전

(名不虛傳)이었다고 할만치 우선 그 얼굴과 자태부

러 세련되고 아름다운 녀인이였다.

「그러시오니까.」

하는 서산 로승도 그 녀인의 눈부신 자태에 놀란

듯 잠시 치떴던 눈섭을 다시 내리고 다음 말을 기다

리는 듯했다.

그 동안에도 끊일 사이가 없이 좁은 골목을 서로

해치고, 큰 짐짝과 짐짝을 부딪치며 엇갈려 오고 가

는 사람들은 행길 한가운데 마주선 파파 로승과 꽃

다운 젊은 기생을 혹은 이상한듯 혹은 거칫는다는

듯한 눈으로 다시금 돌아보며 지나갔다. 보꾀와 차

돌이는 길을 비켜서서 어느 집 담밑에 붙어 서서 서산

과 기생의 말이 끝나기를 기다리고 있었다.

계

월향이는 서산에게 자기를 묘향산으로 데려다

준 수 없겠는가? 물었다. 즉 묘향산의 어느 절이나

암자로 피란갈 생각이라고 하면서 아주 밝혀서 하는

말은 아니나 이 가까이 있는 중둘은 시켜서 제 약간

한 세간까지도 좀 날라다 주었으면 하는 의사를 표

시하고

「제가 향산에 가 있게 되면야 설마 절에 페만 끼치

기야 하겠어요.」

이런 만까지 보랜 기생은 웃고름을 들어 입을 가

리우며 교태라기보다 로승에게 응석을 부리듯이 간

드러지게 웃기도 했다. 그런 말, 그런 웃음을 들은

보꾀는 저도 모르게 놀랜 눈으로 저만치 떨어져 있

는 차돌이를 처다보았다. 차돌이도 분명히 「저런!」

하는 눈치였다.

「역시 기생이였구나!」

그런 말— 더우기 서산 로장에게 그런 말을 하는

네 그 인품이 뚝 떨어지는 것 같이 생각된 보꾀는 이

면, 생각이 저만이 아니였다는데 더욱 자신 있어 속

으로 중얼거렸다.

「저는 속히 산으로 들어갈 것 같지가 않소이다.」

눈을 내려깔고 기생의 말을 듣고 있던 서산의 대

답이였다.

『하긴 그렇기두 하다 그럼 먼베 지구 간 것 없어,

『저 우물에다 처넣려므나.』

이번에는 젊은이가 물었다.

『우물은 그냥 뒤선 또 뭘하갔네.』

하는 로인은 긴 한숨을 지었다.

『하기는 그렇기두 하웨다.』

하는 젊은이는 소금섬을 지고 진 건너편의, 깨돌로 금정물을 쌓은 우물로 갔다.

『허ㅡ』

이때 서산의 바로 등뒤에서 깊은 외마디 탄식소리가 들렸다. 부푸진 이불짐을 진 채 열 한두살짜리 계집애와 함께, 돌아 앉은 집의 담을 의지하고 서 있던 한 늙은이였다.

『세상이 이지경이 되구 보니 그래두 심사궂은 일이 아니겠다!』

그 늙은이는 혼자 머리를 끄머이며 이런 말을 했다. 우물에서 철썩 소리가 났다.

『우물에다 뭘 그렇게 처넣니?』

『정말 기 뭐요?』

『소금섬이왜다.』

『우물에다 소금섬을?』

『가지구 못갈 바에야 처넣길낼러ㅡ거 잘했소.』

『하긴 그렇기두 하군!』

지나가던 사람들도 이런 말을 했다.

『또 가보자.』

등뒤에서 이런 말과 함께 또 『허ㅡ』하는 외마디 탄식이 들렸다. 머리에 조그마한 길량식 자루를 이고 따라서는 어린 계집애와 함께 떠나가는 그 늙은 이의 아불짐 우에는 가느다란 대 한묶음과 청모, 황모들의 끝이 드러나 보이는 작은 보따리가 옷침처 있었다. 필시 붓을 매는 필공(筆工)인 모양이다. 대동문 거리로 들어서자 늙은 필공은 걸음을 멈추고 서서 이윽히 대동문루를 쳐다보다가 혼자 말했다.

『단군님적부터 내려 온다는 이 평양성이 우리 처에 와서 이렇게 될 줄이야 누가 알았갔노ㅡ 이렇게 내놓구 떠나가는 이 나부터두 죄인이로구나ㅡ 죄인이야.』

『할우반.』

걸에 따라섰던 어린 계집애가 그의 소매를 당기며 불렀다. 그러나 늙은 필공은 역시 재 생각에만 잠긴 듯 또 혼잣말을 할 뿐이였다.

『조상님에한테 큰 죄인이야.』

『할우반ㅡ, 할우반은 왜 자꾸 그런 소리만 하너ㅡ』

할아버지의 떨리는 음성만으로도 저역시 슬퍼지는

모양인 어린 처녀애는 눈물이 글썽해진 눈으로 늙은
이를 쳐다보면서 또 그의 소매를 당기며 재촉했다.

「그러지 말구 어서 가자구, 함우반―」

「오냐 가자, 가―」

비로소 그애의 말이 들린 듯 고개를 끄덕인 필공은
어린 손녀의 손을 잡고 걷기 시작했다.

대동문 거리를 지나 종로 들어서려고 할 때였다.

「스님!」

하고 소리쳐 부르며 사람의 물결 속에서 헤쳐 나오
듯이 법근이가 나타났다.

「너는 어델 가던 길이냐?」

묻는 서산의 말에는 질책하는 어기가 있었다. 법
근이는 서산을 찾아 영명사로 나가던 길이라고 했다.

「잘 만났다. 네게 할 말이 있어서, 네가 혹시 전
서방네 집에 있을가 해서 이제 칠성문 밖으로 나가
려던 차이다.」

이런 말을 하면서 서산은 길을 비켜 어느 집 처마
아래로 들어섰다.

「이것은 내 혼자 생각만이 아니고 지금 이 성을 떠
나가는 온 평양 사람들의 의사라고도 할 수 있다.」

이런 말로써 자기 말을 끝내는 서산의 말을 듣자 차
법근이는 주먹이를 찾아 칠성문 밖으로 달려가고
는 것이다. 그 성첩과 문루와 그 안의 관아와 전각들

놀이는 자기 동네로 달려 갔다.

25. 잡약산 마을의 서산

산마루에 돌로 쌓은 연대(烟臺)가 솟아 있는 잡약
산(雜藥山) 밑에는 산기슭을 따라 가며 남향 혹은
동남향으로 창파 문을 낸 십여호의 농가들이 외벌줄
로 놓여 있다.

서산 대사는 이른 아침부터 동네 앞에 늘어선 버
드나무 밑의 큰 떡돌 한 기슭에 걸터앉아 있었다.
동남쪽으로 바라보이는 평양성밀까지 십리폭이나 되
는 보통벌은 새벽부터 피란민들과 이삿짐바리들로
덮였다.

사람들과 마소들의 발길에 일어나는 티끌로써 하
늘은 흐리고, 내려 덮이는 먼지로써 연일 폭양에
시들었던 곡식들은 푸른 빛까지도 잃었다.
보통문 칠성문으로 쏟아지듯이 쏟아나오는 사람
들―어제 밤까지도 근 만 호나 되는 집집에서 살아
온 수만 수천의 평양 사람들이 일조에 집과 생활과
생계를 버리고 산지사방 흩어지는 중이다.
이제 평양성은 비게 된다. 서경 평양성이 무너지

과 민가들은 아직도 그냥서 남아 있고 그러
나 그러면 것들로써 평양성이 그냥 남아 있다고는 할
수 없다. 그 안에서 생재를 세우고 생활을 유지해온
사람들이 다 없어짐을 따라 그 성도 무너진다고 할
것이다. 이제 그 주인들이 비고 나가는 평양성은 적
들의 유린에 맡겨질 것이다.

지금 자마다 창황히 떠나가면서도 걸음마다 뒤를
돌아보는 평양 사람들은 이때 같이 자기네가 이성
외 주인이였다는 것을 느껴본 적은 없었을 것이다.
지금까지의 그들은 성안에 있는 한채의 집, 혹은 한
간 셋방 살림의 그들은 주인에 지나지 않았다. 그러나 지금
자기네가 이성의 주인에 되는 것이 그같이 애석하고
분하고 수치스럽고 무거운 책임감까지도 느끼지 않
을 수 없는 이들은 실은 자기네가 이성의 주인이였
던 것을 깨닫게 된 까닭이였다. 지금 걸음마다 돌아
보는 수만 수천 사람의 가슴 속에 이 평양은 아름답
고 정든 내 고향이였다. 죽여 어떤 사정으로 몇몇
집이 이사해 가는 길이라면 모를가, 너나없이 송두
리채 『우리 평양』에서 떨려나게 되는 것은 우선 분
한 일이였다.

왜 우리는 우리 평양을 지키지 않고 떠나는가?

우리가 이 성을 외타세 돌아올 수 있을 것인가?

이제 왜적들이 저의 역사나 같이 탕을 치고 판을
치게 될 이 성이 그대로 남아 있기나 한 것인가?
지금 우리 사람들은 나부터도 이 성에서 빠져나기
만 위주니 이다지도 사람이 없단 말인가?
피란민들은 각기 이고 지고 있는 정도의 세간은
꾸린 보따리에 목과 등허리를 짓눌리면서 또 이러한
공통적인 비분과 수치감과 책임감으로써 마음까지도
짓눌려야 했다.

이 성에서 떨려난 이 많은 사람들이 너나없이
다 어데로 갈 것인가?

이 성을 빼앗긴 우리는 언제까지나 떠돌아 다녀야
할 것인가?

어데로 가야 생명을 부지할 것인가?

아이들은 울었다. 로인들은 신음했다. 녀인들은
흐느꼈다. 저도 모르게 추미이 부르르 떨리는 장정
들은 이가 갈렸다. 사람들은 자기네 등뒤에 창칼과
조총뿌리를 겨누고 있는 왜적들을 저주했다. 복수
욕에 불탔다.

그들의 이렇듯 비분한 격정은 하나의 조국의 감정
이라고도 할 수 있는 것이였다.

이 준엄한 국난은 우리 사람들로 하여금 이러한
공통적인 커다란 감정을 낳게 했던 것이다. 三백 六

○여년 전의 일을 지금 우리가 이렇게 말하는 것은 단지 상상으로써만 과장해서 말하는 것은 결코 아니다. 사실이었다. 이때만의 사실이 아니라 어느 시대를 막론하고 이러한 경우에는 이러한 감정이 인민 속에 탄생되는 것이다.

· 오직 이때에는 『이렇게도 사람이 없단 말인가ー』한 만치 인민들의 이러한 복수욕과, 비분과, 책임감과, 서로의 동정과 련민의 정을 바로 인식하고 그것을 수습하여 하나의 키다란 력량으로 엉키고 뭉치게 할 사람들이 없었을 뿐이다. 그렇기 때문에 그들은 한낱 칠령팔락한 피란민으로서 흩어지게 되였던 것이다. 외적의 손에 죽지 않기 위하여ー 또 왜적에게 굴복하는 수치를 면하기 위하여…

물론 이것은 민족적 수난이었고 패전 국민의 비극이였다. 그러나 이 수난, 이 비극 속에서도 우리는 조선 사람의 자존심과 강의 성과 적에 대한 반항과 증오를 찾아볼 수 있는 것이다. 이때의 평양 사람들은 자기네의 집과 살림과, 생계와 선조대부터의 모든 로력의 결과가 담겨 있는 성을 내놓음으로 해서 결코의 노에로서 남아 있으려고는 안 했다. 원쑤와는 잠시라도 한성안에서 같이 살기를 원치 않는 그들은 송두리채 떠났다. 그럼으로 해서 이 비극은 더욱 거창하고 비장한 것이었다.

서산 대사는 이 수많은 비극의 주인공들 속에 휩싸이고 부대끼며 여기까지 나왔다. 피란민 중에 혹시 어떤 녀인의 등에 업힌 어린것이 손에 들었던 누렁지 덩이를 떨어뜨리고 울너라도 그것은 이러한 비국 속에서는 응당 울지 않을 수 없는 한 주인공의 뭉꼭으로 들으면서…

이 잡약산 마을에서도 꼭 성이 났다. 서산은 그 유난히 긴 눈섭이 하얗게 센 늙은 중을 구경하려고 자기 앞으로 모여드는 동네 아이들 중에서 끝 『보통벌 머사니』의 아이들을 알아볼 수 있었다. 사내인지 계집앤지 모를 두세 살짜리 어린것을 업은 사내아이와, 또 그애의 고이 가맹이를 한 손으로 부여잡고 서 있는 대여섯 살짜리 사내놈의 얼굴에는 마치 모진 폭풍에 불러서 어딘지 모를 땅에 떨어지기라도 한듯이 불안과 공포와 고독감에 질린 표정이 비껴 있었다. 저의 마을에서 저의 동무들 사이에서 그렇다는 것은 그 애들에게는 큰 불행이 있다는 것을 말하는 것이다.

『너 몇 살이냐?』

서산이 큰 아이에게 물었다.

『아홉 살? 동생이 몇이냐?』

『나까지 다섯이야요.』

『형이나 누님은 없느냐?』

『없어요.』

그 애와 로숭이 이런 문답을 할 때

『칠성이 애비 아버진 죽었어요.』

『애 아버진 이동네 「머사니」 뎄어요.』

『칠성이 아버진 어제 밤에 싸움에 나갔다가 왜 놈한

비 죽었대요.』

영애 있던 애놈들이 묻지도 않은 말을 목청은 좀 처서 떠들어댔다. 칠성이는 부끄러운 일이라도 당한 듯이 제 옆에 더욱 붙어서는 동생의 손목을 잡고 둘 아섰다. 그 애들이 들어가는 삽작문 옆의 울바자가 다 헐벌어지고 씨그러진 그 집은 더욱 파가리라는 인상이었다.

서산은 지금의 칠성이의 뒷모습에서 六〇여년 전 의 자기를 몰아 보는 듯도 했다.

아명을 운학(雲鶴)이라 부르던 서산은 아홉살 때 어머니를 잃고, 열살 때 아버지마저 여의었다. 아바 지어머니가 五〇이 다 되어서 만득자로 태여난 운 학은 형도 동생도 없이 혈현단신의 고아가 되었던 것이다. 지금의 지명으로 평안남도 안주군 룡화면 (龍花面) 삼산리(三山里)라는 동네에서 한 가난한 선비로 살아온 그의 아버지 최 세창(崔世昌)은 어린 아들에게 초가집 한 채와 몇 이랑 터밭과 몇 권의 책 을 남겨 주었을 뿐이었다. 그때의 슬픔과 고독감을 서산은 지금도 아픈 감각으로써 회상한다. 리 사중(李 思曾)이라는 안주 고을의 목사(牧使)였다. 서울 사

그러나 운학은 한 은인이 나타났다. 리 사중 은 안주 고을에 자기 고을 람인 리 사중 에서 글을 잘하고 행세 조출한 선비 최 세창을 존경하 여 친교를 맺게까지 되었던 것이다. 따라서 그는 최 세창의 아들 운학을 귀엽게 보아 왔었다. 어린 운학 의 총명한 재질은 귀히 여겼던 것이다. 엿아홉살 밖 에 안 된 어린것이 배우지 않은 한문자를 모아 서 시를 짓노라는 것이 우선 신롱했던 것이다. 언젠 가 첫눈이 왔을 때 어린 서산이 『천리강산(千里江 山)』에 『설약화(雪若花)』라고 지은 글귀는 지금까지 도 전해오고 있다. 글이 잘돼서보다도 서산이 어린 적부터 그만치 총명했다는 것을 말하는 것이기 때문 이다.

리 사중은 어린 고아를 서울묘 데리고 가서 공부 를 시켰다. 서산이 열살 때였다. 본시 글 읽기를 좋 아했던 운학은 어린 소견에도 남이 자기를 그같이 거두어 주는 것은 자기애게 한끝 촉망하는 바가 있기

때문이라는 생각에 더욱 열심히 공부했다。 그리고 과거를 보았다。 그러나 두번씩이나 락방이 되고 말았다。

과거 제도는 본시 전국의 선비들이 글과 재조로써 경쟁하여 하나의 인재로서 국가의 인정을 받아 출세의 길로 나아가는 등룡문이였다。 그러나 이 당시의 과거는 최 운학이 갈이 보잘 것 없는 시굴의 한미한 집 자식에게는 너무도 좁은 문이였다。 글과 재조의 경쟁이 아니라 문벌과 세도 내기였고、 또 뫼물로써 출세의 길을 흥정하는 장터였다。

이 당시에는 이런 말이 있었다。 량반이 못되는 량민(良民=주로 농민)의 자식들은 군역(軍役)이라는 군신적 부역과、 호포(戶布)、 전포(田布)、 군포(軍布)라는 명목으로 가렴주구되는 세납으로 피틀 짜내도 모자라는 착취를 받으면서 그냥 량민 노릇을 하거나、 그렇지 않으면 화적패가 되거나、 또 그렇지 않으면 중이 된다는 것이다。 량민 노릇을 하기가 그 엄마나 어려웠던가를 짐작할 수 있는 다음과 같은 기록을 들 수 있다。 제一三三대 왕 명종(明宗=선조의 바로 전의 왕) 초년에 어린 왕 명종을 대신하여 정

사를 본 문정왕후(文定王后)의 비망록의 일절이다。 『량민이 날로 줄어서 군졸을 모아들이기 지금 같이 곤난한 적은 없다。 그 까닭은 다름이 아니라 백성들이 군역의 고통스러움을 이기지 못하여 군역을 피할 수 있는 중이 되므로 중은 날로 늘어가고 군사로 충당할 량민은 줄어가니 지극히 한심한 일이다。』

서산 대사도 이런 시대의 한 사람이였다。 그는 소물 한 살 때에 지이산(智異山)으로 들어가서 머리 깎고 중이 되였다。

우리는 지금 그때의 서산이 중이 안 되면 안 되었던 사정이나 또 그가 중이 되려고한 까닭을 자세히 알 수 없다。 이미 중이 되였거나 혹은 되기 직전의 것이라고 할 수 있는 그의 스물 한 살 때의 시 한구절을 찾아볼 수 있을 뿐이다。

汲水歸來忽回首　靑山無數白雲中

『물을 길어오다가 문득 돌이켜 보니 무수한 청산이 구름 속에 묻혔고나!』 하는 이 시에서 우리는 한폭의 웅장한 풍경을 보면서도 일종의 허무감을 느끼게 또 된다。 작자인 서산이 그 웅장한 자태를 제대로 드러낼 수 없이 구름 속에 묻혀 있는 여러 메뿌리 중의 하나를 자기 자신에 비겨본 것이라면 더욱 그명다。『비창홍진(悲愴紅塵)、명장경인』하리라는 만만한 자신

파…순의 ㅇㅇ을 단념할 밤에 ㅇ없ㅇ 산속에 묻히고마
는 젊은이의 허무감을…

부패하고 암흑한 봉건 시대에서, 자기의 재질은
믿고 만만한 포부를 가지면서도 양반이 못되고 권력
과 재산이 없기 때문에 자기의 포부를 펴볼 길이 없
이 속절없이 썩고 마는 그 당시의 젊은 재사들로서
이러한 허무감에 시달린 것이 어찌 최 운한이 뿐이
었으랴.

그러나 젊은 운한은 시들지도 타락하지도 않았다.
금의옥식에 싸인 권문세가의 자식들이 백성의 등골
을 뽑아 먹는 권력의 길로 출세를 한다면 자기는 한
빈 칠베 장삼에 숱잎과 느름나무 껍질을 먹으면서라
도 높은 선지식과 고결한 덕행을 쌓음으로써 명성을
떨쳐 만인이 우러러보는 사람이 되리라고 결심했던
것이나 아닐가?

중이 되어 입산수도한다는 것은 그 당시의 운한이
와 같은 처지의 젊은이들로서는 공부할 수 있는 유
일한 길이기도 했다. 중이 된 그는 정력과 심혈
을 공부에 기울였던 것만은 사실이다. 『불가의 경전
은 물론, 유교와 선도(仙道)의 경전과 제자백가서에
이르기까지 통하지 않은 바가 없었다』 「대장경을 다
읽고 나서 향을 사르며 또 주역(周易)을 읽었다.」(看
론 아니었다. 그럴 밖에 없는 것이 일왈 그는 세상

藏大藏經 焚香又誦易)는 그의 최고담ㅇ로도 짐작할
수 있다.

그는 선지식을 쌓음으로써 벼락이 머리에 떨어져
도 태연하고, 부귀가 오더라도 오불관연할 수 있는
『사람된 사람』이 되려고 했다. 그것은 그 당시에
만인이 다 수긍할 수 없는 권력에 대한 반항의 길이
기도 했다. 엇그제 련광정 앞에서 마음 속으로나마
겨분을 로로했던 것이 이러한 의식의 잠재였을지도
모를 것이었다.

서산은 젊어서부터도 계행이 각근한 중이였다. 『忘
我兼忘世』로 공부하기에 자기를 잊고 세상까지도 잊
었던 그는 이성에 대한 애욕 같은 것은 생각할 여념
도 없었다. 또 그동안에는 초근목피도 구할 수 없는
겨울에 궁벽한 산속, 퇴락한 암자에서 등불도 없는
긴밤을 기한으로 떨고 지난적도 한두번이 아니였다.
그러한 토련과 고행의 결과는 그모 하여금 별써부
러 글 잘하는 시승으로 더하이 가륵한 선승으로 명
성을 떨치게 했다. 그러나 그의 명성은 어두운 밤
하늘 어느 한귀퉁이에서 반짝이는 하나의 별빛 같은
것에 지나지 않았다. 사람들의 주목을 끌기는 했으
나 세상을 밝힐 수 있는 광명으로 빛나는 이름은 몰

사람과는 관계가 없는, 말하자면 세상 사람에게 아무런한 영향도 도움도 줄 수 없는 산속의 한 중이었기 때문이었다. 서산 자신도 그 점을 모르지 않았다. 그는 언젠가 『十年勞目苦 所得一虛名』이라고, 즉 『십년 적공과 고행의 결과로써 얻은 것은 한낱 빈 이름 뿐』이라고 자란한 적이 있었다.

우선 그는 고독한 일생을 살아온 사람이다. 따라서 랭철한 사람이 아닐 수 없었다. 七〇여세 한평생을 가정을 가져본 적이 없는 그에게는 자식이 있을 리 없다. 어린애를 가져본 적이 없고 길러본 적이 없고, 가까이할 기회조차도 없는 사람은 자연히 랭담한 사람이 될 밖에 없는 것이다. 그런 사람은 우선 많이 웃을 기회를 못 가진다. 또 자신 이외의 사람을 위해서 마음 아파할 기회조차도 가질 수 없기 때문이다.

귀여운 어린 자식을 보는 부모는 까닭 없이 웃을 때가 많다. 까닭은 없으나 우러나오는 웃음이다. 그런 웃음을 많이 웃을 수 있는 사람은 자연 마음이 따뜻해지고 그 자신 우선 행복하다. 그러한 행복을 못 가진 사람은 그만치 따뜻한 마음을 가질 기회도 적다고 할 것이다. 서산 대사 역시 그 예외일 리가 없었다.

더우기 만법(萬法)이 개공(皆空)이라는 무상관세(無常觀世)의 눈으로써 보면 세상에는 옷을 일도, 새삼스럽게 간격할 일도, 놀란 일도, 저머할 일도 없으며 또 없어야 한다는 선승의 수련을 쌓아온 서산은 반 세기 동안 옷을 일도 별로 없었거니와 더우기 울어본 적은 한번도 없었다.

그러한 서산이 오늘 새벽에 울었다. 또 피란민 사이에서는 누렁지를 떨어뜨리고 우는 어린것의 울음까지도 응당 그렇지 않을 수 없는 뭉쿠으로 느꼈다. 이러한 것은 실로 그가 五〇여년만에 처음 당하는 마음의 큰 동요였다.

서산은 이때까지 자기를 랭정하다거나 랭담한 사람이라고 생각한 적은 없었다. 일체 중생을 사파고 해서 제도하려는 불보살의 대자대비를 곧 자기의 마음씨로 하여 길가의 개미 한마리도 밟지 않으려는 자기가 랭정랭담한 사람일 리가 없었다. 그는 또 일찌기 자기를 독선적인 기만한 사람이라고 생각한 적은 한번도 없었다. 보살경(菩薩經)의 개행을 지켜, 일체 중생은 누구나 다 불성(佛性)을 가졌고 따라서 다 같이 성불(成佛)한다는 생불일어(生佛一如)의 견지에서 만인 앞에 합장하고 머리를 숙여 왔다. 그러므로 그는 인간에 대해서 거만하지도 랭담하지도 않

앓다. 그는 이같이 자선해 왔당

그러나 오늘 그가 흘린 뜨거운 눈물은 이러한 그의 자신을 부인했다.

주는 듯한 그의 눈물은 이때까지의 자기는 그 얼마나 맹철한 사람이였던가를 스스로 깨닫기도 했던 것이다. 지금까지 그는 깊은 산중에서 일체 중생을 위하여 념(念)해 왔다. 그는 높은 법당에서 일체 중생을 제도하기 위한 법(法)을 설(說)한 적도 있었다. 그러나 누구를 또와준 적은 없었다. 생각컨덴 스스로도 놀라운 일이 아닐 수 없었다.

더우기 놀라운 일이 있다.

자기는 五〇년 동안을 벼락이 떨어지더라도、혹은 뜻하지 않은 부귀가 굴러 들어오더라도 고떡도 없는 사람된 사람이 되리라고 노력해 왔다. 그러나 어제밤의 그 많은 사람들— 그중의 이름을 알 수 있는 사람만으로도 임욱경, 갑손이, 『머사니』같이 그료록 순순히 대의를 위해서 목숨을 버리는 길로 서슴없이 나갈 수 있을 것인가— 대외를 위해서 소아(小我)를 그렇게 대담히 버릴 수 있는 수련을 그들은 언제 쌓았던 것일가?

스스로 모든 집착에서 해탈한 선승으로 자처해 온 서산은 그 사람들 앞에서는 자기는 한낱 공념불(空念佛) 구두선승(口頭禪僧)에 지나지 않는 것 같이도 느껴졌던 것이다.

이때의 서산은 사랑이 그리웠다. 막연히 일체 중생을 위하여 념하기보다 단 한두 사람이라도 좋았있다. 그들을 위하여 자기의 여생을 바쳐 도와줄 사람이 그리웠다. 그리고 그들의 사랑이 그립기도 했다.

서산은 어제밤에 우연히— 혹은 단순한 우연이 아니라 무시(無始)로부터 내려 오는 윤회(輪廻) 중에 전생에서 맺어진 인연으로 만나게 되었을지도 모를 (보송은 이렇게도 생각했다) 『머사니』가 남기고 간 피아들을 찾아서 그들을 도와주고 보호해 주고 싶었당. 그러나 그는 아직도 『머사니』의 집을 찾아 가지는 않았다. 난데없이 한 늙은 중이 찾아간대사 그들에게 무슨 위로가 되랴—

……………

『김 오장(伍長)— 연대 오장 있나?』

『누구요?』

『상게두 연대에 있나?』

『글쎄 누구요?』

『나야나. 가마꾸비 연대 오장이야. 좀 내려오라구。』

「아니 어떻게 왔소? 왜 놈이 성안에 물어왔소?」

「글쎄 좀 내려 오라구?」

「예 내려 갑네다.」

하나는 아래서 부르고 하나는 산꼭대기의 연대에
서 대답하는 고함소리에 서산은 눈을 떴다. 어제밤
부터 뜬눈이던 서산은 자기를 구경하러 둘러섰던 아
이놈들이 흩어져 조용해진 틈을 타서 옆에 있는 짚
난가리의 짚단을 의지하고 잠시 눈을 붙였던 것이다.
눈앞에 우뚝 서있는 것은 낭홍 동다리 야청군복에
시꺼먼 산수털 벙거지를 쓰고, 대목에 붉은 상모가
달린 창대를 세워 짚은 한 군총이었다. 흰 털이 도
드라진 구레나룻을 한손으로 내려쓸며
서있는 그는 중늙은이지만 그의 든든한 창대와 같이
기골이 정정했다. 그의 고함소리에 우선 동네 사람
들이 나왔다. 모인 사람들은 그 정정한 봉군(烽軍)
오장과 그 옆의 짚낟가리를 의지하고 졸고 있는 모
양인 다 높은 로승을 번갈아 보았다.

「어떻게 오셨소?」

뒷산 나무숲 사이의 길로 내려온 이곳 봉군 오장
이 인사겸 물었다. 그는 젊은이였다. 마주선 그들은
나이는 다로나 같은 옷차림에다 역시 같은 창대를
가지고 있었다.

「어떻게가 다 핀강, 이제야 답답해서 사람이 살
겠나?」

가마꾸비 오장은 창대 끝으로 꾼은 땅을 한번 쿵
울리면서 말했다.

「내 이나이 되두룩 四○년이나 연대를 지켜 오건만
이렇게 답답하구 줄줄해 보기는 첨일세.」

「답답하다니 우리 연대에서 내가 안 올라서 말이
요? 그래 책근 왔소?」

이곳 연대의 젊은 오장의 말은 좀 시퉁거리는 롱
조였다.

「말 말게. 태평성대가 돼서 이렇게 일이 없다면야
좀 좋겠나.」

「그야 그렇지요. 무사할 때야 맞은 연대에서 내가 벌
찟 오르면 이거 또 무슨 일인가? 해서 섭적했지.」

「여기 사람은 안 그린가?」

「뭐 말이요?」

「난 새벽부터 사람 달련을 하다하다 못해 왔네.」

「무슨 사람 달련이요?」

「우리 연대 근처의 성안 사람들은 아마 한솟(거의)
다 왔다 갔네. 무슨 소식이 없나해서……」

「서울 소식 가마꾸비에서 먼저 안다구— 그래 서
울 소식 물으러 옵디까?」

『이제야 서울 소식이 아니지. 뒤에서 무슨 소식이 있을가 해서지.』

『뒤대에서 무슨 소식이 있을때니 어떻게 있겠...
...하기는 나부러두 맘은 그렇지 않아서 죽은 말 냥 청 지키듯 연대에 올라가 있기는 합네다마는 있을게 구, 성안에 남아 있던 대감 령감들은 다 달ㅅㅏ나구... 멘한 일 아니오.』

『그러게 답답한 일 아닌가. 백성들은 어떻게 할지 를 몰라서 발을 동동 구르다 싶이 하는데 제금 성안 에는 아무두 없네그려.』

『왜 백성들이 있지 않소.』

『이사람아 그런 실없은 소린 됐다 하세. 성안 뿐 아니라 나라에 주인이 없단 말이야― 내 말은...
하는 늙은 봉군의 목에는 무슨 큰 덩어리가 넘어 가듯이 먹밀의 불쑥 내민 울꾸리가 한번 꿈틀거렸 다. 그는 또 말을 이었다.

『부산(釜山) 연대에두 봉군이 그냥 있던가?』

『있긴 있는 모양입디다. 왜요?』

『대동강 건너, 화사산(華寺山) 연대에는 동대원에 왜적이 들어오자부터 사람의 그림자두 볼 수 없으니

『발여셍.』

『여기서부터 북쪽에는 그냥들 있을게요. 부산 연대 에서 보면 그담 연대에두 있을게구, 또 거기서 보면 그담 연대에두 있을거구, 그렇그렇해서 의주(義州)까지 는 다 있을게요.』

『그럴가?』

『그렇지 않구요. 거기 봉군들두 다 우리 맘이나 다 를거 있소.』

『허허! 어처구니가 없어서... 이렇게 되구 보니 별 게 다 반잡구먼― 지금 자네 그 말두 반가와―』
하는 가마꾸비 오장은 몇 방울 눈물이 맺혀 흐르는 구레나룻을 내려 쓸면서 허허히 웃었다.

『정말― 저 숫한 사람들이 다 어데루 간다?』
버드나무 그늘에 모여 앉아서 두 봉군 오장의 이 야기를 듣고 있던 이동네 사람들이 보통벌을 바라보 면서 하는 말이었다.

『촌으루를 가지, 어데루 가.』

『정말 성내 아니면 촌으루 밖에 더 갈 데가 있나.』

『그러구 보니 우리 농사꾼이 더 죽어나게 쌩겼다.』

『왜?』

『왜라니? 저 숫한 사람이 입은 하나썩은 다 가졌 기든.』

『성안에서는 안 먹었나?― 그 폭이 그 폭이지.』

「그건 목로는 소리— 이때까지는 저 사람들이 그래두 뒤대에서 배랑, 앞대에서 창호 짓장이라두 날라다 주면서 먹었느니。」

「그런데 지금은 아가리를만 가지구 나섰다? 지금까지는 농사하는 우리보다두 더 잘들 먹었으니 이진 좀 굶어 보라지。」

「뭐 굶으라구요? 어보, 이편이 그런 푹담은 안해두 굶게 된 사람 많소。」

이같이 그 농군의 말에 문득 비위 뒤틀린 소리를 지르는 사람이 나섰다。 그는 언제 왔는지, 보따리를 옆에 내려놓고 그늘 아래서 땀을 들이는 칠팔 명 피란민들 중에 칠순이 가까운 로파와 젖먹이 어린것을 업은 젊은 녀인을 테리고 온 한 부상꾼 같은 젊은이였다。

「우리 같은 사람은 잘 먹은 것두 없지만, 잘 먹었던 못 먹었던간에 하던 살림 다 팽개치구 떨려나서 지금 맘이 어데까지 가는지 모르는데 그래 그런소리만 앉아서 탕탕하는 이편은 속이 알랑한건 뭐요。」

그는 매국이 흐르는 무명고이 가랭이를 성가신듯이 무릎까지 끌어 올렸다 내렸다 하며 또 이렇게 고슬러섰다。

「어보 이손, 그만말에 그다지 화낼 거야 있소。」

이때 그 옆에 앉았던 한 늙은 농군이 허허 웃으며서 이런 말을 했다。

「저 사람의 말은 아무튼 쇠술루 밥 떠넣는 사람의 입은 언제나 우리 농군이 치게 마련이니 이런 세월에는 더구나 걱정이 돼서 하는 말이 아니갔소。」

「로인의 말씀을 듣구 보니 그렇기두 하우。 시에미 역정에 개 옆구리 찬다구, 하두 화가 났던 김이니」

이렇게 말하는 그 젊은이 역시 허탄하게 웃고 말았다。

「그래 지금은 성안에서 뭘하구 지냈소?」

늙은 농군이 물었다。

「소금 장사 하였소。」

「피란은 어데루 가우?」

「할 수 없으니 떠났지 이데 갈데가 있는걸 떠났소。」

「소금 장살 했으면 서채변 한친 근방이야 잘 알지 않겠소。 아는 사람두 있을테구。」

「이 주겔 하구 고향엘 가요。」

하며 소금 장사는 문득 또 허허 웃었다。

「고향이면 더 좋지 않소。」

「옷음 소리요。 고향이 무슨 고향이겠소。」

「고향이 됐다 아니됐다 하는 걸 보니 필경 무슨 까

닭이 있는 고향인게로군。

「까닭은 없어두 우서운 이야기나 하나 들어 보실
라우?」

소금 장사가 저부터 또 웃으며 이런 말을 하자 그
옆에서 어린것에게 첫운 빨리던 젊은 아낙네가
「여보、어서 갈 길이나 잡세다。 남부끄럽게 또
무슨 그따위 이야길 할려구 그러우。」
하며 눈을 흘기기까지 했다。
「그렇게 바삐 갈 테가 있거든 님자가 앞성게나。이
번엔 내가 좀 따라가 봄세。」

이러한 부처의 말에 귀가 좀 어두운 모양인 그의
모모는 아들 며느리의 입을 번갈아 처다보며 무슨
슬픈 소식이라도 물은듯이 꺼지게 긴 한숨을 지오
며 설명설명 체머리를 흔드는 것이 보기에 퍽 처
량했다。

「지난 봄에 한천으로 소금을 받으러 가지를 않았더
랬소!」
소금 장사는 그럴수록 뱃심 유하게 늘장이나 부려
보자는듯이 이야기를 시작했다。
「마침 한천 장날이라 염벌에서 소금을 받아 놓구
파장머리에 주막에 물어 가서 술을 먹었소。실컨 먹
구 거의루 나섰는베 앞애서 웬 의판한 자가 마주

다가 내가 이쪽으루 가면 그자두 그쪽으루 오구、저
리루 가면 또 그리루 가구— 암만 길을 어길라구
이리 왔다 저리 갔다 해두 그냥 맞서질 않소。술이
다 깨서 생각하니 실상은 내가 갈지자 걸음운 한 것
인데 그때는 꼭 그자가 내 앞을 막아서는 것만 같거
던요。그래서 술그나。골이 났는데 제편에서
「이 웬놈이 회야치느냐—」구 호통을 하길래 「뭐야?」
하구 한번 받아넘기질 않았소。했더니 그자가 코를
움켜쥐구 자빠지면서 뭐라구 소리를 지르자 난데없
는 사령들이 달려와서 날 꽁꽁 묶는단 말요。묶여서
어베루 끌려 갔는가 하면 증산골 이율이요。사람이 기
가 맥혀서— 알구보니 그자는 증산골 리방인데 한천
에 무슨 사실할 일이 있어서 사령들을 메리구 왔더
라나요。큰코를 다쳐났으니 꼼짝 못하구 불기를 맞
게 됐는데、에라 한번 업살이나 해보자 하구 곤장이
멀어질 때마다 「울지 문더 장군님 빼 부스러진다—
진다!」하구 소리를 질렀소。그랬더니 원님이 생창을
드르륵 열구 내다보면서 「이놈 그 무슨 소리냐」하
구 문길래 「소인이 힘덕이 없어서 소금 장사는 하지
만 성인즉은 돈(頓)센데 돈씨루 말하면 근본이 울지
문며 장군님의 후손이 아니오니까。그 장군님이 나
시구 공부하신 석다산(石多山)、불록산(佛谷山)이

다 이 경내에 있는 안전 아문에서 소인이 불기를 맞게 되니 조상님에게 더 죄스럽구 불초한 생각이 들어서 하는 말이올시다」 했더니 원님이 「네 정녕 그러냐?」 하구 몇번 재처 묻더니 나 준단 말이요.

그래서 내가 살던 고향은 아니라두 조상의 고향 터은 입은 셈이요.」

하며 웃었다.

「허— 역막 중에두 그런 폐를 내는 걸 보니 돈 서방이 아주 의사가 충충하우.」

늙은 농군의 이런 말을 시초로

「그런 의사를 내는 돈 서방두 용하지만 그 말을 듣구 놔주는 중산 천령두 된 사람이요. 중산 천령이 누구든가? 을지 조의(趙毅)라드군!」

「조의가 된 사람이나 마나 자기 경내에 그런 사적이 있는 을지 문덕 장군님의 후손인 줄 알구서야 안놔 줄 수가 있나.」

「그러구 보니 사람은 나구불 일이야 그런 분은 천어년 후에두 자기 후손한테 음덕을 끼치기든!」

「자기 후손 뿐이겠소. 지금 이런 때 을지 문덕 같은 분이 계시면 우리 온 백성두 다 걱정이 없갔소.」

늙은 농군의 말이었다.

이런 말들을 하는 중에

「돈 서방의 성이 정말ㆍ돈 체요?」

「돈가는 정말 을지 문덕 장군님의 후손인가요?」

또 색삼스머이 이런 말을 묻는 사람들도 있었다.

「남물이 그머니 그린가부다 하지, 네니 아우.」

정작 본인인 돈 서방와 대답이 이머했으므로 이때까지의 이야기는 룡두사미로 되고 말았다.

지금 우리가 돈 서방이라고 부르는 소금 장사 돈 정신(頓貞臣)이 이때는 그렇게 말했지만 평양지(平壤誌) 같은 데서 전하는 바에 의하면 그는 늘 자기가 을지 문덕 장군의 후손이라고 자랑했다는 것이다. 그는 몸이 날째기 때문에 돈 비신(頓飛身)이라는 별명이 있었다고도 진한다. 지금 돈 정신이 그렇게 말한 것은 일부러 그런 것이라기보다도 그가 그면 자랑을 한 것은 이 이후부러의 일이였을는지 모른다.

「금년 농사는 어떤 것 같소?」

이야기가 한동안 끊겼던 중에 피란민 한 사람이 각설로 이런 말을 물었다.

「글쎄요. 화불단행(禍不單行)이라구 이런 란시에 농사니 웬걸 잘되기 바라갔소.」

늙은 농군의 말이였다.

「일왈 일손이 없소. 장정들은 다 군종으루 뽑히구 더러는 피란 가구.」

「우―또 나무 가물지 않소?」

「오는 소부 하룻날이 충복인데, 그전으루 비가 와 주기만 하면야 아직두 괜찮기는 하지요. 하나 하늘이 하는 일은 알 수가 있소.」

버드나무 밑의 사람들이 이런 이야기들을 할 때 문득 뒤에서 결결한 말소리가 들렸다.

「지금 자네가 자시는 것이 벽곡(辟穀)한다는 거 아닌가?」

하며 늙은 봉군 오장이 창대 끝으로 역시 명윤 콩 구로 하며 넓은 마당한 기슭에 놓인 큰 떡돌에 걸러앉은 로승 앞으로 갔다.

이때 서산은 바랑에서 꺼낸 바룻대에 물은 떠다가 푸르스름한 미수가루를 풀어서 먹는 중이었다. 그는 조반운 먹지 못했던 것이다.

「아닌게 아니라 이런 땐 대사 같은 중의 팔자가 상팔잘세.」

늙은 봉군은 로승 앞에 놓인 바룻대를 들어 냄새를 맡아 보면서 말했다. (그것은 당장 먹고 있는 남의 음식 그릇이었다. 그러나 중이기 때문에 실례여부가 없었다.)

「본시부터 나라두 없다, 처자식두 모른다 하구 저 한몸 좋은대루 부운종적(浮雲從跡) 떠다니다가―

아까는 보니 짚단 속에서 자더니 지금은 또 술옆 가루를 먹으니 이런 란시엔들 무슨 걱정이 있겠나.」

본시 결결한 음성인데다 지금은 또 씨까스르듯 하는 말이라 늙은 봉군의 말은 더욱 기승스럽게 들리는 말루였다.

「이것 말씀이 오니까? 콩가루도 좀 섞었습니다.」

로승은 나직한 말로 이런 대답을 했다. 사람들은 웃었다.

그의 바룻대와 마찬가지로 감붉은 옷칠을 한 나무 숟갈을 한 손에 들고 그 긴 눈섭에 그늘진 눈을 가늘게 뜨고 앉은 로승의 대답이 동문서답 같이도 울리는 말이기 때문이었다.

「소승도 농사 지으시는 분들의 더운 입고 사나 하는 말씀이외다.」

사람들의 웃음 끝에 또 이같은 나직나직한 로승의 말이 흘러였다.

「……」

앞에 마주선 늙은 봉군은 술 많은 구레나룻을 내려 쏠 뿐이다. 두 사람을 돌아보는 사람들도 잠시 말들이 없었다. 그러나 곧 재로운 이야기꺼리가 생기는 장면과 전환이 있었다.

26. 사창(社倉)의 쌀이 더졌다

맨상투바람의 한 젊은이가 땀을 철철 흘리면서 지고 온 짐을 내려 놓으며

『여기서는 성안에 쌀 가지러들 안 가시우?』

이런 말은 했다.

『성안에 쌀을 가지러 가다니 무슨 말이요?』

『모르구들 있소? 사창고 군량 쌀이 터졌소. 저것들 좀 보소. 다들 쌀섬들을 지구 오지 않소. 나두 세간 나부랭이를 꾸려가지구 오다가 사창고가 터졌다길래 짐은 네펜네를 한테 끌구라두 오라구 맬기구는 우리 형제는 다시 들어 가서 한섬씩 져네 오는 길이요.』

말을 듣고 본즉 보통벌에 널린 사람들이 지고 오는 짐 모양들이 과연 아까와는 달라졌다. 지게뿔에 기름 소용을 달아맨 세간이나 이불 보퉁이 같은 것이 아니라 누런 섬기죽들이 많았다. 또 여기저기 길가에는 지고 오던 세간 짐을 녀인들과 아이들 앞에 부려 놓고는 성안으로 부산히 되돌아 가는 남정들이 많았다. 빈몸으로 가는 그들 중에는 뛰다 싶이 하는 사람도 많았다.

『군량 쌀이 터지다니 어떤 놈이 한 짓인가?』

늙은 가마꾸비 봉군 오장이 묻는다기보다도 펄쩍 뛰다 싶이 고함을 질렀다.

『아무리 란시기루너 그럴 법이 있나. 자작 무법천 질 만드니 란민들이 아닌가.』

하는 그는 창대 끝으로 호되게 또한번 땅을 울렸다.

『대체 어떤 놈이 먼저 그따위 짓을 했다던가?』

그러나 맨상투바람의 젊은이는 그 말에는 대답을 않고

『여기서 좀 쉬여 가자.』

하며 뒤따라 온 동생의 쌀짐을 받아 놓으며 말했다.

『어떻게 할가? 이번에는 이삿짐을 가져 오자니? 또 성안에 들어 가서 쌀을 한번 더 져오자니?』

『형님두 원─ 이왕이면 쌀을 한 섬이라두 더 날라 오야지. 남들은 지금두 자꾸 성안으로 들어 가지틀 않소.』 동생인 총각이 더 극성인 듯했다.

『그럼 그러자.』 형재의 의논이 맞았다.

『하─ 오늘 전 주먹구랑 법군이랑이 본사있게 큰손 쓰던데─』

소매끝으로 얼굴의 땀을 문지르고 난 총각이 사람들을 둘러 보며 하는 말이였다.

『큰손을 쓰다니 사창고를 그자들이 터쳤단 ﹅인가?』

늙은 봉군이 또 어성을 높여 물었다.

『전주머구라너─ 일전에 행궁 앞에서 량반 태질하

「던 씨름꾼 말인가!」 누구는 또 이렇게도 물었다.

「예」

「돌중놈 법군이는 혹시 그벌 농이지만 전 주복이 같은 량민(良民)두 그래?」

「주먹구가 월루 한몫 더 하던데요. 창(倉)문을 짝 열어 제끼구는 어서룰 한 섬씩이라두 더 가져가라구 제 손으로 지워 주구, 짐바 하라구 몇 친뭘 싸놓은 무녕을 작작 짓어서 주기까지 합디다.」

「저런 죽일 놈들이 있나. 창에 쟁여둔 나라 상·을…」

「그래서 처음엔 우리두 다 얼떨떨했어요.」

이번에는 그 형이 말을 받았다.

「웬 인인지 몰라서 사람들이 묻습디다. 그 사람네 대답이, 우리 농사꾼의 농량까지두 다 긁어 물인 곡식 인떼 그냥 두면 왜놈의 살이만 할개라구— 어서룰 가져가라구 하더군요.」

「그자들이 저의 욕심 채우노라 하는 짓 아닌가?」

「그러지 않아두 누가 시켜서 하는 일인가구 곤는 사람두 있습디다.」

「그래시?」

「전 주복이랑 대답이 서산 대사라나요? 서산이라는 도승이 시켜서 하는 일이라구 합디다.」

「뭐? 서산대사— 저 향산 어느 절간에 있다는 중 말인가? 산속에 있는 중이 그런 일을 시켰다는 것 두 모를 말이지만 또 그런 중놈이 나라 재물에 무슨 상관이 있다구— 당한 소린가?」

「어보 솝 가만 계시우. 당한 소티건 아니건간에 정 만 그랬다면 그 서산이라는 중이 사람 살릴 공능을 낸 것 같소.」

이때까지 사람들의 말을 듣고만 있던 돈 정신이가 늙은 봉군의 말을 가로막듯이 말했다.

「빈손만 들구 나섰던 우리는 나부러두 시재 굶지 않게 됐소.」

「돈 서방 그럼 우리두 들어가 볼까요?」

「들어가다마다— 하다못해 질탕식꺼릴 가저와두 어떼요.」

피란민들이 이런 말을 하는 중에

「자금 가두 쌀이 있겠소?」

어떤 농군은 이렇게 묻기도 했다.

「있다 뿐이요. 사창 앞에랑 넘은 마당에다 산더미 같이 로적해 둔 결곡은 말할 것두 없구·창안에 있는 쌀만 다 저빌레두 아직 면었소.」

「그럼 우리두 가세.」

「우리 농군은 군량미루 바쳤던 우리 쌀 찾아 오는 폭이네.」

「지금 그런 거 따질게야 있나? 그냥 됐다가 왜 놈의 살이 하느니 우리 사람이 먹는 것만 해두 크지。

제각기 이런 말을 하면서 일어 서는 농군들 중에는

『이제 성안에 들어 가두 무사할가?』

하고 의질을 내는 사람도 있었다。

『중 법군이가 영명사 중들을 데리구 을밀대랑 그 근방의 성낭에서 망을 본다는데 왜 놈들이 아직두 동대원에서 자리를 뜨는 기색이 안 보이드랍니다。』

『중들이 망을 봐요?』

『절간이 무너지자 중놈들이 쓸어 나오듯 한다더니 란 나자 중들이 웬 일이야?』

이런 말을 하면서 웃기도 했다。 돈 정신과 피란민 몇이는 가축들과 짐들을 이 동네에 남겨두고 먼저 떠났다。

이 동네서도 진을 질 수 있는 남정들은 다 성안으로 들어갈 차비를 했다。 혹은 지게를 지고, 혹은 집바만을 들고, 혹은 뒷산 기슭에 매두었던 소물 끌고 왔다。 모두 푸고이 가랭이들을 가뜬히 걷어 올렸다。 또 먼길을 떠나는 사람을 배웅이나 하듯이 녀인네와 아이들까지도 버드나무 아래로 모여 왔다。 그들의 얼굴에는 한결같이 긴장한 빛이 뵈였다。 이런

때 성안에 들어 가서 무사할가? 하는 불안과 그러나 이제 먹을 것이 생긴다! 하는 기대가 그들의 마음 속에서 다루는 듯한 긴장이였다。

『자칫의 쌀이 터졌다!』

『성안으로 쌀 가지려 간다!』

이런 말이 이동네에 뿐 아니라 보통벌에서도 오구자하니 떠들어 오는 듯도 했다。 보통벌에서는 확실히 먼지가 더 많이 떠올랐다。 그 속에서 활기가 느껴지기도 했다。

『남들은 다 가는데 우리는 갈 사람두 없구나。』

모여선 사람들 중에서 문득 이러한 녀인의 넋두리가 들렸다。

그 녀인은 품에 안은 갓난것에게 속이 다 빠진 베개 갈이 시들은 젖을 빨리고 있었다。 아까 칠성이의 고이 가랭이를 붙들고 있던 어린 사내놈과 또 그 보다 더 어린 게집애가 그 녀인의 몽당 치마자락을 부다잡고 붙어 서있었다。 그들 옆에서 역시 업은 어린것은 추석거리던 칠성이는 고개를 숙이고 신도 안 신은 발가락으로 땅바닥을 후비적거리고 있었다。 그러자 매마른 땅의 복닥복닥 보풀이 인 누런 봉당을 점점이 적시는 굵은 눈물방울이 뚝뚝 떨어졌다。

이때 서산이 그들한톄로 가까이 갔다。

「댁에 두 쌀이 좀 올 것이올시다.」

녀인은 그를 한번 돌아보았다. 그러나 그 로숭이 자기에게 하는 말이라고는 생각하지 않았다. 로숭의 말은 오히려 다른 사람들의 주의를 끌었다. 잠시 이야기끼리가 되여 웃기도 했던 로숭의 말과 시선을 따라 앉을 보던 사람들은 놀라기도 했다. 십여명의 중이 쌀섬들을 지고 오는 것이였다.

「네 이름이 칠성이라지? 칠성아 너 저 쌀 지고 오는 충들을 너의 집으루 모셔다 드려라.」

하는 로숭의 지시를 따라 십여석의 쌀이 다 씨그러진 『머사니』에 집 바자 안으로 들어 가는 것을 보는 사람들은 한동안 어리둥절했다.

「대사─ 대사가 서산 대사라는 이 아니요?」

가마꾸비 연대 오장이 나서서 물었다. 그는 『그럴 법이 있나─』하는 의분에 북바처 한때 기숭을 부리듯 했으나 더 들어 주는 사람도 없이 모두 쌀을 가지러 성안으로 들어가노라 부산한 통에 할일 없이 한옆에 비켜서 있을 뿐이였다. 그렇다는 뜻으로 합장하고 허리를 굽히는 로숭 앞으로 사람들이 모였다. 무심히 보았던 로숭을 다시 자세히 구경하기 위해서였다.

「대사─ 나는 이 동네서 늙어온 김가 성 쓰는 농군이요.」

늙은 농군이 서산 앞으로 와서 말했다.

「대사의 덕으루 우리 동네 걱정꺼리던 한집 식구가 산게 됐소. 우리 동네 사람이 다 한시름 덜었다구두 할 수 있소.」

이렇게 치하하는 로숭에게도 서산은 역시 합장할 뿐이였다. 쌀을 가지러 가는 사람들은 모두 떠났다. 늙은 봉군도 젊은 봉군과 같이 성안으로 들어 갔다. 동네는 다시 조용해졌다. 조용한 중에

「웬일인지는 몰라두 아이고 아이새끼들이 시재 굶지는 않게 됐나부웨다. 아이고─ 아이고─」하며 새롭게 꼭 성을 터뜨린 녀인의 넋두리가 들렸다.

서산은 떡돌에 걸러앉아 있었다. 두 손으로 지팽이를 비스듬히 뉘여 짚고 앉아서 길고 흰 눈섭으로 완전히 눈을 내려덮고 조으는 듯한 그는 이따금 손을 들어 귀를 후비면서 아직도 동탁한 맛이 있는 볼과 턱을 움직여 입맛을 다시기도 했다. 마치 누가 하는 자기 원공론에 입이 쓰겁기라도 한듯이…

27. 평양성내의 간장 탕수

평양 성안에는 아직도 사람이 많았다. 이삿짐을 꾸리노라 아직도 좌왕우왕하는 사람들도 있었거니와

일단 나갔다가 빈몸으로 되돌아 오는 사람들도 많았고 또 부근 농촌에서 들어온 농민들도 많았다. 그들은 많이 사창고 앞으로 모여들었다. 혹은 이골목 저 골목으로 흩어져 가기도 했다.

이날 중낮부터 성안에서는 장, 고추장, 된장 냄새가 크를 찔렀다. 마치 근 만 호나 되는 집집에서 일제히 장을 졸이기라도 하는 것 같았다. 그 짜고 매운 냄새에 눈이 쓰리기까지도 했다. 그럴 까닭이 있었다. 총총히 인가가 들어 앉은 골목들에서 집집의 대문턱 밑으로 흘러나오는 장이 기리로 번지기 시작했다. 폭양에 매마른 기리바닥에 허연 소금 버큼이 물씬하면서 흐르는 장이 사람의 신발을 적시게까지 되었다.

걱양 성안에 간장 탕수가 났다! 이러한 말로써 퍼지는 소문은 옛말로도 듣지 못한 큰 괴변 같은 일이기도 했다. 그러나 역시 사람이 하는 짓이었다. 골목마다 패거리를 지어 다니며 집집의 간장. 된장 독 통을 뒤엎어 쏟고 혹은 깨뜨려버리는 사람들이 있었다. 그중에는 펄펄 날뛰하는 사람도 있어서 혹시 문이 걸린 집이 있으면 담장을 뛰여 넘어 가서까지 기이이 장독을 부시고야 만다는 소문이 떠돌아시이 퍼변 같은 일은 너욱 수상스럽게 운색하기도 했다.

그러나 그 대부분이 중들이였으므로 사람들은 「이것도 서산대사라는 중이 시켜서 하는 일인가?」했다.

서산대사라는 중이 사창의 쌀을 터쳐 놓은 것은 제왈 잘한 일이라고들 했다. 그러나 장독들을 뒤집어 엎고 깨뜨려 버리는 베는 우선 눈뗐고 또 그리 잘 하는 일이라고는 하지 않았다. 오히려. 그것은. 못 할 짓을 하는 것 같이 생각하는 사람도 많았다.

조선 사람은 장을 소중히 여긴다기보다도 신성시 하는 풍습이 있었다. 지금도 그런 풍습이 아주 없지는 않지만 옛날일수록 더욱 그랬다. 장이 가득가득한 독과 항아리들이 늘비한 장독대는 그집의 치장끼리요, 자랑이기도 했다. 『움막에 진간장이 있었다!』는 것은 뜻하지 않았던 데서 진귀한 것을 발견한 때에 쓰는 말이였다. 장맛이 변하면 집안에 무슨 변피가 생길 흉조였다. 새며 느리를 맞자 장맛이 변하면 그것은 집안에 들이지 못할 사람이 들어 왔다는 징조였다. 장은 그같이 령감한 것이기도 했다.

그러한 장독을 뒤엎고 깨뜨려 버린다는 것은 천벌도 두려워 않는 부량패류들이나 할 것이였다.

평양 성내의 골목 골목에서 간장이 내를 이루어 쏟아져서 신발을 적시게 되자부터 그 골목들로 드는 사람들이 더욱더 많아졌다. 그중에는 물론 비고 떠났던 자기네 집으로 되돌아 가는 사람들도 많았다. 그러나 뉘집이든 주인 없는 집들을 찾아 다니는 사람들이 더 많았다. 그들이 강도는 물론 아니었다. 절도라고도 할 수 없었다. 왜냐 하면 빈집의 세간을 뒤져내다가 혹시 그집 주인이 어디 찾아 들어 오더라도 그들은 달아나거나 숨지도 않는 것은 물론, 마치 그집의 이삿짐을 도와주려 오기나 했던 것 같이 이미 꾸려 놓았던 세간은 가지고 나갔다. 그것을 보는 주인들도 당연히 그럴 수 있는 일로 아는 모양으로 나무랠 생각도 않는 것이 례사였다.

『남의 집 장독까지도 몽땅 들부시는 관안네ー』이러한 것이 어떤 집 주인에게는 체관을 주었고 어떤 사람에게는 남의 세간은 공공연히 날라낼 용기를 주었다고도 말할 수 있었다.

이때 함구문 밖의 여러 마을들에서도 간장 랑수가 났다. 그뿐 아니라 그 무연한 전야에서는 일대 청야 전술(淸野戰術)이 시작되었던 것이다.

서산 대사와 작별하고 지의 집으로 달려간 차돌이는, 낫을 들고 나가서 우선 저의 밭의 곡식부터 후리기 시작했다. 따라나온 어머니는 『이애가 미쳤나?』했다.

『왜놈들이 성안에 들어 오면 이 곡식은 우리가 못먹어요. 왜 놈들 잘 처넣으라구 뒤두갔소.』

이러한 아들의 말은 어머니는 울었다. 울면서도 자기도 밭으로 나가서 지금 한창 열리는 중인 외, 참외의 넝쿨문을 걷고 가자, 배추, 무들을 뽑아 버렸다. 동네 사람들도 다 그렇게 했다. 자기네 손으로 지었던 농사를 자기네 손으로 적지를 만든 사람들은 또 각기 저의 집 돌각담을 헐어다가 우물들을 메우기 시작했다.

평양지를 보면 불과 성벽 하나 사이지만 성내의 우물들은 물맛이 나쁘고 불결한데 이 함구문 밖의 우물들은 물맛이 좋았다는 것이다. 『모르거니와 성내에는 사람과 말, 소의 오물이 많기 때문일 것이라』고도 했다. 말하자면 하수도가 없었던 것이다. 언 우물을 메우는 사람들은 될수록 돌로 메웠다.

제든 자기네는 반드시 이 고향으로 돌아올 것이므로 그때 다시 파내기 쉽게 하려는 것이었다.

동대원의 일본군은 이날(六월 一三일) 밤에야 대동강을 건넜다. 걸어서 건널 수 있는 왕성탄 여울목을 알기는 알았지만 (또 조선 군사가 타고 갔던 배들을 붙든 것도 있었지만) 이날 재벽에 조선 군사의 습격을 받아 三천 여명이나 살상됨으로써 조선 군사의 습격

나자고 찢어진 대오를 재정비하는 때 그만한 사간이 걸렸던 것이다. 또 강을 건너서도 곧 성내로 들어오지 못했다. 금수산과 모란봉 일대에 잔기 군대들을 머물은 소서행장은 평양성을 내려다 보면서도 물이갈 생각은 못했던 것이다. 동대원 진루에서 중과부적이라고도 할만한 압도적인 숫적 우세로써 조선 군사를 섬멸할 수는 있었다. 그러나 그 전투는 자기네가 조선땅에 발을 들여 놓은 이래 처음이다 싶이 맹렬한 공격을 받은 전투였고, 따라서 진례없이 큰 손실을 당한 전투였다. 그런만치, 지금 너우기 그 지형이 생소하고 시가가 복잡한 성안으로 서뿔리 들어설 수 기가 없었던 것이다. 그 어느 골목, 어느 집 모퉁이에서 또 치명적 출혈을 당하게 될지도 모른다는 위구로써 소서행장은 상한 자기의 귀로 달라불는 쉬파리를 날리면서 이틀 밤, 이틀 낮을 금수산에서 묵새기지 않을 수 없었다.

일본군이 평양 성내에 발을 들여 놓기 시작한 것은 一五일 저녁때부터였다.

이동안에 평양 부근의 농민들과 또 일단 떠났다가 되돌아온 평양 사람들이 네것 내것 없이 성안에 남아 있는 재물을 날라낼 수 있었다. 마침 열사흘, 열나흘이라 밤에도 낮 같이 밝은 달이 있었다. 물론

처음에는 장정들만이 양식을 저내다 왔다가 그 뒤에 차차는 녀인들, 아이들까지도 들어 와서 세간을 나르기 시작했다. 대부분의 사람들이 도적질을 했다고도 할 수 있다. 그러나 이젔던 평양 사람들이 손쓸 사이가 없이 내버리고 떠났던 많은 재물을 건져낼 수 있었다. 의롱 속의 옷과 피륙과 놋기명, 사기그릇, 촛대, 방등, 쇠거울 같은 부엌 자붙것과 사치한 방안 세간들이 촌 부녀들에게는 역시 탐나는 것이었다. 심지어는 대림, 인두, 빛 첩고비까지도—부엌 구석에서 첫갈 항아리와 혹은 벽장에서 꿀, 약과, 다식 단지들을 뒤져 내기도 했다. 방안의 삿과 돗을 걷고 심지어는 장판을 도려내고, 모하게 된 것이면 문짝, 쌍창까지도 떼갔다. 이러한 결과는 그후 반년, 이상이나 이성을 강점하고 있은 일본군에게 물자의 고갈로 인한 생활의 불편과 비위생과 동심의 추위와, 그리고 또 소금과 정의 부족으로 인한 무기력과 야맹증과 부황증 같은 많은 질병까지도 끼쳐 주었던 것이다.

28. 사창고 앞에서

달이 휘영청 밝았다.

찬 열려 있는 사창고 문앞에 뭇쌓놓은 무명과 명주 꿀 수에 올라 앉은 주복이는 옆에 놓인 큰 버주기에서 길게 늘어나는 검은 엿을 뜯어 넣고 첩첩 썹으면서

『그래서.』

하고 차돌이의 이야기를 재촉했다. 그 엿버주기는 어떤 촌사람이 어느 빈집에 들어 갔더니 있더라고 하면서 이번 일에 수고하는 주복이랑이 먹으라고 가져다 준 것이였다. 차돌이 역시 무명필에 걸터앉아 엿을 먹으으며 말했다.

『더 그래서 할게 뭐 있나요? 그리구는 다지요.』

차돌이의 이야기는 이상더 들어 보잘 것도 없이 이렇게 끝났다. 마주 앉은 두 사람은 한동안 엿만 먹고 있었다. 이때는 창으로 모여드는 사람이 없었다.

일본군이 대동강을 건너기 시작했다는 소문이 퍼지자 성안으로 들어 오는 사람이 일시 끊어진 때였다. 텅 빈 거리에는 달빛만이 가득 찬듯했다. 달이 밝을수록 그림자가 더욱 질은 버드나무 밑에는 간혹 발걸음 소리도 없이 지나가는 고양이들의 파란 눈동자가 보일 뿐이었다.

『그때 내 눈으루 다 봤는데두 속으루는 지금두 행여나 살아서 터력 찾아를 오지나 않나 하는 생각이 들거더요.』

이윽히 말을 쳐다보던 차돌이는 문득 이런 만을 했다. 더 할 이야기는 없지만, 마음에 그득한 감회는 넘치는 듯한 말이었다.

『누가?』

『누구긴 누구야요. 갑손이랑… 지금두 눈에 벌이는 사람들 말이요.』

차돌이는 좀 발끈한 투로 대답했다.

『임옥경인 아마 살아올 생각은 안 했을걸— 갑손이는 몰라두.』

『임옥경인 별사람인가요? 임벌장 아니라 천하없는 사람이라두 살아 올 맘이 없는 사람이 어테 있단 말이요.』

『너 임옥경일 잘 아니?』

『그저 그때 한번 본 것 뿐이요.』

『그러면서 뭘…』

『그럼 전 서방은 임옥경이 속을 어떻게 그렇게 잘 아우?』

『나야 그저 알지.』

『그저 알다니 어떻게요?』

「뭐이 어떻게야. 그렇게라두 생각하야 내 속이 좀 편하니 그렇지.」

「그러다 보니 전 서방이 좀 싱겁댔군.」

「네 속은 상개두에리다. 하긴 지금 한창 그렇갔다.」

「그렇긴 뭐이 그래요.」

「너 지금 자꾸 맘이 싱숭생숭해요.」

「싱숭생숭은 왜 해요?」

「말 말아. 나두 총각 적에 옆집 채녀가 내 맘에는 그득한데두 말을 안 들어 줄 땐 갈바람만 불어두 눈물이 쑥쑥 나게 처량하더라.」

「하! 그러다 보니 전 서방이 음흉두 하댔네.」

「남의 큰애기하구 뺄 탔는지, 남의 큰애기 뺄 탔는지두 모를 총각놈은 말구 내가 음흉해?」

「그따위 소리 하면 나 성내요. 난 괜찮아두…」

이렇게 하던 말을 도로 삼키듯한 차돌이는 앞에 늘어진 버들잎을 하나 따서 초금을 불기 시작했다. 밝은 달빛이라 그런지 무척 청아하게 흘러나오는 소리였다. 또 지금 그의 심정 탓인지 애절한 가락이기도 했다.

「하! 제법인데. 뉘집 큰애기 바람 낼만하나.」

주복이의 무르력한 말에 차돌이는 눈을 흘기었다.

「에이, 여보.」

「너두 무던하다. 해두 초금은 정말 법군이가 잘 분단다.」

「그래요? 거 또…」

「그만하면 너두 패째다. 그래서 뉘집 큰애기가 반한기 아니가?」

「그따위 소리 자꾸 하면 나 정말 성내요.」

하며 다시는 초금을 안 불듯이 버들잎을 뱉아 버린 차돌이는 주복이의 시룽거리는 말이 더 듣기 싫은 모양으로 성큼 일어 나서 옆에 있는 모적 남가리 묘 뛰여 올라 갔다. 큰거리 한가운데 조산(造山) 갈이 치쌓은 벗섬 꼭대기에 올라간 차돌이는 푸른 달빛에 젖은듯이 서서 대동강쪽을 바라보고 있었다.

「그러다가 갑손아! 갑손아! 찾지 말아.」

아래서 치다보던 주복이는 이런 말을 했다. 이때까지 갑손이의 이야기를 목이 메게 해온 차돌이가 사실 그럴 것 같기도 했다. 저 역시 문득문득 「입욱정이!」 하고 입밖에 내서 중얼거리게 되는 주복이는 다시 못 찾아 보고 가더라고 전해 달라더라는 입욱정의 말에 금시 또 뭉클해지기도 했다. 그럴수록 주복이는 또 실없은 말을 하야 했다.

「그러다 괜히 또 큰애기를 찾지 말아. 남이 들으면 얌전한 총각 미쳤다구 할라.」

「내 그 놈네 집엘 가볼레요.」

차돌이는 이렇게 동문서답 루로 말하며 내려왔다.

「김 순량인가ー그 놈네 장독이 성했으면 좋갔네. 내 손으루 짓부셔 놓게.」

「그 놈네 장독이라구 그냥 됫순래던? 그 소금 장사가 벌써 다 하눌루 올려 보냈지.」

「정말 그 돈 서방인가 하는 소금 장사는 왜 남의 장독하구는 그렇게 해 본답디까. 처음에는 여기 쌀은 쳐가려 왔다가 영명사 젊은 중들이 그러는 말을 듣구는 쌀두 그 만두구 나섰다지 않소. 소금 장사는 아마 남의 장독하구는 무슨 상극인 모양이요.」

「그럼 너두 소금 장사가? 남의 장독을 부수려 간다니.」

「나야 잡손이 생각에 화가 나서 그러지 않소.」

「모르긴 해두 돈 서방두 홧김에 그런지두 모르지. 잔뜩 충이 났던 김인데 좀 좋아! 와랑저랑 짓부수기가… 그런데다 또 고 충경인가 하는 환랑이 와서 보구는 그렇게, 하면 왜 놈들이 이제 장독대를 쩔쩔 핥게 될게라구 하는 말에 더. 신바람이 났지.」

「그럼 전 서방두 홧김에 시작한 일이요?」

「모르지.」

이런 이야기를 하다가 차돌이는 참말 김 순량이네 집은 찾아 가는지 저편 큰거리로 갔다. 얼마 후에 또 때를 지어온 수십명 숭들이 쌀과 무명필을 날라 갔다. 그 후로 또한 속인들도 십여명 따라 왔다. 사람들이 또 모여들기 시작했다.

「답석부리 욕심꾸레기라드니 정말 이 아즈바니가 제부지던히 나르누머다.」

「힘이 없어더 못지네. 젊었을 때 같으면야 이만만 하갔나.」

주복이의 말에 이렇게 대답하는 것은 늙은, 가마구비 봉군 오장이였다.

「어떼 가까운 메루 날라다 두는 메가 있소?」

「그 동메루 무던히들 모인다」

「동약산 동메루 나르베.」

「그럴밖에 안 있나. 일왈 가깝구. 또 여기 성문이랑, 보통번이 빤히 건너다 배서 왜적들이 출몰하는 결 잘 볼 수 있기던. 그런데 좀 조용한 참이니 하나 물어 보갔네.」

지금은 벙거지만은 쓰고 창대는 작시미 삼아 짚으머 쌀섬을 저내온 늙은 봉군은 짐을 다시 문밖에 내려 놓으며 물었다.

「도대체 이 일이 어떻게 시작된건가? 처음에 서산대사가 뭐라구 하던가?」

「나보구는 뭐라구 하지 않았소。」

「그럼 법군이 보구는 뭐라구 했다던가?」

「글쎄요。 법군이 보구두 별말 하건 없나봅데다。」

「그래두 그 대사가 시켜서 하는 일이라면서?」

「그건 그래요。」

「어떻게 들어야 할 말인지 모르갔네。」

「모르시갔소? 하기는 우리두 일이 이렇게 크게 벌어질 줄은 몰랐소。」

늙은 봉군과 주복이가 주고 받는 말이 따는 이렇게 선문답(禪問答) 비슷하게 되었다.

새벽부터 칠성문통으로 쓸어나오기 시작한 피란민들을 저의 뜰앞에 나서서 보고 있던 주복이 앞에서 근거리며 달려 나온 법군이가 나타났다.

「주복아 너 이런 때 한번 큰 날과람을 안 해보갔니?」

「……。」

주복이는、 무슨 소린가? 하기보다도 무슨 핫가한 실없은 소리들! 하는 모양으로 법군이를 치다만 보았다.

「이런 때 우리가 한번 경양 성안의 주인노릇을 해보잔 말이다。」

흥분한 법군이는 또 이런 말을 했다。

「뭐인가 하면、 사창고 문을 터쳐놓구 거기 있는 쌀 운이 사람들에게 다 풀어 멕이자는 말이다。」

「사창고 쌀은 우리가 풀어 메기다니?」

주복이는 더 알 수 없는 말이라는 듯했다.

「큼 우리 서산 스님을 만났는데 스님 말씀이 나더러 너하구 같이 사창고를 터쳐 놓래는 거야。」

「그건 왜?」

주복이는 더욱 모를 일이라는 듯했다.

「자 이런! 답답하개… 서산 스님 이…」

뒷더수기로 손이 가기까지 하는 법군이는 마치 귀 먼 사람과 맛선듯이 한마디씩 잘라 하는 투로 말했다。

「일완 사창고를 터쳐 놓구는 말이야…」

법군이는 하던 말은 또 끊어야 했다. 주복이의 아버지 어머니가 나왔다. 법군이가 사창고를 터치자기보다도 「그 무슨 큰 날 이야기를 할테면 좌우간 넘이나 안 들게 집안에 들어와서 조용조용이나 하라는 것이였다.

「아즈바니-우리 서산 스님이 말이요…」

안뜰로 들어온 법군이가 이번에는 주복이 아버지에게 우선 말해야 했다. 서산 대사가 사창고를 터치라는 것은 알기 쉽게 말해서、 어재밤에 동대원 싸움에 나갔던 우리 군사들 중에는 저의 집에 나인하고 어린 아이들만 잔뜩 있는 보통벌『머사너』라는 사람이 있는데 우선 그런 사람네가 시재 굶지 않도록 사창고 쌀을 주도록 하자는 것이라고 했다.

「그렇다면 편、 우리가 그 쌀을 평양 사람들한데 풀어 메기구 말구 한단 말이가.」

이번에도 역시 주복이가 물었다.

「너 그건 모르는 소리다. 서산 스님 말씀 대루『머사너』네 집에 쌀을 줄라구 사창문을 열어만봐라、지금 저렇게 모두 빈손만 들구 떠나는 사람들이 다 와서 가져가게 되지 않나. 그러게 우리 스님 말씀이 이건 당신의 의사만이 아니라 온 평양 사람이 그랬으면 하는 것이라구까지두 말씀하시더라.」

이런 법군이의 말에 머리를 끄덕인 주복이는

「그렇다문 알갔다. 해만한 일이다.」

하며 먼저 일어 섰다.

「알갔네 이젠? 또 다를 일두 있다.」

따라 일어 서는 법군이는、또 이런 말을 했다.

「뭐이가? 한만한 일이문 하자꾸나.」

하는 주복이에게 늙은이들 앞에서 그럴 겨 없다는、듯한 눈치를 보인 법군이는

「그 큰 쇠를 깨뜨릴래면 도끼 같은 걸 가지구 가야 하지 않을가?」

할 뿐이었다.

「손으루 비틀다 안 되면 둘루 치자꾸나.」

이갈이 의논이 맞아서 두 젊은이는 나섰다. 그러나 두 늙은이는 큰일 날 일이라고 주복이를 붙들었다. 우선 그런 일은 무법천지의 란민들이나 할 짓이라고 했다. 그보다도 피란을 가느냐 마느냐、 가면 어데로 가느냐 하는 집안 일도 아직 작정이 안됐다. 작정은 고사하고 의논답게 말도 해보지 못했다. 주복이가 심사를 부리듯이 드럭드럭 화만 냈기 때문이었다.

「피란은 무슨 피란! 다 죽구 밥세다가레.」하는가 하면 또 피란을 갈바에는 이쁠 저쁠 다 안보게 두메산물로 아주 가자고 하기도 했다. 이때의 주복이는 저로서도 제 맘의 갈피를 잡을 수 없었던 것이다. 세상에 더없이 귀하고 아껴온 무엇이 깨진 것만 같았다.

일본군이 성안에 들이온다면 바로 그 문밖인 이집에서는 물론 살 수 없은 것이고— 그렇다고 이미 농사를 지어놓은 보통벌의 농허를 버리고 멀리 떠나가서는 더욱 못살 것이고— 그러니까 보통벌 건너

　어느 산속에다 움막이라도 틀고 배겨 있으면서 지어 온 농사를 기두도록 해보자는 늙은 부모의 말이 마치 『비록 깨졌드라도 파기상종으로 살림을 아주 버릴 수는 없다』고 하는 말이라면 주복이의 말은 깨진 바에는 마자 부시고 말자』는 것 같기도 했다. 니무 소중히 여겨온 것이기 때문이었다. 그뿐 아니라 목진에 송두리채 쏟아나오는 성인 사람들을 보면 알뜰한 살림이 깨진 것은 자기네만도 아니었다. 아니 그렇다기만보다도 경양이라는 한 성을 뭉채로 기울여 쏟아버리듯 하는 이통에는 안 깨질 것이 없다고도 생각되었다. 이런 치지에 안 깨진 수도 없고 그래시 이미 깨지기도 한 그릇을 소중히 들고 돌아 간다는 것은 우슙광스러운 일이 아닐 수 없다. 그러나 옷을 수는 더우기 없었다. 더욱더 화만 났다.

　집안에서는 어머니 아버지와 안해가 세간을 간지피고 짐을 꾸리노라기에 분주했다. 그러나 저만은 그런 일이 손에 안 걸려서 밖으로 나가 칠성문통으로 쏟어나오는 피란민들을 구경이라도 하듯이 우두커니 서서 바라보기도 하던 주복이는 이떤 사람이 지고 오던 짐바가 끊어져서 지의 마당귀에 집짝을 내려놓고 난치해 하는 것을 보자 집으로 달려 가서 청간 기둥에 걸어 두었던 새 자락바를 내다가 던져주었다.

　그러자 또 큰 보따리를 이고 어린것의 손목을 잡고 나오던 한 탄신 녀인이 더는 못 걸겠다고 우는 모양인 어린것을 띠개도 없이 맨손으로 언는 것을 보고는 바자길에 바래 널었던 무명필을 걷이서 내버리듯이 던져 주었다. 뜻밖에 저희 앞에 떨어지는 바와 무명필을 집어든 그들이 웬 영문인지를 몰라서 처다볼 때 주복이는 오히려 화를 냈다.

　『어서들 지구 엽구 가라구요.』

　하는 주복이는 실로 어서 보기 싫다는듯이 버력꼬함을 지르기까지 했다. 아닌게 아니라 이때의 주복이의 눈에는 핏발이 선듯도 했다. 바로 이런 때에 찾아온 법군이가 한빈 『큰 날파람』을 해 보자는 것이었다. 주복이는 그런 일이라도 하면 답답한 제속이 좀 풀릴 것도 같았다. 늙은 어머니 아버지가 붙드는 것이 성가신 그는 없어도 된다고 했던 도끼까지도 집어 들고 나섰다. 그러나 몇 걸음 안 가서

　『아버지두 소 가지구 가서 쌀섬이나 실어 오두룩 하시소.』

　하며 도끼는 마당에 내던지고 칠성문으로 들어갔던 것이었다.

　사칭고 앞으로 지나가던 피란민들은 황황한 중에도 잠시 걸음을 멈추지 않을 수 없었다. 육중한 관

장문 쇠빗장 고리에 채워놓은 강아지만한 수쇠 자물
쇠를 맷돌 같은 돌로 내려치는 소리가 우선 요란스
러웠다. 처음에는 모두 『라민』 『꼭도』들의 『략탈』이
라는 생각에 겁들을 먹었다. 그러나 하나는 농사꾼
씨름군인 전 주복이요 하나는 돈중이지만 그 역시 잘
아는 법군이라는 것을 알게 된 사람들은 안심하고 가
까이 가서 구경까지 하게 되였다. 일전에 행궁 앞에
서 검으로 청대를 잘라서 사람들을 웃긴 법군이와、
량반 하나를 공중배지개를 들어서 평양 사람들로 하
여금 쾌재를 부르게 했던 전 주복이는 더 유명해지
기도 했으려니와 『최주먹구』와 『승검술』은 사람들이
마치 큰 장난꾸러기 아이들이나 귀엽게 부르는
이름들이기도 했다. 그러한 건 주복이와 법군이가
사킷고의 문을 깨뜨리는 것은 결코 저희들의 욕심
을 채우기 위한 것이 아니라는 것을 사람들은 용이
히 믿을 수 있었다.

한번 만인의 의사와 의분을 몸소 행동으로 뵈여 준
이 두 젊은이는 평양 사람들에게는 이미 공인(公人)
으로 인정되였던 것이다.

『낮에는 그 늙은 대사가 산에 올라 가시 약초(藥草)
를 뜯었는데…』

이번에는 늙은 봉군이 이야기를 시작했다.

『옳지! 그 전에 또 우서운 일이 하나 있었군. 『머
사너냐, 하는 사람네 집에 쌀을 가져가지 않았겠나.
청간두 없어서 우선 뜰안에다 몇십석 쌀을 뭇쌓놨
는데 처음에는 그 집 댁네가 울더라네. 그 다음에는
어른 아이 할 것 없이 인간 수대루 나와서 하루 종
일 쌀섬을 타구 올라가 앉아 있네그려. 다섯씩이나
울망줄망한 것들을 데리구 쌀섬에 올라앉아 있는 그
댁네는 말할 것두 없구、병아리 새끼를 같이 설알을
후벼내서 먹어두 보구 캐득거리구 하는 어린것들까
지두 얼마나 대견하던 저럴가! 해서 보구들 있는 비
떡돌에 앉아서 조는 듯하던 그 대사가 그 모양을 보
구는 합장하구 머리를 숙이더니 눈물을 뚝뚝 흘리지
않겠나! 그러지 않아두 맘들이 다 에려진 관인데
나부터두 덩달아 눈물이 난단 말이야. 나뿐인가、거
기 있던 사람들은 다 울었지. 그 늙은 중이 그렇게
사람을 울리거든! 어치구나가 없어서…』

『그래 그 대사가 지금 어메 있습디까?』

『그것두 또 웃어맘한 일이야. 『머사너』 댁네가 하
두 고마와서 저의 건넌방을 치울테니 다문 얼마라
두와 있어서 신셀 잖게 해 달라구、간청을 하는 비
두고 집붙통하구 증시 빈 집으루 갔다구 사람들이
웃네.』

「왜요?」

「아마 과부네 집이 돼서 그런게라구。」

「그런지두 모르지요。」

「그렇게 사람이 꾜장꾜장해서…」

「꾜장꾜장해서 안 된 거 있소。」

「아니 내 말은 그 대사가 말일세。이렇게 띄워놓구 생각하면 이 란시에 한 인물 갈기두 한데— 마주 앉아 보면 사람이 너무 맑지구 담해 보이기만 해서 이런 사람 저런 사람을 다 거느릴 것 같지가 않아서 하는 말이지。」

「너무 점잖아서 말이요?」

「그렇지、말하자면…」

「그 대사가 하더라는 점잖은 말 하나 들어 보실라우?—할 수만 있으면 이 군량은 다 날라내서 싱 안에 들어온 왜놈들이 붓돌을 할게 했으면 좋겠다구 하자면 련위를 붙이기 위해서 서산 대사가 한 말이 했답디다。」

「그 대사가? 누가 그러던가。」

「미사니네 집으루 쌀지구 갔던 중들이 성안 사람들이 다 쌀을 져내기 시작했다구 말했더니 그러더랍디다。」

「그러다보니 그 로숭이 손자(孫子)의 병법(兵法)두 아는 모양얼세그려。」

「그런 병법에는 왜놈 붓돌 할이는 법두 있소?」

「그린 건 없지만 —지장(智將)은 무식 어적식(務食於敵食)이라— 남의 나라루 쳐들어간 군사는 저의 나라의 군량을 가져가지 않구 쳐들어간 그 곳의 곡식을 먹도록 해야 한다구 했으니、이편에서는 우러 곡식을 왜적들이 못 먹게 하는 것두 병법에 맞는 일이기둔。」

「그따위 힘든 문자보다는 왜놈들에게 장독대랑 붓돌을 할이자는 말이 더 낫쉐다。」

「말은 같은 말인데、그건 육담이지。」

「육담이라니 쌍스리란 말이요?」

주복이는 자못 못마땅한듯이 말했다。실상 그 말은 주복이 자기의 말이었다。왜적들이 이제 장독대룰 할게 되리라는 고 충경의 말을 본마서 한 제 말이지만 자기로서도 재미있게 들리는 그 말에다 말하자면 련위를 붙이기 위해서 서산 대사가 한 말이라고 선건을 하는 셈이었다。

주복이와 늙은 봉군이 이런 이야기를 할 때

「애야!」

하며 주복이 아버지가 가까이 왔다。

「박 첨봉 댁에서 사람이 또 왔구나。」

「누가요? 또 빚채근한다까?」

물으며 앞을 둘러보던 주복이는 곧 알아볼 수 있
었다. 모적 낟가리 밑에 세워둔 저의 창소 옆에, 지
난 단오날 빛채 군은 왔던 노랑수염이 섰 있었다.

『저 사람 말이, 우리는 시재 없는 줄 아니, 그저 우
리 소루 여기 쌀을 한바라나 두바리쯤 박 참봉 댁으
루 날라다 달라구 하누냐.』

이런 아버지의 말에

『여기 쌀이라니요?』

주복이는 되물었다.

『그리 멀지두 않댄다. 북촌 좀 못 미처라는데…』

먼저 이런 말을 내놓은 아버지가

『여기 쌀루 두 행부 못 하갔으면 한 바리라두 좋으
니, 그렇게 하면 우리가 진 빚을…』

할 때 주복이는 다 들을 것도 없다는듯이

『이 쌀루요? 안 돼요.』

하고 아버지의 말을 막았다. 그러자

『아니 이사람아, 안 될 일이 뭐란 말인가?』

하며 노랑수염이 직접 나섰다.

『님자가 애초부터 그 빛을 안 갚은 심사라면 몰라두
그렇지 않은 문야 좀 좋은가? 이상 터진이 쌀루ㅡ
님자네 소품만 내면 그 빛을 다 벗을 수 있는데 안
된다는 소린 웬 소린가.』

『누굴 도적놈을 만들지 못해 그러우?』

주복이는 노랑수염을 흘겨보며 이런 말을 했다.

『어째 도적놈이야?』

『그맛 경우두 모르우? 나라 쌀 가지구 내 빚 갚으
면 내가 도적놈이지 뭐요.』

이런 주복이 말에

『아니 이군이…』

하던 노랑수염은 하도 어처구니가 없어서 말이
다 안 나온다는듯이 주복이를 보다가

『누가 모르는 줄 알구 그따위 수작인가?』

다시 말을 삼켰다.

『이 사창을 제 손으루 터처놓구 주인인척 젠체 하구
앉아서 뭇놈한테 어서 가저가라, 실어 가라구 퍼주는
놈은 어떤 놈이야. 누가 모르는 줄 아나? 박 참봉
나으리는 손에서 그 소문을 다 들구서 나를 보낸
게야. 그래 이젓은 도적놈의 행사가 아니구 님자가
진 전주님네 빛값으루 한두 바리 실어내는 것만은
도적놈의 행사가 되니 못하갔다?』

마디마디 고출러서 어성은 높이는 노랑수염의
말에 썰을 나려머 왔던 사람들은 일손을 멈추고 주
복이와 노랑수염 앞으로 모여섰다. 그 가운데서

『모르면 좀 가만이나 있으소.』

하는 주복이의 말은 뜻밖에 퍽 부드러웠다.

「그러지 말구 쌀이 소용되거들랑 얼마든지 가져는 가소. 짐바가 없으면 짐바 한갬 내기 상목두 끊어 주갔소. 그래두 내 빚값으루는 한 섬두 싣어다 못 주갔소. 그 빚을 지금 못 물구 이담에 리의 리새끼 허캐리자까지 물게 된대두 이 나라 쌀루는 내 빚 못 물갔소.」

「허― 과시 당당한 말이로군!」

옆에 서있던 늙은 봉군 오장이 시끼먼 벙거지 밑의 거슬거슬한 구래나룻을 내려쓸며 들다가 붉은 상모 달린 청대 끝으로 한번 땅을 구르며 말했다.

「공은 공이요, 사라! 내 그 말에 반하갔는 걸! 과시 주인 싼 만일세, 아닌게 아니라!」

「정말 이런때는 나라의 주인이 누군지 알갔쉐다.」

「그러다 보니 지금 우리 하는 일이 그저 제 욕심 채기나 하누라는 일이 아니드랬소.」

「이사람아, 무슨 말을 그렇게 하노. 이제야 알았나?」

모여선 사람들이 이런 말을 주고 받을 때

「나라의 주인? 주인? 좋갔다!」

콧방귀를 뀌듯 한 노랑수염이

「그래 전주님 말씀대루 거행을 못 하갔다는 말인가? 그려면 님자 도리는 고사하구… 그래두 좋을가? 무사할가?」

이런 말을 하자 주복이가 대척할 사이도 없었다.

「이건 어디서 본때 없이― 그래 무사 못 하면 어떠헐 테란 말이가?」

하며 한 젊은이가 당장 드잡이라도 할 기세로 나섰다.

「아까부터 가만히 듣구만 있자니 뭐 이 짓이 도적놈의 행사라구? 손에 피란나가 앉아서 빚 준 재세하구 남의 등에 이 쌀을 공짜루 먹어 보갔다는 박참봉인가 한 놈은 뭐이가?」

「뭐이긴 뭐야, 그 놈이 바루 그 놈이지. 장리변으루 생사람 세워놓구 등가죽 벗겨 먹는 놈 아닌가?」

「그런 제 주인을 닮아서 남 할 일 하는 사람보구 도적놈 행사니 어찌니 하구 탑삭탑삭 아가리질 하는 이 놈두 한몽둥이루 매려 눕힐 놈 아닌가.」

「여보게, 초면에 하게 한다구 나무림일랑은 말게. 하나님 하는 습을 봐서는 여보게두 과남해. 하나 여보게 해줄테니…」

저마다 죽일 놈 살굴 놈 하고 노랑수염을 몰아세우는 젊은이들 중에 한 늙은이가 나서서 허두를 이렇게 내놓고

『리로울거 없으니 어서 잃어지게.』

하고 타이르는 투로 말했다. 주먹이 가까운 관이라 겁을 집어 먹었던 노랑수염은 그 늙은이의 말이 반가왔던지 두말 않고 돌아서서 상앞쪽으로 사라졌다. 그자의 등뒤에 던지는 듯한 사람들의 웃음이 터졌다.

『자 또 어서들 한 섬씩이라두 더 져내지.』

누가 이렇게 하는 말에 사람들은 다시 사창고로 들어갔다. 밤이 깊어 갈수록 성안으로 들어 오는 사람들은 더욱 많았다. 밝은 달빛 아래 련락부절 들고나는 사람들이 사창고 안팎에서 웅성거릴 때 문득 모란봉쪽에서 요란한 조총 소리가 두세 방 울려왔다. 창안에서 쌀섬을 내오던 사람, 막 지고 떠나던 사람들이 모두 그쪽을 바라보며 주춤했다. 이 사창 앞에서만이 아니라 속속들이 빈듯 하던 이 골목 저 골목에서도 부산한 신발 소리와 함께 세간들을 꾸려서 지고 든 사람들이 뛰여 나왔다.

『덤비지들 말구 잠간만 기다리소.』

이때 그 사람들을 향하여 이렇게 웨친 주복이는 또 무슨 소리가 나기를 기다리는듯이 귀를 기울이는 모양이였다. 잠시 후였다. 모두 긴장한 중에 사창고 지붕 넘어로 재가 날듯이 푸드득 소리를 내며 날아온 화살 한대가 로적 낟가리 볏섬에 내려 꽂혔다. 주복이가 올라가서 뽑은 화살에는 흰 헝겊 오리가 매여 있었다. 장경문 쪽에서 고 충경이가 날려 보낸 화살의 흰 헝겊은 일본군이 아직도 성안에 들어오지 않는다는 표식이였다. 이때 고 충경이와 법군이는 몇몇 젊은 사람과 충들을 데리고 울밀대로부터 암문 장경문 쪽에서 일본군의 동정을 살피며 서로 련락하고 있는 중이였다.

사람들은 다시 일은 계속했다. 일본군이 성안으로 들어 오는 날 아침까지도 이 일은 계속되였다. 그러면서도 이때의 우리 사람들은 종당은 일본군의 손으로 넘어 갈 이 량곡을 불살라버릴 생의는 못 했다. 서산대사를 비롯하여 고 충경이 전 주복이 법군이랑도 할 수만 있으면 우리 량곡을 적에게 안 주도록 했으면 하는 생각이 없으면서도 불을 지른다든가 하는 비상 수단은 염두도 못 냈던 것이다. 그러나 그 일부분을 떼낸 것만으로도 적에게 그만한 타격을 주었다고 할 것이였다.

혹시 이때 조정에서 평양 백성들이 사창고를 터쳤다는 것을 알았다면 왕 이하 대감 령감들은 노발대발했을는지도 모른다. 왜냐하면 그 당시의 조정대관들 중에서는 가장 사리에 밝고 총명한 인물이였다고 할 수 있는 류 성룡이조차도 앞으로 나올 명나

라. 구원병에게 공급할 군량 걱정을 할 때마다 『평양

성을 도로 찾기만 하면 그안에는 십만석이나 있으니
걱정이 없으련만…』하여 마치도 그 십만석 군량을
어떤 믿어만한 친구에게 맡겨 두기라도 한듯이 든
믿히 생각한 모양이였다. (그의 『징비록』에 그같이
씨여 있다)

29. 서산 대사의 편지

밤은 깊었다.

먹롱만한 방안에서 몇번째나 심지를 돋구고 기름
을 치기도 한 가물기리는 등잔불 아래서 로승 서산은
자기 바랑 속에 지니고 다니던 조그만한 손벼루에서
먹을 찍어가며 무릎 우에 펴놓은 종이에 붓방아를
찧고 있었다. 자기 제자들에게 편지를 쓰는 중이
였다.

서산 대사는 각처에 많은 법제자(法弟子)와 법손
(法孫)들이 있었다. 금강산 표훈사(表訓寺)에 있는
사명대사, 전라도 지이산의 처영(處英) 대사, 충청
도 공주의 영규(靈圭) 대사, 경상도 진주의 해안(海
眼) 대사, 황해도 구월산의 의엄(義嚴) 대사, 이들

은 서산의 수다한 제자를 중에도 수제자들이였다.
이들 역시 많은 자기네의 제자들을 거느린 대덕(大
德)들이였다. 서산은 지금 그들에게 보낼 편지의 글
을 초잡고 있었다.

서산 대사가 전국 승려들에게 승병을 일으켜 일본
군을 겪면하는 전선으로 나서라는 격문을 발표한 것
은 이 이후의 일이다. 그것은 그가 왕의 부름을 받
아 의주에 가서 팔도 십육종 도총섭(八道十六宗都總
攝)으로 임명된 후에 각도에 있는 선교종(禪敎宗)
총섭들에게 승병을 일으키라는 지령을 내린 정식 문
건이였다. 그 격문이 왕의 허락을 얻어서 발표한 공
문서였다면 지금 초하는 편지는 한날 그의 사신(私
信)에 지나지 않는 것이였다.

그 길지 않은 한장의 편지를 초잡는 데 서산은 벌
써 몇장째나 종이를 갈았다. 썼다가는 지우고 다시
쓰고 하면서 밤 깊도록 붓방아를 찧는 중이였다. 그
만치 그는 고심해야 했던 것이다.

우선 그는 지난 열하룻날 자기가 평양으로 나온
이래 三—四일 동안에 지변 사실들을 간단히 서술했
다. 다음에 그는—행여 자기를 도와줄 승려들이
나서 준다면 (그는 여기서 자기가 너무 늙었다는 것
을 자랑했다) 지금 형편으로는 황페되고 말 념려가

십분 있는 보통벌의 농사를 계속할 심산이라고 썼다.

어젯밤, 영명사 앞에서 들었던 이동네의 농군 『머사니』의 말소리를 다시금 귓가에 느끼면서 여기까지 쓴 그는 더 붓이 안 나가는 모양으로 붓을 든 손을 무릎 우에 얹고 앉아서 눈을 감았다.

지금 그가 들어 있는 이 방만한 방 문밖에서는 잠든 사람들의 숨소리가 들린다. 이집 안채의 큰방은 물론 안뜰과 바깥 마당에서까지도 한지잠을 자는 피란민들이 많았다. 장정들은 성내로 쌀을 나르려 가고 지금 이 마을에서 자는 사람들은 거의가 다 로약들이었다. 바로 토지방 밑에서는 꿈속에서도 울분하게 부르짖거나 허희 탄식하는 늙은이들의 잠꼬대가 들리기도 하고 혹은 달라붙는 모기떼에 시달리면서 어머니의 젖가슴으로 파고드는 어린것들의 울음소리가 들리기도 한다.

서산은 자기가 생각해온 바를 그대로 밝힐 수 있는 문구를 생각하며 또 붓을 세웠다. 그러나 이 한낱 중의 사신이 그 먼데까지 무사히 가게나 될는지? 하는 의구로써 그의 붓은 다시금 더듬었다.

이 잡약산에서 지이산이나 진주까지는 퍽 멀다. 뿐 아니라 미상불 일본군의 진선을 여러번 둔과해서야 갈 수 있는 길이다. 아무리 산길을 평지로

알고 살아 온 중들이라도 힘든 길이 아닐 수 없다. 도중에서는 일본군에게 붙들릴 념려도 없지 않다. 그뿐 아니라 잘못되면 우리 편의 관료들에게 붙들리게 되는 경우도 없지 않을 것이다. 이런 생각을 한 서산은 다시 붓을 누이고 앉았다가 문밖에 세워 두었던 지팽이를 더듬어 들고 나섰다.

뜰에 내려선 서산은 가로세로 누워 있는 사람들 사이를 아로새기듯이 골라 짚으며 지팽이를 앞세우고 마당으로 나갔다.

열이틀 달이 휘영청 밝았다. 달빛 아래 잠들어 있는 로약들 중에는 낯이 익은 장난꾸러기들의 얼굴들을 알아볼 수도 있었다. 지팽이를 멈추고 이윽히 굽어보는 어린 장난꾸러기들은 서산이 오늘 이 잡약산 근처의 지형을 살필겸 단방 촌약으로 쓸 수 있는 풀잎을 뜯거나 뿌리를 캐기도 하면서 두루 뒷산을 뒤타다니던 중에 사귀게 된 아이들이었다.

칠성이와 작은 칠성이랑 이동네 애들과 함께 로승을 따라다니던 그 애들에게는 그 로승이 수염 대신으로 기른 듯한 흰 눈섭만으로도 한 구경꺼리가 아닐 수 없었다. 그뿐 아니라 저희 어른들이 말하는 그 로승의 이야기를 들었던 애들은 시스럽지 않게 따라다니면서 로승이 하는 양을 보아가며 저희들이 뜰은

풀을 쓸 것이냐 못 쓸 것이냐 묻기도 했다. 한번은 서산이 그 애들에게 이런 말을 했다.

「이 산에는 좋은 약초가 많구나, 참 좋은 산이다.」

별뜻이 없이 이런 말을 했던 서산은 오히려 놀랬다. 어른들로서는 그 까닭을 알 수 없을만치 애들은 기뻐했다. 「오만!」 「할우반!」을 부르며 동네로 달려간 애들은

「우리 산이 좋은 산이래!」

하며 호미와 다래끼들을 가지고 모승을 따라 약초를 캐기 시작했다. 서산으로서는 더욱 놀라운 일이 있었다. 누가 그 애들에게 일러주었던가— 애들은 약초를 캐던 숲속에서 혹시 도마뱀을 만나면 그 독 없는 도마뱀은 우리 조선 뱀이라고 하면서 길을 비켜주고, 독사나 윤무기 같은 독이 있고 징그러운 뱀을 만나면 「왜놈의 뱀」이라고 하면서 기어이 때려 죽이고야 마는 것이였다. 물론 어린 애들의 생각이요 말이다. 그러나 이 어린 애들까지도 왜적은 독사같이 미워하고 때려 죽이고저 하는 것이다.

이 얼마나 귀엽고 소명한 장난꾸러기들이냐!— 하며 혼자 옷기도 한. 서산 로송은, 나는 이런 락을 모르고 살아 왔구나— 하는 감회가 나기도 했다. 그러나 유구한 척나를 가진—이초 국장에는 아득한 벳— 날부터 그런 락이 있었고, 지금도 있고 또 앞으로도 영원히 있을 것이다. 그뿐 아니라 영원히 있도록 해야 할 것이다.

애들이 장난에 취해서 노는 것을 보면 지금이 란시가 아니였다. 또 지금 장난에 지친 이것들이 한지에서나마 숨소리 고르게 잠든 것을 보면 역시 란시 아닐지 않다. 이 어린 것들의 고르운 숨소리가 조국의 호흡이라고도 할 수 있지 않은가! 잠결에도 그 애들의 이불은 당겨 덮어 주는 어머니들의 손길이 바로 조국의 손길이 아니겠는가! 어린 자손들을 앞에 놓고 한함박히 웃는 늙은이들의 웃음이 조국의 자애가 아니겠는가! 어린것들에게 빨리는 녀인들의 젓줄기가 조국의 생명이라고도 할 수 있지 않겠는가! 그렇기를 지 왜적 아수라들은 우리 조국의 성시와 촌락을 략탈 방화하고 자애로운 할아버지와 할머니들을 죽이고, 젓줄로써 자기 생명을 어린것들에게 이어 주는 어머니들을 롱욕하고, 그 어머니들의 품속에서 어린것들을 빼앗아 창날에 꿰어 불속에 던진다. 지금 우리 조국은 피를 흘리고 통곡하는 것이다.

참을 수 있으랴. 차마 보고만 있으랴. 어찌 통곡만 하고 있으랴. 우리 조국—강산을—피로—물들이는

왜적 아수라 들을 쳐물리기 위해서는 필요하다면 우리도 아수라가 되기를 사양치 않을 것이다. 그리하여 우리도 왜적의 피를 흘리게 함으로써 보복해야 할 것이다. 왜적 아수라들로 하여금 우리의 피를 더는 흘리지 못하게 하며 우리 조국땅에서 물러서지 않을 수 없도록 징치하는 데는 그러한 보복 이외에는 다른 도리가 없지 않은가. 그러기 위해서는 이나라의 모든 사람들은 창과 칼을 들고 혹은 낫과 도끼를 들고 일어서야 할 것이다. 산속의 중들까지도 석장〈錫杖〉을 창과 칼로 베려들고 · 서야 할 것이다. 범종〈梵鐘〉까지도 창과 칼이 되여야 할 것이다. 저 왜적 아수라들을 물리치지 않고는 부처가 않은 련화대〈蓮華臺〉가 남긴들 하며 범종은 누구를 위해 서울릴 것인가.

깊은 밤은 고요했다. 밖은 달빛에 이슬 방울이 빛나는 풀잎새 하나 깐뜩하지 않게 만뢰는 적연했다. 그러나 사람을 률연케 하는 폭풍전야의 정적이 아닐 수 없는 것이다. 금수산 모란봉 쪽에서 아련하나마 간간이 들려 오는 일본군의 쯔총 소리로써 더욱 그렇다.
자기 처소로 돌아온 서산은 다시 붓을 들었다. 그 내용으로 보나 문장은 활박한 한 구절을 썼다. 그 내용으로 보나 문장

愛國憂宗社
山僧亦一臣

（나라를 사랑하고 사직을 근심함에 산속의 중이라고 다를 바 있으랴）

지금 서산이 초한 사신에 이같이 문맥이 안 닿는 동이 뜬 데는 까닭이 있었다.
본시부터 탐관 오리들로써 민심을 잃어 왔고 또 이번에 일본군이 쳐들어 오자는 저 민저 도망해서 여지없이 위신이 저락된 수령방백이라는 지방 관료들중에는 자기 지방에서 농민들을 불러 일으켜 일본군과 싸움으로써 많은 공을 세우고 명성이 높아진 의병장들을 시기하여 역적으로 모함한 례들도 적지 않았다. 그 실례로는 우선 『홍의〈紅衣〉 장군』이라는 이름으로 유명한 곽재우〈郭再祐〉를 들 수 있다. 홍의

으로 보나 앞에 쓴 것과는 맥락이 안 닿을만치 동뜬 말로써 비약치졌다. 즉 『어진 중생들을 위해서라면 산생〈殺生〉도 살생이 아니라 오히려 불보살의 자비가 아니겠는가!』 이렇게 끝낸 편지 끝에는 또 다음 같은 시 한수를 적었을 뿐이였다.

장군 곽 재우는 일본군이 부산에 상륙한지 불과 십여일만인 四월 二七일에 누구보다도 먼저 의병을 일으킨 사람이였다. 경상도 의령(宜寧)의 자기 고향에

서 심대승(沈大升)이와 함께 농민을 불러 일으켜 싸우기 시작한 그는 자기 고을의 관료들이 버리고 도망한 초계창(草溪倉)의 쌀을 터쳐서 백성들에게 나누어 주기도 하고 의병의 군량으로 쓰기도 했다.

그 사실을 알게 된 관료들은 곽재우의 그런 조치를 반역적 폭동으로 모함했던 것이다.

또 곽재우 장군과 전후하여 四월 二二일경에 충청도 옥천(沃川)에서 의병을 일으킨 늙은 선비 조헌(趙憲)이 역시 그러한 바해를 받았다. 조헌이 의병장으로 나서서 겨문을 돌리자 많은 백성들이 따라 일어나고 그의 명성이 높아가는 것을 시기한 관료들

(이런 자들은 더러워서 그 이름들을 여기에 적지 않는다)은 조헌의 휘하에 집결한 의병들의 부모와 처자들을 잡아 가둠으로써 그의 기의(起義)를 방해했던 것이다. 일일이 다 말하지는 않으나 이러한 사실을 캐보면 적지 않다. 그러나 만치 항차 당시의 신분제도로서 천민 이하의 천민이 왕의 명령이나 조정의 허락이 없이 자의로써 「기의」나 「승병」이나 하는 것을 관료들이 안다면 그것은 시기 모함 여부

가 없이— 외적과 싸우기 위한 「기의」가 아니라 역적도 모를 위한 「승병」으로 뒤집어 잡혀서 불문곡직하고 처단될 넘려도 없지 않았다. 즉 서산의 사신에 『기의』나 『승병』이나 하는 문구가 있어, 만일 그것이 관료들의 손에 들어간다면 자기 제자들은 승병을 일으키기도 전에 큰 죄명을 쓰게 될지도 모를 일이였다. 지금 쓴 편지에 동이 안 닿는 것은 그 때문이였다.

다시 동관 심지를 돋군 서산은 초잡은 글로써 여머장의 편지를 쓰기 시작했다. 비록 짧은 글이나 읽는 제자들이 자기의 뜻하는 바와 결심을 알아주었으면 하는 넘원으로써 힘을 줄 회에는 힘을 주고 날카롭게 뽑을 데는 날카롭게 붓을 달렸다. 글로써 다 말할 수 없는 자기 의사를 글자의 표정으로써 알리려는 노력이 있었다.

과연 그같이 정중하고도 분방하게 달리는 붓끝에 서 흘러 나온 자회에는 서산의 기백이 약동했다. 그 편지는 그후에 발표한 겨문보다 앞서서 전국에 승병을 이키게 한 직접적인 동기가 되였다. 자기에스 넘의 편지를 받은 서산의 수제자들은 자기 관하의 승려들을 거느리고 왜적 아수라들을 소탕하는 전민 촉적 전선으로 나섰던 것이였다. 지이산에서 천여명

의 승(僧)을 일으킨 치영 대사는 권률(權慄) 장군 휘하의 관군과 협동 작전을 하고, 충청도에서 七─八 백명의 승병을 일으킨 영규 대사는 앞서 말한 조헌의 농민 의병과 함께 싸웠다.

이때 금강산에 있었던 사명 대사는 손에 춘철(寸鐵)이 없이 오직 그의 당당한 풍채와 헌헌한 기백으로써 백여명의 일본군을 물리친 적이 있었다. 때마침 어느 암자에 가 있던 사명은 표훈사가 강점되였다는 소식을 듣자 곧 단신으로 적진중에 들어갔다. 표훈사 법당 앞에서 창검을 늘어세우고 조총을 해놓고 절의 보물을 내라고 강박하던 백여명의 일본군은 살벌한 자기네 진중으로 조금도 서슴없이 완히 걸어 들어오는 한 중의 그 호담한 태도와 당당한 풍모에 우선 기가 눌렀다. 법당으로 들어간 사명은 불상 앞에 엄연히 좌정하고 앉아서 붓을 들어 썼다.

『우리 조선 승려들에게는 자기 손으로 뜯어 먹는 향기로운 산채와, 자기 손으로 움켜 마시는 맑은 석간수만이 유일한 보배일뿐 너희 같은 속인들이 탐낼만한 보물은 없다.』

그리고 그는 또 썼다.

『이 청정법계는 너희 같은 병마의 발로써 더럽힐 데가 아니다. 속히 물러가라.』

이러한 사명 대사의 기백에 눌리운 일본군은 더 강박하지 못하고 『이 절에는 한 괴걸한 중이 있다.』는 글발은 절 문간에 써붙이고 물러가고 말았던 것이다.

사명 대사는 그 얼마 후에 서산의 편지를 받았다. 금강산 어려 절의 중들을 모아놓고 서산의 편지를 읽은 사명은 탁자를 치고 한번 통곡했다. 그리고 나라를 위하여 조국의 중생을 위하여 외적 아수라와 싸울 충성심이 있는 승려들은 차기를 따라 나서라고 호소했다. 드디여 칠백여명의 전장한 중들을 거느린 사명 대사는 평양을 향하여 떠났다. 미처 병장기를 마련할 겨를이 없었던 그들은 몽둥이만을 가지고도 적과 싸우고 적의 진선을 돌과하면서 서산을 찾아 이곳으로 달려왔던 것이다. 그것은 물론 이후의 이야기다.

30. 불씨는 살아 있다

잡약산 동네는 새벽부터 밥 짓는 연기에 잠겼다. 한지장은 잔 피란민들은 끼식은 끓이는 것도 역시 저마다 부엌에서 할 수 없었다. 혹은 어느 집 로지방 밑에서, 혹은 마당귀에서 또는 뒷산 기슭에서 돌에다 솥을 걸고 식구끼리 모여 앉아서 불을 지폈다.

솥가에 둘러앉은 어린것들은 밥을 기다려서보다도 우선 어머니가 만들고 있는 불이 그리웠던 것이다.

三복 여름이지만 밤이슬을 맞으며 한지잠을 자고 난 새벽은 떨릴만치 춥기도 했다. 그러한 어린 자식들 앞'에서 어머니들은 소중히 간수해온 자루나 짚망태 속에서 꺼낸 조그마한 화로에서 조심조심히 재를 해집고 찾아낸 불씨를 부드뜻운 짚이나 새로써 만든 불끼아리에 싸서 불을 만드는 중이였다.

불씨를 불고 있던 녀인네 중에는 그득해진 눈물이 넘쳐 흐르기도 했었다. 타기 시작한 불끼아리의 내가 매워서만도 아니였다. 불씨가 살아 있어 주었다는 것이 우선 반가왔던 것이다. 지금까지 자기네 부엌에서는 느껴보지 못했던 감정이였다. 그렇게 넘비고 그야말로 야단법석을 해온 중에서도ㅡ하면 살아 있는 불씨가 반갑고 고맙기까지도 했던 것이다.

시집 온 이래 크건 작건 한 살림의 주부로서 시할머니 시어머니의 대물.이어 간수해온 불씨였다. 설혹 먼 타향으로 떠나 가는 경우라도 그 불씨는 소중 한 이삿짐 중의 하나였다. 이때 풍속으로는 혹시 불사람들의 간고한 생활은 우선 물가난으로부터 시작

씨를 떨구고 남의 · 집으로 불끼아리를 들고 불씨를 얻으러 간다는 것은 살림하는 녀인으로서는 개차없다는 시비를 들어도 싼 일이였다. 그보다도 조상적부터 전래해 오던 집안의 오랜 전통 중의 하나를 제대에 와서 끊어버린 셈으로 크게 죄스러운 일이기도 했다. 비록 가난한 살림이라도 여러 대째 내려오는 불씨가 있다는 것은 그 집의 지조를 말하는 한 자랑끼리기도 했던 것이다.

그렇듯 소중한 불씨를 지금까지 오래오래 간수해온

『우리 집』부엌이 아닌 남의 집 마당귀에서 불고 있기니 하면 처량한 일이기도 했다. 그러나 어쨌든 불씨가 살아 있다. 희망이 약속되는 길조(吉兆) 같기도 했다. 젊은 연기 속에서 펄떡 불스길이 일어 났다. 둘러 앉았던 어린것들은 처음 보는 신기한 일이나 같이 기뻐한다. 이러한 갖가지의 느끼음으로써 눈물이 나기도 했던 것이다.

이같이 각자 소중히 간수해 온 불은 있었다. 그러나 물이 없었다. 들이밀린 퍼란민들 때문에 불과 십여호에서 먹던 우물은 금시 바닥이 드러났다. 이 잡약산 동네만이 아니라 옆의 서넷골 동네에서도 물가난이 들었다. 고향을 빼앗긴 갯골 동네에서도 물가난이

되였다고도 · 할 것이였다. 미력 손을 써서 밤물을 걸어 두지 못했던 사람들은 보통강까지 가야 했다. 미력 당 쓴에 걸갈때 강줄기가 하나 있기는 하나 오랜 가뭄에 오다가다 조금씩 고인 웅덩이의 죽은물 뿐이였다. 먹을 물을 구하자면 원줄기 보통강까지 가야 했다. 평양성밑까지 다 가지는 않지만 三리 가량은 가야 했다.

차돌이 어머니와 같이 보롱강 물을 걸어온 보배는 칠성이네 집 부엌에서 불을 만들고 있었다. 오라버니가 하라는 대로 차돌이 어머니를 따라서 이동네로 오게 되였던 보배는 친성이 어머니가 서산 대사를 위해서 치워놓았던 건넌방 한간을 얻어서 몇몇 녀인들과 같이 들어 있었다. 저이 조상이 개성에서 이사해 올때 가져왔다는 불씨로 불을 만들어서 아궁이에 지폈던 보배는 불덩이를 골라서 다시 불씨 화로에 담고 가려놓았던 엿날 돈 열 잎을 마치 밤이라도 굽듯이 불덩이 속에 집어넣었다. 해동통보(海東通寶)니 삼한통보(三韓通寶)니 하는 글자들을 새긴 고려 시대의 엿전은 보배가 제 주머니 끈에 달았던 것과 늙은이들의 주머니 모은 것이였다. 그 고전(古錢)으로 눈에 쓸 약을 만드는 중이였다. 여름철이라 눈을 앓는 사람들이 많았다. 그

중에도 칠성이 어머니는 본시 여름이면 앓던 눈인데다 며칠째는 눈물로 지내온만치 더욱 심했다. 그들은 본서산이 보배에게 초약방문을 가르쳐 주었다. 불속의 엿전들이 빨갛게 달았을 때 차돌이 어머니가 애기 어머니들의 젖을 얻어 가지고 왔다.

『그새만해두 잘 먹지두 못하구 고쌩들을 해서 저마다 젖이 다 발라서...』

하는 차돌이 어머니는 여러 애기 어머니들이 돌림몫으로 짜주더라고 하면서 한숨을 지었다. 젖보시기를 받아든 보배는 지이 올케가 해산했을 때마다 이웃집 애기 어머니들의 젖을 얻어다가 갓난 조카의 입에 떠넣주던 생각이 났다. 어드러면 젖빛 갈다고—또 어드러면 젖줄이 헤운다고도 하는 젖에다 빨갛게 단 엿전을 집어넣기가 안 되기도 했다. 재물불어 가며 한잎씩 집어넣는 보시기의 젖은 마침내 끓었다. 조반 후에는 눈을 않는 사람들이 모여왔다. 눈뿐 아니라 그새만 해도 않는 어린것들이 많아졌다. 어머니들은 손쉬운 초약방문을 물으러 서산 대사를 찾아 가기도 했다. 그때마다 서산은 바자 밖으로 내다보이는 마당귀 도랑 기슭에 얼마던지 있는 풀을 가르처 주기도 하고, 또 어제 아이들과 같이 뒷산에서 틀어다가 담 모롱이에 걸어 두었던 약초를 내 주기도

했다. 서산이 가르쳐 주는 약방문은 모두 손쉽게 할 수 있는 단순한 것들이었다. 이때 글하는 선비치고 항용 돌아가는 약방문 한장 못내는 사람이 별로 없었지만 서산은 그중에도 향약(鄕藥) 광재방(廣濟方) 같은 단순 소박하면서도 벼락같이 맞는 단방약들에 정통했다.

이 마을을 떠나가고 불씨를 다시 간수한 가족들 중에는 이 마을을 떠나가는 사람들도 많았다. 그중에는 서산을 따르던 어린것을 데리고 와서 작별 인사를 하는 이들도 있었다. 혹은 사창고의 쌀을 마치 서산이 준 것이나 같이 치하하는 사람들도 있었고 또는 이제 가족들을 피란시킨 후에는 저만은 다시 서산을 찾아 오겠다는 사람도 많았다.

정작 작별하게 된 어린것들을 보는 때의 로승의 태도는 퍽 랭담한 듯도 했다.

『이놈아, 스님한데 저는 잡녀다 하구 인살해야지.』

어떤 사람들은 짧은 머리채가 달린 어린놈의 머리를 눌러서 인사를 시키기도 했다. 그러나 서산은 마치 굴임없는 영겁의 륜회(輪廻)에 리별이라는 것이 따로 있긴들 하랴 하는듯 『오냐』 소리도 하지 않았다.

『혹시 칼 같은 메 상했을 때에는 말씀이올시다…』

하고 서산은 묻지도 않는 단방약을 어른들에게 말해줄 뿐이었다. 인제 어데서 적의 칭 칼에 상하게 되는 일이 있을는지도 모르기 때문이었다.

이부근 마을들에서 평양 성안으로 드나들던 사람들은 이날 낮이 기울자부터 다 돌아 왔다. 고 총경이 이하 성안에서 묵고 있던 사람들도 이제는 곧 돌아가게 될 터이므로 저녁 밥을 보내지 말라고 했다. 을밑대와 암문에서 건너다 보이는 모란봉 금수산 일대에서 지금까지 보이던 일본군이 대렬은 정돈할 뿐 아니라 성안에 대고 맹렬한 조총 사격을 시작했다. 이제는 평양성으로 들어올 기세를 보이는 것이었다.

보통벌에는 사람의 그림자가 끊어졌다. 그대신 이쪽 보통벌 주변 산기슭에 널려 있는 부락들에서 뭣 산을 넘거나 곧짜기로 빠져서 서북쪽으로 흩어져 가는 사람들이 더욱더 많아졌다. 이제 평양성으로 어간 일본군은 반드시 이 근처의 부락들을 습격하고 략탈할 것이기 때문이었다. 일본군은 대동강을 건너서는 길로 모란봉 금수산 기슭의 작은 촌락들을 불지르고 가축을 빼앗고 우리 사람들을 죽였다는 소문이 전해 왔다. 그곳 부락들은 물론 섭릿벌을 사이에

둔이 부근의 마을들도 사람들이 통 편이 나서 완전
히 비게 된 동네가 많았다. 이 잡약산 동네에서도
피란민들이 많이 떠났다. 로약들이 더 많이 줄었다.
저녁 때부터 보통문 칠석문의 루각들과 그 좌우의
성첩들에 드문드문 늘어서게 된 만장 같은 일본군의
깃발이 빈 십릿벌을 불어 오고 불어 가는 석양 바람결
에 펄럭이기 시작하면서 임진년 六월 一五일은 저물
어 갔다.

우리 조국 강로를 강점하고 우리 인민을 멸종시키
고 내지는 대륙에까지도 그 독수를 뻗쳐보려는 야망
으로써 불의의 군대를 일으켜 우리 강로를 피로 적
시면서 이 곳까지 진격해 온 사무라이 일본 침략군
이— 그중에도 특히 이 길을 자원해서 왔던
소서행장 수하의 일본군이 겪양성을 점령함으로
써 십상팔구 조선 정복은 완전히 끝내고 또 뒤이어
명나라로 쳐들어 가게 되리라고— 그래서 누구보다
도 원훈수공(元勳首功)을 세우게 되리라는 큰 기대
와 욕심을 가지고 왔던 그들이 버르고 별렀던 겨양
성을 무혈(無血) 접령하게 된 것을 기뻐했던가? 혹
은 락담했던가? 하는 이야기는 다음 기회로 미루기
로 하자.

31. 황 서방의 함지 이야기

보름달이 높이 솟았다. 마을은 고요했다. 련일
밤을 새운고 충경 전 주복 김 첨지 같은
지금 자는 중이였다. 서산은 사람들의 말소리를 따
라 마을앞 빈드나무 밑으로 찾아 갔다.

먹둔이라기 보다도 넓은 관석이라고 할만치 큰 돌
우에 세넷이 둘러 앉아서 술을 먹고 있던 사람 중의
한 젊은이가 이런 말을 했다.

『대사가 서산 대사라는 이요? 좀 앉으시우. 늙은
이가 수굴 합네다.』

『대사一 우리 같은 사람은 쓸모가 없소? 우리두
성안에서 쌀을 나르다가 저 친구가 어느 빈 집엘 들
어 갔더니 이런 술방구리가 있더라구 가져 왔길래 한
잔씩 먹드랬소. …저, 이사람아, 자게가 술을 지구 온
바에는 지기 나무 새알에 가서 마늘두 몇밀 뽑아 오
개나. 그랬다구 누가 도적질 했다겠나.』

하며 그 젊은이는 돌 우의 좌중을 둘러 보았다.
그들은 모두 땀이 밴 푸고이 적삼에 망건도 안 쓴
머리의 뒷자분이가 어지러운 사람들이였다.

「그래봅세. 하던 이야기는 나 온 담에 마자 하게.」

하며 한 사람이 동구앞 수수밭 뭇 미처 있는 바자 물러친 채 전으로 갔다.

「대사두 좀 앉으시우. 지금 우리는 저 달이 함지 갈다는 이야기를 하더랬소.」

그 젊은이는 자리를 비켜서 자기네 앞에 지팽이를 의지하고 서었는 로승에게 앉기를 권했다. 서산은 내주는 자리 한 기슭에 펄더앉았다.

「우리 같은 사람은 쓸모가 없는가 해서 그렇지 않아두 우리 대사한테 물으러 갈래됐소. 자수선 한잔 두시우. 강술이라두 한잔썩 하면서 우리 이야기 좀 합세다.」

하며 젊은이가 술보시기를 내미는데 서산은 좀 황한듯이 말했다.

「소승은 차차 먹겠습니다. 그리구 우선 맡씀이나 듣겠습니다.」

「그럼 내저 달이 함지 갈다는 이야길 하리다.」

하며 들었던 잔을 둘이킨 젊은이는 이야기를 시작했다.

「나는 륙로문밖 선을에서 양더 맹삼시 긴목처 오는 함지를 까아 먹구 삽던 사람이요. 또 여기는 양더 맹산서 배루 내벼 오는 동나무랑 장작을 되받아 지

구 성안으로 다니던 나무 장사꾼두 있소. 또 저 친구는(마늘을 뽑아가지고 오는 사람) 대동강 물을 길어서 먹구 삽던 문지게 장사요. 그런데 이 나는 이 란리롱에 함지 부자가 됐더랬소. 어떻게 함지 부자가 됐던고 하니, 한지 장사 주인 령감이 피란갈 때, 저이 많이 있는 촌에서 소랑 작은들을 불러다가 와랑와랑 해두 동으로 실어내는데 다른건 말할 것두 없구 상목만 세간을 실어내면서 나더러는 그 함지를 다 말으라는 기요. 섭어년이나 부려먹은 나한테―언제 또 만나게 될지 모르게 해지는 관이라구 마지막으루 선심을 쓴다는 기요. 인정이 그럴듯 하지않소? 정말 함지가 많았소. 아마 남들이 봤으면 부러웠을 거요. 그래 가려보았소. 아마 남들이 봤으면 부러웠을 거요. 그래 섯웃는 낯에 침 못 뺄는다구 나두 좋은 낯하구 준다니 고맙다구 했소. 에 알았소? 그 많은 합질 다 받아왔으니! 그런데 말이요. 여기 누구 엇그제부터 성안셀 북 나들듯 하면서두 그 긴목친 함지를 하나라두 가져온 사람이 있소? 있으면 내 이제라두 가서 고맙다구 절하겠소. 아니 내가 취해서 하는 말 아니요. 정말이요. 알갔소? 좌우간 그 많은 함질 다 받아 놨으니 야단나지 않았소. 한편에서는 사창고가 터져서 와랑와랑 쌀을 저내지―, 또 왜놈들이 장

독탕 할으라구 온 성안에 간장 탕수를 내는 관인

며—, 그런데 떡 내 해라구 이름 지어 놓은 함지가 산

더미 같이 있으니 속이 답답할 노릇 아니요. 그냥

둬두면 왜 놈들이 하다못해 때려서 불이라두 때기 좋

운 거란 말이요. 그건 나두 싫지던요. 그래서 불을

각 지르가 했어두 그건 또 안 될 일 갈구… 왜 놈

들이 붓돌을 할두룩 했으면 좋겠다구들은 하면서두

로직 ㄴ가리에다 불은 안 지르자 않소. 그래 나두 불

은 못 지르구 생각하다 못해 강에다 처넣기루 했소.

한겸품이 남아 걸렸소. 그런데 내 십년 남아나 함지

를 다루어 온 놈인데두 그때처럼 함지가 고운건 첨

봤소. 내 죽두룩 안 잊힐 겔 같아서 이런 말 다 합네

다. 자꾸자꾸 강물에다 처넣는데 그놈의 함지들이

가라앉지두 않구 큰 것은 둥둥 뜨구 작은 놈은 동

동 뜨구… 재길할 놈의 거! 까라앉지두 않구 자꾸

자꾸 멀리루 떠내려 가둑새 건목친 그놈의 함지들이

더 하야니 련꽃송이 같단 말이요. 알갔소? 내 나

많지 않구두 별놈의 꼴 다 보지 않소. 글쎄 어드로

너 그놈의 함지가 련꽃송이 '같아서 남을 울린단 말'

이요. 에? 나 주정으루 하는 말 아니웨다. 정말 눈

물이 났소. 어처구니가 없지 않소. 그래 그놈의 합

지가 허리 잘룩한 내 네펜네란 말이요, 눈깔 새까만

자식 새끼란 말이요? 나는 리별할 처자식두 부모두

없소. 집두 없소. 오구 칼이랑 함지 깎던 자분것두

내해가 아니 댔소. 그건 다 주인 령감태기가 가지구

저 갈 태루 갔소. …나는 지금 그것부터 대사한테

의 논해 보구 싶소. 왜 눈물이 났나? 지금두 눈물이

나지만 모르갔단 말이요. 그저 분하기만 하단 말이

요. 이렇게 성안에서 쫓겨나온 겔이 분하단 말이

요. 그렇다구 평양을 몽채루 떠지구 울 재간이 있긴

하우. 어떠허면 좋단 말이요. 예? 대동강 물을

한지게 져온다구 씨원하갔소? 그 잘난 장작을 져

오란 말이요? 나는, 함질 다 대동강에 띄워버렸소.

성안에 두구 온 건 아무 것두 없소. 그래두 분하단

말이요. …자 이번엔 한잔 드시우. 이렇게 쫓겨나

서 쳐다보는 저 달두 대동강에서 남을 울리던 함지

갈단 말이요. 재길할 놈의 거, 이 무슨 꼴이란 말

이요.」

이렇게 말을 맺은 그 검은이는 손등으로 비분한

눈물을 비씻으며 서산에게 잔을 돌렸다.

「성씨가 뉘시오니까?」

서산은 잔을 받으면서 나직한 말로 그 검은이게

물었다.

「내 성 말이요? 함지박이나 깎아 먹는 나 같은 상

놈한테 성씨는 다 뭐요。천한 성이 황가요。

「황씨?」

그의 성을 마음에 개기려는듯이 한번 뇌인 서산은 한모금 마신 잔을 옆의 사람에게 돌리며 말했다。

「왜 그렇게 만을 하시오。저 평양성을 잃게 된 것을 그로록 분해하고 애석해하시는 이가 바로 지 평양성의 주인이 아니겠습니까。바로 이 나라의 주인이 아니겠습니까。이 나라의 주인! 그 얼마나 귀한 이오니까。저 평양성을 도로 찾고、이 나라를 도적질 하려 온 왜적 아수라들을 쫓아 물리칠 이도 그 주인이 아니겠습니까。」

「대사…」

하던 황 서방은 문득 목이 메는 듯 말을 끊고 돌아오는 잔을 기다려서 한모금에 기울이고 나서 말을 이었다。

「너무 과남한 말씀이요。지나친 만씀이요。평생가 다 처음 들어보는 말씀이요。누구레 우리 같은 상놈한테 그런 말을 하긴들 했소。그래서 더 역겨울만치 반갑구 기쁘기두 한 말씀이웨다。그런테 대사! 대관설 우리 같은 사람들은 뭐를 할 수 있갔소? 우리 그 말씀 좀 듣습세다。」

「한걸멩이를 산중에서 늙어 온 중이 무어 아는 것이 있습니까。있다면 소승도 이런 국난을 당탁해서는 그저 상속에만 들어 앉아 있을 수 없다는 정성 뿐이 올시다。앞으로 할 일은 여러분 같으신 이들과 널리 의논을 해야 할 것이 올시다。」

잠시 말을 끊은 로승은 무슨 생각을 하는지 혼자 몇번 고개를 끄덕이끄 나서 또 말했다。

「지금 말씀 중에 성안의 곡식을 왜 그냥 두었느냐고 하신 말씀은 다시금 생각한즉 참으로 찔리는 말이 올시다。그런 것까지도 미처 생각을 못 했던 것이 올시다。어리석은 생각에는 단지 우리 사람들의 땀으로 맺힌 곡식이 귀하고 아깝기만 했소이다。이제 그 말씀을 들으면서도 아직도 한끝으로는 불을 지른다든가 하면 우리 사람들의 몸김이 식지도 않은 성내의 집들까지도 타지 않았을가ㅡ하는 생각이 들기도 했소이다。차마 못 한다는 부질없은 불인지심(不忍之心)때문이 올시다。그러나…」

하던 서산은 돌아 오는 술보시기를 받았다。그리고 이번에는 한모금 입에 차게 마셨다。그리끄는 또 말을 이었다。

「이왕 지난 일이옵고ㅡ모르기는 하오나 앞으로 그런 화공법(火攻法)을 써야 할때도 미상불 있을 것이올시다。여기 같이 계셔 주신다면 그때 가서는

「여러분께 상의하게 될 것이올시다.」

「대사의 말씀대로 우리 평양을 두루 찾을 일이라
면야 무엇인들 못 하겠소.」

젊은 향서방은 이렇게 말했다. (이들의 만은 후
임에 그대로 한 연약이라고도 할 수 있었다.) 떡돌
우의 이야기는 밤깊도록 계속되었다. 돌아 오는 잔을
조금씩이나마 사양치 않고 받은 서산은 칠십 평생에
처음일는지도 모르게 큰 웃음을 웃기도 했다.

32. 마을 사람들의 모임

이튿날 아침이었다. 서산은 이 동네 로농 김첩지
에게 부탁하고 또 법근이를 시켜서 이 잡약산 마을
을 중심으로 부근의 부락들에 아직도 남아 있는 농
민들과 피란민들을 중의 장정들을 청하도록 했다. 안
뜰에는 멍석들을 편폭해 깔았다.

먼저 온 고 충경이를 합장하고 맞아들인 서산은 깔
아 놓은 멍석 한끝에 자리를 정하자 전날 밤에 써놓
았던 편지 중의 한장을 그의 앞에 내놓았다. 고 충경
이가 편지를 읽는 동안 서산은 옆에 서있는 법근이
에게 물었다.

「너와 같이 산에서 검이나 활을 가지고 놀던 사미

(沙彌＝젊은 중)들은 몇이나 되느냐?」

하고 또

「어느 절의 누구 누구인지 일러 보아라.」

법근이는 미리 의워 두었던듯이 자기 동무 중들의
이름을 부르기 시작했다. 서산은 앞에 놓인 손벼루
에 이미 갈아 두었던 먹을 찍어가며 받아 쓰고 있
었다.

서산의 편지를 다 읽은 고 충경은 인사가 아닌듯
하자만 뒤집어 보았다. 한가운데 껴인 자국이 있고
좌우 가사리에 구멍들이 난 그 종이는 아닌게 아니
라 관각한 불경책의 한장이었다. 필시 고것은 대사
가 항상 바랑속에 지니고 다니던 책일 것이다. 서산
앞에는 새 종이에 쓴 것도 한두장 있었다. 종이가 그
뿐이던 모양이다.

「제한데 종이가 있었는걸요.」

이런 말을 하고 싶기도 했던 고 충경은 다음 순간
자기 입가에 떠오르는 미소를 의식했다. 「혹은 이
런 불경 책장이 재 종이보다도 더 글의 내용을 살릴
는지 모른다」는 생각이―무척 간결하면서도 서산대
사를 잘 아는 사람이면 누구나 그가 지금 어떤 일을
하고 있다는 것을 력력히 짐작할 수 있을 뿐만
아니라 충동을 받을만한 글이요 글찌였다. 항찬 또

이 편지를 읽을 사람들은 불경책이라면 부쳐 앞에서나 마찬가지로 합장배려하고 대하는 중들이다. 서산은 그런 것까지도 요량해 가지고 이 일일는지도 모른다. 또 지금 자기글 뿌려다 놓고 이 편지를 보이는 한편, 범군에게 중 검객(劍客) 중 궁수(弓手)들을 (어느정도의 검객, 궁수들인지는 모르나) 묻는 것은 간접으로 이고 충경의 의향까지도 알아 보자는 심산이 아닌가?

"묘희한 늙은이!"

고 충경의 미소는 이러한 뜻이였다.

"지금 문잔께서는 옛날 고려의 승병장 성근(性勤)의 뒤를 따르실 의사인 것 같은데—어떻습니까? 병(兵)은 궤도(詭道)라고 했은즉 일평생을 산중에서 고고히 치성해 온 대사가 그런 궤휼지도를 할 수 있겠습니까?"

고 충경은 한번 이렇게 로승에게 도전해 보고 싶우 충도도 없지 않았다. 그러나 다음 순간 그는 또 자기 입가에 미소를 느낀다. 이빈에는 그 미소 끝에 입슈으로 가만히 히물 치기도 했다. 그러한 것은 말로써 사람을 저울진해가며 홍정을 하는 장사치들의 때라고 생각되 때문이었다.

고 충경은 한번 웃깃을 넘겼다. 나는 이미 이로

숭의 사람으로 나 혼자서나마 허락하지 않았던가. 그는 이런 생각을 한 것이였다. 서산을 전부터 잘 알아서 그런 것은 아니다. 전부터 그 이름은 익히 들어 왔고 또 간혹 묘향산에 갔을 때 민발로 본적도 있었지만 인사하고 만나가는 이빈이 처음이었다.

지금까지의 서산 대사는 일반 백성들에게는 한날 젊은 산속에 들어 앉은—혹은 그 머리에는 돈이 끼가 돈앉은지도 모르는—한 늙은 쭝의 이름일 따름이였다. 그렇던 서산이 지금은 백성들 앞에 꽤 가까이 나선 사람으로 되였다. 아직 그 범위는 넓지 않으나 지금의 이 겨양 주변에는 그의 이름을 중심으로 민심이 모이는 인화(人和)라고 할 수 있는 기운이 엉기기도 하는 중이였다.

고 충경이가 스스로 서산의 사람으로 가처하기까지는 자기 내심의 갈등이라고도 할 수 있는 약간한 주저가 없지도 않았다.

사친고의 쌀이 터지고 성안에 간장 탕수가 났다는 소문과 아울러 전파되는 서산 대사의 이름을 들었을 때 고 충경은 우선 놀랐고 또 한편 자기의 미소를 느끼기도 했던 것이다.

"그 로숭이 파연 일을 시작하는구나!"

"파연 그 주책(籌策)이 크다!"

고 충경은 우선 이같이 놀랍게 생각했다. 싣은 이
때 고 충경은 룡강 고을로 김 웅서를 찾아갈 예정이
였다. 일전에 자기 처남한테서 고산진(高山鎭) 첨사
(僉使)로 있던 김 웅서가 얼마 전에 부친상을 당해
서 자기 집에 와 있다는 소식을 들었던 것이였다.
곧 떠나려고 하던 즘에 서산의 소문을 든게 된 고
충경은 어떤지 발등을 밟힌 듯한 느낌도 없지 않았
다. 그 새까만 나비수염 밑의 미소는 그 때문이였
다. 사창의 쌀을 터치고 간장 탕수를 낸 그로승의
거조는 종당은 승병을 일으키는 메까지 진전할 것이
라고 짐작이 되기 때문이였다.

먼저 시작한 것이 누구이든 이 나라 백성으로서는
당연히 해야 할 일을 시작한 것이다. 또 이사람 저
사람이 시작했더라도 결국은 하나로 힘을 합쳐야 할
일이다.

고 충경은 이렇게 생각했다. 그러면서도 마음은
서연치가 못했다. 일활 속인이 승병 막하에 들어간
다는 것부터 자연스럽지가 못하다. 쾌한 일은 더우
기 아니였다. 승병도 군사다. 그 막하에 들어 간다면
중들의 절제를 받아야 할 것이다. 그것은 더욱 쾌한
일이 못 된다. 역시 지금이라도 김 웅서를 찾아가고
싶었다. 아직은 의사 뿐이였지만 지금까지 쟁각해 온

자기 제획을 버리고 싶지도 않았던 것이다.

그러나 당장 해야 한 일이 있었다. 일본군이 언제
들어 올는지 모르는 성안으로 드나들며 사창고의 쌀
을 나르는 사람들을 위해서 조금이라도 도움이 되는
일이라면 그것부터 해야 할 것이였다. 그래서 룡강
으로 데리고 가려던 보패를 차돌이 자친을 따라 잡
약산 마을로 보내고 자기는 차돌이와 함께 성안으로
물어 왔던 것이다.

"이 사미들은 법군이와 같이 칼과, 활을 익혀온 점
은 중들이올시다. 그 재조들이야 볼 것이 있겠습니
까마는 고공께서 이 사미들을 거느려 주셨으면 해서
오시라구 한 것이올시다."

하며 서산은 십여명 중들의, 이름을 적은 종이를
고 충경이 앞에 내놓았다.

"성안에서 나온 대장쟁이가 몇이 있습니다. 나 역
시 장난삼아 쓰던 살촉을 만들어 온 대장간사람들인
데 그 사람들의 말이 짐작에 로장 밑에서 할 일이
있을 것 같다고 나더러 여쭤보라고 하길래 머물러 두
었습니다. 일은 때 쓸만하게 하는 사람들이올시다."

시산이 주는 종이를 받아 들고 한번 훑어본 고 충
경은 이런 말을 꺼냈다. 독문서답 같은 말이였으나

서산은 대단히 기뻐했다. 그는 말했다.

「그야말로 고소원이올시다。 그 사람들은 동금강암
으로 가서 일하도록 하겠습니다。 거기는 참숯을 만
들 나무가 많습니다。 그리고 농사를 지어 보지 못했
거나 또 손수 병장기를 잡을 수 없는 승려돌은 민간
으로 다니며 쇠붙이를 모아。들일 것이올시다。」

이런 이야기를 할 때는 이미 사람들이 많이 모여
있었다。전 주복이네 부자를 비롯하여 두 봉군 오장
과、돈 정신、황 서방、천 차돌이 같은 사람들은 벌
써부터 와서 서산 대사와 고 충경이가 주고 받는 이
야기를 듣고 있었다。그 다음에는 이 동네 로 농 김첨
지를 따라온 五─六○명의 농군들과 아직도 이 근처
부락에서 묵고 있던 四○여명의 피란민들도 모여 왔
다。다 마찬가지로 맘에 젓고 먼지가 올랐지만、그
러면서도 본시부터 누런 흙물이 든 것과、아직도 어
느 구석엔가 희게 바래운 파릇한 맛이 남아 있는 그
옷으로써 농군과 피란민을 가려볼 수도 있었다。또
그 머리 모양으로 우선 눈에 띠이는 줄들도 二○여명
있었다。번근이를 따라 들어온 영명사의 젊은 줄들.
이였다。복색과 머리 모양까지도 다른 백여명 장정들
로 그리 넓지 못한 뜰안은 비꾹 했다。바자문 밖에
도 그만한 수의 아낙네들과 아이들이 모여 섰다。아
이들은 저마다 틈을 비집고 짧은 머리채가 달린 머

리들을 맞쪼아 가며 뜰안을 들여다보고 있었다。
뜰안에 들어서선 남정들 중에는 멍석자리가 모자라
서 추녀밑에 늘어서기도 하고 열어 놓은 방문턱과 토
지방에 걸터앉기도 했다。서로 인사와 롱말을 건네
기도 하고 혹은 제 옆에 자리가 있으니 오라고 부르
기도 하는 소리에 뜰안은 머들썩했다。이때 앉은
자리에서 허리를 펴고 뜰안 반쯤 일어선 김 첨지가 말
했다。

「그만하면 올 이는 거진 다 왔나부웨다。」

그 말에 한번 뜰안을 삼퍼본 서산은 고 충경이와
하던 말을 끊고 일어 나서 도중에 한번 합장하고 앉
았다。뜰안은 금시 조용해졌다。

「여러분께서 보시다 싶이 평양성에는 이미 왜적이
들어 왔소이다。」

나직하나 어덴가 쟁─울리는 듯한 금속성 여운이
들리는 서산의 말이 시작되였다。

「그런베 왜적이 들어 온 평양성이 불과 십리 어간에
지나지 않건만 이곳에 아직도 머물러 계신 여러분께
서는 농리를 버리시지 않고 농사를 계속해 하실 분인
줄로 압니다。예로부터 란시에는 대개 사람들이 흘
어져서 실농하게 되는 경우가、많은베 여러분께서는
그렇지 않으시고 눌러 농사를 하신다는 것은 앞으로

나라에 큰 도움이 될 일이올시다.」

하는 로승의 말에 조용히 귀를 기울이고 있던 사
밤들은 한층 긴장한 얼굴로 피차 「그렇던가?」 문듯
이 서로 마주 보았다. 목이 갈린듯 그래서 오히려
더 쟁— 울리는 듯도 한 서산의 말소리는 계속했다.

『여러분께서 이미 부처 놓시고 김까지도 매신 저
십릿벌 농사를 실농 않고 거두신다는 것만도 큰 일
이고, 그뿐 아니라 또 그렇게 하시는 것으로써—
바로 왜적이 들어 있는 평양성 밑에서까지도 여러분
이 농사를 버리지 않는다는 것으로써 저 뒷산 태밖
에서도 농사를 하게 될 것이고, 그렇게 되면 그 밖의
먼곳에서는 더 말할 것도 없을 것이오. 그렇게
된다면 그 얼마나 크게 보람 있는 일이오니까. 그러

서산은 이렇게 말을 끝냈다. 그의 말이 끝나서도
뜰안의 사람들은 역시 한동안은 잠잠했다. 마치 지
금 그 말만으로는 미흡해서 또 다음 말이 있으려
니— 하여 기다리는 듯도 한 침묵이였다.

「옳거니!」

조용한 중에 문득 누가 저혼자 무릎을 치기라도
하듯이 중얼거리는 소리가 들렸다. 주복이 아버지였
다. 로방둘에 걸러앉은 그는 혼자 고개를 끄덕이다
가 또 혼자 흐흐흐 웃고 나서 서산을 바라보며 말
했다.

「대사— 대사의 말씀을 듣구 보니 나부터두 맘울
좀 더 크게 먹운 걸 그랬소. 이때까지는 생각이 그
저 어떻게 하면 우더 식솔이 굶지나 않게 농살 해보
나 하기만 했더랬소.」

「거 정말 실로의 말씀이웨다.」

이매 멍석 자리 한가운데 앉았던 김 첨지가 그 말
을 받았다.

『지금 형편이 다 부처는 놓구두 임자 없이 된 땅두
많구 해서 나부터두 내해라구 할 사람이 없는, 밭 가
까운 는 마지기나 다뤄볼가 했던데…』

이러한 김 첨지의 말이 채 끝나기도 천에

『실로나 마나, 안 그럴래니 어떻게 할태란 말인고!』

이렇게 남의 말을 가로채듯 하는 말소리가 들렸
다. 사람들의 시선은 그쪽으로 쏠렸다. 뒷자리에 앉
았던 사람들은 상투가 우뚝우뚝 늘어선 앞의 사람들
의 머리를 피하노라 몸을 틀기도 하고 혹은 반쯤 궁
둥이를 들기도 하고 바라보았다. 김 첨지 옆에 뿔
난 관을 쓰고 앉은 꾀부정한 로인이였다.

『나 우신 저 대사한테 한가지 문갔소.』

로인은 끝이 좀 피기까지도 한 낡은 관끝로 앞의
사람의 등을 떠받듯이 더욱 허리를 굽혀서 쳐소한

몸을 한 무릎 나앉으며 말했다.

「보몽벌 농사를 그냥 한다니― 저 산넘어 사람들에게 분뵈기루 그저 하는 체만 한다는 말이요, 정말 저 농사를 다 한다는 말이요?」

이런 로인의 말에 사람들의 시선은 다시 서산 대사에게로 모였다.

「예, 다 할 것이올시다.」

이때까지 여러 사람들의 말을 듣기만 하려는 듯이 긴 눈섭을 드리우고 앉았던 서산이 얼굴을 들며 이렇게 대답했다.

「아뿔사! 그러다 보니 대사가 여기 형편은 통 모르는군. 그럴래니 일왈 일손이 있나. 이제부터는 필시 여기까지두 왜적들이 나와서 뢰략질을 한게구― 또 그건 고사하구라두, 일왈 나부터두 조카놈까지 자식놈이 셋씩이나 군총으루 뽑혀 나갔는데― 좀 보오, 이 집약산 앞뒷동네를 다 떨어 모은 남정이 여기 모인 이 사람들이 다요.」

이런 로인의 말에는 뜰안에 모인 사람들을 새삼스럽게 둘러보는 이도 있었다.

「서잿골 아즈바니.」

이때 그 로인의 뒤에 몇 사람 건너 앉아 있던 벼슬자국 있는 한 장정이 말했다.

「아즈바니 말씀만 말이라구 하지 마시구 대사님 외 말씀을 다 들어 봐야 할거 아니요.」

「남의 말 들어 보나 마나 차네 눈으로 모 르겠나?」

로인이 이번에는 채소한 몸을 뒤로 턱 돌리면서 말했다.

「여기 마루일꾼이 몇이나 되나, 대관절? 제 앞챙기할 젊은이라구는 상사에 자네 같은 외아들짜리가 몇이 있구는 다 한풀 꺾인 로축들 아닌가. 무슨 재간에 보몽벌 농사를 다 한다노. 난 말만 앞세우는 건 천하없는 사람이라두 싫어.」

하는 로인은 제 말에 흥분까지도 하는 모양이였다.

「아니 한라기만 하면야 사람 없어 못 하갔소.」

이 자리에 똑 판을 치는 로인의 말이 퍽 역한 것을 참았던 듯한 말소리가 났다.

이때 자기네는 한낱 걸손이라 농군들에게 자리를 사양해야 할 것으로 알고 추녀 밑에 둘러서 있던 피란민 중의 한 사람이였다.

「나부터두 올데 갈데 없이 이러구 있는데 여기서 농쌀 한대면 한몫 하갔소.」

「이분 말씀이 울쎄다. 아무리 란시라두 우리 조선

땅에서 농사할 조선 사람이 없기야 하갔소. 하나 우리가 생각하던 것과는 일이 좀 따웨다.』

역시 피란민 중의 또 한 사람은 이런 말을 했다.

『내 농구 만이지, 우린 여기서 배포된 일이 뭐 그런 것이 아니구… 하기야 농사두 크지오만ー 그보다두 어떻게 하면 저 왜적들과 싸우갔나? 그런 의논이 나올 줄로 알았는디요.』

『올쎄다. 그래야 공론들이 제대루 될 것 갈쎄다.』

멍석 자리 저편 끝에 모여 앉았던 농군들 중에서 누가 또 이런 말을 했다. 그러자 뜰안은 다시 떠들썩하기 시작했다.

『실상인즉 내 생각두 그래서 대사님의 말씀을 들어 보자던 기웨다.』

벼슬자국 있는 젊은 농군의 말이었다.

『이 훈장네 아즈바니 (관 쓴 로인을 눈으로 가리키면) 말씀마따나 나는 남의 외아들이 돼서 /군총으루 두 안 나가구 이때껏 농사만 하드랬소. 하나 세상이 이렇게 되구 보니, 실지 만이지 성안에 들어 온 왜적을 떠이듯 하구서 그놈들 밑에서 수걱수걱 농사나 하면 뭘 하갔소. 또 저 왜놈들이, 우리 농사 잘 하라구 가만 둘 리두 만무하구요. 그렇지 않갔쉐니까?』

『거 다 옳은 말씀들인베…』

이때 안방 문력에 걸러앉았던 황서방이 말했다.

『좌우간 시재는 보릉법 농사를 짓기루 하구 볼거구, 그래서 차차…』

이렇게 말하던 황서방은 제가 좀 주제넘다는 쌍각이 들기라도 한듯이 하던 말을 끊고 서산을 바라보았다. 그러자

『훈장 로인께서는 지금 댁에 남은 권속이 몇분이나 되십니까!』

서산이 물었다.

『나 말이요? 식군 상게 많쉐다. 우리 두 늙은이 하구, 열 소리하는 막내자식놈하구, 맏며느리하구, 그것에 달린 올망졸망한 친손주가 셋이구, 이제 맘한 조카 자식의 소생으루 에미 없는 넷손주가 둘이구, 그렇소. 전 왜 묻소?』

이런 로인의 말은 중이 남의 일에 별참견을 다 한다는 듯도 했다.

『댁에 그렇게 어린 자여손이 많으시다면 댁에서는 불일내로 향산의 어느 절이나 암자로 이사해 가시는 것이 좋겠습니다.』

『아니 나더러 어떡하라구요?』

훈장은 로승의 말을 못 알아 듣겠다는듯이 물었다.·

「지금 어느 분께서도 말씀하셨습니다마는 여기서 농사를 짓는 것이 곧 왜적과 싸우는 것이올시다. 실지 또 싸우면서야 할 일이올시다. 더우기 가을이 성숙한 때는 그 곡식을 탐내는 왜적들과 크게 싸우게 될지도 모를 것이올시다.」

이같이 시작한 서산 대사의 말에 뜰안 사람들은 또 잠시 두선거렸다.

「옳지!」

「일이 그렇게 될게로군.」

하는 사람들도 있었다. 서산 대사는 말을 계속했다.•「그러니까…」훈장 로인뿐 아니라 앞으로 일본군과 싸우게 되는 경우에 주체궂은 로약들이 많은 집에서는 묘향산의 절이나 암자로 이사해 갈 것을 권했다. 오래지 않아서 묘향산의 중들은 거의 다 이곳으로 나오게 되리라고 했다. 예전에는 묘향산에 八만九암자가 있었다. 지금은 그렇게까지는 많지 않으나 아직도 피란민들이 기접할 수 있는 절이 암자들이 많았다. 그뿐 아니라 여기서 이사해 가는 사람들에게는 그곳 중들이 해온 농사를 대신 계속하도록 농토를 줄 수도 있고 또 이곳에 가지고 있는 식량만치는 그 곳의 식량으로 바꾸어 줄 수도 있으리라고 했다.

「아니 그게 정말이요?」

서산의 말이 끝나자 훈장 늙은이는 또 이렇게 따저 물었다.

「아니 로장의 말씀이 빈말이라구 해서 묻는 건 아니웨다. 그래만한 피란처를 궁리궁리하던 차인데 욕거순풍(欲去順風)으로 너무 맞차운 말씀이 돼서 되려 내 귀가 혹시 잘못되지나 않았나 해서 묻은 말이웨다.」

그 말에 사람들은 웃었다. 「왜들 웃노?」하듯이 웃는 사람들을 둘러보고

「좌우간 이 나를 두구 운을 뗀 말씀이니 나부터 떠날 차비를 하야갓소. 그럼 난 먼저 자리를 일어야갓소.」

하며 훈장은 일어 섰다. 뜰안의 웃음소리는 더욱 키졌다. 우선 공론하는 자리에서 말썽꾼 하나가 없어지는 것만으로도 씨원한 사람들은

「아즈바니, 아즈바니 바뿐 생각에 아이들을 잊어버리질랑은 말소.」

「정말 이번 일엔 손주아이를 더을 입는 줄이나 알소.」

그로인의 등뒤에 이런 말을 던지기도 했다. 다시 조용해진 때 서산의 뒤에 서있던 법근이가 불쑥 이런

말은 했다.

『로약들을 떠나보낸대두 여기가 성안에서 너무 가 잡지 않을까요?』

『지금 그 말은 네 말이냐? 혹은 여기 계신 분들의 말씀이냐?』

서산은 이렇게 물었다.

『너무 가깝다구들두 하구— 혹은이는 가까와두 할 수 없다구 하는 이들이 있습니다.』

『가까와두 할 수 없다는 이들은 어차피 여기를 떠 날 형편이 못 되는 분들일테지.』

『예, 그런 이들두 있구요. 또 혹은 스님께서 여기 다 자리를 정하시는 것 같은데 지금 왜적이 들어 있 는 평양성에서 불과 십리 밖에 안 되는 여기서 어떻게 하실 요량인지 알 수 없다는 이들도 있습니다.』

『누가 그따위 소릴 해?』

지금까지 자리 한기슭에서 오고 가는 말을 듣고만 있던 주복이가 분쑥 골을 올린 듯한 소리로 물었다.

『법군 대사의 그 말은 아마 내가 한 말을 두구서 하는 말 갈쉐다.』

토지방 밑에, 역시 창대를 세워 짚고 서 있던 늙 은 봉군이 한결음 나서며 말했다.

『내 말은, 이런 풍론이 있기 전에두 나 혼자 짐작

에 서산 로장이 혹시나? 하는 생각이 없지두 않아 서, 일활 그러자면 사람은 많이 꽈야 할게구, 또 그 러자면 아무레두 세월이 좀 걸려야 할베, 그렇게 일 이 다 되기 전에는 여기가 너무 발닥하구 앞이 발을 것 갈애서 한 말이드랬소.』

『지금 그 말씀에도 일리가 없는 바는 아니올시다. 그러나…』

이번에는 꼬 충경이가 말을 시작했다. 그는 이때 까지 새로 접은 듯한 흑잡사 갓끈을 한손으로 만지 면서 여러 사람들의 말을 듣고만 있었다.

『지금도 말씀들이 있었습니다만, 왜적들은 필시 이 곳으로도 로략질을 하러 올 것이올시다. 그렇게 민간 으로 다니며 략탈하는 것은 언제나 노리는 것은 언제나 인축과 재물이 아니겠습니까. 사람이 없는 곳에는 재물도, 소나 돼지 같은 육축도 없을 것이고— 그 래서 략탈질하려는 적들은 구경 사람을 찾아 다니게 될 것이올시다. 그러니까 십리 밖에 사람이 없으면 이십리 밖으로, 이십리 밖에도 략탈할 것이 없으면 또 그 다음으로— 이렇게 적들은 백리 밖에라도 사 람을 찾아 나갈 것이 아니겠습니까. 그러니까 혹시 우리가 백성들을 뒤에 숨어서 이 란시에 제 한 목숨을 보전하기만 위주한다면 모르거니와 그렇지 않다면 좀 더 멀거나 가까운 것이 별반 차가 없을 것이고—

만일 그래도 더 멀리로 물러선다면 이곳에 막부득이 남아 있는 사람들을 버리는 셈 밖에는 다른 것이 없을 것이올시다. 그러나 봉군 오장께서 근심하시는 것도 일리가 있다고 한 것은 만약에 우리가 우리 세력을 키우기 전에 혹시 왜적에게 한 병력으로 보인 다든가 해서— 이 곳이 단지 략탈질할 수 있는 한 부락이 아니고 군사를 일으켜 쳐야 할 곳으로 왜적 이 알게 된다면 그때는 잠시 물러서는 겻도 한 방략 일 것이올시다. 그렇기 때문에 지금 로약들을 뒤로 피란시키는 것은 지당한 조치올시다. 그래서 여기는 농사 짓고 싸와야 할 때는 싸울 수 있는 사람들만이 남아 있게 되면 아직 우리 세력이 단약하더라도 밀 고 가까운 것은 별반 개의할 바가 아니올시다. 그러 너까 우리는 역시 이 곳에 있어야 할 것이올시다.」

이러한 고 충경의 말이 끝나자, 그때까지 진 눈섭 을 드리우고 잠심해 듣던 서산은 빛나는 눈을 들어 고 충경을 보면서 두 손을 모아 합장하며 말했다.

「소승의 생각도 정히 그러하올시다.」

그러자 조용하던 뜰안은 문득 저마다 한마디씩 하 는 말소리로 흥성거리고 떠들썩해졌다.

「올쎄다.」

「이재야 됐소.」

「일이 그럴거 아니요!」

이같이 단마디 말을 웨치는 가 하면

「왜놈들이 십리 안짝에 있대두 무서울거 없쎄다. 놈들이 그보다 더 가까운 모란봉에 있을 때두 사홀 썩이나 쌀을 날라 내지 않았소? 그때 우리는 이런 생각을 하면서 일했소. 저것들이 모란봉까지 와가 지구두 성안으루 들어설 쟁의를 못 하는건, 동대원 싸움에서 우리 사람한테 된서리 맞아서 그런개라 구…」

「또 그뿐인가요. 왜적들이 나는 재간이 없는 한에 야 저희놈들이 십릴 오면 그 동안에 우리두 십릴 갈 수 있는대야 무슨 걱정인가 이면 생각두 했더랬소. 그런데야 여기가 가까와서 안 될거 있소?」

이같이 긴 말을 하는 사람들도 있었다. 또 한편에 서는

「가만 보너 저 로숭이 제 속에 배포는 다 해가지구 두 저럴 말을 꼭 남한데 시키구야 마는 모양아 닌가?」

「그거야 아마 여러 사람의 의향을 들어 노자는 거 지.」

「남의 속을 떼본다? 그러구 보면 무서운 늙은이 아

「넌가!」

이 길이 쑤군거리는 사람들도 있었다.

「자 그만들 하구、이제는 앞으로 할 일들을 의논해 봅세다。」

어떤 농군이 이런 말을 해서 좌석은 다시 조용해 졌다.

33. 전주복이네 부자의 시(詩)

마을 사람들의 공론이 끝났다. 서젯골 훈장네를 비롯하여 향산으로 이사해 갈 몇집 식구들을 내놓고 는 모두 잡약산 뒤쪽에서. 땅을 파고 세간과 식량을 묻기에 바빴다. 일본군이 략탈하러 오더라도 마을에 서는 빼앗아 갈 것도 불살라 버릴 것도 없게 하기 위한 조치였다. 앞으로는 이 산속에서 움막들도 지 어야 할 것이었다. 이미 빈집도 있고 또 이제 비게 될 집도 몇채 있지만 그것만으로는 모자랐다. 앞으 로는 더욱 모자랄 것이었다. 그래서 전주복이네를 비롯하여 성안 성밖에서 떠나온 사람들은 움막집을 짓기로 했다.

서산은 영명사에서 나온 중들을 불렀다. 그중의 건장하고 길 잘 걷는 젊은이들을 뽑아서는 지이산、 금강산 같은 먼데로 보내고 그 여차의 사람들은 향 산과 동금강암 같은 가까운 곳으로 보냈다. 서산의 편지를 지닌 중들은 먼길이면 둘씩 혹은 셋씩 짝을 지어서 떠났다. 그들은 길량식도 지지 않았다. 그때는 아직도 처처에 절과 암자들이 많았으므로 객승 노릇을 하거나、그렇지 못한 떼서는 동냥중 노릇을 해서 라도 갈 작정이었다.

그들을 떠나보낸 서산은 뒷산으로 올라 왔다. 이 미 멀리 보통벌로 흩어져 가는 그들을 향하여 다시금 합장하고 머리를 숙여 그들의 앞길이 무사하기를 넘 한 서산은 사람들이 일하는 데로 갔다. 일변 땅을 파고 또 일변 자기네 세간과 량식을 져올리기에 사 람들은 바빴다. 그중에 전주복이네 부자는 웬 까닭 인지 가래질로 구덩이를 파다 말고 어성을 높어서 맡다툼을 하고 있었다.

「…모르갔다。네 맘대루 해서야 네소 잃지、다른 놈의 소 잃갔네—」

가래줄 한 끝을 진 채 민산을 바라보며 이런 말을 하는 주복이의 늙은 아버지는 입이 쓰거운듯이 군 침을 뱉었다.

「아버지는 말씀을 왜 그렇개 합네까. 그래 내가 내
소라구 내맘대루 했단 말이요?」

하는 주복이 역시 쓰기운 모양으로 건숭 세워놓은
가래장부를 쥐었던 손바닥에 침을 뱉았다.

「다 늙은 나야 소 아니라 그보다 더한 기라두 날 위
해선 아까울 것이 없으니 하는 말 아니가.」

「글쎄 걱정 마시라구요. 뉘 소든 그 소 어메 가갔
게 그러시우?」

「어떼 안 가다니?」너부터두 그 소 어메 갔는지 모
르지않니.」

이번에는 그 역시 가래줄 한끝을 느루잡고 서 있
던 주복이 어머니가 대들었다.

「남의 솔 갖다가 팔아 먹든지 잡아 먹든지 해두 이
란리통에 어메 가서 소지(訴紙) 한장 드려볼 베두
없이 된 세월 아니가.」

이같이 다루는 내용은 주복이가 의논도 없이 돈
정신에게 저의 소를 빌려준 때문이었다. 돈 정신은
조금 전에 가족들을 데리고 서해변쪽으로 떠났다.
그의 안해는 남편도 같이 간다면이어니와 그렇지 않
고는 먼 두메산골 절간으로는 가지 않겠다고 고집했
다. 언제든 하루 길로 오고 갈 수 있는 촌에다 집
한간만 마련해 주면 어떻게 해서든 살아갈 도리를

하겠노라고 했다. 오력을 잘 못 쓰는 칠십 로모와 갓
난것이 달린 안해가 여기 있어서는 이편의 손발을
잡아매게 될 것이므로 어차피 어메로든 치워놔야겠
다고 생각한 돈 정신은 곳낮이나 아는 사람물이 있
는 서해변쪽으로 가기로 했다. 그래서 길을 걸을 수
없는 어머니를 태우고 사청에서 내온 량식과 세간을
싣고 가기 위해서 소를 빌리라고 했다. 주복이는
말앓고 소를 주었다. 그런 줄을 안 아버지와 어머
너는 걱정은 뒤서고 우선 어처구니가 없었다. 일왈
돈 서방인가하는 위인을 언제 알기나 했던 사람인
가. 또 서해변으로 간다고만 했다니 그 넓은 서해
번의 어데란 말인가? 따라서 언제 돌아올지도 모르
지않는가? 언제나마나 애당초 돌아올 사람이. 아니
라고 생각되었다. 소금 장사라면 한곳에 붓배겨서
농사하는 량민과도 다르다. 소금 장사란 혼히 흥망
스럽고. 믿을 수 없는 건달들이 많았다. 도무지 믿을
수없는 아버지는 이제라도 다쫓아 가서 소를 찾아온
다고 서둘렀다. 주복이는 그럴 수 없는 일이라고 한
사코 막았다. 그래서 로인은 더욱 애가 탈 밖에 없
었던 것이다.

「허! 세상살이. 밀천으루 밀었던 마릿소 한짜 잃
었나브다.」

로인들이 흔히 그렇듯이 주복이 아버지의 화는 드디어 역 자랑으로 변했다.

「굴써 넘려 마시라구요. 괜히 쓸데 없는 걱정들을 합네다 가례」

주복이의 고집은 여전했다.

「쓸데 없는 걱정이문야 좀 좋으리! 공연히 남을 의심하는 것두 손복할 일이지만 너 같이 허턱 남을 믿기만 해두 랑패니라」

「돈 서방이 이번에 한 일만 봐두 알거 아니요.」

「일? 돌아가면서 남의 장독 쳐부셔 놓은 일 말이가?」

「그것만 봐두 알거 아니요.」

「난 네 말 무슨 소린지 모르갔다.」

속으로는 「그런 걸 가지구 돈가를 믿으라니… 그런 일에나 발 벗고 나서기를 좋아한다는 것은 오히려 더 심술궂은 소행이라고도 할것이 아닌가」하는 로인은 더욱 어처구니가 없어서 허허허 웃었다.

「그럼 나두 모르갔소.」

하는 주복이는 그만은 그만하고 말자는 것 같았다.

「그랜! 어서 일이나 치우자.」

한번 혀물 차는 것으로써 만사를 다 터처하고 마는 못한 로인은 손바닥에 새로 침을 뱉고 가래줄을 닥겨 걱었다.

「한 일이 많다. 그 「머사닌」가 하는 과부네랑 여기서 떠나는 사람들에게 두구 가는 세간이랑 쌀이랑 두다 건사해 줘야지 않나…」

또 이런 말은 하는 로인의 말끝에는 몸도 마음도 꽉 지친듯한 한숨이 물리기도 했다.

「지금 아바지두 그러지 않소?」

가래장부를 대다 말고 주복이는 문득 또 이야기를 되살렸다.

「그러다니 뭣이 그래?」

「아버지 이제 그 말이나 돈 서방이 한 일이나 다 같애요」

「뭐이 같애? 네 말 난 정 모르갔다.」

「아바지가 모르갔대면 난더 모르갔쉐다.」

또 이같이 롱명스럽게 말을 끊고 마는 주복이는 단지 역정만으로 그런 것이 아니라 저 역시 그 이상은 더 설명할 수 없기 때문이였다.

지금 이 장면을 그대로 전하는 작자 역시 그렇다. 주복이의 말은 론리가 아니기 때문에… 그러나 우리는 거기에 시(詩)가 있는 것만은 느낄 수 있다. 그리고 시는 진실이기 때문에 주복이의 말을 그대로 믿을 수도 있다.

지금까지 그들 옆에서 두 손을 엇은 지팽이 끝에 려을 고이듯 하고 서있던 로승의 얼굴은 문득 잔주름살의 물결이 이는 파안미소(破顏微笑)로써 빛났다. 따뜻한 미소로써 더욱 맑게 빛나는 그의 눈앞에는 황홀할만한 화상이 떠오르기도 했다. 풍치있이 너그러운 장삼자락과 소매를 구름 안개 같이 흘날리고 휘감기도 하면서 홍겹게 춤을 추는 자기를 보는 것이였다. 시정(詩情)과 법열경의 도취였다.

언제가 자기는 『금강산하석(金剛山下石) 대소시여래(大小是如來)』라고 하여 아름다운 금강산의 자연을 례찬한 적이 있었다. 그러나 지금 이 사람들을 두고 달리 또 무엇에서 불보살을 구할 것이랴. 아름답고 슬기로운 인정 이외에 더 느끼웁고 더 화려하고 더 고귀한 시정과 불성(佛性)은 달리 찾을데가 있으랴.

이때 두 봉군 오장은 산마루 봉수대로 올라가고 있었다. 아까 모였던 마을 공문에서 이곳 봉수대는 늙은 오장에게 맡기기로 결정했던 것이다.

『그래 나는 여기 와서까지두 또 연대를 지켜야 한다?』

늙은 봉군은 자못 불만한 투로 말했다.

『졸질랑은 말소.』

젊은 봉군은 약을 올리는 투로 이런 말을 했다.

『이 내가 늙었다구 늙은이 대접하는 걸 그냥 받자 하니 자네 또 날 송장 대접을 하라나?』

『눈은 밝지요?』

『들기 싫어.』

『괜히 맞은쪽 가마꾸비 연대만 바라보지 말소. 이제부터는 보통벌 땅바닥을 살펴야 합네다. 알갔소?』

『그래 그 말은 내가 채심해 들을 말일세. 하나 나더러는 왜놈 눈만 빨구 있으라니 좀 패썸두 하네.』

하며 늙은 봉군은 연대의 드높은 축석 우로 올라섰다. 보통문 칠성문으로 드나드는 일본군의 동정을 삼피기 위해서였다. 바람에 흩날리는 붉은 상모가 달린 창을 짚고 연대 우에 서있던 그 봉군 오장이 우선 기신 목소리로

『왜적이야!』

웨치고 일변 또 소라 나팔로 천아성(天鵝聲)을 울리게 된 것은 이날로부터 불과 이틀만이였다.

34. 따라온 편석대사

아직 단약한 이편의 세력을 키우고 말고 할 겨를

이 없었었다. 엿그제부터 로약돌을 파란사기는 중이었으므로 그물을 덩거해 간 장정돌까지도 많이었다. 오직 가까운 동금강암에서 서산의 편지를 받고 六—七명의 중들이 오는 낮에 도착했을 뿐이다. 그 六—七명중에는 법군이가 서산에게 말했던 활 쏠 알고 칼을 쏠 줄 안다는 젊은 중 두 사람과 그 밖에 편석 대사도 같이 나왔다.

편석 대사는 서산 스님이 조만간 동금강암을 거쳐 다시 묘향산으로 들어가리라 생각했으므로 기다려서 모시고 갈양으로 그 곳에서 묵고 있었다. 그런데 도리여 중들을 산에서 나오라고 한 서산의 편지를 본 편석은 자기도 따라 나와서 친히 스님의 말씀을 들어볼 필요가 있다고 생각했던 것이다. 이때의 편석 대사의 생각을 그대로 말하면 『서산 스님께서 망녕이 아닌가?』했던 것이다. 그래서 제가 스님의 말을 들어본다기보다 어떻게 해서든 자기가 존경하고 아끼는 스님을 이 위험한 평양 근처에서 모셔내여 다시 산으로 들어 가도록 할 심산이였다.

서산은 마을앞 떡돌에 걸러앉아서 그돌은 맞았다. 마침 점심매라 산넘어에서 일하던 사람들이 버드나무 밑에서 쉬고 있었다.

『편석도 나오셨소?』

같이 온 중들 중에 가장 나이도 많거나 승려간의 지위로 보아 장로(長老)의 한 사람인 편석이면 저 앞에 나서서 합장했을 때 서산 역시 합장하며 말했다. 다음 중들의 인사를 받던 서산은

『오냐, 네가 활을 잘 쏜다지? 잘 왔다.』

『오너는 칼을 쏠 줄 안다지? 잘 왔다.』

하고 말했다.

『너희가 보다 싫이 저 평양성에는 왜적 아수라의 무리가 들어와 있다. 부산서 여기까지 그들의 발질이 및는 데마다 이 강산은 황페되고 우리 동족의 피로써 우리 강토를 적시게 하는 왜적 아수라들이 들어 있다. 지금까지 너희가 활을 쏘고 칼을 익힌 것은 한 장난이였는지 모르나 우리가 선조적부터 우로(雨露)의 혜택을 같이 입어 온 이땅의 생령들이 지금 왜적의 창검 아래 어육이 되려는 이때 너희돌의 활과 칼이 저 잔학무도한 아수라들을 무찌르고 무고한 우리 동족의 생령을 보호할 수 있다면 너희들의 병쟁기는 곧 활인검(活人劍)이 될 것이요 또한 너희돌의 용맹은 곧 불보살의 대자대비가 될 것이다. 선을 좋이 여기고 악을 미워하는 것—미워할 뿐 아니라 악을 징치할 수 있는 용기! 그것이 곧 불성이요, 그러한 용기가 있음으로써만 삼천대천 세계(三

千大千世界)의 중생을 제도하려는 불법을 수호한 수
도 있을 것이다. 만일 우리가 저 아수라들이 우리의
강토를 분탕하고 우리 동족을 도륙하는 것을 보고만
있다면 우리 역시 저 왜적 아수라와, 다를 것이 무엇
이냐. 지금 여기는 나라와 동족을 위해서 저 왜적과
싸우려는 외롭고 용감한 분들이 모여 계시다. 너희
도 그분들과 함께 한몸을 바쳐 싸워야 할 것이다.
그렇기 위해서 너희들이 산에서 내려온 줄 안다. 잘
왔다.』

『말끝마다 『잘 왔다. 잘 왔다!』하는 로선사 앞에
서 다시금 합장하는 젊은 중들의 눈에는 눈물이 어
리기도 했다. 전 같으면 대선사의 법력(法力)에 눌
린달가 그 앞에서는 바로 서기조차 어려워했던 사미
들이 로 스님의 얼굴을 정답게 마주 보기도 했다.
서산이 말을 마치고 자기 처소로 돌아 가자 중들
옆에 서서 그의 말을 듣고 있던 추복이는 비드나무
아래 모인 사람들한테로 가면서
『이 늙은이가 그런 말을 벌써 했으면 남 속이
좀 더 씨원했을 거 아닌가!』
하고 두덜거렸다. 제 가슴속이 뜨거워지는 감격
을 그는 이렇게 말했다.
이때 편석 대사만은 언제 보나 그 무표정하던 얼

굴이 떡 어두워진 듯했다. 그는 좀 전에 영명사에서
나 왔느라는 한 늙은 중과 같이 떠돌에 걸터앉았다.
편석은 지금 자리를 인 서산 스님을 따라 들어 가는
것이 자기의 도리라고는 생각했다. 그러나 그렇지
못했다. 그럴 경황이 없을만치 마음이 번기로웠던
것이다. 스님을 산으로 모셔 가기 위해서 마음에
준비해 가지고 왔던 말을 서산 앞에 비쳐볼 여지도
없었다. 말해 볼여지가 없이 서산은 자기의 심회를
다 말했다. 그러한 서산의 말에 동감이라면 문제가
없었다. 그러나 그렇지 못했다. 그뿐 아니라 처음부
터 놀라운 것은—스님께서 웬 말씀이 지렇게 많아
지셨노—하는 것이었다. 즉 서산이 전에 없이, 그 보
다도 대선사답지 못하게 수다수러워졌다는 것이다.
선승이란 본시 말을 많이 안 하는 것으로써 첫째 계행
(誡行)을 삼는다. 우선 삼함(三緘)이라는 것이 있
다. 식불언(食不言), 정불언(定不言), 와불언(臥不
言)이라고 하여 먹을 때. 참선할 때, 자려고 누웠을
때는 말을 아니 하는 법이다. 더우기 선방(禪房)이라
는 데는 무엇보다도 말이 금물이였다. 즉 무언지행
(無言之行)의 수련을 쌓는 데다. 서산은 삼십 소리하
면서부터 선방의 조실(祖室)이었던 선승이다.
그러나 지금 여기는 어느 절의 선방도 아니요, 여

기 사람들이 다 선승들도 아니요, 또 이제부터 할 일이 부처 같이 가부좌(跏趺坐)를 틀고 앉아서 한 수 있는 일도 아니다. 이때까지 오십여년간 몸에 배여·온·선승의 습속은 버려야 할 일이 많았다. 더우기 이제부터 할 일은 나이 많은 그로서는 무언지 행으로 단지 자기 한몸으로 속선해서 하는 것만으로 될 일도 아니므로 서산은, 결국 말을 많이 하기로 결심했던 것이다. 지금 동금강안에서 나온 젊은 중들을 이 마당 한가운데서 맞은 것도 그때문이였다. 뒷산에서 세간과 쌀을 묻고 새로 움막을 짓던 사람들이 점심참이 되여 많이 내려와 있었다. 하고 싶은 말이 그 중을 만이 들으라는 것이 아니므로 많은 사람들이 모인 곳을 택한 것이다.

편석 대사는 그러한 서산의 심정을 몰랐다.

이매 버드나무 그늘에서는 의관을 방정히 한 속인(교 충경)이 금방 쩌온 뽕나무 가지의 껍질을 벗기고 있었다. 그의 앞으로 모여 간 젊은 중들이

「그건 활줄을 만드실 겁니까?」

묻고, 함을 든 젊은 중은

「우리 산에는 출한 상백피(桑白皮)가 없어서 나는 아직두 가풀 멕인 삼줄을 메웠는데 우리 같이 만듭시다.」

하고 나앉아서

「이 더위에 가풀 멕인 줄이야 껍적거려서 왜적에게 련주전(連珠箭)을 멕일 수 있겠어요.」

하며 웃기도 했다.

지척에서 이런 말을 능당히 하는 불문의 사미들을 이윽히 바라보던 편석 대사는 깊은 한숨이 나오고 머리가 가로 흔들렸다. 만하자면 공공연히 살생할 차비를 한다는 것이다.

─불제자로서 이런 과게가 있을 법인가?

한숨을 지은 편석 대사는 옆에 앉은 늙은 중에게 물었다.

─이 뉘탓인고?

「지금 영명사에 남아 있는 로장들은 무엇들을 하고 계시오?」

「예. 조석으로 「성수 무강」 「국가 안태」와 왜군들이 수선지악(修善止惡)해서 저희들의 잘못을 뉘우치고 흉기를 거두어 돌아 가도록 불전에 축원을 올리고 있소이다.」

이러한 영명사 늙은 중의 대답에 편석 대사는 깊이 찬이를 또 하는 뜻으로 고개를 끄덕였다.

「앞으로도 그렇게 있을 수 있을 모양이오니까.」

「지금 같애서는 왜병들이 아무런 침책도 없었소이

191

다. 어제는 우리 중들이 동대원에서 전몰(戰沒)한 군사들의 시신들을 기두고 시다림(尸茶林=시체 앞에서 염불하는 것)을 했는데 왜장의 말이 수긋했나고 하면서 절에 공양미가 없기든 성내에서 가져다 먹으라고까지 했소이다.』

이런 말을 하는 영명사 늙은 중은 이곳 사람들에게 한가지 중요한 소식을 전해 주었던 것이다. 영명사에 남아 있는 십여명 늙은 중들이 일본군에게 꼭려 나가서 동대원의 시체들을 수습하게 되었는데 우리 군사의 전사자보다 일본군의 시체가 훨씬 더 많았다는 것이었다. 이 사실은 그만치 우리 군사가 용감히 싸웠고 또 그만치 적에게 큰 타격을 주었다는 것을 말하는 것이다.

『영명사에 공양미가 없을 리 있소.』

편석이 또 물었다.

『아직은 좀 있지만 사전(寺田)이 모두 대동강 건너쪽에 있어서 왜병들의 통로가 가까운만치 실농하게 된다면 노상 걱정이 안 되는 바도 아니올시다.』

『그렇단들…』

이렇게 하던 말을 채 마치지 않은 편석 대사는 또 머리를 가로 흔들었다. 그로서도, 우리 나라를 위해서 국가 안태를 축원한다는 영명사 중들이 만일 일

본군한테서 식량을 얻어 먹는다면 그것은 모순된 일일뿐 아니라 부정한 일이라고까지도 생각했기 때문이였다. 그뿐 아니라 종당은 일이 또 그렇게 부정하게 될 것도 같았다. 왜냐하면 지금 영명사에 남아 있다는 누구누구하는 늙은 중들은 대개가 그 살찐 로전승의 말을 들은만한 사람들이기 때문이다. 살찐 로전승은 본시부터 성정채근향(性正菜根香) 같은 선승의 경지는 모르고 배부른 것을 무엇보다도 쾌사로 아는 위인인 것을 편석 대사는 잘 알았다. 그점만으로도 편석 대사는 그 로전승을 존경할 수 없었다.

이때 한 사미가 와서 서산 스님이 부른다고 전갈했다.

편석 대사를 부른 서산의 말은 지금 이곳에 홀몸으로 많은 어린것을 테린 녀인이 동국강암으로 피란을 가게 되었는데 편석 대사가 그들을 인도해 주었으면 좋겠다는 것이다. 『머사니』네 가족이다.

엇그제부터 로약들을 피란시키는데 누구보다도 먼저 떠났어야 할 칠성이네가 아직도 남아 있었다. 칠성이 어머니는 군이 이 곳을 안 떠난다고 고집했다. 남편이 생전에 버르고 벌러서 제 땅이라고 사서 논을 풀어 놓고는 그렇게도 기뻐하고 대견해하던 그 논을 두고는 떠날 수가 없다는 것이다. 어떻게 해서

든 그 논의 벼를 제손으로 거두고 쌀을 만들어서 축은 이의 혼백 앞에 노구메 한 그릇을 떠놓기 전에는 이곳을 떠나지 않는다고 했다. 걱정이 되는 서산은 주복이 어머니와 보패에게 부탁해서 타이르도록 했다. 마지못해 칠성이 어머니도 떠나기로 했다는 것이다.

서산이 방금 온 편석에게 동굼강암으로 되짚어 가야 하는 부탁을 하는 데는 까닭이 있었다. 서산은 편석이 여기까지 따라온 까닭을 묻지 않고도 잘 알았다. 또 편석이 이곳에 머물러 있더라도 별로 도움이 될 사람이 아니라고도 생각했다. 그래서 편석에게 다시 산으로 들어갈 기회를 주려는 것이다.

서산이 들어 앉은 먹통만한 방앞의 토지방 아래서 합장하고 서있는 편석 대사는 스님의 말에 대답하려고 해도 입이 떨어지지 않았다.

—스님께서 이 나를 멀리하시려는구나!

이런 생각에 편석 대사는 입을 열면 말보다도 먼저 울음이 앞설 것 같았다. 그렇다고 울 수도 없는 일이다. 선승에게 눈물이나 울음이 있을 리 없다. 그는 합장하고 우두커니 서 있을 뿐 대답을 못했다.

이때 봉수대에서

「왜적이야—」

왜치는 소리가 나고 뒤이어 천아성이 울렸다.

35. 왜적이야!

삼마루에서 혹은 골짜기에서 일하던 장정들이 먼저 봉수대로 달려왔다.

「어느쪽이요?」

모여든 사람은 저마다 왜쳐 물었다.

「보통문이요? 칠성문이요?」

「보통문! 보통문이야. 저기 보이지 않아!」

늙은 봉군은 숨가쁜 소리로 왜치면서 보통문을 가리쳤다.

「보통문?」

「보통문!」

「어디 뭐 보이우?」

「보통문을 보지 말구, 이제는 그 바깥의 수수밭골을 보라구. 저 먼지를 보라구. 수수밭골루 몽당이 자욱히 일어 나지 않아?」

과연 그렇다. 지금 보통문 어구에는 아무것도 보이지 않았다. 단지 그 성문 밖에서 좀 떨어져 있는 넓은 수수밭 사이로 떠오르는 먼지만이 보일 뿐이였다. 먼지는 먼지나 바람결에 일어 나는 먼지와는 말

랐다. 오불고불한 수수밭 사이의 길을 따라서 외줄
기로 일어 나는 먼지였다. 바람이 없기도 했다.

「몇 놈이나 됩디까?」

「저렇게 먼지가 이는 걸 보면 많이 쏠어 나오는게
분명하지 않아.」

사람들은 또 이같이 늙은 봉군에게 묻기도 하고
혹은 그의 대답을 기다리지 않고 제 짐작대로 지껄
이기도 했다.

이때 서산이고 충경이와 법군이랑을 데리고 마을
에서 올라 왔다. 지금 그는 가벼운 나무 지팽이 대신
에 주석 손잡이 끝에 주석 고리들이 달린 선장(禪杖)
=일명 륙환장)을 짚었다. (그 선장은 지금도 모항
산 보현사에 보관되여 있다)

봉수대 축석에 올라서서 바라보던 서산이 물었다.

「저놈들 중에 말탄 놈이 있지 않았습니까?」

「혹시, 모르지요.」

늙은 봉군의 대답은 모호했다.

「말탄 놈이 앞에나 있었는지… 내 눈에 띄었을
때는 문통으루 그저 보발루 달려 나오는 놈들만이
던데ㅡ」

「필시 말탄 놈두 있는 모양이올시다.」
옆에 서 있던 고 충경이가 서산의 말을 받았다.

「적이 많지 않더라도 그중에는 말을 달리는 놈이
있을테 지렁게 먼지가 일 것이올시다.」

과연 수수밭머리로 말탄 자 하나가 나타났다.
그러자 그 뒤에는 잔탄음을 치는 보졸들이 다음다음
으로 나타났다. 적들에게 보이지 않도록 각각 큰 나
무와 바위 뒤에 붙어 서거나 숲속에 들어 앉아서 놈들
을 지켜보는 사람들 중에는 「한놈」「무놈」 세는 이도
있었다. 그러나 아직은 상거가 멀어서 그저 까맛까
못한 거미 새끼 같이만 보이는 적의 수효를 똑똑히
셀 수는 없었다. 어쨌든 그리 많지는 않았다.

적이 소부대로 출동했다면 필시 주변의 촌락들을
략탈하려는 것인데 어데로 방향을 잡는가? 보통강
을 건너서면 갈래걸이 많았다. 그리고 창광산 대
타령 같은 가까운 부락들이 있다. 이 잡약산 마을도
그중의 하나였다. 시급한 대책이 있어야 했다. 우선
적들과 직접 싸울 수 없는 아낙네와 늙은이들은 넓
은 산골짜기로 피신할 것이였다. 장정들은 적의 형
세를 보아서 능히 당해낼만 하면 접전을 하고 그렇
지 못한 경우면 역시 뒷산으로 종적을 감추거나 혹
은더 뒤로 물러서야 할베, 그런 경우에는 민저 피신
한 로약들을 앞세우고 떠나야 할 것이였다. 이런 조
치는 적이 십리를 다가 오면 그동안에 우리도 십리를

물러설 수 있다는 타산으로써 작정한 것이다.

또 수수밭 사이로 들어 섰다가 다시 논벌 한가운데로 나타난 적들은 이 방향으로 난 큰길로 들어 서는 모양이였다. 이제는 그들의 수효를 짐작할 수 있다. 좀 더 가까와지기도 했으려니와, 곧 오 곧에 들어선 적들의 선두와 꼬리가 완전히 드러났다. 마치 길가에 내려앉은 까마귀떼가 서로 쫓고 쫓기며 몰려다니듯이 대오를 흐트려 장탈음치는 놈들이라 일일이 셀 수는 없지만 어쨌든 삼십명이 되나마나한 수효다.

어떻게 할 것인가? 현재 여기는 六-七○명의 장정들이 있다. 지금 출동한 일본군의 배는 된다. 그러나 병쟁기를 쓸 줄 아는 사람은 몇이가 안 된다. 사수(射手)로 나설 수 있는, 사람이 고 충경이와 동금강암에서 나온 젊은 중 한사람 외에, 돌질을 좀 할 줄 아는 애숭이 석전군, 현 차돌이까지 쳐서 단 세 사람 뿐이고, 살수(殺手)라고 할 수 있는 사람은 승검술 법군이 외에 역시 칼을 쓸 줄 안다는 동금강암의 중 한 사람 뿐이였다. 창을 가진 두 봉군이 있기는 하나 그들은 창질을 할 줄 알아서보다도 봉군도 군총 면색이라 그저 창을 말아 가지고 있을 뿐이였다. 이렇게 따지고, 보면 병쟁기를 가지고 싸울 수 있는 사람은 돌팔매까지 쳐서 겨우 다섯 사람 뿐이다.

그러나 이같이 따지는 것은 단지 한낱·소심한·천착일 따름이였다. 적의 형세를 짐작하게 되자

《더 불기 없지 않소? 이제는 내려들 갑시다.》

《그래 어서들 내려 갑시다.》

나무 숲속에 모여 섰던 장정들이 이렇게 웨쳤다. 그러자 벌써 숲속을 꿰서 마을로 내려 가는 사람들도 있었다. 그들의 손에는 낫 혹은 도끼들이 들려 있었다. 이때 봉수대 축석 밑에서

《가만··· 들 기다리소.》

하는 소리가 났다. 봉수대를 쳐다보던 사람이 서산대사가 무슨 말을 하려는 것 같아서 한 말이였다. 산마루의 드높은 죽대 우라 지나가는 바람결에 붉은 가사를 나붓기며, 마을로 내려 가는 사람들을 향하여 한장하고 섰던 서산이 얼굴을 들었다.

《별말씀이 없습니다. 소승의 생각도 여러분과 같으올시다.》

잠긴 듯한 음성으로 말을 시작했던 로승은 목을 가다듬어 한층 소리를 높였다.

《여러분 같이 의로운 백성이 있고서는 나라가 망하는, 법이 없고, 여러분 같이 용감한 사람들 앞에서는 굴하지 않을 적이 없을 것이올시다. 비록 낫과 도끼만을 가지고도 적을 맞아 싸우시려는 여러분이야 말

로 이 강산이 나라의 주인이 옳습니다. 지금 기저
두 천목하며 내달아 오는 왜적 아수라의 무리는 이나
라 주인들의 손에 이제 이 땅에 한줌 흙을 보랠 뿐
무주고혼이 될 것이 옳습니다. 여러분의 말씀이 옳습니
다. 내려 가십시다. 내려 가십시다.」

「옳소— 어서들 잡세다.」

「내려들 잡세다.」

서산의 말이 끝나자 숲속에서는 웨치는 장정들의
고함소리와 함께 낫과 도끼들이 처들렸다. 사람들
은 흥분했다. 쏟아지듯 하는 발길음 소리를 내며 연
덕으로 내달렸다. 그런 중에도 잘 자란 풀관을 만나
는 대로 풀을 베는 사람들이 많았다. 이제 마을 주변
으로 돌아 가며 매복할 때 소용이었다.

마을앞 넓은 마당으로 모인 장정들은 싸울 차비
를 하기에 저마다 바빴다. 그중에

「아니 왜 상개 이러구들 있소?」

「참발 어서서 바삐들 떠나가라구. 저놈들 눈에 띄지
않게…」

여기저기서 이런 말소리들이 났다. 아닌게 아니라
산넘어로 피란해서야 할 아낙네와 로인들 몇이가아
직도 떠나지 않고 서성거리고 있었다. 그들도 이미
뒷산으로 올라 가기 시작한 보약들과 마찬가지로 집

안에 남았던 세간과 이부자리들을 꾸려 들기는 했
다. 그러면서도 선뜻 발길이 돌아 서지 않는 모양이
었다.

이때 봉수대에서 내려 온 젊은이가 일본군이 지금
막 서장대 앞으로 달려 오는 중이라고 했다. 서장대
앞에서도 갈래길이 있기는 하지만 이곳 잡약산길이
그중 빠른 길이다. 이제는 불과 三리— 六월 염천
뙤약별에 장달음을 쳐온 적들의 걸음발이 다소 느려
진다 치더라도 이제는 곧 시작될 것이다. 그래도 그
안낙메들과 로인들 몇이는 떠나려는 기색이 없었다.
그런 눈치를 본 서산은 고 충경이를 비롯한 몇몇 장
정들과 의논을 하다 말고 녀인을 돌아 보며

「여기 계실 것이 아니라 부엌에 남겨둔 솥들에다
간장을 조금씩 칠해 놓시구는 곧 떠나시는 것이 좋겠
소이다.」

이런 말로써 속히 피신하도록 일렀다. 녀인들은
그 까닭은 모르면서도 로승이 하라는 대로 솥에다 간
장을 했다. 그러나 역시 떠나지 않고 다시 모여
왔다.

지금 떡돌 앞에서 돌을 모아놓고 손맛을 보아가며
고르다가 마구 생긴 돌의 뿌다구를 다스리기도 하는
차돌이의 어머니도 그중의 하나였다. 벌써 그런 눈

치를 챈 주복이는 저이 처에게 한번 괜 소리를 질러

서 어머니를 재촉해 가도록 쫓아 버렸다. 보때도 숨
주움거렸다.

그러나 벌써부터 칼을 빼들고 섰던 법근 대사가
자기를 한번 보자, 화살 뒤초리의 깃을 손질하고 있
는 오라버니한테로 가서 뭐라고 말하는 것을 보고는
고 충경이가 돌아 볼 사이도 없이 그 자리를 떠나고
말았다. 편석 대사 역시 한참이나 서산의 등뒤에서
합장하고 서 있었다. 아직도

「어서 아이 데리구 올라 가라구。」

「괜히 남한테지두 앨 맥일라구 이머냐?」

이렇게 타이르는 장정들의 소리가 나는 마당
한가운데서 류화장을 잡고 서 있눈 서산 대사의 이
마에서는 전에 없이 방울방울 맺힌 땀이 흘렀다. 류
환장은 그 손잡이 끝에 달린 여섯개 주석 고리들이
금시 소리를 벌듯이 훈들리기도 했다. 손이 떨리는
모양이였다. 이때 저편 맨 끝의 버드나무 아래서 큰
소리가 났다.

「왜 이래. 제발 답답스레 굴지 말라구。」

「내가 답답하우? 아너 그래 다 늙은 영감 하나 빼
진다구 접전을 못 한답디까。」

이 동네 로농 김 첨지 내외간에 오순도순 하던 말

다룸이 마침내 커진 고양이었다.
때뿐세령감干干 같이 거자주용 안 가번 나주 여기있
가서요。

하는 마누라의 새긴 소리가 더욱 날카롭게 들렸
다. 사람들의 눈은 모두 그리로 쏠렸다. 앞뒷집에서
김 첨지를 잘 아는 이동네 사람들은 더우기 「어떻게
되나?」 하는 눈으로 바라보았다. 천하의 의젓하고 입

이 무거운 김 첨지는, 그와는 반대로 좀 기승스럽고
수다스럽기도 한 마누라와 내외쌈을 한적도 별로 없
거니와 혹시 가다 다투게 되는 때라도 제 주견을 끝
내 세워 본 적이 없이 손을 내젓고 물려서는 성미인
것은 잘 알기 때문이었다.

「하! 이런 소견머리 봤나. 기어이 날 망신을 시키
지 못해서 이러나!」

「글쎄 같이 가자구요, 령감。」
또 한번 새진 소리를 지른 그 자달막한 마누라는
김 첨지의 소매를 끌었다.

「잡세—그래 같이 갑세 할 수 있나. 같이 갈테
니… 내 집에 잠간 들렸다 올테니 이건 놓라구。」
하며 마누라의 손을 매친 김 첨지는 허둥지둥 저
이 집으로 달려 갔다. 사람들은 걱정스러운 중에도

「집에는 뭣하러 가나?」 하는 호기심이 없지도 않았

당. 다시 집에서 나오는 김 첨지 손에는 굵다란 장

바 한컬레가 들려 있었다. 사냥터 장바를 들이시 낸

으로 한 도막은 썩 잘라 진 그는

『나는 우리 마누라 뒷산 나무에다 불을어 매두고

오갔소. 이편네두 소용되기를랑 갖다 쓰우.』

하며 남은 장바를 마당 한가운데 내던졌다. 한순

간 마당 안은 더욱 조용해졌다. 웅성거리던 말소리

도 근심스러운 표정들을까지도 쓸어버린듯 엄숙해졌다.

『자 보라구, 그래두 썩썩 못 갈텐가.』

마침내 어느 한 장정이 또 이같이 자기 안해를 타

이르는 말이 들렸다.

『정말 이러면 우리 도리두 안 되갔소.』

이런 말과 함께 어린 손자의 손목을 잡고 섰던 한

로인이 먼저 발길을 돌렸다. 그러자 다른 사람들도

따라 나섰다.

『이젠 님자두 그만했으면 지분네 따라 가라구.』

김 첨지의 부드러운 말이었다. 무명 실꾸리 같이

자그마한 그의 마누라도 더 고집을 부리지 못하고

돌아섰다.

어매 또 연대에서 젊은이가 달려 왔다. 일본군이

바로 이리로 달려 온다는 것이다. 말탄 놈이 하나,

조총을 멘 놈이 다섯, 그 밖에는 칼과 창을 가진 놈

이 스물 하나가 불—. 합해서 二七—八명쯤 된다고

랬다.

36. 잡약산 마을의 첫싸움

마을앞 넓은 마당은 비였다. 룡악산 머리에 가로

걸친 중방구름을 피빛 같은 노을로 물들이며 기우는

햇살에 마당 기슭에 늘어선 버드나무들의 그림자마저

동구앞 큰길을 사이에 두고 좌우로 널려 있는 수수

밭들과 우물 도랑 텃물받이 논배미들을 덮었을 뿐으

로 동네 안은 자굴자굴 끓이는 듯한 개우랑별과 침

묵과 진장과 산기만이 가득 찼을 뿐이였다.

그 한가운데 아직도 홀로 남아 있는 서산은 질은

그림자로 덮인 마을 앞의 수수밭들과 그 좌우쪽에

매복해 있는 사람들의 살기 된 호좁을 느끼면서 서

있었다.

『로장— 서산 로장!』

뒤에서 나직이 부르는 소리가 들리였다. 고 충경

의 음성이다.

『이제는 로장께서도 뒷산으로 올라 가서야지요.』

무¬앉은 큰길을 정면으로 내다볼 수 있는 초가지
봉의 곰사 넘어로 망건만을 쓰고 충경의 연굴이 뵈
았다. 자기가 지금 어데 있다는 것조차 잊은듯이
서있던 서산은 그에게 삐리를 고덕이고 발길을 돌려
뒷산으로 선장을 옮기기 시작했다.

마침내 동구 밖에서 마른 벼락을 치는 듯한 총소
리가 물방으로 터졌다. 이집 저집의 지붕에서 먼지
가 일고 이영이 한 모습씩 거슬려 섰다. 또 뒷산
중턱에 서있는 큰 나무들의 가지가 분질러지기
도 하고 혹은 그 채대에 대못은 박듯이 혼들
리기도 했다. 그러자 매마른 길바닥을 제끼 차며 달
려 오는 말발굽 소리와 와— 와— 기세를 울리는 적
의 함성이 들렸다. 어느새 동구밖의 큰길은 먼지로
찼다. 자욱한 먼지 속에서 빌깃빌깃 불을 뿜는 조총
이 또 물방으로 터졌다. 이번에는 문들은 첨첨이 달
아둔 집들의 앞뒤 담에서 일고 구멍이 뚫였
다. 요란한 총소리에 눌렸다가 다시 살아나는 듯한
아우성소리와. 함께 충천한 먼지 속으로 적들의 시
키면 형체가 우뚝우뚝 나타나기 시작했다.

말 우에서 긴 칼을 빼든 자가 먼저 동구 안에 들
어서자 말을 세우고 마을 안을 이 끝에서 저 끝으로
훑듯이 살폈다. 그자의 얼굴에는 문득 불만과 실망

의 빛이 떠올랐다. 생소한 마을의 지형을 살피는 것
이기도 하려너와 그보다도 먼저 그자가 찾는 것은 사
람이였다. 공포에 떨며 쩔쩔매는 조선 사람이 있어
야 할 것이였다. 또 저의 조총에 반 한물이라도 쓰
러진 시체가 있어야 할 것이였다.

그러나 시체도 산 사람도 보이지 않았다. 마뜩히
치워 놓은 마을은 오직 고요할 뿐이였다. 적들의 얼굴
에는 분명히 실망과 또 불안한 기색까지도 떠올랐다.
몇순간 주저하던 적장은 조심조심히 말을 거치여
마당 한가운데로 들어 섰다. 이때였다. 마당 기슭에
치렁치렁 늘어진 버드나무 가지 사이에서 윙윙거리
는 소등에, 쇠파리 소리까지도 분명히 들릴만치
가라앉은 정적중에 치르룩 소리를 끌며 날아 온 한대
의 화살이 적장이 탄 말의 동가슴 한복판에 들어 박
혔다. 말은 소리를 지르며 선자리에서 앞다리를 쳐
들고 공중 치솟듯이 일어 섰다. 허옇게 드러난 잇발
로 한두번 허공을 물어 뜯자 굳은 땅에 체 몸뚱이를
메치듯이 쓰러졌다. 고 충경의 첫 화살이였다. 놈이
활 한바탕 안에 들어 서기를 기다렸던 그는 일부러
그 만부터 쏜 것이였다. 사죽으로 땅바닥을 헤적이
는 유차한 말 배매기에 한쪽 다리가 갈리운 적장은
칼을 지팽이 삼아 상반신을 일으키며 고함을 질렀

다。 부하들에게 구원을 청하는 모양— 아연했던 셈

들은 비로소 발이 떨어지는 모양으로 쓰러진 대장

앞으로 달려갔다。 이때 또 날아 온 무대의 화살이 맨

앞의 두 놈을 일시에 쓰러뜨렸다。 창을 들었던 놈은

울꾸리에 박힌 살대의 뒷초리를 걸고 자빠지고, 조

총을 들었던 놈은 네환기를 펴고 엎어져서 복통에

박혔던 살촉이 잔허리를 깨뚫었다。 뒤따라 오던 군졸

들은 주춤했다。 돌아서서 내빼는 자도 있었다。 그중

의 한 놈의 머리가 떨어져 먼지 속에 굴렀다。 저의

군졸의 목을 찍은 자는 피 흐르는 칼을 휘두르며 고

함을 질렀다。 적들은 넓은 마당 기슭으로 산개했다。

그 동안에 조총수가 또 한 놈 쓰러졌다。

우리 궁수들은 먼저 저의 조총수들을 노리였다。

이때 버드나무 쪽으로 달려 가는 조총수들은 활 한 바

탕 거리로는 좀 멀었다。 그러나 원체 궁력이 강하고

겨냥이 바른 고 충경의 화살은 그놈의 뒷더수기의

급처를 맞혔던 것이다。

단 몇 순간 동안이지만 이때까지는 접전마당이라고

할 수 없을만치 조용했다。 활시위 소리를 따라 쓰러

지는 적들의 외마디, 비명과 저의 부하들을 구짖는

적괴의 소리 뿐이였다。 마침내 적들은 조총질을 시작

했다。 큰 버드나무를 하나씩 안고 앉은 조총수들인

화산이 날아 오는 지붕에 대고 불질은 시작했다。 산

개했던 적들은 저의 조총길에 지붕에서 날아 오던 화

산이 잠시 멎은 삽은 타서 그 집들을 에워싸려고 달

려들었다。 그러나 그진에, 마당 한 가운데 쓰러졌던 달

적장의 머리가 떨어졌다。 간신히 다리를 빼낸 적장

이 비척거리며 달아나려고 한 때 이편 집 모롱이에서

달려 나오 법근이가 한 칼에 베였다。 이때 또 달려 나

온 차돌이는 마당 한 가운데 엎으러져 있는 놈의 손

에서 조총을 채가지고 다시 제자리로 돌아 갔다。 그

러자 지편 집 모롱이에서는 동금강암 젊은 중이 칼

운 빼들고 나섰다。 그들 뒤에는 묵모로 깎은 참나무

짜지들은 가진 십 여명의 중들이 달려 나왔다。 곧

혼전 탄투가 시작되였다。 그중의 법근이와 그의 동무

중은 보는 눈이 천촉할만치 동에 번쩍 서에 번쩍 뛰

놀았다。 달려드는 격이 많아서 좀만 틈을 주면 놈들

의 창칼에 묻혀 버린는지 모른다。 임욱경이의 말로

서 놈들의 먹을 잠작하는 만치, 칼을 치켜든 놈들이

앙큼하게 덤벼들 캄수를 노리 노라 주춤거리는 동안

에 이편에서는 우선 한바탕 선손을 쓰고 볼 판이다。

이리 뛰고 저리 뛰며 넘나들다가, 혹은 김하나로 제

한 몸을 휘감아서 마치 운무겹을 한 큰 괭이같이 돌

기도 하는 법근이의 칼에 벌써 두 놈이 쓰러졌다。

마당 한가운데서 싸움이 벌어지자 이쪽 버드나무

밑에서도 결투가 일어났다.

질은 버드나무 그림자로 덮인 수수밭 고랑에서 청
초 무더기를 쓰고 엎드려서 마당쪽을 엿보고 있던

젊은 봉군은 오장이 옅대 있는 김 첨지에게 속삭였다.

『둘이서 저놈 하나 때려잡지 못하갔소?』

하며 가리킨 것은, 바로 이십여 이랑의 수숫대 사이
로 내다보이는 적의 조총수였다. 버드나무 밑에 불
어 앉아서 이편으로 등을 돌려대고 있는 그놈은 방금
불질한 총에다 또 장약을 하는 중이었다.

『조총 가진 놈을?』

하는 김 첨지는 낮은 들었을 뿐이다.

『조총이라두 재약을 채 하기 전에야 쇠부지깨 아니
갔소』

이런 말과 함께 젊은 봉군은 창을 들고 청초 속에
서 뛰어나갔다. 김 첨지도 따라 나갔다. 어느새 수수
밭을 벗어 났는지 모른다. 이제 여라문 발자국만 달
려가면 창으로 찌르거나 낫으로 내려찍을 판이다.
그러나 바로 귓전에서 터지는 듯한 조총 소리와 함
께 한 걸음 앞섰던 젊은 봉군이 『앗』 소리를 지르며
두 팔을 처들고 핑그로 돌다가 쓰러진다. 저편 버드
나무 밑에서 먼저 장약을 했던 놈이 이편으로 돌려

대고 쏜 것이다. 김 첨지는 한걸음 주춤했다. 그러나
눈앞에 쓰러진 봉군의 가슴이 금시 시뻘겋게 젖는
것은 본 김 첨지는 저도 모르게

『에익 이놈아!』

소리를 벽력 같이 지르며 낫을 울러 메고 내달렸
다. 장약을 하다 말고 이편을 돌아 보던 놈은 쏠 수
없는 총을 꺼꾸로 잡고 대들었다. 이편의 낫보다 그
놈의 총대가 길었다. 김 첨지는 미처 손쓸 새가 없
었다. 먼저 제 머리를 겨누고 내려 치는 놈의 총대를
두 손으로 받아쥐어야 했다. 엉겁결에 맞잡은 총대를
번 밀고 당기던 김 첨지가 발앞에 꼬꾸라지듯 총대를
따라 몸이 숙었다. 그러자 놈이 제 등뒤의 버드나무
에 정수리를 짓찧으며 기대서는 것을 본 김 첨지는

『이놈아! 이놈아!』

소리를 지르며 그놈의 명치끝에 닿은 총부리를 죽
신죽신 밀었다. 금시 창자가 쓸어 나오듯이 입을 딱
벌리는 놈은 그래도 재 허리띠에 찌른 칼자루를 더
듬었다. 그러나 칼을 뺑기 전에 먼저 허릴 빼고 총
대우에 까부라쳤다. 단 몇 순간의 일이었다.

이동안에 김 첨지는 몰랐지만 봉수대에서는 뚜ー

길게 웨치듯 하는 천아성이 울렸고, 그러자 마을 진
좌우에서는 일시에 와─ 함성이 일어 났다. 도끼를 울
머메고 벽력 같은 고함을 지르면서 수수밭 속으로부
터 달려 나온 진 주부이를 비롯하여 저쪽에서는 황

서방, 이쪽에서는 박 시방이 각각 십여 명씩의 장정
들과 함께 한성을 지르미 넓은 마당을 에워싸고 달
려들었다. 그 기세에 우선 긴 첩지를 노리고 달려가
던 적의 둘째 피수놈이 돌아서고、 또 아직도 버드나

무 밑에 남아 있던 조총수 두 놈이 자리를 떴다. 마
당 한가운데로 달려든 우리 장정들은 이매 더욱더
설왼 솜씨로 검을 휘두르고 있는 법군이와 그의 동
무 중들을 둘러싸고 덤비는 적들을 낫으로 후리고

도끼로 내려 패기 시작했다. 등뒤에서 갑자기 길어나
는 함성에 놀랜 적들은 많은 사람이 한꺼번에 달려
드는데 당황했다. 저의 대장이 선참으로 꺼꾸러지고
또 크게 믿어 온 조총수들이 다음다음으로 쓰러지는

네 이미 기가 꺾였던 적들은 더욱 황겁했다.
이매 적의 둘째 피수는 절전 마당을 벗어나 마을
뒷산으로 올라 붙었다. 자리를 뜨지 않을 수 없이 된
무 조총수를 데리고 뒷산으로 올라가서 지붕 우에

있는 우리 궁수들을 없애버리고 높은 데서 조총질을
하며 싸움을 돋우어 볼 작정이였다. 마을 저쪽 기슭

울에 둘러 온 적괴는 숲속으로 접어들면서 벌써 몇 번
째 뒤를 돌아 보았으나 따라 오라고 했던 조총수들은
보이지 않았다. 노리고 왔던 지붕에도 고마인 궁수
들은 없었다.

먼지가 충천한 마을 안에서는 여전히 함성과 함께
소란한 발소리들이 들린당. 좀 더 높은 데서 궁수들
이 따라 오는가. 안 오는가를 보려고 울라가던 적괴는
어데선가 인기척이 나는 듯 해서 주춤하고 귀를 기울

였다. 충력에 누가 있는 것 같았다. 적괴는 「따는
그렇지!」 중얼거렸다. 좀 진에 고마인의 매복을 불
러 일으킨 천아성은 분명히 이 산마루에서 울렸다.
「필시 이 산상에는 •고마인 민병들의 대장이 있을

게다.」
또 이렇게 중얼거린 적괴는 걸음을 재촉했다.
나무숲이. 거의 끝나서 령마루가 처다 보일만한
때 문득 뭐라고 웨치는 듯한 사람의 소리에 걸음을

멈추었다. 한 그루의 큰 도토리 나무 밑에 흘러내린
괴음우로 배꼽을 드러내놓고 엎에다 한 •손 가락을 빛
문한 어린놈이 콜적콜적 울고 있었다. 고마인의 아
이가 분명했다. 근처에는 아무도 없었다. 셍긋 웃음

을 비긴 사무라이는 그 앞으로 다가 서 있다.

「오마안─」

작은칠성이는 울음 반 웨치면서 본능적으로 도토
리 나무 뒤로 피해 섰다. 다섯살짜리 어린놈이지만
제 앞으로 닥아드는 것이 흉악한 것이라는 것은 모
르지 않았다.

『오마니—』
어린놈은 드러내놓은 뱃속에서 짜내는 듯한 소리
로 련해 불렀다. 작은칠성이는 낮부터 어른들이 세
간을 묻기도 하고 움막을 짓기도 하는 산에서 놀고
있었다. 천아성이 울리자 산에서 내려가는 사람들과
마을에서 울라 오는 사람들이 숲속에 퍼져서로 엇갈
리고 분비는 통에 어린놈은 어머니와 형을 찾노라
고 왔다갔다 헤매였다. 그런 중에 마을로.달려 가던
웬 사람이 —이제 어른들이 울라 올테니 내려가지
말고 있다가 같이 가라고 했다. 문득 벼락을 치는 듯
한 소리가 나기 시작하자 마을에서 달려오는 사람들
이 많았다.저도 여러 사람이 가는 하면서도 역시 어머니
와 형을 찾노라두리번거리고 혹은 돌아서서 불러 보
기도 하는 동안에 어느덧 사람들은 다 없어졌다. 그
래도 오지않는 어머니와 형은 아직도 그냥 마을에
있는 것만 같아서 망서리게 된 어린것은 혼자 울고
있었다.

사무라이는, 또 『오만—』을 부르면서 도토리나무
의 굵은 원체와 그 밑둥에서 뻗은 결가지 사이로 눈
에 쑥개진 얼굴은 들여 자기뜬 쳐다보고 있는 어린
것을 저우고 긴 칼을 한번 내려 쳤다. 그러나 다시

『오만안—』을 부르는 어린것이 이번에는 젊은 두 팔
로 아름이 버으는 나무의 원체를 쓸어 안으며 소리처
울었다. 그 조고만 손끝에서는 피가 뿜었다. 원체로
부터 물러나듯이 넘어지는 걸가지와 함께 그애의 한
편 손가락이 거의 다 떨어진 것이었다. 일도량단의
쾌감을 못 본 살인귀는 먹을 것을 다루는 승냥이 갈
이 사려문 이들 허영개 드러낸 입가에 잔학한 웃음
을 흘리면서 도토리나무 뒤로 돌아 가려고 했다. 제
칼날 아래서 떨며 우는 어린것을 굽어보며 막 발걸음
을 옮기려던 사무라이는 문득 무엇에 질린듯이 주춤
하고 서서 눈랜 눈을 들었다. 귀청이 쨍 울리는 일
갈(一喝)로써 꾸짖는 듯한 한 마디 고함소리가 들렸
던 것이다.

처다보는 산마루에서 수묵색 장삼자라끄 붉은 가
사를 가볍게 펄럭이며 한 로승이 여섯개 주석 고리
가 쟁그렁거리는 륙환장을 가분가분 짚으며 내
려오는 것이 보인다. 모승은 분명히 이쪽을 향하
여 걸어 오고 있었다. 그러면서도 그는 자기 앞에 누

가 있는지 또는 어떤 일이 벌어졌는지 몰으는 것
같기도 했다.

도로 나무 앞으로 내려온 로승은 허리를 굽혀서
작은 칠성이를 한 손으로 끌어 안고 다시 일어 섰다.
로승의 목을 얼싸안은 어린것은 목을 놓아 울었다.
몇 순간을 명청해 섰던 사무라이는 비로소 발견음을
매여 로승의 앞을 막아 섰다. 그는 새롭게 악이 울랐
다. 한낱 늙은 중의 그렇듯 태연하고 자연스러운 行
동에 기가 눌렸달가 — 어쨌든 한동안 명청했던 제
자신이 우선 괘씸해진 사무라이는 이번에야말로 물
을 한꺼번에 요정낼 욕심으로 발장이 뜰만치 장검을
치켜 세웠다.

그러나 남달리 긴 칼이지만 도저히 미칠 수 없는
거리가 생겼다. 로승이 뒤로 물러서서 그런 것은 아
니다. 로승은 단지 바른손에 들었던 신장을 가볍게
앞으로 내댔을 뿐이였다.

사무라이는 『아차!』했다. 칼을 너무 치켜들었다.

버찍 치켜든 두 팔죽지 아래는 빈틈 여부가 없이 전
신이 통허한 것을 느꼈다. 허한 중에도 그 한가운
데인 제 명문을 로승의 선장끝이 바로 겨누고 있다.
선장끝이 그렇게 날카로운 것은 아니나 명문을 한
번 내질리우면 기절할는지 모른다. 이제 누가 먼저

손을 쓰는가? 우선 정신력의 승부가 끝난 후에야
누구든지 선손을 쓰게 될 판이다.

사무라이는 로승의 눈을 건너다 보았다. 역시 담
담한 표정인 로승의 눈실 같이 드리운 눈썹 밑의 눈
은 무척 서늘해 보이기도 하고、혹은 또 『팟작』말
아』하고 불호령을 하는 듯도 했다. 검을 치켜든 채
이마에서 진땀이 흐르는 사무라이의 호흡은 절박해
졌다. 이때였다. 횡— 소리와 함께 날아온 돌이 그
자의 빰에 들어 맞았다. 뒤뚝、한편으로 기운 사무라
이는 강검을 떨어 뜨렸다. 그러나 돌질이 멀었던 탓
으로 오히려 그 충격에 정신이 든 듯한 사무라이는
로승과 맞을았던 시선이 흐트러지는 틈을 타서 숲속
으로 뒤여 들었다. 고합을 지르며 달려 온 차돌이가
민해 돌질을 하며 숲속으로 따라 들어 갔다.

이때 법군이 옆에서 싸우던 젊은 중이 칼을 떨어
뜨리고 주저앉았다. 이제는 법군이한테로 달려드는
놈들이 더욱 많았다. 『관세음!』 소리와 함께 또 한
놈을 베인 법군이의 한편 입귀에서는 피가 줄기져
흘러 내렸다.

『법군아 넌 좀 비껴라.』

하는 고합소리와 함께 피묻은 도끼를 든 주복이

가 그의 앞을 막아 나섰다. 그 짬에 벙군이는 피졋은 흙을 한줌 쥐여 입에 넣고 씹었다. (지나치게 기운은 써서 내장의 핏줄이 끊어진 때는 흙을 집어 먹어야 한다는 풍습이 있었다)

그 동안에 여러놈의 칼날을 막 노라 휘두르던 주복이의 도끼날이 내려졌다. 어느 놈의 칼에 자루가 끊기였다. 맨손이 된 주복이는, 옳다구나! 하고 덤벼드는 모양인 적둔 중의 맨 앞의 놈의 중동을 걸어 찼다. 자빠지는 그 놈이 안기는 바람에 뒤의 놈와 머리가 걸핏 숙었다. 배지게를 들고 꼭꾸를 짚어 세리던 솜씨로 재빨리 나간 주복이의 손이 그 놈의 상루를 거머쥐였다. 팔둑은 한번 네두르자 상루를 꺼울린놈의 발이 떳다. 네활개를 뻗고 후루메 자락이 박쥐 날개 같이 펴저서 허궁 떠돌기 시작한 놈의 팔다리에 벌써 몇 놈이 얽어지고 자빠졋다. 떠도는 놈이 저희 편이라 칼질을 못하게 된 적둔은 뭐라고 떠를 면서 흘어지기 시작했다. 내빼는 놈도 있었다. 흘어저 달아 나던 적둔은 연주전으로 쓰는 우리 궁수들의 화살에 쓰러졌다.

은 마음 하우 기슭으로 갈라 서서 활질을 시작했다.

벌써 지붕에서 내려 왔던 충경과 젊은 중은 적의 조총수들이 자리를 뜨자 단칼에 쓰러뜨리고 지금

그들의 화살은 동떨어저 달아 나는 놈 뿐 아니라 아직도 우리 사람들과 저루고 있는 놈들 까지도 하나씩 찍어내듯이 쓰러뜨렸다.

한편 상루를 꺼든 적으로써 적들을 추리치며 동구 앞까지 달려간 주복이는 저 자신 맹이 돋듯 하며 휘두르던 팔둑이 문득 허전해졌다. 순간 마당 기슭에 있는 덧물받이 논배미 한가운데서 친ㅡ썩 소리가 났다. 네활개를 피고 머돈던 놈이 훌적 날듯이 나떴다가 버포기 속에 머리를 처박고 무논판에 콱박히듯이 떨어지고 주복이의 손에는 상루만이 남았다. 주복이는 다시 마당 한가운데로 달려 가서 적이 떨어뜨린 긴 칼을 하나 집어 들고 남은 적 앞으로 달려갔다. 이때는 번써

『성안으로 들어 가지 못하두룩 막아라.』

하는 고함소리와 함께 달아빼는 적둔을 추격해서 이리저리 내닫는 사람들이 많았다. 지금 마당에는 뛸 수도 없이 상한 적이 몇 놈 남았을 뿐이었다.

『여기 한놈 뗏다.』

『저놈 잡아라.』

37. 복수의 칼을!

약산 마을의 첫싸움은 적의 전멸로써 끝났다.

그러나 처치하기 위해서 모아 놓은 적의 시체의 수효로 보아 몇 놈을 놓친 것이 판명되었다. 그중의 하나는 작은 철성이의 손가락을 끊고 달아난 적의 둘째 대장이었다. 차돌이랑이 따라 갔으나 아직도 잡았마는 소식이 없다. 그 외에도 달아난 놈이 한둘은 더 있을 모양이었다.

접전이 끝나자 🌿처리할 사람은 내놓고는 몇이 썩 패를 갈라 부근 일대를 샅샅이 뒤지기로 했다. 뒷처리는 우선 우리 부상자들은 구호하는 것이었다. 바른쪽 어깨에 상처를 입은 젊은 중과 한편 손가락이 뭉청 떨어진 작은 철성이 외에도 중경상자가 七—八명 있었다. 일본군의 조총에 쓰러진 젊은 봉군 오장은 그 즉석에서 절명되고 말았던 것이다. 그는 이번 첫 접전에서 전사했으나 그가 마지막 만트 김 첨지에게 만한, 즉 └아무리 조총이라도 장약을 채 하기 전에야 쇠부지께 아니 갔소┘한 것은 이후에 일본군과 싸우는 우리 사람들에게 많은 도움을 주었던 것이다. 다음으로 시급한 것은 서장대 앞에까지 복로군(伏路軍)을 잠복시켜야 했다. 밤에는 비록 달이 있더라도 봉수대에서 살피는 것만으로는 안심할 수 없으므로 복로군을 두어서 보통번에 출몰하는 적정을 지켜볼 필요가 있었다. 다음에는 마을 안을 정돈하

는 일이었다. 총탄에 기슬려신 이영운 고르어 놓고 담벽에 뚫린 구멍들을 막고, 마당의 피흔적을 없애고, 쓰러진 벼로기와 수숫대까지도 바로 세울 수 있는 것은 세우고 그렇지 못한 것은 아주 없애 버림으모씨 마쳐 이 마을대서는 아무런 일도 없었던 것 같이 하는 일이었다. 그뿐 아니라 집집의 문짝까지도 남기지 않고 다 뒷산 숲속으로 떠옮겼다. 단지 이집 저집 부엌에, 간장을 칠해서 새빨갛게 녹이 쓴 솥만을 한둘씩 남겨두었을 뿐 — 그래서 이 마을은 이미 사람들이 없어 진지 오랜 것 같이 만들었다.

여기서 단아난 적들이 실혹 돌아 가지 못하더라도 성안의 일본군은 이 방향으로 출동했다가 돌아 오지 않는 저의 군사들의 소식이 궁금해서라도, 다시 나올 것이다. 그런 경우에 만일 적이 마을의 집들을 불사로러고만 하지 않는다면 이데에서는 저이 많거나 적거나 증적을 감추고 있을 작정이었다.

마을 안에서 토인들과 녀인들이 그런 일을 하노라 한창 바쁜 때·뒷산 숲속애서는 한가지 애닯픈 일이 생겼다. 작은 철성이가 경풍을 일으킨 채 깨나지 못했다. 하도 놀라고 또 피를 많이 잃은 작은 철성이는 서산이 안겨 주는 제어머니의 품안에 안기자 한번 크게 소리처 울고는 전신에 경련을 일으키면서

까무러쳤다。 서산이 그 당장에서 할 수 있는 조치는 다 해보았으나 종시 피여나지 못하고 말았다。

날이 저물었다。 이때 마을에서도 한가지 작은 소동이 일어 났다。 젊은 아낙네 몇이가 마을앞 수수밭에서 부러진 수숫대를 베내기도 하고 우리 매복물이 쓰고 있던 청초 무더기를 거두기도 하던 낫끝에 일본군 하나가 드러났다。 짐깽이가 부러져 더 달아나지 못하고 발속으로 기여 들어가 풀을 쓰고 숨었던 그자는 재 앞에 낫을 들고 서 있는 녀인에게 두 손을 모으고 수없이 머리를 조아릴 뿐이였다。 하도 뜻밖이라 처음에는 미처 소리를 지를 수도 없을만치 놀랬던 젊은 녀인은 드디어 낫깡뎅이로 꾸벅거리는 그 자의 머리를 내려 패면서 사람들을 불렀다。

달아난 적의 종적을 찾아 나섰던 사람들 중의 한 패가 서쪽으로 몇 고개 넘은 산속을 다 수탐하고 나서 막 큰길로 내려서려는 때였다。 늦게 떠오르기 시작한 달빛에 어렴풋이 드러난 큰길 한 끝이 서쪽으로 휘돌아 간 산모롱이에서 비명을 지르는 듯한 사람의 소리가 났다。 알아들을 수 없는 말이지만 분명하 부짖는 일본군의 소리였다。 차차 더 크게 들리는 소리가 이리로 오는 것이 분명했다。

길을 건너 맞은 산으로 오르려던 장정들은 길가 숲속에 숨어 앉았다。 그러자 이번에는

(……글쎄 재발 그러지 말라구야— 안돼— 글쎄 안된다는데두 그런다。』

은 퍽 부드러운 소리로 누구를 타이르는 듯도 한 말 하는 우리 사람의 말소리가 나기 시작했다。 그것

『……네놈들의 수작을 알아 듣는는 못하갔다 해두 봐하니 필시 우리더러 용서해 달라는 모양인데— 안돼。 너희두 내 말을 못 알아듣갔지만 좀 생각을 해봐라。』

이런 말소리가 더욱더 가까와지며 저편 산모롱이 모부터 우걱지걱 소기르마 소리를 내는 소가 저 나타나고 그 다음다음으로 우뚝우뚝 늘어선 사람들의 회고무레한 몸파들이 보이기 시작했다。

『……글쎄 너의 나라에선들 할 일이 뭐이 없어서 그 먼 우리 나라루 일삼아 사람을 죽이려 온단 말이 가。 네놈들두 아마 숫한 우리 사람을 죽였을게다。 필경 지금두 우리 사람들을 죽이다가 도망해 왔을게 다。 안돼。 글쎄 암만 손이 발이 되두룩 빌어두 안 돼。 우린 정말 용서 못 한다。 글쎄 생각을 좀 해봐라。 너희놈들 손에 부모 동생이 죽구、 처자식을 잃

구, 집은 불타구 해서 피눈물을 흘리는 우리 사람들
이 얼마나 많았너─ 응 이눔들아! 그런데 너친 우
리더머 살려 달라구? 어림없다. 일만 싹싹 빌어 두
소용없어. 아! 그러다 상투가 빠지든지, 모가지가
빠지든지 해서 룰렁 떨어질라. 그래 어서 서루 어깨
를 끌어 안구 가만들 있가라.』

이런 말소리와 함께 가까이 오는 소잔등에는 기
르마 꽉 대기에서 좌우로 축 늘어지개 불들어 맨 두
일본군의 모양이 뵈였다. 상투를 맞잡아 매서 이쪽
저쪽에 갈라 질치운 두 일본군은 더 지쳐 내리지 않도
록 서로 팔을 뗄어서 기르마 넘어로 피차의 겨드랑
이를 끌어 안고 매달려 오는 중이었다.

『거 돈 서방 아녀요?』

걸가 숲속에 들어 앉았던 장정 한 사람이 소리치
며 나섰다. 진사설을 하며 소궁둥이에 채찍질을
하며 오는 사람은 과연 돈 정신이었다.

잇그제 진 주복이네 소를 빌어 가지고 가죽들을 테
리고 떠났던 돈 정신은 시해편 한천 근처로 갔던 것
이다. 가서 그는 어렵지 않게 방 한 간을 얻어서 가
족들을 안접시킬 수 있었다. 먼저 피란 나간 사람들
한테서 사창고가 터지고 평양 거리에 간장 탕수가
났더라는 소문을 들어 온 그곳 사람들은 방금 평양서

나왔다는 돈 정신에게 더 자세한 이야기를 들으려고
모여 왔다. 그들 중에는 지금 보롱벌 어느 동네에는
일본군과 싸우려는 장사 호걸들이 모여 든다는데 정
말인가? 묻는 사람도 있었어. 마침 장날이라고 생
각한 돈 정신은 자기가 바로 그 동네서 왔다는 것과
아닌게 아니라 지금 그 마을에는 서산이라는 나 많은
도승을 비롯하여 활 잘 쓰는 선비, 점 잘 쓰는 중도
있고, 씨름 잘하고 주먹구 센 농사꾼도 있고, 역시
농사군으로 아직 애숭이기는 하나 돌질 잘 하는 서
진군도 있고, 그 밖에도 제 앞채기는 다 하는 장정들
이 백여명 모여 들었다는 것과, 그중에는 서산대
사가 시켜서 평양성 안에 간장 탕수를 벨 때, 혹시
대문이 걸려 있는 집이 있으면 담장을 훌쩍 뛰여 넘
어가서 장독들을 부신 돈 정신이라는 사람도 있는 데

『그 사람이 바로 이 나』라고 말한 돈 정신은 제가
몸이 날쌔기로는 누구한데 지지 않게 날래다고는 하
지만 그래도 지금 잡약산에 모인 장사 호걸들에 대
면 내로라고 할 것도 못 된다고도 했다. 이런 돈 정
신의 말은 자기 겸양을 하면서도 허풍을 떤었다고
할 수 있었다. 그러나 그런 허풍은 그리 허될 것도
해로울 것도 없는 허풍이였다. 일왈 그런 이야기로
써 자기 가족들을 안정시킬 집 한 간을 섭게 얻을 수

있었다。돈 정신이 여러문 소금 장사가 아니라 일본군과 싸우려는 장사의 한 사람인 것을 안 그곳 사람들은 서마다 방을 빌려 수 겠다고 했다。그뿐 아니라 젊은이들 중에는 일본군과 싸울 길이 열렸다고 하면서 돈 정신을 따라 나선 사람이 五ㅡ六명이나 있었다。지금 함께 오는 사람들이 그들이였다。그렇게 작반이 되여 오던 길에 여기서 한 三리 밖에 있는 마을 뒷고개에서 우연히 만나게 된 두 일본군을 붙든 것이였다。아직 달이 안 떠서 어두웠다。막 고개마루에 올라섰을 때 길에서 얼마 멀지 않은 산비탈 중력에 서있는 큰 바윗돌 뒤에서 지껄이는 사람의 소리가 들리였다。이상한 말소리에 『혹시?』하는 생각이 든 돈 정신과 五ㅡ六명 젊은이들은 좌우편으로 바위를 에둘러 숲속으로 숨어 가며 산비탈로 올라 붙었다。과연 시키면 두 일본군이 있었다。무 놈 중의 한쪽 어깨가 상한 자는 아직도 피가 철철 흐르는 상처를 보이면서 저의 대장인 듯한 자의 옷자락을 붙들고 제발 저를 버리지 말고 데려가 달라고 울며 애걸하는 모양이였고、불들린 두목은 옷자락을 놓지 않으면 죽인다고 때든 짤막한 칼로써 위협하는 꼴이였다。그자의 빤에서도 피가 호르고 있었다。돈 정신이 먼저 벼려 갈은 소리를 지르고 련해 돌을 던지 면서 앞으로 달려 나갔다。뒤이어 젊은이들도 고함을 지르며 몽둥이들을 올러메고 달려 나왔다。애걸하던 놈은 달아날 생의도 못 했다。그 놈을 앉은자리에서 붙들어 놓은 돈 정신과 젊은이들은 달아 나는 두목놈을 따라 가기 시작했다。도망하는 놈은 결사적으로 달렸지만 돈 정신의 걸음을 당할 수는 없었다。그러나 돈 정신은 곧 따라 잡으려고는 안 했다。칼을 때든 놈이 돌아서서 대들 넘려가 있었다。그래서 언제나 장바 한 기장쯤 앞세워 놓고、놈이 기진맥진해서 제풀에 주저앉을 때까지 길이면 길、산이면 산、벌판이면 벌판으로 따라 다녔다。그머다가 혹시 놈이 칼을 휘두르며 돌아서면 또 그만치 물러서기도 했다。말하자면 따라 다녔다가 보다도 놈이 뼝이 빠져서 저 혼자 쓰러지도록 뛰고 탈리게만 했던 것이다。

이곳 사람들은 다시 뒷산으로 모여 왔다。봉수대 밑에는 불들려 온 두 일본군이 꿇어 앉아 있었다。산넘어에서 칠성이 어머니가 보패와 차돌이 어머니에게 부축되여 왔다。봉수대 밑에까지 온 칠성이 어머니는 풀썩 주저앉아서 앉은걸음으로 두 일본군 앞으로 다가 들면서 목이 꽉 감긴 소리로 웨쳤다。

「칼! 칼을 줘요。」

하미 앞에 물러선 사람들은 쳐다보는 녀인의 눈은 애원하는 듯도 했다。머리태는 뒤로 흐트러졌다。 자기 품속에서、숨이 끊어진 어린 자식을 빼앗기듯 떼놓자 저 역시 몇번 기절했던 녀인은 기운이 없었 다。그러나

「칼、칼을…」

찾는 작은칠성이 어머니는 앉은걸음으로 더욱 더 원수 앞에다가 들었다。물러선 사람들 틈에서 진 주복이가 들고 있었던 긴 칼을 뽑아 가지고 나와서 녀 인의 손에 물려 주었다。

「아즈마니 용쇄다。」

이런 한 마디를 하고 손에 빈 칼집만이 남은 것을 탱개칠 것인가、혹은 그냥 들고 있어야 하는 것인 가? 모르겠다는듯이 이손 저손에 옮겨 쥐다가

「맘을 독하게 먹으소。밤낮 의젓하기만 하다가』

또 이런 말을 하며 제자리로 돌아 갔다。마침 구름 밖으로 나온 달빛에 녀인의 손에 들린 긴 칼날은 퍼 렇게 번쩍이였다。그러나 칼을 잡은 칠성이 어머니 의 팔은 후물후물 떨리기만 했다。

「저 불편에서 피가 나는 놈이웨다。」

아까、싸움이 시작된 마당에서 거둔 일본군의 ォ

총한 자루를 들고 한편에 서 있던 차돌이가 찌를 눈을 가리켰다。칠성이 어머니는 그 적괴의 얼굴을 원한과 고통에 찬 눈으로 바라보았다。그러나 역시 그의 손은 떨릴 뿐이였다。물러선 사람들은 다음 순 간을 기다릴 뿐더 말이 없었다。이때 그 등뒤에 서 있던 서산이 선장을 왼손에 옮겨 쥐고 허리를 굽 히 녀인이 잡고 있는 칼자루를 갈이 잡아서 적괴의 앞가슴을 거누었다。사람들은 숨까지도 삼킨듯이 진장하고 엄숙해졌다。앞에 끓어 앉은 두 일본군은 뭐라고 울부짖기도 하고 머리를 조아려 애원하기도 했다。

「스님、스님께서 이 웬 일이시오니까?」

서산의 등뒤에 서 있던 편석 대사가 꼬꾸라지듯이 끓어 앉으며 서산의 장삼 소매를 붙들었다。

「스님! 대선사 스님께서 살생을 하시다니ー이 어 찌하시는 일이오니까? 이런 비불사도가 또 있사 오리까。「남무…」「관세음…」스님께서 손수 흉 기를 잡으시다니! 스님 손에 중생의 피를 묻히시 다니…」

이러한 편석 대사의 말이 채 끝나기 전에

「이건 정말 누배기중이웻구면。」

하며 그의 장삼 고두를 꺼물어 일으키는 사람이

있었다. 엊그제 밤에 『함지가 떤꽃 같다』는 이야기를 한 황서방이었다.

『작은칠성아—』

문득 웨쳐 부르며 칠성이 어머니는 또 목놓아 울었다.

『이것이 어째서 살생이겠소.』

이때 피가 흐르는 칼을 놓고 다시 일어 서는 서산이 말했다. 달빛에 푸르게 빛나는 눈으로 편석 대사를 굽어보며 그는 말했다.

『설사 살생이란들 어째서 비불사 도의 살생이겠소. 지금 내 남편의 원쑤를 잡아 달라! 내 자식의 원쑤를 •잡게•해달라! 고 웨치는 사람이 어째 여기 있는 이 보살님(중물은 녀인을 존대해서 이렇게 부른다) 한 분 뿐이겠소. 그러한 웨침은 지금 이 땅에 창천한 우리 조선 백성의 부르짖음이 아니겠소. 만일 이러한 우리 동족들의 넘원의 소리를 못 듣는다면 이내 편석 사주(寺主=중물이 자기 제자를 대접해 부르는 말)나를 막론하고 어찌 이 땅에서 생을 누리는 조선 사람이라겠소.』

잠시 말을 끊었다가

『편석 사주는 지금이라도 곧 산으로 물어 가시오. 사주 같은 사람은 여기서 할 일이 없을 것이외다.』

또 이런 말을 하는 무숭의 눈에는 한방울 눈물이 빛났다. 앞에 둘러 있던 사람들은 모두 숙연했다. 이때 사람들은 박수를 하거나 『옳소!』 소리를 지른 것은 분명다. 감격할수록 두 손길을 맞잡아 웁하고 머리를 숙일 뿐이었다.

『좌중에 몽할 말씀이 있쉐다.』

얼마 후에 이런 말이 들렸다. 저만치 사람들 뒤에 서 있던 모농김 첨지가 앞으로 나서며 말했다.

『다른 말씀이 아니라 지금 돈 서방의 말이 오늘래 일중으로 떠농구 비가 온다구 합네다. 돈 서방은 제 잠뱅이가 비 올건 안답네다. 서슬 밴 잠뱅이가 눅눅해지면 떠농구 비가 온다구 내길 해두 좋다구 장담을 하는데 정말 비가 오면야 좀 반가운 일이웨니까!』

김 첨지의 말을 반잡게 물은 사람들은 저마다 비의 쌍을 찾으려는듯이 하늘을 쳐다보기도 했다. 웅성거리는 사람들의 말이 가라앉기를 기다려서 김 첨지는 또 말을 이었다.

『비가 오리라는 말에 나는 다시 생기가 나는 것 같쉐다. 내놓구 말이지 아까는 영겁결에 왜 놈 한 놈을 매력 잡기는 하구두… 그래서 그까짓눔들 막상 맞다물구 보면 무서울 건 없어두— 그놈이 뼤물었

던 햇대기랑이 눈에 비러서 오금이 복닥한게 몸살이

나는 것 같더니…」

와— 웃음이 터졌다.

「아니 정말아웨다.」

「아즈바니가 너무 정말을 하는 것 같애서 웃소.」

「늙은이가 그렇기두 쉽지요.」

하며 사람들은 또 웃었다.

「난 정말 비가 와서 지 여우리 관에다 물을 잡구 김

맬 생각을 하니 금시 몸이 기뻔해지는 것 같다.

그래서 제 말씀은 이제부터는 그의눈물을 좀 했으

면 해서 하는 말이웨다.」

이러한 김 천지의 발론으로써 의논이 시작되었다.

×

과연 비가 오기 시작했다. 그 이튿날부터 시작한

비는 七월 그믐까지 계속했다. 당시의 기록물에 의

하면 한 달 반 동안이나 개속한 장마는 적아간의 군

사 행동에도 적지 않은 영향을 끼쳤던 것이다. 앞으

로도 그 이야기가 나오겠지만 이때 명 나라에서과

견했던 첫 후원군이 七월 一九일에 평양성을 공저

하다가 실패한 원인은 전혀 그 장마ㆍ때문이였다고

하는 사람들도 많다. 그중에도 그때 나왔던 명군의

대장 조 승춘(祖 承訓) 같은 사람은— 평양성 밖

에는 모두가 다 논이므로 오랜 장마에 땅이 무솔

아서 인마의 발이 빠지기 때문에 군사 행동이 임의

롭지 못했다는 것으로써 실패의 원인을 말했다.

그만치 비도 비려니와 또한 보롱벌에는 논이 많았

다. 물론 발도 있었지만 이때는、조、수수 같은 전작

온 이미 김이 다 끝났었고 벼 농사도 대개가 여우리

관이라 전관으로 두벌 김까지는 다 맸던 것이였다.

지난 열 하루날 비가 지금 중복을 며칠 앞두고 오기 시

작했으므로 농민들은 기다리던 비를 맞아 가며 세벌

네벌째의 논김으로 들어 섰다. 더우기 보롱벌에서는

쏟아지는 비를 연막으로 리용해 가면서 논김을 매기

시작했다. 또 이때 마침 서산의 편지를 받은 모향

산의 중 일천 오륙백 명이 달려 나왔다. 그들은 거의

가 다 농민 출신이였으므로 저마다 발벗고 논판으로

들어 섰다. 일을 할때는 먼저 보문문과 칠성문 군처

에 복로군을 잠복시켜서 드나드는 저정을 살펴 가게

했다. 일본군이 소부대로 습격해 오는 경우에는 맞

아서 색을만한 준비도 갖추었다. 묘향산에서 나온

중들 중에는 병장기라고 할 것은 못 되더라도 큰 장

도나 짧은 철퇴 같은 것을 지니고 온 사람이 많았고 또 이번 잡약산 마을 싸움에서 로회한 적의 무기도 적지 않았으므로 이곳 수군들 중에도 대개는 칼창 같은 것을 하나씩 가지고 논판에 들어 있었다. 병장기가 차례에 오지 않은 사람들은 낫과 도끼를 허리띠에 꼈었다. 그러나 막부득이한 경우가 아니면 적과의 충돌을 피하기로 했다. 더우기 벌판에서는 적과 맞다물자 않기로 했다. 적이 쓸어 나오면 곧 가까운 산속으로 흘어져 들어 가서 적이 모르는 골짜기와 숲속에 잠복했다가 기습을 하기로 했다. 그뿐 아니라 우선적의 주목을 끌지부터 않기 위해서, 한 논판에 많은 사람이 물어서지 않고 넓은 논밭에 분산해서 일을 했다.

물 잡은 여우리판의 세벌 네벌 김은 손이 덜 가고 일이 빠르기도 했다. 전관으로 맬 때는 호미로 긁고 손으로 뜯어야 하지만 물을 잡은 후에는 이랑 사이에 물어 서서 한발로 풀을 밀어 가며 뒤의 발로 눌러 문느니만치 어득어득한 새벽부터도 할 수 있고 또 역수로 쏟아지는 비를 맞으면서도 할 수 있는 일이었다. 오히려 비가 많이 오는 매일수록 물안개 자욱한 대를 타서 성밀 가까이까지도 가서 일할 수 있었을 것이라고 상상한 이가 있을는지도 모른다. 즉 비를 연막으로 리용할 수도 있었다.

38. 리 순신 장군 앞에 제압된 소서행장(小西行長)

오늘도 역시 비가 온다.

평양성을 점령한 일본 침략군의 선봉장 소서행장이 렴광정에서, 련일 그 쳐본 적이 없는 락수물과 빗발을 겪하여 대동강의 붉은 탁류를 내려다 보고 있는지 벌써 二〇여일째다. 그는 지금 혼자서 렴광정 안을 왔다갔다 거닐고 있었다.

『여(余＝나)는 심기 자못 불편하다. 아아 약약하기란! 에이 똥갈으니!』

그는 혼자 이런 말을 중얼거렸다. 소서행장의 이러한 독백 중의 그 첫발과 마지막 말이 딴 사람의 말이나 같이 겨조가 전연 다른만치 혹여 독자를 중에는 그렇게 겨조를 뚝 떨어뜨린 마지막 말을 할 때에는, 즉 일본군 선봉장 소서행장은 필시 쓴웃음이라도 웃고 또 활활 부채질이라도 해가면서 거닐었을 것이라고 상상한 이가 있을는지도 모른다. 그머나 반대였다. 만일 그 자리에 조금이라도 비 위에

거울리는 누가 있다면 그는 끔 칼을 빼기라도 할만
치 눈에는 살기가 있었다. 지금 그의 말 중에 「여」는
∴ 운운한 첫 말루는 그가 즐겨 사용하는 말이기
는 하나 그리 익숙지 못한 한문투의 말로서 자기가
위의를 차릴 필요가 있다고 생각할 때 빌어서 쓰는
말이였고, 실은 그 마지막 말이 지금 그의 자포자기
적인 약약한 심정을 단적으로 포현할 수 있는 「쿠
소」라는 자기네의 말이였다. 궂은 장마비가 게속하
면 할수록 소서행장이 던받하는 「쿠소」는 더욱너
잦았다.

「뭣이? 현소? 현소라구? 음, 들어 보내라. 그리
구 이봐… 아니― 지 다른 자는 누구든지 들이지 말
라는 말이다.」

마루문턱 밖의 돌충계에 꿇어 엎드러서 연풍하는
장꼬에게 이런 분부를 내린 소서행장은 서성거리다
말고 자기 자리로 돌아와 앉았다. 옷깃을 여미고 않
음앉이를 바로하고 다시금 신변을 살피던 그는

또 한번 이렇게 중얼거리다 말았다. 그에게는 당
장 또 적지 않게 불쾌한 일이 하나 있었다. 자기
등뒤에 있어야 할 금병풍(金屛風)이 없었다.
아침마다 상투밑까지 파랗게 밀어서 더욱 길고

날카롭게 보이는― 스스로 단아하다고 믿는 얼굴을
오연히 처뜰고 큰 순색 금병풍을 배경으로, 어머개
포개놓은 비단 방석 우에, 마치 연화대에 안처한 불
상이나 같이 단정히 앉아서 손님이나 부하를 불러
보는 것이 그의 오래전부터의 풍습이였다. 그러나
며칠 전에 그 금병풍이 오랜 장마에 누져서 한쪽 귀
때기가 서리 맞은 연잎 같이 축 늘어졌다. 이전선
에 표구사(表具師)까지는 테려 오지 못했다. 그래서
지금 현신한다는 중 현소가 해본다고 몇번 부처보
다 못해 인두를 구해다가 누로기까지 했으나 결국 건
어 치울 밖에 없었다.

방금 현소 이외의 다른 자는 들이지 말라고 한 것
은 꼬집어 한 말은 아니나 어제 밤에 서울서 온 우
끼다 히데야(浮田秀家)의 기별군을 가리킨 것이였
다. 우끼다한테서 온 편지 사연 외에도 그 기별군을
불러 직접 들어 보고 싶은 것도 많았다. 그러나 소서
행장은 그자를 결코 부르려고 안했다. 지금의 자기
를 우끼다의 사자에게 보이고 싶지 않았던 것이다.

금병풍의 배경이 없는 것은 차치하고 지금 자기에
게는 쉬파리들이 피여드는 형편이다. 왼쪽 귀바퀴에
서 고롬이 흐르기 때문이다.

지난달 열 이틀날 밤 동대원에서 있었던 전투때,

한 조선 군교가 말을 달려 육박해 오다가 등뒤로부터
던진 칼에 배진 상처였다. 번쩍 한칼이 가까와 오건
만 함창이 되기는 고사하고 더욱더 지적지적 고름
이 흘렀다. 진중에 데려온 의원의 말에 의하면 귀는
도시가 연골(軟骨)이오, 연골은 백이므로 뼈가 상하
면 살과 달라서 속히 함창이 안 된다는 것이다. 흘러
내리는 고름에 귀바퀴 뿐 아니라 그쪽 뺨을 반이나
먹어 들어가게 여름살이 짓물렀다. 괴롭고 보기 숭
한 것은 물론, 그보다도 그 상처는 자기 위신에 관
한 것이기도 했다. 한번 말머리를 놀려서 겨루어 볼
여유도 없이 급박했던 정형! 만머리를 돌리고 어찌
고 했다면 영락없이 죽는 관이였다. 오직 달아나는
도리 밖에 없었다. 그러나 그러한 실지 정형이야 어
찌되였든 소서행장이 일개 고마인 군교 앞에서 칼
한번 어울려 보지 못하고 오직 달아나기만 했다는 것
은 부인할 수 없는 사실이였다.

『무슨 잔사설이 이렇게 많은가?』

이때 히리를 구부리고 들어 와서 자기 앞에 엎드린
천소가 내놓은 편지를 집어서 한번 훑어본 소서행장
은 반드러운 량미간 한가운데 외줄기로 깊이 패
이는 주름살을 더욱 짙게 찌프리면서 불쾌한 한 마디
를 던지듯 했다.

『하!』

소구한 외마디 소리와 함께 한순간 얼굴을 들었던
천소는 빡빡 밀어서 오히려 더 서릿발이 서리는 듯
한 센 머리를 다시 숙이고 소서행장의 다음 말을 기
다리는 모양이다.

『중언부언다 집어치우고 간단히 쓰라고 몇번 이르
던가? 여가!』

다시금 훑어본 편지를 덜렁 내던진 소서행장은 이
렇게 나무랬다. 그것은 우끼다에게 보낼 답장을 현
소가 대필한 것이다. 사실 소서행장은 되도록 간단
히 쓰라고 일렀던 것이다. 한학에 다소 소양이 있는
천소가 현학적으로 미사려구를 제법 잘 늘어 놓는 솜
씨를 긴히 리용하는 때도 많지만 이번의 답장만은
간단직절하게 쓸 필요가 있다고 소서행장은 생각했
던 것이다. 왜냐하면 되여 가는 일이 이것도 저것도
모두가 『쿠소』이므로 서울에 우끼다에게 『대체
너회는 무엇을 하고 있느냐?』하는 힐책과 제불
만을 인사 치레 없이 단적으로 표시하자는 것이다.

일본 관백 풍신수길의 양별의 사위로 이번의 소위
『조선 원정군』의 제八군장으로 군사 만여명을 거느
리고 서울 남별궁(南別宮)에 붙어 앉아 있는 우끼다
가 보낸 편지 사연에는 대략 다음과 같은 내용이 씨

여 있었다.

지난(七월) 七, 八 량일간에 한산도(閑山島) 해전
에서 조선 수군 전라도 좌수사 리순신의 함대에게
일본 군함 일백 이십여 척이 격침되었다는 것과, 그러
니까 소서행장의 서로군(西路軍)이 조선 왕을 추격
하여 압록강— 그리고 더 북진하여 명 나라까지 쳐
들어 가는 작전은, 일본 해군이 다시 재기하여 시해바
다로 물어 갈 때까지는 극히 유감스럽지만 중지하지
않을 수 없다는 것이다. 따라서 소서행장이 더 많은
군사를 보내달라는 데 대해서는 당장 보낼 병력의
여유가 없기도 하려니와 일본 해군이 재기할 때까지
는 평양 이북으로 더 나갈 수 없으므로 그렇게 급급
히 증원군을 보낼 편요도 없으리라는 것이었다.

이러한 우끼다의 편지는 말하자면 소서행장이 경
양성을 강점한 이래 곧 압록강을 건너 명 나라로 처
들어 갈 데는 더 많은 병력의 보충이 편요하다는 것
과 아울터 수륙병진이 편요하니 일본 해군을 하루
바삐 서해로 돌려 달라고 여러번 재촉한테 대한 회답
인 것이다.

지금 소서행장은 또 『쿠소!』하고 싶었으나 위신
에 그럴 수 없이서 꿀꺽 삼켰다.

얼마 전에 그역시 현소에게 대필을 시켜서 『이체
우리 일본군이 만산편야 하는 륙군과 시해바다를 뒤
넓을 만한 해군으로써 수륙병진하여 압록강으로 처
물어 갈 터인즉 대왕은 장차 이데로 가려는가?』하
는 뜻의 협박장은 조선 조정에 보냈던 것을 생각하
면 더욱 일은 『쿠소』가 아닐 수 없었기 때문이었다.

『뭣이? 적리와 염병으로 죽은 우리 군사가 도무지
이백여 명 밖에 안 된다구?』

한번 설쳐 보고 내던졌던 답장을 다시 집어 읽어가
던 소서행장은 또 이렇게 나무랬다.

『그 배도 더 되는걸 왜 뭣이 꺼리꺼서 이따위 거
짓말을 썼느냐 말야!』

『진쟁 이외에 염병에 의한 군사의 손실이 많다는
것은 이편의 불찰로 될 듯도 하와…』

『뭣이? 이편의 불찰? 무슨 수작을 하는가. 지금
까지 승승장구하던 군사가 이렇게 중도에 주저앉아
서 이 궂은 장마에 묵재기고 있는데 병인들 안 나
겠는가? 그것이 이편의 불찰이라고? 천만에…』

이러한 자기 말에 더욱 겨양하는 모양인 소서
행장은 한 손으로 철선(鐵扇)을 세워 짚은 부로을 미
적거려서 현소 앞으로 대들기라도 할듯이 체소한
몸을 일었다. 그같이 뽑어 뺄듯 하는 소서행장의 말

끝마다 그저 「하! 하! 하!」로 항공무지하개 공축
해 보일 뿐인 현소는 마침 빈(髩)모 벗은 두꺼비가
녹아서 마루바닥에 해꾼 늘어 붙듯이 엎드려 있었다.
한 동안 침묵이 흘렀다. 소서행장의 귓가에서 윙윙
거리는 쉬파리 소리 뿐.

「이봐!」

마침내 한층 부드러워진 소서행장의 말소리가
들리었다.

「하?」

비로소 약간 고개를 쳐든 현소의 얼굴에는 구슬
땀이 흘렀다.

「이왕다 써놓은 겨이니, 병사자의 수효만은 사실
대로 고쳐서 그냥 보내게.」

소서행장은 약간 가늘어진 빗반을 격하여 대동강
의 붉은 물은 내다 보며 말했다.

「저 이봐.」

편지를 집어 들고 일어서 나가는 현소에게 소서행
장은 또 말했다.

「지금 우리 군사들은 이렇게 중도에서 주저앉아
있게 된 때문에 군준들은 발바닥과 궁둥이에서는 잔
뿌리가 내릴 지경이라구 진하라구 이르게.」

「하ー」

또 공축해 보이며 나가는 현소의 동뒤에서는 문득
소서행장이 분정히 지어서 웃는 소위 초결풍의 웃음
소리가 났다.

소서행장의 그 말은 벌써 二〇일째나 계속되는 비
에 사창과 앞에와 룩로문안 넘은 마당에 모적으로
가려둔 벗섬들에서 싹이 나고 잔뿌리가 내렸다는 보
고를 오늘 아침에 들은 뗴서 힌트를 얻은 것이었다.
현소가 물러나간 후에 소서행장은 문갑 우에 놓여
있는 우끼다의 편지를 집어서 다시 펴보았다. 맨
끝에 ― 일전에 들어 온 소식에 의하면 가등청
정은 이미 미재령(美裁嶺)을 넘어 안변(安邊)을 거
처서 지난(六월) 二四일에는 영흥(永興)을 합락시
키고 일로 회령(會寧)을 향하여 떠났다―는 사연이
있었다.

「그머니 어떻다는 수작인가― 대체...」

다 읽고 나서서 쓰겁게 입맛을 다시며 중얼거리는
소서행장의 말에는 두가지의 뜻이 있었다. 가등청정
이 그렇게 승승장구하는 것을 이 나더머 부어워하
라는 수작인가? 하는 것이 첫째였고 또 한가지는
―그래. 가등청정이 그렇게 「승승장구」해서 회령
아니라 그보다 더한 하늘끝 땅은 메까지 간단들 무
슨 소용인가? 하는 것이었다. 여기엔는 또 두가지

의 의미가 있다。하나는 가등청정이 제아무리 함경
도(咸鏡道) 끝까지 치달아 간대도 산골에서 범사냥
이나 하면 했지 별 뾰죽한 전공을 세울 것은 없다하
여 이번 「조선 원정」에서 원훈수공을 다루어온 경쟁
자 가등청정이가、그런 곳으로 가게 된 것이 두고두
고 고수한 것이 첫째요、둘째는 정작 급진군을 해
야 할 내가 이같이 묵새기게 되니 이 좋은 길을 택
했단들 무슨 소용인가? 하는 자탄이 그 하나였다。
지금까지는 내내 비룬길!— 즉 수공원훈을 세울
수 있는 길을 택할 수 있는 행운을 가졌었다고 생각
하는 소서행장이였다。

39. 소서행장과 가등청정

이야기의 순서는 좀 바뀌나 여기서 우리는 소서행
장과 가등청정이의 이때까지의 관계를 대강만이라도
밝히고 넘어갈 필요가 있다。

충주에서 신립의 배수진을 돌파하고 서울길로 접
어들때 소서행장과 가등청정 간에는 누가 어느 길을
택하느냐 하는 것이 문제가 되었다。죽산(竹山)몽인
(龍仁)을 거쳐 서울、남대문으로 통하는 길은 피가
잡기는 하나 한강이 가로 걸쳐 있었다。려주(驪州)와

양군(楊根)을 거쳐 서울 봉대문으로 못하는 길은 한
강 같은 난관은 없으나 전자보다 사훌 길은 더 멀
었다。

그때 가등청정이는 한강의 난관이 있더라도 자기
는 가까운 길을 택하겠노라고 했다。소서행장은 선
선히 그러라고 했다。가까운 길을 선뜻 양보하여 생
색을 내면서도 소서행장은 속으로 살기웃음을 쳤
다。참새 대가리에 굴레라도 씌울 수 있는 자기라고
자처하는 소서행장의 그 살기 웃음에는 마치 옛날
연극에서 관중들은 다 듣는 베도 바로 옆에 있는 갑
은 배우들만이 모르는 방백(傍白) 같은 말이 포함되
여 있었던 것이었다。

한강은 바로 서울의 코앞이다。지금까지는 조령
까지도 무인지경 같이 몰아 왔지만 한강은 그렇지
못할 것이다。조선 조정이 지금까지는 아무리 잠자
고 있었다 하더라도 바로 자기네 문앞인 한강을 거저
건너라고는 안 할게다。

「가등이 너 좀 꼽아 봐라。」

소서행장의 방백은 바로 이러한 것이였다。아닌
게 아니라 가등청정은 한강에서 조선군의 저항을
받아 사훈 동안이나 걸려 있었다。그 사이에 강행군을
한 소서행장은 이미 사훈전에 탈출한 왕을 붙들지는

못했으나 어쨌든 서울은 함락시켰다는 공은 세울 수 있었다. 가등청정은 그 명원 이하의 조선군이 벌써 서울이 함락되었다는 소식을 듣고 한강 수비를 포기한 후에야 비로소 서울로 올 수 있었다. 그것이 단한 나절 차이었다. 서울 성취에 늘어세운 소서행장군의 깃발을 보게 된 가등청정은 그야말로 얼른이 「쿠소」빛이 되었던 것이다. 원혼수공은 경쟁자에게 팩앗긴 그는 절치부심했다.

평소에도 늘 이렇게 소서행장을 깔보아 온 가등청정이었다. 자기… 대대로 내려오는 진짜 사무라이라고 생각하는 가등청정의 눈으로 보면 본시 한 상인의 자식이던 소서행장은 돈으로 우겨서 그 지위를 산 얼치기 사무라이에 지나지 않았다. 또 자기는 일본의 정통적 국교인 일련종(日蓮宗)의 신도인데 소서행장은 이국의 사교인 야소교의 신자였다. 그래서 소서행장은 제 본이름 외에 세례(洗禮) 이름인가 하는 그 구역질나는 「톰・오규스탄」이라는 양인 번데기의 이름까지도 달고 다니었다. 그런데다 또 가등이로서 더 참을 수 없는 것은 자기와는 촌수는 좀 멀지만, 이종 형제간인 풍신수길이가 자기보다 도리어 얼치기 사무라이, 잡작 도노사마인

소서행장을 더욱 진히 앉아 주는 것이었다. 어머니 이 가등청정이를 내놓고 그런 고란이를 제一군장 선봉장으로 내세운 말인가? 이 점에 대해서는 자기의 이종형이요 또 상전인 풍신수길이에 대해서까지도 분만이 없을 수는 가등청정이었다.

「주인 앞에서 꼬리치는 땅개 같이 간교한 자식!」

하는 가등청정은 자기의 이번 실패가 누구를 원망하고 말고가 없을 일이지만 역시 교활한 소서행장에게 속은 것만 같이 분하기도 했던 것이었다.

「두고 보자.」

그는 별렀다. 별러만한 일이 있었다. 점령한 서울을 우끼다히데이에게 맡기고 둘이 떠나서 림진강을 건너 황해도 안성(安城) 고을에 들어선 그둘에게는 또 누가 어느 길을 택하느냐 하는 문제가 생겼던 것이다. 이번에는 한 목적지를 누가 앞서고 뒤서가는 문제가 아니라 아주 길이 갈리는 판이었다.

하나는 조선 왕을 추격하여 개성 평양으로― 다른 한길은 함길도 쪽으로― 이번만은 누구나 선선히 양보하는 체라도 힐 수 없었다. 만일 그 길로 진군을 못할 바에야 무엇하려 이 전쟁에 참가했는가? 할만치 조선 왕을 추거하는 서쪽 길은 이 전쟁을 승리로써 마감하는 최대의 전공을 세울 수 있는 길이라고

생각했기 때문이였다.

소서행장과 가등청정은 각기 자기네의 측근자들을 대동하고 모여서 회의를 열었다.

『평양으로 가는 길은 물론…』

하고 소서행장이 먼저 운을 떼였다. 다른 일 같으면 가등청정에게 먼저 말을 시켜가지고, 그 급급한 성미에 뚱딴지 않게 지껄이는 가등청정의 말꼬리를 끄들어 가지고 론박 면박으로 몰아세워 놓고 천천히 이편의 주장을 내놓는 것이 지금까지의 진출이였지만 이번만은 소서행장이 선손을 걸었다. 이 일은 그런 경위나 말주변만으로는 될 일이 아니므로 애초부터 내려 의우는 명령조가 유효하리라고 생각했기 때문이였다. 말하자면 의논하려 모인 것이 아니라 기정 사실을 전달하기 위해서 가등청정을 부른 것으로. 그래서 그 일에 한해서는 더 완가완부할 여지가 없도록 하자는 것이였다.

『이번 전쟁에서 출병하는 시초부터 태합전하(풍신수길)께서는 어를 선봉으로 임명하시니만치 시종 길은 여의 제일군이 담당하게 될 것이니 그리 아오.』

『안될 소리!』

하는 가등청정의 말은 첫마디부터 거칠었다. 그 알 같이 번쩍거렸다. 그는 기퍼 나오는 소리로 말을 이었다.

『출병때의 선봉이라는 것은 먼나는 순서였을 뿐이지 이 전쟁 마당에 와서까지도 선봉일가?』

『그럼 어떻게 하자는 말인가?』

하는 소서행장은 애써 자기의 흥분을 누름으로써 대상방의 격앙까지도 억제하려는듯이 침착성은 가장한 음성으로 말을 이었다.

『지금 또 태합전하의 처분을 받아서 선봉을 다시 정해야 한다는 말인가? 일단 태합전하께서 정하신 신봉장이 지금은 선봉장이 못 된단 말인가?』

『진쟁 마당의 선봉은 누구에게 문구 말구 할 것 없이 의래히 용감한 사람이 되겠지.』

이런 말을 씁어 뱉듯 하는 가등청정의 어성도 한 충 부드러워진듯 했다. 그러나 그의 태도는 오히려 더 딩딩했다. 만만한 자신이탈가 느물거리는 태도이지도 모르게 발끈한 소서행장의 말은 이렇게 단했

『뭣이 이째?』

소서행장은 더 참지 못하고 받꼰했다.

『그러면 이 소서행장이 그대만 못한— 용장이 아니란 말인가?』

라 하게 기슬러선 눈섭 아래 두 눈망울은 금시 불구슬

다。 단한 말을 뱉어 놓은 그는 다음 순간 에아차!ᅳ했

당。 이런 경우에 먼저 골을 올리고 난한 말은 너무

는 것은 지는 것이라고 생각했기 때문이었다。 과연

그랬다。

「이러구저러구 ●잔소리할 것없이 해보면 알 것 아

닌가。 자 일어서!ᅳ」

하며 저 먼저 일어 서는 가등청정은 무척 유유했

다。 그리고는 한 마리 긴 뱀이 풀숲을 기는 듯한 소

리를 내며 칼을 뽑았다。

소서행장은 파랗게 질렸다。

「조선、 그리고 명나라까지도   정복하려고 여기까지

왔다가 우리끼리 싸워?」

소서행장은 자기 딴은 이런 , 사려 있는 생각을 하

노라 했다。 그러나 그보다도 이 안성 군수가 비고、

간 동헌 대청 마루에 떨어져 구는 자기의 모가지가

먼저 눈앞에 어른거렸다。 그것이 혹은 가등청정의

모가지일는지도 모른다。 어쨌든 사세가 이렇게 된

지금에는 그런 말은 사려 있는 말이기보다 사무라이

답지 않은 비접한 말 밖에는 될 것이 없었다。 소서

행장도 어쩔 수 없이 칼을 뽑들고 일어 섰다。 그러자

등뒤에서 우뚝우뚝 일어선 부하들도 칼을 뽑았다。

소서행장의 뒤에는 그가 가장 믿는 부장 소서비(小

西飛)와、 첩의 딸의 사위인 소 요시도모(宗義智)와、 부장들 중에 가장 깊으면서도、 문무의 재질이 출중하다는 구로다나가마사(黑田長政)와 비서격인 늙은 중 현소 등등이 따라와 있었고、 가등청정의 뒤에도 이머저머한 그의 부장들이 따라 섰다。 그들 역시 자기네의 군사 회의는 곧 유혈의 도살장으로 화하게 된 판이었다。

「마、 마 두분 도노사마!」

이때 소서행장의 둥뒤로부터 늙은 중 현소가 무릎걸음으로 두편사이에 나와서 엎드렸다。

「두분、 도노사마께서는 지금 다소 지나치신 것 같소이다。 마、 마 우선 앉으시죠。 ...어리석은 이 중놈의 생각에는 이런 방법도 있을가 하옵는데...... 저 제비를 뽑아서 결정하시는 것이 어떠하올지。」

「......」

「옛 성현의 말씀에 진인사연후(盡人事然後)에 대천명(待天命)이라는 말씀이 있지 않습니까?」

현소는 잠시 고개를 들어서 좌우 쪽에서 자기를 굽어 보는 소서행장과 가등청정의 얼굴을 반반씩 쳐다보고 다시 부복하며 말을 이었다。

「지금 두분 도노사마께서는 선봉을 백인(白忍=칼

부림이라는 뜻으로써 겸청하시려고까지 하셨은즉 이
는 병가(兵家)로서 한만한 인사를 다 하신 바라 이
재는 천명(天命)의 지시를 기다리시는 뜻으로 개비
물을 뽑으시는 겸도 결코 망녕은 아니라고, 이 어리석
은 중놈은 생각하는 바올시다. 두분 도 노사마의 처
분은 어떠하올는지.」

다소 한문의 소양이 있는 현소는 이런 아이들의
장난같은 만도 재법 장중하게 수식할 수 있는 만
솜씨가 있었다. 장난같은 일이기는 하지만 그렇더
라도 어느 한 편의 죽음으로써 결말을 내느니보다는
퍽 현명한 일인 것만은 사실이었다.

「그도 그럴듯 싶은 만인데 어떤가?」

소서행장이 먼저 동의하는 뜻으로 가등청정을 건
너다보며 물었다.

「될대로 되라지.」

가등청정이 역시 동의하는 뜻으로 두덜거리며 칼
을 집에 꽂았다.

재비를 뽑은 결과 『천명』은 소서행장에게 내렸던
것이다. 소서행장의 득의―그와 반대로 설의 락담
한 가등청정은 『남무묘법연화경(南無妙法蓮華經)』이
라고 쓴 만장 같은 깃발을 등에 지고 부하 장졸
을 몰아시 동쪽 곡산(谷山) 길로 들어 갔다. 그 깃발

은 풍신수길이가 이번 출정의 전별로서 그에게 준
것이었다. 그 글발의 뜻은 불교 경전 중의 하나인 법
화경(法華經)에 귀의하노라는 것으로 『부처와 사람
은 그 근본이 하나이며, 따라서 일체 중생은 다 부처
가 될 수 있다』는 뜻이다. 그러니만치 인간이면 누
구나 다 존중한다는 뜻이기도 했다. 그러한 깃발을
등에 지고 우리 조국땅에 들어 온 가등청정은 그야
말로 『산생은 좋아하면서도 부치에게는 아첨하는』
진형적인 일본 사무라이 즉 흉악한 왜구의 두목의
하나였던 것이다.

40. 파탄된 일본군의 작전 계획

한편―그러한 가등청정의 경쟁자요 동료인 소서
행장―『톰·오규스탄』이라는 세테명을 가진 야소
교도 소서행장은 지금 자기의 회답을 가지고 다시
서울로 돌아 가는 우끼다의 기별군이 타고 강을 건너
는 중인 배를 향하여 이마와 가슴을 짚어서 십자가
를 그리였다.

진신 벌거숭이에 궂은비를 맞아가며 범람한 붉은

물산을 해쳐 로질은 해가던 왜구가 뭍이라고 욕지거리를 하면서 삿대를 들어 뱃전에 와 붙는 송장을 뚱구쳐 밀메리고 있었다. 그 시체 역시 일본군이었다.

리질이나 장졸부사 같은 염병이 아니면 고마인에게 살해된 시체일 것이다.

장마가 계속할수록 염병에 죽는 자가 많았다. 하무에도 二―三〇명씩 무리죽음이 나기도 했다. 련일 그치지 않는 비에 화장을 할 수도 없고 일일이 묻을 수도 없어서 성밖으로 내던지므로 대동강에는 언제나 일본군의 시체가 떠돌았다.

●일본군사가 죽는 것은 염병으로만도 아니었다. 고마인에게 살해되는 수도 적지 않았다. 그렇게 축나는 것은 단 하나가 없어져도 전률할 일이었다. 그런 일을 처음 당할 때는 의외였다. 군사가 아닌 ─ 보통 고마 백성이 조총과 창 검으로 무장한 일본 사무라이를 죽인다? 있을 수 없는 일 같았다. 저의 일본에서는 사실 그런 일이 없었다.

수백년간을 소위 『전국시대』라고 하여 六〇여주에 군웅합거한 대소의 번주(藩主=제후)들이 저마다 패권을 잡으려는 야심으로 서로 싸우는 전쟁이 그칠 사이가 없었지만 그런 일을 없었다.

국치란은 우선 저의 이웃의 령지를 빼앗고 빼앗기 않으려는 번주와 번주 사이의 싸움, 즉 갑(甲)이라는 번주와 을(乙)이라는 번주가 거느린 사무라이 이의 싸움에 지나지 않았다. 백성들은 그런 전쟁이 일어나면 보따리를 싸가지고 일시 피란을 했을 뿐,

직접 그 전쟁에 참가하는 일은 없었다. 잡이라는 이웃의 번주가 을이라는 번주를 죽이고 그 령지를 차지하게 되면 그곳 백성들은 지금까지 을에게 복종했던 것 같이 승리자인 잡의 백성으로 자처하여 새상전인 그에게 유공불급으로 복종했을 뿐이었다.

그런데 이 조선명에서는, 이 고마인들은 그 자신 군사가 아닌 보통 백성인데도 일본 사무라이들을 죽이는 것이었다. 그것은 놀라운 뜻밖의 일이 아닐 수 없었다.

『閭閻村夫亦聚林薄間登高候望量敵多少或進或退皆 為殺敵為心』

이것은 『평양지』에 있는 우리의 기록이다. 즉 『촌의 여염집 사람들까지도 숲속에 모이거나 높은데 올라가서 ·제적이 오기를 기다리다가 그 수효가 많 적은 것을 헤아려 혹은 내닫고 혹은 물러서면서 적을 죽이기만 원주했다는 것이다. 이것이 우리 사람의 기록이므로 다소 과장이 있으리라고 생각할 사람이 있을지도 모른다.

『…이나라 사람들은 우리를 왜구(倭寇)만치 여기고 산으로 들어가 숨습니다. 그래가지고는 적은 수효의 사람(일본군)이 지나가게 되면 반궁(半弓=작은 활)으로 해합니다. 참 놀랍고 딱한 일입니다.』

이것은 •임진년 •五월 二五일에 일본군 제七군단의 대장 •모리떼루모도(毛利輝元)가 경상도 성주(星州)에서 자기 고향 친구에게 보낸 편지의 한 구절을 가감 없이 번역한 것이다. 모리떼루모도는 일개 병졸

이거나 이만저만한 사무라이가 아니라 년수 십만여석의 영지를 차지한 대번주의 한 사람이었고 자기 군사 三만명을 거느린 소위『조선 원정군』제七군단의 총수였다. 또 五월 二五일이면 일본군이 부산에 상륙한지 불과 한달 열흘만이다. 지금 인용한 그의 편지에서는 또 다음과 같은 구절들을 찾아볼 수 있다.

『…그리고 또 (조선에는) 무슨 성(城)이 그렇게 경치게 많습니까!… 八월중에는 각각 처들어 간다고 들 합니다. 그러나 이대로 당나라(중국=그 당시의 명나라)에 처들어 간다는 것은 우선 사람(일본군)이 모자랄 것입니다.』

그 당시 일본의 대번주요, 대군단의 총수인 모리떼루모도는 저희가 일으킨 조선 침략 전쟁의 시초

부터 이렇게 비명을 지른 것이었다. 그 비명의 원인은 그들이 세웠던 각전 계획의 파탄이었다. 일본 사무라이의 원흉 풍신수길은 조선으로 二○여만 대군을 실어 보내면서 『이 전쟁은 자는 사람의 모가지를 자르는 것과 무엇이 다르겠는가?』(是何異斷睡人之頭乎) 그러니까 『指日可成』으로 며칠 안해서 끝나리라고 했던 것이다. 풍신수길의 이런 호언 장담이야말로 한날 잠꼬대에 지나지 않았다.

일본군이 부산에 발을 붙인지 불과 二○일만에 서울을 점령한 것은 사실이었다. 그러나 서울이 함락되고 왕이 달아나서도 조선 백성들은 싸우고 있었다. 그후에 소서행장군은 경양을 점령하고 가등청정군은 영흥을 점령하고, 조선 왕은 조선땅의 끝인 압록강변으로 물러갔다. 그러나— 그러나가 아니라 그럴수록 조선 백성은 더욱더 치렬히 싸우고 있었다.

조선 백성은 왕이 없어도 적과 싸울 줄 알고 싸울 수 있는 사람이라는 것을 일본군은 알게 되었다. 조선땅에 발을 들여 놓은 일본군은 저의 발길이 이르는 곳마다 그곳 사람들의 치렬한 반격에 부딪치게 된다는 것을 각오해야 했다. 저희들이 진군하면 할 수록 전선은 늘고, 늘어난 전선은 언제 어느 곳

에서 조선 백성에게 끊기고 묻혀질지 모를 한날 가냘핀 선이요 한날 작은 점에 지나지 않는 것을 알게 되였다.

잠시도 안심이 안 되는 전선을 유지하기 위해서는 많은 군사들을 후방에 남겨 두면서 전진해야 했다. 모리베루모도가 조선에는 『무슨 성이 그렇게 경치게 많습니까?』 한탄한 것은 이 때문이였다. 진군하는 곳마다 일일이 싸워서, 점령해야 하는 많은 성들은 또 일일이 군대를 머물러 지켜야 했다. 二○만이나 실어 온 일본 군대는 작은 점들인 성과 가냘핀 선에 지나지 않는 전선을 조선 백성의 끊임 없는 반격으로부터 유지하기 위해서 태반이 중로에 잠겨버리고 만았다.

『…八월 중에는 각라 처를 어 간다고를 합니다. 그러나 이대로 당 나라에 처들어 간다는 것은···우선···사람이 모자랄 것입니다』 한 것은 결코 모리베루모도 한 사람만의 격정은 아니였다.

소서행장이 평양 이북으로 진군하기 위해서는 더 많은 육군 병력의 보충과 일본 해군이 서해로 진출하는 것이 필요하다고 어터번 보채다 싶이 한 것도 이때문이였다. 즉 처음 예상했던 二○여 만의 병력만으로는 어렴도 없었다. 작전 계획의 파탄이 왕을 비롯한 서울의 중앙 기관이 없어도, 지방의 수령방백들이 달아나서도 능히 싸울 수 있는 조선 백성들이 침략자 일본군의 작전 계획을 파탄시켰던 것이다.

평양을 점령한 이래 벌써 二○일째나 허잘 것 없이 대동강의 붉은 물만을 내려다 보고 있게 된 소서행장은 간간이 떠내려 오는 저의 군사의 시체를 볼때마다 이마와 가슴을 짚어 천주교도의 의식대로 십자가를 그려 오던 중에 이번에는 불현듯 『쿠소』『칙쇼』를 련발했다. 지금 벌거숭이 사공놈이 동구처는 바람에 번뜻이 재껴졌다가 다시 엎어지는 그 시체에는 코가 없었기 때문이였다.

『관백합하(關白閣下)의 지엄한 명령이 저런 루로 실행되는가?』

개탄한 소서행장은 더욱 더 『아아, 췍쇼, 쿠쇼』였다. 풍신수길의 『지엄한』 명령이라는 것은 『조선 사람을 죽여서 조선땅을 비게 하라(虛殺朝鮮之人物使朝鮮爲空地)』는 것이였다. 군사들이 그대로 실천하는가 않는가를 알기 위해서 풍신수길은 군사 매명애게 조선 사람의 코를 한되씩 베여 소금에 저려서 보내라는 『지엄한』 영을 내렸던 것이다.

사람의 머리는 무겁고 부두짐이 되므로 한 사람에 하나씩 있는 작은 코로써 대신하라는 것이었다.

(얼마나 악독하고 비인도적인 추악한 일인가, 그 당시의 일본 사람들의 손으로 씌여진 기록도 많으려니와 일본 교도(京都)에는 비총(鼻塚)이라는 큰 무덤이 지금까지도 남아 있다) 판백의 "지임한" 명령에 일본 군사를은 책임량을 채우기 위해서는 자기 전우의 시체의 코까지도 홈쳐야 했다. 소서행장은 그린 짓을 못하도록 금했다. 본비기로 그런 짓을 하는 놈의 목을 베기도 했다. 그랬더니 어느새 또 그 모가지의 코가 없어졌다. 무가내하— 이로 금할 수 없는 례사로운 일로 되었다.

저 코 없는 시체는 흙러 내려 가시 대동강 하류에 얼마 전부터 결진해 있다는 조선 수군(水軍)의 배에. 걸릴 것이다. 사람의 코를 베는 것은 일본 군사 밖에 없다는 것은 천하가 다 아는 사실. 그티고 그 머리 모양으로써 저 시체가 일본 사람이라는 것도 누구나 알 수 있는 사실.

"칙쇼— 챙피하기란! 패썸하기란!"

소서행장은 무릎 우에 세워 잡았던 친선으로 앞의 붉은 탄간을 탁 치면서 일어 섰다. 귀언저리에 달라 붙었던 쉬파리들이 윙 소리를 지르며 날아났다.

"도노사마, 차를 어떻게 하오리까?"

뒷방에서 나온 고조리도리(小草履取)가 모아 집은 제 손등에 이마를 조이리며 물었다. 고조리도리라는 것은 그 당시 일본 고급 시무라이에게 시중드는 하인의 일종으로 남자이면시도 반드시 소매 진 녀자의 복색을 한 미소년이였다.

"차를 이리로 내오리까?"

"……"

"지금 비가 좀 멎어서 뒷방에서는 저 풍월지라든가 하는 못의 런꽃이 잘 보이옵는데 어떻게 하올지."

"아아 여는 심기 자못 불편하다."

이강이 대답 아닌 대답을 하며 거닐던 소서행장은 문득

"내 말을 꾸어 오라구 일러라. 그리구 현소두 오라 구 일러라."

탄간 밖을 향하여 소리쳤다.

41.
이 나라는 조선
사람의 나라

조금 후에 대동문 기리로부터 잡옷—투구를 갖춘

젊은 장령 소 요시도모가 말을 타고、 공준에게 고삐를 잡힌 소서행장의 말을 렁거해 가지고 왔다。 그 동안에 소서행장은 고조리도리의 □□ 벌어 갑

보자 진청에 천석 첩석 주저앉아 이마를 조아렸다) 경작 자기의 위공을 보이고 싶은 조선 사람은 하나도 없었다。 오늘만 우연히 없는 것이 아니라 처음부터 없었다。

옷 투구의 장속은 갖추었다。 오래간만에 소풍하러 가는 길이라 파랄하고 경쾌하게 한바퀴 돌아 왔으면 했으나 고약을 붙이고 형겊으로 싸맨 귀를 부하들에게 보이고 싶지 않아서 투구를 쓰게 되니 따라서 손끝 발끝까지도 무겁고 두려운 잡옷으로 감싸고 묶어야 했다。 가슴에 붙인 거울 같이 닦은 강철 호심경(護心鏡)을 비롯하여 어깨와 팔 다리를 가리우게 은실 금실로 누비고 꿰매서 비늘 달듯 한 울깃붉깃한 잡옷과、 이마에 마에다테(前立)라고 하는 황금 뿔을 뻗친 투구는 색갈과 모양이 호화롭고 장중하면 할수록 무게가 더 나가게 마련이었다。 유독 소서행장만이 치기가 있어 그런 것이 아니라 무장은 누구나 그같이 장중하게 장속을 갖추고 보면 그 자신이 하나의 장식물이 되는만치 이왕이면 보아 주는 사람이 많았으면 하는 것은 인개상정이라고도 할수 있다。 그러나 대동문 거리로 해서 종로 곤기리로 올라 가는 데도 사람은 별로 없었다。 이 조선땅에서 왜구(해적) 대접을 받을 뿐인 자기 군졸들은 각혹 보이나 (그들은 소서행장의 행차를

조선 왕과 그 조정이 이 평양에 그냥 있으리라고는 기대하지 않았다。 그러나 백성들은 있어야 할 것이였다。 그 역시 없었다。 살아 움직이는 것이라고는 파리떼와、 쥐와、 지붕에서 기와골을 뻗어 보듯이 사족을 벌려 딛고 기지개를 켜는 고양이와、 빈 방의 진어간 삿눈 자국만이。 남은 먼지 속에 굶어 파랜 쇠벼룩、 이였다。

어떤 성시(城市)이든 단지 그 성안에 고루기각과 민가와、 우물과、 파리、 벼룩、 고양이 같은 것만이 있어서는 성시라고 할수는 없을 것이다。 사람이 있어야 할 것이다。 더우기 만리 원정에 군사를 일으켜 점령한 성시는 더욱 그렇다。 우선 정복자인 자기들에게 도륙을 당하고、 벌벌 떨고、 유공불굽으로 아첨하는 피정복자가 있어야 할 것이다。 그렇지 않고 무인지경을 점령한다는 것은 무의미한 일이다。 누구를 노예로 부릴 것인가? 풍신수길은 ○조선 사람을 다 죽여 없애라고 했다。 그러나 그것은 무인지경 갈이 항거하는 사람이 없도록 하라는 하나의 형용구일

문― 그렇지 않고서야 누구를 노예화하고 누구를 압박할 것인가? 당장만 하더라도 빗자루더러 저 혼자서 이 거리를 청소하랄 수도 없고, 나라가 저 혼자 쌀이 되랄 수도 없고, 너가래더러 자혼자 칼을 치랄 수도 없고, 또 성첩이나 집의 섬돌들을 압박해 본대사 무의미한 일이 아니겠는가. 또 일왈 정복자인 자기네의 위풍을 누구한데 뽐내보일 것인가. 그렇지 않아도 란숙한 문물 제도와, 레의범절과, 특히 엄격하다는 남녀유별과 까뜻한 내외의 풍속으로 동방 례의지국으로 자처하는 이 나라 사람들 앞에서 감추는 것 없이 벌기숭이로 활보해 보이는 것으로써 레의인지 『루소』인지 하는 것이 자기네의 폭력 앞에 얼마나 무력하다는 것을 한번 증명해 보이려고 벼르기도 했던 사무라이들에게는 그럴 기회가 없었다는 것만으로도 빈성을 점령하게 된 것이 불만이었고 무의미한 일이기도 했던 것이다.

지금의 평양 거리는 말이 아니었다. 그새만 해도 말이 아니게 황폐했다. 만여명의 일본군이 들어 있기는 하나 역시 주인이 없다는 것이 분명했다. 장마에 마른 나무가 없어서 문짝을 메서 불을 때고, 그 대신 섬돌을 들쳐서 문을 막고 총구멍을 낸 집들이 많았다. 이영을 벗긴 집들의 방바닥은 논판이다. 끝

목들에서 쏟아져 내리는 빗물이 넘치는 거리거리는 악취가 풍기고 파리떼가 들끓는 오물 천지였다. 거리 좌우쪽에 늘어선 버드나무들은 그 풍만하고 부드러운 선으로 실실이 드리웠던 가지들이 모든 것을 아끼지 않고 함부로 다루는 손들에 꺾이고 훑이워서 이지러지고 병신 안 된 것이 없었다.

소서행장은 심기ㆍ또 한 불편했다. 자기의 위의를 자랑하고 구경시킬 사람이 없다는 것은 이미 문제가 아니다. 이렇듯 황폐한 성시를 점령했다거나 이런 거리를 활보한다는 것이 이제는 자랑일 것도 자존심을 만족시킬 것도 못 되는 것이 불만이었다.

소서행장은 사창고앞ㆍ호적 날가리 밑에서 말을 세웠다. 고개를 처들어서야 곽대기가 보일만치 높은 로적더미는 마치 봄에 묵은 북새를 해치고 길어 나는 풀에 덮인 두던과 같이 퍼렇다. 비가 오기 시작하자 근처의 초가 이영들을 벗겨서 고깔 씌우듯이 덮기는 했다. 그러나 그때는 이미 벗섬도 이영도 다 젖었으므로 련일 계속하는 장마에 썩이 나고, 루리가 내렸다. 나락이 붇어서 섣기죽이 터지기도 한 로적더미에서는 탁주 냄새가 풍겼다.

그 옆의 컴컴한 빈 창고 안에서는 들끓는 파리소리와 함께 사람들의 신음 소리가 났다. 일본 군사들

온 저의 동료가 염병에 물리면 장지거리를 해서 이 창고에 처넣었었다。 죽어 가는 병자들은 미처 처치 못한 시체들과 함께 누워 있는 때도 많았다。 열이 나서 앓아 눕기만 하면 의례히 염병으로 알고 동료들이 하는 대로 끌려 왔다가 하루 밤 지내자 정신이 들어서 시체 속을 헤치고 기여 나오는 회질 환자도 있었다。

소서행장은 창고안을 잠시 들여다 보았다。 악취가 코를 찔렀다。 성한 사람은 없었다。 병자와 시체 뿐, 않는 사람을 돌보는 사람이 없었다。 문 어구에서 나는 인기척에 쥐들이 소리를 지르며 달아났다。 그 소리에、 가로세로 누워 있는 사람들의 얼굴에서는 덮었던 꺼먼 보자기를 벗기듯이 파리떼가 날아 났다。 누렇게 부황이 뜨거나 반대로 피골이 상접한 사람의 형태가 드러난다。 마치 누구를 원망하는 듯이 홉뜬 그 눈들—

『이 나를? 칙쇼。 천만에—』

이런 광경 앞에서는 의례히 그러한 천주교도의 풍습대로 십자가를 그으려던 소서행장은 문득 이런 생각에 이마로 올라 가던 제 손을 뿌리치듯이 다시 내렸다。 원망과 저주로 찬 그 눈들은 보는 것만으로도 점차 천국으로 올라가야 할 제 령혼에 퍼런 흠집이 생길 겄도 같아서 불쾌 했던 것이다。 곧 말머리를 돌린 소서행장은 『저것들은 모두 칙쇼(畜生) 같은 천한 것들이니까。 그리고 또 태초부터 예정된 저들의 숙명일테니까…』 이같은 생각으로써 제 마음이 다시 밝아지는 것을 느꼈다。 그는 심호흡을 했다。

이러한 장군 휘하의 군졸들은 비단 접전 마당이 아닐지라도 그들의 수천 수만의 해골이 이국 산야에서 마르게 될 것은 피치 못할 일이였다。

『저 김삼군이란 놈과。 그놈이 어디선가 데려 왔다는 김 순량인가 하는 고마인은 아직도 돌아 오지 않았는가?』

말을 달리기 시작했던 소서행장이 소 요시도모를 돌아보며 물었다。 김 순량이 같은 자를 조종하는 데는 자기네 일본 사무라이보다 조선 사정을 좀 안다는 대마도가 나으리라고 해서 소 요시도모에게 맡겼던 것이다。

『네네 아직…』

아직 안 돌아온 것이 자기이기나 한듯이 소 요시모도는 자기 장인인 동시에 또 무서운 상전이기도 한 소서행장 앞에서 공축했다.

「그자들이 소금을 다문 얼마라도 속히 구해 가지고
와야겠사온데…」

그는 대마도 출신인 자기가 열마나 일본 사무라이
들을 위해서 생각는가를 보이려고 이런 말을 시작
했다.

「장과 소금이 없어서 뜰안의 흙과 박석들을 물에
울궈서 먹으니까 저렇게 염병이 들리기로 하는 모양
이올시다.」

「다 알고도 남은 소릴 새삼스럽게 지껄일 건 뭐야.」
와락 불쾌해진 소서행장은 첩의 딸의 사위의 말을
막질렀다. 실은 소서행장 자신도 소금이 긴한 생각
에 왜려(倭麗) 김 삼곤이와 그자가 앞정세우고 소
금을 구하러 떠난 고마인 김 순량이가 돌아 왔는가를
물었던 것이다. 그러나 같은 거청이지만 부하들이
하는 거청은 귀에 기술렀다. 이런 사태에 처해서도
이렇다 할 대책을 강구하지 못하는 상관인 자기를
흰난하는 만 같이도 들렸기 때문이다.

「현소, 귀승(貴僧)은 리 순신을 아는가?」

장경문 쪽으로 만을 달리던 소서행장이 불쑥 이런
만을 물었다.

「하?」

현소는 재 귀를 의심할만치 놀랐다.

「저 리 순신을 말이지.」
말을 채질해서 자기 뒤에 불어 서며 사뭇 놀라운
눈으로 쳐다보는 현소에게 소서행장은 또 이렇게 물
었다.

「이 우승(愚僧)놈이 조선의 리 순신을 아느냐 말
씀이오니까?」
이같이 되묻는 현소의 눈에는 단지 뜻밖에 놀랍다
기만보다도 벌써 애원에 가까운 빛이 어리였다.

「이 무슨 토집을 잡으려는 시초인고?」하는 불안
문이었다.

「그래 그래. 아 참 물론 가승이 리 순신을 보았을
리는 없을 것이고…」
하던 말을 잠시 끊은 소서행장은, 그만 놀라도 좋
다는 듯한 웃음을 지어 뵈었다. 자기의 한껏 웃음,
한마디 말론써도 능히 부하들의 마음을 설레게도 할
수 있고 기쁘게도 할 수 있다는 것을 잘 아는 소서
행장은 이번에는 한번 또 크게 웃었다.

「저 여의 말은 대체 리 순신은 어떻게 생겼…
애―또, 아니 어떻게 생겼다는 것은 물론 알 수 없
을 것이고― 그렇지, 대체 리 순신은 어떤 복색을.
하고 있을가 말이야.」

「하 그 복색을 말씀이오니까?」

「그래, 여가 알고 싶은 것이 아니라 귀승이 그것을 알아야 겠거던.」

「하? 우승이 말씀이오니까?」

처음 갈지는 않았으나 현소는 또 한번 눈떴다.

「자네가 그것을 알아볼 수 있겠는가?」

「네, 저 서울서 걸어 온 조선 책들 중의 「경국대전」이라든가 「오례의(五禮儀)」 같은 책을 상고하면 혹시… 물론 리 순신의 용모파기까지는 없겠지만 조선 수군 절도사가 어떤 복색을 한다는 것쯤은 알수 있을 듯도 하올시다.」

「알아서 그대로 옷을 한벌 지으란 말이야. 그래가지구는 등신을 하나 만들어서 그 옷을 입히란 말야. 알겠나? 등신을 만드는 데는, 이봐ー, 상투밑을 미는 외에는 견코 칼을 얼굴에다 안대는 것이 조선사람의 풍속이라니까, 리 순신도 필시 수염을 길게 길렀을 것이 아니겠나.」

「하! 지당한 말씀.」

「그러면 그렇게 만들어서 우리 군졸들이 많이 볼수 있는 저 칭고 앞에다 세우란 말야.」

「하ー」

「그래서 말이지, 누구를 원망할테기든 조선 사람리 순신을 원망하라고. 알겠어? 우리 일본군이 이번 전쟁은 속히 이기지 못하고 따라서 빨리 끝내지도 못하는 것은 모두가 저 리 순신 탓이라는 것을 알게 하란 말야. 알겠어?」

이러한 소서행장의 명령은 불일내로 저행되었다.

옛날에는 소위 저ㆍ법(䤵法)이라는 극히 원시적인 민간 모법이 있었다. 폐컨대 편두통이 심한 때는 이마 가죽을 피가 나게 꼬집어서 골속이 아픈 것을 걸가죽의 아픔으로 전환시키는 것이다. 이때의 소서행장이 취한 조치 역시 일종의 「전동묘법」이라고 할 것이었다.

저희들 사무라이가 일으킨 침략 전쟁 때문에 이국 만리의 전쟁 마당으로 마지 못해 끌려 나온 군졸들이 걸음마다 당탁하게 되는 고마인들의 처럴한 반겨과 또 나날이 번겨가는 염병으로써 오직 죽음만이 기다리는 무서운 운명 앞에서 그 얼마나 전율하며 따라서 사기가 꺼이어 오직 자기네 부모 처자가 있는 고향으로 돌아 가기만을 초조히 바란다는 것을 소서행장은 모르지 않았다. 따라서 그러한 군졸들이 결국은 자기에 장령들을 원망하고 지주하리라는 것도 모르지 않았다. 부하들의 그러한 원망과 저주를 딴데로 돌려야 할 것이었다. 그렇게 함으

로써 그들의 사기를 돋구는 효과까지도 있으리라고
생각했다. 그뿐 아니라 일본 선봉군으로 하여금 평양
이북으로는 한걸음도 더 나갈 수 없도록 못을 박아
놓는 것이 저 먼 남해 바다에서 조선 수군을 지휘하
는 리 순신의 도채가 아닐 수 없다고 생각하는만치
누구보다도 절치부심하는 자가 소서행장 자신이
였다.

장경문 앞을 지나서부터는 성첩을 따라서 올민대
로 말을 몰았다.

원경으로 바라보는 평양성은 역시 여전히 아름다
운 성시였다. 서북쪽으로 연연 십리에 걸쳐 혹은 성
벽에 안기고 혹은 성벽을 에워싼 라라장송의 울
창한 송림. 동남쪽에 천작으로 금성탕지를 이루어 놓
은 청류벽. 줄기와, 그 까아지른 석벽을 스쳐 유유히
흐르는 대동강. 그 안에 들어 앉은 만호장안은 복잡한
성시라기보다도 집 절반 록음 절반으로 휘눌어진 버
드나무 사이사이로 빼여난 추녀, 붉은 기둥들의 루
대와 전가들이 은현(隱現)하는 시가. 그것은 엣날의
도원경인 듯도 했다. 멀리서도 알아볼 수 있게 곳곳
에, 류록장을 물러친. 듯한 버드나무 가운데로 거울
같이 드러나는 맑고 잔잔한 련못들! 그 한가운데는
조산(造山)이 있고, 조산 우에는 날듯이 추녀가 들

린 루각이 섰고, 붉은 란간의 무지개 다리 밑에는 에
여난 련꽃과 송이송이 떠도는 수련(水蓮)이 향기롭
고, 그 련꽃잎과 련잎. 창포잎 사이에는 문자 그대로
은린옥척(銀鱗玉尺)이 뛰놀았다. 오랜 세월을 두고
운치를 사랑할 줄 아는 사람들의 손으로 이룩되고
매만저진 아름답고 평화로운 성시였다.

울대에서 말을 세우고 이윽히 성안을 바라보던
소서행장은 중 현소를 돌아보며 무두무미하게 이런
말을 물었다.

「이 평양성은 유명한 색향이었다지?」

「네네, 우승도 그린 말을 들은 적이 있는 듯 하올
시다. 따는, 다른 녀자는 볼 기회가 없었지만, 이곳
기생이였다는 계 월향인가 한 게집은 참말 극가한 계
집이올시다.」

잠시 말을 끊고 소서행장의 눈치를 살펴 늙은 중
은 또 말을 이었다.

「그 자색도 자색이려니와 그 문재(文才), 그 필재
(筆才)는 참! 이야— 참말 놀랍습니다.」

「뭘 그렇게 감탄하는가?」

하는 소서행장은 그러면서도 노상 흥미가 없지도
않은 것 같았다.

「아니올시다. 실모 이만저만한 재간이 아니올시다.

『한분도 잘 하려니와 더우기 그 필재! 란(蘭) 같은
것은… 사군자(四君子) 중에도 특히 다은 우승이
보기에는 눈렬만한 경지올시다.』

계 월향의 란보다도 제 견식을 자랑할 기회를 만
났다고 생각한 현소는 거츨러선 장눈섭 우의 커다란
검은 사마구를 치켰다 내렸다 하면서 지껄이는 제
말솜씨에 신이 나는 모양이었다.

『그러다 보니 귀승은 노상 그 꼬마 기생의 풍류속
에 놀아났구려.』

하는 소서행장은 코춤을 추는 웃음을 띄웠다.

『그렇지도 못하올시다. 그저 말을 몰라 필담은 하
게되니 그 글재조를 엿볼 수 있었고、또 그림은 소
서비가 긜녀의 검작 속에서 뒤져낸 이전것을 보았
을 뿐이올시다. 하도 훌륭하길래 몇번 청했지만영
붓을 들려고 하지 않습니다. 도노께서나 한번 부르
서서 부채에 란을 한폭 받도록 해보십쇼. 부채에서
향기가 풍길만한 란이올시다.』

『여는 그린 풍류(風流)는 모르니까.』

『아니올시다. 그런 문재! 그런 필재가 있다보니
본시두 아릿다운 폐다…』

『오호— 그러다 보니 누구보다도 귀승이 먼지 반한
모양 아닌가. 어쨌든 그런 게집이 그 무지꿍한 소서

비 한테 고분고분할가?』

『게 월향은 무척 말랐습니다.』

이런 대답 아닌 대답을 하는 늙은 왜승의 어음애
는 다소 애틋한 어운이 들리는 듯도 했다.

『어째서?』

소서행장이 물었다.

『긜녀 역시 이 경양성에서 피란해 나가다가 공교롭
게 우리 일본 군사들한테 붙려서 끌려 왔는데、와
서는 근 열흘이나 식음을 전폐했으니까요.』

『식음을 전폐하다니、동 먹지를 않았단 말인가?』

『네.』

『어째서?』

『글쎄올시다.』

하는 현소는 속에서 나오는 말을 일부러 어금니로
씹어 누루는 듯한 얼굴이였다.

『열흘이나 굶었다— 죽으려구—』

하고 한번 『흥!』 코장고를 친 소서행장은

『소위 의리(義理)라는 것을 내세우기 위해서 저 혼
자라도 『신쥬(心中=정사라는 뜻)』를 해야 할 정랑
(情郞)이라도 있었던가?』

하며 웃는다.

『글쎄올시다. 정랑탓이라면、그 정랑이란 것이 사

람이기나 한지요。

『사람이기나 한지요란 또 무슨 소린가? 유령(幽靈) 정랑도 있는가?』

『그야 게 월향이 꼬마 녀인이니까요。』

『꼬마 녀인은 유령 정랑을 두기도 하는가?』

또 이린 말을 묻는 소서행장은 지 자신 정색을 해야 할지 웃어야 할지 모르겠다는 듯한 낯빛이였다.

『저, 말씀은 딴니다만, 도노께서도 아까 말씀이 게 셨기에 하는 말씀인데, 수천 디나 떨어져 있는 우리 까지도 저주하지 않을 수 없을만치 우리 앞에 키다란 위력으로 막아 서는, 지 남해의 조선 수군장 리 순신 이도 유령이라면 유령이라고도 할 수 있지 않습니까。』

이런 말을 하는 늙은 중은 소서행장의 노엄이나 사지 않을가 하는지 그의 눈치를 흘금흘금 살피며 지껄였다.

『이봐, 여는 중이 아니냐니까 그린 선문답 같은 말은 그만하고― 그래 게 월향이가 어쨌다는 건가?』

『네에― 제가 하고꼬 하는 말씀이 바로 그것이올시 다. 여기까지 미친 리 순신의 그림자대. 우리 일본군 이 위혁을 받는다는 것을 혹시 안다면 게 월향의 마 음은 곧 남해로 달려갈 것도 갈사와…』

『허어― 그런 건방진 계집이든가? 대체 체가 몇푼 에치나 건방진가 한번 불러 구경하야겠소。』

이런 말을 하며 말머리를 돌려 다시 달리려던 소 서행장은 눈에 띠인 영명사를 내려다보며 천소에게 물었다.

『저 절에는 꼬마인 중들이 아직두 남아 있는가?』

『네, 한 섬여 밍 되나 보올시다。』

『그자들만이 어째서 아직도 이 평양성 근치에 남아 있는가?』

『거의가 다― 나다니며 동냥도 하기 어려운만치 늙은 것들인데 도노께서 특별한 처분으로 남겨 주신 절의 식량이 아직도 좀 있으니까 연명할 때까지는 그냥 있을 모양이겠지요。』

『그렇다면 앉으로도 연명할만치 식량을 대주게。』

『하?』

천소는 그 까닭을 모르겠다는듯이 소서행장을 쳐 다보았다.

『여의 말은, 이 평양성 가까이 있는 큰 절이나만치 그 중들은 이 지방에 아는 사람이 많을게고, 또 이 곳 백성들 중에는 그 중들의 말이면 신청할 자도 많 을 것이니까…』

여기서 잠시 말을 끊었던 소서행장은

『아 그렇지! 말 무중이를 하나 건사했더니― 천리

룡마가 찾아 왔다는 수·님이 있지 않은가. 앞으로는 이곳 백성들은 될수록 많이 끌어 들여야 할게고, 그러자면 저 중들이 꼬마인의 민심을 수습하는 데 도움이 될지두 모르느냐. 알겠어?』

이런 말을 했다. ⑧

『네네. 그렇지 않ㅎ두 저번 동대원에서 「시다림」을 할 때 그들과 필담을 했더니, 비록 나라는 다르나 피차 불제자이기는 마찬가지라 이같이 만나게 된 것도 부체님의 인연이라고 하는 자도 있었습니다.』

『아첨이겠지.』

소서행장은 『내 예리한 판단이 어떤가?』 묻듯이 현소의 말끝에 이런 한 마디를 던졌다.

『하, 미상불 아첨이 아닌 바도 아니겠지요.』

아첨했다는 것이 바로 자기이기나 한 것 같이 현소는 공축했다.

『아니 여의 말은……』

소서행장은 자기의 말이 하나의 역설(逆說)이였다는 것을 설명하기 시작했다.

『아첨하는 자일수록 좋다는게야. 우리에게 진심으로 열복할 고마인이 있을 리도 없겠지만, 설혹 있더라도, 진심으로 열복하는 자는 또 겉시적으로 반항할 수도 있는 자니까. 알겠어? 처음에는 옳은 줄 알고 그랬다가도 그것이 잘못인 줄 알게 되면 그때는 또 진심으로 반항할 테니까. 또 그런 자는 령리하지가 못하거든. 그런 우직한 자들보다는 아첨도 할 줄 아는 령리한 자물일수록 리용하기가 쉬우니까, 그런 자물에게는 량식을 좀 주어도 좋아. 주오.』㊞

이런 분부를 내린 소서행장은 말을 몰았다. 성첩을 따라 서북쪽으로 갈수록 일본 군사가 많았다. 칠성문과 보통문을 중심으로 주력 부대가 배치된 것이다. 칠성문루에서 바라보이는 무연한 보통벌에는 논밭 곡식들이 한창 성숙해 가는 중이였다. 계속하는 비에 기온이 내렸다가도 좀만 개인 때면 땅에서 김이 오르는 중복머리라 한창 자라는 곡식들은 아침저녁이 다르게 컸다. 논판에는 붉은 물빛도 안 보일 만치 옷길이 오른 벼로 푸른 물결을 이루었다. 그런 논벌에는 오다가다 손가래를 든 조선 농군들이 뵈였다. 청록 일색인 들 가운데 혹은 해오라기가 아닌가 싶기도 한 흰옷 입은 그 사람들은 퇴수구를 넓히기도 하고 낮은 뚝에 보토를 하기도 하는 모양이였다.

『이 농가들도 역시 비였는가?』

성밑의, 이전 전 주복이네가 살던 동네의 五—六호 농가를 굽어보며 소서행장이 물었다.

「네、다 비였습니다。한 사람도 남아 있지 않습
니다。」

소서행장의 말 앞에 굽어 엎드린 성문지기 장교
가 대답했다。

「그러면 지렁게 여전히 농사를 하는 저 고마인 백
성(농군이라는 뜻)들은 다 어디 있다?」

자못•의아한 소서행장은 혼잣말 같이 물었다。

「저•고마인 백성들을 말씀이오니까?」

땅에 댔던 이마를 잠시 들어 보통별을 바라보며
문지기 장교는 말했다。

「글쎄올시다。저자들은 어떠서 나오는 날이 밤아
서 보면 벌써 나와서 일들을 하고 있습니다。저녁
에는 또 어데로 돌아가는지 알 수 없게 어두울 때까
지 일을 합니다。」

「그래서。」

「네、그래서 지금은 다 끝난 모양이올시다 만 한창
논김을 멜 때는 비가 역수로 쏟아지는 날일수록 저
백성놈들은 더 많이 쓸어나오군 합니다。그런 것이
밉살미리스럽기도 해서 우리 군사들이 몇번 습격하
러 나가기도 했습니다。」

「그래서?」

소서행장은 또 그자의 말을 재촉하듯이 물었다。

그러나 그자가 말하는 사실을 지금 처음 듣는 것은
아니다。

평양성을 점령하자 지 산기슭의 어느 마을로 약탈
하러 나갔던 근 三〇명의 장졸들이 온데 간데 모르
게 없어졌고、그래서 그날 밤으로 그들을 찾아 본다
고 나갔던 군사들은 어느 마을에선가 벌써 녹이 쓴
지 오랜 솥을 몇개 발견했을 뿐 아무런 형적도 찾
지 못하고 말았다는 사실을 비롯하여 측근자들의 보
고로서 이미 다 들어 아는 이야기였다。그리면서도
소서행장은 여기서 재 눈으로 본 장교의 말에 일종
흥미를 느끼는 것 같기도 했다。

「우리 군사들이 이 성문으로 나가는 기수가 보이기
만 하면 어느재 다 없어지고 맙니다。산지사방 흘어
저서 저 산속으로 물 찾아먹듯이 숨어버립니다。」

이빈에도 또

「그래서。」

하는 소서행장은 자기가 처음부터 그자의 말보다
도 그자의 유달리 굵은 목덜미에 더 흥미를 느끼면
서 줍어보고 있다는 것을 깨달았다。

「그래서 처음 한두번은 우리 군사가 끝까지 추격한
적도 있사온데、저 산속으로까지 쫓아 갔던 군사들
은 대개는 돌아 오지를 않았습니다。」

「뭣이? 대개는 어쨌다고?」

「녜에, 돌아 오지를...」

「돌아 오지를 못했다고?」

「네, 네...」

「거짓말 말앗, 이놈아.」

하는 소서행장의 이번 말은 무서운 호롱이었다.

「하?」

금시 한 점이 되다 싶이 사지가 오그라든 문지기 장교는 떨기 시작했다.

「여의 앞에서 능당히 거짓말을 하는 흉망한 놈 같으니ㅡ 제 바루 앉으렸다.」

하는 태도가 표변한 소서행장은 씹어뱉듯 하는 말과 함께 칼을 뽑았다.

「제가ㅡ 아니 이 이놈이ㅡ 감히 거짓말을?...」

이미 사색이 다 된 장교는 입술이 아울리지 않아 서 떨리는 말을 떠듬다 말고 단정히 끊은 무릎 우에 상반신을 일으키고 목을 늘였다.

「에잇!」

외마디 소리와 함께 마상에서 내려친 칼에 총교의 머리는 진창에 굴렀다. 한번 휘물러서 피를 뿌린 칼 날을 마침 구름장 사이로 새어나오는 햇빛에 어리어 보는 소서행장의 입가에는 득의연한 미소가 흘렀

다. 그는 시참(試斬)을 한 것이라. 여벌로 새로 장 만했던 칼을 시험해 본 것이었다. 마침 유달리 굵은 모가지가 눈앞에 등대해 있었던 것이다.

「우리 일본 군사들이 저 로민 백성 따위를 잡으려 갔다가 돌아 오지 못했다구? 그럴 리가 없는 것이 다. 거짓말이다.」

이미 목을 찍은 시체에게라도 죽어 마땅한 죄목을 일러준 필요가 있다는 듯이 말한 소서행장은 『시참』 에 성공한 칼을 다시 꽂으며 「그렇지 않은가?」동 의를 구하는 눈으로 뒤를 돌아 보았다. 중현소와, 소 요시도모는 『지당한 말씀』이라는 뜻으로 마상에 서 허리를 굽혔다.

「앞으로는 저 고마인 백성들이 농사하는 것을 방해 하잘 것은 없겠지.」

소서행장은 허리를 굽힌 두 사람에게 의논하듯 새로운 말을 꺼냈다.

「하는 대로 내버려 두시렵니까?」

물은ㅡ 소 요시도모에게

「치고마 백성들이 하는 일이 무엇이기에?」

하는 소서행장의 말은 불쾌한 어조였다.

「그야 물론 농사입지요. 하나ㅡ」

현소가 그 두 사이에 나서듯이 말을 시작했다.

「저고마 백성들은, 짓궂게 보자면 그 얼마나 밉살

머리스럽습니까요. 우리에게는 뭉 결은 안 주고, 겨
울 개구리나·뱀 같이 땅구멍 속에 숨어 있으면서도
굶을 수는 없으니까 끈덕지게 농사만은 짓고 있
으니…」

「아니, 아니지.」

소서행장은 또 현소의 말을 막았다.

「저자들은 역시 겨울 개구리나 뱀 같이 굶기도 할
게요. 혹시 짚이나 먹을까. 꼭 식은 다 우리가 차지
할테니까. 패배자는 언제나 자기네의 땀의 결실을
정복자에게 바쳐야 하는 법이니까?」

소서행장은 이러한 자기 말에 퍽 만족했다. 두 사
람을 돌아보며 그 말을 또 한번 되풀이하고 나서

「그뿐 아니라 전쟁에는 언제나 군량이 남아 돌아
간다는 법은 없으니까. 또 다다익선이니까ー, 저 꼭
식은 어떻게 해서든 우리가 차지하도록 해야 할게
요. 그러니까 고마 백성들이 하는 대로 내버려 두오.」

만을 나친 소서행장은 성첩을 따라 보통문 쪽으
로 말을 몰았다. 얼마 못 가서 또 비가 오기 시작했
다. 하늘의 변화는 .번덕스러웠다. 어느새 굴어졌
던 빗발이 칼로 베인듯 금시 멎기도 하고 멎었는가
하면 하늘을 뒤마는 듯한 뢰성과 함께 또 쏟아지기

도 했다.

소서행장의 일행이 역수로 퍼붓는
소나기를 맞으며 만수대 우에 올라선 때였다. 마침 거세게 불어오
는 바람결에 방금까지 백포휘장을 둘러친듯 했던 빗
발이 걷히며 다시, 촌목 일색으로 드러나는 보통벌 한
가운데 한 자그마한 로인의 모양이 눈에 띠었다. 지
팽이 끝에 두 손을 얹고 서 있는 것으로써 멀리서도
로인이라는 것을 알 수 있었다.

「대체 저것은 웬 사람일가?」

앞섰던 소서행장이 먼저 말을 세우며 말했다.

「논에서 일을 하는 모양도 아니고ー」

「글쎄올시다.」

역시 말을 세우고 눈을 가늘게 뜨고 바라보던 현
소가 말했다.

「고마인의 중이올시다. 저 붉은 가사가 보입니다.」

「중? 혹시 귀승이 만났다던 영명사의 중은 아닌
가?」

「글쎄올시다. 머나까 그렇게까지는 알 수 없습니다.」

「이렇게 난데없이 중을 만나면 재수가 어떻다든가?」

「그야 물론 상상길(上上길)이겠습지요.」

하는 현소는 웃었다. 그런 물음의 대답으로서야
중이 중을 헐어서 대답할 리 있느냐 하는 듯한 웃음

이였다.

「그럴가? 그러나 저것은 고마·중이니까―」

하는 소서행장 역시 웃었다. 그랬던서도 빗관한 가운데서 늙은 중이 무엇 때문에 비를 맞으며 서 있는가? 하는 소서행장은 「혹여/ 저 산속에도 우리가 모르는 절이나 암자가 있는 것이 아닐가?」 하는 생각이 들기도 했다.

이 나라는 고마인의 나라. 고마인들만이 아는 그 산, 그 길, 그 골짜기, 그 나무숲, 그 동굴들! 그리고 그들만이 통하는 말과, 신호. 어느 바위 뒤에서나, 어느 나무 사이로나, 풀포기 속에서나 이쪽의 행동을 엿보고 있는 무수한 고마인의 눈동자들! 그러한 고마인의 산속에서는 단 한명의 고마인을 찾아내기에도 열명의 군졸이 필요하고, 그 하나를 죽이기 위해서는 四―五명이 먼저 꺼꾸러져야 한다는 것은 사차불피한 일이 아니겠는가? 한때는 수하의 벽력을 총동원해서 이 평양성 부근의 산들을 모조리 불사르고 소탕해 버렸으면 하는 욕심도 없지는 않았다. 그러나 지금 바라보는 저 산 밖에는 또 산, 그 산 밖에도 또 산이다. 끝이 안날 일. 결국은 고마인의 산속에, 그리고 고마인의 바다 속에 잠겨버리고 말 것이였다.

비가 또 쏟아지기 시작했다. 성운 한바퀴 둘려던 생각을 버리고 질을 꺾어 련광정으로 발을 재촉하는 소서행장은 자못 불편하다던 「여의 섬기」는 조금도 패이지 못했다.

이튿날 소서행장은 과연 계월향이를 련광정으로 불러 냈던 것이다. 여기서는 ·그 이야기를 대강만 스치고 넘어 가기로 하자.

소서행장 이하 그 부하 장령들이 술자리를 벌이고 있는 련광정으로 끌려 나간 계월향은 해쓱하게 여윈 자태에 소복 단장이나 다름 없이 담소한 옷차림이였다.

소서행장은 미리 갖추었던 지, 필, 묵을 내놓고, 현소를 시켜, 필담으로 계월향에게 우선 란을 그리라고 했다. 계 월향은 그 대답으로 붓을 들어

「송(宋) 나라 사초(思肖)를 아는가?」

했다. 현소는 고개를 기웃거리다가 얼굴을 붉히며 모르겠다는 뜻으로 머리를 흔들었다. 이때 계 월향이도 와라재 얼굴이 붉어짐을 깨달았다.

송 나라 말년의 선비 사초는 원(元)에게 자기 나라가 망하게 되자부터는 그 능한 붓을 던지고 다시는 란을 그리려 안했다. 혹시 옛친구가 굳이 청하는 때

면 붓을 들기는 하나 란 한 포기만을 댕그라니 더 놓을 뿐이 있다. 『왜 땅은 안 그리는가?』 물으면

『우리에게는 란이 뿌리를 박을 땅이 없어지진 지 이미 오래다.』

고 했다. 그러한 강개지사 사초에게 감히 자기를 비기려 했던 것이 계 월향은 죄송스러울만치 부끄러웠던 것이다. 왜송. 현소가 그러한 사초의 고사(故事)를 모르는 것이 다행한 일이기도 했다.

계 월향은 그 글줄을 지우고 다시 썼다.

『지금의 이 평양성에서는 란이 살지 않는다』고.

『그 무슨 뜻이냐?』 따지자고 강박하던 소서행장은 마침내 춤을 추라고 했다. 몸이 분편해서 춤을 출 수 없노라고 잡아메던 게 월향은 『그같이 강요한다면 검무(劍舞)를 할터이니 칼을 달라』고 했다. 눈맨 눈으로 글자를 따라 보던 현소는 재 붓으로 그 글줄을 지워가며 소서행장에 뭐라고 지결었다. 소서행장은 계 월향이 몸이 추설 때까지 유예한다고 하며 돌려 보냈던 것이다.

42 · 서산 대사와 사명당

서산 대사는 드디여 왕의 명을 받아 八도 一六종

도총섭이 되었다. 즉 조선 八도에서 일어난 승병의 총대장이 된 것이다.

얼마 전에 명의정이 된바 류 성룡이가 지난 五월 열하루날 평양에서 우연히 서산 대사를 보았노라는 말 문득 왕으로 하여금 三년 전에 그가 대 한뚝을 그려주었던 줄을 회상케 했던 것이다. 류성룡은 벌써 전에 고산진 첨사로 있다가 친상을 당하여 자기 고향에 돌아와 있던 김 응서를 다시 등용하도록 친기한 일도 있었다.

조방장(助防將)이 된 김 응서는 곧 순안으로 나와서 도원수 김 명원과 도체찰사 리 원익 등을 보좌하여 우리 관군을 재건하기에 착수했다. 그의 고향이 룡강이라 삼화(三和), 강서(江西), 증산(甑山) 등서 해변 여러 고을의 정형을 잘 아는만치 군사를 초모하는 데서부터도 그의 공적은 컸던 것이다.

이매 왕 선조는 곧 사람을 묘향산 보현사로 보냈다. 그 늙은 중이 아직도 평양 근처에 있으리라고는 생각지 않았기 때문이었다. 모향산에서 다시 잡약산으로— 그래서 왕의 부름을 받은 서산이 사명당을 데리고 의주 행재소로 간 것은 七월 하순이었다. 어떤 기록에 의하면 왕은

『베 어찌 나를 잊었던고?』

하여 서산이 먼저 자기를 찾지 않은 것을 나무랬
다고 했다.

「이같은 란세를 네 가히 건질 수 있겠느냐? (世亂
如此爾可以拯濟)」

이렇게 물었던 것이다. 왕이 한날 중에게 그같이
물었다는 것은 그만치 서산 대사라는 중을 한 인물
로 인정했던 탓이라고 일언이페지하면 그만이기도
하나 그러나 그렇게 만은 볼 수는 없을 것이다. 만
일 이때의 정형이 그같이 절박한 시기가 아니였다면
우리는 왕의 그 머한 언사에서 중에 대한 일종의 야
유를 들을 수도 있지 않겠는가? 물론 그런 것은 아
니고— 한마디로 말해서 이때의 왕이 그 얼마나 암
담한 처지에 놓여 있었던가로써 설명된다.

그 당시에 —척토지민다의(瘠土之民多義), 육식자
무모(肉食者無謀)라는 말이 마치 새롭게 발견된 진
리나 같이 사람들의 입에 오르내리게 되였던 사실,
즉 의로운 사람이 많았다는 『척토지민』은 척박한 땅
을 자기네의 땅으로써 적시여 온 그 역시 파리한 백
성들을 이름이였고, 무모했다는 『육식자』는 고량진
미로해 배에 기름이 진 량반 관료들을 가리킨 말
이다.

평시에는, 즉 그들이 례찬해온 바 소위 「태평성
대」에 있어는 수신제가 치국평천하지도와, 자기의
굽힘 없는 절개와 충효로써 언제든 의를 위해서는
한 목숨을 초개같이 버릴 수 있노라던 왕의 측근자인
량반 관료들 중에는 하루 아침에 『태평성대』의 꿈이
깨지자 지금까지 해온 자기네의 장담을 잊어버리고
직책을 버리고, 왕을 버리고 달아난 자가 많았다.
왕이 서울을 떠날 때 『체면이 사람 죽인다』고 그 귀
찮은 체면 때문에 마지 못해 겨우 까지 따라 왔던 육
식자들 중에도 왕이 또 의주로 가게 되자 혹은 평양
서, 혹은 안주, 박천, 녕변에서 이핑게 저핑게로, 십
지어는 온다 간다는 말도 없이 공무니를 뺀 자들이
많았다. (여기서 그자들의 이름과 그 추접스러운 행
장들을 일일이 거론할 필요는 없을 것이다.)

六月 二三일에 의주에 도착하고 본즉 왕의 신변에
는 측근자가 신로 몇이 남지 않았다. 그렇더라도 왕
이 있고 그 신변에 몇몇 대신 관료들이 남아 있으니
역시 조정은 조정이였다. 그렇게라도 조정을 차리고
보니 지금까지 해온 당쟁이 또 없을 수 없었다.
동인서인의 옥신각신은 곧 시작되였다. 건건사사에
한가지 사소한 일을 처결하는 데로 그 많지 않은 조
정 신하들의 공론이 일치하는 법은 없었다. 가령 이
느 한 사람의 인사 문제를 의논할 때 동인중의 누가

241

그 사람을 두둔하는 기색이 보이면 서인측에서는 의
무적으로 반대했다. 리슌는 그 어느 사람이니 문제
인 것이, 아니라 동인측에서 내세우는 사람이니까
서인측에서는 의례히 반대해야 했던 것이다. 그 반
대인 경우에도 역시 그랬다.

섬지어는 리 순신 장군에 대한 론공행상을 하는 데
도 그들은 말썽을 일으켰다.

이미 말한 바와 같이 가덕도 앞바다에서, 당항포
에서, 한산도와 안골포에서 일본 함선 이백여 척을
격침하고 일본군 九천어 명을 섬멸한 리 순신 장군
에게 왕은 일품(一品)으로 가자(加資)하자는 의향
을 내놓았다. 七월 八일에 리 순신에게 보낸 자기
유서(諭書)에서

『뭇 장수들은 수수방관하거나 그렇지 않으면 잡옷
을 버리고 병쟁기를 꺼꾸로 잡고 달아나는 이때에
경(卿)의 용감과 충성이 아니던들 뉘 있어 나라와
더불어 생사존망을 같이할 것이랴!』

왕은 이같이 감격했었다. 하특 왕 뿐이였으랴.
온 조선 백성이 다 그랬다. 그러나 육식자들 중에는
그것이 부당하다고 기어이 내려 까고야 말았다. 리
유는 그만 전공에 일품을 준다면 후일에 더 큰 공을
세운 때는 무엇을 주랴, 그러니까 일품은 빈죽여만

보이고 아껴둠으로써 리 순신으로 하여굼 더 분발케
하는 것이 좋으리라는 것이다. 그들의 이러한 론리
때문에 우리는 최상급의 호의로써 해석하자. 그러므로
비록 조선땅 한끝까지 피란해 와서도 아직도 방이
차다 덥다 하고 국이 말다, 싱겁다 할 수 있는 그들
이, 시식이 빗발치듯 하는 전장애서 생사를 겨루어
싸우고 있는 우리 장병들의 운명을 마치 자기네가
려고 있는 것이나 같이 생각했다거나, 혹은 리 순신
이 자기네와 동급 혹은 보다 더 높아지는 것을 시기
해서 그랬다고 해석할 필요는 구태여 없을 것이다.
국히 선의로 해석해서 그들은, 리 순신 장군의 인품
을 그렇게 높이 평가할 줄을 몰랐을 뿐이
다. 왜냐 하면 그들 자신이 『일품』 같은 눈앞에 매
달려 있는 미끼가 없이는 더 무엇을 해보잘 의욕도
용기도 없는 그들이니까. 이러한 자들의 존재가 후
일에 리 순신 장군을 잡아가둠으로써 일시나마 나라
에 큰 손실을 끼치 복선이였다는 것을 말하면 그만
이다.

이머한 관료배들은 극히 엄숙한 일이라도 할치고
헐뜯어서 하찮은 일로 만들기도 하고, 반대로 극히
하찮은 일을 엄중한 일로 빚어 놓기도 했다. 그들
의 이머한 재간으로써 언제나 옥석(玉石)은 혼동되

고 아낄만한 인재도, 침 뱉어 버릴만한 소인도 구별은 없어졌다. 이같은 관료들의 손에서 환롱되는 정사는 자연 조삼모사로 아침에는 이랬던 것이 저녁에는 저럴 밖에 없기도 했다. 그러므로 『조정 공사 사흘 못간다』는 말은 반박할 수 없는 진리이기도 했던 것이다.

『慟哭關山月, 傷心鴨綠風。朝臣今日後, 尙可更東西』라고 한 왕의 한탄도 이때의 것이다. 『국토의 한끝에서 우러러보는 달에 통곡하고 압록강 바람에 마음 아프려든 조정 신하들은 그래도 아직도 동이니 서이니 하고 다투는가?』 하는 뜻이다.

이때에 또 왕과 그 조정 신하들로 하여금 바늘방석에 앉은 양 더욱더 불안 초조케 하는 사변들이 뒤이어 일어 났다. 그 하나는 명나라에서 보냈던 구원병의 패전이였고 다음은 우리 관군의 패전이였다. 앞에서도 잠간 말한 바여니와 명나라 료동부총병(遼東副總兵) 조 승훈이 五천군을 거느리고 와서 七월 一九일 밤에 평양성을 공격한 일이 있었다. 이때 우리는 박천의 대정강(大定江=지금의 대령강)과 안주 청천강에 주교(舟橋)를 놓아서 명나라 후원군의 행군을 보장했다. 명군이 청천강을 건넜을 때 그들을 맞이한 류 성룡과 김 명원은 조 승훈에게 너무 조급히 서들 것이 아니라고 권고 했었다. 리유는 한달째나 계속하는 비를 맞으며 천여리 길을 달려 온 그들의 인마가 모두 피로했고 장비도 많이 손질을 해야 할 것이기 때문이었다. 오래동안 누진 활은 거의 쓸 수 없이 되였고 (그들은 초종이 없었다) 또 그의 군사가 모두 기병인데 그 말들이 우선 제대로 달릴 수도 없이 된 형편이였다. 료동 칠백리 벌판에서만 사슙해 온 말이라 편자가 없는데다 한달 동안이나 비를 맞으며 산악 지대를 달려온 말들은 발굽이 다 까져 나갔다. 그래서 아직도 계속하는 장마가 멎기를 기다리면서 좀 쉴 필요가 있었던 것이다. 그러나 조 승훈은 듣지 않았다. 그는 일본군이 아직도 평양성에 있느냐? 묻고 『하늘이 나에게 큰 전공을 세울 기회를 주는 것이라』고 륙배부터 들었다. 우리측에서는 더 만류할 수 없었다. 또 그만치 명나라 군사의 위력을 믿기도 했던 것이다. 평양 성내의 지형을 모르는 명나라 군사를 향도하기 위해서 우리 군사 四백명을 주었다. 이때 일본군은 밤에도 성문을 닫지 않고 있었다. 그것이 일본군의 대만인지 혹은 속임수였던지는 알 수 없다.

조 승훈은 사유(史儒)라는 부장을 선봉으로 하여 밤 三경에 한히 열려 있는 칠성문으로 쳐들어 갔다. 선봉군은 대동관 근처까지 돌입했다. 그때까지도 잠잠하고 있었던 일본군이 일제 사격을 하면서 좌우 골목에서 쏟아져 나왔다. 탈려 나온 일본군은 모두 귀신의 상판과 사자 대가리 같은 탈바가지들을 썼다. 마침 흰히 밝아 오는 새벽이라 그런 요물 흡물들이 쓸어나오는데 우신 명나라 군사의 말들이 놀랬다고 기록들에는 씌어 있다. 미처 날뛰는 말들은 헤어기하기에는 기리가 너무 비좁아 있다. 삽시간에 혼란이 일어, 났다. 선봉장 사유 이하 장 세충(張世忠) 마 세륭(馬世隆) 등 점령들이 진사했다. 형세 불리하다고 본 조 승훈은 만머리를 돌려 퇴각하기 시작했다. 보통문 밖은 농할 대로 농한 무논관이라 대밀을 호로려 퇴각하는 명나라 기마대의 행동은 더욱 부자유로웠다. 여기서 명군은 三분지 一의 병력을 잃으면서 계속 퇴각하지 않으면 안 되었다. 일본군은 승승장구의 기세로 二〇리 밖에까지 추격해 나갔다. 그러나 일본군은 이때에 뜻하지 않았던 반격에 부딪쳤다. 우리 관군이 부산(斧山) 앞 고개애 결진하고 있었던 것이다. 여기서 날이 지물 매까지 겨전이 벌어졌다. 우방장 김 응서가 직접 지휘하는 우리 관군의 치렬한 반격을 받게 된 일본군은 많은 시체를 버리면서 다시 평양성으로 쫓겨갈 밖에 없었던 것이다. 이때 김 응서는 백마(白馬=그는 상제였으므로 흰 말을 탔다)를 몰아 바로 성밑에까지 추격하면서 많은 적들을 베였다.

조선군의 엄호에 의하여 일본군의 추격을 면한 조 승훈은 그 다람으로 압록강을 건너 돌아 가고, 이러한 사태를 알게 된 왕과 조정 신하들은 락담했다.

그후 십여일만인 八월 초하루날이었다. 앞서 말한 부산한에 집결해 있었던 우리 관군이 도원수 김 명원과, 도체찰사 리 원익, 조방장 김 응서 등의 지휘하에 평양성을 공격했던 것이다.

이 진루 역시 비록 실패는 했으나 그 의의는 큰 것이었다. 그 경위로 보아서 실패할 밖에 없었던 것도 사실이지만, 그러나 우리는 여기서 앞으로 락관할 수 있는 새 정세를 찾아 볼 수 있었던 것도 사실이었다.

실패할 밖에 없었던 리유는 대략 다음과 같은 것이다. 첫째로 우리 병력에 맞지 않는 전법을 취했던 것이다. 이때 우리 관군이 평양 주변에 새로운 병력을 집결하기 시작은 했으나 아직은 평양성 내의 적은 포위하고 일대 공성전(攻城戰)을 전개할만한

려량은 못 되었다. 그렇다면 모름지기 직의 익힌 고

려를 끊고 불의 습격을 하여 성내로 돌입한 거나, 그

멈지 않으면 직을 유도해서 우리 편에 유리한 지점

에 몰아 넣고 치는 등의 기습전을 했어야 한 것이었

다. 그러나 그렇지 않고 처음부터 정공법을 취했던

것이다. 즉 론른한 성벽을 의지하고 있는 적의 대

병력에 대하여 이편에서는 적은 병력을 가지고 그나

마도 허허벌판인 보통벌에 들어서서 평양성의 四대

문 중에도 적이 가장 방비를 엄중히 하고 있는 보통

문을 떡주에 정면으로 치기 시작했던 것이다. 그것

은 확실히 무모한 전법이었다. 성내의 적은 기다리

고 있었다.는듯이 자기의 충병력을 집결하여 반격을

시작했다. 적의 조총탄은 우박 같이 보통벌을 덮었

다. 우리 군사들은 그같이 불리한 처지에서도 용전

분투한 결과 성밖으로 반격해 나온 적의 한 부대를

섬멸할 수 있었다. 그러나 적의 대병력으로써 방

비하는 보통문을 격파할 수는 없었다. 전루는 늦

도록 계속되었다. 마침내 대부대로 반돌겨해 오는

적에게 저지 않은 타격을 받으면서, 우리 관군은 퇴

각하지 않을 수 없었던 것이다.

이때의 작진 그 자체도 문제였거니와 그보다도 우

티 관군은 좀 더 인내성을 가지고 시간을 리용했어

은 어려까지나 우리 편이라는 것을 알아야 했을 것

이다. 이대의 일본군은 이상 더 진격할 수 없는 처

지에 있었던만치 시간은 우리의 력량을 강화하는 데

이바지했을 것이요, 그 반대로 평양성 내에 있는

일본군은 날이 갈수록 군물은 해이하고, 사기는 저락

되고, 염병은 류행하고, 군량은 소비될 정세에, 있었

다. 아닌게 아니라 종당은 그렇게 되었던 것이다.

이같이 정세의 성숙을 기다리지 않고, 서둔 때문에

실패는 했으나 우리 관군 장병들이 그렇게 서두들

수 있었다는 것만도 크게 긍정적인 의의가 있는 것

이다. 즉 일단 꾀밑되다 싶이 했던 우리 관군 진용

의 채정비와 아울러 그 사기의 앙양을 볼 수 있는

것이다. 십여일 진에 퇴각하는 조 승훈의 군사들

엄호하고 일본군의 추격을 중도에서 겨퇴할만치 자

기 진용을 재정비한 우리 관군은 한 걸음 더 나가서

는 우리의 힘만으로도 능히 평양성을 탈환할 수 있

다고 생각했던 것이다. 결과는 비록 실패였으나 그

동기는 어베까지나 긍정적이었다.

또한 가지 거대한 의의는 이 때로부터 우리 군관

의 력량이 커진 것은 알게 된 소서행장군은 이상 더

북으로 진출하기는 용이한 일이 아니라고 생각하여

합부로 나오지 못하게 된 것이었다.

이렇듯 앙양된 사기는 앞으로 七년이라는 오랜 세월에 걸쳐 만한 수 없이 엄혹한 시련을 겪어 가면서도 끝끝내 우리의 힘으로써 침략자 일본 사무라이의 군대를 우리 조국 강로에서 소탕할 수 있었던 우리 력량의 맹아 중의 하나였던 것이다.

ー그러나 압록강변에서 언제나 한 발을 저겨디디고 있던 왕과 그의 측근자들은 그 패보에 오직 진전궁궁했을 뿐이었다. 그 결과만을 보고 떨었던 것이다. 실록(리조실록)에 의하면 이 무렵에 의주 행재소에서는 다음 같은 군신간의 대화가 있었다.

윤두수 왈「지금은 민심이 저으기 안정되여 영유(永柔) 등지에서는 백성들이 다 집으로 돌아와서 호미와 보섭으로 병쟁기를 만들고 있습니다.」

왕 왈「평양에 있는 왜적들이 더는 나오지 않으니 무슨 까닭일가?」

윤 두수 왈「왜적이 집을 내서 못 나오는 모양이올시다.」

왕 왈「여는 그렇게는 생각하지 않는다. 왜적들은 필시 어떤 간특한 계책이 있어서 가을 선기가 나기를 기다리는 것이 아닐가?」

이러한 것이다.

이때「민심이 저으기 안정되여」「호미와 보섭으로」칼과 창을 만드는 것은 비단 영유 등지의 백성들만이 아니었던 것은 물론이다. 앞서도 말한 바여니와 이때만 해도 번쌔부터 의병을 일으켜 싸우기 시작한 홍의장군 곽 재우를 비롯하여 조 헌, 김 천일(金千鎰), 홍 언수(洪彦秀), 홍 계남(洪季男), 고홍익(曹好益), 림 중량(林仲良), 정 문부(鄭文孚)갈은 의병장들이 八도 각처에서 일어 났었고, 그 막하에서 싸우는 사람들은 실로 방방곡곡에서 호미와 보습으로 칼과 창을 만들어 가지고 나선 농민들이 대부분이었다. 그러나 나라땅 한 끝인 의주에서 이런 정형을 잘 모르고 있는 왕과 그 측근자들은 언제 또 일본군이 진격해 올는지 모른다는 의구로써 오직 불안했을 뿐이었다. 그런 중에도 여전히 동이니 서이니 하는 당쟁을 일삼는 조신들 름에 끼어 있는 왕은 외롭기조차 한 처지에 있었다. 그러한 처지의 왕이 서산 대사에게

「이같은 난세를 네가 히 진질 수 있겠느냐?」

한 것은 결코 야유가 아니었던 것은 물론이다. 이러한 왕의 말에

「네, 전국의 승도들로 하여금 그중의 늙은 자들은 재 처소에서 불전에 향을 사르고 천우신조를 빌게

하고 외의 건장한 중들은 다 전장에 나가서 충성을 다하도록 하겠습니다.』

서산은 이같이 대답했다. 이때 그의 등뒤에서 자기스님의 대답을 듣던 사명당은 혼자 머리를 끄덕이고 또 내심으로는 싱긋이 웃기도 했다. 스님이 이때까지 자기가 해온 일은 말하지 않으면서도 사실이 없는 말을 하는 데 탄복했던 것이다. 다른 사람이라면 탄복하기 전에 우선 『로회한 늙은이!』 했을는지도 모른다.

부처 앞에 분향하고 축원하는 것으로써 순순히 물러갈 왜적이 아니므로 서산은 건장한 중들에게는 병장기 쓰는 법을 익히게 하고 그여의 늙은 중들은 민간으로 내보내서 쇠붙이를 걷어 들이도록 해왔다. 모아들인 파쇠는 동금강암에서 창과, 칼과, 철퇴와 살촉이 되였다. 그것이 지금까지 해온 일이요 또 앞으로도 그럴 것이였다. 그러면서도 서산이 그렇게 대답한 데는 까닭이 있었다.

서산에게 물은 왕의 말에는 그때도 역시 많은 중들이 있는 만치 시산 대사가 그들을 불러 모아서 승병을 일으킬 수 없겠느냐? 하는 뜻이였던 것은 물론이고 그 밖에도 또한 다른 뜻이 없지 않았던 것이다. 다른 뜻이라는 것은 도통한 분승으로 이름 높은 서산대사가 불전에 기도를 올림으로써 천우신조를 빌어서 왜적을 물리치고 이 국난을 면할 수 있지 않을까 하는 기대였다.

외적의 침략이 있을 때마다 천우신조를 빌기 위해서 불전에 기도를 올리는 풍습은 고려 중엽으로부터 더욱 숭상해 온 일이다. 이때의 왕 선조의 말에도 그런 의사가 없지 않아 있었으므로 서산의 대답이 그랬던 것이다. 그 대답이 사실과는 좀 다를만치 거짓말이라거나 또는 상대방을 좀 얕잡아 한 대답이라고 할 수도 있다. 그러나 앓는 아이의 배를 쓸어 주면서 『내 손은 약손이다』 하는 어머니들의 말에 속임수나 궤흉이 있다고는 할 수 없을 것이다. 서산대사 뿐 아니라 선승이란, 대개 저 자신 존대하거나 거만하지는 않으면서도 누구나 사람을 어린아이로 보는 경향이 없지 않았다. 그것은 세속적인 욕망을 버린 메서 얻은 배짱이라고도 할 수 있는 것이였다.

왕은 서산의 그러한 대답에 만족했다. 그는 서산을 『도총섭』으로, 사명당을 『부총섭』으로 임명하고 동시에 각도 방백들에게는 승병을 홀시 말고 떳떳이 대우하라는 명을 내렸다. 이때의 왕은 사명당에게 환속하기를 권하기도 했다.

벌써부터 서산 대사 문하의 준총으로 글 잘하고,

덕행이 높은 선승으로 이름이 떨쳤던 사명당은 당

시 四九세의 장년으로서 八척 장신에, 괴걸한 풍모를

가진 위장부였다. 우선 그 형형히 빛나는 눈과, 준

수한 코와, 그리고 또 윤이 흐르는 길고 숱한 수염만

으로도 헌헌 대장부의 기백이 넘치는 듯 했다. 그

수염은 그의 유명한 『削髮逃塵世, 存髥表丈夫』라는

말로써 설명되는 수염이었다. 즉 속세를 피하기 위

해서 머리 까고 중이 되기는 했으나 자기는 역시 한

대장부이므로 수염만은 길렀노라는 것이다. 그러한

위장부 사명당이 언제나 읍하고 모시는 그의 스님

서산은 비교적 잔작한 편으로 오직 깨끗이 세인 눈

섭뿐, 수염도 없었다. 모르는 사람이 그의 풍채만

으로 보아서는 사명당이 서산의 제자라고 하기 섭지

않을는지도 모른다.

전해오는 이야기에는 이런 것이 었다. 이때로부

터 一五—六년전— 사명당이 묘향산으로 들어 가서 처

음으로 서산 문하의 제자가 되였을 때의 일이다. 둘

이서 어덴가 먼 길을 가게 되였다. 제자의 예로서

그때도 사명당은 스님의 뒤를 따라 가고 있었다. 그

뿐 아니라 서산의 뭇까지 겸한 무거운 길량식 짐을

저야 했다. 날씨는 무덥고 산길은 험했다. 진력이

난 사명은 『요 맛 늙은이가 스님이루라구!』속으로

뿌정을 했다. 자기와 비하면 졸소한 편이기도 한 서

산이 눈에 차지 않기도 했으려니와 『스님이루라고』

짐을 나누어 질 생각도 않는 모양인 서산이 미운 생

각도 들었던 것이다. 가다가 어느 령마루에서 쉬고

난 때였다. 사명당이 다시 짐을 지려고 할 때

『너는 네 갈대로 가거라』

하는 뜻밖의 서산의 말—사명당은 놀랬다.

『왜 그러셉니까?』

『네가 네 맘을 들여다 보면 알 일이지 물을 것이 있

느냐』

이러한 서산의 대답에 사명당은 다시는 그런 맘을

안 가질러이니 한번만 용서케 달라고 빌었다는 것이

다. 이 이야기는 서산이 남의 마음속까지도 깨보

는 『타심통』이라는 신롱력을 가졌었다는 중거나 갈

이 전해 오는 이야기다. 하룩 그런 『타심통』이 아니

라도 괴걸하게 큰 사명당이 속으로 투정을 할 때 저

도 모르게 나온 콧방귀 소리만으로도 그만 눈치는

누구나 다 챘을는지 모른다. 어쨌든 사명당은 그만

치 장대한 편이였다. 시작한 김이라—ㄷ 다음 갈

은 이야기도 있다. 언젠가 어느 마을에 내려 갔을

때의 일이였다. 닭알을 외벌줄로—쌓는—도승들이 왔

다고 하여 마을 사람들이 닭알을 여러 꾸러미 가지고 모여 왔다. 닭알을 우에서부터 내려 고인다는 서산대사의 재간은 구경하고 싶거는 하나 하도 보이는 로승이라 그런 청을 할 수가 없어서 치가리는 것이라도 구경하자고 그 제자에게 청했다. 사명당은 캐히 「그러마」 했다. 그리고는 닭알을 하나하나 깨개서 입에 멀어 넣기 시작했다. 사람들어 아차아차하고 보는 동안에 몇 꾸머미를 다 삼킨 사명당은 마침내 손운 들어 배에서 목까지 곰을 고어 보이며 「이 속에 다 가렸다」고 했다. 사람들은 닭알 몇 십알을 단무릎에 삼키는 것만으로도 회한한 재간 같이 구경했다는 이야기다.

사명당은 술을 말로 마실 수도 있고, 한 마리 돼지를 먹을수도 있었다. 이런 점으로 사명당은 중 갈지 않은 중이였다고도 한다. 그러나 자기 스님의 그밥자도 밟지 않도록 삼가며 서찬 결에 모시는 양을 보면 그 팔척 장신의 위장부가 마치도 어버이 겥에 감겨도는 어린 자식 같이 귀여운 때가 보이기도 했다. 그런 때의 서산에게서는 더욱머 어쩔 수 없는 무게가 느껴지기도 했다. 그 재롱만한 바위도 온 군 셋명이도 그렇게 무거울 수는 없을 것 같았다. 하나의 이끼 몬친 달망진 바위— 그러면서도 그는

젊은 재자 사명당보다도 더 풍부한 편이였다. 눈물도 웃음도 있는 바위라고 할가? 사명당은 편 대범한 편이였다. 로서산은 다감한 서정시인이였고, 장년 사명당은 산문가요 정론상인다. 도도 수천어로 조금도 꾸김 없이 자거 주장을 내세우는 유세객일 수도 있었다. 왕 선조는 그러한 사명당에게

「네가 머리를 기르고 세상에 나온다면 나라에 중히 쓰이리라.」

고 하여 한속을 권했던 것이다. 이때 사명당은

「중이 나라의 백성이므로 신은 역서 한 중으로서 충성을 다하겠습니다.」

이런 대답으로써 환속하기를 거절했다. 서실 그는 중 그대로 七년간에 걸친 국탄에 헌신적으로 싸우고 일했다. 이듬해인 게사년 四월에 서울을 회복한 후부터는 년로한 서산을 대신하여 도총섭이 되었고 마침내는 일국을 대표한 의교가 되였던 것이다.

임진란 후 풍선수길의 뒤를 이어 일본의 정권을 잡은 도,꾸께와 이에야스(德川家康)의 간청에 의해 서선조 四〇년(一六一六)에 강화조약을 체결하게 된때 죠선 대표로서 일본으로 건너간 사명당이

그 얼마나 우리 나라의 위신을 선양했던가는 너무나 유명한 이야기다. 일본은 침략 전쟁을 일으켰던 잘 못을 사죄하고, 다시는 그런 일이 없으리라는 것을 약속하고, 사명당의 요구대로 전쟁중에 붙들어 갔던 우리 사람들을 다 돌려 보내지 않을 수 없었던 것 이다.

우리는 『임진록』에서 사명당이 일본 갔을 때의 이 야기를 진진한 감흥으로써 읽을 수 있다. 서산 대사 와 사명당이 도통한 중이었다고 일러 왔던만치 『도 술』이니 『진술』이니 하는 것에 가탁해서 그 작가가 좀 지나치게 상상력을 발동시켜 꾸민 이야기 (물론 그 렇기 때문에 『임진록』이 『임진록』다운 맛이 나는 것 이지만)도 없지는 않으나 그러나 일국의 대표로서의 사명당이 그 얼마나 당당했던가를 우리로 하여금 가 히 짐작케 하는 것이다. 그 중에 조선 사신을 취맥 하기 위해서 일본 사람이 길가에 쳐놓은 백간 병풍 의 글을 사명당이 말을 타고 지나가면서 한번 읽어보 고 다 외웠다는 것 같은 것은 실지 있을 수 있는 이 야기다. 그것은 물론 한문이였을 것인데 그 당시의 일본에는 아직도 저의 것으로써 백간 병풍을 채울만 한 글이 없었다고 해도 별로 섬수될 것은 없을 것 이다. 그러니만치 그것은 필시 사명당이 이미 잘

아는 한문이였을 것이다. 물론 그 글을 다 외울 수 도 있었겠지만 한간 접혀 있는 데는 일부러 맥고 외 웠다는데 사명당의 기지를 썽색나게 묘사한 작자의 필치의 묘미가 더 나타나는 것이다.

이런 이야기도 전해 온다. 그때 사명당을 영접해 들이는 정문에 『是門』이라는 현판이 붙어 있었다. 말을 타고 그 앞에까지 갔던 사명당은 그 현판을 떼 지 않으면 들어 가지 않겠노라고 했다는 것이다. 그 까닭은 『是』자를 파자하면 『日下人』이 된다. 『日』자 를 일본의 뜻으로 보면 일국의 대표가 그런 문으로 드나드는 것은 굴욕이 아닐 수 없는 것이다. 그렇 지 않고서는 『是門』은 무의미한 것이다. 아닌게 아 니라 깡그러운 생각으로 그 장난을 했던 일본 사람 들은 황겁히 그것을 내리지 않을 수 없었다는 이야 기다. 이역시 있을만한 이야기다.

있을만한 이야기가 아니라 정말 있었던 이야기를 하나 더 하자.

임진란 중기에 사명당은 울산(蔚山) 근처에서 왜 장 가등청정이와 몇번 만난 적이 있었다. 이때의 일본군은— 게자년 四월에 서울서 쫓겨난 후부터 이 미 기세가 꺾이고 찌부러져서 남쪽 한 모퉁이 울산 동래 근처에 구겨박혀 있던 때였다.

사명당은 가등청정아와의 교섭을 비롯하여 이때부터도 한 외교가로 활동하기는 했으나 그 목적이 결코 일본군과 강화를 하기 위한 것은 아니였다. 그는 일본군이 우리 조국땅을 한치라도 깔고 있는 한 적과의 강화는 있을 수 없다고 주장했던 것이다. 우리는 그의 란중 일기인 『분충서난록(奮忠紓難錄)』에서 가등청정이와 주고 받은 필담 중에서 다음과 같은 일절을 찾아 볼 수 있다.

『汝等敢寇我邦之端皆出於行長義智等我國之人雖三尺之童皆切齒欲食其肉雖我國盡滅於汝等之手萬與汝講和』

『너희가 우리 나라를 침략하게 된 것은 모두가 소서행장파 평의지 때문이다. (이것은 가등청정이와 직접 하는 말이기 때문에 이렇게 한 말일 것·이다) 우리 나라 사람은 비록 삼척동자라 할 것지라도 모두다 이를 갈며 그자들의 고기를 씹고저 하기를 우리 나라가 비록 너희놈의 손에 망하는 한이 있더라도 너희 일본과 강화라는 것은 있을 수 없다』이런 뜻이다. 그러므로, 사명당이 가등청정이를 몇번 만나려 갔던 것은 주로 저의 정형을 살피기 위한 것이였다.

한번은 가등청정이가 물었다. 『당신네 나라에서 가장 귀한 보배로 치는 것은 무엇인가?』이에 사명당은 『현재 우리 나라에서 보배라고 할 것은 그대의 머리다』라고 대답했다. 눈이 휘둥그래진 가등청정이 물었다. 『어째서 그런가?』『그대의 머리에 수천금의 상금이 붙었으니 그 아니 보배라 하겠는가.』이러한 사명당의 대답에 가등청정은 쓰게 웃었다는 것이다.

이런 일화는 사명당의 그 호탕하고 뢰락한 인품을 방불케 하는 이야기다.

한화휴제— 본줄거리로 돌아 가자.

왕명을 받아 八도 승병 총대장이 된 서산은 베로소 정식으로 전국 승려들에게 의병을 일으키라는 문을 발표하고 자기 자신은 부총섭 사명당과 한께 순안 법흥사에서 기의(起義)하는 선서식을 거행했다. 서산이 왕명을 받기 전에는, 또 왕이 각도 방백들에게 승병을 떳떳이 대우하라는 령을 내리기 전까지는 승병은 합법적이 아니였다. 어간의 사정은 알 수 있는 문건들이 있다. 이미 말한 바 서산의 사신을 받고 충청도에서 일어 났던 승병의 통문 중에는 다음과 같은 구절이 있었다.

『우리들이 일어난 것은 조정의 명령이 있어 그런 것은 아니다. 만일 죽음을 저허하는 마음이 있는 차

는 우리 군사에 들어 오지 말라(吾等超非有朝廷命令若有畏死之心者勿入吾軍=임진 八월 二六일)

즉 참법적이 아니었던 것이다. 또 다음 같은 례도 있다. 강원도 도순찰사의 종사관 겸 초모대장(招募大將)인·홍 린상(洪麟祥)이가 관군을 모집하는 롱고문 가운데는

『…애비도 없다, 임금도 없다 하는 중들까지도 분기하여 무리를 모아 가지고 왜적을 치고 있거늘 항차 우리는 선비요 또 례악(禮樂)의 가르침을 멱감듯 하여 군부(君父)에 대한 대의를 조금은 안다고 하는 우리들일가보냐』

이런 문구도 있었다.

이러한 시기에 서산 대사가 八도 一六종 도총섭으로서 발표한 겨문은 큰 영향력이 있었다. 이때까지 세상사를 모른다하고 산속에 들어 앉아 례불을 일삼던 중들도、목탁을 치며 동냥하던 중들도 모두가 장삼을 군복으로 갈아 입고 륙환장을 창칼로 벼러 들고 전 민족적으로 일어난 진충보국의 성스러운 조국 진선으로 달려 나오게 되였던 것이다.

43· 달밤의 초금 소리

아무리 늦된 벼라도 그 전에 이삭이 패기만 하면 먹는다는 백로(白露=七월 二九일)가 지난지도 벌써 머칠째다. 보통별은 그 머칠 전부터 빛이 달라졌다. 이삭 팬 벼꽃으로 푸른 물결 우에 새로운 한 색갈을 더했다. 또 다 행히도 이때부터 궂은 장마가 걷기 시작했다. 구름은 회여지고 푸른 하늘이 드러나기 시작했다.

한가위 가까운 중추 긴긴 밤이 얼마나 깊었을가. 잠들었던 서산은 자리에 닿은 한쪽 몸이 배겨서 일어나 앉았다. 잘때는 끄리라고 했던 등잔불이 아직도 감실거리는 나무 화대 뒤의 창에는 알아볼 수 있게 달빛이 푸르렀다.

옆방에서는 문풍지가 우는 듯 련해 드르렁거리는 소리가 들린다. 사명당이 코를 고는 것일게다. 사명당은 그동안 숭병들이 나뉘여 있는 근처의 절과 암자로 다니면서 그들이 무예(武藝)를 익히는 것을 동목하다가 오늘 낮에 돌아 왔다. 그 드르렁 소리에 다시 잠들 것 같지 않은 서산은 부러운 생각도 들었다. 뼈가 옹굴고 살이 두터워야 잠도 깊이 드는 법이다.

감실거리는 불빛에 머리맡에서 번들거리는 것이 있었다. 무쇠로 부어 만든 투구였다. 그것은 지

금여（?）개의 대장간을 차려놓고 병장기를 만드는 중인 동금강암에서 사명이 손수 도본을 내서 만들게 한 것이다. 도본은 어떤 것이었던지 모르나 정작 된 물건은 투구라기보다 한날 투박한 무쇠 바가지였다. （이것은 지금도 묘향산 보현사에 보존되여 있다.）

서산은 한참 쯤 전에 보롱별 한가운데서 만수대 성첩우로 말을 달려가는 왜장을 바라보았던 생각이 났다. 서산은 그것이 소서행장이였다는 것은 모른다. 단지 그 금빛 찬란한 루구모써 지위가 하낫지 않은 적장이라 짐작했을 뿐이다. 번쩍이는 그것이 한갖 장식이라면 저 루박한 것이 오히려 접전장에서 소용되는 루구라고 할 것이였다.

사명당은 그것을 쓰고 한아름 되는 수염 속에서 웃으며 혹시 서산 스님도 소용된다면 하나 더 만들겠다고 하면서 두고 간 것이다. 그것만이 아니라 지금 코를 골고 있는 그의 방에는 큰 검과 동다리 군복아 갈게 절려 있을 것이다. 그 군복과 검과 저 무쇠 투구만으로도 서산은 사명아 더욱 미쁘게 생각 되였다. 五○이 다 된 제자 사명이 귀엽게도 생각 되였다. 이 늙은 스님은 저렇듯 무기운 쇠투구를

쓸 수도 없을 것인고 ── 구해다 사명아 있차 않은

가! 하는 서산은, 앞으로는 접전 또 접전 ── 이제 얼마 안 가리운 추수부러도 싸움이 없이는 안 될 것으 묘 생각해 온 군심도 저으기 덜리는 듯했다. 창에 비친 달빛이 더욱 밝아진 것은 본 서산은 정산 입고 가사를 수하고 지팽이를 듣고 밖으로 나섰다. 바자문 밖의 맑은 이슬방울이 맺힌 풀숲에서 들리는 벌레소리 역시 그 령롱한 이슬방울 갈이 맑고 야무진 소리다. 우러러보는 달로 밤은 그리 깊지 않은 모양이다. 초협한 걸을 지나 넓은 마당 한 기슭의 버드나무 아래로 들어 섰다. 은빛 알색인 달빛에 천지간의 모든 것은 신그럽게 정화된듯 아름답다. 정신도 해락했다.

서산은 지팽이를 버드나무에 기대놓고 고요히 눈을 감고 남쪽을 향하여 합장했다. 그는 지금 리 순신 장군을 넘(念)하는 것이였다. 주 리 순신 장군의 잔충보국하는 그 애국지성에 머리를 숙이고 그대게 친우신조가 있기를 넘원하는 것이다. 그러기 위해서 서산은 나왔던 것이다.

진번 의주 행재소에 갔을 매 류 성룡에게서 리 순신 장군의 혁혁한 공훈을 들은 서산은 지금갈이 칭정한 때마다 합장하고 넘하기를 잊지 않았다. 이때 서산은 홀랐지만 처편 동구앞 갈섶에서도 역시 남쪽

을 향해서 합장하는 사람이 두셋 있었다。서산은 모든 사람에게 다 그렇게 하도록 일러 왔다。이 밤에 마을 주변을 기찰하던 그들은 지금 서산이 합장하는 것을 보고 따라하는 것이었다。

서산은 리 순신 장군을 본 적은 없었다。그러나 지금도 속으로

「장할시고―!」

하는 그의 눈앞에는 성실하고、슬기롭고 용감한 리 순신의 풍모가 보이는 듯도 했다。이런 때의 서산은 자기가 왕명을 받은 八도 승병장이라는 것을 잊어버린다。오직 조선 사람의 순후한 심정일 뿐이었다。

다시 지팽이를 들고 동구 가까운 버드나무 밑으로 갔을 때 쿵쿵하던 절구질 소리가 멎고 녀인들의 말소리가 들린다。

「―세 화채나 쑬었는메두 쓰레미가 잘 안 나니 웬일일가。」

「아마、잘 마르질 않았던가부웨다。」

칠성이네 집 바자 안에서 나는 그 말소리는 하나는 김 첨지 마누라요、하나는 차돌이 어머니였다。지금 서산은 이곳에 남아 있는 아낙네들의 음성까지도 가려들을 수 있었다。

「한 화썩이나 더 쓸구는 그만두자구。」

김 첨지 마누라의 음성。그러자 키질 소리가 잠

「왜요?」

하는 것은 보채였다。

「안타깨 남 같이 살아 볼래다가 못 살구 죽은 진 불쌍해두 나 이러는 걸 보면 넜이라두 한이 없갔소。」

또 김 첨지 마누라의 음성。그 동닿지 않게 하는 말소리는 금시 처량했다。

「아니 원! 별말씀을… 절구질이나 좀 하는걸가지구…」

차돌이 어머니가 만을 받았다。

「어룸내― 가내― 또 이번엔 밤도와 비기까지 하실래게 댁의 아즈바니가 수굴 하십데다。」

「우리야 앞실집에서 한우물 물 먹구 살지 않았소。형님이랑 이애 기랑이야 언제 알기나 했다구。그런데두 그 제사쌀을 이렇게 정성을 들이너니! 이제 칠성이 엄마 와서「자 제사 쌀 다 해놨셰」하구 내놓면 옥백미에 아마 눈이 번쩍 띨기웨다。」

칠성이 어머니는 넘은네 아이들을 베리고 동금감암으로 이사해 간지 오래다。그동안 그 집의 오려논은 김 첨지가 도말다 싶이 김매고、둘회 추고、물

고를 보아 오다가 오는 추석에 칠성이 어머니가 와서
제사를 지낼 수 있도록 밧…… 베어서 나락을 떨기까
지 했던 것이다.

한동안은 싸르락 싸르락— 까불고 일고 하는 키질
소리뿐.

흰 달빛에 명암이 분명하게 고요히 드리
운 버드나무 그림자 속에 서 있는 서산은 맑은 밤기
운에 풍기는 구수하고도 청신한 햇쌀겨의 냄새를 느
낄 수도 있었다.

『얘기, 그럼 몇 확 더 쓸가?』

아까 『왜요?』했던 보패의 말에 이제야 대답하듯
이 김첨지 마누라가 묻는다. 그러자 또 키질 소리
가 멎으며

『그러면요. 좀 더 쓸어야지요.』

하는 보패의 대답. 이때 문득 피리 소리가 나는
듯 했다. 뒷산 숲속에서였다. 피리가 아니라 초금
소리다. 잠시 붇다 만고 뱃뱃이 선 풀잎인가 나무
잎을 청을 내는 모양인지 찰삭찰삭 치는 손바다 소
리가 몇번 난 후에 또 불기 시작한다. 피리 소리
못지않게 맑고 경묘한 초금소리는 퍽 대절한 가락
이였다.

『누군고?』

귀를 기울인 서산은 허심히 감탄했다. 가락은 차

차 애절한 도를 지나쳐 구슬퍼 갔다.

『아이구마니너! 그 소리 정말 구성지네.』

바자 안의 김 첨지 마누라도 감탄한다.

『기— 누군가?』

『글쎄요. 우리 아이는 낮에 ○○고 생원님 (고 충경)
따라서 룡악산 절엘 갔는데요.』

웬 까닭인지 차돌이 어머니의 이런 대답은 변명
같기도 했다.

『옳아— 그럼 승겸술 대산가부웨다.』

『법군이 대사 말이요?』

『그래, 그 대사두 초금(초금)을 잘 분다구 하던
베.』

『……』

『달은 다자구 밝구… 풍끼가 좀 있는 데시라더니
정말 싱숭생숭한게로군. 뉘집 애길 바람넬라구 저
러노.』

또 이런 덜을 하는 김첨지 마누라가 좀 잼잼이
없이 입이 싼 편이기도 하지만 아닌게 아니라 그 초
금 소리도 소리였다. 남의 속을 후비듯이, 잡아 뜯
듯이 애끊게 겨절한 몇 굽이를 넘어 이제는 히히자
탄으로 흐느껴 우는 듯도 했다.

『법군이 놈이?』

「…뭐야, 이 모주리 모가질 몰려 앉힐 놈들— 량반? 선비? 네놈들만이 부물 알구, 나라 생각을 한다구? 천만에. 되지 못한 수작 좀 작작 하란 말이다. 이 놈 들아—」

지팽이 끝에 두 손을 얹고 은실 같은 눈섭으로 눈을 내려 덮고 귀를 기울이고 섰던 서산이 속으로 중얼기렸다. 잠심해 듣는 귀에 거슬리도록 이쪽의 키질 소리는 더욱 자주 싸르락거린다. 남이야 귀 기울여 듣던 말던 저만은 아랑곳 않는다는 듯한 키질갈기도 했다. 혹여 잽잽이 없는 김 첨지 마누라의 맘에 수집고 노염이 나기도 한 처녀의 일솜씨일가? 일고 까불고 또 일고— 초금소리를 지워버리려는 것 갈기도 했다. 초금 소리는 더욱 구슬펐다.

서산은 부지중 한숨을 지었다.

「달빛이 하도 맑으니 저도 한번 맑은 음률을 내본다는 것만은 아니드냐? 그렇다면 저것이 얼마나 맘고생을 하는고—」

이런 생각에 눈을 감고 머리를 혼든 로숭은 자기처소로 지팽이를 옮겼다.

가물기리는 등잔불 앞에서 가부좌를 결듯이 책상다리를 하고 앉은 한편 무릎을 까지낀 두 손으로 끌어안고 고요히 눈을 감고 있던 서산은 문득 어베선가 고래고래 고함을 지르는 소리에 눈을 떴다. 분명히 법군이의 음성이였다. 혹시 추정을 하는 것이나 아닌가? 이집저집에서 문이 여닫기며, 소리 나는 쪽으로 가는 모양인 사람들의 발소리도 들린다.

뒷산 중턱에서 장삼 앞섶을 풀어헤치고 한손에 긴겸을 짚고 큰 돌 우에 버티고 걸터앉은 법군이는 고래고래 웨치는 소리로 이런 말을 하고 있었다. 나무가지 사이로 비껴드는 푸른 달빛에 그의 놈은 불구슬 같이 번쩍이였다.

「옳다— 너희 놈들의 수작마따나 나는 부모를 모르는 중놈이다. 어려서 부모를 다 어였던 말이다. 그래서 어미 애비 없이 자라난 이 법군이는 세상의 따뜻한 맛을 모른단 말이다. 그래서 부모 생각이 더간절하단 말이다.」

또 이렇게 울부짖는 그의 말마디에는 랭랭한 밤기운에 한줄기 열탕을 쏟는 듯 화끈한 입김과 독한 술냄새가 풍기였다.

「이사람, 법군이—」

나무숲 속에 모여 섰던 사람들 중에 돈 정신이가 나서며 법군이를 달랬다.

「밤이 깊었는비 그렇게 떠들면 일왈 서산 로정이 적청하실거 아닌가. 이젠 그만하라구.」

그러나 법군이는 그런 말이 물리지도 않고 또 제 앞에 누가 있는 것 같지도 않은 모양이였다.

「…그런데 양반, 선비, 너희 놈들만이 부모가 중하구, 나라가 중한 줄 알아? 너희만이 대의명분을 가리구 떼의 렴치를 알아? 천만에, 천만에, 이 나는 말이 다…」

또 이렇게 웨치던 법군이는 잠시 말을 끊고 고개를 떨어뜨렸다가 다시 눈을 들어 나무가지 사이로 비치는 달을 쳐다보며 제 감회를 저 혼자 중얼거리 듯이 한층 나직한 소리로 말했다.

─이 나두─ 너희가 대의를 모른다구 하는 이 중 법군이두 만이다, 부모를 그리워하구, 나라를 위해서 싸우기두 한다. 뭐? 또 떼의렴치 말이냐? 이 법군이는 죽는 한이 있어두 비례의 짓은 안 한다. 비례의 짓이라면 그런 생각두 안 할테다. 나 혼자 품었던 생각만이라두 염치 없는 일이라면 이 가슴 찢구, 이 꼴뚱을 깨버려서라두 안 하두룩 할테다. 그만 둘테야 안 할테야 내 영안 할테야」

이런 말을 한 법군이의 그 번쩍이던 눈에서는 분연듯 두 줄기 눈물이 넘쳐 흐르기 시작했다. 그러자 쓰러지듯이 옆의 나무에 이마를 기대게 머리를 제 주먹으로 치기 시작했다. 사람들은 놀랐다. 서

로 그 까닭을 묻듯이 쳐다볼 뿐 어떻게 할지를 몰랐다. 어떻게 참다가보다두 오히려 그의 앞에 서 있는 것이 안 된듯도 했다. 시금까지 법군이가 웨치고 고함을 지른 것은 누가 들으라는 것도 주정으로 그런 것도 아니요, 오직 남모르게 혼자 제속에 맺힌 무엇을 풀어버리려고 몸부림치는 것으로 생각되기 때문이였다.

「법군아, 너 좀 취했구나.」
하며 이때 주복이가 가까이 왔다.
「그러다 보니 너두 좀 잠부댔구나. 자 일어 서라.」

하는 주복이의 눈에도 눈물이 글썽해진 것 같았다. 그는 아직도 후두두 어깨를 떨고 있는 법군이의 겨드랑이 밑으로 한 손을 넣어 가분가분 껴안고 저의 촌막으로 갔다. 흘어져 가던 사람들은 소나무 밑에 지팽이를 짚고 서 있는 서산의 흰 눈섭을 보고는 마치 자기네가 무슨 실수나 한듯이 주춤주춤하다가 결을에 둘러 내려 갔다. 서산 뒤에는 수염을 한아름 안은 듯한 사명대사도 있었다.
「떠드는 바람에 못 쉬시구 이 추운 밀 나오셨구만요.」

김 첨지는 이렇게 말하고

「거, 뭐, 젊은 사람이 술잔이나 하면 그렇기두 섭습딘. 메라오리」

주복이 아버지는 법근이를 두던해 주듯이 말했다.

44. 앞으로 백성들은 이전 백성이 아닐게다

이름날이었다.

조용한 꿈을 타서 찾아간 사명당에게 주복이가 말한 이야기는 대략 다음과 같다.

우리는 이미 다 아는 일이지만 처음 듣는 사명대사로서는 무척 놀라운 일이 아닐 수 없었다. 법근이가 오욕칠정(五欲七情) 번뇌에 사로잡혀 있다는 것이다. 사명당은 우선 놀랐다. 그리고 크게 노엽기도 했다.

사명대사가 묻는데 기일 수가 없어 말을 꺼내기는 하고도, 주복이는 보매의 이름까지를 꺼들기는 정말 거북하고 난처했다. 싫기보다도 쳐스럽고 두면기조차도 했다. 제 만재간이 좀 날렵하기나 해도 또 좀 나으련만 제 통명스러운 만숨써로써 한통에서 몇달 같이 지내보는 바 그렇게도 단아하고 얌전하고 래절다운 처녀물ー 그 이름만이라도 이런 밤사에 꺼들어 넣기가 주복이로서는 실로 진땀이 날만치 송구한 일이기도 했다. 그러면서도 한끝 안심할 수 있는 것은 법근이가 그렇게 못잊어는 하면서도 언제 한번 그 처녀가 홀로 있는 틈을 타서 찾아 갔다거나 말을 부쳐보았다든가 한적은 꿈에도 없다는 것을 제가 잘 알기 때문이었다. 감히 그럴 생의도 못내느니만치 법근이의 그 번뇌는 더욱더 깊어 갔던 것이다. 제 앞을 지나가는 보패를 감히 눈으로 따라 보지도 못하는 법근이었다. 제 마음을 악귀로 지어먹고 어데서든 한번 조용히 만나서 제 속을 털어 보려면 법근이는 그저 속으로만 곰았다. 독자들 중에는 「무슨 놈의 련애가 그따윌가?」한는지도 모르나 사실이 그런 것을 어떻게 하는가.

그래서 엿애서 보기에 하도 딱했던 주복이는 어제밤에 법근이와 단둘이서 조용히 술을 먹으면서 저 아는 대로 자세한 이야기를 했던 것이다. 우선 히두를 이렇게 냈다.

「법근아, 너 정말 그러지 말아」

「그러지 말라니 뭐 말이냐?」

「너, 우리 지난 단오날 찌름판에 갔다 오다가 석정

「군 바위 앞에서 한 말 안 있니?」

사실 그 후에는 법근이가 주복이한테까지도 보배의 이야기를 한 적은 없었다。 그 맘치 얼마나 더 속으로 품고 있다는 증거이기도 했다。 보배의 이야기를 꺼냈다가 혹시 주복이가 그 롯명스럽고 시룽거리는 말투로 받아 넘기기나 한다면 필경 자기는 큰 모욕이나 당한 것 같이 싸움이라도 하고야 말게 될 것이 두렵기도 했던 것이다。

그래서 하 오래간만에 불쑥 꺼내는 주복이 말에 법근이는 생으로 잡아 떼듯 했다。

「그렇구·말구、여부가 있니? 내가 언제 메라던。」

「메라던 않아두 네 신상 돼가는 꼴을 보다 못던。

내 눈치 코치 없이 미욱은 해두 네 속쯤은 께들구 보는 듯해서 하는 말이다。」

이런 주복이 말에 잡자코 앉았던 법근이는 금시 속이 답답해지는 모양으로 바라지짝을 탁 열어 젖혔다。 쏘아드는 행행한 외기에 가물거리던 등잔불이 파르르 떨리다가 깜빡 꺼지고 그 대신、푸른 달빛이 좁은 초막 안에 가득 흘러 들었다。 한동안 고개를 돌려 묵묵히 달빛만을 내다보고 앉았던 법근이는 문득 앞으로 나앉아 내민 손에 잡히는 대로 나무잎 하나를 뜯어서 (뒷산 나무숲 속에 지은 초막이었다)

초금을 불기 시작했다。 늘 하던 솜씨라 처음에는 그저 손 가는 대로 하나 따서 입술에 붙이고 소리를 내다보니 자연 처량한 제 심정을 따라 구슬픈 가락으로 넘어가게 되는 모양이다。

마을 안에서 쿵쿵거리다 멎은 절구공이 소리대신에 싸르락거리는 키질 소리가 들려 왔다。

주복이는 술보시기를 든 채 명청해진듯이 앉아 있었다。 법근이의 심정을 잘 알고 듣는 주복이는 그 초금 소리에 눈자위가 뜨거워졌다。 법근이는 제대신 나무잎을 울리고 있는 것이다。

「너 이재 그건 웬 소리가?」

나무잎을 뱉어 버리고 도로 술상 앞에 마주 앉으며 법근이가 물었다。

「글쎄、말은 꺼내긴 해서두 잘은 모르갔는데、좌우간—」

주복이는 보시기를 기울이고 나서 독한 소주 냄새가 풍기는 입에다、토장을 적은 마늘 한쪽을 들어뜨리고 말했다。

「보패가 언제든 네 사람은 못 될 사람 같애서 하는 말이다。」

「……」

「난 그렇게 안다。」

「내가 환속율 해두?」

법군이는 무서운 대답이 나올 것을 알면서도 그러나 한가닥 가냘픈 희망에 매달리고 싶은 심정에서 떨리는 소리로 나직이 물었다.

「환속을 하가서? 니 언제부터 그런 생각을 했니?」

주복이는 반색하듯 물었다.

「죽지 않구 이 라리를 치르게 되면 그래 볼가 하는 생각두 해 봤다.」

「거 잘 생각했다.」

하는 주복이는 이 말을 처음 시작할 때와는 달리 기삐 웃으며 말했다.

「넌 백년 충질을 한대두 서산 스님이나 사명당 같은 도승이 되긴 틀린 사람이구、 또 도승이 돼선 뭘 하니。 그러니 중노릇 그만두구 우리 같이 농사하면서 살자」

「나두 그리구두 싶어ー 네 바람。 이제 이 라리를 치르구 나면 세상이 좀 달라두 질게다。」

하는 법훈이의 얼굴에도 화색이 도는 흥분이 있었다.

「달라지다니 어떻게?」

주복이가 물었다.

「이건 내 혼자 생각만두 아니다。 일전에 서산 큰 스님이 사명 스님보구 하신 말씀인데ー 지금 이 지경이 된 나라를 지키기 위해서 피를 흘리며 왜적과 싸우는 것이 누군가 말이다。 우리 백성 아니가ー 량반이뭐라구 잘난 체 하구 떼기리던 놈들은 뭔가 말이다。 너랑 나랑 같이 다 지네보기 아니가。 그렇게두 우리 백성들이 안타까 「평양성을 함께 지켜지이라구 애결두 하구 야단두 했는데 그래두 다 도망질하구 만았거던。 그런데 지금 그래두 이 앞으루 소용될 군량을 보탤라구 왜적과 싸워가면서 이 넓은 벌의 농사를 하구、 이재 또 왜적과 싸울래는 것두 우리 백성들 아니가。 어기 백성를 뿐인가。 조선 八도에서 왜적과 싸우는 건다 우리 백성이거든。 그러게 우리 서산 스님 말씀이 「이 국가요 백성들이 치르구 나면 백성들은 이전 백성들이 아닐게라구」 알갔나? 무슨 만인고 하니 량반놈들이 전처럼 우리 백성을 함부루 천대 수모를 못한 기란 말이다。」

「흥、 어림없다。」

하는 주복이 역시 흥분했다。 그는 팔소매를 걷어올리며 말했다.

「천댄 해? 그 명주자루애 개똥 같은 놈들이? 우리 백성들이 왜 무슨 짜에 그 놈들의 천대 수모를 그냥

「……」

「……」

반진들 하는데? 어림없다.」

그리고는 문득 침묵이 왔다. 조그마한 개다리 소반을 사이에 놓고 마주 앉은 둘이는 연약이라도 한듯 이 뭉청 말을 끊어버리듯 하고 술잔만을 주고 받았다. 피로운 침묵이었다. 물론 이때까지의 이야기는 한창인 두 사람에게는 신바람이 나는 말이었다. 그러나만치 재가 시작한 이야기의 끝을 이제 맺어야 할 것이 더욱 태산같은 주복이는 진땀이 났다. 진땀이 나는 주복이는 제칠테 보배의 반만이라도 한 누이동생이 하나 있었으면 얼마나 좋을가 하는 생각이 실로 간절했다. 법근이는 또 저대로 거북했다. 아니 주복이의 침묵에 절망했다. 속이 끓어버렸다.

「요고! 무슨 술붓기 본때가. 좀 가득가득 붓지 못해!」

주복이가 따라주는 잔이 약간 곯은 것을, 핑계삼아 비력 고함을 질렀다. 그렇게라도 침묵이 깨지는 데 주복이는 용기를 얻었다.

「보배는 차돌이 사람이 되는가부더라.」

「뭐 차돌이?」

하는 법근이는 들었던 술보시기를 상귀에 놓았다.

「그럴거 아닌가. 한동네 앞뒷집에서 자란 처녀 총각이 그렇기두 쉽지 않니?」

하는 주복이는 큰 짐을 부린듯이 한숨을 쉬기도 했다.

「……」

몇 순간 멍청히 앉았다

「너 그런 줄은 어떻게…」

하던 법근이는 하던 말을 끊어버리고

「내가 어련히 알구서 하는 말이 갔게— 그런 것까지 캐묻지는 내가 정말 준정부다. 알갔다. 이 세상에 어느 누가 이 돌충놈 법근이에게다 댐테냐. 더우기 그런 일에야. 허— 내가 잘 알았지.」

「그런 줄만 알았으면야 내 벌써…」

더 말하잘 것도 없다는 듯, 하던 말을 그만두고 놓았던 술잔을 들이키고 마눌쪽을 집으려던 법근이는 벌떡 일어나서 나가려다가 문턱에 채 가지 못하고 쓰러지며 울컥 피를 토했다. 전날 접전때 상했던 속의 상처가 다시 도진 모양이었다. 그러나 주복이가 끼들어 줄 사이도 없이 또 벌떡 일어나 앉은 그는

「에이 용졸한 것!」

하면서 밭길을 들어 멍석자리에 스며드는 피를 문질러 버리고는 자작 술을 따라 양추질을 하고 나서 한번 호탕히 웃었다. 문이는 딴 이야기를 주안 삼아서 또 잔을 돌리기 시작했던 것이다.

45 · 보통벌의 추수 준비

뒷산에서는 오늘도 젊은이들이 패를 짜가지고 권법(拳法)과 짝찌 쓰는 법을 배우고 익히고 있었다. 권법과 짝찌 쓰는 법은 예로부터 중들이 자기네의 불법을 수호하기 위한 무예의 일종이었다. 중이란 저 자신이 곧 불법을 지닌 몸이라고 하는 만치 자기 한 몸을 어떤 박해로부터 수호하는 것도 다름아닌 불법의 수호였던 것이다. 중들은 흔히 험한 산길을 혼자 다니게 되고, 그런 산길에서는 또 흔히 맹수를 만나게도 된다. 마주서는 범이나 곰에게 합장하고 설법을 한대도 소용이 없다. 그런 짐승들에게는 주먹이나 몽둥이가 유효한 설법이다. 때려 눕히거나 쫓아 버림으로써 불법을 수호할 수 있었다.

지금 무예를 련습하는 잔너밭 기슭의 언덕 우에는 청강 노리 치개 기장이 좀 짧아 맞는 군복에다 긴 검울 차고 한손에 묵중한 선장을 짚은 사명당이 서 있었다.

"그래 가지구야 시라소니 새끼라면 몰라도 왜적아수라들을 쳐죽일 수 있을까."

그는 이따금 이런 말을 했다. 바람에 흩날리는 수염 속에서 울려 나오는 음성은 보통 하는 말이라도 우렁찼다.

젊은이들은 중, 속인 할 것 없이 짚으로 단단히 결은 루구들을 눌러 썼다. 권법을 배우는 패는 짤막하게 깎은 참나무 방망이를 하나씩 들었다. 실지 겁전에서 쓸 철퇴 대신이었다. 지금 동금강암에서 만드는 철퇴들도 그만한 것들이다. 말하자면 맨주먹만으로는 안 될 것이므로 쇠주먹들을 만드는 것이다.

앞으로 가지게 될 검 대신으로 짝찌를 가지고 련습하는 사람들의 짝찌도 그리 길지 않았다. 류모로까운 그 참나무 몽둥이는 두 팔을 과히 벌리지 않고도 량끝을 쥘 수 있는 길이였다.

그들은 우선 몸을 날쌔게 하기 위해서 제 손으로 량끝을 쥔 짝찌를 모두발로 뛰여 넘는 련습부터 했다. 그 다음에는 철퇴패는 철퇴로, 짝찌패는 짝찌로 씨치고 막는 법을 익혔다. 무기가 무기니만치 지금의 …… 삽부러도 육탄과 육탄이 부딪치는 단병접전이였다. 적의 가슴으로 뛰여들듯이 달려드는 비는 긴 칼이나 창이 필요치 않았다. 긴 칼, 긴 창을 가진 적들로 하여금 오히려 그 긴 칼, 긴 창을 굳게 할 것이였다. 우리 민병들뿐 아니라 우리 관군외 무기도 역시 그런 단병(短兵)이였다.

후일에, 명나라 후원군의 총사령 링여송(李如松)이가 크게 눈댔던 것도 바로 이점이였다. 평양성을 탈환하자 그는 물었다.

『우리 명나라에서도 아직 널리 알려지지 못한 척계광(戚繼光)의 륙화진법(六花陣法)을 당신네 나라에서는 언제 그렇게 익히 배웠는가?』고……

눈(雪)을 『륙화』라고도 한다. 그 당시 명나라에서 새로 창안된 『륙화진법』이라는 것은 눈의 결정체가 요모조모 아로새겨진 것과 같이 적진 속으로 속속들이 파고 들듯 꿰들어가서 단병으로 싸우는 때병전법이였다.

그때 우리는 『륙화진법』이라는 말조차, 처음 듣는 것이였다. 그러나 자기 조국을 지키기 위해서는 맨주먹으로라도 싸위야 했던 조선 사람은 몸소 『륙화진법』의 모범이 되었던 것이다.

이때 법군이는 짝지패를 훈련하고 있었더. 웬까

닭안지 이즘의 법군이의 짝지는 몹시 매워졌다. 그뿐 아니라 웃음도 적어졌다. 본시 털색이던데 좀더 칼칼해진 그의 그와, 일굴애는 눈만이 더욱 날카롭게 빛나 보이기도 했다. 생재기 깍찌패와 어울러 줄 때외 그는 언제나 막아 가다가 간혹 내려치는 때가 있더라도 손짐작을 봐가며 쳤고 …… 치고는 씽긋하거나 호탕히 웃기를 잊지 않았다. 그래서 얻어 맞은 꼴봉이 좀 열열하다가도 그 씽긋하거나 걸걸한 웃음에 금시 아픈 것을 잊어버리고 다시 덤벼들 수 있었다. 그런데 왠 일일가? 지금 또 쟁 울리는 법군이의

『예익!』

소리와 함께 짝찌를 떨어뜨린 주복이는 두 손으로 쪼투구 쓴 머리를 움켜쥐고 몇 걸음을 물러서며

『너 정 이러기가?』

했당. 그리고는 무엇을 찾는지 두리번거렸다. 짝찌와 방망이를 가지고 서로 치고 막으며 날뛰는 젊은이들의 발길애 번번해진 잔디밭 기슭의 나무숲 밑에는 혹은 쪼투구를 벗은 꼭대기를 쓴기도 하고 혹은 어깨죽지와 팔목을 주물며 앉아 있는 젊은이들이 있었다. 그 중애는 황서방과 박서방도 있었

당 법군이의 매운 짝찌에 얻어맞고 물러앉은 사람

물이다。 주복이는 실은 일종 의분을 가지고 맞섰던 것이다。

"정말 그러기문 한번 해보자니?"

뜬쉬가 말면 더 뜨겁다는 겨으로 두려번거리더던 주복이는 가까이 서있는 늣늣한 오러나무를 통채로 아둘자 내두르기 시작했다。

법근이는 별수 없이 뒤로 물러서며 마아야 했다。 그의 작저는 앞에서 휘둘러는 생나무 뿌리의 흙을 떨어 줄 뿐이였다。

"이자식 어데 보자。"

하는 주복이는 법근이를 겨누고 뿌리채 가지채 엇멨다 내려치기도 하고 풀망 같이 내두르기도 하면서 접어들었다。 법근이의 날파람도 무섭게 날렵했다。 이번에는 박살이 나나부다 했던 순간에 보면 어느결에 뭉겨진 제기(毬)같이 저멀치서 몸을 솟구쳤다。 혹은 겁거돌듯 혹은 섀나가듯이 몸을 뒤치고 날리던 법군이는 작저를 버리고 려려머애 찔렀던 겸을 뽑았다。 검 역시 롱나무예 낫이기는 하나 어지럽게 휘물리고 떠도는 나무 뿌려와 가지들은 떨어졌다가 지와 뿌러물 도슬러가면서 법근이는 그 나무를 한 팔로 껴안고 접어들 거리를 노렸다。

"접어들어서는 어떻게 할가, 겸날 등으로 한번 우

러땔가?"

이런 생각을 하는 법근이는, 이재라도 제가 한번 껄껄 웃고 손을 내저으며 물러서면 그만이 아니냐고 도 생각했다。 그러나— 그렇다면 주복이도 그럴 수 있지 않은가? 또 이렇게도 생각하는 법근이는— 자 기보다도 응당 주복이가 그래주어야 할 것이 아 니냐—고도 했다。 주복이가 누구보다도 지금의 자 기 심정을 잘 알아 줄 사람이기 때문이다。

법근이는 지금의 자기는 속이 텅 빈 등걸이 될 겨 같은 때가 많았다。 이때까저 마음 속애 그독했던 겨을 잊어버리려고 결심하고 생각을 안 하기로 했 다。 그러기 위해서는— 하늘의 별이 제아무리 아 롬답고 그래서 아름답게 본단들 구만리 장천을 사이 에 둔 별과 이편이 하상 무슨 상관이 있겠는가? 이 런 생각도 했다。 잊자는 것이였다。 그갈이 잊으려 고 한즉 저 자신마저 망연자실하게 되는 때가 많았 다。 그의 작찌가 매워지는 것은 바로 그런 때었다。 눈앞에서 휘둘리는 저편의 짝찌를 막아가다가 저 모르게 그저 손에 오른 힘으로 내려치게 되는 것이 그런 때였다。 이러한 내 심정을 주복이누 줄 알아줌 작 하건만— 하는 법근이는 그냥 써근기리며 생나무 를 휘두로며 멈버드는 주복이가 실로 밉기도 했다。

「네 정 그러면 한번 끓아 볼테냐?」

속으로 이렇게 부르짖는 법군이는 칼을 뺐을 때

부터

「법군아, 네 그 무슨 짓이냐.」

하는 사명 스님의 우렁찬 고함 소리를 들으면서도
어절히 칼을 휘둘렀다. 주복이의 나무가 이제는 하
나의 몽둥이나 다름 없이 뻬였다. 이리 뛰고 저리
날아 피하면 법군이는 휘둘리던 나무 끝이 한순간
땅에 내려진 몸을 타서 그 중동을 왼팔로 꺼안았
다. 주복이는 더욱 용을 썼으나 전 칼이 휘두를 수
는 없었다. 그 짬을 놓지 않고 한칼음 성큼 내짚은
법군이는, 날을 뒤집어 잡은 검을 쳐들었다. 주복이
의 어깨죽지를 겨누고 막내려 칠 듯한 순간이였다.
둥뒤에서 서산의 짜렁 울리는 듯한 일갈과 함께 날
아온 선장이 법군이의 불기짝을 후렸다.

「세 마(魔)가 접했느냐.」

사명당의 호통소리가 또 떨어졌다. 매에보다도 그
불호령애 쓰그러지듯 한 법군이는 풀썩 주저앉았다.

「몽이올시다.」

법군이는 앉은 채 사명당을 쳐다보며 말했다.

「몽?」

사명당은 집어든 선장 끝으로 한번 땅을 구르며

「이걸루 작은 닭의 가리들을 여러개 만든다니 그래

서는 뭘 하노?」

책망하기 시작했다. 이때

「사명 사주」

하고 부르는 서산 대사의 말소리가 들렸다. 이편
숲속에서 칡넝쿨을 몇 오려 걷어 가지고 나오던 서
산은

「법군이를 이리로 보내시오.」

하며 봉수대 쪽으로 올라 갔다.

보통벌이 바라보이는 봉수대 아래 숲속에서는 십
여명 중늙은이 산중에서 찍어 모은 나무들
을 자르기도 하고 다듬기도 하고 있었다. 추수할
때이 잡약산의 서쪽 기슭을 스쳐 흐르는 보롱강
갈래 줄기를 리용해서 벗단들을 끌어 올릴 자그마큼
색한 펫목들을 만드는 중이였다.

김 첨지와 주복이 아버지도 한몫 들어서 일하고
있었다. 김 첨지는 펫목들이 물을 덜 먹도록, 그래
서 조금이라도 더 가볍게 한다고 하면서 중들이 다
듬어 놓는 족족 낫으로 나무 껍질을 벗기고 있었
다. 그 옆에서 널며 있는 나무가지 중의 가늘고 끝
은 놈으로 추려서 두뼘 혹은 새뼘씩 되게 도끼로 잘
라 모으고 있던 주복이 아버지는

때로 흔과 흐흐흐 웃기도 했당. 서산 대사가 시작한 것을 「내 하마」고 말아 하기는 하면서도 어째 일이 좀 장난 같기도 했던 것이다.

「글쎄 그건 참 무슨 소용인지? 그 말씀은 안 하시드군.」

역시 이런 말을 하는 김 첨지는 옆에서 대자귀질을 하던 좋을 쳐다보기도 했다. 잠시 일손을 멈추고 서서 이마의 땀을 소매끝으로 씻고 있던 중 역시

「글쎄올시다.」

하고 웃으며 다시 쩡쩡 울리개 대자귀를 내려치기 시작했다. 사실 서산 대사는 「추수 때는 혹시 닭들도 한몫 하게 될는지 모를 것이올시다、」했을 뿐, 하던 일을 주북이 아버지에게 말기고 자기는 또 돌아가며 흩어진 대자귀밥 중에서 소나무 거저구와 관솔가지들을 줏어 모으기 시작했었다.

「저건 또 무슨 소용인가, 불쓰심인가?」하고 보면 그런 것을 줏어 모으고 있는 서산은 마치 살림살이에 찬찬한 한 가정의 한아버지 갈기도 했다.

이때 법군이를 데리고 다시 봉수대 밀으로 온서산은 줏어 모았던 소나무 기저구와 관솔가지들을 취오리로 차근차근 묶어 놓교는 돌 우에 걸터앉아서

차기가 빼며 온 법군이가 넣어, 서, 있느 린듯이 한동안 보통벌을 바라보고만 있었다. 지금의 보통벌은 거의 다 익어 가는 벼로써 논배미마다 제각기 제 색갈 대로 넓은 벌판을 무늬 놓았다. 그 논벌 사이에는 청량한 가을 별에 이삭이 산호 구슬 뭉치 같이 붉게 빛나는 수수밭들과, 두드러진 치뚝에만발한 노란 들국화 떨기들도 보였다. 또 보통문과 칠성문 사이에 굽이쳐 흐르는 보통강 좌우기슭에는 바람결 따라, 호늑이는 갈품의 은빛 물결이 바라보이기도 했다.

「네 밖은 눈에 저 보통문 밖의 다리가 보이느냐?」

법군이를 돌아보며 서산은 이런 말을 물었다.

「에 보입니다.」

하는 법군이의 대답에 머리를 끄덕인 서산은 또 무슨 생각에 잠심하는 듯이 한동안 잠잠히 앉았다가

「네, 부디 몸 조심해라」

하고 목이 좀 잠긴 듯한 음성으로 조용히 말을 시작했다.

「이다 늙은 나도 이 국탄애 조금이라도 이바지할 수 있을가 해서 내게 고회(古稀)의 수명을 주신 부처님께 나는 감사한다。」

이런 말을 한 로승은 한번 법군이를 돌아보고 나

서 또 말을 이었다.

「항차 젊은 너는 이제부터 수천 수만의 우리 동족들을 위해서 싸울 수도 있고 일할 수도 있으니 그 얼마나 큰 복록이냐. 또 네ㅅ마나 중한 몸이냐。」

「제가요?」

문득 이같이 놀랜 말을 하며 한순간 서산의 눈을 마주 보던 시선을 거두고 푹 고개를 숙인 법근이는 제 발뿌리에 굵은 눈물 방울을 뚝뚝 떨어뜨렸다.

「내가 너ㄴ하나만의 몸이 아니라 수천 수만의 동족을 위할 수 있는 몸이라는 것을 안다면 너도 네 몸을 중히 여기게 될 것이다― 이제 추수때만 해도 네가 큰 힘이 될 줄 믿는다.」

이같이 새로운 말을 시작했던 서산은 잠시 보룡문을 바라보다가 한층 더 엄숙해진 얼굴을 돌려 법근이를 보면서 말을 이었다.

「만일의 경우에는 말이다. 저 머려애서 혹시 불이 일지도 모르고 그런 경우에는 네가 거기서 왜적의 무리를 막아 싸우게 되는지도 모를게다. 금강력사 같이 분사신(不死身)같이 버티고 섰는 데에 장한 모습을 나는 지금부터 보는 듯 하다.」

이런 말을 마친 서산은 지팽이를 짚고 일어 나서 등뒤의 모여선 사람들을 돌아 보았다. 법근이가 이리로 오자 설참을 낸 젊은이들은 봉수대 근처로 모여 왔던 것이다.

「이번엔 또 누가 법근이의 매운 짝찌에 얻어 맞고 기가 나서 생나무를 뽑을고?」

은실 같은 눈섭으로 그을진 맑은 눈에 웃음을 띄우고 젊은이들을 둘러 보는 서산은 이런 말을 했다.

「사명 사주, 그런 장사에게는 큰 철퇴를 만들어 주시오.」

또 이러한 로승의 말에 젊은이들은 와― 웃고 기세를 올렸다. 그 중에

「법근이 또 한번 맞서 줄라나?」

하며 박 서방이 팔을 부르걷으며 나섰다.

「가만, 네 아무래두 주복이놈을 한번…」

하며 돌아선 법근이는 옆의 사람의 짝찌를 채들고 주복이에게로 달려 갔다. 이때 주복이는 짝찌를 들 새 없을 뿐 그 생나무도 없고 짚루구도 안 썼으므로 법근이의 맹렬한 공격을 필사적으로 막아내야 했다. 겨렬한 련습은 다시 벌어졌다. 잔디밭과 나무숲속은 금시 백병전 마당으로 화한 듯했다. 부딪치고 때주치는 방망이와 짝찌 소리―― 걸고 물고 베닫고

하는 소란한 발소리— 먼지가 충천했다。 그런 중에
다시 소생한듯 법군이의 걸걸한 웃음소리도 련해
들려 왔다。

46. 전촌 장거리

고 충경은 그동안 근처의 절과 암자들로 다니면서
그곳에 나뉘여 있는 승병들 중에 전부터 활을 좀 쏘
거나 지금부터 배우기 시작하는 사람들에게 활을 가
르쳐 왔다。 이번에는 룡악산 법운암(法雲庵)에서
四—五일 류했다。현 수백이 차돌에게도 같이 왔었다。
승병 중에는 차돌이에게 돌질을 배우고 또 조총을
우려는 사람도 있었다。 아직 애숭이지만 손때 매운
석전꾼으로 이름난 차돌이는 또 한가지 재간이 늘
었다。 잡약산 싸움에서 로획한 조총을 몇번 쏴보자
묘득을 얻어서 돌질 못지않게 능숙해졌다。 이번에
도 그는 어머니가 지어준 좁다란 자루에 넓은 조총
을 메고 철환과 화약롱을 차고 왔었다。
이날 조반 후에、 승병들과 함께 한편에서는 활을
몇 순 쏘고、 또 한편에서는 돌질을 몇 차례씩 한 고
충경이와 차돌이는 큰길로 나서기 위해서 전촌(全

村) 가는 길로 들어 섰다。 길은 줌 불정맞 혹시 배
가 오더라도 무인지경인 지름길보다 비를 그일 수
있는 인가들이 있는 큰 건이 나을 것이었다。 룡악산
윤 떠날 때부터 날씨가 변변치 않았는비 파연 먼 하
늘에서 뢰성이 들리기 시작했다。 전촌까지는 아직
도 한참길이 남았다。

전촌 장은 비 때문에 더 일찌기 파장이 되였다。
전촌은 본시 장이 아니였다。 평시에는 한 고을에
하나나 혹은 둘색 절정이 있어서 아무데서나 장이
설 수 없었다。 전쟁 전에는 평양 장을 보아온 조개
메 (지금의 팔동교 근처)、 궁골(宮洞)、 옥고개、 세
거리、 진재、 룡악이、 형제산 같은 이 근처의 사람들
이 평양 장을 못 보게 되였으므로 자기네 마을에서
어중간한 전촌에다 림시로 장을 세우기로 했던 것이
다。 새로 된 장인 데다 또 추석 명절을 지낸지 며칠
안 되는 장날이라 장군들도 많이 모이지 않았고 그
들도 많지 못했다。 몇 만색 지고 온 햇곡석이 그중
많은 편이였다。 그 밖에는 서해변 소산인 조개、 새
우 같은 첫갈들과 칼치、 복 같은 어물들이 좀 나
고、 또 서해변의 갈로 결은 삿이 있었다。 그런 수공
품으로는 나무 밥주걱과 방치、 목화 씨아이(로리

개) 같은 것도 있고 또 긴재에서 굽는 물동이, 버주
기, 뚝배기 같은 토기들도 있었다.

불과 여라문 집 되나마나한 주막거리의 길바닥에
넘어 놓은 그런 물건들 외에 또 한가지 장꾼들의 눈
을 끄는 것이 있었다. 보라매 두 손이 났다. 비슷
하게 늙은이 두 노인이 낡은 솜토시를 낀 손목에 보
라매를 한 놈씩 올려 앉히고 장마당 가운데로 서성거
리고 다니는 모양은 지금이 란시라 그런저 뚱딴지
같아서 좀 우슴광스럽기도 했다.

이 근경치고는 산골인 순안봉, 청령이에서 동네로
내려와 닭, 짐승들을 채길래 어리를 놓아 잡았다는
그 보라매들은 결코 팔리지는 않지만 장꾼들의 인기
는 끌었었다. 날럽하게 생긴 몸매, 암파스럽게 까부
라진 부리, 총명한 눈! 저마다「그 놈 잘 생겼다」하
며 혹은 소매끝을 갑처 진 손목에 받아 보기도 하는
장꾼들 중에는

「우야ㅡ 매 봐라ㅡ!」

소리를 질러보며 웃기도 했다. 꿩을 달아 놓고 상
루가 풀리고, 귀가 빠져도 모르게 달려가던 것이 불
과 지난 정초의 일이언만 어느덧 한 옛날 일 같기도
했다. 세상이 다시 평정해서 언제 또 매사냥을 하
게나 될가? 하는 생각이 없지도 않아서 더욱, 그 별

기도 했다.

그래서 사는 사람은 없지만 이런 란시에 장에 보
라매가 났다는 것만으로도 한번 웃어만하게 반가운
일이기도 했던 것이다.

「머리에 서릿발을 이구 다니는 두상이 언제 매사냥
을 하갔다구 매를 다 잡아가지구 다니우。」

저 역시 머리가 센 한 늙은이가 이런 말을 해서
매 임자 늙은이는

「그러게 내가 할라구 잡은 건 아니웨다。」

이런 대답을 했다.

「그럼 왜 훨훨 저 좋을 대루 날아 머니는 걸 잡기는
했소?」

「잡히는 놈을 안 잡갔소? 기왕 잡았으니 또 그저
놔주기두 안 됐구、 그래서 살 사람 있으면 팔라구
왔소。」

「그럼 눅게라두 팔테요?」

「눅게라두 팔갔소。」

「암만 눅대두 이나는 안 사갔소。」

「그러게 누가 이편더러 사라우?」

「팔갔다면서 이편더러 사라우는 또 왼 소리요。」

「하! 이 손이 누굴 히야치진가 원!」

「논 말이요.」

「그렇게 반갑거들랑 보는 값은 안 달랠테니 실컨 보우.」

「아이구! 마침 잘 됐소. 비가 쏟아지니 저 집에 들어 앉아서 실컨 봅세다.」

참말 잡자기 비가 쏟아지기 시작했다. 장은 곧 파장이 되었다. 장은 파했어도 비에 걸려 돌아가지 못하는 사람들이 많았다. 거릿줄의 집들은 사처에 서 모였던 장군들로 꽉 차게 되었다.

이 작은 거리에서도, 일본군이 들어 있는 평양성이 그리 멀지 않은만치, 로약들은 대개 다 피란하고 남 아 있는 사람들은 이미 지어 놓은 농사의 가을걷이 를 하기 위한 사람들 뿐이였다. 그래도 역시 방이 좁 아서 문턱에까지 걸터앉은 사람들은 쏟아지는 빗발 을 겸하여 맞은 집의 사람들과 큰 소리로 말을 건네 기도 했다.

「그대편에서는 금년 농형이 어떻소?」

누가 이같이 한만중대고 묻기도 했다. 그럴 밖에 없는 것이 한집에 들어 앉은 사람들이라도 어데서 온 누구인지 모를 사람들이 많았기 때문이였다.

「우리 룡악이 말이요?」

이렇게 되묻는 사람도 있었지만

「아니, 룡악이는 말구… 나두 그대편에서 왔소.」 하는 그 사람은

「우리 형제산 말이요?」

「우리 조개메 말이요?!」 하는 난데 사람의 대답이 나오기까지 그대편 농형 을 물었다.

「우리 사는 데는 밭고 장이 돼서 청초적의 농사는 끝 잘 하구두 두달 장마에 다 누구 말았소.」

「우리게두 그렇쉐다. 정말 가문 그루뙈기는 있어 두 장마 그루뙈기 없다드니…」

「이번 그 장마에 논고장 아닌 테야 다 그렇지요.」

「금년이 근경의 농사치구는 아마 보통벌에 훔씬 실렀나봅디다.」

이렇게 묻고 대답하는 말로써 이곳 저곳의 농형 이야기가 끝났을 때 보라매를 가져온 늙은이 중의 하나가

「궁골이나 조개메에서는 잡약산이 가깝지 않소.」 하고 역시 한만중대고 물었다. 그 말에 조개메에 서 왔노라는 한 로인이

「가깝소. 하나 우린 아직두 서산 대사라는 이를 찾아 보지는 못했소.」

이런 대답을 했다. 물론 지레짐작으로 한 대답이

였다。

하나 그 지레짐작이 신통하게 맞은 것도 갈았다。

「그런들 원 그렇게 가까이 있으면서두 한번 찾아 보질 않았단 말이오。」

「그렇게 날 나무래는 이편은 왜 안 찾아 봤소。」

「하기는 나두 그런 말 들어 싸우。 좀 멀다기루서 백리가 되우, 이백리가 되우。 출어 생각이 부족해서 그랬소。」

「한, 그 두상, 롱담두 못하게 고지식한 두상이로군, 우리 피차 나물기 내기는 그만하구 언제 한번 찾아 불의논이나 합세다。」

이러한 조개메 늙은이의 말에

「아무나 가두 만날 수 있답디까?」

「그 도승이 늘 잡약산에 있기나 한가。」

「웬걸— 파쇠 동냥 다니는 중들의 말을 들으면 순 안 어느 절인가 암자루 가져다가 부처를 만든다기두 하구, 병정기를 만든다기두 하는데 그 로승두 아마 거기가 있는 모양입디다。」

이렇게 제각기 말참견들을 해서 이야기의 주인이 될 것이 없이 된 판에

「서산이라는 그 늙은 중이 손수 왜적을 죽였다니 참말이요。」

누구는 또 이런 말을 한만중대고 물어서

「거 모를 말입디다。」

「모르긴 왜 몰라요。 분명히 그랬다는데요。」

하는 정반대의 대답이 나왔다。 그러자 또 다른 사람들이

「하기는 나두 파쇠 동냥을 다니는 중들한테 물어 봤는데 처음 왔던 중은 「우리 서산 스님이 그런 살생을 하실 리가 있소」 하구 펄쩍 뛰다 싶이 하더니, 그 다음에 온 중은 「파연 그랬다」구 하너 뉘말이 옳은지 모르겠다고。」

「그 만이 비슷하우。 나두 물어 봤는데 중 따라 말이 다릇습디다。」

「기 어째서 그럴가。 한속에서 나온 말이갔는데。」

「거참 모를 일인데요。」

하여 그 이야기는 그만하고 마는가 할 때

「그럴 것 없이 우리 한번 또 물어 봅시다。」

하는 사람이 있었다。 문득 앞에 앉아서 바을 내다보던 그 사람은 아직도 쏟아지는 비를 맞으며 오는 두 중에게 비를 그이여 가라고 권했다。

두 늙은 중은 짚으로 바랑 모양으로 걸은 조그마한 파쉬 오쟁이를 토지방에 벗어 놓고 올라 왔다。 송라참 할 것 없이 흠이 줄줄 흐르게 젖은 그들아

방안으로 들어가지 않고 로지방에 말아 세운 샛집
밑에 놓인 섬기죽을 깔고 앉았다.

『들어 와서 몸들을 좀 녹이시우.』

『찬비를 맞아가며 늙은 대사들이 장히 수구들을, 하
시오?』

하는 방안 사람들의 인사에

『수고랄 것이 없소이다.』

하는 한 중은 송락을 벗어 들고 반백이 지난 까
은 머리를 훔쳐서 물을 쥐여 뿌리고 나서 말을 이
었다.

『저 회 승려들은 애시로부터 이보다 더한 설한풍 찬
날씨에라도 가야 할 길이면 아무리 첨한 첩첩산로라
도 노 걸어와서 이만 겄쯤 수고라고 할 것이 없소
이다.』

하는 그의 말에는 상숙지 않은 문자도 문자려니
와 어딘가 『좀 봐라』는듯이 젠체하는 어기가 있
었다.

『여니 동냥집과 달라 파쇠가 돼서 더 무겁갔소.』

누가 또 이렇게 하는 말에는

『무겁기야… 하나 우선 동냥도 아니고요.』

하는 그는

『동냥이 아닐 래력이, 간곳마다 시주님네가 우러서
산 스님께서 쓰실 거라고 일부러 파쇠를 모아 두었다
가 저희가 오기를 기다려서 주시니까요.』

이렇게 받을 닫았다. 그 말이 사실이기는 하나
역시 게체하는 말투였다. 이때 문득 사람들이 주고
받던 만은 잠시 중동무이시키는 일이 생겼다. 방안
구석에 놓인 한이다리에 매두었던 보래매 한쌍이
잣자기 날개를 부치며 요동하기 시작했다. 그러자 날
중들이 로지방에 벗어 놓았던 잣바랑 속에서도
짐승들이 푸득거리는 소리가 났다.

『망태 속에 웬 닭이가 있소?』

『옛, 닭이가 있습니다.』

『그러다 보니 비둘기두 있구만! 거 집비둘기
요?』

『에, 집비둘기를 기울시다.』

방안 사람들의 말에 대답하면서 두 중은 잣망태들
을 매가 안 보일 비로 치워 놓았다.

『그건 뭘 할게요. 더구나 비둘기 같은 거는?』

『굴쎄올시다. 저희는 그저 서산 스님께서 상목을
주시면서 사들이라구 하시기에 사가는 것 뿐이올
시다.』

『아니, 그것두 서산 태사가 구해 오라는 거요?』

『에』

『닭이는 몰라두 집비둘기는 무슨 소용일고?』

『비둘기는 못 먹나.』

방안 사람들의 이런 말에

『본시두 누린 걸 안 자시던 서산 스님인데 구럴 리
가 있습니까.』

우선 천부당 만부당한 말이라는듯이 머리를 흔든
늙은 중은

『옛날, 삼국(三國) 시절의 공명(孔明)이는 돌을 가
지고 팔진도(八陣圖)를 벌여서 적군을 파했는데,
저의 서산 스님께서 이런 날짐승들을 구해 들일 적에
야 저희들은 몰라도, 무슨 조화가 있겠습지요.』

이런 말을 했다.

『여보 대사, 우리가 하나 물어볼 것이 있소.』

이때 또한 사람이 내다보며 아까 이야기가 있었
던 것을 물었다.

『그럴 리가 있습니까.』

하는 늙은 중은 이번에도 또 완강히 머리를 흔들
며 말했다.

『우리 서산 스님께서야 「운주유악지중(運籌帷幄之
中)」해서 「결승 천리지외(決勝千里之外)」하시는 지
략이 있는 분인데 그런 졸한 일을 하실 리가 있습니
까. 더우기 당신 손에 중생의 피를 묻히시다니—

천부당 만부당한 랑설이올시다. 자, 이젠 또 가옵
시다. 어서 일어 나오.』

이렇게 다음 말로는 같이 온 중을 재촉하면서 늙
은 중은 부산히 쇠짐을 지고 아직도 비가 쏟아
지는 행길로 내려 섰다.

『여보, 대사』

이때 방안의 한 사람이 중로배치고는 좀 큰 편인
상투를 밖으로 내밀며 물었다.

『우리는 서산 로장이 정말 그랬다면 크게 장한 일
무알구 물은 말인데 대사는 왜 졸한 일이라구 하
우?』

『저희 승려들을 중에두 서산 스님의 그 일을 장하게
생각하는 사람이 많습니다.』

이번에는 지금까지 별로 말이 없었던 중이 집바에
팔을 꿰면서 대답했다. 그러자 먼저 나섰던 늙은
중이

『어서 오오.』

하고 역정 낸 소리를 질렀다.

『혹여 서산 스님의 덕행에 흠절이 될가 해서 그 일
은 숨기는 승려들도 있습니다. 더우기 편석 대사
같은 이는 그런 발설은 영 말라고 신척한 일도 있고
해서…』

다. 마침내 앞서거니 뒤서거니 길에 나선 두 중은
말다툼을 하는 모양으로 피차 어성을 높여 지껄이면
서 자옥한 빗발 속으로 멀어져 갔다.

47· 소 금

이때 서쪽으로 엇맞은 편인 거릿줄의 맨 끝집에서
도 새로운 이야기꺼리가 생겼었다. 꺼벗듯 하는 비
에 쫓겨서 그집 추녀 아래로 七—八명의 장정들이
우뚝우뚝 몰어 섰다. 그중의 나이 더 지긋한 五—六
명은 큰 섬에 든 무거운 짐들을 지고 있었다.

『소금인가분데— 그것이 다 소금이요?』

방안에서 내다보던 사람이 누진 섬거죽에서 풍기
는 서슬을 넘재로 짐작하고 묻는 말에 한 짐꾼이

『그런가부웨다.』

했으나

『어데루 가는 소금이요?』

또 이렇게 묻는 말에는 대답을 안 했다. 짐꾼들은
토지방에 털석털석 짐들을 벗어 놓았다.

『한두 섬두 아니구... 다섯, 여섯—여섯 섬이나 되

는 소금이다 어데루 가노.』

『성안으루 가는 긴 아닐게구.』

『그렇지, 그래두 팔 소금이 갔지.』

『……』

방안의 사람들이 저희끼리 하는 이야기결 묻는 의
사로 이런 말을 했으나 그 일행 중에는 아무도 대답
하는 사람이 없었다. 모두 입술이 퍼렇게 얼어가지
고 첫은 무명 적삼을 벗어서 쥐어짜고 퍼서 떨고 하
는 짐꾼들은 저희들을 덩거해 온 두 사람을 홀긋홀
긋 결눈질해 볼 뿐이었다. 빈몸으로 따라온 두 사
람은 하나는 패랭이를 썼고, 하나는 갓모를 받
처 썼는데 나이는 삼십 안쪽으로 뵈었다.

『저 숫한 소금을 혼자서야 누가 다 쓰나. 정명 팔
소금은 팔 소금이 갔는데, 그래두 아적은 김장때두
아넌베.』

『그렇지. 九월 립동에는 립동 전에 한다지만, 금년
립동은 九월에 들기는 해서두 九월 그믐날인데다, 또
九월이 커서 삼십일이 그믐날이라 시월 립동이나 다
름없어서 김장은 아직두 멀었지.』

저편의 대답이 없으므로 이편끼리만 짖고 까부는
루로 말하던 방안 사람들 중에는 저 혼자 금년 립동
타령을 늘어 놓는 사람도 있었다.

어느덧 빗발이 좀 가늘어졌다。

「망할 놈의 날꺼리두! 그렇게 오구 말 놈의 비가 새없이 쏜아져서 쟁이 고생을 시키지 않나。」

「왼결、 아주 멎는 비가 아닐세。 날씨 하는 꼴이 왔다 말았다 할 모양이네。」

토지방에 느런히 쭈그리고 앉아 있는 짐꾼들이 하늘을 쳐다보며 하는 소리다。

「어데서부터 빌 만났소?」

방안의 한 사람이 이렇게 새로 꺼낸 말을 물어서야 비로소 짐꾼들과 방안 사람들의 수작이 아울리게 되였다。

「민모루 지나 룡악고개 좀 못 미처서부터 빌 만났소。」

「이것이라니! 거기서부터는 무인지경인데 그랬으면 정말 외상 없이 다 맞았갔군。」

「소금은 어데— 중산서 받았소?」

「쑤꾸지 누에머리서 받았소。」

「아이구 그 먼데서!」

「말에 얼마씩이나 합디까?」

「우린 그건 모릅메다。」

「이펀에 물건이 아닌게구려?」

「……」

「그거야 물으나 마나— 뻔하지 않소。」

짐꾼들의 대답이 또 막힌 매 채수염이 긴 한 중늙은이가 남의 말을 누르듯이 말하고 문턱 앞으로 썩 나앉으며

「대판절 어데루 가는 소금이요?」

하고 짐꾼들에게 아까부터 물어온 말을 되살펴 물었다。 그러자

「비가 그만그만하니 또 가보지。 자 어서들 지라구。」

하며 짐꾼들이 더 말할 사이가 없이 재촉하는 소리다가 났다。 이때까지 웃간 문턱에 걸터앉아서 피좀에서 꺼낸 수건으로 갓모를 벗긴 갓의 모자와 낭태의 물기를 닦고 있던 사람의 말이였다。

「비가 시제는 멎은 것 같애두 얼마 안 가서 또 쏟을걸요。」

재촉하는 소리에 한 짐꾼은 다시 하늘을 쳐다보며 말했다。

「거다가 또 그이면 될거 아닌가、 어서들 썩썩 나서라우。」

다시 갓에 갓모를 받쳐 쓰며 그 사람은 또 재촉했다。 짐꾼들은 쥐여짠 적삼을 아주 입을 것도 없는 듯이 등에 걸치고 토지방 아래로 내려서서 소금

김의 멜바를 꿰기 시작했다。

「이놈이, 대관절 이 소금을 다 어데루 가져가는 거요?」

물고 앉에 나앉았던 중늙은이가 성긴 채수염을 만지다 말고 이번에는 그 사람에게 물었다。

「이편은 아까부터 뭐이 진해서 그렇게 자꾸 묻소?」

갓 쓴 자는 장히 시끄럽다는듯이 씨까스르는 투로 되물었다。

봉이눈으로 기름한 눈은 잠시 찌푸렸으나 핫한 것 없다는듯이 도리어 싱긋이 웃기까지 하면서 말했다。

「이란시에 많은 소금을 보니 보기만 해두 탐스러위서 묻소?」

「뭐이 그렇게 탐나두룩 많긴들 하우。」

「대관절 어데루 가시오?」

「시산(柴山)으루 가오。」

「시산? 시산이면 茶淡(茶潭＝지금의 茶村)이 지나가서 있는 동네 말이요?」

「맞았소。」

갓 쓴 사람은 「이젠 처원하냐?」 하는 투로 대답했다。

「그 근처에 이 많은 소금을 풀어 메일만한 사람들이 아직두 사우?」

채수염 중늙은이는 기류한 봉이눈을 한층 더 가늘게 하고 이렇게 또 물었다。 그러나 갓 쓴 사람은 그 말에는 대답을 않고

「왜들 이러구 있어. 어서 나서지를 않구。」

어성을 높여 짐꾼들을 재촉했다。

「시산이 말이요?」

이매 비가 벗은 짬이라, 엇맞은편 집에서 세 이야기꺼리가 생긴 이짐으로 긴너왔던 사람들 중의 누가 이렇게 묻고 나서 말했다。

「웬결이요。 들리는 말에는 왜놈들이 만경대 군처에다 배를 대구는 게반련해 다니기 때문에 그 군경에는 남아 있는 사람이 별루 없답디다。 시산이서 만경대가 한 五리 되나마나하오。」

「아뿔시! 그러다면…정말 그렇다면 말이요。」

누군가가 또 이렇게 말을 집주려서 말했다。

「이 소금이 만경대루해서 성내 왜놈의 손으루 넘어가기두 첩경 섭지 않소?」

「그렇다면이 아니라 우리는 아까부터 그것이 미타해 꾼꾼히 묻더랬소。」

하며 채수염 중늙은이가 신을 꿰고 나섰다。 다른

사람들도 따라 나왔다. 어느새 이집 저집에서 나온
사람들이 소금짐을 지고 나섰던 그 일행을 에워싸게
되었다.

「자가— 빨리빨리.」

이때까지는 아무런 말도 안 하고 갓 쓴 자 옆에서
서 사람들의 눈치만을 살피고 있던 패랭이 쓴 자가
마디마디 잘라 하는 듯한 말을 그야말로 빨리빨리
지껄여서 짐꾼들을 재촉하며 저먼저 둘러선 사람들
을 헤치고 나섰다.

이때 저편에서 문득

「여보소들!」

하는 소리가 들렸다. 동쪽으로 엇맞은편에 있는
집앞에서 어린 아이들 업은 한 료파와 무슨 말을 하
는 모양이던 몇 사람이 길을 건너오면서 말했다.

「이동네 사시는 지 아주머니 말을 들으면 이사람들
이 저렇게 소금을 많이 날라가는 것이 이번만이 아
니랍네다.」

「저런!」

「그렇다면 정말 심상히 분 일이 아닌데.」

「안 됐소.」

「그저 보구만 있을 일이 아니요.」

「여보 그 소금짐 다 벗어든 놓우.」

하며 사람들은 꾼들 앞으로 다가 섰다.

「뉘 집이게 벗어 놔라 해? 만라 해. 별 아니꼬운 일
다 보지 않나. 대관절 이편네가 남의 일에 상관이
뭔가?」

갓 쓴 자가 뒷돌 아래로 내려서면서 금시 심사 꿰
진 소리를 했다.

「봐하니 택이 이 소금의 물준 모양인데 대관절 어
데루 가져가는. 소금인지 우리 그거나 알자구.」

물러선 사람들 중의 뒤쪽에 처져 섰던 보라매 주
인 늙은이가 앞으로 나서며 의논성 있게 물었다.

「아무데루 가는 소금이건 이편네가 뭐이게 메주알
고주알 캐문잘 리면이 어데 있소. 어서 이편네.갈
길이나 가오.」

「우리가 뭐런인가우?」

갓 쓴 자의 말에, 아까 맞은집에서 늙은 중에게
「왜 좋은 일이라구 하우」 하고 따지던 상투 큰 농
군이 우선 이렇게 뇌까리고 나섰다.

「김지, 러지 할 것 없이 우린다 한만둥이라구 합
세. 명색 없는 한만둥이라두 우리 되선 땅에 사는
되선 사람이니 묻는 거야.」

「한만둥이? 허허— 제 입으루 명색 없는 한만둥이
라는 작자들이 남의 일에 상관할게 뭐야.」

「상관? 상관을 머치자구? 그럼 이펀은 왜놈과 무

손 상반이 잇길래 소금까지 날라다 주나?」

「누가? 왜 놈한테 가져 가는 소금이라구 이떤 늠이

그래?」

「아니면 어데루 가는 기라구 왜 밝히질 못하노.」

채수염 충합은이가 결색기를 치듯 했다.

「……」

「왜 대실 못(해)?」

「……」

「안 됐소.」

「더 이러구 저러구 할기 없잖소?」

그자가 만분이 막히 경을 본 사람들은 더 두고 볼

것 없다는듯이 말했다.

「좌하니 매고작한 양기가 타작바리나 받아 먹구 기

생방에나 다니던 주젠걸.」

「골이 이런 란시에두 양미리 없이 아무 짓은 해

서나두 지 혹지 잘 살자는 심아저가 내발렸는걸

그래.」

이매 갓쓴 자의 뒤에서 철서덕하는 소리가 났

다. 누가 장도를 빼둘고 한 짐꾼의 멜바를 긁어서

소금섬이 댓돌 밑에 고인 락숫물에 떨어진 것이었

다. 그러자

「여봅. 그럴거 있소. 괜히 아까운 소금만 녹지

않소.」

하는 그 옆의 짐꾼은 지고 있던 소금짐을 토지방

에 벗어 놓으며 저의 동무들에게 만했다.

「일 잘 됐네. 우리두 가구 싶은 길 가던거 아닌데

그만두세.」

「그 말 옳쉐.」

「다 처음 보는 이들이라두 하시는 말씀이 옳구만.」

「허ㅡ 그러다 보니 우리 꼴은 뭐이라?」

짐꾼들은 이런 말을 하면서 짐들을 다 벗어 놓

았다.

「여러분한테 우리가 다 말씀하리다.」

역시 짐을 벗어버린 한 늙은이가 말했다.

「이 소금은 아닌게 아니라 왜 놈들한테루 가는 거웨

다. 우리두 처음엔 그런 줄은 모르구 상목자나 후

히 준다기에 나섰던 노릇이 이번엔 알면서두 한번

디밀었던 발목이 잡힌 것 같애서 또 이 노릇이드랬

소.」

이 말을 들은 사람들은 갓 쓴 자와 패랭이 쓴 자

앞으로 다 가들면서 웨쳤다.

「이놈들 이제두 할 말이 있어?」

「도대체ㅡ 너희놈들은 왜놈들하구 뭐이 되네?」

『고나간 왜놈들 한데서 뭘 얼마나 받아 먹었길래
이따위 짓까지 한단 말이냐?』

『장사면 다 하는 줄 아니? 그러다가는 네놈들,

나라까지두 팔아 먹을 놈들 아니가』

하며 데드는 사람들 가운데서 두 자는 금시 낯빛
이 노래졌다. 그러나 이때 뜻밖의 일이 생겼다. 바
로 지척에서나 같이 요란한 조총 소리가 났다. 그

두 자를 둘러 쌌던 사람들은 무춤했다. 하던 말을
삼킨 듯한 그들은 또 다음 총소리를 기다리는 듯이
조총소리가 들려 온 방향으로 귀를 기울이면서 『혹시
왜적들이―』 하는 눈으로 서로 쳐다보았다. 그 사
이에 패랭이를 쓴 자가 둘러선 사람들의 체밖을 벗
이나갔다. 지편 집 모퉁이로 달려 가는 그자는 뭐
라고 고함을 질렀다. 그 웨치는 소리는 우리 말이
아니였다. 왜말로 왜놈을 부르는 소리가 분명했다.
그놈의 소리에 사람들은 더욱 놀라지 않을 수 없었다.

『이거 큰일 나지 않았소?』

좀 동떨어져 서서 업은 아이를 추석거리고 있던 아
까의 로파가 가까이 달려 오며 말했다.

『정말 왜적들이 쓸어나오면 우리 동네는 몰사죽음
이 나질 않소.』

얼굴에 거미줄 같이 얽힌 잔 주름살들이 가닥가닥

떨떨만치 놀랜 로파의 만은 금시 숨이 헉에 닿은 듯
한 소리였다. 위급한 이 생기면 사람들은 한데
모이는 법이라 그 로파 짠 아니라 이 주막거리에 남
아 있던 사람들이 모두 떨어 나왔다.

『조총 소리가 왠 일이요?』

『정말 왜적들이 옵네까?』

모두 불안해하는 중에

『가만들 있으소. 가서 동정을 봅세다.』

하며 장정 두셋이 나서서 패랭이 쓴 자가 달려간
집 모퉁이로 돌아 갔다. 이 잠시 동안에도 사람들은
조조했다. 이 동네 사람들은 각기 집으로 드나들며
혹은 자는 아이를 둘러 업기도 하고 또는 언제든지
지고 나설 수 있게 꾸려 두었던 짐짝을 들고 나오기
도 했다.

『덤비지들 말소. 아직 왜적들은 보이지 않소.』

주막거리 뒤쪽으로 갔던 사람들 중의 누가 이렇게
웨치는 소리가 들린다.

48 · 한하늘을 이고 같이
살 수 없는 자

바로 이때 서쪽 집모퉁이로부터 교 충경이와 차돌

이가 나타났다. 거리 한가운데 모여 섰던 사람들의 눈은 끝 두 사람에게로 쏠렸다. 일왈 갓에 갓모를 받쳐쓰고 좀 젖기는 했으나 역시 조출한 친 수목 두루막을 입은 고 충경의 한과 전롱이 우선 눈에 띠이는 것이었다. 그리고 또 총각이 길바닥에 끌듯이 긴 모가지를 늘여 잡고 오는 큰 기러기였다.

「여보소, 당신네는 이제 조총소리 못 들었소?」

「여기서는 그 소리에 혹시 왜놈들이 아닌가 놀랬던 차이요」

몇 사람이 그들 앞으로 나서며 물었다.

「이재 그 소린 내가 이걸 잡누라구 쏜 기웨다.」

기러기를 쳐들어 보이며 차돌이가 대답했다. 그리고는 조총은 여기 있다는듯이 자루에 넣어 어깨에 걸친 조총을 한빈 추석거린 그는 그러다 보니 떡 미안하게 됐다는 내색으로 고 충경이를 쳐다보았다. 그러나 고 충경은 고개를 돌려서 옆집 문턱에 걸터앉아 있는 자를 바라보고 있었다.

「아─」

저도 모르게 놀란 소리를 낸 차돌이는 고 충경의 소매를 건드리며 속삭이듯이 말했다.

「저 사람이요. 김 감역의 아들이요. 잡손이를 대신 내보낸 것이 저자요.」

고 충경은 한번 고개를 끄덕였을 뿐, 역시 딴눈을 팔듯이 외면하고 앉아 있는 그자를 바라보며 제 나비수염을 몇번 감쌌았다.

이때 김 감역의 아들 김 순량이도 고 충경을 알아보았다. 아니 제 편에서 먼저 알아본 김 순량이는 우선 「망신 살이 뻗치누라구 하필 이런 때에…」 하는 생각이 들었다. 그러나 다음 순간에는 그런 생각보다도 가슴이 선뜩했다.

「저 활과 전롱은…」

하는 김 순량은 속으로 떨리기까지도 했다. 고 충경이가 활을 잘 쏜다는 것은 전부터 아는 일이다. 또 지난 여름에는 대동강에서 바란듯이 제 활재주를 내놓고 일본 군사의 조총과 한판 겨루었다는 소문까지도 들었다. 그뿐으로 그후에는 통 소식을 몰랐던 고 충경이가 하필 이런 때에 활과 전롱을 들고 나타났다. 그뿐 아니라 같이 온 총각놈은 기러기를 쏘아 잡았노라는 조총을 메고 왔다. 심상치 않은 패거리다. 착실한 장사치요 또 교장고장한 선비이기도 하던 고 충경이가 홀출 심상치 않은 패당으로 나타난 것이다.

지금의 총소리는 일본 군사가 쏜 것이 아니였던 것이 판명되였다. 일본 군사가 오는 줄 알고 달려갔던 왜려 김 설군이는 그 다음으로 내뺐거나 어데가 숨은 모양이다. 동정을 살펴 갔던 산람들은 일본 군사도 안 보이고 패랭이 쓴 자도 없어졌다고 했다.

김 순량이는 왜려와 끝이 달아나지 않았던 것은 후회했다. 그런 생각이 없었지는 않았으나 행여나 하기도 하고, 또 체면에 그럴 수 없기도 했다. 시말 니 달아나려는 기색을 뵈었다가 붙들리면 더 챙피를 당할 것 같기도 했다. 한편 또— 설마 한들 이 촌 무즈렁이들이 언감생심 사람을 다 치기야 하랴. 고 작 탄나는 소금이나 때앗구 말겠지—하기도 했 다. 바모 이런 때에 고 충경이가 심상치 않은 패당 으로 나타난 것이다.

『이제라두 반가운척하구 존연히 인사를 한가?』 김 순량은 이렇게 생각했다. 이런 경우에는 심상 치 않은 패당일수록 그 덕을 볼 수도 있으리라는 생각애서였다. 무척 낯간지러운 일이지만— 아니 고 충경을 알잡아서 그에게 체면이 깎일 촌남을 비 처 보았던 일이 있었다. 그만 일이 무슨 원쑤 치부 할 일이야 되는가? 이렇게 되살려 생각하는 김 순 량이는— 어떻든 이전부터 피차 잔 아는 처지가 아 닌가. 그래서 거래까저도 터서 이전의 정리변을 쓰

이때 고 충경이로서는 김 순량이가 외면하고 있는 것이 다행이었다. 저편에서 인사를 하면 모른 척 할 수도 없었다. 김 순량이가 눈에 떠였을 때 한순간 무춤한 생각이 없지도 않았다… 그머나 지금 처자로 서는 그만것쯤은 너무 한가한 생각이라 이미 옛어버 린지도 오겠나. 그래서 없음에서 부추기듯 하는 차돌 이의 말에 한번 『고양놈 같으니—!』했을 뿐— 그런 『고양놈』 김 순량이보다도 지금은 무순 진한 말이 라도 있는듯 앞을 막아선 사람들에게 더 마음이 끌 리었다.

『당신네는 누구시오?』
『보매에 당신네가, 혹시나 해서 묻는 말인데 누구 시오?』
아닌게 아니라 사람들은 이렇게 물었다.
『……』
차돌이는 물론, 고 충경이도 그렇게 묻는 만에는
『아니 그렇게 아니라 우리가 먼지 여기 일부터 말

하는 것이 좋은 것 같군.」

채수염 늙은이가 만했다.

「그 말이 옳쉐다.」

「여기서는 방금 이런 일이 생겠소.」

이렇게 시작한 만로 사람들은 지금까지의 일을 대강 이야기했다. 그들의 말에 김 순랑이를 다시 한번 흘어본고 충경은

「우리는 서산 대사 앞에서 일하는 사람들이올시다.」

이런 대답을 했다.

「우리 소견에두 그 비슷이 김작이 가서 물었드랬소. 그럼 이 일을 어떻게 하는 것이 좋갔소?」

「정 마침 잘들 오셨소.」

「좌우간 말아서 치결해 주시우.」

사람들이 이런 만을 하자 분숙

「고 생원—!」

하꼬 김 순랑이가 꼬 충경이를 붙렀다. 사람들이 제 이야기를 꺼내자부터 혹은 고 충경이를 마주보기도 하고, 혹은 원고개를 묵기도 하던 김가는 문득 어데서 용기가 솟기라도 한듯이 고 충경이를 찾고

「이 사람에 말이다 그대루는 아니오마는 내 일이 좀 수롱스럽세는 됐소.」-

하며 일이 서는 그 깐끔한 얼굴에는 이색하나마 빙그레한 웃음이 비끼기도 했다.

「……」

그 자에게서 시선을 거둔 고 충경은 여러 사람의 말을 또 기다리듯이 둘러볼 뿐 대답하지 않았다.

「그러다 보너 서루 아는 사람인 모양이로군.」

「한성안 사람이면 그렇기두 십지.」

「그리구 보너 일이 좀 공교루운네.」

김 순랑이가 문득 생기를 내서 고 충경에게 수작을 부치는 것을 본 사람들 중에는 뒤쪽에서 자기네끼리 수군거리기도 했다. 혹은 하회가 어떻게 될가 하는 눈으로 두 사람을 빈갈아 보는 이도 있었다.

「고 생원— 이 소금은 택이 말아서 좋루록 처분하시우. 그렇게 해주면 나는 손씻구 말겠소.」

다시 만은 시작한 김 순랑이는 지도 로지방 아래로 내러서려다가 마침 또 비가 온다는 핑개로 다시 문허에 길터앉았다.

정말 비가 또 부실기리기 시작했다.

「지금 이 사람네는 날 보구 어북지 않게 말들을 합디다만 이 난들 할 수 없는 사정이 있어 그랬지, 뭐 이 안타까와서 이 소금을 꼭 성안으루 가져가야 한다야 - 있겠소. 빌기 기렇게 된 바에는 여기서고 생

원을 만난 것이 나루서는 퍽 잘된 일이요. 소금일랑 은 고 생원이 말으시우. 이 짐꾼들을 시켜서 소용 되는 데까지 가져가두 좋쉐다.」

「……」

고 충경이는 이번에도 그자의 말에는 대답하지 않 았댜. 새까만 나비수염 끝이 약간 흔들리게 한편 입귀에 엷은 미소를 띠운 낯으로 역시 그들의 의향 운 문듯이 앞의 사람들을 둘러 볼 뿐이였다. 그들 역시 고 충경이를 마주 볼 뿐 별다른 의향이 없는 듯 입을 떼는 사람은 없었다. 일이 그만그만하게 끝날 것도 같았다. 그러나 이때

ㅡ아이구 난 무섭쉐다. 이재 난 치가 떨렸소。

문득 이같이 떨려 나오는 말소리가 모여선 사람들 의 등뒤에서 났다. 어린 손자를 업은 아까의 그 할 머니였다. 그 말과 함께 앞으로 나서자

「이재 저 사람의 눈 못 봤소? 저 눈ㅡ지 얄궂은 눈 말이요。」

이렇게 웨치면서 아직도 문뎌에 걸터앉아 있는 김 순량의 눈을 손가락질해 보이는 할머니는 사람 들을 둘러보며 만했다.

「이재 죄종 소디가 났을 때 만이요。그 소리에 우리 는 다 질겁을 했는데, 지 사람만은 「옳다구나!」ㅡ하

는지 반가운 나색으루 눈웃음을 치지 않소! 나는 겁이 많은 햄미가 돼서 그런지 그 얄궂은 살기 웃음 을 보구는 오싹 소름이 끼쳤소。

실로 떨리는 소리로 이렇게 말한 할머니는 숨은 몰러가지고 또 만을 이었다.

「왜 놈? 하면 우리 되선 사람은 너나 없이 다 치를 떠는데 저 사람만은 되레 그놈들이 온다는 소리에 반 색을 하니 저런 군 하구야 어떻게 같은 하늘을 이구 살갔소. 아이구 세상에… 안 되갔쉐다. 난 그만 소 름이 끼치구, 오금이 재렸소。」

말을 마친 할머니는 다시금 몸서리가 치는듯 설레 설레 체머리를 흔들기도 했다.

「그 말씀 옳쉐다. 나두 그런 내색을 보구 저런 죽 일 놈ㅡ했드랬소。」

로파의 등뒤에서 상투 큰 둥군이 이렇게 말했다.

「들구 보니 정말 그랬소。」

「이자가 순순히 소금을 내놓는다구 그냥 봐보내선 안되갔소。」

「소금이 대사요? 저런 자가 왜놈한테 소금만 요공 했갔소? 필경 왜놈 앞으루 럼탐질두 했을기요。」

「하다 뿐이요。」

「지놈을 어떻한다?」

283

『어떡하기는— 당장 끌어 내려。』

다시 겨앙한 사람들이 제각기 웨치는 중에 몇 사람
이 성큼성큼 로지방으로 올라 섰다。그중에 차돌이
가 재빠르게 먼지 올라 갔다。낯빛이 사색이 되게
파랗게 질려 가지고도 『너희가 나를 어찔테냐』하는
듯이 여전히 책상다리를 하고 걸터앉았던 김가가
사람들의 손이 제 몸에 닿게 되자 꼬꾸라지듯이 댓
돌 아래로 뛰어 내렸다。

『고 생원— 여보시우。이 나를 욕을 좀 먼하게 해
주시우。』

『욕? 베놈 몹시 점잖다。욕만 보구 말 아녀?
우린 막버우가 돼서 너 같은 놈은 욕만 뵈구 말지
않는다。죽일 놈 같으니。』

김가의 말에 고 충경이가 미처 대답할 사이도 없
이 한 장정이 그자의 갓모를 던져서 으스러진 모자
속의 상투를 꺼들며 해쳤다。김가는 라삿불이 그인
진창에 펄썩 주저앉았다。

『고공! 고 생원— 사람 하나 살리시우。개발이
빈 한번만 살려 주시우。』

김가는 자기를 굽어보는 고 충경의 정갱이를 끌어
안고 처다보면서 애원하기 시작했다。

『이놈이 고 생원한테 못할 짓두 했소。내가 그걸
모르지 않소。백번 사죄하리다。아니 당신의 분이
풀릴 일이라면 무엇이든지 다 하리다。내 손으루
내 해내비 굴총이라두 하갔소。고 생원— 나를、이
놈을 한빈만 용서하시우。살려 주시우。이 사람네
두 고 생원 말씀이면 들을 것 아니요。사람 하나 살
리시우。제발 제발…』

김가를 굽어보는 고 충경은 한손으로 만지작거리
던 갓끈이 흔들리도록 고개를 가로 흔들었다。

『백이 지금 이런 마당에서 구태여 그런 사소한 지
난 일을 말하잘 건 뭐요。그만 일이 실사 사헙이
된다기루서니 이 마당에서 그런 개인의 일이 하상 무
슨 상관이겠소。』

고 충경은 차근차근 타이르듯 하는 말루로 말을
시작했다。

『지금 이분들의 택에 대한 론죄가 그런 무손 사헙
으로하는 일인가、여기 이분들은 아마 물라두 택
하구는 아무런 상관두 없이 다 생소한 분들일게요。
그렇더래두 지금저 아주머니。말씀 한가지만 하더
래두 이분네만 아니라 아마 온 조선 사람의 거분을
사만한 일이 아니겠소。』

『고 생원、그것이 다 제 미련한 탓이웨다。그저 욕
을 먼한가 해서… 아니 그저 살 욕심에 그랬을 기

요‘고 생원 민씁 한 머디면 이분들르두 님 용서하 기 아니갔소. 이번 한번만…」

해결하는 김가는 마침 비껴 오는 빗방에 얼굴에서는 물방울이 줄기져 흐로 멀면서도 입속은 타는 모양으로 허도 잘 돌지 않는 어물한 말이었다.

「택의 죄상은 이번만이 아녀요. 여기 문죄한 사람이 하나 또 있소.」

또 이렇게 말한 고 충경은 차돌이를 돌아 보았다.

차돌이는 지난 五월 열 하루날 밤에 영명사 앞에서 만났던 잡손이의 이야기를 시작했다. 이야기를 어베서부터 시작할지 몰라서 처음에는 더듬거렸으나 차차 열기를 띠게 된 차돌이는 제 말에 저도 흥분했다.

「이렇게 잡손이의 어굴했던 이야기를 들은 것은 나만이 아니드랬소. 그자리에는 임 옥경 별장님두 있었소. 임 옥경 별장님은 저런 고한 놈두 있나! 했소. 또 서산·대사님두 있었소. 서산·대사가 지금 이놈을 보았으면 아마 그 로장두 용서할라구 안할 거요.」

우 하시는 벌으변 못힌 짓 없이 다 현 놈이요」

「그러나 보니 왜놈하구 한몽치루 때려 죽일 놈이 됐구나.」

사람들은 다시 김가에게로 달려들었다.

「우리 자식새끼들이랑 동생돌은 다 군중으무 나갔다. 왜직과 싸우다 많이 죽기두 했다.」

「그런데 네놈은 죽을 고에다 어린 사람을 밀어 넣구 빠져 나와서 왜 놈 앞에서 장살 하구 렴탐질을 해? 이 죽일 놈 같으니.」

「일어 서라, 이놈아!」

하며 달려든 사람들은 김가의 상루를 끼들어 일으켜 세웠다.

「아까 먼저 달아났다는 놈은 어떤 잔가?」

고 충경이가 물었다. 반 얼혼이 나간 김가는 미처대답을 못했다. 고 충경이가 다시 물어서야 김가는 입이 언 소리로 대답했다.

「그놈은 왜군이 대마도에서부터 통사루 데려 온 김 삼군이라는 왜려올시다. 그놈은 제 에미두 체 쳐컨두다 왜녀라구 합디다.」

「이놈아! 너는? 넌 어느 틈으루 나온 놈이가?」

「너두 그 왜려나 다름 없는 놈인데 네 에미, 네게 집두 왜녀가 아니드냐?」

차돌이는 글썽해진 눈물을 주먹으로 씻으며 말을 이었다.

「이놈이 이런 놈이요. 이따위 놈이요. 제가 살기

사람들은 군침을 밸듯이 말했다.

「제 심정을 말씀하자면 저는 못난 것이 그 왜려이 섭부틈을 한 셈 밖에 안 되너다. 그놈은 남도 사루리나마 우리 말은 뭉 모르다 싶이 서툰 놈인데 여기 사람과는 포 한두 마디만 해두 왜려라는 것이 탄로 될 기라구 저를 굳이 끌긴래… 저는 또 지지룬 작쥐두 있구 해서… 심정을 맡씀하면 이렇읍니다. 지금 저 총각의 말대루 제가 그렇게 군영을 피해가지구 두 또 뒤너어 나오는 군총 초모사(召募使)를 피해 다니누라구 맘을 못 놓구 지나던 차에 왜군이 자주 출물한다는 데둥강 근처가 나을 것 갈애서 그쪽으루 피해가 있다가 우연히 그 왜려를 만났던 것이올시다.」

반게경신이 없다 싶이 묻지도 않는 말까지 늘어 놓기 시작한 김가의 말대는 기스름이 일었고 그거 스룸을 나꾸어서 물으면 또 새 사실이 나오고 해서 종당은 그자외 늙은 부모와 처자식들까지 지금은 평양성내에서 산다는 것이 판명되었다. 말하자면 왜해 김 삼군이가 물어 들인 김 순량이를 저의 앞잡이로 리용하려는 일본군은 우선 김 순량이를 불들어 뺄 필요가 있었고 그러기 위해서는 그자의 살불이를 을 인질로 잡아 둘 필요가 있었다. 그래서 소서행장은 김 순량이를 재물로 달래기도 하고 협박도 해서 마침내 그자의 권속들을 배로 실어다가 평양성내에 억류해 두었던 것이다. 이런 사실을 알게 된 사람들은 모두 머리를 흔들었다. 더 두고 보잘 여지가 없다는 뜻이었다.

「그래 지금 평양성내에는 당신네 권속들 외에 또 다른 사람은 없소.」

고 충경이가 물었다.

「있읍니다. 많지는 않아두 더러 있읍니다.」

「어떤 사람들이 있소. 좀 압시다.」

「아시는지. 저게 월향이네 모녀가 있읍니다.」

「게 월향이— 기생 말이요. 그 기생은 본시 평양운 떠나지 않았던가.」

「떠나기는 떠났는데, 세산 재물을 놓구 가기가 아까와서 바꿰다가 맨나중에 늦게 떠났는데 북촌으루 가 노라구 가단 길에 선연동(嬋姸洞=지금의 고노꼴) 근처에서 왜군한테 붙들려 되들어 왔다고 합니다.」

「그리구는 또 어떤 사람들이 있소.」

또 이렇게 묻는 고 충경은 한끝 안 되었다는 생각이 들기도 했다. 이갈이 주고 받는 말이 길어질수록 평시에 만나서 인사 수작을 하던 말루가 나오게 되는데 그럴수록 고 충경은 자기가 사룻한 위인이 되는 것 같아서 스스로 염충이 나기도 했다. 아닌게 아니라 수작을 하는 동안에 김 순량의 얼굴에는 확실히 저퍼하는 기색이 덜리고 그 말소리도 차차 순퍼해졌다.

『그밖에는 ·더러는 왜적 김 삼군이 눈이 피수어 가기 두 하구、또 더러는 외군들이 물아래무 배를 타구 다니면서 남촌 등지에서 불들어 오기두 한 농군들이 수십명 됩니다。 또 간혹 영명사에 남아 있는 늙은 중들이 드나듭니다。』

김 순량은 순순히 이런 대답을 하면서 숭하게 으스러진 것을 벗어 버리고 망건 우에 수긴을 쓰기도 했다.

『왜적들이 그렇게 우리 사람들은 불들어 들이는 까닭은 어데 있는 것 같습디까。』

고 충경은 이런 것을 또 물었다。 이때는 다시 오기 시작한 빗발이 패 굵어졌다。 그러나 고 충경은 활과 전통을 로지방에 올려 놓았을 뿐 저 자신 비를 피하려고는 안 했다.

『자세한 것은 몰마두 이런 모양 같습디다。』

하는 김 순량의 말을 들으면 일본군은 우리 사람들을 걸리는 대로 불들어 들이기 위주였다。 그 까닭은 주로 보통벌의 곡식을 노리는 데 있는 것 같다고

김 순량이는 말했다.

평양 성내의 일본군 역시 보통벌의 추수기가 오기를 기다리고 있다는 것이다。 평양 성내에는 아직도 적지 않은 군량이 남아 있기는 있었다。 그러나 일본군은 언제까지나 평양성에 머물러 있을 작정인지 혹은 더 많은 중원군이 쓸어 올 예정인지? 그런 것은 모르나 어쨌든 더 많은 군량을 마련하기 위해서 바로 성밖인 보통벌의 곡식을 거둬 들일 준비를 하고 있었다。 일본 군사들은 나무를 작벌해서 숯을 굽고 대장간을 차렸다。 본시는 병장기를 만들고 수선하기 위해서 저의 나라에서 이윤해 온 기구와 대쟁이들이였다。 그러나 지금 하는 일은 병장기보다도 주로 낫을 만드는 것이다。 그런 것으로 보아서 우리 사람들을 많이 불들어 들이려는 것、역시 보통벌 추수 때에 쓰려는 것 같다고 했다.

이러한 김 순량의 말에 고 충경은 놀랬다。 고 충경이 뿐 아니라 다른 사람들도 모두 『저런?』 하는 눈으로 서로 마주 보았다。 그러나 한편 또 고 충경이는 내심으로 웃기도 했다。 지금의 일본군이 그 얼마나 궁지에 처해 있다는 것을 가히 짐작할 수 있는 일이기 때문이였다。 본시는 이 조선이라는 한 나라를 삼키고 그 온 백성을 저의 무릎 앞에 꿇비고

호령해 볼 야심으로써 저의 나라를 롱기울이다 싶
이 떨어나온 일본군이 아니겠는가. 그런데 지금의
그들은 고작 한 성시를 차지하고 있는 저의 군사의
군량을 관비하는 베도 호령으로 모아 들이거나 누구를
시킬 수도 없는 것이다. 그만치 그들의 위령이라는
것은 이 땅에서는 설 수가 없는 것이다.

『지금 왜군 진중에는 당신과 저 김 삼군인가 하는
왜려 외에 또 누가 왜적 앞으로 나서서 민간으로 나
다니는 자가 있소?』

고 충경이가 또 이런 말을 묻자

『없습니다.』

대답한 김가는 그 말에 대한 대답보다도 제 변명
이 더욱 긴한 모양이었다.

『지금 고 생원의 말씀은 제한테는 좀 과하신 말씀
이요. 이 나를 그 왜려놈까 같이 왜놈 앞으루 나섰
다니...』

『이 마당에서는 그런 말은 소용이 없고... 저 어떻
소. 지금 댁을 놔보내면 그 왜려를 붙들어 올 수
있겠소?』

고 충경이는 또 이렇게 물었다. 사람들은 『이 무
슨 일인가?』 하는 눈으로 서로 마주 보았다. 그중
애도 김가가 더욱 뜻밖인 듯한 낯색이었다.

『저를 놔주시겠소?』

『가서 그 왜려를 붙들어 오시우.』

『그놈을요? 에, 그래보지요. 붙들어 오리다. 제
가 무사한 것을 보면 그놈두 아마 따라 올기웨다.』

하는 김 순량이는 출입할 때 의관을 바로하던 솜
씨로 머리의 수건을 매만지면서 고 충경의 기색을
살피기도 했다.

『그림 어서 따라가 보오. 이 사람을 보법시다.』

고 충경은 아직도 김가의 앞을 막아선 사람들에게
도 말했다. 그들 중에는 『대체 어떻게 하는 일이
요?』 하고 따지려는 눈치가 보이기도 했다. 고 충
경은 역시 『보내라』는 뜻으로 고개를 흔들었다.
동쪽 길로 나선 김가는 허정허정한 걸음걸이로 걸
어가면서 대여섯 걸음에 한번씩 이쪽을 돌아보군 했
다. 때마침 쏟아지는 빗발을 겨해서도 알아 볼 수
있을만치 그 눈에는 의심과 겁으로 번득이
는 빛이 뵈었다. 그때마다 이쪽 사람들도 자연히
진장해지는 모양으로 멀어가는 그자의 뒷모양을 지
켜보고 있었다.

몇번쨈가 돌아본 김가는 그 동안에 부쩍이 섰는지
또 한번 힐끗 돌아보자 잗달음을 놓기 시작했다. 사
람들은 『저런 놈! 저놈을?』 하는 눈으로 고 충경이

물 돌아 보았다. 고 충경은 어느새 활을 잡고 또 어느새 살을 먹였는지 만궁으로 밤았던 활시위에서까지손을 쨌다. 핑— 퉁겨지는 궁현 소리가 나자 물안개 자욱히 서린 빗반 속에서 외마디 비명이 흘리며 두 팔을 벌려 허공을 끌어 당기듯이 허위적거리던 김가가 길섶 도랑창으로 굴러 떨어지는 것이 비였다.

순간 사람들은 아연했다. 몸서리를 치기도 했다. 그런중에 혼자 허를 차는 고 충경이의 한숨소리가 늘렸다. 그를 다시금 쳐다보는 사람들은 그가 과연 자기네를 대신해서 어려운 일을 치러 주었다고 생각했다. 그러나 『수고했다』거나, 『덕분에 일이 간편하게 처치됐다』거나 하는 인사는 도리어 인사가 아닐 것이므로 급방 있은 일이지만 그것은 있었던듯 다치지 않는 것이 더 엄숙한 대접이리라고 생각한 사람들은 말없이 고 충경이를 따라 토지방으로 올라 갔다. 방안에 들어 앉은 고 충경이가 황과 전통을 간지펼 때 부엌으로 난 샛문이 열리며

『탱술 좀 받아 주시우』

하는 소리가 났다. 아까의 그 한머니였다. 아닌게 아니라고 충경은 그 탱수를 달게 마셨다.

이때 문득 밖에서 웃음소리와, 환성과, 『우야—』 소리가 났다. 맞은집의 하이다리에 매두었던 보라매 두 손이 쏟아지는 빗발을 거슬러 한꺼번에 솟아 날았다.

『세월이 굉장해진대 또 보자.』

매물 놓아 주면서 한 로인이 하는 말에 역시 한 로인도

『그래나! 죄 없는 너희들은 간 데루 가라.』

하면서 자기네가 놓아 준 매의 날음을 바라보았다. 사람들은 『우야—』 소리를 지르며 웃고 떠들었다. 이역시 극히 소박하면서도 겨조 높은 멋을 아는 이들의 랑반이라고도 할 수 있었고 또 고 충경이에게 대한 감자와 그윽한 대접이기도 했다. 그들을 따라 나가서 훨훨 날아 가는 한쌍의 매를 바라보는 고 충경은 어덴가 집쳤던 마음이 풀리는듯 쾌하게 웃었다.

『이야기는 따웨다마는 보매에 형편이 이제 왜적을 하구 보통벌 꼭식을 다투게 될 모양인데 어떻소?』

다시 방안으로 들어온 때 매물 놓아준 한 로인이 고 충경에게 물었다.

『위험한걸 무류쓰구 그 농사를 다 지셨으니 기물용량까지두 어련히 하셨겠소마는 지금 서산 대사가 기느린 사람들만으루 족한가 말씀이웨다. 아니 내

말은, 일꾼이 다 다익선으로 많두새 좋지 않을가 해서

묻는 말이요.」

「그 맛 용량은 있다고도 할 수 있습니다. 하나 지

금 말씀대로 다 다익선이라구 하면 족하다구는 할 수

없지요. 더우기 이제 할 추수가 지금까지 해온 일

보다도 더 어렵구 힘든 일이 아니겠습니까.」

이러한 고 충경의 말에

「우리두 그걸 모르구 하는 말은 아니웨다.」

하고 이번에는 상투 큰 농군이 말을 맡아 나앉았

다. 그는 좌중을 둘러 보면서 말을 이었다.

「마침 이렇게 여러 곳에서 온 사람들이 모인 자리

에서의 논좀 해봅세다. 내 말인즉은 이분네가 하

는 가을걷이에 우리두 품 한 자루씩 보태두룩 하자

는 말이웨다. 우리는 이분네 갈이 그런 포재가 없

어서 병쟁기 가지구 왜적과 싸우지는 못할망정 해

온 일이 농산네 추수야 한몫 못 해드리갔소.」

「옳은 말씀이요. 그리구 또 우리가 여기서 의논이

맞아서 각기 동네루 가서 발론을 하게 되면 따라나

설 사람들이 많을 거웨다. 그래서 몇 백명이구 한껍

에 나서게 되면 일을 한몫 좋이 치를 수 있을 거

웨다.」

채수염 로인의 말이었다. 그러자 또 누가

「자 그림 우선 이분네한테 지금 잡약산에서는 어드

런 요량들을 하구 있는지 그 이야기부터 좀 들어 봅

세다.」

이런 말로써 사람들의 공론은 시작되었다.

49. 군량이 문제

이해— 임진년 겨울은 유달리 혹독히 춥기도 했으

려니와 그 추위가 또 일찍부터 시작되었다. 문헌들

이 전하는 바에 의하면 조상강이 있었거나 한 것은

아니지만 八月 하순부터 추위는 시작되었다. 예로부

터 일본인들이 조선의 추위를 칭용하는 말로서 「조

선서는 겨울에 술을 사러 가는데 채갱이를 가지고

간다」고 하는 것은 이 임진년 추위에 혼나보고 하는

말이다.

손자(孫子) 병서(兵書)에는 「夏不征南, 冬不征北」

이라는 말이 있다. 「여름에는 남쪽으로 싸우러 가지

말 것이요, 겨울에는 북방으로 처들어 가지 말라」는

것이다. 즉 군사를 일으켜 멀리 원정을 하는 데는

가는 곳을 따라서 덥고 추운 시기를 가려야 한다는

것이다. 일본군이 지난 하사월에 부산에 상륙한 것

은 제 시기를 가려서 한 일이라고 할 수 있었다. 그러나 그 선봉 부대인 소서행장군이 평양성을 점령한 이래 한 걸음도 더 나가지 못하고 묵새기는 동안에 추위가 닥쳐온 것이다. 일본 기록들에 의하면 이때 풍신수길은 가등청정에게 편지로써 다음과 같이 문의한 일이 있다. 『조선의 추위는 대단한 모양인데 그런 동한을 막을 준비는 어떻게 할 것인가?』 말 하자면 자기에 군사가 추위에 약한 것은 물론, 그런 베다 또 그들의 옷이 혹독한 동한을 막을만한 것이 못된다는 것을 잘 알고 하는 걱정이였다. 이에 대한 가등청정의 회답은 명년 봄에 행동할 작전 계획을 늘어놓고 그 작전을 위해서는 더 많은 군사가 필요하니 속히 중원군을 보내도록 하는 것이 무엇보다도 긴급한 일이라고 했다. 이것은 추위가 하도 혹독하므로 명년 봄에나 다시 행동하게 되리라는 것을 은연중에 표시한 것이다. 비단 가등청정이 뿐 아니라 소서행장의 의사 역시 그렇다는 것을 우리는 알 수 있다.

이 무렵에 명나라에서 보낸 심 유경(沈唯敬)이가 八월二五일에 평양 부근에 당도했다. 그는 자기 사탐을 시켜서 소서행장에게 한번 만나보자는 편지를 보냈다. 소서행장은 쾌히 승낙했다. 이렇게 말하기보다도 소서행장은 명나라 사신 심 유경을 반갑게 맞이했다는 것이 더 정확할 것이었다. 불시로 강북산(降福山=지금의 갑북산) 밑에다 군막을 치고 기치 창검을 나렬하고 의장병을 늘어 세우는 등으로 위의를 갖춘 소서행장은 경의지, 소서비, 현소 등 막료들을 대동하고 나가서 심 유경을 상국(上國)사신에 대한 예로써 영접했다. 명나라 조정에서 보낸 사람이기는 하나 일개 유격(遊擊)이라는 하급 관료에 지나지 않는 심 유경은 단 二—三명의 부하를 거느렸을 뿐인 초초한 행색이었다. 그럼에도 불구하고 소서행장은 융숭한 례로써 그들 영접했을 뿐 아니라 심 유경이가 내놓은 조건을 두말 않고 승낙했던 것이다.

그 조건이라는 것은 ㅡ심 유경 자신이 명나라 조정에 가서 강화 조건을 가지고 다시 평양으로 올, 때까지 五○일간을 위한하여 그 동안에는 일본군은 평양성에서 서북쪽으로 십리 밖을 더 나가지 못할 것. 이와 동시에 조선 군사도 그 안으로 들어가지 않을 것ㅡ이었다.

소서행장이 이러한 조건을 두말 없이 승낙한 데는 그래만한 까닭이 없을 리가 없는 것이다. 바로 얼마 전까지도 조선 조정에 대해서는 일본군이 이제 수둑병진하여 처믈어 갈 터이니 『대왕은 장차 어베로 가려는가?」하여 협박 공갈을 해 왔고, 저의 장졸들에게는 오래지 않아서「압록강 물을 마시게 되리라」고 호언장담을 해온 소서행장이었다. 그러나 그런 협박 공갈과 호인갱담이 결국은 빈소리가 되고 말리라는 것을 누구보다도 소서행장 자신이 더 잘 알았다. 수묵빙진할 조건이 못 된다는 것은 이미 무루히 말한 바라더 반할 것 같고, 벌써부터 닥쳐오는 수위에 반빌기승이다 싶이 한 군사를 가지고는 이상 더 북으로 진격할 수는 없었다. 탕탕 큰 소리는 해놓고…

그래서 만바로 진퇴량난이었던 치지에 뜻밖에 나타난 명나라 사신이 그런 조건을 가저온 것은 소서행장으로서는 무척 다행하고 반가운 일이 아닐 수 없었다. 소서행장에게는 그것이 일시적인 휴전 조건이라기보다도 한마 명에 떨어질번한 자기의 체면을 유지하는 데 필요한 조건이었다. 소서행장으로서는 불감청이나 고소원이던 그런 조건을 접수하는데 두말이 없었을 밖에―

한편 의주 행재소의 왕과 조정 대신들의 초조감은 다가오는 추위를 앞두고 더욱더 절박했다. 이미 앞서도 이야기했지만 언젠가 왕과 윤두수와의 대화 중에서 평양을 점령한 일본군이 어째서 더 진출하지

않는가 하는 의문에 대해서「왜적이 아마 겁이 나서 더 나오지 못하는 모양」이라는 윤두수의 말에「나는 그렇게 생각지 않는다. 왜적들은 필시 어떤 간묵한 계책이 있어서 가을 선기가 나기를 기다리는 것이 아닐가?」하는 왕의 의구를 풀기나 반박할만한 근거나 조건이 없었다.「왜적이 겁이 나서…」한운운한 윤두수의 말부터가 어떤 정보에 근거한 것이 아니라 그저 한낱 주먹구구적인 억측에 불과한 것이었다. 이같이 적의 정세를 모르고 있는 처지에서는 암중모색이랄 것도 없이 그저「적이 또언제쳐들어 올지 모른다」는 진진긍긍한 불안만이 앞서게 된다는 것은 당연한 일이었다. 더우기 초조한 것은 벌써부터 해오는 명나라에 대한 청병 교섭이 지지부진한 것이었다.

여기서 일일이 다 밝힐 수는 없고 그 경위를 대강만 말하면 다음과 같다.

조선 조정에서는 벌써부터 일본이 장차 조선과 명나라를 침략하려는 기미가 보인다는 것을 명나라 조정에 알린 적이 있었다. 그러나 명나라에서는 그것을 믿지 않을 뿐만 아니라 도리어 조선을 의심했다. 그 일례로서 임진년 전해인 신묘년에 조선 조정에서는 김응남(金應南)으로 하여금 그번 사태를 알

리기 위하여 명나라로 보낸 일이 있었다. 일행이 산해관(山海關)에 들어서자 명나라 사람들은 길가에 서 구경하던 아녀자들까지도 『일본과 내통한 조선 사람이 무엇하러 우리 나라에 들어 왔는가』고 힐난 하며 야단했다.

그래만한 까닭이 있었다. 풍신수길은 조선과 명나 라가 서로 돕고 협력하지 못하도록 리간책을 썼던 것이다. 풍신수길은 명나라 상인들을 리용했다. 명나라에서 류구(流球)를 거쳐 일본으로 래왕하는 약재상(藥材商) 허 의준(許儀俊)이라는 자를 비롯 해서 여러 상인들에게—일본이 장차 조선의 길을 빌 어서 명나라로 쳐들어 가는 데는 조선이 길라잡이로 나선다는 것을 명나라 민간에 퍼뜨리는 한편 명나라 조정에까지도 알리도록 사수하고 뢰물도 주었던 것 이다. 풍신수길의 간계는 어느 정도 성공했다. 임진란이 시작되자부터 말바로 문헌이 닿을 징도로 드나드는 조선 사신들의 청병 교섭에 용이히 응하려 고 안했다. 물론 이 외에도 명나라에서는 또 다른 중대한 사정이 있기도 했었다. 바로 얼마전에 자국 내에서 일어난 농민 봉기였다. 봉건 왕조를 뒤흔들만 치 기창한 농민 반란에 봉착했던 명나라 조정에서는 그것을 진압하기에 전력을 기울이다 싶이 해온만치

금시 또 국외로 군사물 동원한다는 것은 힘에 부치 는 일이 아닐 수 없었다.

사세가 그런만치 리 덕형, 심 희수(沈喜壽), 윤 두수, 정 곤수(鄭崑壽) 등 조선 사신이 들어간 때마 다 명나라 조정에서는 잡문을박으로 물의가 분분한 뿐이였다. 마침내 조선 사태의 실정을 알아볼겸 첫 차수로 소부대의 원군을 파견했던 것이 조 승훈의 五천군이였다. 이미 말한 바와 같이 조 승훈은 평양 성을 공격하다가 패하고 돌아 왔다. 돌아간 조 승훈은 자기의 패전을 변명하는 구실로서 이때까지 떠돌던 소문이 헛소문이 아니라는 보고물 했다. 즉 조선이 일본군과 내응하는 것이 사실이라는 듯한 인상을 주 었다. 명나라 조야의 여론은 더욱 조선에 불리해졌 다. 조선 조정에서는 다시 리 덕형을 보냈다. 리 덕 형은 명나라 조정의 오해를 풀기에 애썼다. 기록에 는 그가 울었었다고 까지 씌여 있다. 명나라에서는 시 실정을 알아 보기 위해서 황 응양(黃應暘)이라는 사신을 의주로 보냈다. 조선 조정에서는 땅을 비롯 하여 대신들이 압록강 중류에까지 나가서 그를 맞 았다. 이때 리 항복이가 작년에 일본 통신사가 가져 온 풍신수길의 소위 「국서」라는 것을 내놓았다. 그 「국서」에는 태의 「頂欲超入大明國」이라는 문구가

있었다. 명나라 사신 황 응양은 『이런 문건은 왜 이제야 내놓는가?』 했다는 기록이 있다. 만하자면 이때까지의 의심이 저으기 풀린 것이다. 이와 아울러 조선에 원군을 보낼 때 대한 명나라 조야의 여론은 움직이는 데는 명나라 대신 설번(薛藩)의 주장이 큰 힘이 되었던 것이다. 그는 자기 황제에게 보낸 상소문에서

『이번 사변을 당하여 깊이 근심할 자는 조선이기보다 오히려 우리 명나라이리라』고 씼다. 즉 二백년래로 북긴성(福建省)과 절강성(浙江省) 등지에는 수시로 왜구의 침해를 받았으나, 명나라 서울 북경의 직통로인 묘양(遼陽) 지방과 천진(天津)이 이때까지 무사해 온 것은 오로지 조선이 있기 때문였다. 이제 만일 일본군이 조선을 접령하고 압록강을 건너게 된다면 묘양이 위태로울 것이요. 묘양이 위태로우면 북경을 안보하기 어려울 것이다. 이럼으로써 조선과 중국은 입술과 이와의 관게라고 할 것이니 만약 입술이 없어진다면 이가 찬 것이다. 그러므로 조선에 대한 외적의 침탁을 명나라로서는 수수방관할 수 있다는 것이 설 빈의 주장이였다. 마침내 명나라에서는 조선의 청병에 응하기로 정했다

이러한 곡절을 기처 조선 조정에서는 오랫동안 애써온 청병 교섭의 일단락을 지었다. 그러나 이에 따르는 또 한가지 큰 걱정꺼리가 생겼다. 그것은 눈량 문제였다.

조선 조정의 청병 교섭에 응한 명나라에서는 다음과 같은 조건을 제출했다.

즉 조선에 나가는 명나라 군사의 군량을 압록강 이북까지는 명나라에서 담당할 것이나 압록강을 건너서부터는 조선에서 책임질 것. 그리기 위해서는 五만명 군사가 석달 동안 먹을 군량을 관비할 것—이였다.

조선 조정에서는 물론 그 조건을 승낙했다. 그러나 그 만한 군량이 없었다. 후원군이 하루 속히 나오기를 초조히 기다리기는 하면서 정작 나오면 그들에게 제공할 군량의 준비가 없는 딱한 사정—이때의 정형을 알기 위해서 여기서 우리는 그당시의 기록을 또 좀 찾아 보기로 하자.

실록(李朝實錄) 선조조(宣祖朝) 임진년 八월달 기록에 의하면 다음과 같은 일편의 사실들이 있다. 하루는 왕이 좌의정 윤 두수를 불러서 『명나라 군사가 어서 나와야 합비 아직도 소식이 없으니 무슨 까닭일고?』 물었을 때, 윤 두수의 대답이 『제가 료

했다.

그 말에 동 총병은 군사를 일으키는 데는 먼저 성재(聲勢)를 올려야 하는 법이라 그래서 십만 대군이라고 하지만 실지 수효는 그때 봐서 더 많을 수 있고 적을 수도 있지 않으냐 하며 웃었다.

「지금 우리 조정에서 나를 보낸 것은…」 하고 한 용인은 또 말했다. 「당신네 나라에는 전부터 왜구들과 짜워 온 경험이 많은 · 남방(복건, 절강성을 말함) 군사들이 있는 만치 그 군사를 六백명쯤만 먼저 보내서 당장 위급한 것을 막도록 청하기 위한 것이라 되도록 그렇게 해주기를 바란다」고 했다.

단 「六백명쯤만…」 — 그만치 군사 문제가 난처했던 것이다. 선조와 심 유경간의 대화에서 七〇만 대군이 온다는데 「우선 六—七천명만이라도…」 한 것 역시 군량이 문제였기 때문이라는 것을 알 수 있다. 문론 큰 나라—명나라 군사의 위력을 그만치 높이 평가했던 것도 사실일 것이다. 그러나 一〇만, 七〇만이라는 수효에 일종 위혁감을 느꼈던 것은 주로 군량 때문이 아닐 수 없었던 것이다.

처음에는 청병 교섭이 안 돼서 걱정, 다음에는 보낸다는 후원군이 축히·안 와서 걱정, 지금은 그 후원군이 一〇만, 七〇만이라는 너무 엄청난 대군이어서 격정. 의주 행재소에서 이런 걱정들을 하고 있는 중에 세월은 흘렀다.

50. 우리 농민들

八월 二九일이 한로(寒露)— 이 무렵에 보통벌에서는 논고들을 터치고 물을 찌위서 논판을 말리기 시작하였다. 추수할 준비였다. 밤중에 나가서 논고들을 터쳤다. 그러나 그 물을 그저 보통강으로 흘러들어지는 않았다. 요긴히 쓸 데가 있으므로 논과 논 사이의 보뚝을 높여가면서 논에서 뺀 물을 잡아 두도록 했다.

이런 일들을 시키면서 추수할 시기가 박두해 올수록 서산은 마음이 무거웠다. 이제 또 우리 사람들의 피를 얼마나 흘려야 할 것인가. 지금의·보통벌 곡식을 거둔다는 것은 귀한 인명으로써 곡식을 바꾸는 일이라고도 할 것이었다. 단 한두 명의 우리 사람이 희생된대도 역시 그것은 못할 일 같이도 생각되였다.

九월달에 들어서부터 날씨는 더욱 음랭해졌다. 가을 소슬한 금풍이라기에는 좀 지나치게 거세고 맵기조차 한 서북풍이 때려부는 때가 많았다. 갑약산 일대의 수림들은 밤을 자고난 적마다 잎이 성글어지고 가지들이 앙상하게 드러나기 시작했다.

그러나 절기로 보아서는 벼갈이 四—五일쯤은 이르다고 한 것이었다. 제대로 한다면 상강(霜降)때 시해서 五—六일 전부터 시작하는 것이지만 공교롭게도 상강이 보름날(九월)이다. 밤의 어둠을 타서 해야 할 일인데 열 아흐레 달도 너무 밝을 것이고 또 달 떠 있는 동안이 길 것이다. 보름을 지나 그믐 초생은 기다리자면 그때는 서리가 와서 벼이삭이 내려질 넘려가 십분 있으므로 좀 이르더라도 며칠 안 당겨 하는 편이 나을 것이었다. 일찌기 시작한 추위에 나락의 성숙도 일러서 四—五일쯤 일찍 베더라도 별로 축갈 것 갈지는 않았다.

점심때가 기울어서부터 서잿골에서는 二천 五—六백명의 충군과 五백 여명의 농군들이 모여들기 시작했다. 그들은 각기 밥과 된장들을 싸가지고 왔다. 술가락까지도 가지고 왔다. 대개는, 혹시 건사하지 못하고 내버리게 되더라도 아깝지 않을 바가지에다 밥과 날된장을 결들여 가지고 오는 족족 된장을 모아 냈다. 서잿골 안을 중심으로 주변의 산기슭에는 돌아가며 큰 딴솥들이 四—五〇개나 걸려 있었다. 그것은 석구 많은 절의 큰 솥과 부근 농가에서 빌려 온 소여물 가마들이다. 본시부터 있던 집과 또 김쟁중에 림시로 지은 움막들도 있지만 삼천 여명이나 되는 사람들이 들어 앉은 수도 없고 또 많은 사람들의 끼식을 끓여 빌 솥이 없었으므로 딴솥들을 불인 것이다. 밥은 찬밥을 먹더라도 밤새워 일할 사람들이니만치 된장국만이라도 더운 것을 먹게 하기 위해서다. 농군들 중의 소를 가지고 온 사람들은 셀은 조짚에 콩을 섞은 여물들을 모아 냈다. 근 백 짝이나 되는 소들도 역시 밤새워 일할 것이므로 더운 여물을 먹이고 싶었던 것이다. 『밥이 일』이라고 하는 만치 농군들은 제 소건 빌려 온 남의 소건간에 같이 일한 소 생각을 끔직이 했다.

저녁을 먹기 전에 우선 일손 패거리들을 짜야 했다. 승병들은 이미 패거리가 째여 있었다. 본시부터 한 절, 한 임자에서 공동 생활을 해왔을 뿐 아니라 지난 여름내 김맬 때부터 패거리가 정해 있었다. 문제는 각처에서 모여온 농군들이었다. 한 골짜기의 풍관을 차지하고 모여 앉은 농군들은 우선 자기네마을 사람들끼리 의논을 시작했다.

『밤일루, 다파쳐 비면 하루 밤에 얼마나 빌 수 있을가?』

『글쎄― 누가 해본 일이야 알지… 낮일 같으면 한 마지기 반이나는 너녀히 빌 수 있는데』

『한 마지기 반이라? 그렇지, 저마다 다는 못 해두 난상 마루 일꾼으루 치면 그쯤은 빌길.』

낮을 두세 가라씩 갈아 가지고 온 사람들의 의논은 대개 이렇게 시작되었다.

『좌우간 요새는 낮보다 밤이 길지 않소.』

『이사람아, 아무리 길어두 밤이야 밤 아닌가.』

『아무러문요. 길은 밤길이 붇는다지만 일이야 낮에 대면 틱이 있소.』

『너녀 잡구 도무지루 몰밀어서 하나 앞에 한 마지기 이편저편할게요.』

『몰밀어 한 마지기라? 그게 밉지 않은 말일세.』

『매 사람 한 마지기썩만 치드래두 三천명 잡구 삼천 마지기― 매 마지기에 헐테 두 섬씩만 처두 六천석―』

『六천석이야 크다!』

『크기야, 아니 「사방 십리 보통벌이라 패천동―」하는 루진 붙림에두 나오는 논벌인데 크다는 소리 해서』

『루전불림 말이 났으니 말이지 정말 해만한 루진인데』

『해간한 루진이라니?』

『六천 석이 어떼야. 큰 루진 아닌가. 좌우간 서산 대사라는 이가 어드런 인지는 몰라두 통량 크게 큰 루전을 했소.』

『큰 루진이나 마나 三천명이 다 낮 들구 비기만 하면 어떡허나.』

『그러게 지금 하는 소리가 그 소리 아닌가. 한양으루 하는 벼갈 갈으문야 사리 모르긴 해두 십리벌에 다 소바리루 나룰때두 모를테, 거지반 등짐으루 나르게 묶어 둔여두 되지만 이거야 비는 쪽쪽 개눈 갑추듯 자작대야 할 판이니, 아마 비는 품보다두 묶어 나르는 품이 더 갈게네.』

『그럼 반반씩 해서 안 될가.』

『그럼 안될걸, 아사리 모르긴 해두 십리벌에 다 될테니 절반품두 더 들걸세.』

『그 말이 옳쉐다. 여기서두 그쯤 요량들 하구 있소.』

『여기서라니, 그럼 백은 본시 여기 사람이요? 어데 난데서 민저 왔소?』

『나 말이요? 난 여기 사람이요.』

『아 그렇소? 아니, 그러면는― 첫인사에 댓바람 이렇게 만한다구 나무럼일랑은 말소. 한테 봐하니 나만큼이나 늙은 두상이 그동안에 숫한 경난두 하구

고생두 많이 했갔소. 뉘시요? 좌우간 우리 알구나
지냅세다.」

「좋은 말씀이웨다. 나는 이 동네서 늘어온 김 첨지
웨다.」

「김 첨지! 아 그렇드랬소? 원 두상두 어디서···
아까부터 꺼 온 보리자루처럼 한옆에 앉았길래 우
린 또 우리처럼 어디 난데서 온 보리동진 줄만 알았
드랬소. 벌써 「나웨다」할 것이지. 하지 두상의 말
을 많이 들었소. 이렇게 합석해 보기는 첨이라우.
태판절 늙은 두상이 웬 기운꼴이 있어서 왜놈을 다
때려 잡았소. 이야기 좀 하우.」

「아니 저 아즈바닌 제편에서 먼저 통정하자구 해놓
구는 촌면에 두상 두상 하구 남의 이야기만 들자니
외상 통성을 할 작정이요?」

「나 말인가? 촌놈의 정 김가 아니면 려가라구—
상키두 왜놈의 눈이 하난지 둘인지두 모르구 있는
두상인데 뭐 그쯤 알면 그만 아닌가.」

「그래두 이 아즈바니가 지난 전춘 장날에는 여기
분들한테 한번 대탁을 했쎈다.」

「옳지! 그럼 그때 보래매 꽈쪘다는 두상이 바루
이 두상인게로군.」

「그때 왔던 고 생원인가 하는 활량이 이 아즈바니

이야기를 합더까?」

「들었소. 둔구 여기 사람들두 아닌게 아니라 누군지
는 몰라두 멋은 다 아는 두상이라구들 했소.」

「우리는 그매 장엘 안 갔드래서 못 봤는데 그 한 잔
쓰는 분이 지금두 여기 있나요?」

「있소.」

「최주머군가 하는 전 서방이랑, 승검술이랑, 또 을
지 문덕의 후손이라는 돈 서방이랑두 다 있소?」

「에 있소. 그 차람네는 아마 먼저들 나갔을 거
웨다.」

「다 한다한 장사들이라지요?」

「에, 이제 보시면 알게요.」

「그런 장사들두 장사지만 나 같은 늙은 것은 실인
즉은 두상의 소문을 듣구 왔소. 그분네는 본시부터
두 누구여다하니 하다못해 씨름으루라두 이름이 났
던 사람들이니 말할 것두 없지만 두상 같은 늙은 보
리 동지까지두 한몫 했다길래 우리두 하 병신 노릇
은 안 할 것 같애서 엄두를 내서 왔쎄다.」

「좌우간 잘들 오셨소. 그런베 아사리 모르긴 해두
당신네를 논판에 내세울는지는 모르갔소.」

「왜요?」

「그럼 우빈 헛길이게요?」

「왜 헛길이야 되갔소. 날이 새기 전에 저 북쪽 말메
산 뒤에까지는 다 날라야 할레니 할 일이야 좀 많쉐
니깐.」

「야니 김 첨지 아즈바니 그럼 우린 여기까지 왔
다가 버포기에는 낫두 못 걸어보구 간단 말이요?」

「바루 성밖에서 비구 묶구 하는 건 아무래두 위태위
태한 일이니 그래서 되두룩은 난베서 온 이들은 뒤
의 일을 도와 달라는 것 아니겠소.」

「난베서 온 이라니, 그럼 우릴 나그네 대접을 할
작정인가요?」

「여보게, 우리가 난베서 온진 틀림 없으니 나그네야
나그네지, 뭔가.」

「누가 그 말을 탓하나요. 여기까지 왔다가 일이 우
서우니 하는 말이 아니요.」

「우섭다 만다 할 것 없이 우리 할 탓 아닌가.」

「그래 그 말이 옳소─ 뭐에서 나르구 싶은 사람은
나르래구, 나부러라두 나가서 빌 사람은 비구, 제
소청대루 하면 될 게지. 누가 못 한다구 하갔소.」

「자 그럼 이젠 그걸 알아 뿐세다.」

「알아보나 마나 말하는 걸 듣으니 제왈 다 나간다
지 뒤에 처지갔단 사람은 없을 것 같네.」

「아즈바니 걸이 늙은이두요?」

「허─ 초면에 좀 과한걸. 모르기는 해두 이 날 보구
그렇게 만하는 이편두 봐하니 수염이 반전음은 된
걸 가지구 그러는구만.」

「수염이 반절음이라는 기는 또 뭐요?」

「반절음두 몰라? 청모에다 흰 장액털을 섞어서 맨
붓이 반절음이웨니.」

「청모구 장액이구 간에 좌우간 소청대루 만들 합세
다. 장액이 다 된 아즈바니부터 말씀을 하시우.」

「하나마나 나두 벼갈 한다기에 낫 차구 왔네.」

이런 이야기들을 하고 있을 때 한편에서

「저기 오는 지 춤이 시산대사 아니요?」

하고 누가 물었다.

「아닌가봐, 서산대사는 수염두 없구 좀 자그마하
다는데.」

「아이구 그럼 아니로군. 지 수염은 키가 키서 그렇지
답싸리 빗자루 걸이 온다구 하겠는걸.」

「정말 오줌 눌 때 기찻갔소.」

이매 사명대사가 농군들 앞에 나타났다. 곤짜기
지편 언덕에는 승병들이 모여 있고 이편 언덕에는
농군들이 있었다. 그 가운데로 나선 사명대사는 이
쪽 경사진 언덕을 따라 올라가며 눌어 앉은 농군분을
향하여 한번 합장하고 말을 시작했다.

『오늘 일은 왜적과 싸우려는 것이 아니라 미부득이한 경우 외에는 적들과 맞부딪치는 일이 없도록 하야 한 일이올시다. 우리가 가군 우리 땅의 곡식을 마치 도적질이나 하듯이 이 서리 찬 밤중에 여러분이 수고를 하셔야 한다는 것부터 분한 일이올시다. 그이 역시 앞길을 내다보고 참아야 할 일이올시다. 그러니만치 되도록 조용조용히 하야 할 일인데 그렇드라도 왜적이 알고 쓸어나오는 경우도 없지 않으리라고 생각해서 미리 조치들을 안 한 바는 아니올시다. 그런 조치들을 말은 사람들은 벌써 다 나갔습니다. 그러나 일하시는 중에 어떤 분칙한 일이 없으리라고는 장담할 수 없다는 것을 미리 알아두셔야 하겠습니다. 일은 바로 성 가까이까지 가서 비고 뭇는 것과 여기까지 날라 온 뒤로 이운하는 일 두가지가 있는 베여러분이 제제이 다 성밑에까지 나가서 빌 수는 없을 것이올시다. 그렇다고 어느 분은 나가서 비고 어느 분은 여기 남아 계시라고 소승이 말씀할 수는 없고 여러분께서 자량해서 하실 일인데 그러나 한가지 말씀드려둘 것은 오늘 밤도 미상불 몹시 추울 것 같소이다. 긴긴 밤에 허허벌판에서 찬 서리를 맞게 되면 추울 것은 말할 것도 없고 시장도 하실 것이올시다. 그래서 제 말씀은 그렇게 춥고 시장하시더리도 기침을 인 짓으실 분은 성읺에 나가서 일하셔도 좋고, 그렇지 못한 분은 아마 여기서 일하시는 것이 좋은 것 같습니다.』

사명 대사의 말은 끝났다. 한순간 좀 더 무슨 말이 있을가 해서 기다리던 사람들은 마침 쏠쏠 불어 오는 랭랭한 저녁 바람결에 가슴에 가득 흘어지는 수염을 쓸어 모아 쥐고 돌아서는 사명 대사를 보자

『기침?』

하며 웃다가

『기침으로 작정을을 해라?』

『거 옳은 말이요.』

『하기는 그래.』

하고 더 군말들이 없이 각기 할 일을 『기침』으로 작정했다. 그 결과는 거의 반반씩으로 나뉘었다. 역시 흡은 이들이 많았다.

사명 대사의 말과 같이 각각 소임을 맡아 가지고 벌써 떠나간 사람들이 많았다. 어떤 중들은 해를 몇 자루씩 가지고 황 서방과 그밖의 젊은 이 七—八명은 두세떼로 되는 나무 가지들을 칡으로 엮어서만든 작은 가리에다 닭과 비둘기를 몇 마리씩 넣어서지고 떠났다. 또 어떤 건장한 사람들은 작으나 달망지게 무거운 짚오쟁이들을 지고 떠났다. 그중

의 돈 서방 같은 사람은 조그마한 질화로 하나만을 들고 나가기도 했다. 또 섬여명 한패거리는 큰 북을 하나씩 싸지고 떠났다. 그 북들은 고 충경이가 김 응서를 찾아 가서 우리 조선군 진중에서 쓰는 것을 빌려 온 것이었다.

사명 대사가 마을로 내려간지 얼마 안 돼서 끌짜기에서는 지녁들을 먹게 되었다. 저마다 국솥, 국비주기, 국함지에 띄워 놓은 쪽박으로 더운 국을 퍼부어서 먹기 시작했다. 당장 솥에서 설설 끓는 국이 먼지 들장이 났다. 종당은 먼저 끓여서 좀 식은 버주기와, 함지의 국까지도 다 말리고야 말았다. 한쾌씩 둘러 앉은 사람들은 섭가랑잎에 얹어서 도중으로 내놓는 된장에 각기 주미니에서 뒤져낸 마늘쪽을 찍어 먹는 것이 식찬이였다.

『서산 대사는 볼 수 없으니 웬 일이요?』

언덕 중허쥼에 둘러 앉아서 먹던 사람들 중의 아까 김 첨지와 외상 통성을 했던 늙은 농군이 김 첨지에게 물었다. 김 첨지도 같이 먹는 중이였다. 김 첨지뿐 아니라 이 동네에 제집이 있는 사람들도 같이 일할 사람들은 외처에서 온 사람들과 함께 지녁을 먹었다.

『아마 나와두 별루 할 말이 없어서 안 나오나부웨다.』

『할 말이 없다니.』

『그로 정은 이런 일을 앞두구는 하두 걱정이 돼서 그런지 우리들한테 무슨 죄스러운 일이나 하는 것처럼 뒤에서 합장하구 머리를 숙이구만 있지 별로 말하는 법이 없쉔다.』

『그로 승이 그렇게두 맘이 예린가 원—』

『마음 쓰는 겄두 기운 따라 간다는 긴데 팔십 고개 물 바라보는 늙은이가 그럴지두 모르지。』

『암만 늙었대두 八十도 승병 대장이 아니요. 중들의 대장이라두 대장은 대장이니 하다 못해 대장싼 백조가리 하나쯤은 아무데라두 백혔갔지.』

『이재 그 사명당이라는 중은 기골이 정말 대장쌍 보이던데.』

『그 대사는 수염만 해두 대장감이더군.』

『사명당이 대장감이문 그 선생은 대장의 대장 아니갰나.』

『좌우간 누구나 사람을 애끼는 사람한테 간격들게 마련입니다.』

하고 김 첨지가 이번에는 딴청 같은 말을 꺼냈다.

『지난 六월달에 이 동네서 처음으루 왜적들과 맞다들게 됐는데…』

「참! 령감이 왜 놈 대려 잡을 때 말이요?」

「그 이야기 좀 들어 봅시다.」

「내 뭐 해자랑을 할라구 하는 만은 아니구요.」

「이편 해자랑두 좋으니 어서 하시우.」

「황 잡은 사람, 검 가진 사람, 낫, 도끼 든 사람들이 이제는 숨을 데 숨구 올라갈 데 올라가야 한 판인메— 제각기 산불이들이 달라붙어서 언제 떨어질 줘야 하지 않소.」

「과주질 않는다.」

「그렇기두 할게야.」

「그래서요?」

「왜 놈들은 다가오지— 네편네 자식들은 떨어져 갈라구 안 하지— 자 그러니 이런 땐 누가 있어서 한번 펙 호통을 해줘야 하갔는데— 그래서 저마다 바라보는 서산 대사는 마땅 한가운데 서서 고개를 숙이구 목환장 잡은. 손을 후물후물 떨구만 있지 않소?」

「이편이 떤구만 있다.」

「거 정말 야단인데.」

「그 대사가 재가 겁이 나서 떨지야 않았겠지.」

「그러게 말이요. 그러게 그담에 주복이 전 서방네 령감이랑 우리 늙은이들은 이런 말두 했소.」

김 첨지는 이런 말로써 자기 이야기를 이었다.

「그렇게 고개를 숙이구 서서 아무두 못 하구 소스라지게 떤구만 있는 그 로장을 보니, 할 일은 하면서두 우리 사람들을 얼마나 애끼구 인명을 얼마나 소중히 여기면 저럴가 싶은 생각이 우리두 찬잡이 다 되게 늙은 무상들이지만 그 로장이 바루 다심한 할우박지처럼 보이드라구 했소. 그래서 정말 더 발사심한 기운두 나구 악이 오르기두 합디다.」

「그래서 아즈바닌 아즈반네, 마누라를 흘들어 맨다구 했소?」

「……」

「그러게 사람 따라 어인지술(御人之術)두 각각이기든.」

「어인지술이라는 건 또 뭐요?」

수염 센 타령을 했던 로인의 말에 어떤 겁은 농군이 물었다.

「사람 다루는 품이 말하자면 사람들을 휘어 잡아 부리는 법수가 각각 다르다는 말일세.」

「그럼 서산 대사가 그랬다는 것두 그 무슨 「술」인가한 기란 말씀이요?」

「그러구 보면 서산 대사두 능축한 중인 모양이요.」

이런 이야기들을 할 때 저편 아래서부터

「서산대사다.」

「저 작단마한 중이 긴가?」

「그렇다는군.」

하는 소리들이 들렸다. 이편 언덕 우에서 밤울 먹던 사람들 중에는 혹은 바가지에 숫가락을 세워 둔채 일어 서서 아래를 내려다 보는 이도 있었다. 골짜기 밑에서 한 늙은 중이 팔막한 지깽막대 끝에 두 손을 포개잡고 서서 이쪽 언덕을 뒤덮어 앉은 사람들을 올려다 보고 있었다. 이때까지 그의 이야기들을 해 오다가 비로소 처음 보는 사람들의 눈에는 그 서산 이라는 로승이 그리 눈에 차지 않았다.

지금 막 지는 해의 락조를 받아서 수묵색 장삼 우에 걸친 비색 가사가 더욱 유난히 붉은 첫과 또 길 개드러운 은실같은 눈섭으로 무척 깨끗한 로인 이라는 인상 뿐이었다. 이윽히 내려다 보던 사람들 은 다시 숫갈을 들었다. 먼저 서둘러서 설설 끓는 숫의 국을 화로에 온 사람들은 허를 굴려가며 먹노 라 더지고, 뒤늦게 좀 식은 국을 받은 사람들은 훌 훌 떠먹덕어서 먼지 시작한 사람과 후에 시작한 사람 들의 식사가 거의 같이 끝나게 되었다. 다 먹은 그 릇과 숫가락들은 섭가랑잎으로 닦던 농군들 중에서

「서산대사님.」

하고 크게 부르는 소리가 났다.

「대사를 처음 보는 우리가 저다다 인사물 할 수 는 없고 하니, 도중으로루라두 대사의 말씀이나 한번 들어 보자구 찾았쉐다.」

한 중년 농군이 일어 서서 이런 말을 했다. 그러자

「기 좋은 발론을 뵜소.」

「좋쉐다.」

하는 소리가 여기저기서 났다. 농군들의 말에 그 개를 숙여 합장한 서산은 몇 걸음 뒤로 물러섰다. 거기는 만 숫들에 불을 때기 위해서 장작을 꽤던 큰 나무토막이 놓여 있었다. 시산은 그 나무토막에 걸 러앉았다. 약간 벌려 잡은 두 무릎 사이에 세운 지 팽이를 한편 어깨에 기대웅고 앉은 서산은 얼굴을 둘어 사람들을 올려다 보았다. 농군들은 자리를 좁 겨 가까이 조여 앉았다. 맞은편 언덕의 숫군들도 시 산의 등뒤로 모여 왔다.

「어러분께서 들어 주신다면 소승은 옛말을 하나 하 겠습니다.」

목이 좀 갈린 듯한 서산의 말이 시작되었다. 비록 나지한 음성이나— 이느 누구의 풍치 있는 소매길에 쌀치운 양금 줄이 싸르롱 우는 듯한 금속성의 어운 이 들리는 그의 말소리는 일리 퍼졌다. 산정에서 나

숲을 스쳐 가는 솔바람 소리가 들려올 뿐 멀리

안은、비교적 고요했다。오직 수천명의 긴장한 숨소

리만이 엉킨듯 했다。

『언제 어떤 어룬이 먼저 시작해서、지금 우리한테까

지 전해 오는 이야긴지는 모르오나 그 이야기를 시작

하신 분은 몰라도 어느 때 어느 곳에서나 어질고 착

한 사람들에게는 그 마음보의 조상이 된다고 생각합

니다。』

하던 로승은 잠시 입안의 침을 모아 삼키고 또 말

을 이었다。

『이야기는— 어느 깊은 산중에서 큰 산화가 났더랍

니다。무주공산(無主空山)에서 불이 났으니 불을 끌

사람인들 있었겠습니까。모진 바람세를 따라 불人길

은 빈질대로 번지는비 그 숲속에서 살던 길집승 날집

승들은 불을 피해서 달아나게 되지 않았겠습니까。그

런데 그중의 한 작은 산새 새끼 한 마리가 저 멀리

있는 산개울로 가서 날개와 꼬리에 물을 적셔가지고

날아 와서는 불타는 나무숲에 뿌리고 또 날아가서 물

을 묻혀다가는 뿌리고 하더랍니다。그런 양을 본어

머세가 「너 같은 작은 새가 무슨 일을 치르겠

기에 그런 헛수고를 하며 애를 쓰느냐」고 한즉 새

꺼새의 말이 「설사 일은 못 치룰지 모르나 이산은

우리가 이때까지 여기서 먹고 여기서 깃들여 자면서

즐겁게 살아온 산인데、지금 불타는 것을 보고야 어

찌 가만히 있을 수가 있겠습니까」했단다。그 말을

듣은 어미새도 제 어린 새끼와 함께 물을 묻혀다 뿌

리고 또 그것을 본 다른 새들도 그렇게 했단다。

그러다가 그 잔약한 새들은 지치고 날개의 힘이 다

해서 불속에 떨어져 타죽기도 했답니다。그 새들은

종당 그 산화를 끄지는 못했을 것이올시다。그

러나…』

여기까지 이야기해 온 로승은 어깨에 기대세웠던

지팽이를 다시 짚고 또 한 무릎을 짚으며 천천히 허

리를 펴고 일어서면서 말을 이었다。

『그러나 우리는 기필코 일을 치를 것이올시다。우

리는 헛수고를 하는 것이 아니라 기어이 성공할 것이

올시다。지금 우리 나라는 저 왜적 아수라들이 지른

불로 인해서 불타고 있답니다。그러나 우리 삼천

리 강산은 무주공산이 아니라 지금 여기 모이신 어

리분이 그 주인이올시다。우리는 그 잔약한 새와

같은 지성만이 아니라 족히 이기여 성공할 수 있는

힘이 있습니다。우리가 해야 할 일이 어려울지언정

결코 못 하거나 헛수고가 되고 말 리는 없는 일이올

시다。』

말을 마친 서산은 한번 또 합장하고 지팽이를 옮겨 돌아서 있다. 그의 뒷모양이 멀어저기까지 사람들은 여전히 꽉 엉긴 듯한 긴장 속에 잠겨 있었다. 마침내 여기저기서, 굳은 침을 모아 삼키는 헛기침 소리와 코를 푸는 소리와 함께 두선두선 움직이기 시작한 사람들 중에서

『자 이젠 그만하면 일떠날 때가 되지 않았을가요.』

하는 소리가 났다.

서쪽 하늘 가녁을 약간 물들었던 엷은 노을마저 사라지고 농군들이 흔히 개밥 비래기 별이라고 하는 장경성(長慶星)을 가까이 끌어 붙인 실날 같은 금빛 초생달이 대흥산 머리에 아름다운 자태를 나타냈다.

51. 한밤중의 보통벌 추수

보통문과 칠성문— 그 두 성문 앞에만은 낯을 대볼 것이 별로 없었다. 지난 七월 보름날과 八월 초하루날에 있은 싸움에 성문 앞의 곡식은 짓밟히고 갈앉았청. 그래더 두 성문 앞게까지는 갈 필요가 없었당. 그러나 지난 여름에 김맬 때도 그랬거니와 지금 우리가 추수하는 것은 안다면 저들은 역시 또 그 성문으로 쓸어 나올 것이였다.

지형으로 보면 보통문은 경지에 서 있고 칠성문은 그리 높지는 않으나 울밀대에서 뻗어온 산줄기 우에 서 있었다. 그 산줄기 역시 울밀대와 면달린 송림에 덮였으므로 한성안이지만 칠성문 안은 수목이 울창한 무인지경이였다. 이와는 반대로 경지에 있는 보룡문 안에는 인가들이 많고 따라서 출입이 빈번한 데니만치 일본군의 경게도 칠성문보다 더 심한 편이였다.

바로 그 문밖에 가로 걸처 있는 보룡강으로 수화에서 흔히 볼 수 있는, 중가운데가 꼽사등으로 까부라진 큰 나무 다리가 있었다.

이때에 우리가 추수하는 것을 안다면 저들은 우선 그 나무 다리를 건너서 쓸어 나올 것이다. 할 수만 있으면 두 성문을 봉쇄해야 할 것이다. 완전히 봉쇄까지는 못 하더라도 적에게 장애와 봉쇄까지는 못 하더라도 적에게 장애와 타격을 주어야 할 것이였다. 우선 보통문 밖의 다리 물 끊을 필요가 있다. 그리고는 가을철 들어서부터 가물었기 때문에 열어진 강물을 붙도록 할 것이였다. 다리를 끊기 위해서는 돈 정신이가 자그마한 질회로를 들고 나가고 강물을 깊게 하기 위해서는 보통

벌의 논도랑과 봇물고홀 헌밥중에도 제 손금 갈이 깨틀고 있는 김 첨지와 주복이 아버지를 비롯하여 이곳 농군들이 종가래를 떠나씩 묻고 나갔다. 문제 눈 칠성문이었당.

(지금으로부터 약 三〇년 전에 「조차장」뒤로부터 잡약산 뒤를 거쳐 팔동교가 놓인 강과 련결해서 운하를 파고 강 물줄기를 돌렸으므로 지금은 흔적도 없어지고 말았지만 칠성문 밖의 「모래터」라고 하는 것이 바로 그 강의 하상(河床)이였던 데다) 그러나 칠성문에서 좀 멀리 떨어져 있는 그 강은 상류나만 치더욱 물이 열어서 지금은 다리가 없어도 아무때 서나 건널 수 있었다. 그래서 오직 할 수 있는 것은 강으로 나오는 큰길에는 마름쇠(菱鐵)를 펴고, 적이 또 적의 동정을 보아가며 신호를 하기 위해서 횃자 루들을 가진 사람들을 성벽 밑으로 돌아가며 잠복시 쳤다.

초생달이 채 지기 전에 사람들은 서겠골 끝짜기에 서 풀려 나가기 시작했다. 이미 구역을 가르고, 매 구역마다 논마지기 수와 벗단을 이웃할 거리를 따라 서 작정한 수효대로 벨 사람, 묶을 사람, 나물 사람 들이 패거리를 지어서 보롱벌로 퍼져 나갔다. 낫만을

가진 외촌 농군들은 배고 묶는 일을 하더라도 될 수록 성문에서 만 구역으로 가게 하고 혹시 앞으로 나가더라도 적은 수효로 나누어서 벙장기를 가진 사 람들 사이에 끼어 가도록 했다.

일찌기 떴다 일찌기 지는 초생달이 그 실낱 같은 금조각을 누가 가무린듯이 사라졌다. 성밀에 여기 저기 잠복해 있던 복로군들로부터 이제는 일을 시작 해도 좋으리라는 기별이 왔다. 각기 맡은 구역을 따라 높은 논두렁과 보뚝들을 의지하고 숨어 앉아서 짚신 감발의 신틀메를 다시금 조여매며 기다리고 있 던 수천명의 벼간군들은 낫을 들고 일어 났다. 우선 논배미들로 퍼져 나가고, 논배미들에서는 또 이랑들 한가운데서부터 성벽쪽을 향해 가며 베기 시작했다. 그것은 적들이 밖에 나다니는 일이 더 적을 한밤중 을 타서 성벽 가까이로 다가들어서 벨 수 있도록 요 량한 것이였다.

초경(初更=저녁 여덟시)쯤 해서부 터 일이 시작되었다.

기세개 노호하는 바람은 아니나 예로부터 이름이 있어온 마가을·보통벌의 늦하늬가 맵짜하니 쏠쏠 갈리였다. 달마저 넘어 가서 오직 한빛 짚은 물속 갈이 랭랭하게 푸른 하늘에는 그 역시 차겁게 보이

는별마저 드물어서 한논판에서 베여 나가는 사람끼

리도 두세 사람만 건너가면 그 다음 사람은 보이지

않았다。 그저 쌍 쌍 쌓룩! 하는 낫소리들만

이 끝없이 먼데까지 꺼져 나가는 듯했다。

『힘들게 허리를 굽히구 바루 비갈건 없지 않아?』

『아 그거야、 재간만 있으면 짐 안되게 이삭만 자르

면 더 좋지。』

어둠 속에서 낫소리와 함께 이런 말이 들리기도

했다。

『허리를 쩌구 비여 보라구。 안 해본 노릇이 돼서 너

힘들지 않나』

『허ー 버갈은 첨 해보는 사람 같은 소리르 하는

군。』

『아닌게 아니라 이런 버갈이야 처음 아니요。』

『왜 밤이 돼서?』

『밤이 돼서 안 보이면 몰라두、 이편이 그만치 부지

런해진 셈치구 하면 될기 아닌가。』

나직나직한 이런 말끝에는 웃음소리가 따르기도

했다。 그들 뒤에는 뮤는 사람들이 따랐다。 뻬는 사

람 두셋에 하나꼴으로。따라 가는 그들은 간지자(?)

로 왔다갔다하며 모슴모슴이 베여 놓은 것을 걷어서

묶어 나갔다。 또 그들 뒤에는 뮤어 놓은 볏단을 저편

큰둑까지 날라내는 사람들이 따랐다。 논판에서 철버

덕하거나 우쩍하는 큰 소리들 내는 것은 흔히 그 사

람들이다。 등짐으로 지거나 아름으로 안아 내던 질

에 우멍구멍한 논판에서 채 뽑히지 않은 물청이나

살 얼음을 짚어서 빠지기가 일수였다。

『천천히、 너무 덤비지들 말라구。』

『볏단 저널래、 미에기 잡을래、 그러다가는 초 아진에

뽕빠지리라。』

『정말 밤 새와 한 일인데 기운들을 애낍시다。』

이런 루로 서로 아끼고 겨려했다。 그러는 동안에

이따금씩 돌아보는 논판은 빈쩍번쩍 달라졌다。 시야

는 물론 좁았다。 그러나 말은 이랑들을 다 베끄

음 논매미로 올라갈 때마다 뚝에 올라 서서 내려다

보면 방금까지도 눈앞에서、 그리고 손끝에서 설렁거

리고 희게 보이던 버포기들은 부신듯 가신듯 사라

지고 겨면 논바다만이 드러났다。 그만치 일을 치운

것이다。

또 베여 나가던 논판이 끝나서 오래간만에 허리를

펴고 일어서면 드문 별빛 아래 어둑컴컴한 숲 같이

솟아 보이는 수수밭이 설렁거리기도 한다。 논벌 가운

데 오다가다 끼어 있는 수수밭들은 이때까지도 그냥

있었다… 아퀴가 끼질긴 곡식이라 잎들은 요삭을 때

로 고삭았으나 이삭들은 아직도 다 했다. 누가 벤게피인지 베는 번수가 그럴듯 했다. 꼴망대 하나씩을 메고 낫을 든 사람들이 수수이랑을 한 이랑씩 타고 나가면서 이삭의 대목들을 잘랐다. 한 걸음 한 걸음 내짚는 그들의 다리 사품에 끼운 수숫대들은 손에 모캥이가 잡히기 안맞게 허리끌을 굽힌다. 그리고 이삭이 잘리운 빈 대들은 그들의 꽁무니에서 빠져서 다시 일어 섰다.

『꿈이 강냉이 쯔는 루로군.』

『산골 절간에서 부대밭의 강냉이를 도적 맞아 비릇해서. 그 꿈동지들의 분을 따는 모양이지.』

『여보, 나는 중 아니요.』

『아니요? 아니라두 수수갈 하는 그 법방만은 중들한테 배웠을테지.』

『지금 여기서 하는 일에 우리 중한테 안 배운 것이 있소?』

『때기는걸 보니 아마 지 대사가 중인게지?』

『그래 나 중이요. 갸사 장삼 다 벗어 놓구 머리에 수건은 동였어두 나 중놈이요.』

『하! 저 대사가 왜 해넣기두 전에 시뿌두하니 왜 전 전지국 같은 소릴 하네.』

『우리 서산 큰스님두 중이구, 사명 스님두 중이요.』

한 어랑 수수 이삭을 다 자르고 발머리로 나서는 그 젊은 중은 내반는 투로 말했다.

『하고 그 대사가 무슨 나무럼인고? 일 참수에 입쓰지말라구 하는 동말인데 롱담을 그런데루 골구 갈거야 있나.』

한 늙은 농군의 말이였다.

『그럼 중놈 타령은 그만 할가요?』

하는 젊은 중은 좀 부량스럽게 번득이던 눈을 곰시가늘게 뜨며

『그저 「중」이래두 「놈」자가 달리는 것 같애서요.』

하고 허허 웃으면서 또 새 이랑을 잡아들었다. 이때 또 젊은 중 몇이가 어둠 속에서 나타났다. 그들은 섬기적에 넣어서 지고온 관솔가지들을 바람세 보아서 수수발 서북쪽 발머리로 돌아가며 쏟아 놓았다.

『제철 바람이라 하늬가 변하지는 않겠지.』

한 중은 이렇게 말하고 한 중은

『사명 스님 말씀이 먼지 큰길쪽으루 따라가면서 비랍디다. 여차즉하면 이깐지 않게 불을 지를 수 있도록 하라구요.』

하고 수수갈 하는 사람들에게 이르고는 다시 어둠 속으로 사라졌다. 그런 말로써 분위기는 금시 또 벅

차또록 긴장해졌다.

베고 묶는 사람들은 길음마다 빈 논판을 뒤에 남기며 앞으로 나가게 될수록 더욱 긴장하고 긴장할수록 이야기들이 적어졌다. 그 대신 싹싹 싹싹하는 낫질 소리가 온 빌판에 가득 찬 듯하고 그 중에도 또 제각기 손끝에서 버스럭거리는 볏모습 소리가 더욱 크게 들렸다.

서릿발이 엉킨듯 랭랭하게 푸른 하늘을 배경으로 그저 어렴풋하기만 하던 성벽과 성문 루각들의 형태가 이제는 한결 뚜렷해졌다. 그만치 가까와졌다. 그러나 아직 멀었다. 빈몸으로 걷어도 한참길이다.

「쉬— 놀라지들 말소.」

「기 누구가.」

베고 묶는 사람들의 등뒤에서 문득 이런 말소리가 났다. 낫을 든 십어 명의 장정들이 어둠 속에서 나타나 논판으로 우뭉우뭉 들어 섰다.

「웬 사람들이요.」

「무슨 일이 났소?」

베고 묶던 손을 잠시 멈추고 묻는 말에

「뜻밖의 일손이 또 늘었소.」

「우리 군사들이 왔소.」

새로 논판에 들어선 사람들의 대답이였다.

「우리 군사들이라니?」

「석장군 고개 넘은 쪽에 둔치구 있던 군사가 천명이나 왔소.」

「저런!」

「김 응서 첨사가 여기 일을 도와 주라구 보내서 왔답니다.」

「그래 그 사람들은 지금 어데들 있소?」

「지쪽 강복산이랑 장산 앞에서 볏단들을 고개넘어무 넘기는 일을 말았소. 그래서 거기 일군이 남아서 이리루 나오게두 되구, 또 이제부터는 비는 쪽쪽 썽썽 산뒤루 넘어 가게 됐소.」

「그렇다면 비는 사람이 못해두 三—四백명은 더 늘었으니 소불하 육칠백 석은 더 비개 됐네.」

「그렇지요. 자 그린데 새루 온 우리는 묶으라우, 비라우?」

「세 사람의 몫은 비구, 하나는 묶으소.」

「그럽 조금썩들 쟀서 섭시다.」

이때 논판들에서는 대개 이런 이야기들이 벌어졌다. 논판 뿐 아니라 볏곳을 나르는 패거리들에도 새 일군들이 늘었다. 베여낸 꾸식은 우선 보통벌 뒷산을 넘겨 놓고 볼 일이였다. 그래야 완전히 우리해가 될 것이다. 칠성문밖 근처에서는 북쪽 장산 고개와

서쪽 장복산 고개가 가까왔다. 보통문 밖에서는 순안길로 해서 역시 장복산 고개를 넘는 큰길도 있지만 그보다도 더욱 편한 것은 서장대 앞에까지만 이순해 가면 장마 철에 쓰던 나룻배로써 보통강 줄기를 거슬러 잡약산 뒤에까지 올라갈 수 있었다. 물은 많지 않았으나 나룻배에 버리줄은 매서 좌우 쪽에서 갈고 삿대길은 하면 넉넉히 올라갈 수 있었다. 또 미리 준비했던 뗏목들은 띄우고 끌었다. 작은 뗏목이라도 소바리 짐보다는 많이 실은 수 있었다. 그래서 소는 칠성문밖 근처로 돌렸다. 소바리는 대개 늘 운이들이 붙맜다. 짐은 실어 주기만 하면 이 두세 편씩은 진사했다. 그들 역시 빈몸으로 다니지 않고 다문 몇 단색이라도 지고 떠났다.

색 일꾼들이 보충뒤에 따라 논판의 일손들이 줌 바뀌게 되었다. 넛진은 하던 사람들 중의 손이 굼뜬 사람은 묶는 일을 하고, 묶던 사람들 중에서 굼뜬 사람은 나르는 패로 돋았다. 앞으로 베여 나갈수록 차차 밀어지므로 뒤로 이손하는 품이 더 많이 들기도 했다.

그렇게 추려 내세운 일꾼들이라 지금 배고 묶는 사람들의 일손씨는 번개불 갈이 빨랐다. 지마다 늦바람을 주지 않고 들이붙은 일이라 앞서고 뒤떨어지는 사람이 별로 없이 배고 묶어 나가는 논판의 벼는 사람이 별로 없이 배고 묶어 나가는 논판의 벼는 날기명석은 받아 치우듯이 빤짝빤짝 바닥이 드러났다. 그 관에서 묶는 일을 하던 늙은 봉군 오장역시 굼뜬 축으로 몰려서 이제는 볏단을 나르게 되었다. 논판에서 볏단을 져내는 일꾼들에게는 지게가 차례 오지 않았다. 저마다 아름으로 안고 나가서 저편 소바리가 다너는 큰길까지 져내는 지게꾼들에게 네 단을 그러안고 한 손으로는 두어단을 겹쳐들고 저 쪽 논배미의 큰둑까지 날라간 늙은 봉군 오장은 문득

「저 오징 아즈바니 아니오?」

하는 아낙네의 말소리에 놀랐다.

「이게 누구요? 이것이라니! 칠성이 자친이 언제 왔소?」

「이제야 왔쉐다. 좀 일찍 와볼라구 부수대진 해서 두 그만 늦었쉐다.」

그 역시 저편 논에서 볏단들을 안고 돌고 나오면서 말했다.

「그 민데서 안 오신들 메라리ㅡ 그래 젓멕이는 어떻게 하구 왔소?」

「그러게 말이웨다. 그걸 메놓구 오누라구 이렇게

311

더 늦실 않았소。』

『정성이 무던하시웨다。 하기야 칠성이 자천 하나쯤

안 오시기루…』

『칠성이 엄마가 왜 으드래서요。 지금 오장 아즈바

너 하는 일이나 우리 나인들 하는 일이나 한몫이기

는 같은 것 갈소꼬레。』

희미한 어둠 속에서 이갈이 결다리로 핀잔을 주듯

하며 나선 것은 김 첨지 마누라였당。 그 역시 저편

논배미에서 벗단들을 끌고 나왔다。

『그러다 보니 일이 좀 더 세없이 됐는걸。』

『새없긴 또 뭐이 새없나요。 왜, 우리 나인들을 만

나서요?』

『아즈마니, 왜 늠들 들갔소』

하는 늠은 봉군 오장은 허허허 웃고 나서 말했다。

『그렇지 않아두 단은 뭚다가 손이 뜨다구 따돌려서

이 일을 하기는 하면서두、 내가 귓구멍이 너무 넓었

던 한을 다 하던 중이웨다。 지난 七월 보름날만 하

더라두 그랬구、 또 八월 초하루날 싸움 때두 그랬

구ㅡ 이 나는 군중으루 늘어 온 사람이니 아무래두

싸움에 나가야 하겠다구 하는 베두서산 대사랑사

명당이랑이 굳이 말리는 뭉에 못 나갔다가 이러구

있질 않소。』

『아즈반 같은 이가 싸움에 나가서는 더 맥을 못 추

갔으니 그러지 않갔소。』

『에이 여보, 아무리 늙었기루 내 한몫하구 죽지야

못하오。』

『우리 보구 새없다더니 그 말쓴이 정말 새없쉐다。』

김 첨지 마누라가 이런 말을 할 때

『누굴 앨 멜일라구 나인들이 에까지 따라 왔나。』

하는 통명스러운 소리가 논관에서 들려 왔당。

『기 누구가?』

김 첨지 마누라는 수다를 떨고 있던 것이 좀 무

안한 모양으로 봉군 오장을 쳐다보며 물었다。

『전서방 아니요。 뒷잔등에서 저렇게 동시루 김

오르듯 하는 거 안 보입네까。』

이때 또

『나인들은 어서 들어들 가라구요。』

하는 주복이의 말이 들렸당。 이편에서는 다시 논

판으로 흘어져 갔다。

바람결 따라 어딘가 먼테서 기연가 미연가하개 닭

우는 소리가 아련히 들린다。 밤이 패 깊은 모양이

다。 북쪽 장산 뒤에 감추었던 북두칠성의 꼬리가

이제는 완전히 드러나서 동쪽으로 뻗처 있다。 밤이

짚어 갈수록 쓸쓸 내갈기듯 하는 북풍은 더욱 매워지

고 벼포기들에는 밑둥에서 이삭끝까지 바늘끝 같은

서릿발이 내뿜리기 시작했다。사람들의 얼굴에도 서

리가 앉았다。얼굴에 칼(면도)을 대는 콩습이 없던

때라 수염과 눈섭들은 말할 것도 없고 더부룩한 솜

털말마다도 성에가 붙린 얼굴에서는 물방울이 줄줄

이 흘렀다。신발은 젖고 바지가랑이는 얼어서 버석

버석 쓸리는 소리가 나도록 팔아졌다。

「야ー 그 바람 맵다。정말 강서리가 오누나。」

「좀 춥긴 해두、매운 바람이 왜 놈들을 잘 재와주

어서 고마운 일이네。」

「말 신 신듯 발바닥에만 총없는 신작을 붙인 맨발

세기 놈들이 이런 밤엔 더 깡지근해질게라。」

「좌우간 네놈들이 오늘 밤만은 해돋이까지를 곧

아라。」

이제는 퍽 가까와진 성벽을 바라보며 사람들이 이

런 말을할때 주복이는 잠시 허리를 펴고 일어서서

앞을 내다보며

「요 다음 베미부터는 우리 는이다。」

했다。반가와서 하는 말이였다。

「몇 마지기나 되우?」

옆에서 베던 젊은 중이 물었다。

「일곱마지기는 좀 남구、어둡마지기는 좀 골삭하구

그렇지。

「그것이 다 전 서방네 논이오?」

「내가 부치문 내 논이지。」

「아니 전 서방네 땅인가 말이요?」

「땅이야 우리 조선 땅이지。」

「제길ー 되겐 어그적씨네。」

「말이야 전서방 말이 옳았지。그래두 일건 농사해

서 타작할 때는 팔쩡짜로구 와서 지키다가 절반 실

어가는 놈이 있었겄지。그렇지? 전 서방ー」

「금년엔 정말 그놈의 꼴 안 보게 돼서 씨원한데。」

주복이는 또 베어 나가면서 말을 이었다。

「어느 세월에나 그놈의 꼴을 안 보구 살 수 있을래

는지。」

「그놈의 꼴이라니、진주놈의 꼴 말이요?」

「그래。」

「안 보기는 커녕 이 갈에두 와서 타작을 내래면 어

떡헐텐가?」

「어림없는 소리 말라구。그놈들이 여길 와? 무서

워서 이런델 폐치기나 하는데。정말 와서 또 그마위

수작을 하문 이번엔 다 불어 붙어서 농사한 몇천 명

의 품삯을 내랄태야。」

「그머다 보니 전 서방이 패의 짓한 사람이로군。」

「왜?」

「품샀만 내래구 만갔다니 말이야.」

「그래 그깃만으루는 씨원치 않단 말인가? 그림 내 이펜에 씨원한 대루 하지. 이젠 내 의짓 다 맹개 칫네.」

「위짓을 다 맹개쳤다?」

누가 또 이런 말을 해서 다들 웃을 때.

「정말이야.」

어둠 속에서도 정색한 얼굴이 보이는 듯한 주복이 의 음성이였다.

간간이 이런 이야기들을 하며 베여 나가는 동안에 한 배미가 또 끝났다. 주복이는 다음 논깐으로 들어 서기 전에 지금 벤 논배미 지펜 뚝에 세워 낳고야 철퇴를 가저다가 이펜 뚝에 세워 낳고야 또 베기 시 작했다. 낡은 봉군도 자기 창대를 가저다가 뚝에 꽃 아 세웠다.

「오젓 아즈바니가 어떻게 오늘은 군복을 다 벗 었소?」

그가 창을 가저다 세우는 것을 보고 베기 시작하 던 사람 중의 누가 이렇게 물었다.

「일하는데 기칫으니 벗었지.」

지금까지 한번도 벗은 적이 없었던 벙거지를 벗고

수건만을 쓴 늙은 봉군은 역시 그 색동다리 군복도 안 입고 순색 무명 바지 저고리만인 제 모양을 굽어 보며 말했다.

「군복은 벗어시두 나야 군총으루 늙어 온 사람아 닌가.」

「그러게 누가 아니래나요. 아즈비니가 열 여섯살부 터 입어 온 군복이라구 영안 벗다가 오늘만은 벗을 태게 생가죽이라두 뱃기는 것치럼 아팠을 것 같애서 하는 말 아니요.」

「에끼 이사람ㅡ이제 두구 보게.」

「뭐요?」

「뭐요라니ㅡ내 아무리 늙었어두 군총으루 살아 온 값을 하구야 맘너니.」

오장이 이런 말을 할 때

「김 첨지비 아즈마닌 상게두 여기 있습디까.」

주복이가 물었다.

「글쎄? 아까 보구는 못 봤는데. 왜 그러나?」

「왜라니요. 누굴 걱정시킬라구. 이제 만나시거든 어서 방성 앞으루 색 들어들 가라구 이르시우.」

이때

「모르긴 해두 필시 김 첨지 령감이 여기 어느 보뚝 옆에서 일하는 거 아닐가? 그래서 또 맘이 안 써

서⋮

「그 말이 맞았소.」

하는 사람들이 있어서 다들 웃었다.

백턴 논판이 거의 다 끝나서 분속 맞은뚝에는 진 환도를 든 사령대사가 서있었다. 그 이상은 더 배지 말라고 했다. 보통강 까지는 아직도 논네 여러 배미 있었다. 보통강은 건너서도 성밑까지는 한마장쯤이나 상거가 있다. 그 어간에는 성밑으로 돌아가며 락락장송들이 늘어 섰고 송림 아래서부터는 보통강 기슭까지 조와 피밭들이 련닿아 있었다. 그 발곡식들은 일본군이 평양성을 접령하자부터 돌보는 이가 없어서 지금은 고삭을 대로 고삭아 이삭이 다 내려지고 만 곡초만이 잡초 가운데 묻혀 있을 뿐이였다.

「좀 더 비여두 됨즉한데요.」

사명당이 서있는 뚝까지 베여 나간때 누가 물었다. 그러자 저편 논두렁에서 발자국 소리가 나며 회미하게 토인 시야 안으로 나타난고 충경이가

「저쪽에서두 그만두고 일손을 뗐습니다.」

한다.

「여기 남은 것은 만일의 경우에는 불을 질러야 할재요.」

하는 사명당은 일꾼들이 돌아서기를 재촉했다. 이때는 좌우 옆의 논판들에서도 낫소리가 그치고 우뚝우뚝 일어서 돌아서는 사람들의 모양이 회끄무레하게 바라뵈였다. 또 이때 맞은편에서 한접은 중이 나타났다. 사령대사 앞으로 가까이 온 그는 바지가랭이를 무릎 우에까지 걷어 올린 맨발과 정갱이에 감탕이 묻어 있었다. 보통강을 건너온 것이다.

「아직두 별일은 없는 것 같습니다. 칠성문은 그냥 닫혀 있구요.」

하자 그는 또 어둠 속으로 사라졌다.

지금까지 가장 어려운 일이라고 생각해온 일이 끝난 셈이다. 절반 일이 무지히 끝난 것이다. 돌아선 일꾼들은 논판에 남은 벼뭇을 몇 단석 들고 남아 있는 일터로 향해 갔다.

이제부터는 바람을 안고 나가는 것이 한가지 더 힘드는 조건이기는 했다. 그러나 지금까지 성쪽으로 다가 가며 조심조심 해온 일에 비하면 맘대로 일손을 다파칠 수 있다는 생각만으로도 오히려 일이 헐할 것이였다. 저마다 뒤꽁무니에 여벌로 절렀던 드는 낫을 갈아 진 손에 침을 뱉아 든 일꾼들은

「자 다파때려.」

하며 기세 좋게 숫논판으로 들어섰다. 한 배미가

끝나면 다음 배미로 베여 나갈수록 나르는 품이 덜
려서 베고 묶는 사람은 놀일 수 있었으므로 일은 더
욱 빨랐다.

벌써 몇 해째 우는 닭의 소리가 또 들린다. 한 걸음
씩이라도 가까와지는 장산 강복산 넘은쪽에서 나는
모양인 닭의 소리는 바람세 따라 더욱 분명히 들
렸다.

『닭소리는 연방 들리는데 두 몇 해째 우는 닭인지는
모르갔군.』

『정말 그런베. 집에서 잘 때는 잔 간이 있어서 짐
작이 가는데 뜬눈으로 새우자니 더 짐작을 모르갔
는데.』

『아마 넉넉 四경(밤 두시)은 지났을 게요.』

『四경이 뭐야. 四경은 초지녁으로 지났갔네.』

『여럽만 한 것 없이 저 「모재기」를 보게나.』

『아이고! 정말 四경은 지났는지 오랬갔는데.』

사람들은 잠시 허리를 펴고 하눌을 치다보았다.

밤이 깊어갈수록 별 수효가 늘었다. 그중의 동북쪽
에서 나타나서 넘쪽으로 옮아 가는 모재기 별이 무슨
빛나는 씨앗을 넣은 죽구력 같은 모양으로 하늘 한
가운데서 반짝이고 있었다.

『그러다 보니 얼마 안 있으면 밝을게 아닌가.』

『밝기야 긴긴 밤이 어느새 밝을라구.』

『그새 얼마씩들이나 비엿을가?』

『밤일이 돼서 어떨가 해서두 정작 하구 보니 낫 하
루 일은 든든히들 했을 것 같소.』

『하우간 초경부터 시작해서 참수 없이 한 일 아
닌가.』

이때는 베고 묶는 사람의 수가 나르는 사람보다
더 많았다.

『다 비나, 못 비나, 날만 밝으면 못할 일인베 이왕
이면 다 비구 끝내게 어서 다과 친세다.』

『날은 채 안 밝더라두 밤을 림박해서는 깜깜해서 더
힘들게요. 정말 이제 다과쳐야지.』

『더 깜깜해서라니? 올배미 새벽이 되면 말이요?』

『올배미 새벽은 또 뭔가?』

『밤준 잘 보는 올배미가 더 잘 보게 깜깜해진 때
만이야. 밤아 밤아 울 무리에 더 어둡잖아?』

『올배미 새벽 아니라 아무 새벽이라두 일 없네. 밤
새와 일하는 동안에 이젠 우리가 올배미 다 됐는
걸 걱정이 뭔가.』

이런 이야기 중에 더욱더 신바람이 나서 후려 나
가는 낫소리가 사처에서 들렸다.

칠성문밖 앞벌에서는 장산이, 보통문밖 앞벌에서

는 강복산과 서장대가— 그 형태가 점점 더 뚜렷하지는 그 빛들은 한 걸음 한 걸음 마주 오는 것 같았다. 이제는 남은 일꺼리가 확실히 줄안에 들었다. 처음에는 누구나 입밖에 내지는 않으면서 속으로는 『야아—!』소리가 나갈만치 벅찬 일이었다. 그러나 지금은 벌써 벅찬 한 고비를 지나고도 남았다. 앞이 빤히 내다보이는 일꺼리가 남았을 뿐이다. 일군들의 기세는 더욱 높았다. 어떨가? 했던 밤일이지만 해갈수록 일은 눈에 익고 손에 올랐다. 한 발자국석 내짚으며 낫으로 걸어 당기는 벼포기는 많지도 적지도 않은 한줌씩 되기요, 왼손으로 받아 쥔 그 벼포기를 낫은 또 어느새 상큼 들어 내듯이 베었다. 그때마다 끼멓게 드러나는 논바닥과의 대조로 흰 벼 그루들은 다음 발자국을 비쳐 주듯이 빛이나 뵈었다. 논판은 헌뜻한 뜻 흰장이 났다. 베는 족족 뮤고 뮤는대로 날라가서 이때까지 보롱벌 논판을 덮었던 벼포기가 지금은 꾜리를 물고 뒷산 고개들을 날아 넘어 가는 듯한 생각이 들기도 했다. 또 한 배미가 끝나서 다음 배미로 넘어설 때는. 서로 마주 보고 웃기도 했다. 얼굴들은 모두 서벅서벅한 살얼음에 덮인듯이 성에가 불렀다. 수염이 있는 사람들은 입언저리와 턱밑에서 고드름들을 뜯어 냈다. 몸에서는 무럭무럭 김이 올랐다. 훗훗이 풍기는 피차의 몸김이 어느때보다도 더 정답게 느껴지기도 했다. 『우리네!』『우리 겨레!』『다 한 집안!』이런 느끼움으로 마음이 더 뜨거워졌다.

안고 나가는 북돋은 차차 더 매웠다. 밤이 깊어 갈수록 추위는 뼈속으로 스며들었다. 그러나 그들은 이 밤이 좀더 걸어 주었으면 했다. 다 벨 때까지 새벽이 참아 주었으면 했다. 일손들을 더욱 빨리 놀렸다. 자연 이야기도 적어졌다.

넓은 논벌에서는 오직 드는 낫소리만이 나는듯 할 때 어데선가 둥 둥 둥 울리는 소리가 바람결에 들렸다. 주춤 일손을 멈춘 사람들은 귀를 재웠다. 역시 둥 둥 둥 울리는 북소리가 분명했다. 어둠 속에서도 번쩍이게 빛이 나는 눈들은 잡약산을 바라보았다. 그 산머리에는 이미 봉화가 올라 있었다.

『종내 일이 터지구야 마는구나!』

일손을 놓고 허리를 펴고 일어선 사람들 중에는 깊은 한숨과 함께 이런 말을 하는 사람도 있었다. 과연 일이 터지고야 말았다. 보롱문 쪽에서 몰방으로 퍼지는 조총소리가 벌판을 울렸다. 여기저기서 급하게 달려 가고 달려 오는 사람들의 발소리가 소란해졌다.

『덤비지를 말소.』

「왜적들이 쓸어 나온대두 여기까지는 아직 멀었소.」

「그런데、 낮만 가진 사람들은 천천히 뒤로 물러들 가우.」

어둠 속을 달려가는 사람들이 웨치는 소리였다. 이제는 북소리가 멎었다. 집약산의 봉화도 꺼졌다. 그리고는 또 어느 순간에 깨질지 모를 침묵이 왔다. 긴장한 사람들의 귀에는 갑자기 기세를 올린 듯한 바람 소리만이 들린다. 그리고 물소리였다. 크고 작은 붓도랑에서 밭을 제꺼졌고 기다렸던 듯한 물줄기들이 일시에 터져 가기 시작한 것이었다.

52. 한밤중의 보통벌 전투

이쪽 칠성문 밖의 논벌에서는 안 뵈였지만 횃불은 보통문 근저의 성벽밑에서 먼저 올랐다. 집약산의 봉화는 그것을 보고 올린 것이었다. 그러자 보통문 밖 나무다리 밑에서도 불이 일고、 강복산、 장산기 슭에서는 북이 울었다.

조그마한 진화로에. 불씨를 담아 가지고 떠났던 돈 정신은 어둠을 타서 그 나무다리 밑에 잠복해 있었다. 돈 비신(頓飛身)이라는 별명이 있는만치 몸이 경첩한 그는 좌우쪽 기둥을 횃십자(X)로 련결한 나무와 나무 사이로 몸을 날려갈 수도 있었기만 즉시 실수해서 물소리를 낼 넘려가 없지도 않았으므로 물도 들어 있다. 헤염을 쳐야 할 정도로 물이 깊지는 않았다. 그러나 화로를 치켜 들어야 할만치 동가슴까지 물에 잠겼다. 오늘밤이 아니였다. 어제도 그제도 그렇게 해왔었다. 다리 한가운데 있는 횃십자 나무에 걸터앉은 그는 바로 눈앞이다 싶이 우중충 솟아 있는 보통문과 또 뒤에 멀리 있는 집약산 마루를 번갈아 살펴야 했다. 밤이 얼마나 깊었을가? 앞뒤를 살피며 기울이는 귀에 앞고 먼 분명히 그렇다고 들을 수 있는 낫질 소리가 한때 접접 가까와 졌다가 끊어지고 말았다. 후— 한숨이 나갔다. 눈알이 빠지게 아프도록 어둠을 뚫고 긴너다 보는 보통문루와 그 좌우성첩에도 놈들의 인기척은 없었다. 「한 고비 무사히 넘었다」는 안도감! 또 시간이 흘렀다. 기센 바람이 꺼이질 수 없을만치 열었다. 기센 바람이 안기는 것은 아니나 굽사등 같이 틀린 머리 우의 넌판장 틈으로 쏘아드는 바람이 칼끝 같이 매웠다. 늘어뜨린 발끝을 스칠듯 소리 없이 흐르는 강물이 기둥들을 둘러싸고 얼어 붙는 소리가 바삭바삭 들리기도 했다.

「제길— 돈 비신이라구 이 일을 말겨서두 이렇게

「통 기 가야!」

혼자 생각해도 어이가 없어서 그는 중얼거렸다.

추운 것도·추운 것이려니와 그보다도 불씨가 더 걱정스러웠다. 물론 부쇠도 가지고 왔지만 다급한 때 부쇠를 치느니보다는 빠를 것이므로 가져 온 불씨였다. 재가 식으면 불씨마저 스러질 념려가 있으므로 젖지 않은 저고리 앞섶으로 싸서 안고 있는 화로의 재를 이따금 헤글어 보기도 했다. 빨장게 살아 있다. 안심한 그는 머리 우를 처다보며 여기저기 관장들을 더듬어 만져 보기도 했다. 이를 밤이나 걸러서 그 창대와 널쪽 류…… 마다 끼워둔 인화지물(引火之物)이 있었다. 그것은 주로 대자귀밥 나무 기저구에다 류황과 송진을 갎어서 묻힌 것들이다. 만져 보는 관장들도 조강한 가운 날씨에 말라서 습기가 별로 없었다.

불씨와 인화지물들을 채심해 보는 것은 단 몇 순간— 그 다음에는 또 앞뒤를 살펴야 했다. 눈이 열지나 않나? 눈섭이 갑자거리게 맞붙기도 하려니와 때로는 앞이 몽몽해지기도 했다. 그때마다 잠간 눈을 감았다 뜬다는 것이 어느새 깜박 줄기도 했다.

『이러다가 정말 중얼거려 죽지 말아.』

그는 혼자 중얼거리는 말로써 자신을 타일렀다.

연어 죽지는 않더라도 오금이 불으면 안 되겠다는 생각에 부지런히 다리를 놀리고 어깨를 미미적거렸다.

『왜 놈들아, 제발 오는 밤반은 발동을 말구 썩어진 잔이나 자구 있거라.』

혹은

『일이 얼마쯤이나 됐는지 좀 알구나 있었두 좋갔는베!』

혼자 총얼거리며 앞뒤를 살펴보던 돈 정신은 그야말로 잠자기 얼어 불은 사람 같이 한순간 굳어졌다. 잡약산 머리에서 벌깃 일어 나는 불이 뵈였다. 다음순간 맞은쪽 성첩 우에서는 떠드는 왜적들의 소리가 들린다. 검은 그림자들이 어른거리기 시작한 성첩에서는 또 뭐라고 야단하는 고함소리가 들려 오기도 한다. 일이 불거지고야 말았다.

『개새끼들아, 좀만 더 참으려므나.』

하는 돈 정신은 금시 온몸이 화달아 오르는듯 했다. 품었던 화로를 무릎 사이에 끼고 부젓가락으로 집어낸 불씨를 류황 문힌 나무 기저구에 대고 불었다. 퍼런 불ㅅ길이 펄떡 올라 붙었다. 틈사리마다 끼워 좋은 인화지물에다 불을 달았다. 불ㅅ길은 관장과 창대를 따라가며 다리밑으로 번지기 시작했다. 그러자 더욱 소동하는 놈들의 소리를 등뒤에 들으며 돈

정신은 걸터앉았던 나무를 던고 몸을 날려 다음 기
둥에 가 붙었다. 불ㅅ길이 따라 왔다. 다리 한가운
데서는 불ㅅ길이 벌써 관장 사이로 너울거리기 시작
했다. 다음 기둥 또 다음 기둥으로 몸을 날려서 강뚝
에 내려서게 된 때 뒤에서 물방으로 퍼붓는 조총 소리
가 났다. 벌판으로 달려가던 돈 정신은 어둠 속에서

「수고했소.」

하는 거센 말소리와 마주쳤다. 법근이였다. 돈 정
신이 미처 대답할 사이도 없이 법근이는 다리쪽으로
달려 간다. 그 동안에 보통문이 열리고 쏟어 나오는
적들의 모양이 불빛에 보인다. 돈 정신은 다시 돌아
섰다. 법근이를 따라가는 五—六명의 승병들과 같이
달려 갔다. 붙붙는 다리 한가운데서는 벌써 싸움
은 벌어졌다. 싸움은 격렬했다. 검을 빼들고 외통길
인 다리 한가운데를 막아선 법근이는 지편에서 마
주오는 적을 혼자서도 막아낼 수 있었다. 불ㅅ길이
좌우 기슭을 핥으며 염염히 타오르는 다리 한가운
데 단신으로 버티고 서있는 법근이는 지나치게 대
담해 뵈였다. 바람세 따라 이리저리 넘나드는 화염
에 혹은 붉고 혹은 푸르게 번득이는 그의 칼날은 요
기롭기도 했다.

「남무—」

「관세음—」

소리와 함께 이번에는 푸른 무지개로, 다음에는
붉은 번개불로 그의 검이 휘둘릴 때마다 와마다 비명
을 지르며 적들은 한두 놈씩 강속으로 처박혔다.
더 가까이 간대도 나서 볼 여지가 없이 오히려 방
해가 될 것이므로 이편에서 바라만 보고 있는 사람
들에게는 법근이는 하나의 불사신 같기도 했다. 마
침내 다리 중도막이 무너져 쳤다. 이편 저편은 더 어울
을 수 없이 갈라서게 되였다. 다리 우의 싸움은 끝
났다.

련광정에서— 기둥과 기둥 사이를 방패로 둘러 막
고 그 안에 겹겹이 방장을 드리우고 또 그 안에 병풍
을 둘러치고 또 그 안에 백탄불 화로들을 둘러 놓고
그 한가운데 드높이 포진해 깔아 논 자리 속에서 취
해 자던 일본군 선봉장 소서행장이 창황히 달을 집
아타고 보통문으로 달려 왔을 때는 다리는 이미, 완전
히 타버렸다. 오직 이쪽저쪽 끝에 남아 있는 관장들
이 타는 불빛에 점점 더 불어가는 강물이 넘실거릴
뿐이였다.

소서행장은 칠성문으로 군사를 몰았다.
드높은 문루에서 내려다보는 보통벌은 과연 변했
다. 아무리 어두운 밤이라도 히영게 보이던 논벌의 나

락은 불고 쓴듯이 사라지고 꺼면 바닥이 드러났다.

「어서들 나가라.」

「나가서 닥치는 대로 고마인들은 잡아 들여라.」

「반항하거든 용서 없이 죽여라.」

「아니 고마인을 깡그리 죽여라. …이 여가 차지하고 있는 성하(城下)에서— 바로 여의 무릎밑에서 감히 이런 수 있단 말이냐? 고마인들이 연감생심이럴 수 있었단 말이냐? 참을 수 없는 일이다. 이 무슨 챙피냐? 실로 여는— 치쇼—…」

하던 소서행장은 문득 제 혀가 섭히기라도 한듯이 말을 끊을 밖에 없었다. 신은 이가 아팠던 것이다. 충치(虫齒)나 풍치(風齒)가 아니라 저도 모르게 으드득 으드득 갈리던 이가 력이 일그러질만치 시큰했던 것이다.

「어째서 썩썩 나가지를 못하느냐. 썩 나가— 나가서 고마인을 깡그리 죽이단 말이다.」

소서행장은 또 입이 부불게 명령을 내렸다.

마침내 성문이 열리고 일본군은 출동하기 시작했다. 병서에는 이런 용병을 분병(分兵)이라고 한다.

승산이 있느냐 없느냐를 따질 겨를도 없이 오직 대장된 자의 분노와 충동과 양심만으로 군사를 사지로 내모는 것이다. 그러므로 분병필패(忿兵必敗)라는 것이다. 또 어두운 밤이었다. 「깡그래 죽이라」는 고마인이 지금 어디 있는지도 알 수 없다. 허허벌관에서 불어 오는 매운 바람 소리 뿐— 『未見形而戰雖衆必敗』라는 말도 있다. 적의 정형을 보지도 알지도 못하고서 싸우면 제아무리 많은 군사라도 패하고야 마는 법이다. 지금 싸우려 나가는 일본 군사로서는 바로 발뿌리 앞에서 고마인의 매복이 일어날는지도 모르고 혹은 넓은 벌판을 다 헤매고 고마인의 그림자도 볼 수 없는지 모른다. 혹은 또 지금의 바람 소리가 만산편야한 고마인들의 숨소리일는지도 모른다.

어둠 속에서 더우기 장과 소금의 부족으로 야맹증의 증상이 생겨 밤눈들을 잘 못보므로 한 걸음도 자신 있게 메여 놓을 수 없었다. 그같이 위태위태한 행군을 하는 군졸들은 앞뒤로 자기네의 대오를 살피기도 했다. 대오에는 빠진 동료들이 얼마든지 있었다. 멋모르고 뛰여 나온 것이 어리석었다는 후회—

보롱강으로 나가는 큰길로 접어들어서 말을 달려가던 선두의 장령들과 군산들이 문득 비명을 지르며 말과 사람이 덧개펴 쓰러졌다. 마름쇠를 밟은 것이었다. 아무렇게 던져도 날카로운 한알이 새발십지 모양으로 오뚝 일어서게 마련인 마름쇠가 큰길 한 도막에 깔려 있었다. 길이 막혔다. 길을 비러고 자우쪽으로 흩어져 강을 건너라는 명령이 내렸다. 강가로 가까이 나가자 이번에는 여기저기서 불이 일어 났다. 거슬버 오는 붉스길에 일본군은 금시 뒤밭아진 화광 속에 들어서게 되였다. 그러자 건너편에서 나는 몇방의 조총 소리와 함께 천환과 화살이 빗발치듯 날아 왔다. 맞은쪽 강변에는 갈숲을 따라 가며 수십명의 우리 궁수들이 매복해 있었다. 삽시간에 몇십명이 쓰러졌다. 그중에도 말을 몰아 군졸들을 지휘하던 대장들이 먼저 쓰러졌다. 그만치 무장지졸이 늘었다. 마름쇠에 쓰러졌던 자들도 자기네가 크개상한 것은 아니지만 말둔은 더 달릴 수 없게 되였으므로 마상에서 칼을 휘둘러 부하들을 내몰 수는 없었다. 그런 기회를 타서 어둠 속으로 도망하는 군졸들도 많았다.

이쪽 강변의 갈숲 속에 들어 앉아서 활과 조총을 쏘던 우리 사수들은 뒤에서 부르는 사명 대사의 지시를 따라 이제는 뒤로 물러서게 되였다. 아직도 불이 붙는 건넌 뚝에는 적이 없었다. 그 대신 뒤의 벌판에서 어둠 속에 흩어져 헤매며 서로 웨처 부르는 모양인 적들의 아우성이 들리기 시작했다. 여기서 우리는 적들을 흐트려 놓는 데 성공했다.

천 차돌이를 비롯하여 좀 뒤쪽에 자리잡고 있던 五─六명의 조총수들이 먼저 사명 대사를 따라 다음 매복처로 달려 갔다. 이때 십여명의 궁수를 거느리고 충경 역시 떠나려고 일어 서다가 귀를 기울이며 주춤했다. 철벅거리는 물소리 바로 물가에 나앉았던 것이 분명했다. 불빛이 안 및는 저편 열은 목에서 적들이 또 강을 건너오는 것이 분명했다. 고 충경은 궁수들을 재촉해서 달려 갔다. 열마 안 가서 과연 강에 물어선 적들의 모양이 기웃기웃 뵈였다. 어둡지만 흰 수목필을 련폭해 펴 놓은 듯한 물빛의 대조로 목표는 뚜렷했다. 환 한바탕 안으로 달려간 궁수들의 화살이 련주전으로 날아 가기 시작했다. 아뭿도리를 다 잠그고 강에 들어 섰던 적들은 철썩철썩 물을 릉기며 쓰러져 강속에 구거박혔다. 누구의 화살엔가 강가에 만을 세우고 군졸들을 지휘하던 장관 몇 놈도 굴러 떨어졌다. 그러자 아우성치며 다시 강둑으로 기어 오르는 놈들의 발소리가 소란했다. 이때였다. 놈들의 아우성이 신호였던 모양으로 이쪽 갈숲에다 모닥불을 피붓듯하는 철환이 날아 오고 뢰성벽력 같은 조총 소리가 울리기 시작했다. 놈들의 목표가 된 갈숲은 이제는 속히 빠져 나가야 했다. 고 충경은 궁수들을 四─五명씩 갈라서 흩어 보내기로 했다. 그중의 한 패를·앞세우고 강뚝으로 막 올라 가던 고 충경은 보이지 않는 몽둥이에 다리를 후려갈기운듯이 쓰러졌다. 신음 소리를 씹어 삼키듯이 이를 사려문 고 충경은 피가 솟구치는 왼쪽 허벅다리의 상처를 눌러 잡고 무르파을 한두번 지거 보았다. 분명히 뼈는 상하지 않았다. 『다행이다!』 큰 숨이 나갔다. 머리에 썼던 수건으로 상처를 동여매고 궁수들을 따라 갔다.

『어데 상하섰소?』

앞서 가던 궁수 중의 한 젊은 중이 되돌아 오며 물었다.

『다리를 좀 다쳤소. 하나 따라갈 수 있으니 어서들 앞서 가오』

『부축하구 같이 갑시다.』

『아니 내 격정은 말구...』

또 몰방으로 터지는 놈들의 조총에 바로 앞에서 있는 큰 버드나무의 가지들이 분질러져 떨어지기 시작했다.

『이제는 저기가 급하오. 나는 어떻게 해서든 안 죽을테니 빨리들 가오.』

놈들의 조총질이 잠시 멋은때 고 충경은 이런 말로써 궁수들을 재촉해 보냈다. 비록 한 다리는 상했으나 이 어두운 넓은 벌 관에서는 어데서든 몸을 숨길 수 있고 또 한몫 한 수도 있으리라고 생각했기 때문이었다.

이때 보통벌에서는 여러 곳에서 작은 접전이 벌어졌다. 우리는 일본군이 보통강을 건너는 데서부터 적들을 분산시키고、흩어져서 보통벌에 들어선 적들을 또 분산시키는 전술을 썼으므로 싸움은 여러 곳에서 벌어졌다. 모두가 일합 이합의 짤막짤막한 접전의 련속이었다. 대렬도 없이 또 피차의 련락도 없이 그저 어둠 속을 헤매며 달려 오는 적들과 맞부딪친 우리사람들은 한두 손질로 죽일 수 있는 적은 죽이고는 돌아서 달아났다. 그저 달아나는 것이 아니라 우리 매복이 있는 메로 적을 유도해 갔다. 따라 가던 적들은 다음 논두렁이나 보뚝을 넘어서려고 할 때마다 바로 저의 발뿌리에서 일어 나는 우리 사람들의 반격을 받게 되었다. 칼과 창과 철퇴、혹은 낫을 들고 논뚝 또는 보뚝에 붙어 앉았다가 달려 나오는 우리 사람들은 오래 싸우지는 않았다. 한두 번의 칼、낫、창질로써 손 가까이 있는 적을 찍고 찌른 후에는 적이 손쓸 틈을 주지 않고 뒤로 물러갔다. 그때마다 적의 수효는 줄고 또 분산되었다. 뒤로 도망하는 적들은 더욱 많았다. 그와 반대로 놈들이 달려 가는 다음 또 그 다음 목에서 열어나는 우리 사람들은 접접 더 늘었다. 지형을 모르는 어두운 벌판에서 촉처에 반겨울 받으며 헤매게 된 적들은 서로서로 고함을 질러 끼리를 웨처 부르기도 했다. 그러나 그때마다 저의 군사가 초응해 나서기보다 혹은 등뒤에서 혹은 좌우측에서 함성을 지르며 엄습하는 우리 사람들의 반겨을 받는 경우가 더 많았다.

만일 이때가 밤을… 낮이였다면 (물론 낮이라면 우리가 이런 진출을 쓸 수는 없었을 것이지만) 처처에서 벌어진 겨루중에서 우리는 가지가지의 장렬한 장면들과 용감한 사람들의 행동들을 볼 수 있었을 것이다.

은 벌판에서 일어나는 우리 사람들의 함성과, 울부짖는 적들의 비명과, 꽃아가고 쫓기고 그러다가 마주처 결고 … 는 발소리들과, 더욱더 기승은 부리는 듯 노호하는 바람 소리와, 그린 중에서 불꽃을 릉기며 맞부딪치는 병쟁기 소리까지 어울려 갈피를 잡을 수 없는 접전 마당이라 누가 귀를 기울어 듣는 사람은 없었지만 어데선가는

『김 첨지ㅡ、이 늙은 두상 나두 왜놈을 한놈 잡았소.』

하고 웨치면서 낫의 피를 후리처 뿌리며 한번ㅡ크

게 웃는 늙은 농군도 있었다. 또 한 곳에서는 낫으로 걷어 넘어뜨린 적을 타고 앉아서 놈의 가슴을 가르며

『이놈아、이 왜놈아、내 아들이 너희놈들한테 죽었다。동대원 싸움에서 내 아들은 죽었다。…장손아ㅡ장손아ㅡ (그는 아들의 이름을 웨처 불렀다) 베 애비가 이제야 네 원쑤를 갚는다。』

하다가 마침내는 후두두 어깨를 떨며 목놓아 우는 농군도 있었다. 외처에서 온 농군들이였다. 그들이 가진 것은 오직 낫 하나 뿐이였다。그러나 그들은 싸울 결심을 했다. 병장기를 가지고 싸우는 사람들의 방해가 안되도록 그들은 여기저기 흩어져 있었다。 그렇기 때문에 그들의 용감한 행동을 다른 사람이 불기회는 없었다。

지형을 모르는 벌판에서 헤매는 적들은 시로서로 웨처 부르며 눈판을 벗어나 큰길을 찾아 나서려고 애썼다. 그러나 찾아 나신 큰길 역시 행동이 임의로울 수 없었다. 처처에 마름쇠가 갈렸거나 그렇지 않으면 좌우쪽의 발들과、길을 막아 뭇쌓놓은 꼭초에서 불이 일었다.

고 충경은 상한 다리를 끌고 큰 뚝으로 불어 가면서 기회 있는 대로 활질을 하며、뒤로 물러서던 중이였

다. 얼마 멀지 않은 앞에서 봉이 일었다. 금시 뒤벌어진 큰 걸음에는 적들의 검은 그림자가 드러났다. 고충경은 적의 배후를 엄습하려고 달려 갔다. 앞이 막혀서 분비는 저의 부하들을 호령하는 말 탄 적장을 겨누고 막 활을 빼는 순간이였다. 적장이 휘두르던 장검을 떨어뜨리고 말잔등에서 허궁 쳐들렸다. 어느 짬엔가 저편 어둠 속에서 결쇄기로 뛰어든 한 창끝이 그놈의 복롱을 꿰서 번적 쳐든 것이다. 활을 당겨진 채 무춤한 고 충경은 혹시 적의 군졸들이 하는 짓이 아닌가 하는 의심이 들기도 했다. 그러나 다음 순간

『이놈들아! 봐라!』

하는 벽력 같은 고함 소리가 들렸다. 그것은 분명히 우리 늙은 봉군 오장이였다. 바라보던 고 충경은 부지중 『아!』 소리를 지르지 않을 수 없었다. 우리 늙은 오장이 공연한 객기를 부린다고 생각했기 때문이다. 지른 적을 곧 비려야 할 것이다. 그러나 그는 창끝에 꿰든 적장을 버쩍 치켜들고 적들 한가운데서 휘두르며 고함을 질렀다.

『나는 우리 되선 봉군이다. 이 불의 불칙한 왜놈들아, 봐라!』

하는 그는 거슬린 구레나룻 속에 부릅뜬 눈을 번득이였다. 그 서슬에 처음 몇 순간은 누구나 아연하지 않을 수 없었다. 더욱 기세를 울리는 화평중에 울깃불깃하고 번적이는 갑옷과 투구를 쓰고 입은 채 창끝에 꿰워서 사족을 버둥거리며 허궁 쳐 돌아가는 저의 대장을 쳐다보는 적들은 뒷걸음질을 할 뿐이였다. 이때 저편 어둠 속에서 사명 대사의 고함 소리가 났다. 그러자 여기저기서 달려나오는 우리 사람들의 함성과 발소리가 쏟아지는듯 했다. 그러나 우리 편의 손이 미칠 사이가 없었다. 이때 고 충경이도 몇대 날린 살로써 찌어내듯이 몇놈을 쓰러뜨렸으나 늙은 오장은 달려든 적들에게 한순간 문히다 싶이 했다. 다음 순간이였다. 우리 사람들이 불빛 안으로 나타나자 적들이 흩어진 길바닥에는 두 다리를 뻗고 부러진 창대를 두 손으로 짚고 앉아서 조는 듯한 늙은 봉군의 모양이 다시 나타났다.

『그렇지! 어서 족치라구, 전 서방 어서 왜놈들을 족치라구』

놀랍게도 우리 늙은 봉군은 세워 든 창대를 기대고 조는듯 하던 얼굴을 들어 앉은 바라보며 이렇게 웨치는 것이였다. 잠시 만을 끊었던 그는 한충 기운이 준 소리로

「서산 대사한테 내가 원풀이를 했다구 이르라구.」

이런 말을 하자 그는 덤쩍 뒤로 쓰러져 누워버렸다.

「오장 아즈바니!」

화광이 못 믿는 큰길 저편에서 주복이의 고함 소리가 들렸다. 그 어둠 속에서는 육중한 몽둥이로 무슨 부드러운 가루를 넣은 자루를 치기라도 하는듯이 둔탁하게 퍽퍽 하기도 하고 룩탁거리기도 하는 소리와 함께 울부짖고 아우성치는 적들의 비명이 들리었다. 보이지는 않으나 뜻겨 가는 적들을 따라가며 후려치는 주복이의 묵중한 철퇴바람이 씽씽 느끼지기도 했다.

「오장 아즈반, 좀만 더 참으소.」

좀 더 밀어진 주복이의 고함 소리가 다시 들렸다. 그러나 늙은 봉군 오장은 이미 깊은 잠속에 들어 있었다. 단 몇 순간 동안의 일이었다.

53. 우리 닭파 비둘기 들도 싸웠다

비록 오랜 동안은 아니나 처처에서 벌어진 싸움이 더욱더 격렬해갈 때 문득 친성문루에서 요란한 쇠북 소리가 울리기 시작했다. 울리는 쇠소리를 따라 바라보는 격양 성내에는 화광이 충천했다. 차차 다 요란스럽게 울리는 징소리는 일본군이 지금 이 별관에 흩어져 있는 자기네 군사들 거두기 위한 신호였다.

지금 성내에서 일어난 불은 아까 갑약산 마루에서 서산 대사가 울린 봉화가 옮아 간 것이라고도 할 것이었다. 잡약산에서 오른 불은 금수산으로 옮아 가고 금수산에서 오른 불은 동대원 넓은 벌판 한가운데로 옮아 갔다.

이때까지― 닭과 비둘기들을 가지고, 어둠기들기 다려서 장경문과 함구문 근처로 가서 성벽밑에 잡복해 있던 우리 사람들은 동대원 벌판을 바라보고 있었다. 밤은 짚어 갔다.

장경문 밖에서는 세네길 되는 넝며러지 밑을 스처 흐르는 대동강에서 떠오르는 랭기가 백속까지 스머드는듯 했다. 여기서도 이데선가 우는 닭의 소리가 때때로 아련히 들렸다. 그때마다 저의 소리에 사람보다 더 민감한 닭들은 고개를 쳐들고 날개를 뚜득거렸다. 그럴 넘려가 있어서 암닭만을 가져 왔으므로 소리처 울지는 않았다. 함지박정이 황서방은 꼴꼴

거리는 말문의 먹가지를 어루만져 주면서

「허허! 너의 동무들의 소리가 반가와? 정말 일이 무사해서 너희들은 다시 지구 돌아가게 됐으면 나두 좋갔다.」

「그러다 혹시 또 일이 터져두 하는 수 없지. 너희두 그땐 이 나라 땅에 났던 구실을 해야지.」
……

「하ー 이것들두 목숨이 있는 짐승이라구 제법 온기가 있어!」

이런 소리도 하는 창 서방은 저편 선창에서 그 많은 함지물은 이 대동강에 다 띄워 버리며 눈물을 흘렸던 생각이 났다. 지금 붙어 앉아 있는 낭떠러지에서 굽어보는 대동강은 그저 어두울 뿐이었다. 또 그후에 달 밝은 어느날 밤에 떡돌에서 술을 먹으며 서산 대사와 그 이야기를 하던 생각도 났다. 이런 때였다. 옆에서 문득

「어보ー, 저 불! 종내 일이 터졌소.」

하는 소리가 들린다. 과연 강진너 빈 벌판에서 한 자루의 횃불이 펄깃 올렸다. 그들은 곧 부싯돌을 쳤다. 부싯깃에 올라 붙은 불씨를 닭과 비둘기들의 발목에 붙들어맨 화승줄 끝에 옮겼다. 몇 사람은 한쪽 어깨를 성벽에 붙이고 모로 붙어 서서 성물과 성물 사이의 틈바구니로 발끝을 후벼 넣듯이 한 걸음 한 걸음 내짚으면서 성벽으로 올라 갔다. 성첩 우에 손이 닿을만치 올라선 사람들은 밑에서 올려주는 닭과 비둘기들을 성안으로 넘겨서 날려 보내기 시작했다.

이때 성안의 적들은 거의 다 보통벌 쪽의 성첩으로 몰려 가고 그중의 일부분은 칠성문 밖으로 쏟아져 나간 때였다. 물론 성내에는 아직도 남아 있는 적들이 많았다. 그러나 그들은 서로 눈을 피하여 깊이 숨어 있었으므로 이쪽 성안은 더욱 조용 했다. 닭과 집비둘기들은 인가에서 살아온 것이라 비록 낯선 곳이지만 별로 시스럽지 않게 날아돌어서 깃들여 잘 곳을 찾노라 이집 저집의 지붕과 골목들로 돌아다니기 시작했다. 혹시 놀라더라도 단번에 밀려 날지 못하도록 비둘기들은 날개를 조금씩 잘랐다. 합구문과 장경문 근처에서 날려보낸 수십 마리의 닭과 비둘기들이 끌고 다니는 화승 끝에서는 빨간 불씨가 타고 또 간간이 파란 불ㅅ길이 일기도 했다. 화승대 목대목에 쉬운 류황가루가 화염을 일으켰다. 그때마다 놀란 닭과 비둘기들은 딴 지붕 딴 골목으로 날고 옮아 갔다.

이 당시의 평양에는 초가가 많았다. 또 오래 가문 때였으므로 닭과 비둘기들이 기처 가는 테마다 여기저기서 불이 일기 시작했다.

이렇게 해서 적의 배후를 혼란시키는 우리의 게책은 그리 힘들지 않게 성공할 수 있었다. 그러나 여기서도 한 장면의 격루가 벌어졌고 우리 사람의 회생이 없지 않았다.

성벽 중허에 올라선 황 서방이 닭을 몇 마리째 날려 보였을 때였다. 바로 머리 우에서 누르듯이 시끄먼 그림자 하나가 불쑥 나타났다. 한놈이 성첩에 상반신을 걸치고 이쪽을 굽어보는 것이다. 울려다 보는 황 서방과 기의 얼굴이 맞닿을만치 어둠속에서 번득이는 눈과 눈이 마주쳤다. 이 어간의 성첩에서 파수 보던 일본 군사가 분명했다. 순간 그놈의 손에 들린 창남이 빈득이였다. 황 서방은 허리미에 찌른 젊은 천뒤가 있기는 하나 미처 손쓸 사이가 없다. 놈의 창끌을 피해서 내려설 수는 있다. 그러나 놈을 그냥 두면 우리 게책을 받각한 그놈이 소동을 일으킬 것이고, 따라서 적들이 쓸어나오고, 그렇게 되면 불이 번지기 전에 꺼버릴 녀려가 없지도 않다. 한순간이였다. 닭 한순간 동안이지만 이런 생각이 번개 같이 머리속에 떠오른 황 서방은 한 팔로 놈의 모가지를 기머시 끌어 내렸다. 높은 비둥기는 다리로 회공을 걷어차며 꺼꾸로 쏠아났다. 참참히 내려서면 성멀에는 발불일 언혁이 없지는 않았다. 그러나 우에서 쏟아저 내려 오는 집애 휩쓸린 황서방은 간신히 불어 있던 성벽에서 멀어 졌다. 나뜬 허공에서 목을 거머쥔 적과 함께 멏번 몸을 뒤치며 떨어져 내려 갔다. 성벽에서 떨어지는 순간 그는 웨쳤다.

「내 거정은 말구 어서 닭들을 마자 날리우.」

하는 그의 고함소리― 그리고는 캄캄한 저 밑의 물소리였다. 남은 사람들은 그의 말대로 게속해 닭과 비둘기들을 날려 보내는 한편 헤염과 자맥질에 능숙한 몇 사람이 뒤따라 강속으로 뛰어들었다. 그러나 황 서방의 종적은 찾을 길이 없었다.

일어나는 불스길을 따라 바람이 덧치고 덧치는 비람세 따라 불은 더욱 번지였다. 때마침 「올때미 께벽」 캄캄한 밤중의 화광은 눈랄게 충천했다. 이때까지 칠성문루에서 무엇이 어떻게 되는지 불 수도 알 수도 없고 따라서 어떻게 하라고 지휘할 수도 없이 그지 캄캄하기만한 침전장에서 일어나는 함성과 바람 소리외 간혹 가려 들을 수 있는 저의 군

줄들의 울부짖는 소리를 듣고만 있던 적장·소서행
장은

『칙쇼―』

소리와 함께 발을 굴렀다. 자기 격앙、 자기 양심
만으로 진후를 가리지 못하고 성밖으로 내몰았던
『분병을, 이제는 거두어 성안의 화재를 꺼야 했다.
성안이다 타버리면 이 고미인의 나라의 엄혹한 삼
동을 어데서 날 것인가? 그에게도 그만한 『심모원
려』는 있었다. 황황히 말을 잡어탄 소서행장은 징
을 울려 군사를 거두라는 명령을 남기고 저 자신 먼
저 말머리를 돌려 퇴진해야 했다.

패잔한 적의 퇴각 신호가 나자 보통벌은 한층 더
소란해졌다. 일본 군사는 숨어 있던 자들까지도 이
제는 내놓고 달아나기 시작했다. 우리 편에서는 보
통강을 진너는 적에게 또 한번 타격을 줄 수 있는
기회를 놓치지 않으려고 앞을 다투어 추격했다. 추
겨을 개축하여 둥둥 울리는 우리의 군고 소리와 아
울러 넓은 벌판을 휩쓸어 일어나는 우리의 함성으로
써 려명을 앞두고 캄캄한 보통벌은 뒤흔들리듯 진동
했다.

54.
이 아침에 조국의 산
머리에서 뜨는 해

먼저 서쪽 하늘에 회밀건 려명의 빛을 던지고 마
침내는 간밤의 암흑을 깨뜨리는 서광의 금빛 화살을
펼치면서 동쪽 산머리에서 붉은 해가 솟아 오르기 시
작했다.

아침이면 뜨고 저녁이면 지는 해―사람들은 나
서 죽을 때까지 그 변함 없는 반복을 보아 왔다. 그
것은 세월의 흐름이었다. 그 항구불변한 반복에 비
하여 자기네 일생이 너무 덧없음을 탄하는 사람들은
뜨고 지는 해가 평범한 것이기는 하나 일변 또 무정
세월을 느끼기도 했다.

그러나 어제밤 이 보통벌에서 추수를 하고 적과
싸운 사람들은 이 재벽에 솟는 해를 그저 평범하다
거나 또는 무정 세월의 한 도막으로만 보는 사람은
없었다. 밝아오는 새벽빛에 드러나는 보통벌― 거기
서 우리가 쟁취한 승리의 전과를 력연히 보여주는
오늘의 아침의 해는 우리 조국땅 산머리에서 뜨는
따가운 해가 아닐 수 없다. 하루밤 사이에 자기네

로력으로 베여 놓은 보몽벌을 내려다 보는 우리 사람
과 한께 경탄과 회심의 따뜻한 미소리를 던지는 해
였다. 마침내 산머리에 둥실 솟아 오른 해는 아직도
김은 연기 속에 잠긴 성내의 적진을 건너다 보는 우
리 사람들과 함께 조롱의 웃음을 던졌다. 일본군은
우리 닭과 비둘기들이 지른 불을 끄기에 아직도 바
쁜 모양이었다.

추수를 위한 우리의 책략과 로력과 전투는 마침내
성공을 보았다. 이날 밤 싸운 사람들은 스스로 자기
네의 힘을 믿을 수 있는 기쁨을 가지게 되였다.
이러한 기쁨 중에도 한편 또 엄숙한 슬픔이 없지
않았다. 희생자가 적지 않았다. 늙은 봉군 오장과,
황서방 같이 여러 사람이 보는 앞에서 장렬히 희생
된 사람들 외에도 어두운 중에 어데서 누가 쓰러지
는지 모르게 죽은 사람도 있었다. 고 충경이를 비롯
하여 상한 사람도 적지 않았다. 또 종적을 모르게 된
사람도 몇이 있었다. 보패가 그 중의 하나였다.
보패 역시 처음에는 칠성이 어머니, 주복이 어머
니와 치, 김 첨지 마누라, 차돌이의 어머니들과 함
께 논관에서 벗단을 끌어내는 일을 했다. 베여 나가
는 논배미를 따라 얼마쯤 성 가까이로 다가갔을 때
기기서도 녀인들이 왜 따라 왔느냐는 핀잔을 들었다.

그뿐 아니라 한논관에 녀인들이 몰려서 일을 빨리
못 치운다는 말썽까지도 생겼다. 녀인들은 갈려서 이
패 저패로 흩어졌다. 여기서부터 보패가 어느 패에
끼어 갔던지를 아는 사람이 없었다. 어둡고 또 저마
다 바빴으므로, 녀인들이 한베 몰려 다닌다면 표가
나겠지만 그 많은 사람 중에 한둘씩이나 섞인 것은
누가 누군지도 알 수 없었다.

우선 없어진 사람들의 종적을 알아 보아야 할 것
이였다. 이때 잡약산에서는 더욱 바빴다. 조만간 일
본군이 또 습격해 올 것을 에상하고 잠시 뒤로 물러
갈 차비를 해야 했던 것이다.

마침 김 응서 조방장이 와 있었다. 거둬들인 군량
에 대한 의논을 하려고 서산 대사를 찾아 왔던 것
이다.

이때 김 응서는 자기가 평양성으로 둘어갈 작정
을 했다. 그것은 벌써부터 생각해온 일이였다. 성내
의 적정을 살피기 위해서였다. 그러면서도 이때까지
는 우선 군사를 초모하고 조련해서 우리의 병력을
기르는 것이 더욱 진급한 일이였다. 어느 정도 그
성과를 거두게 된 이제는 적정을 렴탐하는 데까지
도 손을 뻗처야 할 시기가 되였다. 더우기 지금 평양
성내에는 내응해 줄 우리 사람이 있다고도 생각했

다。그것은 제 월향이다。

계 월향이가 북측으로 피란 가던 길에 일본군에게 불들려서 평양 성내에 억류되어 있다는 것은 고 충길의 말로써 이미 아는 일이다。

고산진 첨사를 지내기 전부터 무강으로 출신한 지。오랜 김 응서는 평양 출입이 잦은 중에 평양 기생들을 알았고 그중에도 계 월향이와는 가까운 사이였다。단지 가까울 뿐 아니라 제 월향의 사람됨이었다。

기는 하나 계 월향은 궁지가 높았다。자기의 문재、뛸재에 대해서만 아니라、재물에 팔리거나、권세 앞에 굴하지 않는 하나의 떳떳한 인간으로서의 궁지와 기쁨을 가지는 기생이었다。

「이 국란에 막중한 장신(將臣)의 몸으로 가벼이 적진 중에 들어 가서 될 일이 겠소?」

김 응서가 평양성으로 들어 갈 의향을 말할 때이같이 만류하는 사람도 있었다。그러나 김 응서는 계월향이로 하여금 내응하게 하는 데는 잘 아는 자기가나서는 것이 가장 좋으리라고 했다。

김 응서는 첫착수로 먼저 계 월향이를 영명사로불러 널 방도를 생각했다。기생들은 굿하고 재 올리고 불공 드리기를 좋아한다。기생방 출입을 하는 한량들치고 보아 더니는 기생 집의 곳、재、불공에산이나 상복을 셀이 보내지 않는 사람은 없었다。그 산과 상복의 절의 중문의 차지가 되는것은 물론이다。즉 기생들은 대개 중문의 소중한시주(施主)였다。평양 기생 중에도 명기로 이름난 계월향이를 모른다고 할 영명사 중은 없을 것이다。

이때 고 충길은 누워 있었다。상한 다리 때문에제가 어쩔 수는 없지만 혹혀 계 월향이를 통해서 할수 있다면ㅡ다시 살아 돌아오지 못하는 경우라도욕되게 죽지 말라ㅡ는 말과 함께 보패에게 전해 달라고 하면서 제 옷고름의 장도를 끌러서 김 응서에게 맡겼다。

55. 파멸 전야의 일본군

평양 성내의 일본군 진중은 헤이할대로 헤이한 만만한 화기와 또 으현가 하면 살기 등등한 살벌ㅡ이양립될 수도 모화될 수도 없는 두가지의 현상이서로 교차되고 충돌하여 일종의 무겁고 음험한 분위기속에 잠겨 있었다。

화재는 그날 낮까지 침식되었다。서북풍을 거슬러

동남 쪽에서 일어난 불이라 성안 일판은 휩쓸지는 못했다. 그러나 장경문 안을 비롯하여 련광정、대동문 근처에 있던 초가들은 기의 다 타고 말았다.

을 대강 끄게 되자 소서행장은 다시 군사를 몰아 보룡벌 주변의 산들을 일시에 습격했다. 결과는 허사였다. 아무데서도…고、마인을 찾지 못했다. 잡약산 근처의 마을에서는 남아 있는 집들의 부뚜막에 온기는 있었으나 사람들은 없었다. 출동했던 일본군은 보룡벌에 널려 있는 수다한 저의 군사들의 시체를 기두고 영명사의 높은 층들을 불러서 화장을 하고 시다림을 지냈을 뿐이다.

오늘 아침은 소서행장은 두세 장령들을 대동하고 말을 달려 불탄 골목들을 돌아 보았다. 허다한 장졸들이 거처를 잃었다. 그 중에도 많은 군졸들이 갯더미 사이를 방황하고 있었다.

하루밤 사이에 갯더미로 화한 성안의 집들— 성밖으로 밤 사이에 붙고 쓴듯이 빈 보룡벌、역시 하루 내몰았던 군사를 불시로 다시 거뒤 들여야 했던 창황망측! 생각하면 소서행장은 마치도 어민 보이지 않는 긴 팔이 뻗쳐서 제 상투를 끄들어 휘두르는 것같기도 했다.

어느 골목에서는 타다 남은 담밑에서 군졸들이

해바라기를 하며 쬐고 있었다. 어떤 자는 피워 물었던 곰방대를 들고, 상하지 않은 무릎에 세운 이편 손으로 턱을 고이고 앉아서 반쯤 뜬 눈으로 제 발뿌리를 응시하고 있었다. 눈앞의 갯더미를 보는 것이 아니라 먼 고향을 바라보는 눈이였다.

그러나, 그나마도 오래지 못했다. 상처가 쑤셔서 끝 눈을 크게 떠야 했다. 퍼뜩 정신이 든 그들은 아픔을 참을 뿐만 아니라 없는 원기도 있는 듯 벌떡 일어나서 태연히 걸어 보이고 일부러 옆의 사람에게 수작을 부치고 큰 소리로 웃어 보이기까지도 해야 했다. 그 같이 윗기를 가장하지 않으면 더 쓸데 없는 패병(敗兵)으로 지목되어 목이 떨어질 넘려가 없지 않기 때문이다.

그같은 군졸들이 모여 있는 옆에서는 꼬박이로 앉다리를 읽어 맥서 세워둔 군마가 목을 길게 눈어서 타다 남은 지붕의 고삿은 이영짚을 뽑아 물고 자갈 고리를 절그럭거리며 씹이 널고 있었다. 그 역시 소시행장으로서는 눈살이 찌프러지는 일이 아닐 수 없었다.

또 어느 꼴목에서는 었다. 짝지바리로 세운 나무에 솥을 매달고 밥을 끓이는 모닥불 옆에서는 三—四명의 군졸들이 모여 앉아서 어쩌선가 주어 모은 형겊나

부랑이둘로 빗은 발과 겅겅이를 까매고 있었다. 그
것은 당장 눈에 햇붙이 서는 꼬락서니뿐이 아닌 수
없었다. 소서행장은 부지중 제 칼자루로 손이 갔
다. 그러자 또 어데선가 군졸들이 다투는 말소리가
들렸다.

『이 겁쟁이! 비겁한 놈 같으니―』

목이 꽉 잠긴듯 기선 소리기는 하나 격분에 떨려
나오는 음성이었다.

『너희놈 같이 비겁한 놈들이 감히 무슨 수작이냐?
이 비겁한, 비겁한―』

『뭣이? 이 내가 비겁한이라구? 형! 꼬락서넌
봐. 제 꼬락서넌!』

건자의 침울한 말소리와는 반대로 원기 왕성하개
콧방귀를 탕탕 뀌면서 득의연하개 지껄이는 소리며,

『야이, 네 그 용감하노라는 놈들외 꼴을 보란말이
다. 네놈의 한 팔이 날아나는 동안에 이나는 주무
섰다. 그래 잤으니 어드 됐단 수작이냐? 헤헤헤―』

『게으름뱅이― 비겁한―』

또 친울하개 떨리는 나직한 소리―

『그래 옳다― 이 어르신네 나는 과연 게으름뱅이
비겁한이다. 그래서? 그러너 이겼단 말이냐, 헤!』

득의연한 소리가 또 상대방의 말을 억누르듯이 현
하지벽으로 쏟아지기 시작한다.

『용감하노라는 너희놈들은 성밖으루 싸우러 나가구
게으름뱅이 우리는 갔다. 이 어르신네가 주무시는
동안에 용감히 싸우려 나갔던 너희는 큰 일을 치렀
다. 고마인들이 벌써부터 파놓구 기다리는 함정으루
용감히 뛰여 들었단 말이다. 그래서 큰 일을 치렀기
든― 六―七백명은 죽이구 四―五백명이나 팔다리
부러진 병신을 만들었다. 또 그 동안에 성내에는 불
이 일어서 이 꼴이 됐단 말이다. 장히 장하다. 이 꼴
을 봐― 이 꼬락서너를―』

『……』

『헹! 왜 말을 못 하느냐? 이 어르신네, 나는 말이
다, 주무시는 동안애 단꿈까지 졌단 말이다. 헤헤
해― 정말 오래간만애 호뭇하던걸! 좋더란 말이
다, 장, 소금을 못 먹어서 받눈은 안 보이는데두
꿈애 네맨네논 보이거든! 그렇게 꿈에 찾아 온
네마누라가 다정하기란! 따뜻하기란― …그런데
최쇼―그 놈의 화재 매문에 그 단꿈이 그만 깨지구
말았단 말이다. 너희놈들 용감한 놈들 때문에…』

이매 소서행장은 제 등뒤에서 말궁둥이를 갈기
는 채찍 소리를 들었다. 소서비가 그쪽으로 달려 갔
다. 그러자

オ 아니,

오히려 이런 때의 그에게는 그러한 자기 부하들에
대한 측은한 감정도 노상 없었지는 않았으리라고 우리
는 상상한다. 그러나 그보다 더 강하게 앞섰던 것은
무서운 절망감이었다. 단지 느껴지는 절망을 눈앞에 아
니라 실물로 행동하는 절망을 자기 앞에 보았던 것이
다. 소서행장으로서는 그같은 절망을 자기 앞에 드
러내는 부하들을 오직 벌했을 뿐이였다.

임진란을 몸소 겪은 리수광(李睟光)의 기록인 지
봉류설(芝峰類說)에 의하면 『倭奴之用法極酷』이라고
하여 당시 일본 군중에서 시행된 형벌이 얼마나 가
혹했던가를 말하고 있다. 『옛날 진시황의 유풍을
따르는지 사람을 풀베듯 했다』는 것이다. 그같이 형
벌이 가혹한 것은 그들의 진롱이기도 하려니와 더우
기 이매의 소서행장은 더 참을 수 없었던 것이다.

기세 좋게 흐르던 물이 앞이 막히어 더 흐르지 못
하고 정체되면 이때까지 게짤함 울리던 물소리도,
바윗돌을 굴리던 힘도 없어지고 마침내는 혼탁해서
썩게 된다. 그 역시 물약 물이지만 사람들은 그런
물은 『죽은 물』이라고 한다.

이매의 소서행장은 자기 군대에서 그러한 혼탁을
보았던 것이다. 『우리 일본 군사는 앞으로 나갈줄
만 알고 뒤로 물러설줄은 모른다』고 한때 호언장

『으악―』

하는 외마디 비명으로써 그 말다툼은 끝났다. 소
서행장은 말을 몰았다. 얼마 안가서 또 그와 비슷한
광경― 섬밖 어떠서 따라왔는지 모를 목화송이를 한
서 뒤져냈는지 모를 목화송이를 한 바구니쯤 쌓놓고
둘러앉은 군졸들이 지마끔 손톱으로 써를 뜯어 버리
고 한부 줌석 모은 솜을 옷갈피에 쑤셔 넣고 있었
다. 그 탐욕스러운 표정들! 소서행장은 더 참지 못
했다. 칼을 뺐다. 두세 놈의 목이 한꺼번에 떨어
졌다.

소서행장은 이상 더 돌아 볼 용기가 없었다. 말미
리를 돌렸다. 련광정으로 돌아 오던 길에 애련당련
못가에 다달았던 소서행장은 저도 모르게 비력고합
운 질렀었다.

『이 일본 사무라이의 낯을 물히는 놈아―』

거앙한 그는 또 칼을 뺐다. 불을 끄노라 바닥이
드리나게 물을 찌운 련못가에서 한 군줄이 그 지저
분한 웅덩이에서 긴저내 모양인 붕어 새끼를 긴 칼
보 지머서 게걸스럽게 먹고 있었다. 그자의 모가지
도 떨어졌다.

이런 것은 구태여 일본군 선봉장 소서행장을 한낱
불절한 살인귀로 묘사하기 위한 것은 결코 아니다.

담은 이순신에게가 여기서 추격안아 이재는 혈결나부랭이로 발을 싸매고 감탕투성이 되고 있는 길이다. 그나마도 먹을 것이 없어서 그렇다면 또 상측무제한 일일는지 모른다. 사창고 남었는 아적도 남은 군량이 있었다. 소서행장이 보동벌의 곡식은 탈냈던 것은 당장 식량이 고갈해서보다도 앞날의 준비를 위한 「장구지책」이었고 또는 『여가 차지하고 있는 이 성과에서 ― 여의 무공아래에 있는 곡식을 고마인에게 뺏앗겨 될 만이냐』하는 일종의 자존심과 위신 문제가 보다 더 큰 문제였던 것이다. 물론 이의의 다른 것은 다 추운 기후는 그돌이 이전에는 그리 많던 고기를 요구하게 되였다. 그렇기 때문에 그 당시의 어떤 기록에는 일본군이 개고기를 무척 좋아했다고 씌어 있기도 하다 ! ― 고향 처자 생각에, 정신이, 팔래고, 붕어 새끼록 자머서 먹고, 또 아직 이만 추위연만 형겊으로 발을 씨매고, 비집한 자가 오히려 큰소리를 탕탕. 하는 등등의 자기 부하들에게서 만만한 타기 사계 지상, 혼탁, 그리고 썩어가는 것을 보았다. 즉 절망을 보았던 것이였다.

앞서 말한 『지봉유설』에 의하면 『勝則爭進不顧、敗則爭綱亂走』라는 것이 일본군의 무정이라고 했다. 그들은 저의 편이 이기는 싸움이라고 생각하면 앞뒤를 가리지 않고 덤벼싸치만 조금이라도 불리하다고 보면 기가 꺾여서 닿아났다는 것이다.

소서행장 자신 그같은 저의 군사들의 기진을 모르지 않았다. 그러한 기진이 당장 창검을 겨루어 싸우는 적의 앞에서뿐 아니라 지금은 저희가 점령하고 있는 이 성과 안에서까지도 발로되고 있는 것을 보았다. 소서행장은 악이 올랐다. 악에 바친 그는 살벌해진 밖에 ―

런 광정으로 몰아 오던 길에 사창고앞 큰 거리에 세웠던 조선 수군 절제사의 복색은 입힌 등신이 아직도 그냥 서 있는 것이 뵈였다. 그것은 소서행장이가 자기 부하 장졸들에게 일본군이 아직까지도 여기 주지앉아 있게 되는 까닭이 리 순신 때문이라는 것을 알리고 따라서 리 순신으로 상징되는 조선 사람에 대한 중오감을 일으키고 저주하도록 하자던 것이다. 그 등신이 처음에는 다소의 상처를 입기도 했다. 그러나 일본군 장병들은 그 이상 더 충분도 적개심도 느끼지 않는 모양으로 등신은 아직도 그냥 서 있었다. 장병들의 그러한 무관심은 절망에서 오는 것이다. 이런 생각을 하는 소서행장은 또 누구만 못지않은 절망자가 자기 자신인 것을 고백하지 않을 수 없었다。이 이상 더 진술할 수 없는 데는 자기「역시『죽은 물』로 썩지 않을 수 없는 것이다。·

조선군의 력량은 이 성안에 들어 앉아서도 압박감을 느낄만치 나날이 강대해 가는 것은 물론이다。그리고 또 의병들! 즉 이 나라 백성들의 힘ㅡ 전날 밤 보통벌의 추수는 곧 그것을 여실히 뼈여 주는 것이다。자기의 군사는 이 이상 더 나갈 수 없다。썩을 밖에ㅡ 부하 장병들의 사기가 썩는 것을 근심하는 동안에 그 장수인 자기 역시 썩고 있는 것이다。그는 밤낮 술하명으로 세월을 보내고만 있는 자기의 자포자기를 이렇게 설명할 밖에 없는 것이였다。그는 지금도 목이 말라 오는 것을 느꼈다。술의 갈증(渴症)이였다。

대쿠소ㅡ 될대로 되라지!」

56. 백절불굴하는 우리 사람들

소서행장은 변광정에 오르자 소서비、경의지、이하의 장령들과 중 현소를 불렀다。다음에는 현째 자기 진중에 사로잡혀 있는 고마인을 다 잡아 내라는 령을 내렸다。그의 령은·군졸들에 의하여 끔 거행되였다。련광정 앞으로 다 끌어 냈다는 것이 불과 七ㅡ八명ㅡ 소서행장은『어째 이것 뿐이냐?』고 놀랬다。그의 령을 거행하던 군졸들도 의외였다。있는 대로 보이는 대로 다 잡아낸 것이 그뿐이였다。엊그제까지도 여러 십명의 포로가 있었다。

일본군은 평양을 점령하자부터 대동강 연안울 비못하여 나다닐 수 있는 데서는 다치는 대로 우리 사람들을 탑치해 들였다。소서행장은 앞으로 즉 오는 봄에 감행하려는 작전을 위해서 될수록 많은 고마인을 잡아 들이기 위하여 주었다。행군중의 군량과 집을 나로는 인부로 쓰는 것은 물론、저의 병력을 보충하기 위한 군사로 쓰려는 엉뚱한 생각까지도 하고 있었다。

우리는 여러 기록에서 그것을 볼 수 있다。물론 그렇게 되지 못했다。될 리도 없는 일이지만 저의 본국에서 증원군을 받을 가망이 없었던 소서행장은 그런 렴치 없는 생각까지도 했던 것만은 사실이다。

탑치했던 포로들은 혹은 병들어 죽고 혹은 학살되기도 했다。그러나 엊그제까지도 여러 십명 남아 있던 포로들이·한꺼번에 없어진 것은 성내에 불이 난 매였다. 대동강 물을 길어 들이기 위해서 열어 놓았던 대동문 장경문으로 많이 달아나고 혹은 반아나다가 학산되고 또는 간히 있던 집체 함께 략죽기도 했다. 우리가 이미 들어서 아는 집 순량의 권속들도 없었다. 김 순량이가 뜯아 오기 않게 되자 일본군은 그들을 학살하고 말았던 것이다.

소서행장이 지금 고마인은 다 끌어 내라고 한 것은 사기 저상된 자기 군졸들에게 한번 선혈의 향연을 배풀어 주려던 것이다. 즉 자기 군졸들에게 마음껏 잔학성을 발휘할 기회를 주려던 것이다. 그들의 손을 고마인의 피로 물들게 함으로써 뻐어가는 사기 자국을 주려던 것이다. 그뿐 아니라 우선 저 자신 고마인에 대한 앙심을 참을 수 없는 소서행장은 장차 저의 군졸로 보충해 보려던 「원대」한 용의까지도 둔보지 않았다.

세례명으로 오규스탄이라고도 하는 소서행장은 서양 산교사들한테서 듣은 네로의 대학살 사건을 기억하고 있었다. 그야말로 대규모적인 신혈의 향연이였다.

수천명을 학살하면서 네로는 즐기었다. 그러면서도 네로는 그 희생자들이 죽음 앞에서 반항하지 않는 것이 론 불만이었다고 하지 않는가.

『학차!』

소서행장은 七―八명의 희생자들을 바라보며 머리를 흔들었다. 한 장만 즐기려던 학살극에서 산 희생자 빈성, 잔학성 다욱 효과적이게 한 수 있는 희생자들의 반항은 기대할 수 없기 때문이였다. 희생자들은 이미 치명상은 입도록 반항한 나머지 더 반항할 기력이 있은 것 같지 않았다. 그뿐 아니라 제부하 장졸들까지도 많이 모이지 않았다. 그역시 만사가 다 시들하다는 사기 저상의 또 하나의 표시가 아닐 수 없는 것이였다.

소서행장은 처음 계획을 포기하기로 했다. 그러나 학살은 그만두는 것은 아니다. 희생자들을 밀리 끌어 내다가 죽이라는 명을 내렸다. 그중에 끼어 있던 왜려는 제외되었다. 진촌 장거리에서 김 순량이와 같이 나타났다가 도망한 자였다. 지금 같이 고마인을 다 끌어 내라는 경우에는 그자도 레외가 아닌 모양이다. 혹은 이번 같은 경우에는 일단 사지(死地)에 떨어뜨렸다가 특히 제외한다는 「특전」으로써 그자에게 한층 더 굴종을 요구하는 술책일는지도 모본다. 하여튼 왜려 김 삼군이는 의레 그럴 것으로 알았다는듯이 회생자들 속에서 빠져 나왔다. 또 다, 음으로 제외된 것은 한 늙수그레한 중이였다. 어느 정도 자유롭게 성내 출입을 하도록 용허된 영명사 중으로서 이때 공교롭게 무슨 볼 일이 있어 들어 왔다가 불들렸던 그는 제외한다는 폐 합장하고 고개를 숙이면서 저편 성첩 밑으로 물러섰다.

다음 또 하나 따로 끌어내 세운 사람이 있었다.

그러나 그는 남은 희생자들이 창화 조총뿌리에 내몰려 사형장으로 떠나려 할때 그들 가운데로 뛰어 들었다. 그것은 보쾌였다. 군춘들은 처녀를 다시 끌어 내려 했다. 그러나

「같이 가요. 저두 죽겠어요.」

이같이 웨치는 보쾌는 그 품안으로 뛰어 들듯이 한 로인을 붙들었다.

「제발 지를 이놈들의 손에 넘겨 두지 마십쇼. 저두 여러 어른과 같이 죽겠어요.」

흐트러진 맨상투 바람의 머리와 성글고 긴 채수염이 백발이 다 되게 센 그는 자기를 붙드는 처녀를 한 팔로 끌어 안았다. 로인은 한 손이 없었다. 끊어진 팔목의 생생한 상처에서는 피가 흘렀다.

「이놈들아 네 보느냐?」

로인은 문득 고함을 질렀다. 목은 갈리었으나 찌르릉 울리는 소리였다. 처녀를 끌어 안은 그는 손 없는 팔을 들거 천팡정 란간 안께 드높이 앉아, 있기ㅡ

는 소서행장을 가리키며 우렁찬 소리로 꾸짖었다.

「너희 같은 왜구 오랑캐들이 알랴마는 그래두 인두집을 썼으니 조금이라도 사람다운 마음보나 눈이 있거든 이 가륵한 처자를 보아라. 죽을지언정 욕되지 않으려는 우리 조선 사람의 말을 보란 말이다. 너희가 아무리 여기까지 와서 우리 사람을 죽이고 갖은 포악한 짓을 다 한다마는 우리 사람들의 기백을 꺾지는 못한다. 우리는 죽을지언정 너희놈들의 종노릇은 안 한다. 보느냐 이놈들아ㅡ 이 극흉극악한 왜적들아!」

이렇게 웨치던 로인은 한 팔로 끌어 안은 처녀를 굽어보았다. (이때 소서행장은 왜려를 불러서 로인이 한 말을 묻는 모양이였다.)

「장해, 옳거든ㅡ 그래야지.」

로인이 이번에는 나직한 소리로 보쾌에게 말했다.

「그렇다구 이 늙은 내가 한창 살 청춘의 목숨을 에끼지 않아서 하는 말은 아니야. 뉘댁 처자인지는 모르나 장하거딘ㅡ 다 죽으나 다름 없던 내가…」

이런 말을 하다가 목이 메는듯 말을 끊고 다시금 보쾌를 보는 로인의 눈에는 눈물이 어리였다. 말없이 고개를 끄머이였다. 처녀의 아름다움에 놀라는 듯

『이제 죽을 내가…』

로인은 다시 말을 이었다.

『지금 죽운 림박에 규수 같은 우리 사람을 보게 되니 여한이 없어…』

하며 맑은 눈물 방울이 길게 흘러내리는 채수염을 혼들며 그 속히 웃기조차 하던 로인이 문득 한마디 신음 소리와 함께 쓰러졌다. 울부짖는 듯한 소서행장의 소리가 나자 로인의 등뒤에 지켜섰던 군졸이 창질을 한 것이였다.

소서행장은 금시 자기의 생각을 변경했다. 불과 五—六명— 반항할 기력조차 없으려라고 했던 조선 사람들의 강강한 기백을 보게 된 소서행장은 이가 갈렸다. 자기 눈앞에서 그들을 섬록하라고 명령했다.

우리 사람들은 창검을 겨누며 다가서는 적들에게 육탄으로써 달려들었다. 그들은 그저 죽으려 안 했다. 혹은 한 손만을 가지고도 적의 모가지를 끌어 잡아 쓰러뜨리고 엎치고 뒤치면서 놈의 숨통을 물어 뜯기도 했다. 손을 못 쓰는 사람은 몸을 솟구쳐 적의 면상을 받고 가슴팍을 내지르기도 했다. 그들은 종당 죽었다. 그러나 전물한 것은 적이였다. 누구보다도 전물한 것은 잔학성의 만족을 탐냈던 소

서행장이였다. 그는 희생자들의 반항이 있기를 바랬다. 그것은 희학질해가며 죽이려는 잔인성의 요구였다. 그러나 희학질하기에는 너무나 억세고 장렬한 반항이였다. 五—六명의 조선 사람은 희생자로가 아니라 육탄으로써 당당히 싸운 전사로서 죽었다. 련광정 앞뜰은 극히 짧은 동안이나 격렬한 결전장을 이루었다. 피를 흘리는 저의 군졸들을 본 소서행장은 철선으로 란간을 치며

『무슨 꼬락서니냐?』

고 울부짖었다.

군졸들에게 불들려 있던 보패는 련광정 란간 아래로 끌려 갔다. 소서행장이 뭐라고 지껄였다. 보패는 쳐다보려고 안 했다. 군졸들이 보패의 얼굴을 받쳐들었다. 보패는 눈을 감았다. 그러자 또 몇 놈이 달려들어서 보패를 불들었다. 련광정으로 끌어 올리려는 것이다. 보패는 뿌리치고 그 자리에 앉았다. 그러자 돌중게에 무거운 발소리를 내며 내려 오는 자가 있었다. 고개를 숙이고 있던 보패는 코앞에 서릿발같이 랭랭한 찬김을 느꼈다. 그것은 실로 서릿발같은 긴 검날이였다. 머리 우에서 말소리가 났다. 알지 못할 말이다. 그러나 그 음성만은 들은 적이 있는 소리다.

어제 저녁이었다. 비로소 정신을 차리게 되었던
보패는 자기가 지금 어데 있는가? 조차 알 수 없어
서 누워 있는 방안을 살펴보고 있을 때 방문
에서 나는 알 수 없는 그 말소리를 듣고 「아! 내가
죽내⋯」하는 생각에 까무러처서 다시 정신을 잃게
되였던 바로 그 음성이였다. 그 접은 기생 계월향
이가 들어 있는 집이였고, 그 말소리의 주인은 소서
비라는 왜장인 것을 게 월향이한테서 물어 알았다.
소서비는 뭐라고 거꾸 지껄이면서 그의 눈앞에 들
이댔던 검날 등으로 처녀의 허밀을 한번 걸게 스치
었다. 처녀를 죽음으로써 협박하면 소서비가 놀랜
소리를 질렀다.

보패가 치마폭을 감싸쥐고 있던 손으로 소서비의
검날을 붙들었다. 제 손으로요 잡은 칼끝에 자기 몸
을 내싫려 했다. 그러나 순간 소서버에 손에 팔목의
큼처를 눌리운 보패는 검날을 놓쳤다. 끼가 철철 흐
르는 손가락으로 보패는 땅바닥에 글자를 썼다. 「可
殺不可辱」 깊이 패운 회마다 끼가 모인 큼직큼직
한 다섯 자였다. 『죽일 수는 있으되 욕되게 하지 못
하리라』는 뜻이다.

란간 넘어로 처녀의 움직이는 손가락을 내려다 보
던 자들 중에 땅바닥에 뚜렷뚜렷이 나타나는 글자

들이 바로 보이도록 몸을 틀고 앉았던 왜승 현소가
먼저 신음 소리를 내면서 뭐라고 지껄였다. 소서행
장은 자리를 차고 일어 섰다. 날카로운 얼굴에는 경
련이 일었다. 쉬파리가 파이게 농이 흐르다가 지금
은 검붉은 딱지가 앉은 그 귀뿌리까지 빨개지도록
격앙한 소서행장은 발을 구르며 지껄였다.

이때 뜻밖의 일이 또 하나 생겼다. 련광정앞성
첩 우로 검은 그림자 같은 것이 하나 걸핏 넘어가고
다음 순간에는 철썩, 릉겨지는 물소리가 났다. 아
까 희생자를 중에서 제외되였던 늙수그레한 중이 대
동강에 몸을 던졌다. 련광정에서 내려다 보이는 대
동강에는 몇 가닥, 둥글게 번져가는 과문이 보일 뿐
중은 다시 떠오르지 않았다. 그렇게 죽은 중이 영명
사의 로전승이였다고도 하고 혹은 편석 대사였다고
도 하나 자세치 않다. 불가의 기록들에 의하면 임
진란 후에도 편석 대사는 살아 있은 것으로 되여
있으므로 더욱 자세치 않다. 어쨌든 그 중은 차
마 더 살아 있을 수 없었던 것만은 사실이다. 죽이
지 않는다고 할 때 적 앞에서 합장하고 머리를 숙
이고 물러섰던 그는 다음다음으로 자기 눈앞에 나
타난 우리 사람들의 높은 기백과 장렬한 죽음을 볼
때 우선 자기 같은 것은 사람이 아니었다.

일본군이 부산에 상륙하자 동래(東萊) 부사 송상
현(宋象賢)이 동래성의 남문을 지켜 싸우다가 더 싸
울 여지가 없이 군사는 다 죽고 화살은 진하여 세궁
력진했음에도 불구하고 마지막까지 싸우다가 자기의
직책과 사명을 상징하는 인궤(印櫃)를 들었던 비틀
팔이 끊기우자 왼손으로, 왼손마저 끊기자 입으로.

마침내 목이 떨어져서도 인궤를 물고 있었던 것이
다. 이같은 조선 사람 송상현은 그 한 사람만이 아
니었다. 지금 런광정 앞뜰에서 전사한 사람들도 다
그러한 조선 사람이였다.

이 진정한 조선 사람들과는 감히 한 하늘을 이고
살 렴치가 없는 자는 물속으로 몸을 던질 밖에 없었
던 것이다.

이때 련광정에서 문득 껄껄대는 너털웃음 소리가
났다. 소서행장이였다. 한 손에 진 칼을 들고 섰던
그는 온 몸을 들까불면서 소위 양청대소식회 웃음을
웃었다. 사라져 가는 대동강의 파문을 바라보며 웃
는 그 너털웃음은 자기가 보이려던 위풍도, 자끼가
베풀려는 은덕도 모두가 다 하찮은 것이였다
는 기막힌 너털웃음이였던 것이다.

이매 영명사에 나갔던 계월향이가 런광정으로 탈
려 왔다.

를 하기로 하자.

57. 보패와 계월향

여기서 잠시 이야기의 순서를 바꾸어 전의 이야기

보통벌로 내몰았던 군사를 다시 거두게 된 일본군
장령들은 성문에서 횃불을 잡고 들어오는 군사들을
점검했다. 어둠을 타서 고마인들이 끼여 들어올 념
려가 없지 않기 때문이였다.

횃불에 한 고마인이 드러났다. 두세 명 군졸들이,
죽은 사람이나 다름 없이 공중 처드는 오는 한 여자
였다. 붙빛에 우선 그 친옷이 눈에 띄였고 그래서
횃불을 가까이 비쳐 보던 장령들은 눈멨다. 그것은
무척 아름다운 처녀였다. 기절해서 움직임이 없는
그 얼굴은 그림 같이 아름다웠다. 우두머리 장령한
자가 칼로써 군졸들을 위협하고 처녀를 빼앗았다.

그자는 제 종졸을 시켜서 처녀를 자기 처소로 날
라 가라고 했다. 그러나 그 집은 이미 불속에 들
어 있었다. 종졸들이 어떻게 할지 몰라 주저주저하
고 있을 때 벌써 어데서 소문을 들었는지 소서비가
말을 몰아 달려 왔다. 충천한 화광애 비친 것은 과연

아름다운 포로였다。소서행장에게 바치면 생색이 나
리라고 생각한 소서비는 포로를 빼앗아 가지고 개
월향의 집으로 만을 몰았다。

보래는 혼수상태였다。우악스러운 손이 입과 코를
막아서 가슴이 터지게 답답한 고통을 의식하며 몸을
뒤틀다가 간신히 벗어난듯 숨이 통해서 또「오라
버니—」를 웨쳐 부르는 제 소리에 퍼뜩 정신이 들
었다。

「오라버니— 어데 개세요?」
지금도 제가 캄캄한 보통벌 한가운데를 달려가면
서 웨치고 또 웨치는 모양이건만 역시 대답은 없
다。오라버니의 대답은 키녕 웨치는 제 소리까지도
극히 먼데서 나는 것 같어 아련할 뿐이였다。
어두운 벼서 벗단을 나르며 베여 나가는 논판을 따
라 나갔을 뿐 거기가 어데쯤인지도 짐작이 없었다。
문득 큰 북소리가 둥둥 나길래 돌아 본즉 잡약산 마
루에는 이미 봉화가 올랐다。또 저편에서는 벼락을
치는 듯한 조총 소리가 물방으로 려졌다。현밤중 보
통벌은 금시 발깍 뒤집혔다。처처에서 함성이 일었
다。달려 오고 달려 가는 눈소리와 함께 여기저기
서 엇갈려 내닫는 사람들의 회뜩회뜩한 그림자들이,

어른거렸다。서로 찾고 부르는 소연합 소리 중에

「좋에 상한 모양이요。」
「뭐? 상했으면 꺼들구 왔어야 할 것 아닌가。」
이런 고함소리가 들렸다。칠성문 쪽에서 달려 오는
한 패거리 사람들의 말이였다。보래는 그들을 부르
려고 했다。그러나 그들은 어느새 어둠 속으로 사라
졌다。잡약산 쪽으로 가던 보떼는 발길을 돌렸다。지
금 그들이 달려온 방향으로 달려가기 시작했다。

몇번 「오라버니—」를 웨쳐 불렀다。문득 소리를질
러서는 안될 것 같은 생각이 들었다。「상한 우리 오
라버니를 그냥 두고 오다니—」하는 원망스러운 생
각이 들기도 했다。「어드런 분이기에—」「어드런 우
리 오라버니기에…」어떻게 해서든 상한 오라버니를
내가 찾으리라고 했다。그러나 어데로 가야 하나?
또 몇번 「오라버니—」를 웨쳐 부르지 않을 수 없
었다。어데를 일마나 달려 왔을가? 아무도 보이지
않았다。께뭃이 볼 수 없는 어둠속 저편에서는 여
전히 소란한 발걸음 소리가 나면서도 여기는 아무
도 없는 것 같았다。또 몇번 「오라버니—」를 불렀을
매였다。바로 앞의 눈둑에서 불쑥 나타난 시끼만
그림자가 달려 들었다。우악스러운 팔둑이 목에 갑

기고 、악스러운 손이 입과 코를 막았다。 보째는 죽
기 한사코 악을 썼다。 몸부림쳤다。 그러나 또 다른
억센 손이 제 팔 다리를 거머리여였다。 숨이 막혔다。
「아ー내가 왜 적들의 손에…이 더러운 오랑캐들ー불

척한 살인귀들…」
이러한 전율감 중에 제 의식이 몽롱해지는 것을
느끼는 보째는 문득 어데선가 쟁쟁 울리는 쇠북 소
리를 들었고 그려자 또 온 보뭉벌을 뒤흔드는 듯한
우리 사람들의 함성을 마지막으로 들으면서 완전히
의식을 잃고 말았던 것이다。

정신을 가다듬어 둘러 본즉 저는 지금 어느 조그마
한 방안에 누워 있는 것이였다。 요가 깔리고 이불이
덮였다。 이불 밑으로 더듬어 보는 손에 온기가 있는
장판이 만져진다。 「어멜가?」 「내가 지금 어데 있
나?」 머리말 문창에는 황혼인듯 누런 햇빛이 어
리여 있다。 그리고 그 문밖에서는 알지 못할 말소리
가 물린다。 그것은 분명히 어둠속에서 처를 불든、왜
적들이 지껄이던 말소리다。 「아! 내가 종시…」 다
시 엄습하는 전율감에 제 외마디 비명을 들으며 보
째는 또 까무라쳤다。 얼마나 지났을가? 베개머리
에서 나는 인기척에 소스라처 깨난 보째는 벌떡 일
어났다。

「눌래지 말아요。 그냥 누워 있어요。」
우리 사람의 말、 분명히 젊은 녀인의 말소리다。 그
와 함께 정신이 쇄락하게 자극적인 맑은 향기가 풍
긴다。

「어서 누세요。 일어나면 아직 머리가 휘둘릴 거
에요。」
랑랑한 말소리다。 시선을 가다듬어 마주 보는 보
째의 눈앞에는 한 녀인이 있었다。 젊은 녀인이ー더
욱 정신을 차려서 본즉 계월향이였다。

독자들은 지난 五월 열 이튿날、 동대원에서 싸움이
있은 그날 새벽에 서산 대사와 같이 애련당 련못가
를 지나가던 길에 보째가 계월향이를 보았던 것을
기억하실 것이다。 지금 보째도 그때 일을 회상…다。
「역시 기생이였구나」 한 것은 그 다음의 쌩각이였고
먼저 황홀할만치 아름다운 사람으로 보았던 계월향
이가 바로 재 앞에 앉아 있다。 「내가 지금 어데 있는
가」 불안에 싸여 있는만치 우리 사람ー같은 녀인을 만
난 것이 우선、 반가왔다。 그러면서도 또 한편으로는
여염집 처자의 몸으로는 자리를 같이할 사람이 아닌
기생과 마주 앉은 것이 괴롭고 난처하기도 했다。

「이제야 정신이 드시나부군요。」
계월향이 한숨을 지으며 하는 말이였다。

『여기가 어데에요?』

보패가 물었다.

『애련당 근처요. 저 언젠가 서산 로장하구 같이 가시는 걸 본 생각이 나는데요. 바로 그 근처요.』

하며 다시금 처녀를 바라보는 계월향이 물었다.

『본시 댁은 어데시던데, 성안에 사셨나요?』

『함구문밖 외성 살았어요.』

『어르신네 성함이 뉘신가요? ……댁에선 뭘 하셨던가요?』

『농사요.』

자기 오라버니의 이름을 밝히고 싶지 않은 보패는 이렇게만 대답했다.

『농사요?』

다시금 처녀를 훑어보며 부모가 누구냐고 또 물었던 계월향은

『말씀해두 모르실게요. 그저 촌에 묻혀 사신걸요.』

역시 그 대답이 이런데 『제 눈띠마추 몹시 깔끔하구나』하는 생각이 들었다. 흐르는듯 끄렷하면서도 추수 같이 하도 맑은 안정이라 그렇게 보자면 얼마든지 깔끔하고 매섭게도 볼 수 있는 눈이였다.

처음 보았을 때도 무심히 볼 수 없었던 처녀다. 일종의 적의를 가지고 보았던 생각이 난다. 계월향

이는 그때 제가 무안을 당한 셈이기도 했다. 그런 때에 자기를 보고 있는 사람들에 대한 반감이기도 했다. 그러나 그보다도 그 처녀가 너무 고와왔던 탓이라고 하는 것이 더 옳을 것이였다. 처음에는 아닌게 아니라 『어데 촌 계집앤고?』 했다. 그러면서도 다시금 흘어 보지 않을 수 없었다. 서산 로장이 어떻게 저런 처녀와 동행이 되였을가? 하기도 했던 것이다.

이날 새벽에 다 죽으나 다름없이 진흙 루성이가 된 채 꺼들려 왔을 때에도 그는 말바로 진로에 묻힌 옥으로 뵈였다. 계월향은 저도 아름답다고 생각해 왔다. 그러나 이 처녀의 깨끗한 아름다움에 비할 바 아니였었다. 다시금 처녀다 쳐다보는 처녀의 『운명』을 생각할 때 금시 재가슴이 미여지는 듯도 했다.

이때 담밖에서 떠들어대는 일본군의, 말소리가 들린다.

『여기가 바루 왜적들의 소굴 중에도 그 한가운데요.』

껴안아 주기라도 해야 할만치 또 소스라치게 놀래는 처녀를 본 계월향은 한숨을 지으며 속삭이듯이 말했다.

『아실테지만 성안치구두 이 애련당꼴이 큰 집들이

많은 며느리만치 지금 두두룩한 왜쩍들은 다 이 근처
에 모였소. 저 앞의 편광정에는 왜장 소서행장이가
있구, 이 집에는 그놈의 아장(亞將) 소서비가 있소。
잠시 말을 끊었었던 기생은 보패를 마주 보던 눈을
내려 깔고 떨리는 음성으로 말을 이었다。

「이 나는 그놈의 손에 떨어진지가 벌써 오랩니다。
천한 몸이 더 더럽히구 말구가 없다고도 하겠지
만…」

말끝을 흐린 게 월향은 세운 한편 무릎을 까지
꺼 안았던 손을 내려서 장판의 티끌을 ·문지르기라
도 하듯이 오므리리던 손가락 끝에 두세 방울 굵
은 눈물을 떨어뜨렸다。 보패는 봄서리쳤다。 지금
제가 어떤 처지에 있다는 것이 똑똑히 밝혀졌다。
천야만야한 구렁텅이 속으로 떨어져 내려 가는 듯
아득했다。 그러나

『한가지 결심만 하면 그만이 아니냐!』

하는 생각으로써 마음을 다시 가눌 수 있는 보패
는 태연히 눈을 보았다。 눈물에 젖어
있는 기생의 얼굴을 들어 키생을 보았다。
보아 온 계월향이 의외로 맑고 정숙한 녀인으로 보
이기조차 했다。 눈물을 씻고 있던 게 월향이가 문
득 얼굴을 들며

「가만!」

하고 귀를 기울인다。 담밖에서 둥성거리던 일본
군의 말소리가 뚝 끊쳤다。

『누세요。 어서 이불을 푹 쓰구 누워 있어요。무슨
일이 있든지 꼼작하지 말구 가만히만 있어요。』

다급한 소리로 말한 게 월향은 웃간 문으로 나갔
다。 종종걸음을 하는 신발 소리— 다음에는 밀어 붙
이고 밀어 닫는 맞은방의 쌍창 소리가 나고는 조용
해졌다。

담밖의 행길에서 저벅거리는 신발 소리가 가까와
오더니 절싹 열어 젖히는 대문 소리와 함께 벽제 소
리 같기도 하고 『듭신다』고 선문을 놓는 것 같기도
한 고함 소리가 뜰안에서 났다。 계월향이가 쌍창
을 닫고 들어 앉은 안방에서는 여전히 아무런 인기
척도 없이 잠잠하다。『계 월향이 역시 떨고 있는
가?』 이런 생각에 뒤쓴 이불 속에서 한 춤만해 있
던 보패는 더욱 와들와들 떨었다。 쿵— 맞은방 퇴
마루로 올라서는 모양인 발소리가 나고、 뭐라고 지
껄이는 결걸한 음성이 들린다。 그 말끝마다 『헤』
『헤』하는 것은 필시 졸개들의 대답인 모양이다。
마침내 철떡철떡 신짝을 끌며 나가는 졸개들의 발
소리가 대문 밖으로 사라지자 이번에는 조용하던 그

안방에서 말소리가 들려 왔다. 알지 못할 말로 지껄이면서 선웃음을 치는 사내의 음성과, 또 분명히 난처해서 한 마디씩 떠듬듯 하는 기생의 말소리다.

『자요. 아직두 정신이 없어요. …이건 어떡하나!』

마침내 이러한 기생의 말이 뜰안에서 났다. 보패려는 웃음이 분명했다. 『어떡하나?』 보패는 제가랑히 웃는 계월향의 웃음소리! 왜 정을 달래보—저를 두고 하는 말이 분명했다. 그리고는 한번또 기색할 것 같았다.

문이 열린다. 벽은 향하여 돌아 누운 등뒤에 끼처오는 찬바람과 함께 시끼면 그림자가 들어서는 것이 보이는듯 했다. 이분이 책 벗겨졌다. 그린듯이 눈을 감고 있는 얼굴 한쪽 뺨에 무슨 벌레가 기는 듯한 놈의 시선이 느끼졌다.

『아?』

놀래는 계 월향의 외마디 소리와 함께 긴 뱀이 숲속은 기는 듯한 소리가 나고 다음에는 한 덩어리 열음을 올려 놓는 것 같이 뺨이 선뜩했다. 서릿발 같은 검날의 감촉이었다.

처녀의 뺨에 댔던 검날에 서리운 김을 보고 또 그것을 제 장바닥에 대서 온기를 만져 보듯 하는 소서비는, 아무리 저를 속이려고 해도 속을 줄 아느냐는

듯이 니렁웃음을 쳤다. 보패의 이불을 다시 덮어 준 계월향은 소서비를 끌다 싶이 해서 밖으로 나갔다. 조금 후에 소서비가 집을 나가자 계월향이가 들어 왔다. 보패는 일어나 앉았다. 둘이는 마주 볼 뿐 말이 없었다. 무서운 파멸에 대해서 차마 만할 수 없

어떻게 한 것인가?

맥맥히 앉았은 때 창문 밖에서

『애야, 개 있니?』

하는 나직하면서도 숨이 차듯 떨리는 음성이 들린다.

『어머니에요?』

하는 계 월향이는 …이 또 무슨 일인가?』 놀라는 눈치였다.

『그래 나다. 좀 보자.』

계 월향이가 나갔다. 안뜰에서 소군소군 하는 모녀의 말소리에 보패는 귀를 기울였으나 알아 들을 수는 없었다.

『그림 나가 계세요.』

어머니를 보내고 다시 들어 오는 계 월향의 얼굴은 금시 해쑥히 여원듯 했다. 극도의 흥분이 뵈였다.

『무슨 소식이 있을래나 봐요.』

하는 그의 말소리는 떨렀다.

『소식이라노?』

놀라는 보패 앞에 제 월향은 꾸겨 쥐었던 조그마
한 종이 쪽지를 내놓았다.

『아버지의 대상 시식을 지낼 의논이 있으니 금명
간으로 곧 영명사로 나올 수 없겠느냐. 형』

이런 뜻을 한문으로 적은 한줄의 글발—이것이 나
와 무슨 상관이 있는 것일가? 하는 의아한 눈으로
쳐다보는 보패에게,

『이것을 김 응서 첨사 나으리가 보내드랍니다.』

제 월향이 말했다. 지금 계 월향의 어머니는 자기
딸과 같이 있지 못하고 골목 맞은편 집의 행랑채 한
방을 얻어, 있는데, 좀 전에 웬 늙은 중 하나가 문앞
에서 저 빗거리길래 수상해서 나가본즉 전부터 잘 아
는 영명사의 중이었다. 짚고 있던 대지팽이 손잡이
끝에서 달달 말은 종이 쪽지를 꺼내주면서

『김 응서 나으리가 보내는 기요.』

하는 한 마디를 이르고 돌아 갔다는 것이다.

『그리구 보니 필적이 그 나으리 필적이 틀림잖아
요. 이 「대상」 「시식」이란 것은 아마 혹시 왜적들에
게 들키나따나 해두 말맥이가 되게 하자는 것일거에
요. 우리 아버지 대상은 나두 모르는 옛날이니까요.

또 나는 무이밀 같은 사람이 돼서 오라버니나 형이
말 사람두 없구요.』

여기서 잠시 말을 끊은 기생은 그 동안에 흥분이
좀 덜리기도 했으려니와, 또 그보다도 이제는 챙피
한 말까지도 하게 됐다는 듯이 그 한편 보조개만이
좀더 깊어지는 적적한 미소를 띄우면서 다시 말을
이었다.

『그리구, 이젠에 몇번 모신 적이 있어서 잘 안다구
는 하나 이런 때 그 첨사 나으리가 무슨 눌량으로
나 같은 계집은 만나자구 하실 리두 없구요. 그렇잖
아요? 그리구 보면 이건 필시 애기씨 때문이지 만
게 있겠어요?』

『……』

『아마 댁의 어르신네를 이 나으리가 잘 아시는 게
죠?』

하는 계 월향의 눈은 『일이 이쯤 됐는 데도 네 그
냥 지처를 안 밝힌대냐』하는 듯도 했다. 그의 말을
듣고 보면 보패도 그렇게 생각되었다.

김 첨사를 아는 것을 자기도 안다. 이번 추수에 김
응서가 군사 천여 명을 보냈다는 것도 눈관에서 들은
말이다. 일루의 희망이 보이는 듯도 했다. 자기를
구하려는 손이 움직이고 있다는 것이 느껴지기도

했다.

이제 계월향이 어떻게 하려는가? 와라 기생한테 매달리고 싶기도 했다. 시각이 바쁘게 곧 영명사로 나가서·김 첨사를 만나 달라고 애원하고도 싶었다. 아까의 그 몇 방울 맑은 눈물! 그것으로써 비록 아릿다우나 한낱 천한 『기생!』하고만 보아 온 계월향이 맑고 정숙한 녀인으로까지 뵈었던 것이다. 그러나 좀 진에 랑랑한 웃음으로 왜정을 탈내려고 하던 그 천한 청녀의 태— 이제 내가 애원하고, 그래서 계월향이 영명사로 나갈 결심을 한다 하자. 그렇더라도 제 맘대로 성밖 출입을, 못할 것만은 정한 일— 계월향이는 그 히락을 얻기 위해서 왜장에게 또 그런 작태를 해야 할 것이 아닌가? 『이 나 때문에!』보매는 몸서리가 쳤다.

월향에게 그런 애원이나 부탁을 할 마음은 꼬물도 없었다.

『밖의 어른들의 일은 저는 모릅니다.』

보패는 고개를 떨어.뜨리고 이런대답을 했을 뿐이다. 오라버니 고 충경의 이름을 대면 계월향이가 모르지 않을 것이다. 오라버니가 기생방 출입을 하는 할량패는 물론 아니다. 그러나 평양 성시가 크다해도, 남문거리 어느 송방(상전방) 주인이라면 짐작이 가고, 더우기 오라버니 장사는 한산(韓山) 세모시、함경도 바리포、단천(端川) 은노리개 같은 사치로운 것들이었으므로 이런 종류의 사람들이 모물리가 없다. 게다가 또 지난 여름에 대동강 싸움에 나섰던 고 충경의 이름을 평양 사람치고 모르는 이가 없다. 그러한 오라버니의 이름을 대지 않은 것은、아까는 자기의 지처와 또 잡약산 마을의 일을 숨기기 위해서였고, 지금은 고 충경의 이름을 댈때는 것만으로도 계월향에게 어서 영명사로 나가달라는 부탁이 될는지도 모르기 때문이었다. 계 월향이로 하여금 그 수단을 쓰게 해서… 못할 일— 여염 처자로서는 깨끗지 못한 일—

『이 기회에 이 나두 아가씨의 덕을 보게 된는지 모르겠소.』

그 역시 생각에 잠겨서 한 동안 맥맥히 앉었던 계월향이 고개를 들며 이런 말을 했다. 어떤 결연한 생각에 굳어진 듯 했던 얼굴에는 금시 따뜻한 미소가 비끼었다.

『하늘이 무너져두 소 나갈 구멍은 있다구. 좌우간 밖에서 이렇게 손을 쓰려는 기맥이 보이는데 가만 있겠어요.』

「영명사로 나갈 수는 있을가요?」

「나가도록 해야죠. 수단껏 해봐야지요. 여기서 빠저 나간 수만 있다면야 이 처지에 안 해볼 일이 있어요. 갈 물구 뭐엄뭐기라두 해야지요.」

만을 끕고 한숨은 지은 계 월향은

「래일중으로 김 첨사를 한번 만나두룩은 할테니 안존해 계세요.」

하고 자기. 방으로 갔다.

이날 저녁에 소서비의 명령으로 그의 춘개 몇이가 쌀과, 상목을 지고 영명사로 나갔다. 중들에게 보내는 계 월향이의 편지도 가지고 갔다. 래일 대상서식에 쓴 것을 보낸다는 것과, 혹시 손에 사는 자기 오라버니가 올는지도 모르니 오면 제가 래일 아침에 영명사로 나간다는 것을 알리라는 사연이였다. 게 월향이는 그 편지를 소서비 앞에서 썼다. 그러나 소서비는 지금 계 월향이가 하는 일이라는 것은 몰랐다. 저 어떤 연통이 있어서 하는 일이라는 것은 몰랐다. 그래서 래일 영명사로 나갈 허라을 얻는 것은 그리 힘들지 않았다. 거정은 어떻게 하면 래일까지만이라도 처녀로 그냥 집에 있도록 할가 하는 것이였다. 소서비는 벌써부터 련팡정으로 데려간다고 별렀다. 지끔은 게 월향에게 영명사로 나가는 것을 허락한 꾜

환 조건이나 같이 서둘렀다. 련팡정 쪽을 가리키며 련방 『고너시 고젠(소서행장 각하라는 뜻)』이 어쩌니 하고 지껄이던 소서비는 벌떡 일어나서 의홍을 열고 옷을 다 쏟아 놓고는 재 소견에 호화롭고 섹스럽다고 생각되는 것을 골라주면서 처녀에게 갈아 입히라고 했다. 이때도 그의 손에는 '긴 칼'이 들려 있었다. 방안에서도 자리를 일기를 하면 반드시 칸을 줘고야 일어서는 것이 그들의 풍속이였다. 벌써 몇 달째나 보아온 그 자들의 버릇이라 새삼스럽게 놀랄 것도 무서울 겄도 없지만 역시 불안했다. 서두르는 폼이 이만저만해서는 말류할 것 같지 않았다.

계 월향은 반조차 나가지 않았다. 막막한 그는 쓸아 놓은 옷 중에서 흰 저고리를 골라 냈다. 다음에는 단 의롱을 열고 베치마를 꺼내고, 또 연상에서 백지를 한장 꺼냈다. 흰 댕기를 접었다. 그리고는 병풍 뒤로 들어 가서 색스러운 회장저고리와 물색 치마를 벗고 소복으로 갈아 입고 나왔다. 나와서는 조그마한 쇠기울을 받처 놓은 경대 앞에 앉아서 머리태를 내려 색댕기를 풀었다. 다시 엊은 머리의 흰 댕기와 소복을 한 제 모양을 기울 속으로 보던 게 월향은 불현듯 눈물이 솟았다. 지금 입은 소복은 동무 기생 집에 초상이 나거나 제사가 있을 때 입고 가던 것이

으로라고 일렀다. 그리고 그의 이름을 물었다. 보패눈 제 이름을 알으켜 주었다.

다. 그런 때의 소복은 동무에 대한 정과 인사성의 표시였다. 그리고 또 그런 기회에 딴 모양으로 단장해 보는 하나의 변덕이기도 했다. 그러나 지금은 단지 잡도리로 꾸민 소복이지만 계 월향은 그 어느 때보다도 창연해지는 것을 느꼈다. 연상을 당겨 놓은 계 월향은

「지처녀는 이 나 같은 창기가 아니라」고 썼다. 그 글을 뜯어 읽고 나서 또 계 월향이를 본 소서비는 눈물었다. 기생의 눈에 뜻밖의 눈물이 빛났기 때문이었다.

"나 같은 창기가 이래라 저래라 할 수도 없고, 설혹 그런다고 하더라도 한낱 창기의 말을 들을 리가 없는 가수라"고 계 월향은 또 썼다. 피랭소한 소서비는 불쑥 내민 제 칼자루를 한두번 두들거 뵈었다. 이런 칼날 앞에서도 제가 굴하지 않을가? 하는 뜻이었다. 그러면서도 한편 억탁으로만 끌어 내도 소용이 없으니 좀 더 두고 보리라는 셈인지 다시 주저앉으며 『처녀가 참말 앓는가?』했다.

이튿날 이른 아침에 계 월향이는 어머니와 함께 영명사로 나갔다. 집을 나서기 전에 보패를 보았다. 자기는 곧 다녀 오리라는 것, 그 동안에 설혹 무슨 일이 생기더라도 저불 다시 만날 때까지는 친득이 참

58. 김 응서와 계 월향

암문으로 나가는 계 월향 모녀의 뒤에는 소서비의 졸개 四―五명이 따랐다.

계 월향은 영명사 문안으로 들어서면서부터 이제 김 응서 첨사가 나타나면 대하는 태도를 어떻게 꾸며야 할가? 하는 생각에 뒤따라 오는 소서비의 졸개들을 다시 돌아보지 않을 수는 없었다. 눈들이 보는 데서는 물론 같이 시식을 지내러 온 오라버니로 대하야 할 것이다. 그러나 그것이 천연스럽게 될가 하는 것이 걱정이었다.

산문(山門) 안에 들어서자 진부터 낯을 아는 늙은 중 몇이가 나와서 합장하고 굽실거릴 뿐 속인은 하나도 보이지 않았다. 시식을 지낼 차비가 다 갖추어 있는 법당 안에도 역시 그랬다. 어느 중에게 물어본다는 것도 서투른 일이다. 그저 어머니와 함께 들어갔다. 모든 차비가 다 훌륭히, 갖추어진 품이 제 굴발 하나만으로는 그렇게 될 수 없는 일이다. 어떠 선

가 뉘 속이 뻗쳐 있다는 것을 곧 알 수 있었다. 재가 시작되었다. 로진숭이 달랐다. 역시 늙기는 했으나 본시의 그 고기먹쟁이 같이 비둔한 로진숭보다는 퍽 정정한 사람이었다.

따라온 소서비의 졸개들은 법당 문밖에 서서 듣여다 보고 있었다. 더 지쳐 보아도 별것이 없고, 또 그만하면 구경도 더 한 것이 없을만한 때, 소반에 고기와 술을 받쳐 든 한 중이 그자들을 문간방으로 청했다. 일본 군졸들은 우선 그 풍부한 술 고기에 눈이 휘둥그래졌고 다음에는 입안의 침을 삼키면서 어떻게 할 것인가? 서로 의논하는 눈으로 마주 보았다. 그중의 한자가, 나서서

"만일 게 월향네 모녀가 없어지는 경우에는 이절의 중들을 다 죽여도 좋으냐?" 하는 뜻을 물었다. 중은 왜히 "그리라"는 뜻으로 고개를 끄덕이었다. 일본 군졸들은 게걸스러운 수연을 시작했다.

법당 문이 닫혔다. 그러자 불상 뒤에 드리워 있던 색채 진한 비단 장막이 들리며 탕건에 백립을 받쳐 쓰고, 흰 수목 두루막을 입은 름름한 남자 하나가 나섰다. 김 응서였다.

무장(武將)답게 영채가 도는 김 응서의 눈과 마주 친 계 월향은 일번 놀라우면서도 반가워 왔다. 로진숭이

목청을 돋우어가며, 외우후 진연과 뚜두리는 목탁 소리 중에 두 사람의 말은 시작되었다. 오래간만에, 죠이렇게 만나게 된 인사말은 제하고

"어제 밤 보통벌 접전 때에 우리 사람 멫이가 성내로 불틀려 간 모양인데 자네가 혹시 그걸 모르나?"

김 응서는 우선 이렇게 물었다. 계 월향은 다른 사람은 몰라도 보패라는 처녀 하나가 자기 집에 불들려 와 있다고 했다.

"그 처자가 바로 자네네 집에 있단 말인가?"

하는 김 응서의 눈은 한번 번쩍이었다.

"그 처자가 다른 사람이 아니라 바루고 충경이와 누이동생일세. 자네두고 충경이는 안 겠지?"

"그렇든가요?"

계 월향이도 놀랬다.

"자네한테는 그런 말을 안 하든가?... 하기는 여염집 규수로서는 그런 말을 했을거네."

고개를 끄덕이며 준수한 코밑의 팔자(八)로 뻗친 검은 수염을 더욱 갈라 붙이듯이 손질을 하는 김 응시는 또 물었다.

"그밖의 다른 사람들은 모르겠나? 어제 말고도, 성안에는 불틀려 있는 우리 사람들이 더러 있었다는데."

「모르겠는걸요. 장경문 근처 어느 집에 있다는 말을 듣기는 했지만, 그 혼란몽에 누가 어떻게 되었는지는… 저는 대문 밖의 일은 통 모르고 사니까요.」

「그럴겔세. 우리는 자네가 왜적에게 잡혀 있다는 것을 고 생원한테서 듣구 알았네. 고 생원이 애련당 김 감역의 아들 김 순량이란 자를 어느 장에선가 만나서 자네 말은 들었다네.」

「참 그 김 순량이는, 어떻게 된지 모르세요?」

「지금 그런 이야기까지는 다 할 수 없고…」

하던 김 응서는 고쳐 생각한듯이

「뭐, 자네한테 숨기잘 것두 없겠지. 그자는 고 생원의 살에 죽었네.」

하며 게 월향의 얼굴, 빛을 살폈다.

「그랬는가요? 참 그자가…」

하는 계 월향은 촉박한 지금이라 당장, 지난 일을 다 말하지는 못하나 김 순량에 대해서는 실로 절치부심하는 바가 있었다. 김 순량이는 한동네서 살아서 잘 아는 처지였다. 사람으로 믿었던만치 그자 시저와 마찬가지로 신수 불길해서 일본군에 붙들려 이 성안으로 끌려 들어와 있을망정 기회만 있으면 여기서 빠져 나갈 궁리를 하고 있으리라 믿었던 것이다. 그래서 간혹 만나게 되는 때마다 은근히 그런 의사를 비치워 보기도 했었다. 처음 몇번은 숭응데 답으로나마 그래보자고 하더니 그후에는 그런 말을 듣기만도 집이 나고 따라서 귀찮아졌던지 게 월향이를 만나는 것까지도 꺼리는 눈치였다. 어찌다가 만나게 되는 때 게 월향이가 성밖의 우리 사람들의 정형을 물으면 그자는 손부터 내저으며 「친없는 소리― 지금 우리 사람이 다 뭔가. 없네 없어」할 뿐이였다.

회망을 부치고 묻는 자기에게 그자는 오히려 절망을 주려는 심술이 뻗한 수작만을 했다. 자기의 처자까지 이 성내로 끌어 들이게 되는 것을 안 후부터는 게 월향은 그자를 더 사람으로 보지 않았다.

계 월향이가 한순간 이런 회상에 잠겼을 때

「내 자네를 믿어두 좋은가?」

이러한 김 응서의 말이 귓진을 울렸다. 계 월향은 금시 뼈가 저려오는 것을 느꼈다. 야속했다. 그러나

「김 첨사로서는 당연한 말이다. 또 나는 그런 말을 들어 싼 년이다.」 이런 생각을 하는 계 월향은 눈물이 맺힌 눈을 내려 깔고 입술을 깨물었을 뿐이다. 그런 말을 하는 사람이 우리 사람이기만 하면 그가 누구든 이 나는 할 말이 없으리라!

김 응서가 말을 이었다.

「미상불 이번 길이 어려웠을때、 이렇게 나와 준 것
만으로도 나는 믿네만은—」

「나으리! 저를 이 자리에서 죽여 주세요。 지금 그
런 말씀을 저는 백번 들어두 싼 년이올시다。 이 더
러운 목숨을 벌써 끊지 못한 것이 저는 한입니다。
이렇게 나으리 앞에 서기조차…」

「알겠네。」

하는 김 응서는、 치마꼬은 눈에 대고 흐느끼는
계월향의 등은 잠시 어루만지며

「우리 다 같이 이땅의 우로의 혜택은 입고 살아·온
사람이 아니겠나! 그런 박절한 말은 한 내가 도로
여 면구혈세。 용서하게。」

하는 그의 음성도 약간 떨렸다。

「피차 믿구서 물어 볼 것도 있고 또 긴한 부탁도
있네。」

김 응서는 팔자로 뻗친 수염 속에 금시 빙그레한
웃음을 띄우며 다시 말을 시작했다。 일변 밖의 인기
척에 귀를 기울여 가며— 한층 더 소란스럽게 목탁
을 뚜드리고、 요령을 흔들고、 진언을 외우는 소음
중에서 두 사람의 이야기는 계속되었다。

보패가 지금 어떤 처지에 있는가를 대강 들은 김
응서는 끝 말끝을 돌려서 현재 성내에 있는 일본군
의 정형을 깐깐히 묻기 시작했다。 일왈 적의 수효가
얼마나 되며、 소서행장의 다음 가는 적장들은 어떤
자들이며、 또 그 놈들이 거처하는 데가 어떠며、 또
전날 밤에 우리가 닭과 비둘기들로 일으킨 화재가
어데까지 범했는가、 그리고 적의 군량은 아직도 얼
마나 남아 있는가 등등을 알려고 했다。 그러나 계
월향은 그런 물음에 만족한 대답을 줄 수가 없었다。

바로 어제 밤에 있은 화재 까지도 오늘 이리로 나오
면서야 그것이 어데까지 범한 것을 알았을 뿐이다。
하나의 포로로서 좁은 뜯안에 갇히어 있었던 것이
다。 오직 소서비를 찾아 다니는 몇몇 적장들의 이름
과 그 생김생김을 말할 수 있을 뿐이였다。

「그럼 더 자세한 이야기는 다음 하기로 하고、 우선
자네랑이 적중에서 빠져 나오는 것이 급선무일세!」

이야기가 대강 끝났을 때 김 응서는 두루막 자락
을 들치고 은장식한 대모 장도 하나를 꺼냈다。 그의
결옷 밑에는 쇠사슬로 걸은 내갑(內甲)과 허리띠에
찌론 자그마한 환도가 비었다。

「이 장도는 고 충경이가 자기 누이에게 전해 탈라
는 것이네。 그러나 만부득의한 경우고、 애여 경홀한
일이 없도록 자네가 보살펴 줘야겠네。」

이들의 이야기가 끝나는 것으로써 재도 시식도 끝

났다。 계월향에게 한가지 남은 일은 자기 어머니를 여기 남겨두고 가는 일이었다。 즉 여기 남아 있다가 종적을 감추도록 하려는 것이었다。

계월향의 늙은 어머니는 딸이 김 응서가 보냈다는 쪽지를 받고 이 거짓 제사를 꾸밀 때부터 일이 심상치 않은 것을 진작했다。 하늘 같이 믿고 살아 오는 딸이 하는 일이라 캐물으려고는 안 했다。 만월향이가 하는 일이면, 더우기 딸에게 려로울 일이라면 무엇이든 못 하랴 하는 로파는 벌써 한 댓직이라고도 할만치 오래전에 죽은 남편의 제사를 차리고, 꾸민 상주 노릇을 하는 것쯤 어려울 것이 없었다。 로파는 상주답게 울기까지도 했다。 청상과부로 하나 기른 딸자식을 기생을 박아 세상 사람들에게 『기생 에미』라는 뒷손가락질을 받으며 산아 오실음이 재롭기도 했다。 또 그보나도 무서운 불길한 에감이 앉었다。 묻지 않아도 월향이는 지금 왜직의 손에서 빠져 나갈 개책을 꾸미는 것이다。 그것은 위태위태한 일이 아닐 수 없었다。 그렇더라도 못 한다고 할 수는 없는 일이다。

눔들에게 잡혀서 다시 평양으로 들어 왔을 때 식음을 전폐하고 죽으려는 월향이를 붙들고 『제발 죽지만은 말아다고, 죽지 말고 살아서 훗날을 기다려 보

자─」고 울며 애원한 것은 『이 에미』였다。 기다려 보자던 그 훗날이 지금 왔는데 위태하다고 어찌 막으랴─하는 계월향의 어머니는 딸과 김 첩사가 하는 말은 들으려고도 않고 오직 눈물어린 눈으로 부처를 쳐다보며 두 손을 모아 딸의 소원 성취만을 빌 뿐이였다。

계월향은 소시비의 찬개들에게 말해서 어머니는 제사 뒷치다거리를 한다는 구실로 여기 잠시 남아 있도록 할 수 있다고 했다。

『그럴 수는 있을 게다。 하나 만약에 내가 없어진 것을 알게 되면 네 일은 틀릴게다。』

하는 어머니는

『내 무슨 일인지는 모른다。 그러나 나 때문에 조금이라두 네 일이 틀린다면 내가 사는 것이 죄다。』

하며 앞장서 나섰다。

계월향이가 돌아 왔을 때는 보배가 집에 없었다。 빈 집에는 소서비의 촌개 몇이가 뒷마루에 걸터앉아서 담배질을 하고 있었다。 계월향이가 뒷마루로 오는 것을 보자 좀개들은 곰방대를 뒤로 돌리고 정갱이를 가누고 꿇어 앉아 꾸벅거렸다。 저의 대장의 낯을 보아서 하노라는 인사성이였다。

계월향은 그것들에게서 보배가 좀 전에 련광정으

로 끌려 갔다는 것을 알았다. 소서비가 많은 군졸들
을 보내서 붙들어 갔다는 것이다.

계월향은 곧 변광정으로 돌려 갔던 것이다.

59. 「오늘 일은 틀리는 가!」

변광정으로 달려간 계월향은 꾈담으로써 처녀의
손은 치료할 동안만이라도 자기한테 맡겨 달라고 간
청해서 보패를 자기 집으로 데려 왔다.

영명사에서 김 응서를 만났던 이야기를 자세히 말
한 끝에 회망이 있다고 했다. 장도를 본 보패는 오라
그리고 충경이가 주더라는 장도를 내놓았다.

버니를 만난듯 반가왔다. 이때까지 악에 바쳐서 따갑
게 아플만치 열기가 올랐던 눈에서 눈물이 쏟아지기
시작했다. 장도를 품속에 간수했다. 앞으로는 어
떤 변이 닥쳐 오더라도 집날 것이 없었다. 죽더라도
깨끗이 죽을 수 있으리라는 생각에 마음이 진정되
였다.

보패는 계월향이가 묻는 대로 오늘 당한 일을 대강
이야기했다. 보패의 이야기를 듣고 앉았던 계월향

은 잡자기 제 얼굴이 까맣게 질리는 것을 느꼈다.
몸이 떨리기도 했다. 그때 만일 자기네 모녀가 집에
있었더라면 역시 함께 끌려 나갔을 것이 아닌가? 그
러나 그것이 무서운 것은 아니다. 자기도 필시 죽이
지 않는 사람 축으로 물러나서 이 집으로 다시 놀아 왔
던 자기는 그대로 물러나서 되었을 것이다. 그러
을 것이 아니겠는가? 지금 떨릴만치 무섭게 생각되
는 것은 바로 그것이었다. 눈앞에 마주 앉은 처녀가
자기로서는 올라 갈 념도 못하게 한없이 높은 데 있
는 사람 같이도 보인다. 따라서 이 처녀의 출현은
자기로 하여금 용납될 수 없는 죄인을 만드는 것 같
기도 했다. 스스로 제 몸이 징그러울만치 추하게 느
껴지기도 했다. 그러면서도 한편으로는 「그래도 일을
꾸미고, 일을 치르는 데는 이 내가 이른다」 하는
궁지가 없지 않았다. 세상의 때가 낄만치 세상에 부
대낀 경난으로 생긴 자기의 능란한 수단을 자랑하고
싶기도 했다.

개 월향이는 지저 않다 싶이 보패에게 저녁을 권
했다. 보패도 기운을 얻어야 겠다는 생각에 많이 먹
으려고 했다.

자기 방으로 긴너온 계월향은 의롱을 열고 몇 가
지물건을 꺼냈다. 하나는 은입사한 쇠장도요, 하나

는 금실 마구리를 한 빨간 술이 달린 향낭(香囊)이
였다. 금불이, 은불이 노리개보다도 더 아끼운 향낭
이다. 은실 같이 흰 만출으로 완자 무늬를 놓아 가며
샅핏하게 겯은 작은 집속에 무지개 빛으로 아롱진
자개로 약사보살(藥師菩薩)을 새겨서 박은 빨간 향
이 들어 있다. 극히 맑으면서 취할 듯한 향기! 이미
차고 있었던 것 대신에 그 맑은 향을 차는 계월향은
오늘만은 누구를 위한 것이 아니라 자기를 위한 것
이라고 생각했다.

밤이 깊었다. 련광정에서 취한 소서비가 돌아 왔
다. 계월향은 속이 철렁 내려 앉는 듯 했다. 십상
팔구 일이 그렇게 되리라고 생각은 하면서도 행이나
오늘도 련광정에서 술로 밤을 새지나 않을가—그래
주었으면 얼마나 좋을가 했던 중이다.

소서행장 이하 일본군 장령들은 술자리를 안 벌이
는 때가 거의 없다 싶이 했다. 그중에도 소서행장이
누구보다도 더 술에 묻히 있는 편이였다. 천주교 신
자인 그는 본국에서 서양 선교사들과 상종하는 동안
에 독한 양주 맛을 알았다. 여기 와서는 옛날부터
몽고(蒙古) 풍으로 만드는 조선 소주 맛에 취했다.
평양에 주저앉아 있는 동안에 소서행장은 밤낮 술타

령만 하고 있었다는 것은 허다한 일본 기록들에서
볼 수 있는 사실이다. 그 일례로서 일본의 력사가
도꾸도미 소호(德富蘇峰) 같은 사람은 자기 저서에
서 소서행장의 그러한 행장을 들어 극히 분개한 어
조로써 필주(筆誅)했다.

이때도 련광정에서 돌아 온 소서비는 어지간히 취
했건만 계월향이가 권하는 잔을 또 기울이기 시작
했다. 소서비는 자기의 꽃다운 포로의 시중으로 마
시는 술을 더욱 즐기였다. 더우기 오늘은 또 웬 일인
가 싶게 성장한 계월향이 눈부실만치 아름다웠다.
밤은 깊었다. 잠시 밖에 나올 짬을 얻은 계월향
은 좁은 안뜰을 지나 대문 앞으로 가서 문틈으로 내
다 보았다. 깊지 않은 골목 어구에는 지금도 역시 서
성거리고 있는 시꺼먼 사람의 형체가 뵈였다. 한둘
썩 빤갈아 가며 이 집을 지키는 소서비의 졸개였다.
그보다 더 눈여겨 본 것은 대문 밖의 골목이 끝나자
좁은 행길 하나를 건너 마주 보이는 집의 행랑방 문
밖에 둘러친 차면 바자였다. 그 바자길에 흰 빨래가
걸려 있다. 초저녁에는 한 가지만이던 것이 지금은
두 가지가 걸려 있다. 바로 되였다고 고개를 끄덕인
계월향은 아까 소서비를 맞아 들일 때, 제 손으로 잡

컸던 대문 빗장을 소리 안 나게 빼놓았다. 그리고는

옆의 쪽간 문을 한번 여닫는 소리를 내고 돌아서면

서 하늘을 쳐다보았다. 반도 차지 않았던 초생달은

이미 없어졌다. 매운 바람이 불었다. 다시 방으로

들어온 계월향은 소서비가 취해 쓰러지기를 바래서

련해 술을 권했다. 그러나 이만저만해서는 술에 취

지 않는 소서비는 여전히 잔을 기울일 뿐이였다. 그

는 소서행장 막하의 많은 장령들 중에도 소서행장이

가장 크게 믿는 장수였다. 원체 기골이 장대한 데다

또 지금이 한창이라고 할만치 효용했다. (임진록에

는 그자의 몸에는 칼날도 들지 않게 비늘이 덮여 있

다고 묘사했다) 언젠가 소서행장이도 『그 무지공한

소서비』라고 했지만 사실 그 용모부터 험상궂었다.

소위 호걸풍으로 기름 거칠고 술 많은 시꺼먼 수염

속에 반이나 덮여 있는 큰 얼굴에는 표한하게 빛나

는 두 눈이 번득이였다. 노한 때는 물론이요 소위

호걸풍으로 선웃음을 칠 때에도 그 거칠은 수염은 역

시 거슬러 섰다.

지금 그 앞에서 술시중을 하고 있는 계월향은

약약할 만치 초조했다. 밤은 덧없이 깊어 가는 듯했

다. 오늘 일은 틀리고 마는가?

60. 적장 소서비의 목이 떨어졌다

칠성문에서 동북쪽으로, 울창한 송림 속을 거쳐,

울밑대까지 련닿은 성벽의 어느 한 굽이였다. 이어

간의 송림 중에도 가장 총잡하고 짚은 곳이다. 성벽

가까이 서 있는 큰 소나무로 올라간 돈 정신은 거의

난순까지 다 올라 갔지만 그래도 한 팔로는 아름이 버

을게 굵은 원체를 그러안고 서서 내려다보이는 성첩

안을 살폈다. 달은 이미 지고, 또 금시 싸락눈이라

도 뿌릴듯이 흐린 밤중이라 송림 속은 더욱 침침히

어두웠다. 바로 성첩에 기대선듯 가까이 있는 나무

의 체대들만이 어렴풋할 뿐 다른 것은 더 보이지 않

았다. 귀를 재었다. 휘파람·소리를 내며 가지 끝에

울부짖는 바람 뿐, 역시 달리 들리는 것은 없었다.

그저께. 밤의 변을 겪은만치 일본군의 경계가 더

엄할 것이므로 찬찬히 살피기는 했으나 별것이 없

었다. 성을 넘어가 볼 밖에—

『좌우간 넘어가 그런 줄 알라구.』

돈 정신은 제가 디디고 있는 가지 아래를 굽어 보

며 말했다. 그 나무 중도막에 올라와 있던 차돌이는 그 만을 받아서 밑의 사람들에게 전했다.

돈 정신은 머리 우에 눌어진 가지 하나를 잡고, 성첩을 향하여 한 팔을 내민듯이 뻗은 는늣한 가지에 올라 섰다. 재인이 줄을 타듯이 까맣게 높은 외나무 다리에서 한 발썩 내디디기 시작했다. 한걸음 한걸음 옮겨 놓는 발과 함께 역시 이손 저손 옮겨 잡던 가지가 끝나면 옆의 나무의 가지를 붙들고 나갔다. 이제는 더 나갈 수 없이 디디고 있는 가지가 휘늘어지기 시작했다. 밑에서는 처다보기만도 아실아실했다. 걸음을 멈춘 돈 정신은 한번 더 성첩 안을 산폈다. 역시 인기척 같은 것은 없었다. 지금 서 있는 가지에서 성첩까지는 두어 발 가량이나 사이가 있었다.

「이제는 어떻게 한다?」

밑에서 조마조마하게 처다보던 사람들은 부지중 『앗차!』 소리를 질렀다. 금방 떨어지는 것 갈이 홈칠한 돈 서방이 히공 나떴다. 허리를 굽혔다 퍼머 한번 발을 굴러서 휘청 휘었다 통겨지는 가지의 탄력을 받아 훌적 몸을 날린 그는 벌써 성첩 우에 올라서 있었다.

ー이나무 저나무 몸을 숨겨가며 주위를 살핀 돈 서방은 허리에 감았던 밧출을 풀었다. 줄사다리었다. 한끝을 큰 나무에 붙들어 매고 성벽 넘어로 내려보냈다. 차돌이가 올라 왔다. 다음다음으로 김웅서와, 법군이, 주복이, 또 젊은 중 삐ー五명이 올라왔다. 연명도 채 안 되는 그들은 일본군의 진중으로 잠입해 들어 가기 시작했다.

송림 속으로 접어든 때였다. 얼마 멀지 않은 데서 불빛이 번깃했다. 쏴ー 쏟아지는 수쇄물 갈이 졸러나오는 화광에 저편 성첩이 어둠 속에서 길게 드러난다. 그러자 또 이쪽 숲속을 더듬듯이 휘둛린다. 저마다 큰 나무 둥길에 붙어 선 이쪽 사람들은 숨을 죽였다. 다시 껌벅 사라지고 마는 그 불은 일본군 순라들의 암둥이었다. 도적둥이라고도 하는 것이다.

칠성문 가까이로 갈수록 그런 불빛은 더욱 자주 휘둘렸다. 여기저기서 순라 도는 눈들이 서로 부르며 뭐라고 지껄이는 소리가 들리기도 했다. 될수록 깊은 숲속을 로과가는 우리 사람들은 징검다리를 건너뛰듯이 이나무에서 저나무로 숨아 붙어서는 귀를 재이고 앞뒤를 산펴야 했다.

만수대를 넘었다. 나무 사이로 영문의 큰 기와 지붕이 내려다 보인다. 예정대로 여기서는 두 패로 간려야 했다. 김 응서와, 차돌이, 돈 정신 세 사람은 애련과 □로 가고、주복이와 법근이는 四ㅣ五명 중을 데리고 장정문 쪽으로 가기로 했다。

어제 검응서가 계 월향이 한테서 들은 말로써 지금 성내에 붙들려 있는 우리 사람들이 장정문 근처의 어느 집에 갇혀 있나는 것을 알았으므로 그들이 얼마지도 구해낼 작정이었다。계 월향이는 그들이 얼마나 되는지도 몰랐고 또 성안에 붙이 일었을 때 더러는 탈출하고 더러는 죽은 것도 몰랐다。더우기 제사 영명사로 나간 동안에 그 나머지 사람들이 련광정 앞에서 다 전사한 것도 모르고 한 말이었다。

지금 그쪽으로 가는 주복이와 법근이는 더구나 그 런 것을 알리가 없었다。우리 사람들이 갇혀 있는 집이 어데쯤인지도 모른다。우리 사람들이 장경문 근처로 가서 살펴노라면 놈들이 지키고 있는 눈치를 보아서 도 찾을 수 있을 것이다。찾은 다음에는 서두를 생각 은 말고、목목이 지키고 있다가 접수를 보아가며 과 수보는 놈들을 소리 안 나게 하나하나 잡아 치워가 면서 우리 사람들을 빼낼 계획이였다。

법근이가 앞장섰다。주복이보다도 성안 골목을 법근이가 더 갈 께문고 있었다。그러나 지금은 누가 더 잘 안다 만다 할 것이 없었다。장경문 근처는 빈 터전만이 남았다。오다가다 무너진 돌각담들이 보이

는 넓은 갯더미를 사이에 두고 장경문 맞은편에 그 역시 불에 그슬린 기와집 몇 채가 남아 있었다。우선 그쪽으로 붙어 섰다。앞의 사람이 뒷손질로 부르는 것을 알아볼 수 있는 정도로 하나씩 동정을 살폈다。그나 마 단 몇 집을 못 가서 또 갯더미가 된 빈 터전이 드러 났다。환히 토인 저쪽에는 웬 불빛이 이글이글해 보 인다。거기가 어딜가? 그것이 바로 련광정 앞의 넙 은 마당이였다。여기저기 피워 놓은 화톳불。옆에는 난쟁이를 같이 왜소하게 보이는 과수군 놈들의 그림 자까지도 볼 수 있다。전 같으면 오불꼬불한 골목들 을 한참 쳐나가야 했던 련광정이 지금은 곧바로 보 이는 형편이다。그만치 화재가 컸던 것이다。서로 말은 안 하나、장경문 밖에서 성첩 넘어로 굽어 보는 일본군을 끌어 내리다가 갈이 강으로 떨어졌다는 황 서방의 생각에 제각기 가슴이 뭉클했다。여기서는 더 알아 보잘 데가 없었다。이제는 애련 당골로 가서、기기 일이 어떻게 되는가를 보아서다 시 의논하기로 했다。

이때 애련당골로 들어선 세 사람은 벌써부터 눈여 겨 보면서 온 집의 차면 바자길에 널린 흰 빨래를 보았다。분명히 두가지다。지금 계 월향이네 집에는

보패가 있고 또 소서비도 있다는 것을 알리는 것이다. 일은 단순치 않게 되였다. 그러나 적장 소서비틀 베일 수 있는 기회일는지도 모른다. 우선 계월향이데 집 문간을 지키는 준개놈을 잡아 치워야 할 것이다. 사방은 고요했다. 그리고 어두웠다. 골목어구에 돌아 앉아 있는 집의 추녀밑으로 들어선 세 사람은 잠시 귀를 기울이고 동정을 살폈다. 그러나 수직 군졸의 발소리도 들리지 않았다. 앉섰던 김 응서가 집모퉁이의 기둥에 붙어 서서 골목 안을 엿보다. 비좁은 골목 안은 더욱 어두웠다. 무엇이 타는 듯한 이상한 냄새가 풍긴다. 향긋하면서도 매운 맛이 있는 벗내였다. 잠지 않은 골목인데 저편 구석에서 웬 불며 하나가 반짝인다. 누가 죠그마한 불씨를 불기라도 하는듯이 차차 더 빨개지는 불빛에 사람의 얼굴이 드러났다. 그 콧구멍에서 무럭무럭 뿜어 나오는 연기까지도 보인다. 그것이 담배라는 것이다. 수직 군졸이 대문간 댓돌에 길터앉아서 담배질을 하는 중이다. 분명히 놈은 한놈 뿐이다. 이제 와라 달려들기만 하면 제놈이 손쓸 새도 없이 단칼에 요정을 낼 수는 있다. 그러나 놈이 한번쯤은 고함을 지를지도 모른다. 그렇게 되면 소서비는 물론, 이 근처의 적들까지도 쓸어 나올 것이다. 김 응서

는 뒤의 사람들을 돌아 보았다. 놈이 이리로 나올 때까지 기다릴가? 의논하고 싶었다. 이때 바로 그의 등뒤에 붙어 서서 역시 골목 안을 엿보던 차돌이가 김 응서의 소매를 당기고 제가 앞으로 나섰다. 나서서 다시 한번 골목 안을 엿보는 차돌이는 한 걸음 성큼 내짚으며 한 팔로 허공을 후리치듯 했다. 알고 들으면 분명히 들리는 딱! 소리와 함께 앉은자리에서 벌렁 자빠지는 그놈의 뒤통수에 밀려서 대문 한짝이 삐그덕 열렸다. 세사람은 발을 성큼성큼 떼여 놓으면서도 소리 안나게 대문 앞으로 달려 갔다. 이마로부터 골봉이 갈라진 군졸의 시체를 넘어서 반쯤 열린 대문 안으로 들어 섰다.

맞은방 쌍창 안에는 불빛이 뒤밝았다. 그런데 웬일일가? 뜻밖에도 요사스러울만치 랑랑히 울리는 제 월향의 웃음소리가 크게 들린다.

계월향은 벌써부터 소서비를 술로 휘여 쓰려뜨리고 했으나 아직도 성공하지 못했다. 이제나 저제나— 초조한 생각으로 련해 술을 따르면서도 온 정신율 밖에 두고 있던 때라 삐그덕하는 대문 소리가 깜작 놀라울만치 크게 들렸다. 금시 제 낯빛이 파랗게 질리는 것을 느꼈다. 『혹시 바람에—』하는 생각도 없지 않았지만 그러자 또 대문 앞으로 다가 드는

인기척이 들리는 것 같았다. 소서비의 눈치를 살폈
다. 그 역시 무슨 소리를 들었는지 눈을 번득이고
들었던 잔을 놓았다. 그러나 곧 잊어버리는 모양으
로 다시 술잔으로 손이 간다. 계 월향은 아직도 그
득한 잔에 술을 덧쳤다. 일부러 철철 넘게 쏟고는
제 실수를 능치는 핑계로 큰 웃음을 쳤다. 골목 안
에서 나는 듯한 인기척을 지워버리기 위한 웃음이
었다.

김 응서랑이 대문 안으로 들어서며 들은 것이 바
로 그 웃음이다.

『이제는 어떻게 하나?』

계 월향은 옷으면서도 눈이 더욱 동래그졌다. 밤
이 깊었으니까 옆집의 적강들은 이미 다 잠들었을지
모른다. 그러나 고요한 밤중에는 좀만 큰 소리도
히 통해 들릴만치 엷은 담장 하나를 사이에 둔 이웃
집들이다.

계 월향은 옷음을 끊고 다시 귀를 기울였다. 뜰 안
은 역시 고요했다. 들어선 사람들은 지금 이편에서
내통이 있기만을 기다리는지 모른다. 꼭 그럴 것 같
이 생각되는 계 월향은 지금도 술잔을 기울이고 있
는 소서비와 그 등뒤의 방구석에 세워 놓은 길고 짧
은 두 자루 검을 보았다. 장판에 흐른 술을 훔치겠

다는 시늉을 해보이고 샛문을 열고 부엌으로 나갔
다. 부엌문을 방싯 열고 내다보는. 뜰 안에는 아무도
없었다. 그러나 저편 옆집 처마밑에서 한 사람이나
선다. 김 응서였다. 기다렸던 일이지만 또 한번 가
슴이 철렁하게 놀랜. 계 월향은 춤만 더 기당리라는
손짓을 하고 문을 닫았다. 절레를 들고 다시 방안
으로 들어온 계 월향은 소서비 앞으로 나앉아 상귀
에서 흐르는 술을 훔치면서 은근한 웃음을 담은 눈
으로 쳐다보았다.〉몽롱한 취안으로 기생의 교태를
굽어보던 소서비는 마시려던 잔을 든채 다박술포기
같은 구레나룻을 거슬리고 웃으면서 기생의
허리를 끌어 안으려 했다. 이때, 치마폭에 감추고 있
던 계월향의 이편 손이 소서비의 눈자위를 덮었다.
그와 동시에 목청을 돋우어 노래가락을 부르기 시
작한 계월향은 담모룡이로 달려가서 두 자루 검을
걸어 들자 쌍창문을 열고 뒷마루로 뛰여 나왔다. 마
치 상한 짐승이 울부짖는 듯한 신음 소리와 함께 잔
을 떨어뜨리고 얼굴을 움켜 쥐였던 소서비는 후추가
루로 욱개진 눈을 부릅뜨고 쫓아 나오자 막 뜰아래
로 내려 서려는 계월향의 잔허리를 길어 찼다.

계월향의 노래가락은 짧은 신음소리로 끝났다.
그와 같은 순간이였다. 계월향의 노래소리에 눌리

면서도 역시 크게 울부짖던 소시비의 모가지가 떨어
져서 뜰 아래 굴렀다. 계 월향이 나오는 것을 보
고 뒷마루로 뛰여 올라 섰던 김 응서가 한칼에 베인
것이다.

짧은 몇 순간의 소동은 꿈이든양 뜰안은 다시 조
용해졌다.

김 응서가 붙들어 일으킨 계 월향은 정신은 차렸
으나 몸을 가누지 못했다. 김 응서의 무릎에 어깨를
기대고 반만치 누운 계월향은 건넌방을 가리키면서
힘없는 소리로 보채를 불렀다. 차돌이가 그 방문을
열었다. 문설주에 붙어 앉아 있던 보채는 실신하다
싶이 떨고 있었다.

「이제는 어서들 나가십쇼. 속히 빠져 나가셔야 합
니다.」

계 월향이 재촉했다.

「무슨 소린가, 같이 가야지.」

하는 김 응서는 계 월향이를 다시 일으켜 앉히러
했다. 그러자 그의 가냘픈 몸은 전히 리에서부러는
딴 둥강이 난 것 같았다.

「전들 나으리와 저 처자랑을 따라 가서 살게 되면
좀좋으리까만 그러나 이제는 틀린 것 같습니다.」

기진해서 잠시 끊겼다가

「하기야, 본시 천한 계집인 테다、 또 응당 죽어야
할 처지에서도 깨끗이 죽지 못하고 살아온 이더러
운 목숨이 여러분과 함께 쉬일 순들 있으며、 또 아
무리 제가 염치가 없다다기루 차마 같이 산겠어요. 잘
됐습니다. 천도가 무섭할 리 있습니까.」

흐느낌에 또 잠시 말을 끊었던 계 월향은 다시 말.
을 이었다.

「나으리ㅡ 제 어머니만은 왜적에게 참혹한 죽음을
안 당하도록 데려가 주세요. 저는 먼저 빠져 나갔다
구 하시구 데려가 주세요.」

김 응서에게 이런 말을 한 게 월향은 옆에 와서 앉
은 보채의 손을 잡았다.

「내 어머니를 좀 거두어 줄태요? 부탁이요.」

보채는 계 월향의 손을 불들고 울었다.

「저를 저방에 갖다 뉘여 주시구 어서들 떠나세요.」

하며 계 월향은 보채가 있던 방을 가리켰다.

61. 적아간의 정세 개관

계 월향의 집으로 꾀대하러 왔던 수직 군졸의 소
동으로써 한밤중 잠들었던 소서행장의 진중은 삽시

간에 발깍 뒤집혔다. 우선 그 대문 밖의 머리가 으
스러져 죽은 군졸, 그리고 뜰안의 머리 없는 시체—
머리는 없으나 그 장대한 체구만으로도 소서비가
분명한 시체의 목에서는 굳은 땅에 벗가타 구멍을
뚫으도록 내뿜던 피가 아직도 흐르고 있었다. 불룩

어 왔던 고마인 처녀는 없었다. 그 대신 기생의 자견
이 분명한 시체가 잠든듯 누워 있었다. 주안상이 놓
여 있는 안방에는 촛불이 아직도 휘황했다. 二만여
명의 대군이 주둔해 있는 평양성 한복판에서 일어난
괴변이였다. 일본군 장령 중에 가장 효용하다던 소

서비가 이렇다할만한 ✝항도 해본 흔적이 없이 목
없는 시체가 되여 쓰러져 있다.
이때 멀리 칠성문 쪽에서 뚜— 우는 소라 나팔소리
가 련해 울렸다. 뒤이어 조총 소리도 몇 방 났다.
거리에서 소동하던 일본군은 그쪽으로 달려 갔다.

칠성문과 을밀대 어간의 짙은 송림 속에서 순라돌
던 저의 군졸들 몇이가 혹은 꺼지고 혹은 불이 그냥
켜 있는 암둥을 떨어뜨리고 주어·넘어진 것을 발견
했을 뿐 침입자의 종적은 알 수는 없었다.

×

임진란 이후 『평양지』를 비롯하여 우리 사람들이
기록한 여러 종류의 『임진록』들과 기타의 허다한 구

비 전설든에는 김 응서가 계 월향의 내응을 얻어서
걱정 소서비를 죽이기까지의 경위 강지금 이야기한
것과는 좀 다른 점이 있다. 그 기록들에 의하면 소
서비에게 잡힌 있던 게 월향이 꿈을 빼칠 계책을 궁
리하던 끝에 ♣무는 쏘서비의 허락을 얻어서 시문
(그때의 서문— 보통문이었다) 밖에 사는 자기 친척
을 찾아 본다. 꾕게로 보통문루에 올라 서서 『오라
버린다』는 것이다. 그 소리에 『오냐』하고 나
선 것이 김 응서—두 사람— 남매간이라 속이고 일
본군 진중에 들어가 있다가 소서비를 죽인 것으로
되였다.

적진 중에 샤로잡혀 있는 한 젊고 아름다운 녀인
이 성문루에 올라 시서 한만중대고 구원을 칭하기
위해서, 미상불 애절한 목소리로 『오라버니』를 련해
부르고 또 불렀다는 것은 그 픽애달프고도 랑만적인 정
경이기는 하다. 이것은 그 당시의 작가들의 아름답
고 풍부한 상상력의 소산인 것이다. 그러나 그 당시
의 실정과는 좀 어그러진다. 뭐냐 하면 그때는 평양
성내에는 물론이고 성밖에도 한 녀인이. 웨처 부르는
소리가 들릴만치 가까운 데는 우리 사람들이 살고
있지 않았다. 또 이 당시의 김 응서는 룡강, 강서,
중산, 삼화 등치에서 초모한 근 만명의 군사를 거느

린 조방장(助防將)으로서 잡약산 뒤에 진치고 있었던만치 게 월향이 한데서 미리 내롱이나 있었다면 몰라도 그렇지 않고서는 게 월향이가 보통에서 부로는 소리에 잡약산 뒤에서 『오냐』하기는 좀 어려웠을 것이다. 하여간 우리 평양이 낮은 의기(義妓) 게 월향의 내응으로써 김 응서는 수만군 적진 중에서 적군의 한 두목인 소서비의 머리를 배었던 것만은 사실이다. 수만이나 되는 저의 진중에서 한 장령의 머리를 잃은 일본군은 크게 놀라고, 더욱 사기가 떨어지고 기세가 꺾이었다는 것도 이상의 모든 기록의 일치한 결론이다.

이상의 구비 전설적인 기록들 이외에, 그보다 더 그 당시의 정형을 사실에 즉해서 있었다고 인정할 수 있는 류 성룡의 『징비록』을 보기로 하자. 징비록의 『조후잡기(組後雜記)』에는 다음과 같은 일절이 있다.

『…왜(倭)는 가장 간교 간악한 것들이다. 군사를 조종함에 있어 그 어느 한가지도 궤휼 아닌 것이 없다. 그러나 임진년간의 일로 본다면 서울을 칠 때까지는 그 궤휼이 자못 교묘했으나, 평양에 이르러서는 극히 치졸했다고 할 수 있다.』

즉 불의의 군사를 일으킨 일본군이 서울을 강점할 때까지의 기세와, 급기야 평양까지 이른 때의 그 무형을 이같이 모사했다.

기력을 대비해 말하면서 류 성룡은 또 다음 같이 썼다.

『이때까지 이겨 온 것만을 믿어, 뒤의 일은 고려하지 않고, 여러 곳에 흩어져서 미처 날뛰고 방자하기를 일삼았을 뿐─ 군사란 호르려 놓으면 그 세력이 약해지는 법인데, 일본군은 천이리에 널려 있으면서 오래동안 헛되이 날을 보냈다.』

그러므로 우리 조선땅에 깊이 돌어 온 일본군은 마치도 ─ 처음에는 바위라도 궤뚫을듯 했던 화살이 마침내는, 엷은 비단 한 겹을 못 뚫으게 되는 것(强弩之末不穿魯縞)과 마찬가지였다고 하면서

『일본군의 기세는 이미 찌부러졌고 또 사면에서 일어나서 요격하는 우리 백성들 때문에 적들은─ 머리가 제 꼬리를 돌불수 없고, 꼬리가 제 머리를 감쌀수 없는 형편이라─ 마침내는 말아날 밖에─ 이것이 곧 평양에서 적들이 치졸했다고 하는 바이다.

이같은 적의 실책이 우리에게는 리로운 것이였으니, 이에 우리는 뱀의 허리를 토막치듯이 천여리에 널려 있는 적의 병참선을 끊기는 그리 어렵지 않은 일이였다.』

류 성룡은 평양성을 해방하기 직전의 일본군의 정

이것은 물론 평양성 내에 있던 일군이 먼 후퇴… 말은 아니다。우리 조국 강토에 기여 들었던 일본 침략군 전체가 망해가는 형편을 말한 것이다。동시에 전후 七년간에 걸친 이 전란중에 우리 조선 인민의 유격 항전이 그 얼마나 치렬했던가를 말하는 것이다。

여기서、다소 기록적인 데로 치우치게 될는지는 모르나 그 당시의 의병장들을 던거움으로써 우리는 우리가 존경하는 그 분들의 기억을 한번 더 새롭게 하는 것도 무의미한 일은 아닐 것이다。

경상도에는 이미 말한 바 홍의 장군 곽재우를 비롯하여、심 대승、김 면(金沔)、정 인홍(鄭仁弘)、김 해(金垓)、류 종개(柳宗介)、리 대기(李大期)、장 사진(張士珍)。

충청도에는 역시 앞서 말한 바、조 헌과、승병장 령규를 비롯하여、김 홍민(金弘敏)、리 산겸(李山謙)、박 춘무(朴春茂)、조 덕태(趙德泰)、조 웅(趙雄)、리 봉(李逢)、권 응수(權應銖)。

전라도에는 김 천일(金千鎰)、고 경명(高敬命)、최 응회(崔應會)、승병장 처영 대사。경기도에는 우 성진(禹性傳)、정 숙하(鄭淑夏)、최 운(崔屹)、리 로(李魯)、남 언경(南彦經)、김 탁

(洪汝諄)、우 치적(禹致績)의 … 함경도에는 앞서 말한 바、정 문부와、또 리 붕수 아들 홍 제남(洪季男)。

평안도에는 조 호익(曺好益)、림 중량(林仲良)、림 기동(林起棟)、박 억(朴億)、양 의직(楊懿直)、승병장 서산 대사、사명당과 고 충경 등등。

이외에도 우리는 수백 수천의 의병장들의 이름을 들 수 있다。이분들은 각각 자기네 고향에서 혹은 멫 십 명、혹은 멫 백 명、많으면 멫 천명의 농민들과 함께 『보국안민、소탕왜적』의 기치를 들고 일어났다。그들의 의병은 대다수가 농민이였던 것은 물론이다。

책상머리에서 글을 읽던 선비들도 많았다。또는 사치라고 천시되던 상인들도 있었고、장인바치니 백정이니 하여 인간 이하로 천대 받던 소위 『천민』이라던 사람들도 많았다。평양의 게 월향과、그 후에 진주(晉州)의 남강 의랑암(義娘岩)에서 한 적장을 끌어안고 강에 빠져 죽은 론개(論介) 같은 기생들도 있었다。

평양성의 해방을 전후한 의병들의 활동에 대해서는 다음과 같은 기록이 있다。

『諸道擧義勤王將士無慮數十萬軍馬一月所食粮太不

下數萬石』이라고 했다. 즉 각도에서 일어난 의병이

무려 수십만명이나 되므로 그들이 한 달에 소미하는

군량만 해도 수만 석이었다. 그래서 이 전쟁 기간중

에 량식이 부족한 원인의 하나는 수십만 농군이 의

병으로 나서서 싸우기 때문에 농사를 지을 사람이

적었던 탓이라고도 했다. 이것은 이때 우리 의병이

그 일마나 많았던가를 비여 주는 기록이다.

의병장 김 천일은 일찌기 자기 의병 부대를 거느

리고 서울 근처로 와서 일본군이 노리는 강화도를

적의 침략으로부터 방어함으로써 적으로 하여금 불

과 한강 하류의 강 하나를 사이에 둔 강화도에는 발

을 못 들여 놓게 했다.

의병장 곽 재우는 정진(鼎津)을 고수함으로써 의

녕(宜寧) 일대에는 적이 감히 들어설 넘도 못 하게

했다.

의병장 권 응수는 영천(永川)에 있는 적의 대부

대를 조위 섬멸하고 · 그 고을을 해방시킴으로써 신

녕(新寧), 의흥(義興), 의성(義城), 안동(安東) 등

여러 고을을 보전하여 그곳 인민들로 하여금 쳐시나

다름없이 농사를 계속하게 했다.

의병장 김 면은 거창(居昌)의 소둥이고개(牛脊

峴)의 적을 소랑함으로써 적의 병참선은 끊고 그 일

경의 인민들을 적의 침해로부터 수호했다.

의병장 사진은 또 처에서 적을 많이 죽임으로써

일본군은 장 장군이라는 그의 이름만을 듣고도 전률

할 지경이었다.

의병장 조 헌과 승병장 령규 대사는 청렴하여 청

주(淸州)를 해방시키고, 장렬히 전사했다.

의병장 정 문부는 회령(會寧) 종성(鍾城)까지 뻗

어 들어 갔던 가등청정의 대군을 처처에서 격파하다

가 평양성이 해방되자는 마천령(摩天嶺) 남쪽으로

저을 몰아 내는 베 성공했다.

우리 민병들의 활동과 아울러 이때는 우리 관군도

처처에서 반격을 시작했던 것이다.

강원도의 조방장원 호(元豪)와 리천 부사(利川府

使) 변 응성(邊應星)은 려주(驪州)의 구미포(龜尾

浦)와 마탄(馬灘)의 적을 소랑함으로써 원주(原州)

와 서울간의 적의 련락선을 끊는 데 성공했다. 그 결

과 려주 · 양군(楊根), 저평(砥平)등 여러 고을을 수

호하는 한편 원주에 주둔한 일본군을 고립시킴으로

써, 적들은 이백리 길을 돌아 충주(忠州)를 거쳐서야

겨우 서울에 있는 적의 본부대와 련락할 수 있는 형

편이었다. 이것은 일본군의 중부 전선의 마비 상태를

말하는 것이다.

우리 관군의 활동 중에도 특기할 만한 것은 경상도 좌병사 박진(朴晉)에 의한 경주(慶州) 해방이다. 경주는 적의 동부 전선의 요충이요, 중요한 병참기지였던 만치 성내에는 대부대의 적이 집결해 있었다. 그 일대의 우리 인민들은 우리 조정이 지금 어메 있는지조차 모르는 처지에 있었다. 이러한 때에, 아직도 년소한 청년 장군 박 진은 만여명 군사를 거느리고 경주성의 일본군을 포위했다. 그리고 리 장손(李長孫)이라는 우리 화포장(火砲匠)이 창안해 만든 비격진천뢰(飛擊震天雷)라는 포탄으로써 경주성의 적을 공격했다. 그것이 임진 九월이였다. 포석기(拋石機)로 발사해서 성안으로 넘겨 보낸 비격진천뢰는 굉장한 폭음을 내면서 사방으로 별불 같이 날아나는 파편은 물론이고, 그 맹렬한 폭음에도 직들은 정신을 잃고 쓰러졌다. 어떤 신명의 조화도 같은 그 포탄에 겁을 먹은 일본군은 경주성을 내놓고 달아나지 않을 수 없었던 것이다.

비격진천뢰 외에도 우리는 여러가지의 새로운 무기들을 창안했다. 번 이중(邊以中)이라는 사람은 화차(火車)를 만들었다. 지금으로 이르면 땅크였다. 큰 전차(戰車)에다 구멍 四〇개를 내고, 매 구멍에 승자총(勝字銃)을 걸어서 련발로 사격하면서 내달게 마련된. 화차는 무서운 공격력을 가졌던 것이다. 또 비차(飛車)라는 것도 있었다. 김제(金堤) 사람 정 평구(鄭平九)라는 이가 만든 것으로, 일본군에게 포위된 어느 성으로 날아 들어가서 우리 사람들을 태워가지고 성밖 三〇리 밖에까지 날아 올 수 있었다. 지금으로 이르면 그라이다였다.

리 순신 장군이 거북선을 창제한 것은 너무나 유명한 사실이다.

이상과 같이 우리 관군과 의병들이 도처에서 적의 병참선을 차단하고, 여러 고을을 해방시키고, 적을 섬멸하는 반격을 시작한 때 우리 수군 절도사 리 순신 장군은 부산 앞바다에서 또한 큰 전공을 세웠다. 임진란이 시작되자 五월 초하루날 자기 본영(本營) 앞에서 적선 二三四척을 격침한 것을 비롯하여 지난 七월까지 당포(唐浦), 옥포(玉浦), 한산도, 안골포에서 二백여 척의 적선을 격파함으로써 서해로 진출하려는 적의 작전을 파탄시켜 온 리 순신 장군이 九월 초 하루날에는 일본군의 상륙 기지인 부산 앞바다로 나가서 적의 함선 백여 척을 격침한 것이

이같이 륙지에서、바다에서 우리 관군과 의병—측도 했다는 사실을 여러 기록에서 찾아볼 수 있는 것

전체 조선 인민의 반격을 받게 된 일본군 내부에서는 염전적인 경향이 날로 팽창했다。일본군 장졸들 중에는 더 싸울 의욕도 용기도 없이 된 자가 많았다。

싸우기보다도 창 칼을 땅에 던지고 투항하는 자가 날로 늘어 갔다。그 대표적인 실례로서 사야가(沙也可)라는 자 하나만을 들어도 족할 것이다。사야가는 가등청정 막하의 수다한 장령들 중에도 제로라고 하던 장령이였다。일본 기록들에 의하면 사야가는 군사 삼천 여명을 거느린、문무겸전한 청년 장군이였다。그는 자기 부하를 다 데리고 우리 관군 앞에 투항했다。자기 말에 의하면 그는 본시부터 조선의 찬란한 문물 제도를 숭앙해 온만치 할수 없이 끌려 나오기는 했으나 이 죄악적인 조선 침략 전쟁에서 싸울 의사는 없었다는 것이다。그러한 사야가를 일본 기록들에서는『일본에 둘도 없는 불충한(日本無雙의 不忠漢)』이라고 했다。사야가는 마침내 총뿌리를 돌려서 일본군과 싸우기까지도 했다。이러한『일본무쌍의 불충한』은 사야가 한사람만이 아니였다。처처에서 우리 관군、혹은 의병 앞에 투항해 온、허다한 일본군 장졸들은 사야가와 마찬가지로 총뿌리를 돌렸고 또 우리 관군을 위해서 조총과 화약을 만들기

도 했다는 사실을 여러 기록에서 찾아볼 수 있는 것이다。

이미 앞서도 말한 바여니와 풍신수길이가 군사를 일으킬 때는『是何異斷睡人之頭乎』라 하여 조선을 정복하기는 자는、사람의 머리를 베이는 것이나 다를 바 없이『指日可成』으로 며칠이면 끝낼 수 있으리라고 했다。그것은 단지 만리원정의 사지로 몰아 내는 저의 백성들을 충동이기 위한 만만이 아니라 풍신수길지 자신이 그렇게 타산했고、그렇게 믿었던 것이다。

・그러나 현실은 그렇지 않았다。일은 틀렸다。이 무렵의 일본 기록들에 의하면 일본 관백 풍신수길은 자기 측근자들에게『朝鮮之事 尚未結末何也오?』라고 물었다。『조선이 아직도 요정이 안 나니 웬 일이냐?』고 초조한 것이다。이에 대하여 도구가와 예야스(德川家康)는『조선은 역시 큰 나라이므로 그 동쪽을 치면 서쪽을 지키고、그 원편을 치면 바른편으로 모이니、십년을 위한한데도 끝이 안 날 것갈다』고 대답했다。

느 말에『그대들은 이 내가 다 늙은 줄 아는가?』

이같이 역정을 낸 풍신수길은

368

『내 처음 생각 같아서는 천하에 어려운 일이 없다고 했더니 이제는 참말 죽을 날이 멀지 않게 늙고 말았는가!?』

마침내는 이길이 자란하고

『그러면 싸우기를 그만두고 조선과 화해를 의논함이 어떨가?』

하는 그의 말에 부하들은 제발 『그렇게 하는 것이 좋으리라』고 했다는 것이다.

풍신수길이가 불과 五,六개월 동안에 그같이 잡자기 늙었다는 것은 모를 말이다. 백보를 양하여 설혹 그것이 사실이라 하더라도 그 자신이 조선에 나와서 싸우는 바도 아닌 풍신수길 한 사람이 늙었기 때문에 『조선이 아직도 요정이 안나』는 것은 아니였다. 말하자면 풍신수길이 한 사람이 잡자기 늙었거나 말았거나 그런 것이 이 조선 전선에서는 하상 문제꺼리가 될리도 없는 것이다.

문제는 갈수록 치렬해지는 조선 인민의 반격에 있었다. 『이제는 죽을 날이 멀지 않게…』 운운한 것은 단지 그가 『늙었다』는 한탄이 아니라 예상치 못했던 조선 인민의 반격 앞에서 신음하게 된 풍신수길의 비명이였고 『싸우기를 그만두고 조선과 화해를…』 운운한 것은 풍신수길이 한 사람이 잡자기 늙었기 때문이 아니라 이제는 더 어쩔 수 없이 된 (일본군 전체가 사기 저상되고 피패했기 때문이었다.

과연, 부산서부터 평양까지, 또는 회령 종성까지 연연 수천 리에 걸쳐 있는 일본군의 전선을 하나의 커다란 뱀에 비긴다면 그 충동에는, 흐미와 낫으로 만든 조선 인민의 강, 검에 적혀서 여러 군데 상처가 나고 피가 흐르기 시작했다. 그 한 끝인 소서행장의 군대가 그 뱀의 대가리라면 지금의 그 대가리는 붉은 허를 널름거리며 요두전목하기보다도 축 늘어지개 혀를 빼물고 허덕이며 신음하기 시작했다. 그 신음소리는 소서행장이 평양 성밖의 처처에 내붙이기 시작한, 미친 놈의 허튼 수작 같으면서도 실은 절실한 애원이 아닐 수 없는 글발들로써 더욱 분명히 들리게 되었다.

『명나라 사신 심유경이와의 회담으로써 이미 강화 조건이 결정되었기를 고마인들은 어째서 지금도, 성밖으로 마초와 소금을 구하러 나가는 우리 일본 군사를 죽이느냐, 이 앞으로는 그러지 말라.』

이러한 말은 전제로 하고 심유경이와 의논했다는 소위 『강화 조건』이라는 것을 썼다.

一, 일본 관백과 명나라 천자의 딸과의 결혼(與天子結婚事)

룰 파고 높이 쌓올린 흙장에는 역시 벌둥지 같이 충안들을 뻤다.

소서행장의 이러한 조치들을 저의 일본군 선봉부대가 이제는 평양성 이북으로는 한 걸음도 더 나갈 수 없이 되었다는 것을 말하는 것이다. 동시에 평양성만은 어떻게까지나 내놓지 않고 지켜 보겠다는 심사를 보이는 것이였다. 그러면서도 『이제 오래지 않아...』 운운하는 것은 누구를 속여 보겠다는 열은 수의 거짓말이였다.

높은 모란봉에서 새 진지를 만들고 있는 것을 우리 사람들의 눈으로부터 가리우고 할 수는 없는 일이다. 그렇게 빤히 구멍이 뚫어지는 거짓말과 함께, 제발 성밖으로 나가는 『우리 일본군을 죽이지 말라』고 한 것은 아닌게 아니라 소서행장으로서는 안 할 수 없어서 하는 애원이기도 했던 것이다. 그야말로 진정한 애원이라고도 할 수 있는 것이였다. 부산서 평양까지에 걸쳐 빈사 상태로 죽 늘어져 허덕이는 큰 뱀의 대가리에서 나오는 신음 소리이기도 했던 것이다.

기록에 의하여 평양성을 중심으로 한 적아간의 정세를 대략 다음과 같은 사실들을 볼 수 있다.

평양성내의 일본군이 여러가지로 고갈한 물자 중

에도 더욱 절박했던 것은 소금이였다. 리조실록 선조(宣祖) 임진년 二월말 기록에 의하면 『평양 성내의 일본군은 금전(단순히 돈이라는 뜻이 아니라 말바로 황금이였다.)운 가지고도 소금은 살 수 없었는데, 그러나 간혹 일본도(日木刀)로써 소금을 조금씩 바꿀수 있었다』는 것이다.

이것은 무엇을 말하는가? 이때의 조선 사람들은 일본군이 금을 준대도 소금을 태놓지 않았다. 금보다 잘 드는 칼이 요구되였다. 일본군은 한두 줌의 소금과 바꾼 저의 칼에 저희가 죽었던 것은 물론 이다.

이해 一〇월에는 영유 고을에서 과거를 뵈여서 장 오천여 명을 뽑았다. 영유는 평양서 불과 백리 밖에 안 되는 곳이다. 그런 데서 오천 명의 안재를 추려낼만치 몇 천 몇 만명의 사람들이 모여서 거를볼 수 있었다는 것만으로 우리는 이때의 적아간의 정세를 짐작할 수 있다. 그만치 우리 편의 기세가 앙양된 것을 말하는 것이다.

이때는 오히려 영유도 먼 편이였다.

평양성에서 불과 십리허인 보통벌 주변의 산넘어에는 우리 관군과 의병들이 결진하고 있었다.

평안도 순찰사 리 원익과, 도원수 김 명원은 새로

방어사(防禦使)가 된 김 응서를 비롯한 리 빈(李蕡)、한 응인(韓應寅)등 장령들과 함께 군사를 나누위 부산현을 중심으로 평양 서북쪽에 걸진하고 있었다。이와 진영을 련결해서 시남쪽으로는 삼화(三和) 천령조(趙誼龍)、룡강 천령 신 현(申俔)、강서 천령 류 회(柳懹)、함종 천령 리 유(李瑜)、중산 천령 조 의(趙誼)、영유 천령 황 숙(黃淑)、순안 현령 하 홍계(河弘季) 등이 각각 자기 고을의 군사물 거느리고 와서 결진하고 있었다。또 역시 관군으로 수군 별장 김 억추(金億秋)는 병선 십여 척을 령기하고 대동강구를 막고 있는지 오랬다。

이밖의 민병으로는 의병장 조 호익이 거느린 천어 명의 농민군이 삼등(三燈)에서 대동강 상류를 견제하고、의병장 림 중량은 이천여 명의 의병을 거느리고 중화(中和) 방면에서 평양과 서울간의 적의 련락선을 차단하여 소서행장군의 후방을 위협하고 있었다。또 그들보다는 적은 부대였으나 의병장 김 자택(金自澤)과 박 억이는 각각 백여 명의 의병을 거느리고 대동강 건너 동촌에서 그 방면으로 나다니는 일본군을 수시로 요격하고 있었다。

잡약산을 중심으로 서산 대사의 승병 부대가 있는 것은、여기서 재삼 소럽게 말할 필요도 없을 것이다。이 밖에 평양성 가까운 서북쪽에 다른 의병 부대가 없었다는 것은 그 까닭이 있었다。즉 우리 관군이 바로 평양성 서북쪽에 육박해 있었더니만치 이 방면에서 활동할 수 있는 사람들은 따로 의병을 일으킬 필요가 없이라 관군으로 들어 갔던 것이다。만일 평양성이 함락되기 전부터 서산 대사와 참께 활동하지 않았더라면 고 충경이를 비롯하여 전 주복、돈 정신 같은 사람들도 관군에 합류했거나 어떤 따로이 의병을 일으켰을 것이다。그렇지 않아도 어떤 기록에는 고 충경이를 한 의병장으로 하고 전 주복이 돈 정신이 현 수백(차돌이)들도 다 의병이라고 한데도 없지 않다。

62 · 서관 대로상에서

보통법은 한빛으로 호호히 흰 눈속에 잠겼다。지금도 눈이 온다。목화송이 같이 큰 눈개비가 지상의 모든 것을 덮어 내려 쌓인다。동지-(一一월 一五일)를 四-五일 앞두고 한창 추운 겨울 바람은 노호한다。십리 어간의 눈보라를 겨헤서 바라보이는 평양성의 륜곽은 몽롱했다。

강복산 서쪽 고개를 넘는 큰길에서 농군과 승군 七―八명이 보통벌을 내려다 보고 있었다。 거의 한 낮이 다 된 때였다。

「이제야 뭐이 나오나부네。」

「뭐이 보이나?」

「보통문 밖에 말탄 것들이 거뭇거뭇 보이지 않아。」

「그렇군! 한 대여섯 되나부지?」

「그래― 분명히 그 사람들이기나 한지 모르겠네。」

「왜 놈들이 문야 이 대낮에 저렇게만 나오갔나。」

이들이 벌써부터 기다리고 있는 것은 심유경의 일행이었다。 지난 엿샛날 이곳에 다시 나타난 심유경 일행이 성내외 일본군 진중으로 들어 간지 四―五일째다。 八월 하순에 와서 五○일 기한하고 돌아 갔던 그는 엿그제야 비로소 다시 나타났던 것이다。

기록들에 의하면 벌써 기일이 많이 지났어도 이렇다 소식이 없으므로 이제는 더 기다릴 것 없이 명나라로 쳐들어 간다고 으르대면서 그러나 역시 으르대기만 하던 조서행장은 다시 온 심 유경을 반가이 맞아 들였던 것이다。 그는 헌소롤 서켜 『扶桑息戰中華』운운하는 헌시(獻詩)를 짓게까지 했다。 『일본』 은 병장기를 뉘고 중화에 부종한다』는 뜻으로써 명나라에 아첨해 보인 것이다。

이때부터 소서행장은 때의 『강화 조건』이라는 것윤 처처에 내붙이기 시작했던 것이다。 심유경이와 타협이 됐다는 그 『조건』을 보는 우리 사람들은、이럴 수 있는 일인가? 분개했다。 설사 명나라 사람 심유경은 그렇게 생각할는지 모르나 우리 조선 사람으로서는 참을 수 없는 일이었다。(물론 명나라 조정에서도 그렇지 않았지만 명나라에서는 이미 리 여송(李如松)은 제독(提督)으로 하여 후원군을 일으킨 때였다)

四―五명의 종자를 거느린 심 유경은 지금 보통벌을 거처 서관 대로인 이 고개길로 온다。 앞섰던 심 유경의 말이。 고개마루에서 먼저 건뜸을 멈추지 않는 우리 사람들을 둘러 보는 심유경은 자못 불쾌한 낯빛이었다。 그는 걸옷자락 한쪽을 걷어 젖히고 허라에 한 손을 세웠다。 박추같이 흰 모퍼로 안반친 걸옷 밑에는 큰 무늬물이 번들거리는 호화로운 비단 옷이 드러났다。 자기가 얼마나한 귀인(貴人)인가를 보라는 듯도 했다。 허리에 세웠던 손으로 이번에는 썩썩 물러서라는 손짓을 했다。 눈 우에서는 그리 회어 보이지도 않는 무명 옷을 입은 우리 사람들은 움직이지 않았다。 심유경의 뒤에서 『쮀―』 소리와 함께 말을 채처 그의 없으로 나서는 자가 있었다. 말굿둥이를 덮다 싶이 했던 그의 겉옷 뒷자라이 들렸다. 속에 찬 칼자루 불 눌리킨 모양이다. 이때 이쪽 언덕에 좀 떨어져서 있던 사명당이 길로 내려 왔다. 히옇게 눈이 앉은 수염 오리에는 구슬 같은 물방울들이 길게 촐리내리기도 했다. 짙은 눈길에 소리 없이 숨겨 짙던 묵한장 끝으로 그는 숫눈 우에 글자를 썼다.

『우리는 귀하를 심유경 대인으로 아는데 과연 그런가?』

이런 뜻이었다. 마상에 오연히 앉은 심유경은 그렇다는 뜻으로 고개를 끄덕이었다. 그러자 물러선 우리 사람 중의 하나가 받아 쥐고 있던 큰 종이 물 심유경 앞에 폈다. 없의 사람들은 눈을 빛어서 길에 퍼놓은 종이의 네귀를 눌렀다. 소서행장의 굴발이었다. 마상에서 이윽히 굽어 보던 심유경의 얼굴에는 분명히 당황한 빛이 떠올랐다.

사명당은 또 썼다.

『귀하가 그 진중에 류하고 있는 동안 왜적이 이갈운 언어도 단인 글발에다 귀하의 이름을 꺼들수 있었다는 것을 우리는 귀하를 위해서 극히 민망히 생각하는 바이다.』

눈 우에 뚜렷뚜렷이 나타나는 글자들을 따라 보던

답은 오직 이렇다.

『이러한 왜적의 글발에 대한 우리 조선 사람의 대

사명당이 쓰기를 마치자 뒤에 섰던 박서방이 뒤진진 손에 들고 있던 일본군의 수급 하나를 소서행장의 글발 한가운데 꽉 눌러 놓았다. 아직도 생생하게 흐르는 피가 내려 쌓이는 눈을 녹이며 일본 군사를 죽이지 만라』는 종이에 붉게 퍼졌다. 당겨 쥐었던 혁은 놀칠 만치 신색한 심유경은 『앗!』 소리를 질렀다. 그의 말도 소리를 질렀다. 앞발을 들고 공중 일어 섰다가 빈드러진 그의 말은 네굽을 안고 열의 숲속으로 내닫기 시작했다. 그 다람으로 돌아 가던 심유경은 료동에서 명나라 응원군을 거느리고 나오던 리여송을 만났다. 소서행장과의 교섭경위를 듣던 중에 『대동강을 경계선으로 그 이남의 땅을 일본에…』 운운하는 말을 듣자 리여송은 즉석에서 심유경을 베이려고 했다. 이때 만일 명

군의 모장이 응시(李應試)가 아직 참으라고 단념
처지 않았다면 심유경은 그대 처단되었을 것이었
다. 대륙에까지도 침략의 손을 뻗치려는 일본에게
조선 땅은 배주어서 그냥 머물러 있게 한다는 것은
명나라로서도 참을 수 없는 일이었다.

리어송 제독은 군사를 재촉하여 일로 평양을 향
해서 진군했다. 이 동안에도 계속 「마촌와 소금을
구하려 성밖으로 나가는 일본 군사를 죽이지 말라」
는 소서행장의 군발이 나불군 박위나 나무에는 일본
군의 수급들이 붐이거나 매달렸다. 우리 사람들이
혹은 집부운 지키고 혹은 숲속에 잡복했다가 성밖으
로 나오는 일본군을 요격해서 배인 수급들이었다.

이러한 우리 사람들의 요격은 세게 력사사상에서 최
초의 유격전일는지 모른다.

『전쟁과 평화』에서 그 작자는 모쓰크바까지 진격
했던 침략가 나포레온의 대군이 무너지게 된 원인 중
의 주요한 하나로서 에로부터 어느 전쟁에서나 있은
적이 없는 로씨아 전체 인민의 유격전을 들었다.

지금 우리가 이야기해 온 임진란은 그보다 두 세
기 이상이나 진의 일이다.

「연려실기술」의 「총론의병(總論義兵)」에는 바로 이
렇게 쓰여 있다.

「…州郡士子在在召募以義將稱號者無慮數百以至勤
除倭賊恢復國家乃義兵之力」

「각 고을마다 의병장의 청호로써 백성을 불러
일으킨 자 무려 수백이다. 이로써 의적을 섬멸하여
나라를 회복한 것은 실로 의병의 힘이었다.」

의병은 곧 낫과 호미로 창과 검을 만들어 가지고 일
어선 인민이었고 그러한 인민들의 힘으로써 일본 침
략군을 소탕하고 조국을 수호한 것이다.

이로부터 원여 후에는 해가 바뀌여 계사년(癸巳
年)이다.

63. 명나라 후원군이 왔다.

명나라 후원군이 계사년 정월 초닷샛날이었다. 명나라
후원군이 대병력으로써 순안에 당도했다. 이에 조
명 련합군으로써 평양성내의 일본군을 포위하게 되었다.

우리 관군은 차에 八천으로써 평양성 남쪽 함구문
밖에 결진하고, 명군은 보통문과 칠성문을 중심으로
평양성의 서북주을 포위하는 대세로써 四만 二천여의
대병력을 보롱별에 집결했다.

성내의 일본군은 을밀대에서부터 칠성문 보통문을
기처 함구문에 이르는 성천에 나붙었다. 붉은기,
친 기들을 늘어 세운 성첩에 빈틈없이 내대고 있는
석의 창 검과 조총으로써 평양성은 마치도 큰 고슴
도치 같은 광경을 이루었다.

이날 밤에 서산 대사는 법군이와 돈 경신을 시켜
열마 집부터 동내 인에서 활동하기 시작한 의병에
게 편지를 보냈다. 지금 명나라 추원군이 나와서
우더 관군과 합세하여 평양성을 포위했으므로 오래
지 않아서 결전이 있으리라는 것과, 그러니까 소서
행장은 필연코 남북에 있는 일본군과 어떤 내통을
한 것이라는 내용이었다. 서산은 편지를 가지고 가
는 사람들에게 마음치를 주어 보냈다. 밤중에 연음
을 타고 충복 앞에서 대동강을 건너간 법군이와 돈
경신은 그곳의 병들과 함께 밤을 새워 가며 서울 길
목을 지쳤다.

소시행장이 황해도 땅에 류진하고 있는 자기 부장
인 오오도모 요시도모(大友義純)에게 평양성이 위
급하게 됨을 말하고 중원군을 이끌고 곧 평양으로
달려 오라는 급사를 띄운 것은 이보다 바로 좀 전의
일이였다. 그러나 중원군은 오지 않았다. 소서행
장의 기별로써 형세 이미 기울었다고 본 오오도모는

자기 수하의 군사를 일으켜 평양으로 가는 대신에
서울로 달아나고 말았던 것이다.
옛샛날 아침에 명군의 일부대가 모란봉을 공격하
는 것으로써 일본군에 대한 공격전이 시작되었다.
평양성중의 저을 공격하기 위해서는 먼저 모란봉을
점령하는 것이 유리했기 때문이다. 역시 모란봉을
중요시하는 일본군은 二천에 가까운 병력으로써 지
켰다. 일설에는 소서행장 자신이 이날 모란봉 방어
전을 지휘했다고도 한다.

모란봉 공방전은 날이 저물도록 결말이 안 났다.
그 중허리로 돌아 가며 보통벌 일대를 내려다볼 수
있게 굴설한 참호 안에서 튼튼한 흉장을 의지하고
방어하는 일본군의 진지는 유리했고 또 그 화력도
만만치 않았다.

명군은 보통벌에서 포화로 엄호해 가며 돌격을 거
듭했으나 성공치 못했다. 나중에는 강철로 만든
방패들을 버리고 물러서였다. 그것이 탐난 일본군은
산밑으로 쓸어 내려 왔다. 다시 돌아선 명군은 그들
을 섬멸했다. 그러나 모란봉을 점령하지는 못했
다. 날이 저물었으므로 군사를 거두었다

이튿날은 조 명 련합군이 평양성을 공격했다. 우
리 관군은 함구문을 치고 명군은 보통문과 칠성문을

공격했다. 우선 성안으로 화전을 날렸다. 뜰에 분
이 달린 화살이 한꺼번에 수천 수만대씩 날아 들어간
성내의 적진에서는 곧 화재가 일었다. 뒤이어 명군
의 포격이 시작되었다. 평양성을 뒤덮은 창천한 연
기 중에 여기저기서 일어서는 화염은 한낮의 해를
구슬렸다. 연연 십여 리에 걸쳐 일본군이 조총과 환
을 란사하고 둘까지도 굴려 내리는 성천들에서는 백
병전이 벌어지기도 했다.

큰 눈이 쏟아지기 시작하면서 날이 또 저물었다.
이날도 승부를 결하지 못하고 쇠를 울려서 군사를
거두었다.

여기서 이야기는 좀 선후하거니와 이날 『을배미
재벽」에 법군이와 돈 정신은 동대원의 의병 몇 사람
과 함께 일본군의 태마 두 필파 군준 네명을 불들어
가지고 돌아 왔다. 그들은 영제교 근처에서 그곳의
병들과 함께 서울 길목을 지키다가 어제밤 三경에
나타난 적의 소부대를 요격했던 것이다. 눈빛으로
겨우 길을 가려 볼 수 있는 현밤중이였다. 집 실은
말 십여필을 령기해 가는 二〇여명의 적이 평양쪽으
로부터 나타났다. 이펀에서는 길가의 눈을 파고 잠
복했다. 앞으로 지나가는 적들이 저편에 눈을 다지
요 마름쇠를 깔아 놓은 길목으로 들어서게 된 때를

기다려서 일시에 함성을 지르며 내달아 배후로부터
엄습했다. 황집한 적들은 날카로운 마름쇠를 밟고
쓰러지는 자가 많았다. 전루는 오래지 않았다. 적.
은 태반이 산상되고 나머지는 어둠을 타서 달아
났다.

불들어 온 두 필 대마의 짐짝들은 모두가 일본군
장령들의 행리와 귀중품들이였다. 그중에는 소서
행장의 것이 분명한 문서까지도 들어 있었다. 그것
은 큰 소득이였다. 서산은 그 짐짝들을 다시 봉했
다. 그리고는 불들어 온 일본군 군준 중의 다소 상하
기는 했으나 능히 걸을 수 있는 두 놈에게 내주었
다. 날이 채 밝기 전에 우리 사람 몇이는 그 두 놈
이 짐을 실은 말을 몰고 저희 진중으로 돌아 가도록
모란봉 앞에까지 데려다 주고 돌아 왔다. 남겨 두었
던 두 놈은 상하지 않은 것들이므로 죽였다.
이날 밤 퍼붓듯 쏟아지는 눈에 이렛날 조각달은
빛을 내보지도 못하고 지고 말았다. 하늘에서 땅에
련하여 질은 회색 장막을 내려 드리우는 듯한 눈!
그리고 삭풍은 노호했다.

평양성내의 일본군은 이러한 야암을 타서 기습전
을 감행했다. 그 二지대는 대동문으로 빠져 나와서
얼음을 타고 대동강으로 내려와 함구문 밖의 우리

관군을 습격하고、보통문으로 나온 일지대는 명군을 습격했다。그러나 다 실패였다。적의 기습을 알자 이편에서는 등불、우등불을 다 꺼버리고 일시에 회전을 날렸다。반공에 나뜬 수천의 화전은 밤하늘을 대낮 같이 밝히면서 적의 머리 우로 내려 꽂혔다。불빛 속에 드러난 일본군은 이편의 반돌격을 지탱치 못하고 다시 성안으로 쫓겨 들어갈 밖에 없었던 것이다。

이보다 좀 전에 잡약산을 떠나서 모란봉으로 가는 三천여 명의 사람들이 보통벌 한가운데 나타났다。그들의 흰 옷으로써 二천 五ㅣ六백 명의 승군과 四ㅣ五백 명의 농군은 명에 덮인 눈과 노호하는 바람세 따라 십리벌에 과도 같이 일어서는 눈보라와 분간해 보기 어려웠다。

대렬 선두에는 고 충경 (그는 지난 녀달 동안에 상처가 낫고 뵈도 추섰다) 이하 수십 명의 궁수들과 함께 사명당이 앞섰다。맨 끝의 대렬에는 서산 대사가 따랐다。그는 북한장을 눈속에 소리 없이 옮겨 놓으며 나갔다。

지금 서산의 승병은 모란봉의 적을 치려 나가는 길이였다。고 충경이와 방어사 김 응서와의 련락으로써 이 장한 기병을 받은 우리 관군에서는 군사를

나누어 승병을 원조하려고도 했다。그러나 서산은 비롯하여 잡약산 사람들은 응하지 않았다。지금 명군과 손을 잡아 평양성의 적을 포위하고 있는 우리 군사의 힘을 벌어낼 수는 없는 일이다。그리고 또 이편의 힘만으로도 승산이 있었다。더우기 지난번 보통벌 추수매에 밤중에 싸운 경험은 그들로 하여금 만만한 자신을 가지게 했던 것이다。

쏠아지는 눈발을 겨하여 모란봉의 룬곽이 어렴풋이 드러나는 데서 대렬은 횟대로 변하여 좌우로 퍼졌다。

을밀대 근처의 송림으로 연소되기 시작한 불이 충천한 화염으로 일어설 때마다 두리뭉실하게 보이던 모란봉은 날카로운 선으로 두 또에 갈라진듯 명암이 달라지군 했다。

동북 량면으로 모란봉을 포위한 우리 사람들은 일체 소리를 안 내기로 했다。함성은 물론 할 수 있는 대로 발소리도 안 내도록 했다。이 나무 저 바위에 붙어서 형적을 숨겨가며 접근해서 적의 참호로 뛰여들기만 위주했다。그중의 한 부대만은 적의 진지 한 도막을 돌파해서 모란봉의 상봉인 문봉(文峰)과 무봉(武峰)을 먼저 점령하기로 했다。그 五ㅣ六백 명의 한 부대는 일면 양동 작전(陽動作戰)을 하는

것이므로 처음부터 적의 집중 공격의 목표가 될 것
이었다. 서산은 그 부대를 따랐다. 선두에는 전
주북의, 범근이, 돈 정신이 있었다.

보통벌에서 노초하는 바람 소리는 우리 사람들의
한성을 대신해 주었다. 문아 오는 천군만마의 기세
로 십리벌의 눈은 휩쓸어 오는 충친한 눈보라는 적

들의 시야를 거슬러 엄습해서 육박해 가는 우리의
힘적을 감싸주었다. 무쇠아래를 가든가든 묶고,
흰 수건으로 머리를 질근질근 동인 우리 사람들은

짠막한 점과 찬되들을 들고, 모란봉을 에워싸고 접어
들었다. 산기슭에서부터 작은 충돌이 시작되었다.
여기저기 널려 있는 적의 초소들이다. 혹은 『고마

인이…』부르짖다가, 혹은 설령줄은 당기고, 경적은
울다가 쓰러지기나 달아나는 적의 전초선을 넘어서
적긴 앞으로 접근했다. 적의 진지는 금시 소란해

졌다.

『고마인이다!』
『고마인이다!』

렬충에 마디마디 찢기어 날아비리는 고함과 울부
짖음이 처처에서 일어났다. 참호 속에서 홍장에 붙
어선 적들은 총안으로 내다보미 분걸을 시작했다.

그러나 우리 사람들의 혁혁를 반견한 일본군은 극히

인 왜송이었고 혹은 저편의 엎드린 것을 겨눌 때에
는 어느덧 눈이 날아버린 바위였다. 눈보라로써 안
재는 현혹할만치 뒤바꾸고 변했다. 그런 중에도
역시 『고마인』『고마인이다!』하는 고함 소리는
련해 났다.

너달건 보동빈 추수 때에 한밤중 싸움에서 승리한
우리 사람이었고, 참패한 일본군이었다. 분안에 휘
싸인 적의 진지의 어느 한 도막에서였다. 혓분질은
하다 말고 다시금 목교를 찾노라 내다보던 총안으로
화산이 날아 들었다. 몰도 날아 들었다. 바로 지척
인듯 가까운데서 날아 가는 화살과 돌은 정확했다. 어느
적의 조총수동은 저의 참호 안에서 쓰러졌다. 어느
새 홍장 밖에서 총안으로 들어 온 손들이 조총을 나
꾸채기도 했다. 그러자 또 머리 우에서 눈사태가

지쳐 내렸다.
『고마인이다!』

그러나 이미 늦었다.
고마인들이 벌써 홍장을 넘

어 뛰여 들었다.
적의 진지 한 도막에 쇄기를 쳤다. 뒤여든 범근이
와 십여 명의 젊은 승군은 와우로 갈겨서 단병진을
시작했다. 그 뒤론 이이 홍장을 넘어 참초의 저리

쪽으로 건너선 전 주복이는 긴 철퇴를 휘둘러 나무

들을 분질러서 참호 우에 쓰러뜨렸다. 돈 정신은

이룩 지뚝으로 넘나들면서 쓰러진 나무들을 참호

애 우격 넣었었다. 적의 좌우쪽 련락을 차단했다. 적

진의 한 도막은 끊어졌다. 그리고 이 끼에서 상봉으로

진겨한 진이 열렸다. 적들은 이쪽으로 좌무리른 돌

밋다.

서산 대사의 돌겨 부대는 지의 집중 사겨운 받으

먼시 큰 깃발은 앞세우고 문봉 무봉은 향하서 내달

밋다. 이 때문 둘치지 않고 지지으로 단려던 우리

사람두은 천만지으로 흥장을 넘섰다. 진서지이시

작되었다. 기둥은 지의 참호 안에서 단병접을 펴야

했다. 이제는 흥홍이 소용 없었다.

에시는 걸 칼긴 창까지도 소용 없었다.

무봉 마른 밑시 적장의 군막 안에서도 저렬한 진

루가 벗이졌다. 주위가 없마 안 되는 깬꼭한 산

봉우리른 집김이 대위싸고 죽히드는 수티사람 중의

한 패는 먼지 직경의 군막에다 불을 지로기로 했다.

군막은 빈 것이였다. 적장은 벌써부터 밖에 나

외시 자기 부하를 지휘하고 있었다. 우리 사람들은

채와 함께 짚구러미에 싸가지고 온 불씨의 불을, 일

귀야 했다. 단병전이 벌어진 한가운데서. 그들은 다

음다음으로 희생되던서도 끝끝내 군막에 불을 지로

기애 성공했다. 마침내 불스길이 일어 있다. 충전

한 화광이 온켠 비치우는 무봉 꽉대기에 ㄷ조선 승병

장 서산 대사ㅡㅣ의 큰 깃발이 일어 있었다. 몇 사람이 섯

대믈 불들었었다. 이제는 그 깃발을 중심으로 유탄전

이 벌어졌다. 그 한가운데 지 자신 불스길 속에 휩

싸인듯 좌광애 드러나 깃발 앞에 나선 시산ㆍ로승은

붉은 가사른 흘날리며 그 역시 화심의 한 가닥 갈이

빛나는 푹저장은 끝고 있었다. 저물은 그 앞으로

함은 칼, 짧은 친퇴른 가진 우리 사람들

운 개개의 직은 불길돗이 달리돌었다. 뒤섞이고 한

데 엉클어진 혼전간루였다. 엄연히 일어 섰다 껌벅

서ㅣㅇ러질듯나나하는 화광 중에 께 쏟아지는 눈발 속에

서ㅣ우리 수의 희빛 점은 뿟으로 우리와 지울 가려볼

수 있온ㄹ?좌이었다. 빈눅이는 참겹의 심경과 부딪쳐

는 병장기붓의 날킨 투운 소리 뿐, 함성은 저뮬 없지

도 없이 긴박한 순간, 절박한 찬나의 련숙이였다. 뿜

어나는 피는 방울로 흩어져 눈보라와 함께 뿌리고,

비명과 신음 소리는 바람결에 사라졌다. 몸으로써

부딪쳐 싸우던 우리 사람 중에는 적을 끌어 잡고 낭

ㄱ떠러지로 굴러서 아득한 절벽 밑의 대동강으로 떨어

져 내려 가는 사람도 있었다. 혹은 눈을 볽게 물들

이러면서 바로 서산 로승 앞에서 쓰러지는 이도 있었다. 싸움이 더욱 격렬해진 때 서산은 여섯 개 고리가 화광 중에·빛나는 륙환장운 높이 쳐들고 하늘을 우러러 크게 웨쳤다.

『윤지 문덕 장군이시여—!』

『막리지 연합소문이시여—!』

영 강감찬 장군이시여—!』

『지금 여기서 조국을 위해서 피를 흘리는 당신들의 후손들을 굽어 보시라! 적 앞에 굴한 적이 없는 선조들의 피와 그 충성을 계승한 이 의로운 당신들의 후손들을 찬양하시라! 어여삐 여기시라! 청찬하시라!』

다시 일어나시는 화광에 그 흰 눈섭밑의 두 눈은 화엄운 뿜는 듯 빛났다. 그리고 눈물이 흘렀다.

『이 겨양을 지켜 우리에게 끼쳐 주신 윤지 문덕 장군이 굽어 보신다.』

그는 또 웨쳤다.

『옛날 왜구를 진면하신 최 무선 장군의 혼령이 우리와 같이 게시다. 지금 우리는 저 림원정(林原挺)에서 우리 경상운 지켜 싸운 선조들이 백골이 문회 이땅에서 싸우는 것이다.』

소리 높이 웨치는 서산의 음성은 노호하는 바람

소리까지도 억누르는듯 했다. 우리 사람들의 환호와 함성을 불러 인으켰다.

『윤지 문덕 장군—!』

『강 감찬 장군—!』

여기저기서 웨치는 소리가 나기 시작했다. 마침내는 저 마다 우리의 자랑인 선조들의 이름을 부로는 우리 사람들의 기세는 한층 더 높아졌다.

『왜적들아! 우리 최 무선 장군의 후손의 칼을 받아라!』

웨치며 적충으로 뛰여드는 그들의 칼은 더욱 날카롭고 칠회는 더욱 설펐다. 이때 긴 칼을 휘두르며 날뛰던 적장은 주복이의 칠퇴에 루구를 쓴 채 꼴롱이으스러져칠 꺼꾸러졌다. 법군이는 벌써 몇번째나 앞을에위서는 적들을 휘몰아치고 서산 스님 앞으로 돌아 와다. 또 달려드는 四—五명의 적을 막아 칼을 휘두르던 그의 팔이 끊어졌다. 칼은 눈속에 내려 꽂히고 떨이진 팔은 눈속에 잠겄다. 한두 걸음 비틀거렸으나 곧 몸을 가눈 법군이는 왼손으로 다시 칼을 잡았다. 끊기운 이깨에서 쏟아지는 피로써. 그의 반신은 이미 붉게 물들었다. 그러나 그는 조금도 기가 꺾인 것 같지 않았다. 오히려 그 검술은 더욱 설펴진 듯도 했다. 앞을 막는 적을 한가운데로 뛰여들든 그는 크게 웨쳤다.

『쥬복아, 이 승검술을 좀 봐라!』

그의 고함 소리와 함께 적의 머리 하나가 날아나 불붙는 군마 앞에 굴렀다. 그러자 법근이는 그 앙천대소식의 큰 웃음을 크게 웃었다.

『오냐— 봐다. 법근아!』

이번에도 역시 무슨 부드러운 가루를 넣은 자루를 짓치는듯 퍼퍽 소리가 나는 저편 어둠 속에서 주복이의 대답이 들렸다. 큰 소리로 웃던 법근이가

『돈 정신이 너두 좀 봐라!』

또 이렇게 웨치는 소리와 함께 적의 머리가 또 하나 떨어졌다.

『돈 비신이 여기 있다!』

하는 대답과 함께 피 흐르는 검을 든 돈 정신이가 불빛 안으로 뛰여 들었다. 그러나 법근이와 엇갈렸다. 쫓기는 적들을 짓쳐 나가는 법근이의 뒷모양은 금시 어둠 속으로 사라졌다. 몇 순간 후였다.

『우리 평양아!』

웨치는 법근이의 소리가 들린다. 그러자 또

『영세 불망 잘 있거라!』

하는 그의 음성이 저편 충암절벽 낭떠러지 아래서 한 마디 한 마디 멀어 가는 소리로. 들리였다.

이때였다. 저편 어둠 속에서 날아 오기 시작한 화살에 아직도 깔질 창질을 하고 있는 적들을 한 놈씩 찍어내듯이 쓰러뜨렸다. 그러자 산 중복에서 우리 사람들의 함성이 일어나며, 쫓기는 적들을 급히 겨하라는 사명당의 우렁찬 호령 소리가 들리기 시작했다.

여기서 많은 희생을 무릅쓰고 상봉에 기를 세운 것은 결코 헛되지 않았다. 무봉에서 붙이 일고 또 그 화망 중에 큰 깃발이 서있는 것은 보게 된 중복 이 일본군은 진지를 버리고 길이 트인 성안쪽으로 달아나기 시작했다. 또 지난 밤에 불들어 온 일본 군졸괴 태마들을 돌려 보낸 것도 전략적인 효과가 있었다. 소서행장 이하 두두룩한 장령들은 벌써부터 저의 귀중품을 뒷문으로 빼돌리고 있다는 사실이 일본군 중에 알려졌다. 그것은 소서행장이부터 이 평양성을 끝까지 내놓지 않을 의사도 자신도 없다는 것을 말하는 것이다. 그렇다면 이 모란봉을 애써 지키잘 것은 무엇인가. 참호에서 쫓겨나게 된 일본군은 진지를 버리는 것이자 곧 전의를 버리는 것이였다. 사명당의 지휘하에 중복에서 싸운 우리 사람들은 극히 적은 희생으로써 적의 진지를 빼앗을 수 있었다. 함성과 함께 달려 오는 우리 사람들의 기세에

문봉 무봉에서 싸우던 적들도 달아나기 시작했다. 앞서 말한 함구문과 보통문 밖의 전투도 이와 기의 한부럼에 있었다.

64· 리여송과 서산 대사

날이 밝았다. 아직도 오는 눈은 한밤 동안의 격전장을 발자취도 없이 덮었다. 그러나 목없는 적의 동채문과 동체에서 떨어진 적의 수급과 팔문은 흐르는 피로써 눈을 녹이면서 모란봉 일대에 널려 있었다.

문봉과 무봉에는 눈으로써 묻고 눈으로써 봉분까지도 한 우리 희생자들의 흰 무덤들이 있었다. 그 무덤들은 상한 전우들의 선혈로써 붉게 물든 것이 많았다. 그 어느 한 무덤 앞에서는 주복이가 상한 팔축지에서 흐르는 피가 손을 적시는 손으로 눈을 그러모아 봉분을 높이면서 간간이 눈물을 씻고 있었다. 더 참을래야 참을 수 없이 북바치는 설음에 울었다. 제 입으로 「이제 우리 힘으로 이란 망할 자식! 재 ─ 이진 백성이 아닐거라구」 하구두 라리를 치리를 치고기만 하면 우리 백성의 처지가 달라진 거라구 ─

「심 유경이라는 사람은 대체 어떤 사람이오니까(沈唯敬如何人也)」

서산 대사는

티 여송 재독의 이같은 찬사에 합장으로써 답례한

「옛날 우리 명나라에도 요(姚)대사라는 중이 있어 귀승과 같이 나라 일을 잘 도모했으므로 명나라에서는 그의 공훈과 충렬에 힘입은 바 많았기 때문에 지금까지도 그의 이름이 빛나거니와 오늘 귀승이 나라 일을 도모함이 또한 그와 같소이다(昔我大明有僧姚大師如貴僧善謀國事故大明偁賴其豊功盛烈至于今人耳目貴僧圖國事亦當如此)」

평명에 도원수 김 명원과 방어사 김 응서가 명군 제독 리 여송과 그의 참모장 리 응시를 인도해서 모란봉에 올랐다. 이때 리 여송과 서산 대사간에 주고 받은 말은 대략 다음과 같다.

르다 말과 죽다니! 망할 자식! 못난 자식! 이몰 중놈아! 이자식아! 법군아!」

울음 반 넋두리로 욕설을 퍼붓듯 하는 주복이는 애물이 물쌈을 하듯이 무덤에다 두 손으로 눈은 기꺼넣었으며 물이 메여 울었다. 그 뒤에서 합장하고 서있는 서산 대사도 울었다.

문고

383

『명나라 황제의 딸과·왜적의 원황과의 혼사라든가,

우리 조선 국토를 왜적에게 배어 준다든가 하는 두 가지의 일은 비록 꼴 비고 소백이는 목봉록일지라도 차마 업어 덮어 말하지 못할 일이거늘 하차 조정의 신하 노릇 하는 자로서야 어찌 그런 사리를 몰라

시 될 일이겠소(求婚割地爾事雖在芻牧之賤尙未忍言齒況爲臣之職其可未知其可也)』

이렇게 말했다. 그런 말을 듣기만도 분하고 괘씸히 생각해 온 시산은 이 기회에 그 실정문을 물어 보지 않을 수 없었던 것이다. 이에 대하여 리여송

재독은

『끼쇼의 맛쏨이 지당하오. 십가자는 그 사람됨이 한낱 소인일 따름이오(費僧之言是也沈則其爲人也一小人也)』

이렇게 대답했다.

합장하고 머리를 숙였다가 다시 드는 로송의 얼굴에는 마음에 조그만 티도 없는 이런 아이의 그것 같은 맑은 웃음이 떠올랐다. 그 한 가지만으로도 얼마나 지기 나라를 사랑하는 사람인가를 알 수 있는 웃음이었다. 그런 것을 알아 볼만한 안목이 있었던 리 재독은 이렇다. 만은 안 했으나 숙연한 얼굴로

여송 제독은 이렇다.

길이 머리를 끄덕이었다.

리 여송 제독은 참모장 리 응시가 가져온 지도를 펴들었다. 그것은 안주에서 류 성룡이가 개공한 경양지도였다. 그 지도에 대해서는 지금도 이런 이야기가 전해 온다.

이때 류 성룡은 평양으로 ▲진군중인 명나라 후원군은 안주에서 영접하고 리 여송 제독을 청천강가에 있는 백상루(百祥樓)로 인도했다. 주개이 좌정하자리 여송은 아무던 말도 없이 류 성룡 앞에 분쪽 손을 내밀었다. 그러자 류 성룡은 조금도 주저하는 빛이 없이 미리 준비해 두었던 평양 지도를 소매 속에서 꺼내주었다. 리 여송은 과연 류 성룡이 현명함을 절전히 단복했다는 이야기다.

평양성의 지형을 지도와 대조해 본 리 여송은 자기 표명이 지지로 쓰기 위해서 모란봉을 내달라고 서산 대사에게 청했다. 서산 대사 역시 만의 견이 있을 리 없었다.

이에 명군은 그 길이가 四척 八촌에 무게가 삼백 쳔십여 근이나 된다는 대장군포(大將軍砲)를 위시해서 불량포(佛浪砲)·호준포(虎蹲砲) 같은·대포 백여 문을 모란봉으로 올려 왔다.

서산 대사와 사명당은 함구문을 공격하는 우리 관

군과 합세하기 위해서 승병 부대를 앞세우고 산을 내렸다.

이날, 계사년 정월 초여드렛날 아침부터 조、명 련합군에 의하여, 작년 임진 六월 一五일 이래 반년나마나 일본 사무라이의 강점하에 있는 평양성을 회복한 력사적인 공격전이 결행되였다.

이른 아침부터 평양성내를 손금 보듯 내려다 볼 수 있는 모란봉에서 명군의 포격이 시작되였다. 이날의 총공격전의 개시였다.

병사 리、일이와 방어사 김 응서의 지휘하의 우리 관군은 부총병 조 승훈、유격장 락 상지(駱尙志) 장군 지휘하의 명군과 합세하여 함구문을 공격하고、

좌협도독(左協都督) 리여백(李如栢)과、참장(恭將) 리 방춘(李芳春) 지휘하의 명군은 보통문을 공격하고、중군(中軍) 양 원(楊元)과 우협도독(右協都督) 장 세작(張世爵) 지휘하의 명군은 칠성문을 공격했다.

명군 체독 리 여송은 수병(手兵) 백여 기를 거느리고 전 전선을 달리면서 전투를 지휘했다.

이날 따라 풍세는 더욱 맹렬하고 추위는 혹독했다.

명군의 포성은 하늘을 울리고 땅을 흔들었다. 맹

렬한 풍세를 따라 불바다를 이룬 성내에서는 숯구와는 붉은 화염과 몽몽히 퍼지는 검은 연기로써 하늘을 덮어 일광은 빛을 잃었다.

눈 덮인 보통벌과 평천벌의 조、명 련합군은 은 민지、금싸라기로 빛나는 눈보라를 일으키며 천군만마를 몰아 파도 같은 기세로써 평양성을 에워싸고 달려들었다. 성내에

나불은 일본군은 조총과 활과 탄과 화살을 무릅쓰고 우리 공격군은 성벽으로 올라 창검으로써 저항했다. 우박 같이 퍼붓는 적의 총

성첩 우에서는 창검이 마주치고 몸뚱이와 몸뚱이가 부딪치는 겨루가 일어 났다. 쏟아지는 피가 성벽을 씻어 흘렀다.

마침내 우리 관군은 함구문을 격파하고 명군은 성문을 깨뜨리는 데 성공했다. 조、명 련합군은 남쪽과 북쪽으로 일시에 성내로 돌입했다.

적장 소서행장(小西行長)은 련광정 앞에 굴설한 엄폐호 속에 들어 앉아서 전투를 지휘하고 있었다.

성내로 진격한 우리 공격군은 성내에서 또 성에 부딪혔다. 련광정을 중심으로 하여 만수대、장대재、가파구비、젓등을 련결한 엄폐호 속에 들어 있는 적들은 벌집 같이 뚫린 총안으로 맹사격을 했다. 남은

이뤄 두었다. 명줄으로 련결된 적의 진지는 마치

개미둥지 갈아서 갈피를 찾기조차 어려웠다. 우리 공격군은 쇠북을 울려 군사를 거두었다. 날이 밝기를 기다려야 했던 것이다.

이날 밤 소서행장의 군대는 대동문과 장경문을 열고 달아나기 시작했다. 사기 저상으로써 이미 청신려 패잔병이던 일본군은 이제는 **완전한 패잔병이** 되었다. 성첩에서 싸우다 죽은 자와, 불에 타서 죽은 자, 합해서 一만 一천 八백여 명의 시체와, **군마 平壤**

九백여 필과, 四만 一천 五천여 진의 무기를 버리고 성에서 쫓겨나지 않을 수 없었던 것이다.

기록들에 의하면 어둠을 타서 몰래 대동문으로, 나가 얼음우로 대동강을 건너 서울길로 들어선 소서행장의 패잔군은 장령, 군졸 할 것 없이 다리를 절며 신음 소리를 내며 가다가 혹시 인가를 만나는 때는 재 입을 가리키며 밥을 한 술 달라고 구걸했다는 것이다. 남의 나라를 정복하려고 한때는 기세 당당히 처들어 왔던 사무라이의 『위신』과 『체면』 같은 것은 이미 문제가 아니었다. 죽을 것까지도 돌보지 않았다. 요행 한 술 밥을 얻어 먹을 수 있으면 다행이었다. 그렇지 못하면 기진해서라도 어차피 죽을 처지라 구걸해 보다가 맞아 죽더라도 여한이 없이 된 형편이었다.

우리 일본군은 앞으로 나갈 줄만 알고 뒤로 물러설 줄은 모른다고 소리쳤던 일본군 선봉장 소서행장은 불과 반년만인 오늘에 와서는 밥 한 술에도 목숨을 아끼지 않을 만치 용감하게 된 패잔 부대를 이끌고 五백 五십리 뒤로 물러가지 않으면 안되게 된 것이다.

「명의 내 아무런데도 부산(釜山)서 부산(釜山)까지 밖에는 더 못 간다.」

아번 뜻이 들어 있겠지만, 임진란을 미리 예언한 듯이나 말하는 비와 같이 일본군의 선봉장 소서행장의 군대는 반년 남아나 평양성을 강접하고 있으면서도 사실 부산첩 이북으로는 더 진출하지 못하고 쫓겨갈 밖에 없었던 것이다.

소서행장군의 평양에서의 퇴각은 우리 조국을 침략해 왔던 일본군의 전면적 퇴각의 시초였다. 소서행장군이 평양에서 쫓겨나자 가등청정의 군대도 함경도에서 쫓겨나게 되었다. 그들은 일시 서울에 모였다. 그러나 이해 四월에는 서울에서도 쫓겨나지 않을 수 없었다.

65. 평양성 해방

우리 평양성의 불을 끄게 되였다는 것을! 어보다 앞서 우리 관군을 선봉으로 한 조、명、련 합군은 말아나는 일본군을 추격하는 길에 올랐다.

팔도 一六종 도총섭 서산 대사 와、부총섭 사명당은 승병 부대를 거느리고 역시 일본군 추격에 참가했 다. 대동강을 건너게 된 때 서산 대사는

『지금 쫓기기 시작한 왜적들을 몰아치자。남해에 서 거북선을 거느리고 있는 수군 통제사 리순신 장 군은 우리가 이 강토에서 왜적을 남해 바다로 몰아 내 주기를 기다릴 것이다。』

이런 뜻의 말을 했다.

조、명、련합군의 뒤를 따라 대동강을 건너가는 승 병의 선봉 부대에는 사명당이 앞섰다。맨 끝의 부 대에는 서산 대사 가 따랐다。사명당은 서산에게 말 고삐를 잡았다。사명당은 서산에게 역 시 얼음 위에 덮인 눈에 소리 없 이 행군해 가는 자그마 한 보통의 비재 가사가 멀리서도 눈에 띄였다。그

『평양성은 다시 찾았다。』
『평양이 다시 우리 ·양이 됐다。』

입성하는 우리 관군과 명군의 뒤를 이어 사람들이 모여들기 시작했다. 사처의 인민들이 모여 왔다. 본시의 평양 사람은 말할 것도 없고 린근 각처에서 농민들이 모여 왔다.

아직도 불타는 성이! 이게는 한 채의 집、한 간 방、한 그루의 소나무、비드나무、단지 한 개의 몽 개비가、하더라도 우리의 것이 없어지는 것이다. 모여든 사람들은 불을 끄기 시작했다. 목차들은 기억하시리라. 그리고 상상하시리라. 애련방 골목에 서、두부를 비주기채 행건로 내던겄던 그 할머니도、 그맨、버선을 마춘 중년 아낙네도、소금섬을 부릴제 처녕으라 하고 치녕은、아버지와 아들도、어린 손녀 의 손목을 잡고 떠나던 긴에 대동문을 쳐다보며 한 탄하던 늙은、필공도、그리고 진촌 장거리에서 일본 군 진중으로 들어 가는 소금을 빼앗은 장꾼들도、 보통벌의 추수를 도와 주러 왔던 농군들도 다 와서

위옆에는 활과 전통을 멘 곳 충경이들、비롯하여 조 종을 멘、철 수백(차동)이와、긴 창을 든 돈 정신과 갈을 한 박 서방이 같이 갔다.

대동문 밖에서 그들을 진송하는 사람들 등에 한 할

울 메고 있던 전 주복이가

「난 아무래두 따라 가야갔소。」

하고 아버지와 어머니와 안해를 돌아 보며

「어서들 불을 고소。」

하자 얼음 우로 달려 갔다。 상한 팔이 낫기까지 는 여기 남아 있기로 했던 그였다。

「네가 중당 그러구야 말 줄 알았다。」

훈잣말루 중얼거린 주복이 아버지는 머리를 끄더이었다。 보패는 저 역시 떨리는 손으로 주복이 안해의 떨리는 손을 잡아 주었다。 또 그 옆에서는 멀어가는 아들들의 뒷모습에서 눈을 떼지 못하는 채

허공을 더듬듯이 어둠거리던 두 손이、즉 차돌이 어머니의 손과 주복이 어머니의 손이 파수 쥐여졌다。

평양성을 회복한 이날의 승리는 앞으로도 六년간에 걸치는 준엄한 고한 시련을 극복해서 최후의 승리로써 마감한 임진 조국 전쟁의 승리의 제일보였다。

이 위대한 승리의 쟁취자이며 우리 조국의 수호자는 다름 아닌 우리 인민이였다는 것을 기급 말하면서 이 이야기를 끝맺자。

—一九五六、六—

역사소설

서산대사

최 명 익

1999년 6월 1일 인쇄
1999년 6월 10일 발행

발행소: 조선작가동맹출판사

출 판: 1956. 6. 20.

영 인: 한국문화사

133-112 서울시 성동구 성수 1가 2동 13-156
전화 - (02) 464-7708, 3409-4488
팩스 - (02) 499-0846
등록번호 제2-1276호

값12,000원

ISBN   89 - 7735 - 631 - 8   03810